中国优秀博士论文
DOCTOR
文学

本书得到北京市优秀博士生指导教师人文社科资助项目
"明清戏剧史专题研究"的资助

清代西游戏考论

张净秋 著

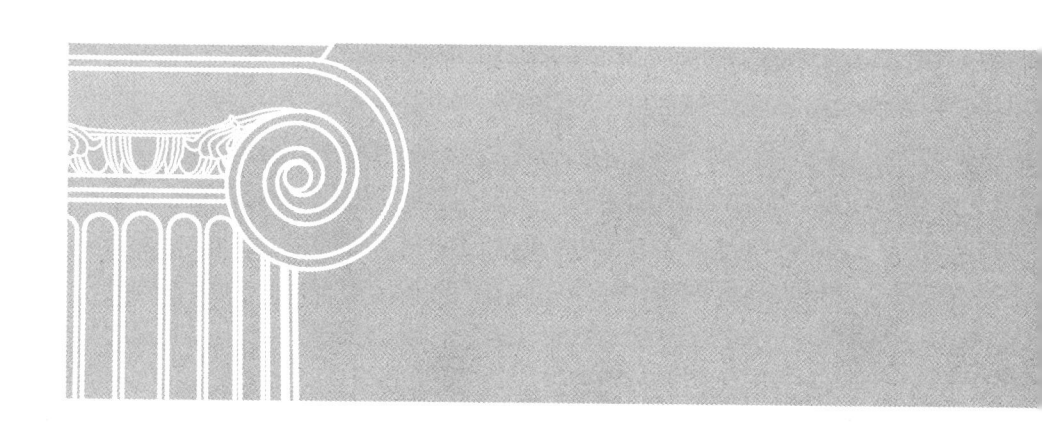

知识产权出版社
全国百佳图书出版单位

责任编辑：罗　慧　　　　　责任校对：韩秀天
文字编辑：罗　慧　　　　　责任出版：卢运霞

图书在版编目（CIP）数据

清代西游戏考论/张净秋著. —北京：知识产权出版社，2012.4

（中国优秀博士论文．文学）

ISBN 978-7-5130-0961-4

Ⅰ.①清…　Ⅱ.①张…　Ⅲ.①古代戏曲–文学研究–中国–清代　Ⅳ.①I207.37

中国版本图书馆 CIP 数据核字（2011）第 235472 号

清代西游戏考论

张净秋　著

出版发行：知识产权出版社

社　　址：北京市海淀区马甸南村1号	邮　编：100088
网　　址：http://www.cnipr.com	邮　箱：bjb@cnipr.com
发行电话：010-82000860 转 8101/8102	传　真：010-82005070/82000893
责编电话：010-82000860 转 8345	责编邮箱：luohui@cnipr.com
印　　刷：北京富生印刷厂	经　销：新华书店及相关销售网点
开　　本：880mm×1230mm　1/32	印　张：18.25
版　　次：2012年4月第一版	印　次：2012年4月第一次印刷
字　　数：421千字	定　价：48.00元

ISBN 978-7-5130-0961-4/I·194（3841）

出版权专有　侵权必究

如有印装质量问题，本社负责调换。

目 录

前言 ··· 1
第一章　西游戏文献整理概述 ·· 25
　第一节　西游戏整理及目录 ·· 27
　第二节　西游戏剧目考 ··· 38
第二章　《昇平宝筏》版本考 ·· 109
　第一节　前代研究状况 ··· 111
　第二节　《昇平宝筏》版本叙录 ······································ 113
第三章　《昇平宝筏》成书考 ·· 255
　第一节　《昇平宝筏》产生之社会文化背景 ····················· 257
　第二节　前代西游题材作品之传播流变 ·························· 285
　第三节　《昇平宝筏》与《西游记》等前期作品关系考 ··· 316
第四章　《昇平宝筏》之后的西游戏研究 ·························· 359
　第一节　《昇平宝筏》之后的西游戏总览 ······················· 361
　第二节　《昇平宝筏》后西游戏的综合分析 ··················· 395
　第三节　《昇平宝筏》后西游戏的个案研究：以《钓鱼船》
　　　　　为例 ·· 401
附录 ··· 415
　附录一　西游戏研究论文索引（截至2008年） ··············· 417
　附录二　西游戏残曲辑佚 ··· 421

附录三　岳小琴本、康熙本、古吴莲勺庐本、"中央"研究
　　　　院本《昇平宝筏》出目对比 …………………… 434
附录四　珊瑚阁本、曙雯楼本、岳小琴藏本《昇平宝筏》
　　　　情节出目对比 ………………………………………… 444
附录五　"提纲本"、珊瑚阁本、"国图10975Ⅱ本"、曙雯
　　　　楼本《昇平宝筏》出目对比 ……………………… 452
附录六　清宫三层戏楼结构新探 ………………………………… 463
附录七　《昇平宝筏》前西游题材作品情节发展流变 …… 474
附录八　珊瑚阁本《昇平宝筏》与世德堂本《西游记》
　　　　内容对照表 …………………………………………… 482
附录九　后西游戏俗曲杂戏剧本小结 ………………………… 493
附录十　现存《昇平宝筏》后西游戏俗曲杂戏剧目 ……… 496
附录十一　论文涉及的清内廷西游戏表演演员名录 ……… 504
附录十二　传统西游戏在各种地方戏曲文献中的著录 …… 508

主要参考文献 …………………………………………………… 535
索引 ……………………………………………………………… 552
后记 ……………………………………………………………… 562

图表目录

图 1-1　西游戏题材流变 …………………………… 30
图 1-2　《二郎神锁齐天大圣》版本源流 …………… 64
图 1-3　杨景贤《西游记》版本源流 ………………… 76
图 2-1　《昇平宝筏》版本源流图 …………………… 254
图 3-1　元前佛教领域西游故事人物流变时序图 …… 300
图 3-2　明代西游记故事诸形态 ……………………… 312
图 4-1　本生西游故事内容来源关系分析 …………… 397
附图 1　三层戏楼各台流通路线 ……………………… 473
表 0-1　古本戏曲丛刊所载西游戏目录 ……………… 8
表 0-2　《绥中吴氏藏抄本稿本戏曲丛刊》所收西游戏 … 9
表 1-1　戏曲文献著录之西游戏目录 ………………… 28
表 1-2　曲目著录"西游记"一题情况 ……………… 32
表 1-3　曲选、曲谱中著录"西游记"一题情况 …… 34
表 1-4　戏曲目录对"江流故事"戏曲的著录 ……… 36
表 1-5　曲谱、曲选对"江流故事"戏曲的著录 …… 36
表 1-6　《秘殿珠林》及续篇著录"揭钵图"一览 … 42
表 1-7　曲谱中存《陈光蕊江流和尚》残曲一览 …… 44
表 1-8　《开元释教录》卷一一上称三藏之译经僧侣一览 … 48
表 1-9　曲选、曲谱中著录《西游记》杂剧情况一览 … 76

1

表1–10	《回回》题纲所录演员一览	83
表1–11	《慈悲愿》《安天会》散出存留状况	85
表1–12	《昇平宝筏》演出年表	92
表2–1	岳小琴本、曙雯楼本、珊瑚阁本有关"乌鸡国""宝象国""祭赛国"出目比较	221
表2–2	岳小琴本中下场诗与曙雯楼本、珊瑚阁本中剧出结尾宾白比较	224
表2–3	珊瑚阁本、曙雯楼本、岳小琴本中"牛魔王、铁扇公主"情节结构安排	226
表2–4	岳小琴本、曙雯楼本、珊瑚阁本曲词、宾白相同的出目比较	227
表2–5	岳小琴本、曙雯楼本、珊瑚阁本曲词宾白不同出目比较	231
表2–6	珊瑚阁本《昇平宝筏》庚本第二十四出三层戏台使用情况一览	239
表3–1	清宫月令承应戏目	272
表3–2	清宫、法宫雅奏戏目	275
表3–3	现存清代宫廷戏台	278
表3–4	已不存在的清代宫廷戏台	279
表3–5	存失待考的清代宫廷戏台	280
表3–6	壁画中的"玄奘取经图"目录	290
表3–7	与西游题材相关的其他文物遗迹	291
表3–8	泉州开元寺仁寿塔（西塔）第四层布局	298
表3–9	泉州开元寺镇国塔（东塔）第二层布局	298
表3–10	前代西游题材文学作品（非戏曲类）	303

表3-11	《西游记》杂剧"鬼子揭钵"一折与岳小琴本《昇平宝筏》之曲词宾白比较 …………… 318
表3-12	岳小琴本《昇平宝筏》各本改编情况统计 ……… 322
表3-13	世德堂本《西游记》与岳小琴本《昇平宝筏》"八戒巡山"一段曲词宾白比较 …………… 330
表4-1	《安天会》题纲所录演员一览 ……………… 364
表4-2	《殷氏祭江》题纲所录演员一览 …………… 365
表4-3	《十宰》题纲所录演员一览 ………………… 366
表4-4	《流沙河》题纲所录演员一览 ……………… 368
表4-5	《请美猴王》题纲所录演员一览 …………… 371
表4-6	《过平顶山》题纲所录演员一览 …………… 372
表4-7	《莲花洞》题纲所录演员一览 ……………… 374
表4-8	《乍冰》题纲所录演员一览 ………………… 375
表4-9	《无底洞》题纲所录演员一览 ……………… 377
表4-10	《狮驼岭》题纲所录演员一览 ……………… 379
表4-11	《八戒成亲》题纲所录演员一览 …………… 381
表4-12	《定风岭》题纲所录演员一览 ……………… 382
表4-13	昆腔杂戏《火云洞》题纲所录演员一览 …… 384
表4-14	《火云洞》题纲所录演员一览 ……………… 385
表4-15	《琵琶洞》题纲所录演员一览 ……………… 387
表4-16	《红梅山》题纲所录演员一览 ……………… 389
表4-17	《金钱豹》题纲所录演员一览 ……………… 389
表4-18	《芭蕉扇》题纲Ⅰ所录演员一览 …………… 392
表4-19	《芭蕉扇》题纲Ⅱ所录演员一览 …………… 392
表4-20	《沙桥》题纲所录演员一览 ………………… 393
表4-21	《福荣山》题纲所录演员一览 ……………… 394

表 4-22　《钓鱼船》人物、线索解析 …………………… 405
附表 1　四本《昇平宝筏》出目对比 …………………… 434
附表 2　《昇平宝筏》情节出目对比 …………………… 444
附表 3　另四本《昇平宝筏》出目对比 ………………… 452
附表 4　清代三层戏楼一览 ……………………………… 464
附表 5　三层戏楼舞台尺寸 ……………………………… 465
附表 6　《昇平宝筏》前西游相关作品情节流变 ……… 474
附表 7　两本内容对照 …………………………………… 482
附表 8　后西游戏俗曲杂戏剧本一览 …………………… 493
附表 9　后西游戏俗曲杂戏剧目情况 …………………… 496
附表 10　可详查之内学演员一览 ………………………… 504
附表 11　可详查之外学演员一览 ………………………… 507
附表 12　《中国戏曲志》中收西游戏目录 ……………… 508
附表 13　《中国戏曲志·甘肃卷》载《甘肃省文化艺术研究所藏清代戏曲手抄本》收西游戏目录 ……… 512
附表 14　《江苏卷》载《昆曲剧目一览表》中西游戏目录 …………………………………………………… 513
附表 15　《豫剧传统剧目汇释》中收西游戏目录 ……… 514
附表 16　《秦腔剧目初考》明清剧目中收西游戏目录 … 516
附表 17　《中国评剧剧目集成》《锡剧传统剧目考略》中收西游戏目录 ……………………………… 519
附表 18　《京剧剧目初探》收西游戏目录 ……………… 519
附表 19　《中国剧目词典》中所收西游戏演出剧目 …… 522

序

《三国志演义》《水浒传》《西游记》《红楼梦》四部古典小说，历来被通称为"中国四大名著"，在中国文化史上占据着极其重要的地位。其中《西游记》与其他三部小说面貌迥异，因为它不是以现实社会作为艺术表现对象，而是以非现实社会作为艺术表现对象，为人们展现了一个神话般的世界。《西游记》所描写的人物形象，要么是神怪人物，如孙悟空、猪八戒、沙悟净、白骨精、牛魔王、铁扇公主等；要么是宗教人物，如玉皇大帝、太上老君、释迦牟尼、观音菩萨等；即使是历史人物，像唐三藏、唐太宗、魏徵等，也都或多或少地染上神奇而虚幻的色彩。但有趣的是，这些非现实人物形象以及他们的音容笑貌、行为性格、人生经历，尤其是"大闹天宫""三打白骨精""火焰山"等故事，居然一直为古今中外的读者所津津乐道。而且，这些栩栩如生的非现实人物形象，还持续不断地激发古今中外文学家、艺术家的想象，派生出五花八门的"西游故事"，令人目不暇接，叹为观止。看来非现实的人物形象和非现实的艺术世界，无疑具有一种独特的审美魅力，足以移情悦性，动魄惊魂。

当然，由文字所塑造的文本形象与由真人或动画所塑造的影视形象，还有着本质的区别，因为文本形象借助于读者的艺术想象而形态各异，而影视形象则以活生生的造型艺术直接作用于观众的视觉，往往让人留下难以磨灭的印象和历久弥新的记忆。例如，在民国时期的戏曲舞台上，孙悟空戏——俗称"猴戏"——深受观众欢迎。一批独具风格的戏曲表演艺术家，如前期的郝振基、杨小楼，中期的郑法祥、盖叫天，后期的李万春、李少春等，他们所塑造的孙悟空舞台形象，在脸谱、扮相、表演上各具特色，成为中国戏曲舞台的经典形象，至今仍然活在人们的记忆中。又如，在影视创作中，虽然有各种"版"的"西游记"作品，但给人们留下最为深刻印象的，还是六小龄童扮演的孙悟空形象。

从历史上来看，神魔故事的舞台演出，不仅推进了戏曲舞台人物形象塑造的求新求异，也推进了戏曲舞台设计、排场艺术、服饰美术、表演艺术等各方面的创意与革新。在这一方面，清代西游戏具有不可忽视的文献价值和文物价值，成为有清一代近300年戏曲舞台艺术变迁的一个缩影。

正因为如此，张净秋选择清代西游戏作为博士学位论文的课题，堪称慧眼独具。在三年的博士生学习阶段，他倾注了大量的心血，对清代西游戏进行了三方面富于独创性的研究，凝聚成读者面前这部厚重的学术著作。

首先是历史研究。西游戏并非产生于清代，也并非产生于明中叶《西游记》小说问世之后，从元代到清代，西游戏自身有一个发生、发展的历史过程。要对清代西游戏作出准确的历史定位，不能不首先考察西游戏的来龙去脉，勾勒出一部完整的"西游戏创作史"。为此，张净秋借助于前辈学者的研究成果，全面地整理了历代戏曲文献著录的西游戏剧目，从作者、著录、存佚、馆藏、版本、故事本末、剧情内容等方面，一一作了叙录，从而基本理清了西游戏发展的历史轨迹。对戏曲文献的全面梳理,使张净秋的西游戏历史研究,较之前人的研究,更为充分,更为坚实,也更富于创见。

其次是《昇平宝筏》研究。清代宫廷连台本大戏《昇平宝筏》,是西游戏的集大成之作,在西游戏创作史和演出史上占有重要的地位。但是学术界对《昇平宝筏》的文本构成、版本源流等关键问题的认识,却一直模糊不清。虽然傅惜华等老一辈学者对这些问题有所涉及,但限于文献不足,因此一直未能得出明确的结论。张净秋利用身居京城的便利条件,奔波于国家图书馆、故宫博物馆、中国艺术研究院图书馆等藏书之地,不仅发现了十分珍贵的康熙朝全本《昇平宝筏》("岳小琴本"),而且仔细地对勘现存的近30种《昇平宝筏》剧本,从而基本上弄清了《昇平宝筏》的文本状况。同时,他结合清代文人笔记及宫廷档案的相关记载,分析了《昇平宝筏》的发展进程,并对其版本源流进行了细致的考证,从而初步梳理出清代宫廷连台本戏的创作方式、文本体制以及宫廷演剧的一些状况。另一方面,结合清初特殊的社会文化背景、清宫特有的戏曲文化氛围以及西游题材作品自身的发展状况,张净秋还对《昇平宝筏》的成书过程进行考察,通过其与前代同题材作品的比较,归纳出《昇平宝筏》的创作宗旨及改编策略。

第三是《昇平宝筏》之后的西游戏研究。由于清后期内廷演剧体制不断嬗变,宫廷与民间戏曲交流日益密切,《昇平宝筏》之后出现和流行的西游戏数量极多。这些西游戏,除了少数为文人案头之作以外,绝大多数都是折子戏、单本戏和各种俗曲杂戏。张净秋根据它们与《昇平宝筏》的关联程度,将其分成"本生西游戏""拟西游戏"和"未知西游戏"三类,并一一作了详细的叙录,尤其是将这些俗曲杂戏与《昇平宝筏》作了简要的对勘，切实地揭示出它们与《昇平宝筏》的密切关联。在此基础上，张净秋对《昇平宝筏》之后的西游戏的生成方式、流传途径和思想内容作了简要的论析。本书的附录九《后西游戏俗曲杂戏剧本总结》和附录十《现存〈昇平宝筏〉后西游戏俗曲杂戏剧目》，以列表的形式，一目了然地展现出西游俗曲杂戏的基本状貌。而本书将20多种西游俗曲杂戏题纲所录演员一一列表明示，也为研究清末民初戏曲演员提供了珍贵的文献资料。当然，由于清末民初的西游俗曲杂戏散佚情况极其严重，搜集和整理工作有相当大的难度，所以张净秋在这方面的研究可以说才刚刚开始。今后张净秋如果能够结合宫廷和民间的演剧体制和演剧功能，进一步展开对西游俗曲杂戏的深入研究，将大大地推进清末民初戏曲发展史的学术研究。

其实，如前所述，清代西游戏更重要的艺术价值和文化价值，还在于舞台演出。在张净秋的博士学位论文开题报告中，原本设定了"清代西游戏曲演出研究"这一专题，拟对清代西游戏的角色、脸谱、服饰、声腔、身段、戏台、演员等，分别进行研究。他试图通过清代西游戏演出的探究，梳理"猴戏"这一特有戏曲类型产生和发展的历史线索，总结其程式化表演模式，进而揭示神魔题材戏曲在清代的发展演进状况以及对20世纪戏曲艺术的历史贡献。这个设想是富于创意的，也是可行的。遗憾的是，由于博士学位论文写作时间的限制，张净秋无法如其预期完成这方面的研究。我们只能通过本书附录六《清宫三层戏楼结构新探》、附录十一《清内廷西游戏表演演员名录》等篇章，看到张净秋在清代西游戏演出研究方面花费的功夫和取得的成绩。

所幸的是，张净秋到首都医科大学任教以后，一年多来始终保持着对戏曲艺术，尤其是戏曲舞台表演艺术的深切挚爱和密切关注，也始终保持着对戏曲研究，尤其是对古典戏曲研究的高涨热情和不懈努力。我期待着他进一步展开对清代西游戏演出的深入研究，也期待着他在戏曲研究方面取得更为丰硕的成果。

郭英德
2010 年 12 月 28 日

前言

一、研究对象与选题意义

《西游记》故事是中国传统文学中的重要题材,依此创作而成的西游戏在整个西游题材发展和传播的历史上具有十分重大的意义。本书即以"清代西游戏"为研究对象,重在考察其整体数量与规模、版本状况与源流、生成原因与方式。这里所说的"清代西游戏",指的是以传统西游故事情节为题材创作的戏曲作品,而以所谓"续西游""后西游""西游补"等为情节内容创作的作品不包括在研究范围之内。同时民间影戏、木偶戏等非真实演员登台表演的戏曲形式也不是本书研究的对象。

西游戏的发展以小说《西游记》的成书为分界线,可以划分为前后两个时期。前期是萌芽和初创期,创作作品数量不多,存世剧作也少,大部分作品内容较为单薄,主要围绕几个重点情节展开。后期,特别是宫廷连台本戏《昇平宝筏》产生以后,西游戏进入蓬勃发展的全盛期,不仅作品数量多,而且很多剧作都保存了下来,作品情节涉及的内容也比较广泛。西游戏发展的后期也是中国传统戏曲发生重大变革的时期,不仅发生了花部、雅部之争,而且宫廷与民间演出交流也很频繁。因此清代西游戏的研究,不只对西游题材本身具有重大的意义,也对研究近代中国戏曲的发展具有参考价值。具体而言,其意义主要表现在以下几个方面:

(1)现存大部分西游戏均为小说成书后创作的,多数为清代作品,基本都处于未整理状态。对这部分文献资料的整理、研究,有助于客观展现西游戏的整体面貌,有助于研究西游题材在清代的发展与传播。

(2)由于历史的原因,清代内廷戏曲演出的价值过去一直没有得到充分的认识,以至于目前学术界尚无一本专著对其进行全面、细致的分析。实际上内廷演剧的艺术性很强,从舞台布景、行头砌末到声腔动作,每一环节都蕴含着戏曲艺人的心血,极具审美价值。而《昇平宝筏》作为最具代表性的作品之一,在整个清宫戏和西游戏的研究中都占有重要的地位。以它作为突破口,可以将触角深入清内廷演剧的方方面面,可以把握清代西游戏发展的整个脉络。

(3) 清代西游戏的传播地域广泛,表演场所多样,接受群体各异。不同文化层次构成的演剧气氛在不同类型戏曲文本中会有所体现。因此,在这个中国戏曲发生重大变革的时期,将西游戏作为一个范例进行研究,会为深入探讨近代戏曲的发展提供一些新的思路和线索。

(4) 由于客观因素的制约,明清神魔题材戏曲的表演研究,一直以来没有长足的进展。西游戏文本的整理,使大量戏曲排练、演出记录呈现在人们眼前。挖掘这部分文献中有关演员规模、表演方式、舞台美术的文字记录,有助于了解此类戏曲的舞台表演体制及艺术发展规律。

二、研究现状及文献综述

20世纪以来的西游戏研究,无论是在文献整理方面,还是在思想、内容、演出的探究方面,都呈现出这样一种特征,即西游戏的研究总是伴随着与之相关的其他文学研究而展开,自身并没有独立。其关涉的领域集中在小说《西游记》成书及清代内廷演剧等几个方面。

(一) 西游戏文献整理

据笔者统计,目前西游戏的排印整理分为两条线索:一是音乐文本的整理，仅有中央音乐学院中国音乐研究所编《西游记杂剧三折》一书出版❶；一是文学文本的整理，专著仅见《古本戏曲西游记校点注释》一书，它收集了山东淄博流行的"八仙戏"❷中16个西游折子戏，除此之外没有任何"西游戏曲集"问世。目前对西游戏的剧目、剧本尚无人做专门整理、校勘和注释。但在20世纪以来的戏曲文献研究成果，诸如各种戏曲曲目、提要，戏曲集成，《西游记》研究资料汇编中，可以发现一系列与西游戏有关的内容。

1. 西游戏剧目著录

从王国维的《曲录》开始，20世纪戏曲目录学的著作便大批涌现。其中著录西游戏的有：《曲录》《曲海总目提要》《中国戏曲剧目初探》《元代杂剧全目》《明代杂剧全目》《明代传奇全目》《清代杂剧全目》《古典戏曲存目汇考》《古本戏曲剧目提要》《明清传奇综录》《戏曲小说书录解题》《中国剧目词典》《话本与古剧》❸等。这些著作虽然一方面为西游戏研究提供了大量的资料，但另一方面也存在不尽人意之处：

---

❶ 传统戏曲是一种音乐文学，其音乐形式，文学研究应当有所涉猎。但本书未将此内容列入研究范围，故对这类文献不加讨论，后将撰文另述。

❷ 山东省艺术研究所、淄博市文化局校注：《古本戏曲西游记：校点注释本》，山东文艺出版社1991年版。该书后记介绍："八仙戏是流行在淄博市临淄区无路口村一带的地方戏曲剧种。"

❸ 谭正璧著，谭寻补正：《话本与古剧》，上海古籍出版社1985年版。书中《金院本名目内容考》一文，提及《唐三藏》，言此剧当演"唐三藏西天取经"事，并略考西天取经题材作品的流变；《宋杂剧金院本与宋元杂剧》《宋元戏文与元明杂剧》两文归纳作品题材内容，提及《唐三藏西天取经》、《西游记》杂剧、《陈光蕊江流和尚》与《唐三藏》。

（1）著录中，仍有部分西游戏剧目遗漏。

（2）没有出现一部集作者、版本、情节内容、故事本末等于一体的综述性戏曲总目，这给翻检剧目造成一定的困难。像傅惜华先生的《中国古典戏曲总录》，虽版本著录精要，但无情节梗概，仅从剧目有时很难判断其内容。

（3）诸本之间多有矛盾，有时使人无所适从。

除大型总目性著作外，很多学者为藏书家、藏书机构编制目录，其中也不乏西游戏的记载。这些书籍包括：《西谛书目》《西谛所藏善本戏曲书目》❶《鄞马氏不登大雅文库剧曲目录》❷《齐氏百舍斋戏曲存书目》❸《读曲小识》《王古鲁藏书目录》❹《国立中央研究院历史语言研究所善本剧曲目录》❺《国剧学会图书馆书目三卷》《北平国剧学会陈列馆目录二卷》等。这些目录著作提供了很多珍贵的西游戏版本资料和探寻线索，对整理西游戏意义重大。

还有一些特殊的戏曲文献，诸如车王府所藏曲本、昇平署剧本，其中亦存西游戏。整理这些文献所得论著有：《故宫所藏昇

---

❶ 林夕主编，煮雨山房辑：《中国著名藏书家书目汇刊》（近代卷，第39册），商务印书馆2005年版，第167~208页。

❷ 《图书月刊》（第2卷第6期），国立中央图书馆1943年1月版，第9~25页。

❸ 《图书季刊》（新第9卷第1~2合期），国立北平图书馆1948年6月版，第29~38页。

❹ 林夕主编，煮雨山房辑：《中国著名藏书家书目汇刊》（近代卷，第40册），商务印书馆2005年版，第187~304页。

❺ 《图书季刊》（新第2卷第3期），国立北平图书馆1940年9月版，第392~415页。

平署剧本目录》❶《北平图书馆藏昇平署曲本目录》《车王府曲本全目及藏本分布》❷《车王府曲本总目》❸ 等。另外还有论文、著作介绍海外所藏汉籍，其中亦记录有西游戏，如傅惜华《日本现存中国善本之戏曲》❹ 一文所载，日本宫内省图书寮藏《传奇四十种》，凡84卷，共80册，辑者不详。此乃日本德山藩毛利家进献之物，为明人作品，其中包括《西游记》一种，属罕见珍品。

民间花部西游戏，剧目研究著作不多。1999年《中国戏曲志》由文化艺术出版社全部出版完成，全书共30卷，对各地方剧种的剧目进行详细介绍，西游戏作品也包含其中。另外，还有各剧种的专题目录亦有参考价值。

总之，这些剧目著录成果为统计西游戏的种类、数量提供了重要依据。

2. 西游戏剧本的编辑影印出版

20世纪以来，西游戏文本的影印整理主要得益于一些大型的戏曲文献出版工程。其中最重要的有以下四种：

（1）《古本戏曲丛刊》。《古本戏曲丛刊》从1954年初集出

---

❶ 《故宫周刊》（第276~315期），北平故宫博物院1933年8月30日至1934年1月13日出版。

❷ 仇江、张小莹：《车王府曲本全目及藏本分布》；刘烈茂、郭精锐等：《车王府曲本研究》，广东人民出版社2000年版，第135~234页。

❸ 仇江："车王府曲本总目"，载《中山大学学报》（社会科学版）2000年第4期，第119~128页。

❹ 此文分上、中、下三次刊登，关于西游戏之记载见《日本现存中国善本之戏曲》（上），载《中国文艺》（第1卷第4期），1939年12月版，第33~37页。

版，至今共有六集问世，收作品 772 种。其中西游戏 5 种，具体情况见表 0–1。

表 0–1 古本戏曲丛刊所载西游戏目录

序号	剧目	朝代、作者	版本及来源	所在集
1	《二郎神锁齐天大圣》	无名氏❶	《脉望馆钞校本古今杂剧》万历二十三年二月十七日校内本	四集之三
2	《杨东来先生批评西游记》	（明）杨景贤	国家图书馆藏日本排印本	初集
3	《昇平宝筏》	（清）张照	故宫博物院图书馆藏清内府钞本	九集之四
4	《钓鱼船》	（清）张彝宣	大兴傅氏藏书 旧抄本	三集
5	《二郎神收猪八戒》	（元）吴昌龄	《古今名剧合选》上海图书馆藏明崇祯刊本	四集之八

❶此剧产生时代有争议，存疑。

《二郎神锁齐天大圣》一剧为"万历二十三年二月十七日校内本"，且剧末附有"穿关"，这为研究西游戏的服饰提供了资料。《杨东来先生批评西游记》（以下简称"《西游记》杂剧"）是研究小说《西游记》成书的重要文献，此剧现存版本除丛刊本外还有 11 种，下文将详述。《昇平宝筏》《钓鱼船》是清西游戏剧本。《二郎神收猪八戒》实乃《西游记》杂剧六卷中之一卷。

（2）《故宫珍本丛刊》。此书由故宫博物院编辑，海南出版社2001 年出版。其中"清代南府与昇平署剧本和档案"部分共 59册，收西游戏剧本、提纲、串头等共 70 余种。这些文献是研究清内廷演剧的重要资料。

（3）《俗文学丛刊》。2001 年，我国台湾地区"中央"研究院历史语言研究所和新文丰出版股份有限公司出版了《俗文学丛刊》一书，其中第 42～43 册、第 66～69 册、第 115 册、第 198册、第 304 册等收昆曲、高腔、淮戏、京剧等剧种西游戏剧本 87

个。这部分文献资料来源于台湾"中央"研究院历史语言研究所傅斯年图书馆。该馆俗文学资料收藏极富特色,剧本年代可上溯至清乾隆年间,地域则遍及全中国。

(4)《清车王府藏曲本》。清车王府藏曲本是1925年发现的珍贵戏曲文献,其数量丰富,对于研究中国戏曲的近代演进过程具有重要意义。1991年,北京古籍出版社影印出版《清蒙古车王府藏曲本》一书,但因印量较少,价格昂贵,不易获见。2001年,学苑出版社又影印出版了《清车王府藏曲本》,其中收西游戏20种。

另外,近代藏书家收藏珍贵图书也有影印本出版,如学苑出版社的《绥中吴氏藏抄本稿本戏曲丛刊》,收西游戏两种,见表0-2。

表0-2 《绥中吴氏藏抄本稿本戏曲丛刊》所收西游戏

序号	戏 目	朝代、作者	版本	所在册页	
				册	页码
1	《昇平宝筏》❶十本二十四出	(清)张照	旧抄本	第14册	483~529
2	《曲词十九种》(附曲目)之《十宰》	—	旧抄本	第29册	132~135

❶该书目录中言:《昇平宝筏》一名《莲花会》。观原本,未见这一标注,不知此论源于何处,存疑待考。

以上大型丛书多收明清时期西游戏,而宋元时期的西游戏因年代久远多不存。20世纪以来,有学者开始从事宋元戏曲的辑佚工作,钱南扬、赵景深、陆侃如和冯沅君等先生成果最为突出,先后出版有《宋元戏文百一录》《宋元戏文本事》《南戏拾遗》《宋元戏文辑佚》《元人杂剧钩沈》等著作。其中收西游戏《鬼子母揭钵记》《陈光蕊江流和尚》《唐三藏西天取经》三种。后

又有张继红校注《吴昌龄、刘唐卿、于伯渊集》一书，其中辑有吴昌龄《唐三藏西天取经》杂剧两折。❶

随着小说《西游记》成书研究和西游人物形象演化研究的深入，人们开始重视小说成书前的戏曲资料的收集。朱一玄先生、刘毓忱先生与刘荫柏先生在前人基础上分别编成《西游记资料汇编》与《西游记研究资料》，两书贡献主要有：

（1）更加重视曲谱中西游戏的摘录，增加了宋、元西游戏辑佚的数量。

（2）所收剧本不限于西游戏，也包括对西游故事流变产生影响的其他剧目。

（3）注意将佚曲与同题材其他西游戏进行比较，为研究戏曲剧本来源和发展提供线索。

此外，很多戏曲选本也影印出版，其中亦有西游戏，具体情况如下：

（1）1987年，台湾学生书局影印出版王秋桂主编《善本戏曲丛刊》，其第五辑收乾隆四十二年鸿文堂梓行校订重镌本《缀白裘》，并附乾隆二十九年金阊宝仁堂刊本《时兴雅调缀白裘新集初编》。乾隆四十二年本《缀白裘》第六集，有《慈悲愿》"认子"一折；第八集，有《安天会》"北饯"一折；第九集，有《慈悲愿》"回回"一折。所附乾隆二十九年本卷四收《安天会》"胖姑儿"一折。另外《缀白裘》整理排印本，亦由汪协如点校，中华书局出版。

（2）《善本戏曲丛刊》第四辑中，收明天启四年编《万壑清

---

❶ 赵景深《元人杂剧钩沉》所辑《唐三藏西天取经》恐非原作，张继红所辑当是也。详见二人辑录说明及注释。

音》一书，其中有《西游记》四折，分别是：《诸侯饯别》《擒贼雪仇》《回回迎僧》《收服行者》。

（3）1996年，北京线装书局出版首都图书馆编辑《明清抄本孤本戏曲丛刊》一书，共15册，其中第13册收《钓鱼船》一剧。

除此以外，在出版面世的各种地方戏曲的汇编资料中，也保存有传统西游记剧本。

（二）西游戏文本、演出研究概述

据笔者统计，截至2008年，20世纪以来西游戏的研究论文共有45篇（包括日本学者3篇论文），没有专著和学位论文出版或发表。归纳分析这些论文，可知其涉及的研究领域仅限于以下4个方面：（1）杨景贤《西游记》杂剧研究（25篇）；（2）西游戏与小说《西游记》关系研究（11篇）；（3）西游戏整体概论（5篇）；（4）《昇平宝筏》研究（4篇）。有限的研究成果与现存丰富的西游戏文献资料很不相称，造成这种情况出现的原因很多，但主要原因在于西游戏研究本身的特殊性。

1. 在为小说《西游记》研究服务的过程中逐渐发展

20世纪初，伴随着文学观念的变化，传统小说、戏剧的研究开始兴起。西游戏因其在小说《西游记》成书研究中的重要地位，开始引起学者们的注意。

1923年，胡适在《〈西游记〉考证》一文中第一次提出："《西游记》小说——同《水浒》《三国》一样——也有了五六百年的演化的历史"❶，这"揭示了中国长篇章回小说由世代累积型

---

❶ 胡适著，姜义华主编：《胡适学术文集·中国文学史》，中华书局1998年版，第973页。

到文人独立创作型转变的轨迹"。❶ 同时他还列举金院本《唐三藏》、吴昌龄著元杂剧《唐三藏西天取经》❷和《纳书楹曲谱》中涉及的西游戏,并强调"那六本的《西游记》已可算是一度大结集。最后的大结集还须等待一百多年后的另一位姓吴的作者"。❸ 这实际上肯定了《西游记》杂剧对宋元以来民间西游题材作品的整理,以及对小说成书的作用。

1924 年鲁迅先生《中国小说史略》出版。在《明之神魔小说(中)》一篇里,他发展了胡适《西游记》杂剧内容"和《西游记》小说相接近"❹之说,认为"吴则通才,敏惠淹雅,其所取材,颇极广泛……于西游故事亦采《西游记杂剧》及《三藏取经诗话》"。❺ 1933 年,郑振铎在《文学》上发表《〈西游记〉的演化》❻,对小说故事的集合作专门的分析。他认为,小说中陈光蕊事、大闹天宫悟空被俘、取经途中所经磨难等内容均脱胎于西游戏,特别是《西游记》杂剧。这是对鲁迅观点的进一步具体化论证。

由此,西游戏在小说成书中之积极作用的论点得到了广泛的

---

❶ 竺洪波:《四百年〈西游记〉学术史》,复旦大学出版社 2006 年版,第 133 页。

❷ 胡适所指《唐三藏西天取经》为六本杂剧,当是与杨景贤《西游记》杂剧混淆,具体原因见下文。

❸ 《胡适学术文集·中国文学史》,中华书局 1998 年版,第 979 页。

❹ 同上书,第 978 页。

❺ 《鲁迅全集》(第 9 卷),人民文学出版社 2005 年版,第 168 页。亦可参看鲁迅与胡适 1922 年书信两通,见《鲁迅全集》(第 11 卷),第 428～432 页。

❻ 郑振铎:《西谛书话》,生活·读书·新知三联书店 1998 年版,第 37～70 页。

接受，加之20世纪以来几部重量级《中国文学史》和戏曲史对这一观点的传播，亦使此说几成定论。❶ 又由于《西游记》杂剧是目前唯一可见的成书于小说《西游记》之前的完整本西游戏，因此它成为研究的重点。

1954年，《文学书刊介绍》第8期发表了严敦易的《"西游记"和古典戏曲的关系》，文章提出戏曲《唐三藏西天取经》、《西游记》杂剧与小说《西游记》，"两者并没有什么密切的血肉联系"。❷

---

❶ 游国恩、王起、萧涤非、季镇淮、费振刚主编的《中国文学史》，在"明初到中叶的戏剧"一节提到：杨景言的《西游记》杂剧写三藏法师取经故事，对后来神话小说《西游记》有影响。在"西游记的成书过程和作者"一节提及：现存元末明初人杨讷所著《西游记》杂剧，以敷演唐僧出世的"江流儿"故事开场，这同样是后来《西游记》小说的一个重要内容。中国社会科学院文学研究所编写的《中国文学史》，在明初文学"杂剧和传奇小说"一节中说：《西游记》杂剧，"这个剧对吴承恩的小说《西游记》的形成，有着明显的影响"。廖奔、刘彦君所著《中国戏曲发展史》中称：杂剧为小说提供了整体的情节框架，为小说的整体结构奠定了基础；杂剧幽默诙谐的喜剧格调对小说艺术风格的形成具有一定影响；杂剧对主要人物性格特征的定性起到铺垫作用。徐子方《明杂剧史》言：《西游记》杂剧已为后来的《西游记》小说提供了一个基本的框架，在《西游记》故事发展演变中起着承上启下、继往开来的特殊作用。徐朔方《小说考信编》认为：《西游记》的成书曾受到元代以来其他世代累积型集体创作的小说戏曲的影响。

❷ 作家出版社编辑部编：《西游记研究论文集》，作家出版社1957年版，第145页。

其立论基础亦出自对《西游记》杂剧的分析。❶

两种相反观点其依据同时源于《西游记》杂剧，这从客观上促成了20世纪以来西游戏研究中心的形成。

1928年，《西游记》杂剧在日本内阁文库被发现，卷首有勾吴蕴空居士的《总论》，言此书为元吴昌龄所撰，查元明典籍又有吴昌龄著《唐三藏西天取经》的记载，因此该本《杨东来先生批评西游记》的作者被认定为吴昌龄。1931年，四明范氏天一阁旧藏明蓝格抄本《录鬼簿》和《续编》被发现，书中将《西游记》杂剧归入杨景贤下，而在吴昌龄杂剧《西天取经》下标"题目：老回回东楼叫佛，正名：唐三藏西天取经"。1939年，孙楷第先生利用这一资料，发表了长文《吴昌龄与杂剧"西游记"》，言明"现在所见的杨东来评本《西游记》杂剧不是吴昌龄作的"，作者应为杨景贤。观点一出，很快得到学术界的赞同。其后，学者也多沿袭这一说法。诸如赵相璧的《杨景贤及其杂剧〈西游记〉》，周双利、阿实干的《杨景贤戏曲著作考辨》❷，分别对此进行评述，并进一步阐述作者混淆的原因。

---

❶ 两种观点同时并立的状况直接影响到一些论著，它们对杂剧和小说的关系没有给予直接的评价。袁行霈主编的《中国文学史》对此论题未提及。章培恒、骆玉明主编的《中国文学史》，于《西游记》一节提出：宋之南戏《陈光蕊江流和尚》、金院本《唐三藏》、杂剧元代吴昌龄的《唐三藏西天取经》、元末明初无名氏的《二郎神锁齐天大圣》、杨景贤的《西游记》，这些剧作与小说《西游记》的关系难以确定。郭预衡主编的《中国古代文学史》，在《西游记》一章说：《西游记》杂剧全剧框架与吴氏《西游记》亦大致相近，而具体情节则不类。齐裕焜《明代小说史》言：《西游记杂剧》刊本问世较晚，吴承恩生前是否看过此剧抄本，尚难断定。

❷ 所引论文出处，见"附录一：西游戏研究论文索引（截至2008年）"，下同。

但也有对此表示疑虑的。1990年，熊发恕在《四川师范大学学报》发表了《〈西游记〉杂剧作者及时代考辨》一文。作者认为：其一，杂剧对杨景贤只字未提；其二，明人增补《录鬼簿》对此剧的著录是孤证，从《词谑》一书版本看孙楷第先生的引证不可靠；其三，此剧有可能是其他西游戏的存本，从而对杨景贤的作者身份提出质疑。

　　从客观上讲，对著作权的论争促成了《西游戏》杂剧更为深入细致的探讨。

　　支持杂剧对小说《西游记》成书有积极影响的学者，一般认为：在内容上，杂剧补入的唐僧身世一段、大闹天空和取经磨难的构思都已接近小说；在人物上，动物性人物的消失、主要人物构成稳定化、孙悟空斗争精神的增强，奠定了小说人物塑造基础；在艺术上，杂剧诙谐、幽默、风趣、口语化的特征与小说可谓一脉相承。以上观点可参看胡念贻《谈"西游记"中的神魔问题》❶、李时人《〈西游记〉论略》❷、云峰《论蒙古族戏剧家杨景贤〈西游记〉杂剧对吴承恩〈西游记〉小说成书之影响》、熊发恕《〈西游记杂剧〉在小说〈西游记〉形成过程中的地位和作用》、刘荫柏《〈西游记〉与西游戏》、周双利与王坤《杨景贤的生平·思想与创作》、赵相璧《蒙古族元曲作家：杨景贤及其作品》、马冀《论杂剧〈西游记〉的人物形象》等文。

　　而以胡光舟为代表的学者，承继严敦易观点，认为杂剧结构

---

　　❶　胡念贻：《中国古典文学论丛》，古典文学出版社1957年版，第71~88页。

　　❷　李时人：《西游记考论》，杭州古籍出版社1991年版，第1~25页。

松散、内容粗俗、关目缺乏照应,❶ 并以此论定杂剧"或是与小说《西游记》没有什么关系,或竟是据小说以增补,乃是小说影响了戏曲",指出"种种迹象表明,现在能见到的六本廿四折《西游记》杂剧并非杨氏原作的面貌"。❷ 对此马冀在《杂剧〈西游记〉的作者、著录及流传》一文中提出质疑,认为:杂剧内容早于小说,不会是补入小说的内容;从剧本宫廷特征、蒙古民族性格及审美趣味、作者行文风格看,杨景贤符合作者条件。进而他提出此书是在民间说唱文学和戏曲基础上经文人加工过的,不能排除杨景贤亦在其中,因此不能轻易否定孙楷第的结论。

在小说《西游记》成书研究与《西游记》杂剧研究的互相促进、双向互动中,一方面,小说成书吸取了杂剧营养的观点成为主流;另一方面,也有学者开始对杂剧研究历史进行反思,从客观上重新审视杂剧对小说的影响。竺洪波在《〈西游记〉杂剧对〈西游记〉小说影响的再认识》一文中认为应该从小说、戏曲两种体裁的整体关系谈影响。小说、戏曲是姊妹艺术,很多小说是世代累积型的,小说受到戏剧的影响。但《西游记》有特殊性,戏剧对小说具有正反两方面作用:消极方面,元代西游戏因题材所限,数量比较少,因此作者创作受戏剧影响小;积极方面,《西游记》杂剧完备的体制、完整的情节,使它更集中地对小说创作产生影响。这应是较为公允的论断。

《西游记》杂剧的研究还涉及以下一些问题。

---

❶ 曾永义:《明杂剧概论》,台北学海出版社 1979 年版,第 109~110 页。

❷ 胡光舟:《吴承恩和西游记》,上海古籍出版社 1980 年版,第 58 页。

（1）体制特点。《西游记》杂剧体制庞大，在用曲、借宫等方面多有创新与突破。每折前都有正名和歌颂性的四句七言诗；吸收南戏特点，楔子不单独分出，演唱时则主唱与轮唱相结合；在借宫方面，除一般性借宫外，还出现了不常见的情况。赵景深《吴昌龄的"西游记"杂剧》、熊笃《论杨景贤〈西游记〉杂剧——兼说〈朴通事谚解〉中所引〈西游记平话〉非元代产物》、曾永义《明杂剧概论》对此论述颇详。

（2）作者与蒙古文化。对蒙古作家杨景贤的考察是作品分析必然涉及的。这方面研究主要探讨作者的生平、著作、文学风格，特别是从作者特殊的民族性格和审美情趣角度分析蒙古文化对《西游记》杂剧的影响，提出杨景贤的出现弥补了少数民族戏曲文学史的不足。

（3）世俗化倾向。有学者提出《西游记》杂剧的宗教色彩淡化，娱乐色彩大增，人物形象和故事情节更多趋向于世俗化、市民化。分析其产生原因，一般认为与作品产生时代和作者有着密切关系。张大新的《〈西游记〉创作进程中的重要里程碑——杨景贤〈西游记〉杂剧之再认识》，马冀的《论杂剧〈西游记〉的人物形象》等均持此观点。

另外新剧目和材料的发现，也为小说成书研究提供了新思路。

1985年，山西潞城县崇道乡南舍村发现曹家祖传万历二年手抄本《迎神赛社礼节传簿四十曲宫调》，其中部分剧目敷演"西游"故事，引起一些学者的注意。蔡铁鹰《外结构：〈西游记〉

成书的关键——〈礼节传簿〉》❶，曹炳建、杨俊《〈礼节传簿〉所载"西游"戏曲考——兼与蔡铁鹰等先生商榷》，蔡铁鹰《三晋钹铙打造了孙悟空：关于〈西游记〉的早期形态兼答曹炳建、杨俊先生》三文展开论争，从《唐僧西天取经》一剧的产生时代着眼，研究其在西游故事发展中的地位，进而指出西游故事流传中存在中原与西北两个系统，最终揭示小说《西游记》成书史的重写策略。这一问题的探讨目前仍在进行中。

与小说成书研究同时展开的是人物形象，特别是孙悟空形象的演变研究。众所周知，对于这一问题，学界曾进行过一场旷日持久的讨论。实际，此问题聚讼不一的症结在于没有对哪一形象是孙悟空原型达成共识。但似乎有一点，任何研究者都不可否认，即西游戏中孙悟空形象的塑造对小说中这一形象的形成具有重要意义，关于孙悟空演化的任何研究都不可避免地涉及西游戏的相关内容。刘勇强先生就曾在《幻想的魅力》一书中说出了如下颇有见地的一席话：

> 陷入无休止论争的孙悟空"原型"问题，实际上就是对孙悟空的前形象理解过于具体所致。无论无支祁还是哈奴曼其实都不具备单独充当孙悟空前形象的条件和可能。
> 无支祁、哈奴曼以及其它猴形象都不过是孙悟空的普泛前形象。❷

---

❶ 蔡铁鹰：《〈西游记〉成书研究》，中国文联出版社 2001 年版，第 215~227 页。

❷ 刘勇强：《幻想的魅力》，上海文艺出版社 1992 年版，第 40 页。

这实际上是从另一个角度肯定了西游戏对孙悟空形象形成的意义。很多著名学者，如胡适、鲁迅、叶德均、刘毓忱、张锦池、李时人等都对此进行了深入细致的分析，可参看相关论著❶，此不一一赘言。

除此之外，对《唐三藏西天取经》、《胖姑》、"唐僧出世"故事以及曲谱存残曲等内容，各家亦有探讨，可参看解玉峰《只落得我笑呵呵，呵呵笑我：〈西游记〉杂剧"村姑演说"出赏析》，俞平伯《校订〈西游记·胖姑〉折后书》，王青山、常存文《杂剧〈西游记〉与小说〈西游记〉关于"唐僧出世故事"比较研究》等文。

2. 成为清内廷演剧研究的组成部分

近几年，由于清代宫廷戏曲研究的复苏，学界开始将西游戏研究的关注点转向《昇平宝筏》。但对它的研究目前还处于起步阶段，内容也主要从清代内廷演剧历史、体制等方面展开。

20世纪前半叶，由于满清王朝的覆灭，大批内廷文献档案从深宫内院走向普通公众。一些学者开始关注其中剧本、演出档案的整理和分析，朱希祖、周明泰、王芷章分别撰写《整理昇平署档案记》❷《清昇平署存档事例漫抄》和《清昇平署志略》，三书成为内廷演剧研究的奠基之作。书中对西游戏的演出时间、地点和剧目亦进行记载。随后的研究虽有持续，但均未超越三书的成

---

❶ 胡适、鲁迅作品见前文，叶德均有《戏曲小说丛考》，刘毓忱有《论〈西游记〉及其他》，张锦池有《西游记考论》，李时人有《西游记考论》等。

❷ 《燕京学报》（第10期），北平燕京大学1931年12月出版，第2082～2122页。

绩。20世纪80年代以来，以朱家溍、丁汝芹、幺书仪、陈芳为代表的学者又从文献角度出发，梳理内廷演剧的历史脉络和演进规律。他们先后出版《故宫退食录》《清代内廷演戏史话》《乾隆时期北京剧坛研究》《晚清戏曲的变革》《清代内廷演剧始末考》等著作，力图对这一特殊戏曲表演模式进行更深入的挖掘。诸书涉及西游戏舞台表演、演员状况等相关内容。另外，随着演出剧场研究的兴起，宫廷独特的三层大戏台成为学者关注的一个焦点。周贻白《中国剧场史》《中国戏曲发展史纲要》《中国戏曲史长编》、廖奔《中国古代剧场史》、张庚、郭汉城《中国戏曲通史》、周华斌《京都古戏楼》《中国剧场史论》、李畅《清代以来的北京剧场》等著作都对此进行了详尽的介绍，并提及《昇平宝筏》的上演。

另一方面，一些表演艺术家、戏曲艺人和学者，一些长期工作于故宫博物院的研究者分别搜集或撰写回忆性或见闻性文章、论著，对清代内廷演剧情形、猴戏演出的重要剧目、艺术大师表演技巧、成长经历和舞台经验作出总结。著作如《清代燕都梨园史料》《舞台生活四十年》《徐兰沅操琴生活》《齐如山回忆录》《京剧谈往录》丛书及《我在故宫七十年》等。

无论是官方记录、学术成果，还是个人经历、见闻，都对研究清代内廷演剧具有推动作用。但由于内廷演剧历时较长，文献繁冗，情况复杂，所以目前研究主要侧重在内廷演剧的宏观方面，局部的专门探讨只能略加涉及。

目前所知集中研究《昇平宝筏》的论文主要有4篇。傅惜华先生的《〈昇平宝筏〉——清代伟大之神话剧》虽主要抄录剧曲出目，但每本后均论及演出情况，对传播研究有指导意义；苏兴、苏铁戈的《〈昇平宝筏〉与〈西游记〉散论》从作者、创作意图、演出地点、素材来源、与小说《西游记》之比较和艺术特点等角度进行分析，发表时间较早内容较为全面；李玫的《〈昇平宝筏〉在清代宫廷里缘何受青睐？》主要阐述戏曲传播中的接受效果；胡淳艳的《清宫"西游戏"的改编与演出——以〈昇平宝筏〉为核心》则就创作过程、改编方式、戏曲版本、表演情况展开论述。由此可见，《昇平宝筏》研究的关注点，目前主要集中于创作和演出两方面，涉及创作主体、创作意图、素材来源、演出时间、演出地点、演出效果等。这些研究只触及戏曲的外部特征，尚待开掘的潜在研究领域还很广阔。

总之，由于西游戏研究长期隶属于上述两方面的研究，自身的探究无法独立，因而出现了目前研究成果不够理想的状况。

另外，民间花部西游戏研究，也同样没有得到应有的重视。从研究最为集中的京剧看，其关涉西游戏的研究成果也不是很多。其他研究成果，仅见中国戏剧出版社出版的《清代花部戏研究》❶，以及部分戏曲史的零星记录。

三、研究方法与研究内容

本书运用文献学、戏剧学、传播学、叙事学等多种研究方法和理论，兼顾佛教、美术、建筑等相关学科，对清代西游戏的面貌进行较为全面的描画，同时论述其产生发展过程中出现的一些重大问题。

全文将从两个方面展开，其一文献考证，其二作品文本分析。

---

❶ 金登才：《清代花部戏研究》，中国戏剧出版社2006年版。书中著录了六种花部西游戏。

文献考证部分，主要涉及西游戏剧目的整理、版本的著录和版本源流的考察。

西游戏剧目在 20 世纪以来的戏曲目录学著作中多有记载，但著录情况较为复杂。笔者将在前人成果基础上，对西游戏剧目、作者、著录、存佚、版本等情况进行归纳、辨析，编制西游戏目录。同时重点解决著录中出现的版本错乱、剧名混杂、佚曲不明等问题。在剧目整理的基础上，本书将对存世剧目的版本进行源流考辨，尤其要对《昇平宝筏》的版本进行深入的探讨。文献考证工作，亦为今后编制《西游戏曲集》做前期准备。

作品文本分析部分，主要以《昇平宝筏》为中心，将其与前代西游作品，特别是小说《西游记》，以及后世西游俗曲杂戏进行比较，侧重分析以下诸方面内容。

（1）《昇平宝筏》的产生背景。宫廷连台大戏《昇平宝筏》诞生于清朝康乾盛世之际，它的产生与皇帝本人、当时的治国理念策略、清代内廷演剧体制有着密切的关系。比照作品中的相关内容，本文将集中阐述《昇平宝筏》成书的社会文化背景。

（2）《昇平宝筏》与前代西游作品之关系。《昇平宝筏》产生以前，出现过一些西游作品，它们体裁各异。《昇平宝筏》对这些作品，在情节、人物和思想主题上有着不同程度的继承和发展。本研究将把这些作品，特别是小说《西游记》，与《昇平宝筏》进行对比，着重讨论由于文体的不同，作者在处理情节、结构时，所采用的策略和方式。

（3）《昇平宝筏》与其后西游戏之关系。《昇平宝筏》体制庞大、内容详备，《昇平宝筏》之后出现的西游戏，绝大多数都与之有关。将它们进行对比，可以分析出这一时期西游戏在文本内容上的承继关系，在生成方式上具有的一些特点。

（4）文本的传播与交流。清代，随着内廷演剧体制的变革，宫廷与民间演剧的交流越来越多，关系也越来越密切。在这种情况下，戏曲文本就出现了双向的渗透和传递，这从侧面反映出当时社会文化的迁移。本书将通过版本的分析，归纳交流的主要渠道和方式，进而研究这种交流给戏曲表演带来的新变。

第一章
西游戏文献整理概述

第一节　西游戏整理及目录

西游戏研究的首要问题，是确定其剧目数量、存佚状况、版本源流、题材情节等，这些资料散见于现存各种戏曲文献中。从记载的具体内容看，西游戏文献著录主要呈现出以下特点：第一，著录作品数量不多，存世全本作品更少。第二，著录内容简单，或相互因袭，一错皆错；或著录之间，彼此矛盾，无所适从。探其缘由，西游戏未受足够重视确为一因，但戏曲自身在发展和传播过程中所形成的独有文本形态特征在客观上也给著录带来了诸多不便。

中国古代，诗文一直被视为文学传统的正宗，戏曲等俗文学受到轻视。王国维先生在其戏曲研究巨著《宋元戏曲史》之"自序"中就曾指出："元人之曲，为时既近，托体稍卑，故两朝史志与《四库》集部均不著于录；后世硕儒，皆鄙弃不复道。而为此学者，大率不学之徒；即有一二学子，以余力及此，亦未有能观其会通，窥其奥窔者。遂使一代文献，郁埋沉晦者且数百年，愚甚惑焉。"❶ 文中只提及元曲，实际明清两朝戏曲所遭遇之窘境亦如此。

西游戏之状况与此基本吻合。据笔者统计目前戏曲文献记录的西游戏数量为33部（见表1-1）。其中11部整本全存，仅占32.4%，另有6部存佚曲。在整本全存戏曲中，作者可考者只有

---

❶ 王国维：《宋元戏曲史》，岳麓书社1998年版，第1页。

4部，占全部西游戏的12.1%。这样的存世数量，与小说《西游戏》的煌煌巨制相较，自然会处于下风。

表1-1 戏曲文献著录之西游戏目录

序号	戏曲类型	曲目名称	作者	存佚情况
1	宋元戏文	《鬼子揭钵》	阙名	存佚曲
2		《陈光蕊江流和尚》	阙名	存佚曲
3	金院本	《唐三藏》	阙名	佚
4	元杂剧	《唐三藏西天取经》	吴昌龄	存佚曲
5		《鬼子母揭钵记》	吴昌龄	佚
6		《刘全进瓜》	杨显之	佚
7	元明杂剧	《二郎神锁齐天大圣》	阙名	存
8		《大圣收魔》	阙名	佚
9		《魏征斩龙王》	阙名	佚
10	明代杂剧	《西游记》	杨景贤	存
11	明代传奇	《江流记》	阙名	佚
12		《唐僧西游记》	阙名	佚
13		《进瓜记》	王□□昆玉	佚
14		《西游记》	夏均正	存佚曲
15		《西游记》	陈龙光	佚
16		《佛莲记》	沈季彪	佚
17	明清传奇	《慈悲愿》	阙名	存佚曲
18		《平顶山》	阙名	佚
19		《安天会》	阙名	存佚曲
20	清代传奇	《钓鱼船》	张彝宣	存
21		《芭蕉井》	张彝宣	佚
22		《昇平宝筏》	张照	存
23		《无底洞》	阙名	存
24		《婴儿幻》	金兆燕	存

续表

序号	戏曲类型	曲目名称	作者	存佚情况
25	清代传奇	《莲花会》	阙名	存
26		《江流记》	阙名	存
27		《进瓜记》	阙名	存
28		《黄袍郎》	阙名	存
29		《金钱豹》	阙名	存
30		《统坤国》	阙名	不确定
31		《陈光蕊》	阙名	佚
32	清代杂剧	《盘丝洞》	阙名	佚
33		《猪八戒幻结天仙偶》	叶承宗	佚

33部西游戏，从题材上看，是存在某种倾向性的。这种倾向性伴随着西游故事的发展而发展，呈现出题材内部整合与凸显并存的特点。

据文献著录，西游戏最早出现于宋元时期。这一阶段，其题材大致可以分为三类：（1）唐僧身世及取经题材，包括《陈光蕊江流和尚》《唐三藏》《唐三藏西天取经》；（2）唐太宗入冥题材，包括《刘全进瓜》《魏征斩龙王》；（3）孙悟空及降魔题材，包括《二郎神锁齐天大圣》《大圣收魔》《鬼子揭钵》《鬼子母揭钵记》。❶ 前两种题材是核心，这在一定程度上反映出取经题材故事在产生初期是以唐僧为中心，后才

---

❶ 由于《二郎神锁齐天大圣》《大圣收魔》《魏征斩龙王》三剧均佚，其产生时代一般标注元明时期，无法确指。所以，如果抛开三剧，观宋元时期西游戏，则并无孙悟空的痕迹。题材之三，也仅涉"鬼子母"，其在后世西游故事作品中经渐变而淡化。

逐渐发展成以孙悟空为中心的状况。随着西游题材的演变，这两种类型在戏曲创作中形成一种传统，后世西游戏多有沿袭。

明代西游戏题材，亦可归为三类：一为唐僧身世题材，包括《江流记》《陈光蕊》；二为唐太宗入冥题材，即《进瓜记》；三为整合的西游故事题材，包括《西游记》《唐僧西游记》等。与宋元时期相比，明代西游戏在稳定既有题材的基础上，已经完成"唐僧取经"与"孙悟空降魔"两类题材的整合，且这一类型无论是数量还是规模都超越其他题材，成为凸显的一极。

清代，在明代基础上，题材演变中整合与凸显的程度大大加深，既出现了集大成的宫廷连台本戏《昇平宝筏》，也有许多降魔故事和取经人物故事纷纷"独立"，自成一剧，其中如"莲花会""进瓜记"等即是。以上内容参看图1-1。

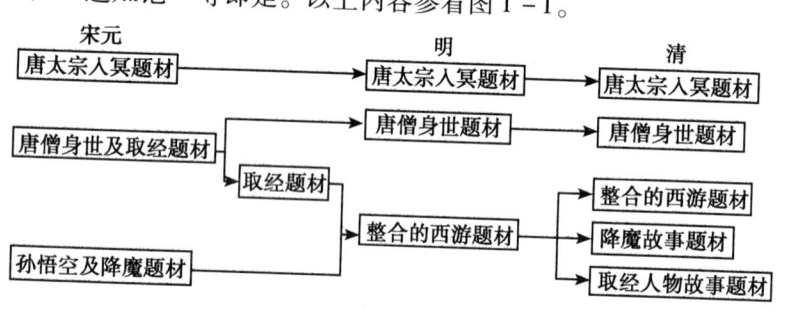

图1-1 西游戏题材流变

凡此足见，西游戏在流传演变过程中，一方面传统的题材不断沉淀，日益彰显；另一方面，以取经为主线，众多降魔故事不断聚合，形成日渐丰满的西游全剧。后者在不断发展的同时，又反向分蘖出更为独立的具有代表性的取经故事片断。这种趋势带来的直接效果就是西游戏题材集中，情节雷同。而"唐僧身世题材""唐太宗入冥题材"和"整合的西游故事题材"三者最为突出，构成了西游戏的主干。

题材的集中，情节的雷同，给剧目名称的区分客观上带来了困难。

中国古代戏曲的剧目，在体制上，有其自身发展的脉络。南戏、杂剧、传奇虽各自有别，但剧目之间实有承袭关系。一方面南戏"题目正名"结构对杂剧、传奇剧目体制的形成产生影响；❶另一方面题材相同或相关的作品，即使戏曲类型不同，剧目名称也多有沿袭。❷ 此外，戏曲剧目还存在全名与简名、一剧多名等现象。从文献著录的历史上看，不同的剧名往往兼行并存，无统一标准，规范性差，随意性强。

由于上述原因的共同作用，西游戏出现了剧目名称大量重复、记载混乱、错讹纷出等复杂情况。下面将撷取若干西游戏文献材料，分析在此问题上元明清各代著录的错失。

表1-2、表1-3搜集了所见文献中以"西游记"为题及其相关的所有戏曲著录。对比分析上述资料，可以发现其文献著录具有如下特点。

---

❶ 郭英德：《明清传奇史》，江苏古籍出版社1999年版，第52~53页；钱南扬：《戏文概论》，上海古籍出版社1981年版，第163~167页。

❷ 宋杂剧、金元院本因存世作品少，所涉西游戏数量不多，此处不予讨论。其剧目体制虽与后世戏曲不同，但之间的承袭关系仍然存在。胡忌：《宋金杂剧考》，古典文学出版社1957年版，第158~278页；马美信：《宋元戏曲史疏注》，复旦大学出版社2004年版，第122~141页。

表1-2 曲目著录"西游记"一题情况

序号	著录文献		《唐三藏西天取经》著录处	杨景贤《西游记》著录处	其他名为《西游记》戏曲著录处
1	《录鬼簿》	说集本	吴昌龄《西天取经》[p.172]①	—	—
2		孟称舜本	吴昌龄《西天取经》[p.366]	—	—
3		天一阁本	吴昌龄《西天取经》[p.22] 题目：老回回东楼叫佛 正名：唐三藏西天取经	—	—
4		曹栋亭本	吴昌龄《唐三藏西天取经》[p.109]	—	—
5	《太和正音谱》		吴昌龄《西天取经》[p.37]	杨景言[p.41]	—
6	《录鬼簿续编》		—	杨景贤《西游记》[p.284]	—
7	《南词叙录》		—	—	本朝：《唐僧西游记》[p.253]
8	《宝文堂书目》		—	—	乐府：《西游记》[p.139]
9	《词谑》（传是楼本）②		—	杨景夏《玄奘取经》第四出	—
10	《也是园藏书古今杂剧存目》		吴昌龄《唐三藏西天取经》[p.402]	—	—
11	《远山堂曲品》		—	—	具品：陈龙光《西游记》[p.99]
12	《远山堂剧品》		能品：《西天取经》[p.182]	—	—
13	《栋亭书目》		吴昌龄《西游记》六卷[p.286]	—	—
14	《传奇汇考标目》		别本第二十一著录：吴昌龄《西游记》[p.253]	杨景言[p.253]、杨景夏[p.274]	—

续表

序号	著录文献	《唐三藏西天取经》著录处	杨景贤《西游记》著录处	其他名为《西游记》戏曲著录处
15	《钱遵王述古堂书目》	古今杂剧：吴昌龄：《唐三藏西天取经》[p.507]；陈上言选刻本：《唐三藏西天取经》[p.540]	—	—
16	《也是园藏书目》	古今传奇：吴昌龄《唐三藏西天取经》[p.177]；传奇：吴昌龄《西游记》四卷[p.193]	—	—
17	《传奇汇考》	《北西游》	—	—
18	《曲海总目提要》	—	—	陈龙光：《西游记》[pp.1938~1941]
19	《今乐考证》	吴昌龄《唐三藏西天取经》[p.98]	杨景贤[p.147]	—
20	《曲海总目提要拾遗》	北西游[p.1,p.4]	—	—
另1	《南村辍耕录》	—	—	《唐三藏》[p.313]
另2	《少室山房笔丛》	—	—	《唐三藏》[pp.568~569]

资料来源：熊发恕："《西游记杂剧》作者及时代考辨"，载《四川师范大学学报》1990年第2期，第46~54页；马冀："杂剧《西游记》的作者、著录及流传"，载《韶关学院学报》（社会科学版）2002年第2期，第14~23页；孙楷第："吴昌龄与杂剧《西游记》"，载《图书季刊》1939年第2期，第112~134页。另，因涉及文献过多，故表1-3、表1-4的戏曲文献版本不一一注明，详见下文及参考文献。

注：①表中页码为著录文献记载"西游记"一题的具体页码，如p.172为《录鬼簿》于172页记录了吴昌龄《西天取经》。

②孙楷第著："吴昌龄与杂剧西游记"，载《图书季刊》（新第1卷第2期），第120~124页。

表1-3 曲选、曲谱中著录"西游记"一题情况

序号	著录文献	《唐三藏西天取经》著录处	杨景贤《西游记》著录处	其他西游题材戏曲著录处
1	《元曲选》	吴昌龄《西天取经》六本 [p.30]	杨景言、杨景贤 [p.32]	—
2	《古今名剧合选柳枝集》	—	《二郎神收猪八戒》	—
3	《万壑清音》	《西游记》[pp.249~284]《诸侯饯别》《回回迎僧》	《西游记》[pp.249~284]《擒贼雪仇》《收服行者》	—
4	《北词广正谱》	《唐三藏》[pp.744~748]	—	—
5	《九宫大成南北词宫谱》	《唐三藏》	《西天取经》	—
6	《纳书楹曲谱》	续集卷二:《唐三藏·回回》[pp.961~966]	续集卷三:《西游记》之《撇子》《认子》《胖姑》《伏虎》《女还》《借扇》[pp.1071~1112] 补遗卷一:《西游记》之《饯行》《定心》《揭钵》《女国》[pp.1735~1763]	正集卷二:《莲花宝筏》之《北饯》[pp.285~290]

一、一剧多名

在罗列的文献中,吴昌龄《唐三藏西天取经》,其剧名著录最为繁复。此剧全名是《唐三藏西天取经》,简名为《西天取经》。后此剧与杨景贤《西游记》杂剧相混淆,不久又佚失。鲁迅、胡适、孙楷第等先生辑佚时,考得《北词广正谱》《九宫大成南北词宫谱》《纳书楹曲谱》名《唐三藏》者,《万壑清音》名《西游记》者,当为此剧。又,《曲海总目提要拾遗》著录《北西游》一剧,注曰:"元吴昌龄有《唐三藏西天取经》一种,

所演故事与《提要》所叙相同，《提要》所叙疑即吴氏之作。"❶
可见，吴氏一剧，便有五名。

二、一名多剧

在吴剧五名中，"西游记""唐三藏"二名，又存在一名多剧现象，简述如下：题《西游记》者，另有杨景贤杂剧、陈龙光传奇、夏均正传奇；题《唐三藏》者，另有金院本及明演剧《唐三藏》。❷

三、张冠李戴

由于上两类现象的影响，文献中著录的剧目往往彼此纠缠、难以分辨，张冠李戴现象屡见不鲜。《唐三藏西天取经》与杨景贤《西游记》两剧，从明止云居士所辑《万壑清音》开始，就出现了这种状况。清初钱曾《也是园书目》曾著录其收藏有吴昌龄一剧，后该剧便销声匿迹，佚失不存了。其后，世人多将吴剧之名冠于杨景贤《西游记》杂剧之上，直到孙楷第先生《吴昌龄与杂剧〈西游记〉》一文发表，真相方才大白。

四、断章肢解

戏曲中有腰斩或抽取一剧中若干折、出，自成一剧的现象。

---

❶ 伯英校编："曲海总目提要拾遗"，载《剧学月刊》（第 5 卷第 3～4 期合刊），世界书局民国二十五年版，第 4 页。另，关于"北西游"一名，目前除《曲海总目提要拾遗》外，《传奇汇考》亦著录，称为北曲，疑为杨景贤《西游记》杂剧。又有《万锦清音古今传奇》，其中收夏均正《北西游》半折，与《万壑清音》所收《诸侯饯别》极同，详见后"夏均正《西游记》"之剧目考。《北西游》所涉剧目之状况较混乱，存疑待考。

❷ （明）胡应麟：《少室山房笔丛》（卷四一），见《庄岳委谈》（下），中华书局 1958 年版，第 568～569 页。

明孟称舜《古今名剧合选·柳枝集》中《二郎神收猪八戒》一剧，便是抽取杨景贤《西游记》卷四第十三折至第十六折而成。

另根据江流故事题材戏曲，亦可推知著录中存在其他一些问题（见表1-4、表1-5）。

表1-4 戏曲目录对"江流故事"戏曲的著录

序号	著录文献	著录内容		
		宋 元	明	清
1	《南词叙录》	宋元旧篇：《陈光蕊江流和尚》[p.251]	—	—
2	《古人传奇总目》	《江流》[p.284]	—	—
3	《传奇汇考标目》	别本第二十五：无名氏《江流和尚》[p.254]	无名氏《江流》[p.220]	本朝：无名氏《陈光蕊》[p.244]
4	《重订曲海总目》	—	明人传奇：无名氏《江流记》[p.348]	
5	《今乐考证》	南曲：《陈光蕊江流和尚》[p.239]	明院本：无名氏《江流》[p.237]	
6	《曲海总目提要》	—	无名氏《江流记》[p.1409]	
7	《曲录》	—	《江流记》一本、《陈光蕊》一本[卷四p.24]	

表1-5 曲谱、曲选对"江流故事"戏曲的著录

序号	著录文献	著录内容
1	《旧编南九宫谱》	题《江流》《陈光蕊》
2	《南九宫十三调曲谱》	题《江流》《陈光蕊》
3	《广辑词隐先生增定南九宫词谱》	题《江流》《陈光蕊》
4	《汇纂元谱南曲九宫正始》	题《陈光蕊》，注云"明传奇"
5	《寒山曲谱》	题《江流和尚陈光蕊传》《江流》
6	《新编南词定律》	题《江流》《梅岭》
7	《新定九宫大成南北词宫谱》	题《江流》
8	《盛世新声》	无
9	《词林摘艳》	题《江流上路》
10	《雍熙乐府》	题《留恋祖席》《投宿》

文献著录的江流故事题材戏曲，现无一存全本，且作者均阙名，仅从著录的内容看，几乎无法区分剧与剧之间的差别。根据这一状况，可以得出如下结论：

（1）一剧多名现象中剧名的随意性更加明显，剧名变化无明显体例特征。一部宋元戏文，剧名不仅任意删减，而且前后颠倒错置。如《陈光蕊江流和尚》，还著录为《陈光蕊》《江流》《江流记》《江流和尚》《江流和尚陈光蕊传》，共计六名。与元杂剧《唐三藏西天取经》相比，剧名的不稳定性更为突出。

（2）由于所录剧目全部佚失，作者均已无考，著录中戏曲类型的称谓无统一标准，所以同一剧名下所包含剧目数量已无法完全掌握。虽有年代区分，但其不确定性依然存在，这给存世残曲的分辨造成困难，进而不可避免地扩大了辑佚中张冠李戴的可能性。

另外，一些传统剧目随着实际表演范围、规模的扩大，受欢迎程度会日益加深。由于传播方式、接受途径的改变，其中很多故事片断的表演日渐纯熟成为精品，于是它们逐渐脱离原本与观众见面。这样就有更多新剧目应运而生，其内容与传统文本相较，自有不同。这些演出文本在发展中又因时代、声腔、表演者等的差异不断衍生、分化，从而造成了文献著录上更为复杂局面的出现。以上两例所列举的曲选，其著录都不同程度地涉及了这个问题。从目前文献的存世情况看，这部分资料保存数量最多，系统也最为庞杂。

基于以上种种情况，西游戏的整理实际包括文献搜集、著录分析、版本校勘、源流考辨、查证作者、爬梳本事、梗概剧情、辑佚残曲等诸多方面。

第二节　西游戏剧目考

以下将历代戏曲文献中著录的西游戏剧目进行考证，期能补阙辨误，有所增益。

一、《鬼子揭钵》

存佚曲。撰者阙名。宋元南戏。

全剧佚，《汇纂元谱南曲九宫正始》（后简称《九宫正始》）中存残曲两支，注"元传奇"。❶ 近人陆侃如、冯沅君将其辑入《南戏拾遗》一书，《中国戏曲剧目初探》❷ 据此著录。《古典戏曲存目汇考》亦著录，云"《宋元戏文辑佚》本，存残曲一支"，❸ 误。查《宋元戏文辑佚》，无《鬼子揭钵》一剧。❹

---

❶ （明）徐于室初辑，（清）钮少雅完稿：《九宫正始》，见王秋桂主编：《善本戏曲丛刊》（第三辑第1册），台湾学生书局1984年影印本第99～100页。另，"传奇"作为戏曲文体名称，其含义之变迁，《九宫正始》中"元传奇"，其内涵之辨析，可参看陆侃如、冯沅君：《南戏拾遗》，北平哈佛燕京学社1936年版，第24～31页；钱南扬：《戏文概论》，第2～6页；郭英德：《明清传奇史》，第4～12页。

❷ 沈燮元编：《周贻白小说戏曲论集》，齐鲁书社1986年版，第60～464页。

❸ 庄一拂：《古典戏曲存目汇考》，上海古籍出版社1982年版，第53页。

❹ 钱南扬：《宋元戏文辑佚》，上海古典文学出版社1956年版，第127～128页。书中辑有《鬼子母揭钵记》一剧残曲二支，云："《正始》征引题《鬼子揭钵》，当是简称，所以现在借杂剧之名以名之。"二剧之辨析见下文《鬼子母揭钵记》条。

"鬼子",即"鬼子母",本名诃梨帝(梵文 Hariti),又作诃利帝、呵利帝、呵哩底、呵利陀等,译曰欢喜、暴恶等。"属于佛教诸神中一个低级的神""但在印度佛教未出现之前就已经受到崇拜。"❶ 记载多见于释典,称其初为恶神,后归于佛,为护法神。❷《杂宝藏经》卷九"鬼子母失子缘"中云:"鬼子母者,是老鬼神王般阇迦妻,有子一万,皆有大力士之力。其最小子,字嫔伽罗。此鬼子母凶妖暴虐,煞人儿子,以自啖食。人民患之,仰告世尊。世尊尔时,即取其子嫔伽罗,盛着钵底。时鬼子母,周遍天下,七日之中,推求不得,愁忧懊恼。传闻他言,云佛世尊,有一切智。即至佛所。问儿所在。时佛答言:'汝有万子,唯失一子,何故苦恼愁忧?而推觅耶,世间人民,或有一子,或五三子,而汝杀害。'鬼子母白佛言:'我今若得嫔伽罗者,终更不杀世人之子。'佛即使鬼子母见嫔伽罗。在于钵下,尽其神力,不能得取。还求于佛。佛言:'汝今若能受三归五戒,尽寿不杀。当还汝子。'鬼子母即如佛敕,受于三归及以五戒。受持已讫,即还其子。佛言汝好持戒。汝是迦叶佛时,羯腻王第七小女,大作功德。以不持戒故,受是鬼形。"❸ 诸典记叙稍异,然情节皆如

---

❶ [法]乐愕玛(Emmanuelle Lesbre):"《揭钵图》卷研究略述",载《美术研究》1996 年第 4 期,第 24 页。

❷ 丁福保编纂:《佛学大辞典》,文物出版社 1984 年版,第 874,1140 页。

❸ 中华大藏经编辑局编:《中华大藏经》(汉文部分第 51 册),中华书局 1992 年版,第 732 页。

是。❶《鬼子揭钵》本事大抵出于此。又《佛母大孔雀明王经》中有载十大罗刹女❷，而诃利底罗刹女居其首位。罗刹，乃佛教中恶鬼

---

❶ 《佛说鬼子母经》中云："佛游大兜国，时国中有一母人，多子性极恶，常喜行盗人子煞啖之。……盗人子者，非凡人故现鬼子母。……是母有千子。……佛便语阿难，到是母所居，众沙门共伺是母出已，后悉敛取子，来着精舍中逃之。……佛问母，……'汝有子知爱之，何故日行盗他人子？他人有子，亦如汝爱之，亡子家，亦行道啼哭如汝。汝反盗人子煞啖之，死后当入太山地狱中。'母闻是语。便恐怖。……母言：'我审如佛语。'佛便授以五戒。"（《中华大藏经》（汉文部分第36册），中华书局1989年版，第446~447页）又《根本说一切有部毗奈耶杂事》卷三一云："欢喜年既长成，……与其夫主情义相得，……后于异时便生一子，如是次第更生五百，其最小者名曰爱儿。时五百儿威势成立，母恃豪强欲行非法，夫频劝诲竟不受言。……是时欢喜便于王舍城中随来去处，现在人众所生男女为次食之。……诸人报神曰：此既取我男女充食，则是恶贼药叉何名欢喜。因此诸人皆唤为诃利底药叉女。……佛即着衣持钵入城乞食，……往诃利底药叉住处。时药叉女出行不在，小子爱儿留在家内，世尊即以钵覆其上。……时药叉女……既至佛所顶礼佛足，退坐一面白言世尊：'我久离别小子爱儿，唯愿慈悲令我得见。'……佛言诃利底：'汝既审知爱别离苦，云何食他男女耶？'答言唯愿世尊，示诲于我。佛言诃利底：'可受我戒'。……时佛令彼得见爱儿，于时诃利底归依如来请受禁戒。"（《中华大藏经》（汉文部分第39册），中华书局1989年版，第292~295页）另据笔者统计，以下释典亦对"鬼子母"有所提及：《金光明最胜王经》卷八（《中华大藏经》（汉文部分第16册），中华书局1986年版，第308页）、《摩诃摩耶经》卷上（同上书第20册，第609页）、《增一阿含经》卷二二（《中华大藏经》（汉文部分第32册），中华书局1987年版，第237页）、《南海寄归内法传》卷一（《中华大藏经》（汉文部分第63册），中华书局1993年版，第473~474页）、《金光明经》卷一、二、三（同上书第67册，第932~955页）等。

❷ 《佛母大孔雀明王经》卷中载："……阿难陀复有十大罗刹女，于菩萨处胎时、初生时及生已，此等罗刹女常为卫护。其名曰：'贺哩底罗刹女……此等大罗刹女有大神力，具大光明，形色圆满，名称周遍。"见《中华大藏经》（汉文部分第65册），中华书局1993年版，第558页。

之总名，罗刹女，则指食人之鬼女也。❶

《古典戏曲存目汇考》云："本事出《宝积经》。"❷ 误。明冯元成《为幻云僧题世尊降魔图末语戒其造酒》一诗云："尝读《宝积经》，其语何奇诡。魔气盛东方，鬼母生鬼子。一产五百徒，宾伽罗最异。……残害且无算，世尊为悯只。弘慈发神威，妙力胜角掎。妖子收钵中，不啻如玄蚁。"❸ 据之，则此诗为题画诗，画之题材即"鬼子母揭钵"。而今世存"揭钵图卷"近30卷，后多有题跋。仅据《秘殿珠林》及其续编记载，清宫廷所收"揭钵图卷"即有11种，而上书《宝积经》者竟7卷（见表1-6）。

---

❶ 《佛学大辞典》，第1423～1424页。

❷ 另王季思主编：《全元戏曲》（第十二卷），人民文学出版社1999年版，第471页，著录如是。

❸ （明）冯时可：《冯元成选集》（明万历刻本）卷四"五言古诗"部分。全诗如下："尝读《宝积经》，其语何奇诡。魔气盛东方，鬼母生鬼子。一产五百徒，宾伽罗最异。八臂三其目，虎爪兼狼齿。阴兵恣凭陵，攫人餐脑髓。残害且无算，世尊为悯只。弘慈发神威，妙力胜角掎。妖子收钵中，不啻如玄蚁。魔众驾天来，海决山驱徒。火云吐炎焰，木石攒锋天。万钲警毒龙，千鞭走狂咒。大智静恬然，旃檀高万雉。强弩化莲花，巨驳变玉蕊。巍锋幻云霞，惊波改清沘。猛兽为驺虞，波旬如妾婢。日朗惠风和，太虚净无滓。固知西方经，寓言犹庄旨。定力岂多能，一心御万指。净念即佛身，狂机即妖垒。俯仰顷刻间，万寸互丑美。世人崇金像，真佛置不理。酣酒拥妙丽，巨敌从中起。谁其为此图，可作梵天史。绘法甚精工，得无五代士。沙弥无用珍，心画更可喜。破却千甕春，为洒甘露水。"此诗亦见宋孟元老撰，邓之诚注：《东京梦华录注》卷三"相国寺内万姓交易"条，"佛降鬼子母揭盂"之注释，中华书局1982年版，第101页。其转录自明徐树丕《识小录》（三），个别字句有异文。

表1-6 《秘殿珠林》及续篇著录"揭钵图"一览

序号	绘者	质地画法	题《宝积经》情况及其他	出处	页码
1	五代人	素绢本、着色	赵孟頫跋,提及《香积经》	《秘殿珠林》	130
2	五代人	素绢本、着色	拖尾磁青笺,有萨天锡金书《宝积经》		133
3	五代人	素绢本、着色	拖尾有柯九思、吴宽、沈周三跋		133
4	(宋)李公麟	素绢本、着色	拖尾金粟笺,赵孟頫书《宝积经》		112
5	(宋)李公麟	素绢本、着色	高士奇康熙二十七年奉敕书《宝积经》		124
6	(宋)李公麟	绢本、水墨画	—	《秘殿珠林续编》	317
7	宋人	素绢本、着色	拖尾有冯时可、康时万二题句	《秘殿珠林》	133
8	元人	素绢本、着色	拖尾僧明本,磁青笺金书《宝积经》		134
9	元人	素绢本、着色	拖尾赵孟頫,磁青笺泥金书《宝积经》		134
10	元人	素绢本、着色	拖尾赵孟頫书《宝积经》		134
11	元人	绢本、设色	—	《秘殿珠林续编》	373

资料来源:(清)张照等撰:《秘殿珠林》;(清)王杰撰:《秘殿珠林续编》,见《故宫珍本丛刊》(第435册),海南出版社2001年版。两书皆著录清宫廷收藏佛道书画之著作。

注:又见《清内府书画编纂稿》,录明人朱芾"揭钵图"一卷,素笺本白描画,拖尾有冷谦楷书《宝积经》十二行,款识:洪武九年四月八日冷谦书。北京图书馆出版社2005年版,第435页。

现藏故宫博物院元无名氏绢本设色《揭钵图卷》,后幅有清人倪灿书《宝积经》文,即上文所引《杂宝藏经》,当错题为"宝积经"。❶ 又元人朱玉款白描纸本《揭钵图卷》,图后附小楷书"宝

---

❶ 傅熹年主编:《中国美术全集·绘画编》(五"元代绘画"),文物出版社1989年版,(图)第102页,(文字)第39页;见"藏品精粹·绘画之元《揭钵图卷》",载 http://www.dpm.org.cn/China/default.asp。倪灿书经文,亦有个别异文。

积经·鬼子母失子缘第一百六"一段，此亦出自《杂宝藏经》。足见，"宝积经"，属误题讹传也，当为"杂宝藏经"。❶另，《宝积经》有广义狭义之别，广义乃《大宝积经》；狭义，则《大宝积经》第四三会，第一一二卷之《普明菩萨会》，为《大宝积经》中最为原始之部分。古时所指《宝积经》皆指后者❷，遍查此经，未见鬼子母事。

二、《陈光蕊江流和尚》

存佚曲。撰者阙名。宋元南戏。

《陈光蕊江流和尚》，《南词叙录》"宋元旧篇"著录。《今乐考证》摘引《南词叙录》，谓"南曲"。《传奇汇考标目》别本第二十五著录《江流和尚》，列"元代无名氏传奇"下，当为此剧。另，《古人传奇总目》著录《江流》一剧，不知是否此剧，存疑。

此剧本事，钱南扬《宋元南戏百一录》《宋元戏文辑佚》言出于《齐东野语》卷八"吴季谦改秩"❸，世多沿袭。后刘荫柏、朱恒夫提出唐皇甫氏《原化记》中"崔尉子"，唐温庭筠《乾䐢

---

❶ ［法］乐愕玛（Emmanuelle Lesbre）："《揭钵图》卷研究略述"，载《美术研究》1996 年第 4 期，第 24 页。另［法］乐愕玛（Emmanuelle Lesbre）："《揭钵图》卷研究略述（下）"，载《美术研究》1997 年第 1 期，第 85~90 页。

❷ 立人等注释：《〈宝积经〉今译》，中国社会科学出版社 2003 年版，第 1, 49 页。

❸ 钱南扬：《宋元南戏百一录》，哈佛燕京学社 1934 年版，第 159 页；《宋元戏文辑佚》，第 165 页。（宋）周密撰，张茂鹏点校：《齐东野语》，中华书局 1983 年版，第 140~141 页。

子》中"陈义郎"❶，与该剧情节相类。❷细考两文，皆言：之官之人与母相别，其妻留衫与姑，待遇害，其子成人，又巧遇祖母，后知原委，为父报仇。此确为《齐东野语》未尽，然与《陈光蕊江流和尚》相合之处。故，此剧部分情节源于唐皇甫氏、温庭筠二书或二书成书时代之其他作品，当不虚也。

该剧已佚，今存残曲42支，现整理成表1-7。

表1-7 曲谱中存《陈光蕊江流和尚》残曲一览

宫调曲牌		著录内容处								
		旧谱	沈谱	正始	新谱	寒山	定律	大成	雍熙乐府	盛世新声	词林摘艳
[黄钟过曲·神仗儿]		卷5	—	—	—	—	—	—	—	—	—
[正宫引子·齐天乐]		卷2	卷4	—	—	—	—	—	—	—	—
[正宫过曲]	[阳关三叠]	卷2	卷4	—	—	—	—	—	卷16	—	—
	[幺]	—	—	—	—	—	—	—	卷16	—	—
	[风淘沙]	—	—	—	—	—	—	—	卷16	—	—
	[一撮棹]	—	—	—	—	—	—	—	卷16	—	—
[大石尾·尚轻圆煞]		—	—	册2	—	—	—	—	卷16	—	—
[南吕过曲·阮郎归]		卷4	卷12	册5	卷12	著录	卷8	卷50	—	—	—
[正宫过曲·泣秦娥]		—	—	册2	—	—	卷2	卷31	—	—	—
[仙吕引子·望远行]		卷1	卷1	册3	—	—	—	—	—	—	—

---

❶ "崔尉子""陈义郎"，见（宋）李昉等编：《太平广记》（卷一二一、卷一二二），中华书局1961年版，第856~859页。

❷ 刘荫柏：《西游记研究资料》，上海古籍出版社1990年版，第313~315页；朱恒夫撰："三种宋元戏文本事考"，载《艺术百家》1992年第1期，第107~109页。另，朱一玄、刘毓忱：《西游记资料汇编》，南开大学出版社2002年版，第30~31页；郑尚宪撰："宋元南戏的珍贵遗存——莆仙戏《王魁》、《刘锡》、《陈光蕊》考述"，载《厦门大学学报》（哲学社会科学版）2006年第3期，第118页，亦有提及。

续表

宫调曲牌		著录内容处								
		旧谱	沈谱	正始	新谱	寒山	定律	大成	雍熙乐府	盛世新声	词林摘艳
[道宫近词]	[应时明近]	卷1	卷1	册10	—	著录	—	—	卷16	酉集	卷2
	[双赤子]	卷1	卷1	册10	—	著录	—	—	卷16	酉集	卷2
	[画眉儿]	卷1	卷1	册10	—	著录	—	—	卷16	酉集	卷2
	[拗芝麻]	卷1	卷1	册10	—	著录	—	—	卷16	酉集	卷2
	[尾声]	卷1	卷1	—	—	—	—	—	卷16	酉集	卷2
[黄钟过曲·赏宫花]		卷5	—	—	—	—	—	—	—	—	—
[南吕过曲]	[缠枝花]	卷4	卷12	册5	卷12	著录	卷8	卷49	—	—	—
	[贺新郎衮]	卷4	卷12	册5	卷12	—	卷8	卷49	—	—	—
	[前腔]	卷4	卷12	—	—	—	—	卷49	—	—	—
[南吕过曲·大河蟹]		卷1	—	—	—	—	—	—	—	—	—
[南吕引子·转山子]		卷4	卷12	册5	卷12	—	卷8	卷48	—	—	—
[南吕过曲]	[梁州序]	卷4	—	—	—	—	—	—	—	—	—
	[红芍药]	卷4	卷12	册5	卷12	—	卷8	卷50	—	—	—
	[痴冤家]	卷4	卷12	册5	卷12	著录	卷8	卷50	—	—	—
[商调过曲·莺啼序]		卷7	—	—	—	—	—	—	—	—	—
[双调过曲·孝顺歌]		卷9	—	—	—	—	—	—	—	—	—
[南吕引子·女冠子]		卷4	卷12	—	—	—	—	卷48	—	—	—
[仙吕入双调过曲]	[柳梢青]	卷10	卷20	册8	—	—	卷9	卷63	—	—	—
	[前腔第三]	—	—	册8	—	—	—	卷63	—	—	—
[仙吕引子·金鸡叫]		卷1	卷1	册3	卷1	—	—	—	—	—	—
[仙吕过曲·醉扶归]		卷1	卷1	—	卷1	著录	—	卷2	—	—	—
[南吕过曲·女冠子]		卷4	—	—	—	—	—	—	—	—	—
[越调过曲·蛮牌令]		卷6	—	—	—	—	—	—	—	—	—
[中吕过曲·尾犯序]		卷3	—	—	—	—	—	—	—	—	—
[中吕过曲·永团圆]		卷3	卷8	册1	卷14	著录	卷6	—	—	—	—
[中吕过曲·鲍老催]		—	—	册1	—	—	—	—	—	—	—
[越调引子·浪淘沙]		卷6	卷15	—	—	—	—	—	—	—	—
[双调引子·惜奴娇]		卷9	卷20	册7	卷22	—	—	—	—	—	—

45

续表

宫调曲牌	著录内容处									
	旧谱	沈谱	正始	新谱	寒山	定律	大成	雍熙乐府	盛世新声	词林摘艳
［小石过曲·三军旗］	—	—	—	—	—	卷7	—	—	—	—
［仙吕过曲·香归罗袖］	卷1	卷1	—	卷1	著录	卷4	卷4	卷16	酉集	卷2
［仙吕过曲·醉罗袍］	卷1	卷1	—	卷1	著录	—	—	卷16	酉集	卷2
［正宫引子·燕归梁］①	卷2	—	—	—	—	—	—	—	—	—
总计：42支	34	24	19	13	11	11	13	12	7	7

表中所列曲谱为：

《旧编南九宫谱》，简称《旧谱》；《南九宫十三调曲谱》，简称《沈谱》；《汇纂元谱南曲九宫正始》，简称《正始》；《新定九宫大成南北词宫谱》，简称《大成》；《寒山曲谱》，简称《寒山》；《新编南词定律》，简称《定律》；《广辑词隐先生增定南九宫词谱》，简称《新谱》；《雍熙乐府》；《盛世新声》；《词林摘艳》。

资料来源：此表编制参考《宋元戏文辑佚》《宋元戏文本事》《宋元戏文百一录》和《全元戏曲》。

注：①《宋元戏曲百一录》载此曲为"［正宫过曲·燕归梁］"，误，据（明）蒋孝《旧编南九宫谱》改为［正宫引子·燕归梁］，见王秋桂主编：《善本戏曲丛刊》（第三辑），台湾学生书局1984年版，第98~99页。

  从佚曲可推知，该剧叙陈光蕊与母张氏相依为命，受母教诲赴考高中，娶宦门女为妻，得授刺史之职。荣归故里，与母相见，与妻赴洪州上任。途遇贼汉，害光蕊，夺其妻，冒名赴任。其妻无奈咬指血书，将儿漂入水中，希成人后再图相见。光蕊母不知儿子下落，又急又气，无依无靠。后光蕊为龙神相救生还，贼汉被擒，夫妻重圆。或其中亦言及江流儿遇母亲知冤情，为父报仇一段，然残曲未见其详。

  莆仙戏现仍上演此剧，并存抄本《陈光蕊》，另有《西游记》剧本，亦言及陈光蕊故事。刘念兹《南戏新证》一书多有论述，

可参看。❶

三、《唐三藏》

佚。撰者阙名。金院本。

《南村辍耕录》著录，列于"大略拴搐"下，为"和尚家门"四种之一。❷《曲录》亦著录。

三藏，本指佛教经典总集，分经、律、论三部。经说定学，即为佛所定说；律说戒学，即记戒规；论说慧学，即为经义之解释。❸后多以此名指称通达三藏，通晓佛典之法师。《高僧传》卷三"译经下"《宋京师祇洹寺求那跋摩》载："至年二十，出家受戒，洞明九部，博晓四含，诵经百余万言，深达律品，妙入禅要，时号曰三藏法师。"❹ 同卷《宋京师奉诚寺僧伽跋摩》亦载："僧伽跋摩……少而弃俗，清俊有戒德，善解三藏，尤精《杂心》。……器宇宏肃，道俗敬异，咸宗事之，号曰三藏法师。"❺ 此类记载屡见释典，则"三藏法师"并非特指。又，出家之人或亦名"三藏"，此当美称也。《高僧传》卷二"译经中"《晋长安鸠摩罗什》载

---

❶ 刘念兹：《南戏新证》，中华书局1986年版，第165~166页。

❷ （明）陶宗仪：《南村辍耕录》（卷二五"院本名目"），中华书局1959年版，第313页。

❸ 丁福保编纂：《佛学大辞典》，第181页；广东、广西、湖南、河南辞源编订组、商务印书馆编辑部编：《辞源》，商务印书馆1988年版，第23页。

❹ （梁）释慧皎撰，汤用彤校注，汤一玄整理：《高僧传》，中华书局1992年版，第105页。另，（梁）释僧祐撰，苏晋仁、萧錬子点校的《出三藏记集》卷一四《求那跋摩传》亦有："既受具戒，诵经百余万言，深明律品。既总学三藏，故因以为号焉。"见中华书局1995年版，第543页。

❺ （梁）释慧皎撰，汤用彤校注，汤一玄整理：《高僧传》，中华书局1992年版，第118页。

"沙勒国有三藏沙门名喜见,谓其王曰:'此沙弥不可轻,王宜请令初开法门,凡有三益……'",可为一证。❶❷ 唐释智升《开元释教录》卷一一至卷二〇,其著录以经为宗,❸ 经目下标译者。检卷一一上,译经僧侣称三藏者18人,其生活年代起于后汉,止于唐代,且多著名法师(见表1-8)。

表1-8 《开元释教录》卷一一上称三藏之译经僧侣一览

序号	僧 侣	序号	僧 侣
1	后汉月支三藏支娄迦谶	10	梁扶南三藏僧迦婆罗
2	元魏天竺三藏菩提流支(菩提留支)	11	梁三藏曼陀罗仙(曼陁罗仙)
3	元魏三藏佛陀扇多(佛陁扇多)	12	陈天竺三藏真谛
4	曹魏天竺三藏康僧铠	13	隋三藏达摩笈多
5	西晋三藏无罗叉	14	隋三藏阇那崛多
6	晋三藏竺法护(西晋三藏竺法护)	15	唐三藏玄奘
7	姚秦三藏鸠摩罗什	16	唐天后代三藏义净
8	北凉天竺三藏昙无谶	17	唐天后代天竺三藏菩提流志
9	高齐三藏那连提耶舍	18	唐天后代于阗三藏实叉难陀

资料来源:(唐)释智升:《开元释教录》,见《影印文渊阁四库全书》(第1051册),台湾商务印书馆1986年版,第261~272页。

注:表1-8中18人,《开元释教录》卷一一上载译经78种。此卷著录释典114种,未题译者24种,余12种为未称三藏之译经人所译,如《第三十八大乘方便会》,东晋天竺居士竺难提译(第269页),《第四十四宝梁聚会》,北凉沙门释道龚译(第270页)等。另,《影印文渊阁四库全书》本《开元释教录》中屡有错讹,今据《大正新修大藏经》改定,不一一注明。

---

❶ (梁)释慧皎撰,汤用彤校注,汤一玄整理:《高僧传》中华书局1992年版,第118页。

❷ (梁)释慧皎撰,汤用彤校注,汤一玄整理:《高僧传》中华书局1992年版,第47页。"沙门"泛指出家之佛教徒,"沙门喜见"前冠以"三藏"之名,当为美称,或因其推介鸠摩罗什,故称之。

❸ 陈垣:《中国佛教史籍概论》,上海书店出版社2005年版,第11页。

足见，三藏又"特为真谛玄奘等翻译师之称号"。❶ 查18人，谓"唐三藏"者非玄奘一人，可知，"唐三藏"于开元年间当为泛指称谓。❷

段成式《酉阳杂俎》续集卷六，"慈恩寺"条载："初，三藏自西域回，诏太常卿江夏王道宗设九部乐，迎经像八寺，彩车凡千余辆，上御安福门观之，太宗尝赐三藏衲，约直百余金。……初，三藏翻《因明》，……诏才就寺对论，三藏谓才云……"❸ 此直称玄奘法师"三藏"，当为特指。《酉阳杂俎》续集写作之时代不可确考，但大抵在唐宣、懿二帝时。❹ 则，至晚唐，"三藏"已有特指之意，或因处同朝，故不言"唐三藏"。

---

❶ 丁福保编纂：《佛学大辞典》，第181页。
❷ 陈垣认为《开元释教录》"撰于开元十八年庚午"。见陈垣：《中国佛教史籍概论》，上海书店2005年版，第10页。
❸ （唐）段成式撰，方南生点校：《酉阳杂俎》，中华书局1981年版，第262页。
❹ 据方南生《〈酉阳杂俎〉版本流传的探讨》（载《福建师范大学学报》哲学社会科学版1979年第3期，第67~74页）一文，段成式生于唐德宗贞元十九年（803），卒于唐懿宗咸通四年（863），《酉阳杂俎》"先写成了前集，其后又有所记录，续成后十卷"。根据"续集所记三百七十八条"，知所记事件发生时间"下限至段成式逝世前十年，因此段成式《酉阳杂俎》续集，至少有一部分是在公元853年至863年间完成的"。由此仅可判定其成书之大概年代。又见《酉阳杂俎自序》，其落款署名"唐太常少卿段成式撰"。鲁迅《中国小说史略》（《鲁迅全集》（卷九），人民文学出版社2005年版，第98页）言，段成式"大中中归京，仕至太常少卿"。方南生《段成式年谱》（附《酉阳杂俎》后，第305~349页），言此"未查出所据"，姑将其缀于宣宗大中七年（853）。另于懿宗咸通四年（863）后言"成式离江州返京后，曾任太常少卿"。据记载，段成式于咸通元年（860）仍在江州。凡此，似可推知续集成书之时段为860~863年。

至宋代，三藏之名亦多提及。如《宋高僧传》卷四《唐京兆大慈恩寺嘉尚传》载："随奘于玉华宫译《大般若经》，……及三藏有疾，命尚具录所翻经论……"❶ 同卷《唐京兆大慈恩寺彦悰传》云："贞观之末，观光上京，求法于三藏法师之门。……以护法为己任，著《传》五卷，专记三藏自贞观中一行盛化及西域所历夷险等。"❷ 卷五《唐荆州玉泉寺恒景传》曰："江陵玄奘与三藏法师形影相接，相去几何。然其名同实异。"❸ 类此记载颇多。而此时"三藏""三藏法师"已专指玄奘矣。又，宋苏轼《艾子杂说》有云："艾子好饮，少醒日。……一日大饮而哕，门人密抽彘肠致哕中，持以示曰：'凡人具五脏方能活，今公因饮而出一脏，止四脏矣，何以生耶？'艾子熟视而笑曰：'唐三藏犹可活，况有四耶？'"❹ 明胡应麟《少室山房笔丛》卷四一《庄岳委谈》下论曰："此虽戏语，然宋世所称可见。盖因唐僧不空，号无畏三藏，讹为玄奘耳。"❺ 由此亦可证，唐时高僧多以三藏称呼，而宋则特指玄奘。宋人不知唐例，以为凡称三藏皆玄奘，故生讹误。

唐后亦以"三藏"称法师，然不独用，常与僧名、法号或谥号等连缀出现。如罽宾三藏般若力、中天竺婆罗门三藏善部末

---

❶（宋）赞宁撰，范祥雍点校：《宋高僧传》，中华书局1987年版，第73页。

❷ 同上书，第74页。

❸ 同上书，第91页。

❹ "国立"政治大学古典小说研究中心主编："《东坡先生艾子杂说》之'三藏'"，载《明清善本小说丛刊》（第六辑"谐谑篇"），天一出版社1985年版。

❺ 胡应麟：《少室山房笔丛》，中华书局1958年版，第569页。

摩、嚩日罗三藏等。❶

据此足见,"三藏""唐三藏""三藏法师",晚唐时,至迟于宋,已成为玄奘法师之专名。

此剧当演唐玄奘之事。明代亦存《唐三藏》一剧,是否为此剧,存疑待考。❷

四、《唐三藏西天取经》

存佚曲。吴昌龄撰。元杂剧。

吴昌龄,字号不详,生卒年亦不详。《录鬼簿》言其"西京人"(今山西大同),并归于"前辈已死名公才人,有所编传奇行于世者"之列,❸则吴氏当属元代前期作家。《古典戏曲存目汇考》云,"元宪宗元年前后在世"❹,孙楷第《元曲家考略》考其或于延祐(元仁宗年号,1314~1320)中为婺源州知州。❺他事俱无考。吴昌龄所撰杂剧13种,《老回回探胡洞》《张天师夜祭

---

❶ (宋)赞宁撰,范祥雍点校:《宋高僧传》(《唐罗浮山石楼寺怀迪传》),中华书局1987年版,第45页;《晋凤翔府法门寺志通传》,第595页。

❷ (明)胡应麟《少室山房笔丛》卷四一《庄岳委谈》下载:"《辍耕录》记元人杂剧,有《唐三藏》一段。今其曲尚传,第不知即陶所记本否。世俗以为陈姓,且演为戏文,极可笑,然亦不甚虚也。三藏即唐僧玄奘。"中华书局1958年版,第568页。

❸ (元)钟嗣成:《录鬼簿》,见《中国古典戏曲论著集成》(第二册),中国戏剧出版社1959年版,第109页。

❹ 庄一拂:《古典戏曲存目汇考》,上海古籍出版社1982年版,第227页。

❺ 孙楷第:《元曲家考略》,上海古籍出版社1981年版,第106~107页。孙楷第先生仅于书中提供一线索,非定论。

辰钩月》《浣花女抱石投江》《哪吒太子眼睛记》《浪子回回赏黄花》《鬼子母揭钵记》《夜月走昭君》《狄青扑马》《货郎末泥》九种不存，《花间四友东坡梦》《张天师断风花雪月》两种存，《唐三藏西天取经》存佚文。❶《全元散曲》收其散曲一套，［正宫·端正好］（美妓）。❷ 四明范氏天一阁旧藏明蓝格抄本（后简称"天一阁本"）《录鬼簿》有贾仲明补挽词，云："西京出屯俊英杰，名姓题将《鬼簿》写。《走昭君》，《东坡梦》，《辰勾月》，《探狐洞》，《赏黄花》，色目佳。《西天取经》，行用全别。《眼睛记》，《狄青扑马》，《抱石投江》，《货郎末泥》，十段锦，段段和协。"❸《太和正音谱》赞："吴昌龄之词，如庭草交翠。"❹

《唐三藏西天取经》，曹本《录鬼簿》、《待访古今杂剧存目》《曲录》著录，题全名。说集本、孟称舜本（后简称"孟本"）《录鬼簿》，《太和正音谱》亦著录，题简名"西天取经"；天一阁本《录鬼簿》于简名下注"题目：老回回东楼叫佛，正名：唐

---

❶ 戏曲文献著录多有出入。本书参考傅惜华：《元代杂剧全目》，作家出版社1957年版，第176~180页。学界对《张天师夜祭辰钩月》《张天师断风花雪月》两剧之关系，对南海李伯珩别本《传奇汇考标目》，所录吴氏名下之《陶朱公范蠡沉西施》归属，尚无定论，见《中国古典戏曲论著集成》（第7册），中国戏剧出版社1959年版，第253页。可参《古典戏曲存目汇考》第230，231页；邵曾祺编著：《元明北杂剧总目考略》，中州古籍出版社1985年版，第141~143页；王国维撰，马美信疏证：《宋元戏曲史疏证》，复旦大学出版社2004年版，第156页、第165页。本书存疑待考。

❷ 隋树森辑：《全元散曲》，中华书局1964年版，第289~290页。

❸ （元）钟嗣成等：《〈录鬼簿〉（外四种）》，上海古籍出版社1978年版，第22页。

❹ （明）朱权：《太和正音谱》，见《中国古典戏曲论著集成》（第3册），中国戏剧出版社1959年版，第19页。

三藏西天取经"；❶《远山堂剧品》列简名于"能品"下，注："北四折。番语入词，亦疎散不俗。曲有未叶处，已经函三馆主人订正。"❷臧晋叔《元曲选》前附《元曲论》著录"吴昌龄《西天取经》六本"；《今乐考证》录全名，下注："《曲选》目云：'有六本。'按所行《西游记》院本二十四折，署'王昌龄作'。古剧每本例四折，此云有六本，即为是剧。《西游记》之名，后人所易也。后卷院本不复列。"❸二书皆误，当为杨景贤《西游记》杂剧。近人孙楷第著《吴昌龄与杂剧西游记》对此详加考释，可参。《传奇汇考标目》别本第二一著录，谓"吴昌龄《西游记》"，未载卷数，不知所指何剧，存疑。明胡应麟《少室山房笔丛》卷四一《庄岳委谈》下载：明亦有《唐三藏》一剧，演取经故事，不知是此剧否，待考（可参"唐三藏"条）。《鸣野山房书目》"子之十，乐府家三，杂剧"中著录"西天取经"一剧，❹不知是此剧否，存疑待考。

该剧全本已佚，存残曲二折。赵景深《元人杂剧钩沉》引《昇平宝筏》第十六出、第十八出附录于书后，言："抄来《昇平宝筏》，作为《唐三藏西天取经》，连说白抄了上去。因为它不是

---

❶（元）钟嗣成等：《〈录鬼簿〉（外四种）》，上海古籍出版社1978年版，第22页。

❷（明）祁彪佳：《远山堂剧品》，见《中国古典戏曲论著集成》（第6册），中国戏剧出版社1959年版，第182页。

❸（清）姚燮：《今乐考证》，见《中国古典戏曲论著集成》（第10册），中国戏剧出版社1959年版，第98页。

❹（清）沈复粲编，潘景郑校订：《鸣野山房书目》，上海古籍出版社2005年版，第100页。

本来面目，所以在目录中不能题作吴昌龄。"❶ 可见此处所收非残曲。孙楷第《吴昌龄与杂剧西游记》详辨诸本，言：《万壑清音》所录《回回迎僧》❷《诸侯饯别》乃此剧所遗二折。实可信也。《诸侯饯别》一折先叙三藏法师身世，其原为陈光蕊之子，父被害，母将其江流漂送。后遇平安长老相救，寺中教养，得经典全通。又逢水陆道场，有观音指引，愿往西天取经。今得唐王赐封，诸侯纷纷相送。其中多录送别对话及场景。《回回迎僧》一折叙三藏法师取经途中过回回国，见国中回回僧，与之对话交流。

五、《鬼子母揭钵记》

佚。吴昌龄撰。元杂剧。

撰者吴昌龄，详见《唐三藏西天取经》条。

《鬼子母揭钵记》，曹楝亭本（后简称"曹本"）《录鬼簿》著录，天一阁本、孟本《录鬼簿》、《太和正音谱》不见载。《今乐考证》著录，云："《西天取经》剧有《揭钵》折，不当别列此目，或另是一种。"❸《曲录》亦著录。

此剧全佚。1936 年上海杂志公司刊行《元人杂剧全集》，第一辑第四册收吴昌龄作品。目录云，附《鬼子母揭钵记》，然未

---

❶ 赵景深：《元人杂剧钩沉》，上海古典文学出版社 1956 年版，第 144 页。

❷ "回回"原是文献记载并无贬斥之义。

❸ （清）姚燮：《今乐考证》，见《中国古典戏曲论著集成》（第 10 册），中国戏剧出版社 1959 年版，第 98 页。此所言《唐三藏西天取经》当指杨景贤《西游记》杂剧，详见《唐三藏西天取经》条。

见于正文。❶《宋元戏文辑佚》辑有《鬼子母揭钵记》残曲二支，云："此戏不见著录。《正始》征引题《鬼子揭钵》，当是简称，所以现在借杂剧之名以名之。"此处将《鬼子母揭钵记》与《鬼子揭钵》并提，借名名之，易使二剧混淆。《九宫正始》存二曲皆为［黄钟过曲·降黄龙换头］，而所谓"过曲"，指"昆曲、南曲的套曲中，除前面的引子和后面的尾声外，其中间所用诸曲牌，统称为过曲，又称为正曲或主曲"。❷ 而"北曲无引子、过曲之分，统称只曲"。❸ 由是可知此非北曲，其一也。查南曲曲谱，"黄钟宫正曲"下均有［降黄龙］一曲。《九宫大成南北词宫谱》收［降黄龙］十阕，其第一阕、第二阕引自《拜月亭》，后注云："降黄龙十阕，凡四字起句者俱系正体，二字起句者，旧名换头也。其《拜月亭》、《荆钗记》及《琵琶记》等曲，句法虽有参差，皆不出规范。"❹《旧编南九宫谱》《增订南九宫曲谱》《南词新谱》等均仅引《拜月亭》曲。❺《拜月亭》二曲后一支即二字

---

❶ 按：据全书体例，"附"当列卢前所校辑《元剧拾遗》，且各章分载，均标序号，无缺。此处列目不载，乃编者有意为之，当同《今乐考证》著录之观点。

❷ 中国艺术研究院音乐研究所、《中国音乐词典》编辑部编：《中国音乐词典·续编》，人民音乐出版社1992年版，第65页。

❸ 齐森华、陈多、叶长海主编：《中国曲学大辞典》，浙江教育出版社1997年版，第698页。

❹（清）周祥钰、邹金生编辑，（清）徐兴华、王文禄分纂：《九宫大成南北词宫谱》，见王秋桂主编：《善本戏曲丛刊》（第六辑），学生书局1987年版，第6016～6024页。

❺（明）蒋孝：《旧编南九宫谱》，第161页；（明）沈璟：《增订南九宫曲谱》，第476～477页；（明）沈自晋：《南词新谱》，第556～557页，三书均见王秋桂主编：《善本戏曲丛刊》（第三辑），学生书局1984年版。

起句，为换头格。其谱式为：

○○△，⊙⊙⊙●▲，●●○○，●○○●△。○○○●，⊙●○○，⊙○○●△。○○△，⊙○○●，⊙●⊙⊙●△。⊙○●○○⊙●，⊙●○○△。❶

《九宫正始》引《鬼子揭钵》第一曲，其内容如下：

[黄钟过曲·降黄龙换头] 为魁，恰似葡萄乍泼醅。料琼浆玉液，果然难赛。珍珠溜滴，翻翠色红影琉璃钟内。佳会，醉乡深处，恍如身在蓬莱。(合) 尽一杯，人人愿比，寿山福海。

此曲曲牌下注："其始调与第二换头皆常格，不录。但第三、四换头之第二句句法大异，今试备于下。"❷ 此曲后又注："据此调之'恰似'二字与'乍'字，下曲此句之七字，以何字衬之乎？"❸ 对照谱式，可知此曲与之相合，且二句"恰似""乍"当为衬字。再查北曲曲谱，"黄钟宫"，其下均无 [降黄龙] 曲牌。因此可证《九宫正始》所录非北曲杂剧也，此其二。要之，则二剧泾渭分明，《宋元戏文辑佚》将之并提，易生混淆，此明矣。

---

❶《中国曲学大辞典》，第767页。其中"○"表示平声，"●"表示仄声，"⊙"表示可平可仄，句尾"△"表示用韵，"▲"表示可韵可不韵。

❷《九宫正始》[黄钟宫过曲·降黄龙] 中共引十曲，此中言所收"始调与第二换头"即前所言《拜月亭》二曲。

❸（清）姚燮：《今乐考证》，见《中国古典戏曲论著集成》（第10册），中国戏剧出版社1959年版，第99页。关于第二曲，大致合谱式，二句衬字问题则存疑待考。

"鬼子母"为佛教神祇，此"鬼子揭钵"条已论，然我国另有"九子母"之神。《汉书·成帝纪》有云："孝成皇帝，元帝太子也。母曰王皇后，元帝在太子宫生甲观画堂。"应劭注曰："甲观在太子宫甲地，主用乳生也。画堂画九子母。"❶ 九子母何也？《楚辞·天问》有："女岐无合，夫焉取九子？"❷ 闻一多《天问释天》言："女歧即九子母，本星名。余友游国恩引《史记·天官书》'尾有九子'译释此文，最为特识。案《天官书》索隐引宋均曰：'属后宫场，故得兼子，子必九者，取尾有九星也。'九子星衍为九子母之神话。……九子星属后宫之场，故汉甲观画堂壁间图其神九子母之像，应说得之。……又案中土天文之学，其源出于巴比伦。九子母之说盖亦传自彼邦，印度之天文学亦出巴比伦，故《内典》亦称九子母焉。"❸ 此中所谓佛教《内典》所称九子母，即鬼子母也。闻一多先生以为鬼子母与九子母一也，其论据源于古天文学的文化渊源。❹ 而赵邦彦《九子

---

❶ （汉）班固撰：《汉书》，中华书局1962年版，第301页。

❷ （宋）洪兴祖撰，白化文等点校：《楚辞补注》，中华书局1983年版，第89页。

❸ 闻一多：《天问释天》，见孙党伯、袁謇正主编：《闻一多全集》（第五册"楚辞编·乐府诗编"），湖北人民出版社1993年版，第515~516页。

❹ 关于中国古代天文学源于巴比伦的论点由来已久，西方以李约瑟为代表的学者曾多有论述，而中国学者亦有持此见者。如郭沫若，在《甲骨文字研究·释干支》中就曾提出："商民族之来源实可成为问题，意者其商民族本自西北远来，来时即挟有由巴比伦所传授之星历智识，入中土后而沿用之耶？抑或商室本发源于东方，其星历智识乃由西来之商贾或牧民所输入耶？"见《郭沫若全集·考古编》（第1册），科学出版社1982年版，第284页。目前学界一般认为，当视二者为两个各自独立起源的体系为妥。可参考江晓原撰："巴比伦——中国天文学史上的几个问题"，载《自然辩证法通讯》1990年第4期。

母考》一文则云：画堂有画九子母否，不可确证，然可知"九子母者，且与生产之事，已发生相当关系，而或为妇女供养之神也"。又言：《天问》中之女歧，是否应劭所称之九子母，不可确知，然"东晋以后，凡言九子母者，无一而不为佛教之鬼子母。余意东汉中叶，佛教已入中国，鬼子母神或已随经论而来东土；此土之人，以其多男，名之曰九子母，与所谓女歧九子者偶尔相合"。❶ 可见，赵邦彦先生无法确认女歧与九子母、鬼子母之关系，但认为中土称鬼子母为九子母当是二者相似的缘故，故大众将二者混淆，以为一也。显然两人于鬼子母、九子母关系之论证多有差异，但他们都承认，在佛教传入后，世俗多视"鬼子母"为中土之"九子母"，可求嗣祈子，故虔诚信仰。这在东晋之后，唐宋之际流传甚广。然元之后，鬼子母渐出离大众视野，其保佑求子之形象、功能为送子观音所取代，鬼子母又以揭钵魔女形象示人。后鬼子母和其子"爱儿"演变为西游故事中铁扇公主与红孩儿，多因送子观音和善才童子与之相类有关。❷

六、《刘全进瓜》

佚。杨显之撰。元杂剧。

杨显之，字号、生卒年不详。《录鬼簿》列之于"前辈已死名公才人，有所编传奇行于世者"，曹本云："大都人，与汉卿莫

---

❶ 赵邦彦："九子母考"，见《国立中央研究院历史语言研究所集刊》（第二本第三分），民国二十年（1931）出版，第261~273页。

❷ 此处论述参考赵邦彦撰：《九子母考》；李连生撰："《西游记》、鬼子母与九子母"，载《中国典籍与文化》2002年第4期，第33~40页；项裕荣撰："九子母·鬼子母·送子观音——从'三言二拍'看中国民间宗教信仰的佛道混合"，载《明清小说研究》2005年第2期，第171~181页。

逆交，凡有珠玉，与公较之。"❶ 天一阁本补"挽词"曰："显之前辈老先生，莫逆之交关汉卿。公未中，补缺加新令，皆号为杨补丁。有传奇，乐府新声。王元鼎，师叔敬；顺时秀，伯父称：寰宇知名。"❷ 他事俱无考。所撰杂剧九种，《刘全进瓜》《黑旋风乔断案》《丑驸马射金钱》《萧县君风雪酷寒亭》《蒲鲁忽刘屠大败门》《报冤二世小刘屠》《借通县跳神师婆旦》七种已佚，《临江驿潇湘夜雨》《郑孔目风雪酷寒亭》二种存。❸ 《太和正音谱》赞："杨显之之词，如瑶台夜月。"❹

《刘全进瓜》，曹本、天一阁本、孟本《录鬼簿》均著录，说集本不载。《太和正音谱》《今乐考证》《曲录》亦著录。诸本皆题简名，全名不见载，无考。

此剧全佚，内容不可考。小说《西游记》第十一回"还受生唐王遵善果，度孤魂萧瑀正空门"叙"刘全进瓜"故事，言刘全妻因金钗斋僧，被夫责骂，自缢身亡。刘全无奈撇下儿女揭黄榜赴阴司进瓜。服毒入冥后得见妻李翠莲，检生死簿知夫妻皆有登仙之寿，故命二人还阳。李氏尸首不存，故借玉英公主跌死之身复活。唐王免其差徭，送之还乡。该剧情节或与此同。

---

❶ （元）钟嗣成：《录鬼簿》，见《中国古典戏曲论著集成》（第2册），中国戏剧出版社1959年版，第111页。

❷ （元）钟嗣成等：《录鬼簿（外四种）》，上海古籍出版社1978年版，第14页。

❸ 文献著录中有关剧目名称、数量多有不同，今从傅惜华《元代杂剧全目》，作家出版社1957年版，第77~80页。

❹ （明）朱权：《太和正音谱》，见《中国古典戏曲论著集成》（第3册），中国戏剧出版社1959年版，第19页。

七、《二郎神锁齐天大圣》

存。撰者阙名。元明杂剧。

《二郎神锁齐天大圣》，《也是园书目》《也是园藏书古今杂剧目录》《今乐考证》《曲录》均著录。

关于二郎神形象之演变，前辈学者多有考证，然张政烺《〈封神演义〉漫谈》一文论述最为恰切。兹用其意以陈之。

二郎神之原型实为佛教毗沙门天王第二子二郎独健，其画像及故事于唐玄宗时传入中国，具体传入地说法有二。其一，由于阗传入。《大唐西域记》卷一二"瞿萨旦那国"言："王甚骁武，敬重佛法，自云'毗沙门天之祚胤也'。"❶ "瞿萨旦那国"即指于阗国，国君自称为毗沙门天王的后代。又云："王城西百五六十里，大沙碛正路中，有堆阜，并鼠壤坟也。闻之土俗曰：此沙碛中，鼠大如蝟，其毛则金银异色。……昔者匈奴率数十万众，寇掠边城，至鼠坟侧屯军。时瞿萨旦那王率数万兵，恐力不敌。……洎乎寇至，无所求救。君臣震恐，莫知图计，苟复设祭，焚香请鼠。……其夜瞿萨旦那王梦见大鼠曰：'敬欲相助，愿早治兵。旦日合战，必当克胜。'瞿萨旦那王知有灵佑，遂整戎马，申令将士，未明而行，长驱掩袭。匈奴之闻也，莫不惧焉，方欲驾乘被铠，而诸马鞍、人弓弦、甲缝，凡厥带系，鼠皆啮断。兵寇既临，面缚受戮。于是杀其将，虏其兵。匈奴震慑，

---

❶ （唐）玄奘、辩机著，季羡林等校注：《大唐西域记校注》，中华书局 2000 年版，第 1006 页。

以为神灵所佑也。瞿萨旦那王感鼠厚恩，建祠设祭。"❶《图画见闻志》卷五《故事拾遗》之"相蓝十绝"记载：唐代"明皇先敕车政道往于阗国传北方毗沙门天王样来，至开元十三年封东岳时，令道政于此依样画天王像"。❷ 此画今不得见，敦煌有专画毗沙门天王像，托塔而立，其有五子，二子独健已不可辨，亦有神鼠，不甚大，托于侍者手中。❸ 其二，由安西传入，此说大力宣传者是唐不空和尚。不空译《毗沙门仪轨》中记载有："唐天宝元戴壬午岁，大石康五国围安西城，其年二月十一日有表请兵救援。……一行曰：'陛下何不请北方毗沙门天王神兵应援。'……与陛下请北方天王神兵救。急入道场请。真言未二七遍，圣人忽见有神人二三百人，带甲于道场前立。圣人问僧曰：'此是何人？'大广智曰：'此是北方毗沙门天王第二子独健，领天兵救援安西故来辞。'圣人设食发遣。至其年四月日，安西表到云，去二月十一日巳后午前，去城东北三十里，有云雾斗闇。雾中有人，身长一丈，约三五百人尽着金甲。至西后鼓角大鸣，声震三百里，地动山崩停住三日。五国大惧尽退军，抽兵诸营坠中。并是金鼠咬弓弩弦，及器械损断尽不堪用。有老弱去不得者，臣所管兵欲损之，空中云放去不须杀。寻声反顾城北门楼上有大光

---

❶（唐）玄奘、辩机著，季羡林等校注：《大唐西域记校注》，中华书局2000年版，第1017～1018页。

❷（宋）郭若虚著，黄苗子点校：《图画见闻志》，人民美术出版社1963年版，第121页。

❸ 张永安撰："敦煌毗沙门天王图像及其信仰概述"，载《兰州大学学报》（社会科学版）2007年第35卷第6期，第58～62页。

明，毗沙门天王见身于楼上。其天王神样，谨随表进上者。"❶ 由此足见二郎独健与金鼠关系之密切，后世此鼠则演为犬。赞宁《大宋僧史略》卷下"城阁天王"条载：唐天宝元年（742）独健和金鼠救安西，天王现形，"帝因敕诸道节度，所在州府于城西北隅各置天王形像部从供养，至于佛寺亦敕别院安置"。❷ 从此天王在全国拥有了独立的庙宇，二郎神的广泛传播也就由此开始。

世又有二郎神原型乃李二郎之说。灌口都江堰为秦蜀郡太守李冰所建，世人为纪念他建造庙宇，后渐成风俗长久流传。唐代后期，二郎神之信仰传播至此。二人庙宇同时出现，二郎神位高庙大，李冰则处偏殿配享地位，而实际两人并无关联。然《宋会要》卷一二三七"郎君神祠"记载："仁宗嘉佑八年（1063）八月，诏永康军广济王庙郎君神，特封灵惠侯，差官祭告。神即李冰次子，川人号护国灵应王，开宝七年（974）命去王号。至是军民上言，神尝赞助其父除水患，故有是命。哲宗元祐二年（1087）七月，封应感公。徽宗崇宁二年（1103），加封昭惠灵显王。政和八年（1118）八月改封昭惠灵显真人。"❸ 据此，二郎神于后蜀号护国灵庆王时，显然还是个武神，至嘉佑八年（1036），宋仁宗则肯定其为李冰第二子。

另有一说，言二郎神乃青城山赵昱。《龙城录》云："赵昱字

---

❶ （唐）不空译：《毗沙门仪轨》，见《大正新修大藏经》（卷二一），台北佛陀教育基金会1990年版，第228页。

❷ （宋）释赞宁：《大宋僧史略》，日本延宝八年（1680）刻本，见《续修四库全书》（第1286册），上海古籍出版社2002年版，第697页。

❸ （清）徐松：《宋会要》（卷一二三七），见国立北平图书馆编：《宋会要辑稿》（第20册），大东书局民国二十五年（1936）版，第141页b。

仲明，与兄冕俱隐青城山，从事道士李珏。隋末，炀帝知其贤……拜嘉州太守。时犍为潭中，有老蛟为害。……昱乃持刀没水，顷江水尽赤，石崖半崩，吼声如雷。昱左手持蛟首，右手持刀，奋波而出。州人顶戴事为神明。……太宗文皇帝赐封神勇大将军，庙食灌江口。岁时，民疾病祷之无不应。上皇幸蜀，加封赤城王，又封显应侯。"❶《三教源流搜神大全》卷三有所增补云："隋末天下大乱，弃官隐去，不知所终。后因嘉州江水涨溢，蜀人见青雾中乘白马，引数人，鹰犬弹弓，猎者波面而过，乃昱也。民感其德，立庙于灌江口奉祀焉。俗曰灌口二郎。太宗封为神勇大将军，明皇幸蜀，加封赤。宋真宗朝，益州大乱，帝遣张乖崖入蜀治之。公诣祠下求助于神，果。奉请于朝，追尊圣号曰清源妙道真君。"❷成都青城山汉代以来就是道教圣地，故而二郎神形象被道教徒演绎为赵昱，宋真宗时得以承认，并追加圣号。

除以上三说外，在古代小说、戏曲中，二郎神还被冠以杨戬之名。杨戬其人其事可参看《夷坚志乙》卷五中《杨戬馆客》或《醒世恒言》第十三卷《勘皮靴单证二郎神》。这一来源似无宗教渊源，然民间流传较广。❸

该剧存有版本4种。

（1）脉望馆本、戏曲丛刊本。脉望馆本，即《脉望馆钞校本古今杂剧》之《二郎神锁齐天大圣》。

---

❶ （唐）柳宗元：《龙城录》（卷下），见《丛书集成初编》（第2704册），据宋本《百川学海》影印，中华书局1991年版，第30~31页。

❷ 《三教源流搜神大全》（卷三），清宣统元年叶氏朗园刻本，第5页a。

❸ 张政烺撰："《封神演义》漫谈"，见《张政烺文史论集》，中华书局2004年版，第626~635页。

一卷，明万历四十三年赵琦美钞校本。一册，北京国家图书馆藏。惜未获见。据《古本戏曲丛刊》四集影印本知此书行款。

无格，11行20字。书大26.6cm×17.1cm。❶

正文卷端题："二郎神锁齐天大圣杂剧"。卷末附"穿关"，后署"万历四十三年二月十七日校内本清常记"。

戏曲丛刊本，即《古本戏曲丛刊》四集影印国家图书馆藏本❷，1958年商务印书馆出版。

（2）王季烈本。王季烈本，即民国二十八年（1939）商务印书馆出版《孤本元明杂剧》本。此本以脉望馆本为底本校勘，铅字排印，题简名"齐天大圣"。❸

（3）周贻白本。周贻白本，即人民文学出版社1958年出版，周贻白选注《明人杂剧选》中之《二郎神锁齐天大圣》。该本"据《孤本元明杂剧》本（按：即王季烈本）校印"。❹

四种版本的源流大体如图1-2所示。

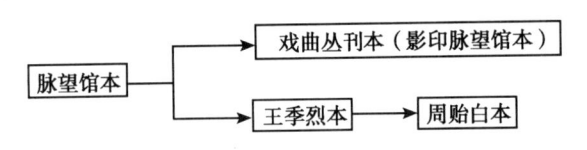

图1-2 《二郎神锁齐天大圣》版本源流

---

❶ 书大小之数据，由中国国家图书馆古籍馆善本特藏部提供。

❷ 古本戏曲丛刊编辑委员会编：《古本戏曲丛刊》（四集之三），见《脉望馆钞校本古今杂剧》（第1册之扉页）。

❸ 王季烈编：《孤本元明杂剧》（"出版说明""校例"），中国戏剧出版社1958年版。

❹ 周贻白编：《明人杂剧选》，人民文学出版社1958年版，第709页。

八、《大圣收魔》

佚。撰者阙名。元明杂剧。

《大圣收魔》，仅见《顾曲杂言》著录，谓："杂剧……《华光显圣》《目莲入冥》《大圣收魔》之属，则太妖诞。"❶

大圣之称冠于猴、猿精怪，现存最早记载见于《陈巡检梅岭失妻记》❷，曰："梅岭之北，有一洞，名曰申阳洞。洞中有一怪，号曰白申公，乃猢狲精也。弟兄三人，一个是通天大圣，一个是弥天大圣，一个是齐天大圣，小妹便泗洲圣母。"所谓白申公，即齐天大圣，其"兴妖作法，摄偷可意佳人，啸月吟风，醉饮非凡美酒，与天地齐休，日月同长"。❸ 这一性情倒颇似取经前之孙悟空。白申公之名后世渐衰，然以大圣之名谓猿精却屡见。元明杂剧《二郎神锁齐天大圣》延续其说略有变化，曰："吾神三人，姊妹五个：大哥哥通天大圣，吾神乃齐天大圣，姐姐是龟山水母，妹子铁色弥猴，兄弟是耍耍三郎。姐姐龟山水母，因水淹了泗洲，损害生灵极多，被释迦如来擒拿住，锁在碧油坛中，不能

---

❶（明）沈德符：《顾曲杂言》，见《中国古典戏曲论著集成》（第4册），中国戏剧出版社1959年版，第215页。

❷《陈巡检梅岭失妻记》收于明人洪楩《清平山堂话本》，其为何时之作，难以确指。一般认为出于宋元时期，但不排除作品在编辑过程中被修改、润色，从而丢失其原始形态的可能。石昌渝：《中国小说源流论》，生活·读书·新知三联书店1994年版。又《永乐大典》《南词叙录》著录宋元南戏《陈巡检梅岭失妻》，全本佚，存残曲三十五支，见钱南扬《宋元戏文辑佚》，其中未有齐天大圣之称。

❸（明）洪楩编：《清平山堂话本》，见《古本小说集成》，上海古籍出版社1994年版，第195页。

翻身。"❶ 此中猿精偷仙丹盗御酒，已初具孙悟空闹天宫之雏形。杨景贤《西游记》杂剧中又有："小圣弟兄姊妹五人，大姊骊山老母，二妹巫枝祇圣母，大兄齐天大圣，小圣通天大圣，三弟耍耍三郎。"❷ 此时之孙行者已从唐三藏西天取经，号为通天大圣。《西游记平话》❸ 中则云："西域有花果山，山下有水帘洞……洞里多猴，有老猴精，号齐天大圣，神通广大，入天宫仙桃园偷蟠桃，又偷老君灵丹药。"可见，此中大圣之名里，闹天宫之情节已与小说所差无几。观四者，猿精（或猴精）故事渐融取经题材之痕迹已显，而大圣之号却一仍旧惯。后世西游故事多有大圣取经路上降妖捉怪内容，以此类推，则《大圣收魔》之情节，极可能与"西游记"题材有关。

又，上言"龟山水母""泗水圣母"及"巫枝祇圣母"，三名其实一也。❹ 世多传"泗水大圣降水母"故事，有《水母》❺

---

❶ 佚名：《二郎神锁齐天大圣》，见《古本戏曲丛刊》（四集之三，第73册），第1页b。

❷ ［日］盐谷温编辑：《杂剧西游记》，日本东京斯文会昭和三年（1928）版，第37页。

❸ 此书亦称《唐三藏西游记》，载《朴通事谚解》，见汪维辉编：《朝鲜时代汉语教科书丛刊（一）》，中华书局2005年版，第292页。

❹ 高明阁撰："《西游记》里的神魔问题"，见陆钦选编：《名家解读〈西游记〉》，山东人民出版社1998年版，第107～113页。

❺ （明）陶宗仪著《南村辍耕录》"院本名目"和《宦门子弟错立身》第十二出［天净沙］中著录。

《锁水母》❶《淹水母》❷等作品，皆演造水患之妖水母，为泗水大圣所降之事，此中"大圣"指唐代高僧僧伽。叶德均《无支祈传说考》❸对此论证翔实，言降水母故事乃无支祈传说于宋代之新变。文中对水母题材后世流变亦有交代，可参看。水母为妖魔，则"大圣降魔"一剧或即此，然未见如此称者，留待考。❹清有《泗州城》一剧上演，观世音菩萨、孙悟空现身其中，且已取代泗州大圣，擒拿水母。❺

又，"大圣"一词，于佛教乃术语，为"佛之尊号"。如《法华方便品》曰"慧日大圣尊"；《妙宗钞》上曰"佛是极圣，故称为大"；《法华弘传序》曰"非大圣无由开化"。又可以之名高位之菩萨，《无量寿经》上曰"一切大圣神通已达"；《净影疏》曰："大有两义，一位高名大，二德胜名大，会正为圣。"❻而现存敦煌卷子有《破魔变》《降魔变》二种。前者言佛本生故事，说世尊雪山成道后，魔王波旬欲加迫害不成，复命魔女诱惑未果，卒为世尊所破，皈依正果。后者言世尊大弟子舍利弗大破六师外道的故事。类此故事在佛典中多矣，若以"大圣降魔"称之，并非不可，则

---

❶（元）高文秀著《锁水母》，佚。天一阁本《录鬼簿》载："题目：木叉行者降妖怪，正名：泗州大圣降水母。"

❷（明）须子寿著《淹水母》，佚。《录鬼簿续编》录其全名《四州大圣淹水母》。

❸ 叶德均：《戏曲小说丛考》，中华书局1979年版，第495~515页。

❹ 近人多以无支祈与孙悟空相较，言二者演变关系，本文所述与此不相矛盾，当视为无支祈在民间流传中的变异。

❺ 中国戏曲志编辑委员会、文化部、国家民族事务委员会、中国戏剧家协会编：《中国戏曲志》（北京卷（上）），文化艺术出版社1990年版，第269~270页。

❻ 丁福保编纂：《佛学大辞典》，第211页。

《大圣收魔》亦有可能为佛祖或菩萨降妖之故事，也未可知。

九、《魏征斩龙王》

佚。撰者阙名。元明杂剧。

《魏征斩龙王》，仅见《传奇汇考标目》别本第二十五著录，列"元代无名氏传奇"下。❶

魏征，字玄成，巨鹿曲城人，生于公元580年，卒于唐贞观十七年（643）。《旧唐书》卷七一、《新唐书》卷九七有传。其少孤贫，出家为道士。大业末，随元宝藏举事，从李密、窦建德，为书记、秘书丞、起居舍人。后从隐太子李建成，为东宫僚属。宣武门之变后，唐太宗因赏其胆识，未降罪，引为詹事主簿、谏议大夫，封巨鹿县男。贞观元年，迁尚书左丞。二年，迁秘书监。七年，代王珪为侍中。十年，受诏于《周书》《隋书》《梁书》《陈书》《齐书》总加撰定，史成，加光禄大夫，封郑国公。十六年，拜太子太师。卒时年六十四，赠司空、相州都督，谥曰文贞。其以敢言直谏而为后世称颂，乃唐初名相。有《魏郑公文集》《魏郑公诗集》存世，《全唐诗》录其诗一卷。

"魏征斩龙王"故事，《永乐大典》卷一三一三九送字韵梦字类《梦斩泾河龙》亦载。言长安城泾河上渔翁张梢因受袁守成指点，下网捕鱼收获颇丰。此为泾河夜叉所闻，报与泾河龙王，龙王前往袁守成处以行雨为赌。不想随后玉帝果降旨行雨，圣旨与袁守成所说全同。老龙逆旨行雨，往袁守成处问赌。袁守成未卜先知告其明日当问斩，老龙苦求消解之法，袁守成令其求当今皇上，留住

---

❶ （清）佚名编纂：《传奇汇考标目》，见《中国古典戏曲论著集成》（第7册），中国戏剧出版社1959年版，第254页。

魏征方可无虞。唐王果应允，召魏征下棋终日。谁知魏征中途睡去，梦中斩龙王首级。该剧情节恐与此同。

十、《西游记》

存。杨景贤撰。明代杂剧。

杨景贤，一名杨景言❶，其事迹《元史》《明史》均无载。明无名氏《录鬼簿续编》谓："杨景贤，名暹，后改名讷，号汝斋。故元蒙古氏，因从姐夫杨镇抚，人以杨姓称之。❷善琵琶，

---

❶ 有关杨景言之著录，可见《太和正音谱》，其下列《风月海棠亭》《史教坊断生死夫妻》二剧；《传奇汇考标目》别本第二三，其下列《诗酒玩江楼》《翠西厢》《敌待诏没兴採□儿》（后两剧未见他本录于杨景贤下，故存疑）三剧；《元曲选》，其下列《风月海亭》《史教坊断生死夫妻》二剧。《今乐考证》杨景贤下题按语："景贤别本有作'景言'者，非两人也。据《曲选》目以《海亭》《史教坊》二种属景言作，另列《马丹阳》一种为景贤作，误。"另有杨景夏、孙楷第先生《吴昌龄与西游记杂剧》一文言，传是楼旧藏抄本《词谑》载，"其第二篇引杨景夏的《玄奘取经》第四出，文与今本《西游记》第四出同"，认为"《太和正音谱》作杨景言，《词谑》景夏当是景言之误"。熊发恕《〈西游记杂剧〉作者及时代考辨》（四川师范大学学报，1990年第2期）对此提出异议，提出孙氏所提"杨景夏""杨景言"非一人，认定"今存《西游记》杂剧为杨景贤之作"不足信，可备一说。《传奇汇考标目》别本第一〇四亦载杨景夏，注"字居未详"，下列《后精忠》一剧，注"岳雷事"。

❷ 杨景贤从姐夫生活，迁往钱塘，有关记载可参看明朱有燉《烟花梦引》"尝闻蒋兰英者，京都乐籍中佽女也。志行贞烈，捐躯于感激谈笑之顷。钱塘杨讷为作传奇而深许之"。转引自郭英德、李志远撰："明代戏曲序跋汇选"，载《文学遗产》网络版2010年第2期，http://wxyc.literature.org.cn/journals_article.aspx?id=866。杨景贤生平亦可参看马冀："杨景贤生平考索"，载《黑龙江民族丛刊》2003年第6期。

好戏谑。乐府出人头地,锦阵花营,悠悠乐志。与余交五十年。永乐初,与舜民一般遇宠。后卒于金陵。"❶所撰杂剧18种,《生死夫妻》《玩江楼》《偃时救驾》《西湖怨》《为富不仁》《待子瞻》《三田分树》《红白蜘蛛》《巫娥女》《保韩庄》《盗红绡》《鸳鸯宴》《东岳殿》《海棠亭》《两团圆》15种已佚,《西游记》《刘行首》2种存,《天台梦》存残曲。❷另有散曲〔商调·二郎神〕《怨别》1套,小令数首存世。❸《太和正音谱》称:"杨景言之词,如雨中之花。"❹焦循《剧说》亦载:"元人吴昌龄《西游》词,与俗所传《西游记》小说小异。曹楝亭曰:'吾作曲多效昌龄,比于临川之学董解元也。'"❺焦循、曹寅言"元人吴昌龄《西游》词"。此说有误,"吴昌龄"当为"杨景贤"。

此剧《录鬼簿续编》著录。臧晋叔《元曲选》前所附《元

---

❶ （明）佚名：《录鬼簿续编》，见《中国古典戏曲论著集成》（第2册），中国戏剧出版社1959年版，第284页。此书作者一说贾仲明，目前未发现更确切的史料或其他旁证，故存疑。

❷ 《太和正音谱》收无名氏《梦天台》头折〔仙吕·六幺序〕、〔幺〕二曲，二折〔商调·挂金索〕，见《太和正音谱》第106页、第188页。赵景深《元人杂剧钩沉》归于杨景贤下，见赵景深：《元人杂剧钩沉》，第130～131页。

❸ 杨景贤散曲、小令存世数量，未有定论，或言7首，或言8首。周双利、阿实干撰："杨景贤戏曲著作考辨"，载《内蒙古民族大学学报》（社会科学版）1995年第1期；赵相璧撰："蒙古族元曲作家——杨景贤及其作品"，载《内蒙古师院学报》（哲学社会科学版）1982年第4期。隋树森《全元散曲》收其小令2首，套数1首，见《金元散曲》，中华书局1964年版，第1610～1612页。

❹ （明）朱权：《太和正音谱》，第23页。

❺ （清）焦循：《剧说》，见《中国古典戏曲论著集成》（第8册），中国戏剧出版社1959年版，第155页。

曲论》、姚燮《今乐考证》二书所著录"吴昌龄《唐三藏西天取经》",当为杨景贤《西游记》杂剧。

此剧作者之归属,前代学者争讼不已。孙楷第先生《吴昌龄与西游记杂剧》一文发表后,众议稍有平息,然仍未成定论,如王季思主编的《全元戏曲》仍将此剧归于吴昌龄下。本书从孙楷第先生之说。

《西游记》现存版本12种,情况如下

1. 万历本

明万历甲寅(1614)刊本《杨东来先生批评西游记》,6卷。日本内阁文库藏,存《传奇四十种》中。❶ 惜未获见。

据昭和三年(1928)日本东京斯文会排印本影印之书影,知其行款当为:每页分上下两栏,上栏书评语,下栏为正文或插图。10行22字,小字双行同,花口,书口题"批评西游记",四周单边,单鱼尾。书中有图约48幅,占半面。正文卷端题"杨东来先生批评西游记",分行署"元吴昌龄撰"。卷首载《西游记小引》,署"万历甲寅岁孟秋望日弥伽弟子书于紫芝室"。《小引》云:"曲之盛于胡元固矣。自《西厢》而外,长套者绝少。后得是本,乃与之颉颃。嗟乎,多钱善贾,长袖善舞。非元人大手笔,曷克臻此耶?特加珍秘,时以自娱。尝携之游金台,偶为

---

❶ 此书撰者不详。全书无封面及总目,凡八十四卷,共八十册,日本宫内省图书寮藏。此书从未见中国藏书家目著录,亦无藏者。日本松泽老泉之《汇刻书目外集》第5册第41页载有全目。松泽老泉系据宝利十一年(1761)新见雅宴之《御文库唐版书籍考》(旧抄本,图书寮藏)著录。盖此书乃日本德山藩毛利家进献之物。全书包括明人传奇共四十种。傅惜华撰:"日本现存中国善本之戏曲(上)",载《中国文艺》1939年第1卷第4期,第34页。

友人持去。未几而友人物故，索之竟成乌有。剑去张华，镜辞王度，惋惜者久之。迨归而怀念不置。忽一日，复得之故家敝簏中。捧玩之下，喜可知也。然帙既散乱，字多漫灭；苦心雠校，积有岁时。遂于宫商钟吕之间，摘阴陶帝虎之缪矣。但天庭异藻，不当终秘之枕中，乃谋而授诸梓，庶几飞球舞盏时，稍为丝肉一助云尔。若曰顾曲之周郎，辨挝之王应，则吾岂敢。"亦载《杨东来先生批评西游记总论》，署"勾吴蕴空居士书于宙合斋"。

全剧每卷4出，共24出，出目如下：

第一出	之官逢盗	第二出	逼母弃儿
第三出	江流认亲	第四出	擒贼雪雠
第五出	诏饯西行	第六出	村姑演说
第七出	木叉售马	第八出	华光署保
第九出	神佛降孙	第十出	收孙演咒
第十一出	行者除妖	第十二出	鬼母皈依
第十三出	妖猪幻惑	第十四出	海棠传耗
第十五出	导女还裴	第十六出	细犬禽猪
第十七出	女王逼配	第十八出	迷路问仙
第十九出	铁扇凶威	第二十出	水部灭火
第二十一出	贫婆心印	第二十二出	参佛取经
第二十三出	送归东土	第二十四出	三藏朝元

2.《柳枝集》本、戏曲丛刊本 I

《柳枝集》本，即孟称舜《新镌古今名剧合选》之《柳枝集》所收《二郎收猪八戒》。

《二郎收猪八戒》，《柳枝集》第十三种，简名"猪八戒"。有崇祯刊本，存上海图书馆。惜未获见。据《古本戏曲丛刊》四集知此书行款。

9行20字，花口，题"柳枝集"，四周单边，无鱼尾。框21cm×14cm。

正文卷端题"新镌古今名剧柳枝集"，次行题"二郎收猪八戒"，三行署"元吴昌龄著""明孟称舜评点""朱曾莱订正"。版心小字双行题"猪八戒"。卷首载《正目》："朱太公告官司，裴海棠遇妖怪。三藏托孙悟空，二郎收猪八戒。"

全剧四折，首有一楔子。

《柳枝集》本，当为杨景贤《西游记》之卷四，孟称舜将其抽出编入《古今名剧合选·柳枝集》。二者曲辞、宾白仅存少量异文，余全同。栏上评语，摘自原书勾吴蕴空居士之《总论》。卷端署"元吴昌龄著"，误，详见前文之论述。

戏曲丛刊本Ⅰ，即《古本戏曲丛刊》四集影印上海图书馆藏《新镌古今名剧合选》之《柳枝集》本。❶

3. 斯文会本、戏曲丛刊本Ⅱ、《续修四库全书》本

斯文会本，即日本学者盐谷温据万历本编辑，日本东京斯文会昭和三年（1928）二月十一日出版，题名"杂剧西游记"者。正文前有万历本插图48幅，卷一首页、卷六末页书影两幅，后有盐谷温作跋语。因万历本罕见于世，故此本为《西游记》传播之惟一底本。盐谷温跋语云："元吴昌龄所撰杂剧《唐三藏西天取经》一本，著录于钟嗣成《录鬼簿》，王君国维《曲录》亦依之。而同书传奇部，别有《西游记》一本，其实王君未见，徒为亿揣之言而已。此书清初犹存，《也是园书目》有吴昌龄《西游记》4卷，《曹楝亭书目》有《西游记》6卷，其后存亡不可知。

---

❶ 古本戏曲丛刊编辑委员会编：《古今名剧合选》（第1册之扉页），见《古本戏曲丛刊》（四集之八），商务印书馆1958年版。

而偶得之我秘阁所藏《传奇四十种》中，明杨东来所批。有万历甲寅序文。顾久佚于彼，而才存于我者。岂非天下希有之秘籍哉。余喜出望外，乃试施训点，排印刊行。饷之学界。昔余游寓燕京，与王君相知，以《曲录》见惠。后南移长沙，从叶先生德辉，叩曲学底蕴，归朝后专用力于此，匆匆既十有余年，常期再访。未果。不图昨年四月，湘城匪乱，叶先生遭祸，越一月王君亦捐命。悲夫，今兹戊辰，余游禹域，而师友既亡，曲海茫茫，谁从问津，持赠此书，以质于博雅君子云。昭和三年二月纪元节，日本东京节山学人书于砾溪全归庵中。"

戏曲丛刊本Ⅱ，即《古本戏曲丛刊》初集影印北京图书馆藏斯文会本。❶

《续修四库全书》本，即上海古籍出版社出版《续修四库全书》第1766册收录本，影印自日本斯文会本。❷

足见，三本实为一本。

4.《世界文库》本、《戏曲周刊》本、《元曲选外编》本

《世界文库》本，即民国二十四年（1935）上海生活书店出版《世界文库》第一册中之《西游记杂剧》，据日本斯文会排印本重印。❸

《戏曲周刊》本，即《民言报》副刊《戏曲周刊》之连载

---

❶ 古本戏曲丛刊编辑委员会编：《杨东来批评西游记》，见《古本戏曲丛刊》（初集扉页），商务印书馆1954年版。

❷ 《续修四库全书》（第1766册：集部戏剧类），上海古籍出版社2000年版，第161~201页。

❸ 傅惜华：《明代杂剧全目》，作家出版社1958年版，第18页。笔者查阅《世界文库》本原书，未见校勘所用版本的记录。

本，据日本斯文会排印本标点。❶ 惜未获见。

《元曲选外编》本，1959年中华书局出版《元曲选外编》中之《西游记杂剧》。据日本覆排明刊杨东来批评本排印。❷

5.《全明杂剧》本

《全明杂剧》本，即1979年陈万鼐主编台北鼎文书局出版《全明杂剧》中所收6卷《西游记》与1卷本《猪八戒》。《西游记》据《元曲选外编》排印本排印，《猪八戒》据《新镌古今名剧合选柳枝集》本排印。❸

6.《全元戏曲》本

《全元戏曲》本，即1990年王季思主编人民文学出版社出版《全元戏曲》中之《西游记》。此本"以杨批本为底本，以《柳枝集》本、《元曲选外编》本参校"。❹

7.《元人杂剧》本

《元人杂剧》本，即1936年上海杂志公司刊行《元人杂剧全集》第一辑第四册中之《唐三藏西天取经》。署板曰：金陵卢氏饮虹簃辑本，贝叶山房张氏藏版。文末存卢前跋语，云："初以未见其全为憾，今据杨东来本，芟其赘语，以还原面。"

又，曲选、曲谱对此剧也有所收录，详情见表1-9。

---

❶ 傅惜华：《明代杂剧全目》，作家出版社1958年版，第18页。

❷ 隋树森编：《元曲选外编》（第3册附录），中华书局1959年版，第1033页。

❸ 陈万鼐主编：《全明杂剧》（第1册），台北鼎文书局1979年版，目录页2。

❹ 王季思主编：《全元戏曲》（第三卷），第405页。

表1-9　曲选、曲谱中著录《西游记》杂剧情况一览

序号	曲目	《纳书楹曲谱》	《万壑清音》	《九宫大成南北词宫谱》	《遏云阁曲谱》
1	擒贼雪仇	—	卷四	—	—
2	撒子（逼母弃子）	续集卷三	—	卷十五 p.28	—
3	认子（江流认亲）	续集卷三	—	卷六十 p.61	下函卷一二
4	饯行（诏饯西行）	补集卷一	—	卷七 p.18	—
5	胖姑（村姑演说）	续集卷三	—	卷六七 p.68	—
6	定心（收孙演咒）	补集卷一	卷四 收服行者	卷五四 p.5	—
7	伏虎（行者除妖）	续集卷三	—	卷二一 p.18	—
8	揭钵（鬼母皈依）	补集卷一	—	—	—
9	海棠传耗	—	—	卷十五 p.32	—
10	女还（导女还妻）	续集卷三	—	—	—
11	女国（女王逼配）	补集卷一	—	—	—
12	迷路问仙	—	—	卷五四 p.44	—
13	借扇（铁扇凶威）	续集卷三	—	卷三四 p.79	—
14	木叉售马	—	—	卷五二 p.43	—

杨景贤：《西游记》的版本源流如图1-3所示。

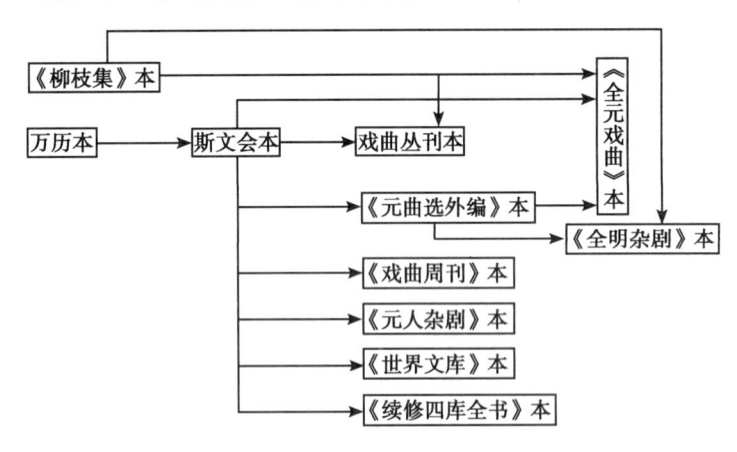

图1-3　杨景贤《西游记》版本源流

十一、《江流记》

佚。撰者阙名。明代传奇。

《江流记》,《传奇汇考标目》著录,《今乐考证》列入"明院本"下,皆称"无名氏《江流》"。《重订曲海总目》《曲录》亦著录。《曲海总目提要》"慈悲愿"条提及此剧。另,《古人传奇总目》著录《江流》一剧,不知所指是此剧否,存疑。

周贻白《中国戏曲剧目初探》著录此剧:"存,富春堂本,陈玄奘事。"❶ 不知其所依何据,所言"富春堂本",笔者寻访,未曾获见,存疑待考。

全剧亡佚,情节不可考。由剧目推测,其内容当与南戏《陈光蕊江流和尚》类似。

十二、《唐僧西游记》

佚。撰者阙名。明代传奇。

此剧《南词叙录》著录,列"本朝"目下。《今乐考证》亦著录,言为"何义门焯补录"。《古典戏曲存目汇考》列此剧于"陈龙光"下,❷ 不知所依何据。傅惜华《明代传奇全目》云:"《今乐考证》所载何焯补录明人编本有《唐僧西游记》一目,未署撰人,不悉究为夏作或陈作?"❸ 本书从之,存疑。

---

❶ 周贻白:"中国戏曲剧目初探",见周贻白著,沈燮元编:《周贻白小说戏曲论集》,齐鲁书社1986年版,第183页。

❷ 庄一拂:《古典戏曲存目汇考》,上海古籍出版社1982年版,第108页。

❸ 傅惜华:《明代传奇全目》,人民文学出版社1959年版,第307页。

全剧佚，情节不可考。

十三、《进瓜记》

佚。王□□昆玉撰。明代传奇。

王□□昆玉，名里不详，生卒年亦不详。

《进瓜记》，仅见《远山堂曲品》著录，谓："从《西游记》截出一段。曲亦衬贴。李翠莲借魂成婚，恰得结体。"《鸣野山房书目》"子之十，乐府家二，传奇"中著录"进瓜"一剧，❶ 不知是否此剧，存疑待考。傅惜华先生《明代传奇全目》中载，《祈氏读书楼目录》著录。❷

该剧亡佚，情节不可确考，当言刘全进瓜之事。

十四、《西游记》

存残折。夏均正撰。明代传奇。

夏均正，名里不详，生卒年亦不详。

该剧仅见《曲海总目提要》著录，云："相传夏均正撰，今此刻曰陈龙光撰。或当有二本，演义诸妖，已具大略，可谓简而该矣。"❸《鸣野山房书目》"子之十，乐府家二，传奇"中著录"西游"一剧，❹ 不知是此剧否，存疑待考。

---

❶ （清）沈复粲编，潘景郑校订：《鸣野山房书目》，上海古籍出版社2005年版，第97页。

❷ 傅惜华：《明代传奇全目》，人民文学出版社1959年版，第284页。

❸ （清）董康：《曲海总目提要》，人民文学出版社1959年版，第1941页。

❹ （清）沈复粲编，潘景郑校订：《鸣野山房书目》，上海古籍出版社2005年版，第93页。

夏均正《西游记》现存残曲半折，名《尉迟饯行》。该曲收于方来馆主人点校《万锦清音古今传奇》，题"《北唐僧》，夏均政撰"。此书现存北京国家图书馆。❶ 据笔者校勘，此残折与《万壑清音》收《诸候饯别》前半折几乎全同。孙楷第先生认为《诸候饯别》当为吴昌龄《唐三藏西天取经》中一折，然则《万锦清音古今传奇》收《北唐僧》，题"夏均政撰"当作何解？其中可能性有三：其一，《万壑清音》所收当为夏均正《西游记》；其二，《万锦清音古今传奇》所收《北唐僧》当为吴昌龄《唐三藏西天取经》，"夏均政"当为误题；其三，二剧皆存此折，或有承袭。其中原委因文献不足，存疑待考。

十五、《西游记》

佚。陈龙光撰。明代传奇。

陈龙光，名里不详，生卒年亦不详。

该剧《远山堂曲品》录于"具品"，云："将一部西游记，板煞填谱，不能无其所有，简其所繁，只由才思庸浅故也。"❷《曲海总目提要》著录，云："相传夏均正撰，今此刻曰陈龙光撰。或当有二本，演义诸妖，已具大略，可谓简而该矣。"傅惜华先生《明代传奇全目》中载：《祈氏读书楼目录》著录。❸

该剧亡佚，情节不可确考。

---

❶ 郭英德撰："稀见明代戏曲选本三种叙录"，载《清华大学学报》（哲学社会科学版）2007年第3期，第76页。

❷ （明）祁彪佳：《远山堂曲品》，见《中国古典戏曲论著集成》（第6册），中国戏剧出版社1959年版，第99页。

❸ 傅惜华：《明代传奇全目》，人民文学出版社1959年版，第307页。

十六、《佛莲记》

佚。沈季彪撰。明代传奇。

沈季彪，名里不详，生卒年亦不详。《传奇汇考标目》别本载："鄞人，自署四明山环溪渔夫。所著有《玉亭新调》及《玉亭传奇》七种：《莲囊》《还珠》《漪绿园》《魭元》《双喜》《齐人》《佛莲》。补：《莲舟》二册，见李氏《海澄楼书目》。"❶ 8种传奇皆佚。

《佛莲记》仅见《传奇汇考标目》别本著录，谓记"玄奘取经事"。❷

全剧亡佚，情节不可确考。

十七、《慈悲愿》

存佚曲。撰者阙名。明清传奇。

《慈悲愿》，《重订曲海总目》著录，云："原有姓名，失记。"❸《今乐考证》著录，云：引自"焦循《曲考》（笔者按：已佚）所载无名氏若干种"。❹《曲海总目提要》著录，云："大概以《西游记》数节，翻换成剧。然词曲与《江流记》（明无名氏撰）不同。佛所说大藏金经，使流行东土，解说群迷，以成就

---

❶ （清）佚名编纂：《传奇汇考标目》，见《中国古典戏曲论著集成》（第7册），中国戏剧出版社1959年版，第273页。

❷ 同上书。

❸ （清）黄文旸：《重订曲海总目》，见《中国古典戏曲论著集成》（第7册），中国戏剧出版社1959年版，第361页。

❹ （清）姚燮：《今乐考证》，第309页。

如来慈悲弘愿，故名'慈悲愿'也。"❶《传奇汇考》亦著录，内容与《曲海总目提要》同。❷《曲录》亦著录。

全剧佚，现存佚曲［尾犯序］一支，《新定九宫大成南北词宫谱》《新编南词定律》收录；❸ 存《认子》《回回》两出。这两出在清代曾上演，曲选《缀白裘》收录，同时也有大量舞台表演本存世。

《认子》一折，笔者发现剧本共11种，其中7种见于清刻本《缀白裘》中（见表1-13）。其他4种为：清末抄本"认子"一折，北京国家图书馆藏；清抄本"认子"一折，中国艺术研究院图书馆藏；清抄本昆腔单出戏"认子"总本一种，北京故宫博物院藏，《故宫珍本丛刊》据此影印；抄本"认子"一本，首都图书馆藏。又，存单头本三种，分别为玄奘单头本昆剧抄本一种，殷氏单头本昆剧抄本两种，皆藏台北"中央"研究院历史语言研究所傅斯年图书馆，《俗文学丛刊》据此影印。存曲谱两种，分别为：北京故宫博物院藏清抄本内廷昆腔单出戏"认子"曲谱一种，《故宫珍本丛刊》据此影印；乾隆五十七年至五十九年（1792～1794）原刻本《纳书楹曲谱》续集卷三收《西游记》"认子"一折，《善本戏曲丛刊》第六辑据此影印。经对勘，以上诸本曲词皆同，只宾白略有差异。明杨景贤《西游记》杂剧第三

---

❶（清）董康：《曲海总目提要》，人民文学出版社1959年版，第1409页。

❷ 佚名：《传奇汇考》（第15册），抄本，日本京都帝国大学藏。

❸（清）周祥钰、邹金生编辑，（清）徐兴华、王文禄分纂：《新定九宫大成南北词宫谱》（第4册），王秋桂主编：《善本戏曲丛刊》（第六辑），台湾学生书局1987年版，第1242页；（清）吕士雄等辑：《新编南词定律》，见《续修四库全书》编纂委员会编：《续修四库全书》（第1752册），上海古籍出版社2002年版，第34页。

出"江流认亲"曲词亦与之全同。

另,"认子"一折还存清内廷抄本题纲一种,北京故宫博物院藏,《故宫珍本丛刊》据此影印。题纲录演员二人,为:"殷氏,尚得;玄奘,魏得禄。"(原文,"玄奘"为"玄装")二人中魏得禄年较幼,又先卒,其为乾隆四十七年(1782)生,❶道光四年(1824)六月十六日卒,❷故此题纲当为嘉庆、道光年间演出记录。

《回回》,又名《回回指路》《指路》。现存剧本13种,其中8种见于清刻本《缀白裘》(见表1-13)。另5种为高腔剧本,台北"中央"研究院历史语言研究所傅斯年图书馆藏四种。中研院诸本中三种题"指路",一种题"回回指路",且后一本为百本张抄本。另有清车王府藏曲本一种,经对勘五本全同。乾隆五十七年至五十九年(1792~1794)原刻本《纳书楹曲谱》续集卷二《唐三藏》中收有"回回"一折,经比较,此本与上述高腔本曲词十分相似,仅存少量异文。珊瑚阁本《昇平宝筏》第二本第十八出"狮蛮国直指前程"与上述文本相较,曲词、宾白十分接近,但省略很多番话。❸

此剧现存题纲三种,皆存北京故宫博物院。其中两种为穿戴题纲,著录上演此剧时演员服饰。另一种属"杂戏题纲",记录

---

❶ 王芷章:《清昇平署志略》,上海书店1991年版,第377页。
❷ 同上书,第420页。
❸ 高腔诸本曲词皆有行间注,其"老回回,大唐师傅到了,快来迎接呀。(净内唱西番话)来呀。(二丑全唱)来呀。(净唱)哝呀。(二丑全唱)哝呀。(净唱)哗呀。(二丑全唱)哗呀"一句中,划线句子旁注有:逢唱念说的番字,难认去了,口字旁即就是。查珊瑚阁本《昇平宝筏》,此类番字省略较多。

见表1-10：

表1-10 《回回》题纲所录演员一览

角色	小回回①			二沙弥				唐僧		老回回
演员	李进禄	雨儿	柴进忠	安福	靳保	吉祥	尚得	安福	魏得禄	小刘得

注：①"回回"系原文献记录时所用，且并无贬斥之义．本书所用亦仅为描述文献记载，并无他义。

以上演员中，"吉祥"年纪最轻，生于乾隆六十年，❶ 而众演员可知卒年最早者为魏得禄，卒于道光四年六月十六日。❷ 因此，该题纲当为嘉庆、道光朝演出之记录。

由佚曲推知，此剧有记叙玄奘法师西行取经之内容。

十八、《平顶山》

佚。撰者阙名。明清传奇。

《平顶山》，《重订曲海总目》著录，云有抄本存世，该书卷末跋语署"时同治二年，岁在癸亥"❸，则最迟在同治二年，此剧本仍存。《今乐考证》著录，引《曲考》云："词曲平，皆抄本。"《曲录》亦著录。

全剧亡佚，情节不可考。

十九、《安天会》

存佚曲。撰者阙名。明清传奇。

---

❶ 王芷章：《清昇平署志略》，上海书店1991年版，第387页。
❷ 同上书，第420页。
❸ （清）黄文旸：《重订曲海总目》，第372页。

《安天会》，《重订曲海总目》著录，云有抄本存世。❶《今乐考证》著录，引自《曲考》。《曲录》亦著录。《古本戏曲剧目提要》著录，云："该剧 28 出，其本事出自小说《西游记》第五—六回。……此剧全本已佚，只存《安天会提纲》，有张季芳手抄本。"❷《安天会提纲》今存何处，惜未获知。

现存残折两出，《北饯》《胖姑》。此二出在清代曾上演，曲选《缀白裘》收录，亦有其他舞台表演本存世。

《胖姑》一折，笔者发现剧本四种。乾隆二十九年金阊宝仁堂刊本《缀白裘》卷四雪集中收《安天会》"胖姑"一折，《善本戏曲丛刊》第五辑据此影印；昆曲抄本"胖姑"两种，均藏台北"中央"研究院历史语言研究所傅斯年图书馆，《俗文学丛刊》据此影印；昆曲折子戏抄本《慈悲愿》中收"胖姑"一折，北京国家图书馆藏。❸ 该出存曲谱一种，为清内廷抄本昆腔单出戏"胖姑"曲谱，卷末题"光绪四年十月十三日打完"，北京故宫博物院存，《故宫珍本丛刊》第 663 册据此影印。经对勘，以上 5 本曲词皆同，仅宾白略有差异。将珊瑚阁本《昇平宝筏》第二本第十七出"胖姑儿昌言胜概"与之对照，情况亦同。《西游记》杂剧第六出村姑演说曲词与此全同。

《北饯》一折，目前发现剧本 14 种，其中 9 种见于清刻本《缀白裘》中，参看表 1-11。另有 3 种存北京国家图书馆，2 种

---

❶ 著录同《平顶山》一剧。
❷ 李修生主编：《古本戏曲剧目提要》，文化艺术出版社 1997 年版，第 627 页。
❸ 此本《胖姑》题为""《慈悲愿》收曲"，不知出于何故，笔者所见仅此一例，且赘于此处，存疑待考。

存中国艺术研究院图书馆。该剧存单角本 2 种，为玄奘与殷开山单角本，存中国艺术研究院图书馆。以上诸本多未获见，待后详考。

表 1-11 《慈悲愿》《安天会》散出存留状况

序号	版本	慈悲愿		安天会	
		回回	认子	胖姑	北饯
国 1	清乾隆 46 年（1781）刻本《重订缀白裘新集合编》	九集卷一	—	—	八集卷三
国 2	清乾隆 47 年（1782）金闾学耕堂刻本《缀白裘新集合编》	九编 含	六编 共	—	八编 丰
国 3	清乾隆 52 年（1787）嘉兴博雅堂刻本《缀白裘新集合编》	九编含集	六编共集	—	八编丰集
国 4	清乾隆 52 年（1787）嘉兴增利堂刻本《缀白裘新集合编》	九编含集	六编共集	—	八编丰集
国 5	清嘉庆 15 年（1810）五柳居刻本《缀白裘新集合编》	九编	六编	—	八编
国 6	清道光 10 年（1830）刻本《缀白裘新集合编》	九编 含	六编 共	—	八编 丰
国 7	清同治间抄本《时剧集锦》	—	—	—	流
国 8	清光绪 34 年（1908）萃香社石印本《绘图缀白裘》	—	—	—	八集卷三
国 9	清末上海广雅书局石印本《绘图缀白裘》	九集卷一	六集卷一	—	八集卷三
国 10	清末钞本	—	存	—	存
国 11	清抄本《红杏楼传奇十种曲》	—	—	—	存
国 12	昆曲折子戏抄本《慈悲愿》收曲	—	—	存	—
艺 1	清嘉庆二十年（1815）曹广庆钞本	—	—	—	存

续表

序号	版　本	慈悲愿		安天会	
		回回	认子	胖姑	北钱
艺2	清道光五年（1825）曹春山钞本	—	—	—	存
艺3	清昇平署抄本玄奘单词	—	—	—	存
艺4	清昇平署抄本殷开山单词	—	—	—	存
艺5	清抄本	—	存		
他1	乾隆四十二年鸿文堂梓行校订重镌本《缀白裘新集合编》	九编	六编	—	八编
他2	乾隆二十九年金阊宝仁堂刊本《缀白裘》	—	—	四雪集	—
他3	《故宫珍本丛刊》663册昆腔单出戏总本曲谱	—	—	pp. 9~13	—
他4	《俗文学丛刊》69册昆曲抄本	—	—	pp. 189~197	—
他5	《俗文学丛刊》69册昆曲抄本	—	—	pp. 199~210	—
他6	《故宫珍本丛刊》685册昆腔单出戏曲谱	—	pp. 471~473	—	—
他7	《故宫珍本丛刊》666册昆腔单出戏总本	—	pp. 268~272	—	—
他8	《故宫珍本丛刊》690册昆弋腔开团场杂戏题纲	—	p. 47	—	—
他9	《俗文学丛刊》66册玄奘单头本昆曲抄本	—	p. 311	—	—
他10	《俗文学丛刊》66册殷氏单头本（一）昆曲抄本	—	p. 319	—	—
他11	《俗文学丛刊》66册殷氏单头本（二）昆曲抄本	—	p. 323	—	—
他12	首都图书馆藏抄本	—	存		
他13	《故宫珍本丛刊》690册昆弋腔开团场杂戏题纲	p. 45	—	—	—
他14	《故宫珍本丛刊》690册穿戴题纲	p. 250			

续表

序号	版本	慈悲愿		安天会	
		回回	认子	胖姑	北饯
他 15	《故宫珍本丛刊》690 册穿戴题纲	p. 271	—	—	—
他 16	《俗文学丛刊》42 册高腔抄本	pp. 341 ~ 356	—	—	—
他 17	《俗文学丛刊》42 册高腔抄本	p. 357	—	—	—
他 18	《俗文学丛刊》42 册高腔百本张抄本	p. 375	—	—	—
他 19	《俗文学丛刊》42 册高腔抄本	p. 389	—	—	—
他 20	《清车王府藏曲本》14 册高腔	pp. 268 ~ 270	—	—	—
他 21	北京国家图书馆藏清绿丝栏抄本《缀玉轩曲谱》卷八①	—	—	—	—

注："国"指北京国家图书馆，"艺"指中国艺术研究院图书馆，"他"指其他版本。
①北京国家图书馆检索目录中显示此本中存《慈悲愿》，惜未获见，存疑待考。

由佚曲推知，此剧有记叙玄奘法师西行取经之内容。

二十、《钓鱼船》

存。张彝宣撰。清代传奇。

张彝宣，又名张大复，字星期，又作星其、心其，吴郡人，"居闾关外寒山寺，自号寒山子，粗知书，好填词，不治生产，姓淳朴，亦颇知释典"。❶ "张彝宣生卒年不可详考，从他在《寒山堂曲话》以晚辈口吻称钮少雅为'钮丈'、'里丈'来看，至少清顺治末年左右尚在世"。❷ 所撰传奇 30 种，《龙华会》《双节孝》《娘

---

❶ （清）董康：《曲海总目提要》，第 1027 页。
❷ 周维培：《曲谱研究》，江苏古籍出版社 1999 年版，第 162 页。

子军》《小春秋》《天有眼》《发琅钏》《痴情谱》《龙飞报》《三祝盏》《大节烈》《竹叶舟》《金凤钗》《智串旗》《新亭泪》《罗江怨》15 种佚；《獭镜缘》《芭蕉井》《井中天》《天下乐》4 种存残曲；《读书声》《双福寿》《醉菩提》《紫琼瑶》《钓鱼船》《海潮音》《重重喜》《金刚凤》《快活三》《吉祥兆》《如是观》11 种存。❶又撰《万寿大庆承应杂剧》6 种：《万国梯航》《万家生佛》《万笏朝天》《万流同归》《万善合一》《万德祥源》。著有《寒山堂新定九宫十三摄南曲谱》，考订最精，与钮少雅《九宫正始》并称，世号"钮张"。尚有《元词备考》《南词便览》《词格备考》等。❷《新传奇品》论其作品："去病用兵，暗合孙、吴。"

《钓鱼船》，《新传奇品》《传奇汇考标目》《今乐考证》《曲海总目提要》《曲录》均著录。《传奇汇考》亦著录，云："亦近代人作，本《西游记》'刘全进瓜'事，而稍加改换情节，多相同。"❸《钓鱼船》现存版本 10 种。

1. 傅惜华藏本　《古本戏曲丛刊》本

傅惜华藏本，即抄本《钓鱼船》，一册，现所藏地待查。此

---

❶ 诸书著录多不同，今从《古典戏曲存目汇考》。其中《重重喜》一剧，按语云："阙名有《天锡贵》，演梅芬事，一名《喜重重》，此当据抄本题《重重喜》以资区别"，见《古典戏曲存目汇考》，第 1223 页。《曲海总目提要》录《天锡贵》，云"不知何人作，演梅芬事"，注曰"清张大复撰"，见《曲海总目提要》，第 2112 页。此剧待考。又有赵景深《元代南戏剧目和佚曲的新发现——介绍张大复的〈寒山堂曲谱〉》一文，赵氏据《寒山堂曲谱》著录《元宵闹》一剧，亦待考，见《复旦大学学报》（社会科学版），1959 年第 6 期，第 22~28 页。

❷ 郭英德：《明清传奇综录》，河北教育出版社 1997 年版，第 551 页。

❸ 佚名：《传奇汇考》（第 7 册），抄本，日本京都帝国大学藏。

书笔者未见，然《古本戏曲丛刊》三集影印，借此知其行款。

12行23~30字，黑口，四周单边，单鱼尾，版心题"钓鱼船"，版框23cm×11cm。

卷首题"钓鱼船"，下钤四印：其一，正方阳文印，题"惜花真赏"；其二，正方阴文印，题"筠石"；其三，正方阳文印，题"陈铎"；其四，正方阴文印，题"浮槎氏所藏印"。上卷尾又钤一正方阳文印，题"碧蕖馆藏"。卷尾钤两印，即前"筠石""陈铎"二印。

全文两卷31折，第一折至第十三折为上卷，余为下卷，缺第二十六折。各出未标回目。

《古本戏曲丛刊》本，即《古本戏曲丛刊》三集据傅惜华先生藏书影印本，商务印书馆1957年出版。

2. 古吴莲勺庐抄本

古吴莲勺庐抄本，即朱丝栏抄本《钓鱼船》，一册，现藏北京大学图书馆。

10行23~24字，四周单边，书口下题"古吴莲勺庐钞存本"，版框15.3cm×10.2cm。

正文卷端题"钓鱼船传奇"，下有阳文朱印"不登大雅文库"。

全文2卷31折，第一折至第十三折为上卷，余为下卷，缺第二十六折。各出未标回目。

3. 不登大雅堂抄本

不登大雅堂抄本，即乌丝栏抄本《钓鱼船》，一册，北京大学图书馆藏。

9行28字，白口，四周单边，版心题"钓鱼船"，版框19.9cm×14.6cm。

卷首题"钓鱼船传奇"，下钤一阳文朱印"不登大雅文库"。

右侧边栏外印有"不登大雅堂钞藏曲"字样。

全文 2 卷 31 出,第一折至第十三折为上卷,余为下卷,缺第二十六折。各出未标回目。

4. 孔德图书馆本、《明清抄本孤本戏曲丛刊》本

孔德图书馆本,即乌丝栏抄本《钓鱼船》,一册,首都图书馆藏。

9 行 28 字,四周单边,书口题"钓鱼船",版框 14.7cm×19.9cm。

卷首题"钓鱼船传奇",右边框下有"孔德图书馆抄藏"字样。

全文 2 卷 31 出,第一折至第十三折为上卷,余为下卷,缺第二十六折。各出未标回目。

《明清抄本孤本戏曲丛刊》本,即首都图书馆编辑《明清抄本孤本戏曲丛刊》,其中所收《钓鱼船》乃据孔德图书馆本影印,北京线装书局 1996 年出版。

5. 东京大学本、台北国家图书馆本

东京大学本,即日本东京大学藏本《钓鱼船》,惜未获见。台北国家图书馆本,乃据东京大学本复制而成。

6. 缀玉轩本

缀玉轩本,乃梅兰芳缀玉轩旧藏红格抄本,现藏北京梅兰芳纪念馆,惜未获见。

7. 集贤堂抄本

集贤堂抄本,即《明清传奇综录》中所言,程氏玉霜簃旧藏康熙五十五年(1716)本《钓鱼船》,今不知藏于何处。❶

该剧之故事情节,详见本书第四章。

---

❶ 郭英德:《明清传奇综录》,河北教育出版社 1997 年版,第 558 页。

二十一、《芭蕉井》

存佚曲。张彝宣撰。清代传奇。

撰者张彝宣，详见《钓鱼船》条。

《芭蕉井》，《新传奇品》《今乐考证》《曲录》著录。全剧佚，但存残曲八支，《新定九宫大成南北词宫谱》《新编南词定律》皆收。由残曲知，此剧当演乌鸡国故事。

二十二、《昇平宝筏》

存。张照撰。清代传奇。

张照，初名默，字得天，又字长卿，号径南、梧囟，亦号天瓶居士、法华山人。斋名天瓶斋、既醉轩。祖籍浦东，后籍江南娄县。生于康熙三十年（1691）三月二十日，卒于乾隆十年（1745）正月十九日。《清史稿》卷三〇四有《张照传》。康熙四十八年（1709）进士，改庶吉士，授检讨，南书房行走。雍正元年（1723）迁侍讲学士，后相继官任右庶子、左庶子、少詹事、内阁学士兼礼部侍郎、刑部左侍郎、署顺天府府尹事、都察院左都御史、刑部尚书等。雍正十三年（1735）五月为抚定苗疆大臣，至贵州。八月，奉乾隆帝谕旨回京，十一月五日，因弹劾鄂尔泰，定罪为"挟诈怀私，扰乱军务，罪过多端"，乾隆元年（1736）廷议当斩，上特命免死，出狱，令在武英殿修书处行走。乾隆二年（1737），起任内阁学士、南书房行走，后任礼部侍郎、经筵讲官、刑部右侍郎、刑部左侍郎、刑部尚书，兼管乐部事务等。乾隆十年（1745）奔父丧途中卒，加太子太保、吏部尚书，谥文敏。❶

---

❶ 以上内容见赵尔巽等撰：《清史稿》，中华书局 1977 年版，第 10493~10495 页；梁骥：《张照年谱》，吉林大学 2007 年硕士学位论文。

张照是清代著名书法家，帖学的代表人物，《清史稿》称其"敏于学，富文藻，尤工书"。他的书法"得米之雄健，有董之峻整，极为高宗所重"。张照主持编辑、审阅过《钦定协纪辨方书》《校刻二十一史》《律吕正义》《十三经注疏》《石渠宝笈》《秘殿珠林》《钦定仪象考成》等书。清代笔记也多言，张照曾制诸院本进呈，谓之"月令承应""节山""法宫雅奏""昇平宝筏""劝善金科"等。

关于《昇平宝筏》一剧现存文本状况，下文将详述。以下将笔者收集到的清代宫廷《昇平宝筏》演出时间列表1-12明示。

表1-12 《昇平宝筏》演出年表

序号	剧 目	时 间	地点	资料来源
1	《昇平宝筏》	乾隆五十五年八月初一至十一日		柳得恭《滦阳集》[①]
2	《昇平宝筏》	嘉庆八年正月十五		嘉庆七年旨意档
3	头本《昇平宝筏》	嘉庆二十四年九月十七日	同乐园	嘉庆二十四年恩赏档
	二本《昇平宝筏》二十二出玉面怀春	嘉庆二十四年九月十八日		
	三本《昇平宝筏》十三出闻仁驱邪	嘉庆二十四年九月十九日		
	四本《昇平宝筏》	嘉庆二十四年九月二十日		
	五本《昇平宝筏》	嘉庆二十四年九月二十一日		
	六本《昇平宝筏》	嘉庆二十四年九月二十二日		
	七本《昇平宝筏》	嘉庆二十四年九月二十三日		
	八本《昇平宝筏》	嘉庆二十四年九月二十四日		
	九本《昇平宝筏》	嘉庆二十四年九月二十五日		
4	《昇平宝筏》	道光五年十月初八日	—	道光五年恩赏日记档
	《昇平宝筏》	道光五年十月初九日		
	《昇平宝筏》	道光五年十月十一日		
	《昇平宝筏》	道光五年十月十二日		

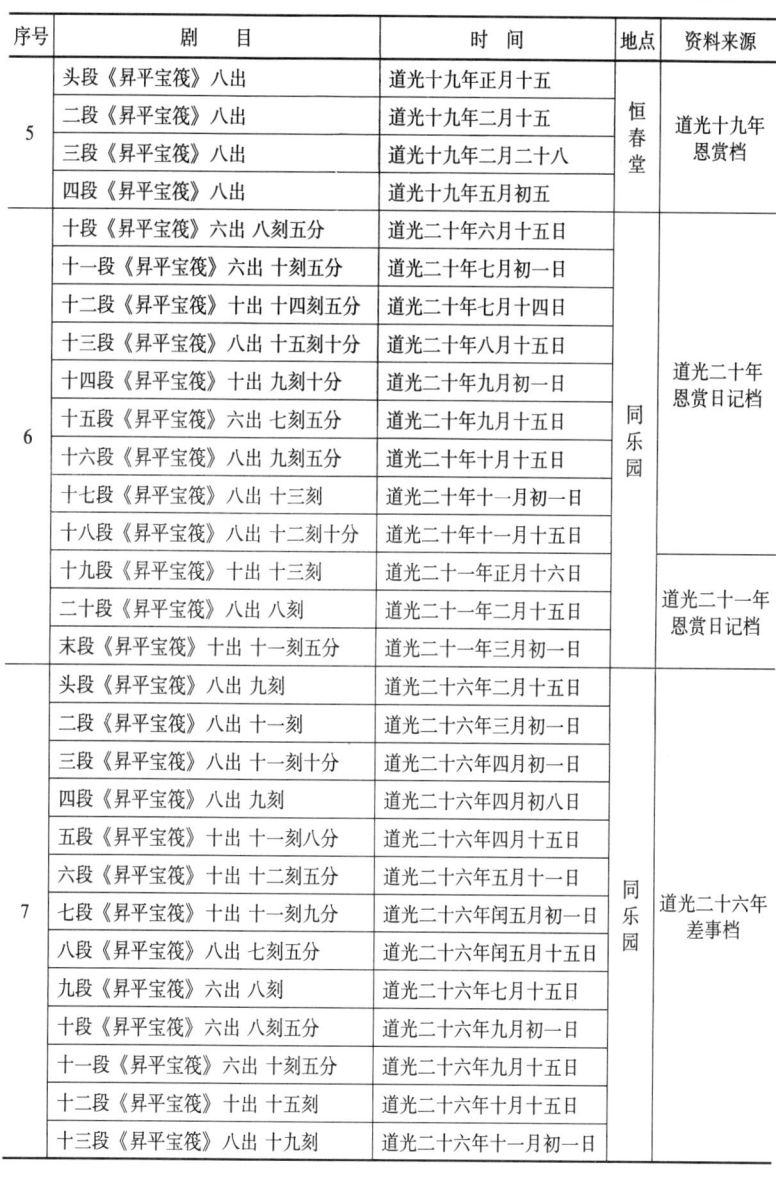

续表

序号	剧目	时间	地点	资料来源
5	头段《昇平宝筏》八出	道光十九年正月十五	恒春堂	道光十九年恩赏档
	二段《昇平宝筏》八出	道光十九年二月十五		
	三段《昇平宝筏》八出	道光十九年二月二十八		
	四段《昇平宝筏》八出	道光十九年五月初五		
6	十段《昇平宝筏》六出 八刻五分	道光二十年六月十五日	同乐园	道光二十年恩赏日记档
	十一段《昇平宝筏》六出 十刻五分	道光二十年七月初一日		
	十二段《昇平宝筏》十出 十四刻五分	道光二十年七月十四日		
	十三段《昇平宝筏》八出 十五刻十分	道光二十年八月十五日		
	十四段《昇平宝筏》十出 九刻十分	道光二十年九月初一日		
	十五段《昇平宝筏》六出 七刻五分	道光二十年九月十五日		
	十六段《昇平宝筏》八出 九刻五分	道光二十年十月十五日		
	十七段《昇平宝筏》八出 十三刻	道光二十年十一月初一日		
	十八段《昇平宝筏》八出 十二刻十分	道光二十年十一月十五日		
	十九段《昇平宝筏》十出 十三刻	道光二十一年正月十六日		道光二十一年恩赏日记档
	二十段《昇平宝筏》八出 八刻	道光二十一年二月十五日		
	末段《昇平宝筏》十出 十一刻五分	道光二十一年三月初一日		
7	头段《昇平宝筏》八出 九刻	道光二十六年二月十五日	同乐园	道光二十六年差事档
	二段《昇平宝筏》八出 十一刻	道光二十六年三月初一日		
	三段《昇平宝筏》八出 十一刻十分	道光二十六年四月初一日		
	四段《昇平宝筏》八出 九刻	道光二十六年四月初八日		
	五段《昇平宝筏》十出 十一刻八分	道光二十六年四月十五日		
	六段《昇平宝筏》十出 十二刻五分	道光二十六年五月十一日		
	七段《昇平宝筏》十出 十一刻九分	道光二十六年闰五月初一日		
	八段《昇平宝筏》八出 七刻五分	道光二十六年闰五月十五日		
	九段《昇平宝筏》六出 八刻	道光二十六年七月十五日		
	十段《昇平宝筏》六出 八刻五分	道光二十六年九月初一日		
	十一段《昇平宝筏》六出 十刻五分	道光二十六年九月十五日		
	十二段《昇平宝筏》十出 十五刻	道光二十六年十月十五日		
	十三段《昇平宝筏》八出 十九刻	道光二十六年十一月初一日		

续表

序号	剧目	时间	地点	资料来源
7	十四段《昇平宝筏》十出 九刻十四分	道光二十七年正月十五日	—	道光二十七年恩赏日记档
	十五段《昇平宝筏》六出 七刻十三分	道光二十七年三月十五日		
	十六段《昇平宝筏》八出 九刻五分	道光二十七年四月初一日		
	十七段《昇平宝筏》八出 十三刻七分	道光二十七年四月初八日		
	十八段《昇平宝筏》八出 十三刻五分	道光二十七年四月十五日		
	十九段《昇平宝筏》十出 十四刻十三分	道光二十七年五月十一日		
	二十段《昇平宝筏》八出 八刻	道光二十七年五月十五日		
	末段《昇平宝筏》十出 十一刻	道光二十七年六月初一日		

资料来源：朱家溍：《故宫退食录》，北京出版社1999年版；朱家溍、丁汝芹：《清代内廷演剧始末考》，中国书店2007年版；王政尧：《清代戏剧文化史论》，北京大学出版社2005年版；陈义敏：“京剧史系年辑要（1752～1874）”，见《戏曲研究》（第46辑），文化艺术出版社1993年版。

注：①金毓黼主编：《辽海丛书》（第1册），辽沈书社1985年版，第324页。原文有《圆明园扮戏》诗，后注言：皇帝七月三十日到圆明园，自八月初一至十一日所扮之戏《西游记》一部也，戏目谓之《昇平宝筏》。

二十三、《无底洞》

存。撰者阙名。清传奇。

《无底洞》，《明清传奇综录》《古本戏曲剧目提要》皆著录。该剧现存版本两种。

1. 郑振铎藏本

郑振铎藏本，乃抄本，1册，北京国家图书馆藏。

8行21字，小字双行，书大22.8cm×13.4cm。

该书卷首有一阳文朱印："长乐郑振铎西谛藏书"，卷末有一阳文朱印："长乐郑氏藏书之印"。

全剧共十五出，出目如下：

第一出	讲经	第二出	偷宝	第三出	上路
第四出	祝寿	第五出	挑欲	第六出	误救
第七出	投寺	第八出	餍僧	第九出	妖摄
第十出	寻师	第十一出	得信	第十二出	劝亲
第十三出	叩阍	第十四出	请兵	第十五出	擒妖

2. 缀玉轩抄本

缀玉轩抄本，为朱丝栏本，1册，中国艺术研究院图书馆藏。8行22字，四周双边，白口，单鱼尾，书口下题："松古斋"。版框18cm×12.1cm。正文前附目录，首题"无底洞总讲"。封签题："无底洞全""缀玉轩藏""如山题"。

全剧共16出，其中第十二出、第十三出实际为一出，第十六出正文未见出目。目录著录如下：

第一出	讲经	第二出	偷宝	第三出	上路
第四出	祝寿	第五出	挑欲	第六出	误救
第七出	投寺	第八出	餍僧	第九出	妖摄
第十出	寻师	第十一出	得信	第十二出	劝亲
第十三出	做亲	第十四出	叩阍	第十五出	请兵
第十六出	大战				

二十四、《婴儿幻》

存。金兆燕撰。清传奇。

金兆燕，字钟越，号棕亭，别号全椒兰皋生，又号芜城外史。安徽全椒人，生于康熙五十七年戊戌小除日（1719），卒于乾隆五十六年（1791）。❶ "幼称神童，壮游黄山，诸作奇崛可喜，文名震淮甸，卢运使见曾延之入署，一切词章，多出其手"，"家本素寒"。❷ 乾隆十二年（1747）中举，乾隆三十一年（1766）中进士，任扬州教授。❸ 后改国子监博士，"升监丞，分校四库馆书"。❹ 有《国子先生全集》43卷存世，包括《棕亭古文钞》10卷，《棕亭骈体文钞》8卷，《棕亭诗钞》18卷，《棕亭词钞》7卷。❺ 所撰传奇2种，《旗亭记》《婴儿幻》，皆存。

此剧未见著录。

该剧存版本两种。

1. 清乾隆抄本

清乾隆抄本，3卷，1册，北京国家图书馆藏。惜未获见。据胶卷资料知此书行款。

10行20字，小字双行同，白口，四周单边，单鱼尾。框

---

❶ 金兆燕生平简介多参邓长风：《明清戏曲家考略三编》，上海古籍出版社1999年版，第313~314页；许隽超撰："金兆燕卒年补考"，载《中国戏曲学院学报》2007年第28卷第2期，第56~58页。邓长风考其生年实已入公历1719年。江庆柏《清代人物生卒年表》载："生于康熙五十七年除夕，公历为1719年2月18日。"见《清代人物生卒年表》，人民文学出版社2005年版，第497页。

❷ 张其浚修，江克让、汪文鼎纂：《全椒县志》（卷十《人物志·文苑》），民国九年刊本，第49~50页。

❸ 《全椒县志》载其"由举人任扬州府教授"，许隽超《金兆燕卒年补考》考其不确。今从许文。

❹ 张其浚修，江克让、汪文鼎纂：《全椒县志》（卷十），民国九年刊本，第50页。

❺ 《全椒县志》载："其《增云轩诗抄》，长洲沈德潜、钱塘吴锡麟常为序以行世。"未见著录，存疑。

17.6cm×12.5cm。❶

衬页钤阴文朱印："新淦丞印"，扉页题传奇名"婴儿幻传奇"，下载作者简介，云："金兆燕，字棕亭，一字钟越，全椒人，乾隆三十一年进士，官国子监博士。生平不耐静坐，跳跃多言，笑时目为喜鹊。有《棕亭诗钞》。"卷首载作者自序，署"辛丑（乾隆四十六年，1781）冬日棕亭金兆燕书"。《自序》云："佛门以童真出家易修易证性命圭旨，亦谓童子学仙事半功倍。老子云：婴儿终日号而不嗄，婴儿不知牝牡之合而朘作。古今来能为婴儿者，方能为圣、为贤、为忠、为孝、为佛、为仙。三教虽殊，保婴则一。孟子曰：大人者，不失其赤子之心者也。虽然处胎之时，安浮陀时异，歌罗逻时异。至于婴儿已非混沌无窍时比矣。读圣婴儿传奇者，其勿以为泥车瓦狗之戏也可。"下有阳文朱印："芝农珍藏"。目录前端有阴文朱印："我家江上小蓬莱"，目录后有阴文朱印："省事莫如清心"。正文卷端题"婴儿幻传奇"，分行署"飞花阁填词"，右框外有二印，上为阴文朱印，题"培之"二字，下为阳文朱印："戴氏芝农藏书画印"。天头有阴文朱印："称心而□足"。上卷右边框外有阴文朱印：题"臣植"二字。卷末有三印，上阳文朱印："三十三本某华书屋"，中阴文朱印："藏之名山传之其人"，下长方阳文朱印："戴芝农所藏书画印"。

全剧每卷10出，共30出，出目如下。

上卷：

第一出　分镇　第二出　仙宴　第三出　春姤　第四出　许婚

---

❶ 版框大小之数据，由中国国家图书馆古籍馆善本特藏部提供。此书其他详细资料亦同。

第五出　赘魔　第六出　亭话　第七出　神閟　第八出　忆夫
第九出　庇娇　第十出　演车

中卷：

第一出　焰阻　第二出　一借　第三出　赠丹　第四出　二借
第五出　反焰　第六出　三借　第七出　得扇　第八出　反赚
第九出　降凡　第十出　降魔

下卷：

第一出　惊报　第二出　婴戏　第三出　僧困　第四出　火难
第五出　乱性　第六出　再难　第七出　龙奋　第八出　痛母
第九出　皈依　第十出　证圆

2. 摄影本

所谓摄影本，即据北京国家图书馆藏乾隆抄本拍摄制成本，三册，亦藏北京国家图书馆古籍部。

二十五、《莲花会》

存。撰者阙名。清代传奇。

《莲花会》，《明清传奇综录》《古本戏曲剧目提要》皆著录。

该剧现存版本两种。

1. 古吴莲勺庐钞存本

古吴莲勺庐钞存本，乃朱丝栏抄本，1 册，北京国家图书馆藏。

10 行 25 字，版框 16.6cm×10.2cm。

卷首载目录，其下有一阳文朱印："长乐郑振铎西谛藏书"。

全剧分两卷，共 25 出，出目如下。

卷上：

第三出　　劣衾借寡闹禅林　第四出　　快婿谈经通妙义

第五出	灭禅僧伙劫金珠	第六出	报私仇株连良善
第七出	金童玉女接生天	第八出	恨写血书因怨佛
第九出	观音亲赐高王经	第十出	善女梦警无琼女
第十一出	订鸳盟尼庵泣别	第十二出	解凤城释子槛囚
第十三出	现慈悲莲花献佛		

卷下：

第十四出	上长安女婿辞坟	第十五出	庆流虹国产储君❶
第十六出	诉槛鸾僧逢难婿	第十七出	施圣水名冒三清❷
第十八出	灭奸邪共尊一佛	第十九出	国王出郭饯高僧
第二十出	宫女绣□□大士	第二十一出	揭榜文为止啼声
第二十二出	入宫闱得邀恩宠	第二十三出	金珠现弄假成真
第二十四出	锦衣归扬眉吐气	第二十五出	应报怨善念永垂

2. 缀玉轩抄本

缀玉轩抄本，乃朱丝栏抄本，1册，藏中国艺术研究院图书馆。

8行20字，四周双边，白口，单鱼尾，书口下题："崇文斋"。版框19.8cm×12.1cm。题签："莲花会""缀玉轩藏"、"如山题"。

全剧共25出，出目如下：

第三出	劣衿借衅闹禅林	第四出	快婿谈经通妙义
第五出	灭禅僧伙劫金珠	第六出	报私仇株连良善
第七出	金童玉女接生天	第八出	恨写血书因怨佛
第九出	观音亲赐高皇经	第十出	善人梦惊无瑕女

---

❶ 此出目正文题"庆虹流国产储君"。
❷ 此出目正文题"施圣水共冒三清"。

第十一出	订鸳盟尼庵泣别	第十二出	解凤城释子槛囚
第十三出	现慈悲莲花解厄	第十四出	上长安女婿辞坟
第十五出	庆虹流国产储君	第十六出	诉槛鸾僧逢难婿
第十七出	施圣水各冒三清	第十八出	灭奸邪群尊一佛
第十九出	国王出郭饯高僧	第二十出	宫女绣幡酹大士
第二十一出	揭榜文为止啼声	第二十二出	入宫帏得邀思宠
第二十三出	金珠现弄假成真	第二十四出	锦衣归扬眉吐气
第二十五出	德报怨善念永垂		

此剧述车迟国善人吴守仁，有一女儿无瑕从小指腹为婚，嫁与卫宣。当地学霸东西浑向吴守仁借钱未果，故怀恨在心。一日守仁赈饥民，东西浑又来调戏饥民之女，为群人所殴，故决意报复。虎力大仙、羊力大仙、鹿力大仙三妖至车迟国，因见僧人受宠，故装扮僧人偷取内帑金银，国君大怒捉拿僧侣。东西浑诬告吴守仁为同谋，吴守仁与僧侣一同被捉。吴守仁当堂死去，官府又捉其女进京覆旨。吴守仁死后托生为国君之子，终日啼哭。吴女烧香祈祷，夜梦其父，又见未婚夫婿，二人共进誓言，来日重圆。僧人因被诬陷，求得观音保佑，观音现身授经，并于法场之上，救助僧侣使其得以幸免。卫宣欲寻妻子，前往京城。知其妻进太后宫中洒扫，不觉伤感，此时恰遇唐僧师徒四人。闻知此事，悟空帮助众僧消得苦役之难。后悟空、八戒、沙僧三人大闹三清观，与三妖斗法，除妖灭害，车迟国君亲送唐僧师徒上路，悟空言，要止太子啼哭，须下榜招人。卫宣见皇帝张榜招人，故揭得皇榜，进宫治病。果然太子破涕而笑，皇帝赐卫宣千钟禄、一品官。卫宣言其冤屈，国君召无瑕为女，与卫宣成婚。东西浑因三清观大仙被诛，故偷得贼赃潜逃，不想被关口更夫捉获。皇帝下旨封赏吴守仁，将东西浑正法以祭奠吴守仁。

二十六、《江流记》

存。撰者阙名。清代传奇。

《江流记》,《明清传奇综录》著录。

该剧现存版本一种,为乾隆内府四色精抄本,1册,上海图书馆藏,惜未获见。由其扫描拍摄图像知其行款如下:

8行21字,小字双行。白口,单鱼尾,左右双边,版心题"江流记"。

封面书签题:"江流记""共计十八出""全册"。扉页钤清乾隆皇帝正方阳文朱印:"五福五代堂古稀天子宝""太上皇帝之宝""八徵耄念之宝"。后页题"两个时辰零四刻",右下钤清光绪年间许叶芬之正方阳文朱印:"宛平许叶芬少嚣印章"。正文前附目录,下钤一正方阳文朱印:"延秋阁物"。每出首行题"江流记",次行题出目,下标韵部、声腔。此剧为昆弋合演剧目,昆腔5出,弋腔13出,弋腔为主。正文中详注穿戴、排场等舞台提示。

全剧18出,出目如下:

第一出	相府门楣招快婿	古风韵	弋腔
第二出	彩楼欢会配良姻	歌戈韵	弋腔
第三出	布衣喜得深恩至	庚青韵	弋腔
第四出	慈母欢从意外来	古风韵	弋腔
第五出	纵赤鲤施仁积德	鱼模韵	昆腔
第六出	遇凶棍起难生灾	古风韵	昆腔
第七出	海龙王报全慈惠	鱼模韵	弋腔
第八出	狠强盗丧却良心	齐微韵	昆腔
第九出	惊人色胆包天大	古风韵	昆腔

第十出	撇子贞名似水清	尤侯韵	弋腔
第十一出	一水顺流飘匣至	东钟韵	弋腔
第十二出	元奘入定悟前因	先天韵	弋腔
第十三出	思儿许氏贫兼病	古风韵	弋腔
第十四出	寻母高僧喜共悲	侵寻韵	弋腔
第十五出	遇瓦窑祖母知因	皆来韵	弋腔
第十六出	设祖饯龙王答义	寒山韵	昆腔
第十七出	昭彰恩怨登时判	支思韵	弋腔
第十八出	母子夫妻一旦欢	寒山韵	弋腔

二十七、《进瓜记》

存。撰者阙名。清代传奇。

《进瓜记》，《明清传奇综录》著录。

该剧现存版本 1 种，为乾隆内府四色精抄本，与《江流记》同一册，上海图书馆藏，惜未获见。由其扫描拍摄图像知其行款如下。

8 行 21 字，小字双行，白口，单鱼尾，左右双边，版心题"进瓜记"。

封面书签题："进瓜记""共计十八出""全册"。卷首有清许叶芬光绪八年（1882）壬午正月二日题序，扉页钤清乾隆皇帝正方阳文朱印："五福五代堂古稀天子宝""太上皇帝之宝""八徵耄念之宝"。后页题"两个时辰零四刻"。正文前附目录，下钤一阳文朱印："延秋阁物"。每出首行题"进瓜记"，次行题出目，下标韵部、声腔。此剧为昆弋合演剧目，昆腔 7 出，弋腔 11 出，弋腔为主。正文中详注穿戴、排场等舞台提示。许叶芬序云："此乾隆初，大内节戏院本。时海宇又安，每内廷演剧辄命张文敏制词为屈子竞渡，子安题阁，各承时令演之，谓之《月令承应》。其于内庭诸喜庆事，表演祥征瑞应者，谓之《法宫雅奏》。其于万寿令节前后奏演群仙诸佛添筹锡禧，及白叟黄童含哺鼓腹者，谓之《节山》。又演目连尊者救母事，析为十本，谓之《劝善金科》，于岁暮奏之，以其鬼魅杂出，代古人傩祓之意。演唐元奘和尚西域取经事，谓之《昇平宝筏》，于上元前后日奏之。礼亲王《啸亭杂录》载之甚详。赖文敏制词奇丽，引用内典经卷，深为禅家三昧，大为超妙。此册雪庐太史所贻，不知得之谁氏，盖当时进御副本，故抄订极工。凡牌名黄字，曲文墨字，科白绿字，场步注脚红字。承平□□前辈词华广□之□，深为鬻□，惜只开场两记，未能得睹其全，□□阙如。此曲坊间不致有刻本，会向内城藏书家物色之。光绪八年（1882）壬午正月二日早起晴窗宛平许叶芬识。是日雨水节。"后钤一阳文朱印："叶芬□印"。

全剧 18 出，出目如下：

第一出　　水晶宫龙王称祝　　东钟韵　　昆腔

第二出　　风雪岸术士指迷　　萧豪韵　　昆腔

第三出　　奇闻早动冲冠怒　　东钟韵　　昆腔

第四出　　钓艇冤遭溺水灾　　古风韵　　弋腔

第五出　　占天卜易惊神鬼　　萧豪韵　　弋腔

第六出　　设计施谋犯罪愆　　江阳韵　　弋腔

第七出　　打招牌惊求术士　　尤侯韵　　弋腔

第八出　　察曚度祇迓天曹　　车遮韵　　弋腔

第九出　　梦许龙魂思拯厄　　先天韵　　昆腔

第十出　　威驱鬼祟报深恩　　庚青韵　　弋腔

第十一出　魏丞相寄书托友　　古风韵　　昆腔

第十二出	崔判官添册酬恩	皆来韵	昆腔
第十三出	施惠泽旨宣御座	庚青韵	弋腔
第十四出	赴幽冥榜揭朝门	古风韵	弋腔
第十五出	全信义阴司进果	萧豪韵	弋腔
第十六出	感怜念地府还魂	江阳韵	弋腔
第十七出	离合悲欢圆大梦	古风韵	弋腔
第十八出	夫妻恩爱胜前缘	先天韵	昆腔

二十八、《黄袍郎》

存。撰者阙名。清代传奇。

《黄袍郎》，《明清传奇综录》《古本戏曲剧目提要》皆著录。此书现存中国艺术研究院图书馆，惜未获见。

该剧之详情，可参《古本戏曲剧目提要》❶。

二十九、《金钱豹》

存。撰者阙名。清代传奇。

《金钱豹》，《明清传奇综录》著录，言："2卷，抄本，中国社会科学院文学研究所图书室藏。"❷ 惜未获见。

三十、《统坤国》

不确定。撰者阙名。清代传奇。

---

❶ 李修生主编：《古本戏曲剧目提要》，文化艺术出版社1997年版，第660~661页。

❷ 郭英德：《明清传奇综录》，河北教育出版社1997年版，第1212页。

《统坤国》,《明清传奇综录》著录,言:"2卷,抄本,中国艺术研究院戏曲研究所资料室藏。"❶ 查中国艺术研究院图书馆目录,知此书为梅兰芳先生藏书,现藏于北京梅兰芳纪念馆,惜未获见。然《古本戏曲剧目提要》收有《统坤国》一剧,载:一名《女儿国》,全剧六出。❷ 该提要作者吴秀慧女士称,该本两册,且中国艺术研究院图书馆仅存此一种"统坤国"。据此笔者推测,《明清传奇综录》"2卷"之称当因两册之体制所误导。

另,此六出之《统坤国》,极有可能亦非清代杂剧,就其体制,更大可能性当为清代俗曲杂戏,存疑待考。

三十一、《陈光蕊》

佚。撰者阙名。清代传奇。

《陈光蕊》,仅见《传奇汇考标目》"本朝无名氏"下著录。全剧亡佚,其情节不可确考,推测当演"江流儿"故事。

三十二、《盘丝洞》

佚。撰者阙名。清代杂剧。

《盘丝洞》,《今乐考证》著录,言乃"无名氏写本"。❸ 傅惜华《清代杂剧全目》亦著录,云:"《大梄山庄书目》亦见著录,未题作者姓名,其原藏本未见,不知归于何处。疑即清人《昇平

---

❶ 郭英德:《明清传奇综录》,河北教育出版社 1997 年版,第 1215 页。

❷ 李修生主编:《古本戏曲剧目提要》,文化艺术出版社 1997 年版,第 798~799 页。

❸ (清)姚燮:《今乐考证》,见《中国古典戏曲论著集成》(第 10 册),中国戏剧出版社 1959 年版,第 182 页。

宝筏》传奇中之一段。"❶

全剧亡佚，猜测此剧内容当演《西游记》擒获蜘蛛精之情节。

三十三、《猪八戒幻结天仙偶》

佚。叶承宗撰。清代杂剧。

叶承宗，字奕绳，号泺湄啸史、稷门啸史，生于明万历三十年（1602），卒于清顺治五年（1648），山东历城（今济南）人。明"天启七年（1627）举乡试，七上春官不第""登顺治三年（1646）进士，授临川县知县。值岁祲，发廪赈饥，所活甚众……民甚赖之"。顺治五年（1648）冬，"赣镇金声桓为逆，攻抚州……城遂破，承宗被执，逼授伪官不屈……至夜自尽。时十月初七日也，年四十七"。❷ 善戏曲，所制颇富，撰杂剧 13 种，《猪八戒幻结天仙偶》《金玉奴棒打薄情郎》《羊角哀死报知心友》《狂柳郎风流烂醉》《莽桓温英雄俱内》《穷马周旅邸奇缘》《痴崔郊翠屏嘉会》《沈星娘花里言诗》《黑旋风寿张乔坐衙》9 种佚，《金紫芝改号孔方兄》《贾阆仙除日祭诗文》《十三娘笑掷神奸首》《狗咬吕洞宾》4 种存。撰传奇 2 种，《百花洲》《芙蓉剑》，皆佚。又有散曲 5 套，见《全清散曲》。❸ 崇祯十三年（1640），修《历城县志》16 卷，时以为佳史。另著有《泺函》

---

❶ 傅惜华：《清代杂剧全目》，人民文学出版社 1981 年版，第 253 页。

❷ （清）胡德琳修：《历城县志》（卷四一《列传七·忠烈》），乾隆三十八年刻本。另据（清）童范俨总修《临川县志》卷三三《职官·文职二》（同治九年刻本）载，"叶承宗，历城进士，顺治四年任"。

❸ 谢伯阳、凌景埏编：《全清散曲》，齐鲁书社 2006 年版，第 112～117 页。

10 卷、《耳谭》2 卷、《少陵诗选》6 卷。❶

《猪八戒幻结天仙偶》，清以来书目未见著录，仅见叶氏《渌函》第十卷《杂剧乐府》目录《四啸》下著录。❷

全剧亡佚，其情节不可确考。

---

❶ http://218.56.50.243:8080/was40/detail? record = 1&channelid = 17108&searchword = % D2% B6% B3% D0% D7% DA.

❷ 《渌函》第十卷《杂剧乐府》目下，有《稷门四啸》，即《十三娘笑捌神奸首》《猪八戒幻结天仙偶》《金玉奴棒打薄命郎》《羊角哀死报知心友》。亦有后四啸，即《狂柳郎风流烂醉》《莽桓温英雄惧内》《穷马周旅邸奇缘》《痴崔郊翠屏嘉会》。见四库未收书辑刊编纂委员会编：《四库未收书辑刊》（第七辑第 21 册），清顺治十七年叶承桃友声堂刻本，北京出版社 2000 年版，第 795~796 页。

第二章

《昇平宝筏》版本考

第一节　前代研究状况

清内廷连台本戏《昇平宝筏》之版本，傅惜华先生所撰《清代传奇全目》曾录，惜后佚失，然今有若干资料被发现。据中国艺术研究院所藏残存手稿知此书录有"承应大戏"一卷，且其《例言》云："清代宫廷之'承应大戏'，内容、题材类为敷衍历史之传奇，钜制出数最少者亦为六十出、八十出，最多者有二百四十余出。"❶足见，240出之《昇平宝筏》当列于此目下。傅惜华先生撰此书所记卡片，亦有存于世者，《昇平宝筏》之版本记载借此得见于世，其详细内容抄录于下。❷

《昇平宝筏》，张照等撰，《啸亭杂录》云……《曲录》从之，流传版本：

1. 清康熙间内府抄本，傅藏。残存4、5、6本，共六卷。正文标名云：昇平宝筏。无署题。每卷首各附提纲一卷，按：此本系现存昇平宝筏之原始祖本。

2. 清雍正间乾隆内府朱墨抄本。铁岭郑氏清昼堂旧藏，

---

❶ 刘效民撰："记傅惜华《清代杂剧全目》手稿残页"，载《文献》2002年1月第1期，第278~284页。

❷ 傅惜华所撰《昇平宝筏》版本资料乃2008年7月3日中国艺术研究院戴云女士交于笔者。据其回忆，资料为整理傅惜华先生藏书、手稿、笔记时所得"草片"上所记。原件个别字迹潦草，本文所录是戴云女士誊抄整理本。

今归中国戏曲研究院图书馆。正文标名云：昇平宝筏。无署题。今存第一本，每本有目。

3. 清乾隆间内府抄本。故宫博物院图书馆藏。凡十本，二十卷。正文无标名、署题。每卷有目录；左下方有"珊瑚阁珍藏印"朱文长方章。

4. 清乾隆间南府抄本。首都图书馆藏。凡十本。标名云：西游传奇。无署题。此本内容实即昇平宝筏。

5. 清乾隆间内府抄本。铁岭郑氏清昼堂旧藏，今归中国戏曲研究院图书馆。凡十本。正文标名云：昇平宝筏。无署题。

6. 清抄本。北京图书馆藏。十二卷，十二册。标名云：昇平宝筏。无署题。

7. 清抄本。北京图书馆藏。十卷。残存卷一至卷九。标名云：昇平宝筏。无署题。

8. 清乾隆间抄本。傅藏。残存三十三出。标名云：昇平宝筏。无署题。

9. 清嘉庆间抄本。傅藏。残存第五本卷上。标名云：昇平宝筏。无署题。

10. 清昇平署抄本。故宫博物院藏。标名云：昇平宝筏。无署题。现存君臣弈棋等七册。

11. 清昇平署抄本。故宫博物院藏。标名云：昇平宝筏。无署题。现存提纲十三册。

12. 清昇平署抄本。故宫博物院藏。标名云：昇平宝筏。无署题。现存串头五册。

13. 清昇平署抄本。北京图书馆藏。标名云：昇平宝筏。现存大战石猴等十三册。

14. 清昇平署抄本。傅惜华藏。标名云：昇平宝筏。无署题。现存分角单本合订九册。

15. 民国间至德周氏几礼居抄本。上海图书馆藏。十卷二十册。正文标名云：昇平宝筏。无署题。

16. 建国后中国戏曲研究院抄本。中国戏曲研究院图书馆藏。据北图藏清钞本过录。

17. 1962年古本戏曲丛刊编刊委员会所辑，古本戏曲丛刊第九辑第四种，据珊瑚阁旧藏乾隆间内府抄本影印。

18. 1962年古本戏曲丛刊编刊委员会所辑，古本戏曲丛刊第九辑第四种，昇平宝筏附录昇平宝筏提纲，据北图藏清抄本影印。

19. 清道光间稿本。姚燮编《今乐府选》第一百八十一册所收本。浙江图书馆藏。不分卷。选10折。标名云：昇平宝筏。

第二节 《昇平宝筏》版本叙录

傅惜华先生所记《昇平宝筏》之版本数量颇丰，但仍有遗漏。现依此目及笔者所见，将《昇平宝筏》存世版本情况书写如下。❶

---

❶ 因《昇平宝筏》版本众多，故其版本名称无法按统一标准命名。

一、岳小琴藏本

岳小琴藏本,即清康熙抄本《昇平宝筏》。24 册,北京大学图书馆藏。

8 行 24 字,无格,书大 24.2cm×14.3cm。

封面中部钤一正方阳文朱印:"燕京大学图书馆章"。每卷卷首载目录,第一卷卷首目录下有两正方阴文朱印:"别存古意""吉事有祥"。正文卷首有一椭圆阳文朱印:"小琴如意"。

本剧共 10 本,每本 24 出,共 240 出,出目为 6~8 字混合形态,如下。

第一本:

第一出	长生大帝弘圣教	新增
第二出	金禅佛子领慈音	原本改
第三出	灵根化育源流出	原本改
第四出	心性修持大道生	原本改
第五出	悟彻菩提真妙理	原本改
第六出	断魔归本合元神	原本
第七出	借兵器龙王供伏	原本改
第八出	闹森罗十类除名	原本改
第九出	官封弼马心何足	原本
第十出	名注齐天意未宁	原本
第十一出	宴瑶宫天帝怜才	新增
第十二出	集蓬莱群仙赴会	新增
第十三出	蟠桃会大圣偷丹	原本
第十四出	花果山诸神捉怪	原本
第十五出	八卦炉中心不定	原本改

第十六出	五行山下志坚牢	原本改
第十七出	殷氏乘流浮木匣	新增
第十八出	渔翁送子入金山	原本改
第十九出	苦参禅悟彻无生	新增
第二十出	初行脚拜辞师座	原本改
第廿一出	历间关路阻兵戈	新增
第廿二出	定方隅基开宇宙	新增
第廿三出	凌烟阁功臣图像	新增
第廿四出	盂兰会菩萨请行	重改

第二本：

第一出	释迦佛早识升平	新增
第二出	观世音降临尘界	原本改
第三出	登大宝黎民乐业	新增
第四出	启文运学士登瀛	新增
第五出	梦幽魂历求超度	新增
第六出	度沉沦辩正空门	新增
第七出	元奘秉诚建大道	新增
第八出	观音显相化金蝉	原本改
第九出	奉特旨西域求经	新增
第十出	集巨卿灞桥饯别	原本未曾发出，今仍用
第十一出	过番界老回指路	原本
第十二出	逢岔岭伯钦留僧	原本改
第十三出	历苦楚心猿归正	新增
第十四出	奋坚刚六贼潜踪	原本改
第十五出	蛇盘山诸神暗佑	新增
第十六出	莺愁涧意马收缰	新增

第十七出　观音院僧谋宝贝　　原本改

第十八出　黑风山怪窃袈裟　　原本改

第十九出　孙行者大闹黑风山　原本改

第二十出　野狼精败遁黄沙塞　重改

第廿一出　八戒游春窥美色　　原本

第廿二出　悟能行聘赘高门　　原本

第廿三出　云栈洞收降八戒　　原本

第廿四出　浮屠山妙解五蕴　　新增

第三本：

第一出　　伽蓝神圣施护卫　　新增

第二出　　须弥菩提定风魔　　新增

第三出　　流沙河法收悟净　　原本改

第四出　　空山院圣试禅心　　新增

第五出　　万寿山大仙留故友　原本

第六出　　五庄观行者窃人参　原本

第七出　　镇元仙赶捉取经僧　原本

第八出　　孙行者大闹五庄观　原本

第九出　　普陀岩活树洒甘泉　原本改

第十出　　宝象国赏灯迷爱女　原本改

第十一出　白骨妖说女成婚　　原本

第十二出　三尸魔戏僧作幻　　原本改

第十三出　释真僧柏氏寄书　　原本改

第十四出　认假婿元奘变虎　　原本改

第十五出　龙马救师遭败　　　原本改

第十六出　猴王重义下山　　　原本改

第十七出　妖洞中匿真幻假　　新增

第十八出	法场上反伪为真	原本改	
第十九出	奎木狼仍归原宿	原本改	
第二十出	宝象国恭送西行	重作	
第廿一出	平顶山悟能探路	原本改	
第廿二出	莲花洞木母逢妖	原本改	
第廿三出	心猿护宝伏邪魔	原本改	
第廿四出	太上收妖归正道	原本改	

第四本：

第一出	盼灵山十宰行香	新增
第二出	开洛河万商毕集	新增
第三出	风紧荒山悲异路	新增
第四出	月明古寺话禅心	新增
第五出	鉴清词敕神卫道	新增
第六出	夸玉面巧说怀春	原本
第七出	圣婴劝母息雷霆	原本
第八出	牛魔慕色贪风月	原本
第九出	阻禅机妖儿纵火	原本
第十出	装假父行者称雄	原本
第十一出	红孩儿坐莲被擒	
第十二出	罗刹女劫钵遭败	新增
第十三出	广皇恩远迩俱蒙泽	新增
第十四出	被霖雨神棍想行奸	新增
第十五出	乌鸡镇妖道谋主	新增
第十六出	软沙河贞女亡身	新增
第十七出	坐禅床夜诉沉冤	新增
第十八出	入猎场点化幼子	新增

第十九出　一旦人间难匿隐　　新增
第二十出　三年井底又重生　　新增
第廿一出　开士机锋超大乘　　新增
第廿二出　贞婺魂魄礼慈航　　新增
第廿三出　颉利无知空鼓浪　　新增
第廿四出　圣明独断预兴师　　新增

第五本：

第一出　　卫銮舆百灵效顺　　新增
第二出　　建谋谟三路分兵　　新增
第三出　　三清观行者留名　　原本改
第四出　　车迟国悟空显法　　原本改
第五出　　唐因日暮阻长河　　原本
第六出　　魔弄寒风飘大雪　　原本
第七出　　元奘沉水独遭殃　　原本改
第八出　　灵感救灾亲示现　　原本
第九出　　西洋龙子捉鼍回　　原本
第十出　　沙漠贼徒闻炮道　　新增
第十一出　黄婆运水解邪胎　　新增
第十二出　定力辞婚逃女国　　新增
第十三出　斗草妖仙传喜信　　原本
第十四出　化斋老衲落迷津　　原本改
第十五出　盘丝洞七情惑本　　原本改
第十六出　黄花观百眼用毒　　原本改
第十七出　脱灾幸遇黎山母　　原本改
第十八出　破欲全凭菩萨计　　重做
第十九出　李卫公下马战鸥鹢　　新增

第二十出	尉迟恭藤牌破枭獍	新增	
第廿一出	谕部落城筑受降	新增	
第廿二出	歼渠魁首传西部	新增	
第廿三出	佛现金书启鸿运	新增	
第廿四出	凯归玉殿赐华筵	新增	

第六本：

第一出	东皇君泽布阳和	新增
第二出	齐锡纯存心秉正	原本
第三出	卓如玉为亲献寿	原本
第四出	罗刹女忆子兴悲	原本改
第五出	牛魔王庇妾求狮吼	原本
第六出	九头妖行凶偷舍利	原本改
第七出	通圣女私窃九灵芝	原本
第八出	徐锡纯联吟逢塔会	原本
第九出	赖太傅溺爱倾良善	原本改
第十出	卓左相发怒诘因由	原本改
第十一出	兰香婢代赴廷尉狱	原本改
第十二出	唐三藏路阻火焰山	原本
第十三出	孙行者一调芭蕉扇	原本改
第十四出	孙行者二调芭蕉扇	原本
第十五出	牛魔王罢战赴华筵	原本
第十六出	孙行者三调芭蕉扇	原本改
第十七出	牛魔王变法斗行者	原本改
第十八出	齐公子刺配游魂岭	原本改
第十九出	悟空救善落魄林	原本改
第二十出	三藏暗宿金光寺	原本改

第廿一出	孙行者扫缚塔尖妖	原本改
第廿二出	唐三藏面陈齐福枉	原本改
第廿三出	荡龙宫佛宝重还	原本改
第廿四出	送圣僧良缘新缔	重改

第七本：

第一出	庆慈寿祥光示现	新增
第二出	沛深仁法外施恩	新增
第三出	木仙庵三藏谈诗	新增
第四出	假雷音四众遭厄	新增
第五出	两路诸神遭毒手	新增
第六出	一尊弥勒缚妖魔	新增
第七出	行者救灾禅性猛	新增
第八出	悟能离秽道心清	新增
第九出	修药物异域行医	新增
第十出	掷金杯筵前息火	新增
第十一出	思夫主喜得家音	新增
第十二出	狎双环醉遗重宝	新增
第十三出	麒麟山妖魔被擒	新增
第十四出	朱紫郡夫妇重合	新增
第十五出	灭法国伽蓝指迷	新增
第十六出	招商店师徒被盗	新增
第十七出	国君感梦反钦僧	新增
第十八出	樵子孝亲兼得度	新增
第十九出	凤仙郡冒天止雨	新增
第二十出	孙悟空劝善施霖	新增
第廿一出	兰亭重建集游人	新增

第廿二出	伊阙春游扈现跸	新增
第廿三出	南极星官能寿世	新增
第廿四出	西京士庶庆丰年	新增

第八本：

第一出	航海梯山修职贡	新增
第二出	耕田凿井乐雍熙	新增
第三出	柳氏母子客他乡	原本改
第四出	和家兄妹辩分产	原本改
第五出	庆长生灰婆巧说	原本改
第六出	谒三魔豹鼠同途	原本改
第七出	狮驼岭三妖防范	原本改
第八出	隐雾山柳生射狼	原本改
第九出	愤怒报仇兴豹怪	原本改
第十出	慈悲救苦伏鹦歌	原本改
第十一出	柳生脱难投亲	原本改
第十二出	和舅薄情拒婿	原本改
第十三出	柳逢春献谋受职	原本改
第十四出	孙悟空救难除妖空❶	原本改
第十五出	心猿钻透阴阳窍	原本改
第十六出	木母同降怪体真	原本改
第十七出	释迦佛力伏三怪	原本改
第十八出	比丘国真传四僧	原本改
第十九出	柳逢春衣锦完花烛	原本改
第二十出	老鼠精诡计玷清修	原本改

---

❶ 后有小字注："三字"。

第廿一出	镇海寺心猿识怪	原本改
第廿二出	黑松林徒弟寻师	原本改
第廿三出	姹女育阳求配偶	原本改
第廿四出	元神悟道识丹头	原本改

第九本：

第一出	灵山凝盼取经僧	新增
第二出	三藏坐禅观世界	新增
第三出	玉华府艺授门人	新增
第四出	黄狮精会设钉耙	新增
第五出	金木土计闹豹头山	新增
第六出	黄白猱报仇天竺国	新增
第七出	盗道缠禅静九灵	新增
第八出	师狮授受同归一	新增
第九出	金平府元夜观灯	新增
第十出	元英洞唐僧供状	新增
第十一出	三僧大闹青龙山	新增
第十二出	四星挟捉犀牛精	新增
第十三出	给孤园问古谈因	新增
第十四出	结彩楼经过遭偶	新增
第十五出	四僧宴乐御花园	新增
第十六出	一怪空怀情欲喜	新增
第十七出	假合真形擒玉兔	新增
第十八出	真阴归正会灵元	新增
第十九出	寇员外善待高僧	新增
第二十出	唐长老外遭魔蛰	新增
第廿一出	宝幢光王垂接引	新增

第廿二出	雷音寺里见如来	新增	
第廿三出	三三行满经初得	新增	
第廿四出	九九归真道行全	新增	

第十本：

第一出	天边贝叶自西来	新增	
第二出	庭外柏树咸东指	新增	
第三出	恭迎大藏福臣民	新增	
第四出	奏对山川邀帝祐	新增	
第五出	魏征拟撰醴泉铭	新增	
第六出	萧翼计赚兰亭字	新增	
第七出	乡愚争赴华严会	新增	
第八出	庠序闲谈心性宗	新增	
第九出	洪福寺文臣检藏	新增	
第十出	莲花座瑜伽给孤	新增	
第十一出	四孤魂梦里谢天恩	新增	
第十二出	十冥府顷时空地域	新增	
第十三出	开觉路海波不扬	新增	
第十四出	飞法雨天花昼下	新增	
第十五出	序圣教千古宣扬	新增	
第十六出	赋骊歌举朝送别	新增	
第十七出	藏经阁妖魔归化	新增	
第十八出	金山寺师弟重逢	新增	
第十九出	世遇雍熙赐大酺	新增	
第二十出	运际明良颁内晏	新增	
第廿一出	释愆尤复还故职	新增	
第廿二出	崇道行济拔先灵	新增	

第廿三出　去来今佛轮永焕　新增
第廿四出　千万亿帝道遐昌　新增

查此本讳"玄"字，"真""弘"未避讳，当为康熙时期版本。又，此本第九卷目录后载有："三十九年十二月十八日，奉万岁御笔昇平宝筏，尊王道去斜归正，四海清宁。"有清一代，执政达三十九年者，仅康熙与乾隆二帝。有关两朝《昇平宝筏》创作之记载有：

> 《西游记》，原有两三本，甚是俗气。近日海清觅人收拾，已有八本，皆系各旧本内套的曲子，也不甚好。尔都改去，共成十本，赶九月内全进呈。
> ——懋勤殿旧藏"圣祖谕旨"档案❶
> 乾隆初，纯皇帝以海内升平，命张文敏制诸院本进呈，以备乐部演习，凡各节令皆奏演。……演唐玄奘西域取经事，谓之《昇平宝筏》，于上元前后日奏之。其曲文皆文敏亲制，词藻奇丽，引用内典经卷，大为超妙。
> ——（清）昭梿《啸亭续录》卷一《大戏节戏》❷

据《啸亭续录》，乾隆朝所谓"制《昇平宝筏》"，其时间为乾隆初年，与三十九年相悖。"圣祖谕旨"虽未提时间，但康熙三十六年（1697）平定噶尔丹叛乱之前，国家征讨、统一战争不断，之后才真正开始了安宁清平的社会局面，这与康熙三十九年"海内清宁"是吻合的。因此，岳小琴本《昇平宝筏》当成于康

---

❶　故宫博物院掌故部编：《掌故丛编》，中华书局1990年，第51页。
❷　（清）昭梿撰：《啸亭杂录》，中华书局1980年版，第377～378页。

熙朝，时间大致为康熙三十九年（1700）十二月十八日前后，且由"奉万岁御笔昇平宝筏"一句可知，此剧名为康熙皇帝亲笔所赐。

二、亨寿藏本

亨寿藏本，即清蓝格精抄本《昇平宝筏》。20册，北京大学图书馆藏。

7行18字，白口，四周双边，单鱼尾，框16.7cm×10.7cm。版心题卷号。

各卷卷首载目录，每册卷端下方有一正方阳文朱印："亨寿家藏书画印"。卷首载序，署"光绪丙子（光绪二年，1876）嘉平二日亨寿敬记于雪州香南馆时大雪缤纷盆梅蓓蕾矣"，后钤一正方阴文朱印："鹤□❶寿"。序云："乾隆初海宇升平，纯皇帝命张文敏公照制雅曲以备乐部演习。《昇平宝筏》者，演唐元奘西域取经事，每于上元前后日奏之。《啸亭杂录》谓：'词藻奇丽，引用内典经卷，大为超妙。'其他如《劝善金科》为目犍连尊者救母事，又屈子竞渡，子安题阁，诸出皆文敏亲制。此卷乃当时院本流落人间。明窗敬观而九天韶护，近在眉睫，非李耆宫墙听谱者所可同日语也。得护珍藏，洵可宝矣。"

本剧共10本，每本24出，共240出，出目为6~8字混合形态，如下。

第一本：
    第一出   长生大帝弘圣教   新增
    第二出   金禅佛子领慈音   原本改

---

❶ 印中此字漫漶难辨，以"□"代之，下同。

第三出	灵根化育源流出	原本改
第四出	心性修持大道生	原本改
第五出	悟彻菩提真妙理	原本改
第六出	断魔归本合元神	原本
第七出	借兵器龙王供伏	原本改
第八出	闹森罗十类除名	原本改
第九出	官封弼马心何足	原本
第十出	名注齐天意未宁	原本
第十一出	宴瑶宫天帝怜才	新增
第十二出	集蓬莱群仙赴会	新增
第十三出	蟠桃会大圣偷丹	原本
第十四出	花果山诸神捉怪	原本
第十五出	八卦炉中心不定	原本改
第十六出	五行山下志坚牢	原本改
第十七出	殷氏乘流浮木匣	新增
第十八出	渔翁送子入金山	原本改
第十九出	苦参禅悟彻无生	新增
第二十出	初行脚拜辞师座	原本改
第廿一出	历间关路阻兵戈	新增
第廿二出	定方隅基开宇宙	新增
第廿三出	凌烟阁功臣图像	新增
第廿四出	盂兰会菩萨请行	重改

第二本：

第一出	释迦佛早识升平	新增
第二出	观世音降临尘界	原本改
第三出	登大宝黎民乐业	新增

第四出	启文运学士登瀛	新增
第五出	梦幽魂历求超度	新增
第六出	度沉沦辩正空门	新增
第七出	元奘秉诚建大道	新增
第八出	观音显相化金蝉	原本改
第九出	奉特旨西域求经	新增
第十出	集巨卿灞桥饯别	原本未曾发出，今仍用
第十一出	过番界老回指路	原本
第十二出	逢岔岭伯钦留僧	原本改
第十三出	历苦楚心猿归正	新增
第十四出	奋坚刚六贼潜踪	原本改
第十五出	蛇盘山诸神暗佑	新增
第十六出	鹰愁涧意马收缰	新增
第十七出	观音院僧谋宝贝	原本改
第十八出	黑风山怪窃袈裟	原本改
第十九出	孙行者大闹黑风山	原本改
第二十出	野狼精败遁黄沙塞	重改
第廿一出	八戒游春窥美色	原本
第廿二出	悟能行聘赘高门	原本
第廿三出	云栈洞收降八戒	原本
第廿四出	浮屠山妙解五蕴	新增

第三本：

第一出	伽蓝神圣施护卫	新增
第二出	须弥菩提定风魔	新增
第三出	流沙河法收悟净	原本改
第四出	空山院圣试禅心	新增

第五出	万寿山大仙留故友	原本
第六出	五庄观行者窃人参	原本
第七出	镇元仙赶捉取经僧	原本
第八出	孙行者大闹五庄观	原本
第九出	普陀岩活树洒甘泉	原本改
第十出	宝象国赏灯迷爱女	原本改
第十一出	白骨妖说女成婚	原本
第十二出	三尸魔戏僧作幻	原本改
第十三出	释真僧柏氏寄书	原本改
第十四出	认假婿元奘变虎	原本改
第十五出	龙马救师遭败	原本改
第十六出	猴王重义下山	原本改
第十七出	妖洞中匿真幻假	新增
第十八出	法场上反伪为真	原本改
第十九出	奎木狼仍归原宿	原本改
第二十出	宝象国恭送西行	重做
第廿一出	平顶山悟能探路	原本改
第廿二出	莲花洞木母逢妖	原本改
第廿三出	心猿护宝伏邪魔	原本改
第廿四出	太上收妖归正道	原本改

第四本：

第一出	盼灵山十宰行香	新增
第二出	开洛河万商毕集	新增
第三出	风紧荒山悲异路	新增
第四出	月明古寺话禅心	新增
第五出	鉴清词敕神卫道	新增

第六出	夸玉面巧说怀春	原本
第七出	圣婴劝母息雷霆	原本
第八出	牛魔慕色贪风月	原本
第九出	阻禅机妖儿纵火	原本改
第十出	装假父行者称雄	原本
第十一出	红孩儿坐莲被擒	原本改
第十二出	罗刹女劫钵遭败	新增
第十三出	广皇恩远迩俱蒙泽	新增
第十四出	被霖雨神棍想行奸	新增
第十五出	乌鸡镇妖道谋主	新增
第十六出	软沙河贞女亡身	新增
第十七出	坐禅床夜诉沉冤	新增
第十八出	入猎场点化幼子	新增
第十九出	一旦人间难匿影	新增
第二十出	三年井底又重生	新增
第廿一出	开士机锋超大乘	新增
第廿二出	贞婆魂魄礼慈航	新增
第廿三出	颉利无知空鼓浪	新增
第廿四出	圣明独断预兴师	新增

第五本：

第一出	卫銮舆百灵效顺	新增
第二出	建谋谟三路分兵	新增
第三出	三清观行者留名	原本改
第四出	车迟国悟空显法	原本改
第五出	僧因日暮阻长河	原本
第六出	魔弄寒风飘大雪	原本

第七出	元奘沉水独遭殃	原本改
第八出	灵感救灾亲示现	原本
第九出	西洋龙子捉鼍回	原本
第十出	沙漠贼徒闻炮遁	新增
第十一出	黄婆运水解邪胎	新增
第十二出	定力辞婚逃女国	新增
第十三出	斗草妖仙传喜信	原本
第十四出	化斋老衲落迷津	原本改
第十五出	盘丝洞七情惑本	原本改
第十六出	黄花观百眼用毒	原本改
第十七出	脱灾幸遇黎山母	原本改
第十八出	破欲全凭菩萨计	重做
第十九出	李卫公下马战鸱鹗	新增
第二十出	尉迟恭藤牌破枭獍	新增
第廿一出	谕部落城筑受降	新增
第廿二出	歼渠魁首传西部	新增
第廿三出	佛现金书启鸿运	新增
第廿四出	凯归玉殿赐华筵	新增

第六本：

第一出	东皇君泽布阳和	新增
第二出	齐锡纯存心秉正	原本
第三出	卓如玉为亲献寿	原本
第四出	罗刹女忆子兴悲	原本改
第五出	牛魔王庇妾求狮吼	原本
第六出	九头妖行凶偷舍利	原本改
第七出	通圣女私窃九灵芝	原本

第八出	徐锡纯联吟逢塔会	原本
第九出	赖太傅溺爱倾良善	原本改
第十出	卓左相发怒诘因由	原本改
第十一出	兰香婢代赴廷尉狱	原本改
第十二出	唐三藏路阻火焰山	原本
第十三出	孙行者一调芭蕉扇	原本改
第十四出	孙行者二调芭蕉扇	原本改
第十五出	牛魔王罢战赴华筵	原本
第十六出	孙行者三调芭蕉扇	原本改
第十七出	牛魔王变法斗行者	原本改
第十八出	齐公子刺配游魂岭	原本改
第十九出	悟空救善落魄林	原本改
第二十出	三藏借宿金光寺	原本改
第廿一出	孙行者扫缚塔尖妖	原本改
第廿二出	唐三藏面陈齐福柱	原本改
第廿三出	荡龙宫佛宝重还	原本改
第廿四出	送圣僧良缘新缔	重改

第七本：

第一出	庆慈寿祥光示现	新增
第二出	沛深仁法外施恩	新增
第三出	木仙庵三藏谈诗	新增
第四出	假雷音四众遭厄	新增
第五出	两路诸神遭毒手	新增
第六出	一尊弥勒缚妖魔	新增
第七出	行者救灾禅性猛	新增
第八出	悟能离秽道心清	新增

第九出	修药物异域行医	新增
第十出	掷金杯筵前息火	新增
第十一出	思夫主喜得家音	新增
第十二出	狎双环醉遗重宝	新增
第十三出	麒麟山妖魔被擒	新增
第十四出	朱紫郡夫妇重合	新增
第十五出	灭法国伽蓝指迷	新增
第十六出	招商店师徒被盗	新增
第十七出	国君感梦反钦僧	新增
第十八出	樵子孝亲兼得度	新增
第十九出	凤仙郡冒天止雨	新增
第二十出	孙悟空劝善施霖	新增
第廿一出	兰亭重建集游人	新增
第廿二出	伊阙春游扈仙跸	新增
第廿三出	南极星官能寿世	新增
第廿四出	西京士庶庆丰年	新增

第八本：

第一出	航海梯山修职贡	新增
第二出	耕田凿井乐雍熙	新增
第三出	柳氏母子客他乡	原本改
第四出	和家兄妹辩分产	原本改
第五出	庆长生灰婆巧说	原本改
第六出	谒三魔豹鼠同途	原本改
第七出	狮驼岭三妖防范	原本改
第八出	隐雾山柳生射狼	原本改
第九出	愤怒报仇兴豹怪	原本改

第十出　　慈悲救苦伏鹦鹉　　原本改
第十一出　　柳生脱难投亲　　原本改
第十二出　　和舅薄情拒婿　　原本改
第十三出　　柳逢春献谋受职　　原本改
第十四出　　孙悟空救难除妖空❶　　原本改
第十五出　　心猿钻透阴阳窍　　原本改
第十六出　　木母同降怪体真　　原本改
第十七出　　释迦佛力伏三怪　　原本改
第十八出　　比丘国真传四僧　　原本改
第十九出　　柳逢春衣锦完花烛　　原本改
第二十出　　老鼠精诡计玷清修　　原本改
第廿一出　　镇海寺心猿识怪　　原本改
第廿二出　　黑松林徒弟寻师　　原本改
第廿三出　　姹女育阳求配偶　　原本改
第廿四出　　元神悟道识丹头　　原本改

第九本：

第一出　　灵山凝盼取经僧　　新增
第二出　　三藏坐禅观世界　　新增
第三出　　玉华府艺授门人　　新增
第四出　　黄狮精会设钉耙　　新增
第五出　　金木土计闹豹头山　　新增
第六出　　黄白猱报仇天竺国　　新增
第七出　　盗道缠禅静九灵　　新增
第八出　　师狮授受同归一　　新增

---

❶ 后有小字注："三字"。

第九出	金平府元夜观灯	新增
第十出	元英洞唐僧供状	新增
第十一出	三僧大闹青龙山	新增
第十二出	四星挟捉犀牛怪	新增
第十三出	给孤园问古谈因	新增
第十四出	结彩楼经过遇偶	新增
第十五出	四僧宴乐御花园	新增
第十六出	一怪空怀情欲喜	新增
第十七出	假合真形擒玉兔	新增
第十八出	真阴归正会灵元	新增
第十九出	寇员外善待高僧	新增
第二十出	唐长老外遭魔蜇	新增
第廿一出	宝幢光王垂接引	新增
第廿二出	雷音寺里见如来	新增
第廿三出	三三行满经初得	新增
第廿四出	九九归真道行全	新增

第十本：

第一出	天边贝叶自西来	新增
第二出	庭外柏树咸东指	新增
第三出	恭迎大藏福臣民	新增
第四出	奏对山川邀帝祐	新增
第五出	魏征拟撰醴泉铭	新增
第六出	萧翼计赚兰亭字	新增
第七出	乡愚争赴华严会	新增
第八出	庠序闲谈心性宗	新增
第九出	洪福寺文臣检藏	新增

第十出　　莲花座瑜伽给孤　　新增
第十一出　　四孤魂梦里谢天恩　　新增
第十二出　　十冥府顷时空地域　　新增
第十三出　　开觉路海波不扬　　新增
第十四出　　飞法雨天花昼下　　新增
第十五出　　序圣教千古宣扬　　新增
第十六出　　赋骊歌举朝送别　　新增
第十七出　　藏经阁妖魔归化　　新增
第十八出　　金山寺师弟重逢　　新增
第十九出　　世遇雍熙赐大酺　　新增
第二十出　　运际明良颁内宴　　新增
第廿一出　　释愆尤复还故职　　新增
第廿二出　　崇道行济拔先灵　　新增
第廿三出　　去来今佛轮永焕　　新增
第廿四出　　千万亿帝道遐昌　　新增

三、康熙本*

康熙本，即清康熙年间内府抄本。残存六卷，中国艺术研究院图书馆藏。

9 行 22 字，无格，书大 27.2cm×15.8cm。❶

封面及各卷正文卷端均题"昇平宝筏"，每卷前另附提纲 1 册。全剧存 51 出，出目为 7～8 字混合形态，如下：

---

*　即傅惜华先生所列第一种。

❶　此书被修复过，故不知其准确宽度，提供数据为书口至装订线之宽度。

第四本上卷：

第一出　盼灵山十宰行香　　第二出　平顶山悟能探路
第三出　莲花洞木母逢妖　　第四出　心猿获宝伏邪魔
第五出　太上收妖归正道　　第六出　夸玉面巧说怀春
第七出　牛王慕色贪风月　　第八出　阻禅机妖儿纵火
第九出　装假父行者称雄　　第十出　红孩儿坐莲被擒

第四本下卷：

第十一出　月明古寺话禅心　　第十二出　乌鸡镇妖道谋主
第十三出　坐禅床夜诉沉冤　　第十四出　入猎场点化幼子
第十五出　一旦人间难匿隐　　第十六出　三年井底又重生
第十七出　三清观行者留名　　第十八出　车迟国悟空显法

第五本上卷：

第一出　唐因日暮阻长河　　第二出　魔弄寒风飘大雪
第三出　元奘沉水独遭殃　　第四出　灵感救灾亲示现
第五出　九头妖行凶偷舍利　　第六出　三藏路阻火焰山
第七出　孙行者一调芭蕉扇　　第八出　孙行者二调芭蕉扇
第九出　牛魔王罢战赴华筵　　第十出　孙行者三调芭蕉扇
第十一出　牛王变法斗行者

第五本下卷：

第十二出　三藏借宿金光寺　　第十三出　孙行者扫塔缚尖妖
第十四出　庆长生灰婆巧说　　第十五出　鼠精诡计玷清修
第十六出　镇海寺心猿识侄　　第十七出　黑松林土地寻师
第十八出　姹女育阳求配偶　　第十九出　元神悟道识丹头

第六本上卷：

第一出　灵山凝盼取经帽　　第二出　给孤园问古谈因
第三出　假雷音四众遭厄　　第四出　一尊弥勒缚妖魔

第五出　行者救灾禅性猛　　第六出　悟能离秽道心清
第七出　宝幢光王垂接引　　第八出　雷音寺里见如来
第六本下卷：
第十一出　恭迎大藏福臣民　第十二出　奏对山川邀帝佑
第十三出　洪福寺文沉检藏　第十四出　莲花座瑜伽给孤
第十五出　释愆尤复还故职　第十六出　去来今佛轮永焕
此本傅惜华、戴云二先生皆认定为康熙时期抄本。

四、古吴莲勺庐本

古吴莲勺庐本，即朱丝栏抄本《昇平宝筏》。4 册，北京国家图书馆藏。

10 行 23 字，框 15.3cm×10.4cm。白口，版心题："古吴莲勺庐存本"。扉页题："昇平宝筏"，卷首载目录。每册卷首均钤一长方阳文朱印："长乐郑振铎西谛藏书"。正文第二折后有一方形阳文朱印："随心所欲"；第十二折后有一长方阳文朱印："养心"；第十三折后有一长方阴文朱印："菜根滋味藏"；第十四折后有一长方阳文朱印："厚盦"；第二十折后有一长方阴文朱印："紫晕绶金"；卷末有一长方阳文朱印："长乐郑氏藏书之印"。

全剧不分卷，共 100 折，出目为 7～8 字混合形态，如下：❶

第一折　　开宗　　　　　　第二折　　灵根化育源流出
第三折　　金蝉佛子领慈旨　第四折　　心性修持大道生
第五折　　悟彻乾坤真妙理　第六折　　断魔归本合元神

---

❶ 原文目录无出序，正文前四十折标有序号，后全无。为记录明了，本文将四十折后依次排序。目录"装假父行者称雄"一折后漏"红孩儿坐莲被擒"，今据正文补全。

第七折	借兵器龙王拱伏	第八折	森罗殿十类除名
第九折	官封弼马心何足	第十折	名注天齐意未宁
第十一折	蟠桃会大圣偷丹	第十二折	花果山诸神捉怪
第十三折	八卦炉中心不定	第十四折	五行山下志坚贞
第十五折	殷氏乘流浮木匣	第十六折	渔翁送子入金山
第十七折	袁守诚妙占神数	第十八折	泾河龙拙犯天条
第十九折	出元神代天行罚	第二十折	盂兰会菩萨请行
第二一折	苦参禅悟彻无生	第二二折	感幽魂吁帝垂慈
第二三折	初行脚择离师座	第二四折	观世音降临尘界
第二五折	元奘秉诚建大道	第二六折	观音显相化金蝉
第二七折	奉特旨西域求经	第二八折	集巨卿灞桥饯别
第二九折	过番界老回指路	第三十折	逢岔岭伯钦留名
第三一折	历苦楚心猿归正	第三二折	奋坚刚六贼潜踪
第三三折	蛇盘山诸神暗佑	第三四折	鹰愁涧意马收缰
第三五折	观音院僧谋宝贝	第三六折	黑风山怪窃袈裟
第三七折	观音收伏熊罴怪	第三八折	八戒游春窥美色
第三九折	悟能行聘赘高门	第四十折	云栈洞收伏八戒
第四一折	三清观大圣留名	第四二折	车迟国悟空显法
第四三折	访河源垂慈拯赤	第四四折	幻河冰水怪施谋
第四五折	急西行履冰蹈险	第四六折	三藏有灾沉水窟
第四七折	观音收难现鱼篮	第四八折	盼灵山十宰行香
第四九折	牛王慕色贪风月	第五十折	阻禅机妖儿纵火
第五一折	装假父行者称雄	第五二折	红孩儿坐莲被擒
第五三折	月明古寺话禅心	第五四折	乌鸡镇妖道谋主
第五五折	坐禅床夜诉沉冤	第五六折	入猎场点化幼子
第五七折	一旦人间难匿隐	第五八折	九头鸟行凶偷舍利

第五九折	唐僧路阻火焰山	第六十折	行者一调芭蕉扇
第六一折	孙行者二调芭蕉扇	第六二折	牛魔王罢战赴华筵
第六三折	孙行者三调芭蕉扇	第六四折	牛王变法斗行者
第六五折	三藏借宿金光寺	第六六折	行者扫塔得尖妖
第六七折	假雷音四众遭厄	第六八折	慰春情妖仙传信
第六九折	堕妖计袻子迷津	第七十折	浴垢泉行者惩妖
第七一折	黄花观三僧中毒	第七二折	指迷津金针破欲
第七三折	无底洞群妖上寿	第七四折	炫风情鼓动春心
第七五折	鼠精觅偶遇艾文	第七六折	黑松林妖玷清修
第七七折	镇海寺心猿识怪	第七八折	寻师远涉陷空山
第七九折	姹女求阳图配合	第八十折	天王获怪葆元神
第八一折	灵山凝盼取经僧	第八二折	给孤园问古谈因
第八三折	结彩楼经过遇偶	第八四折	四僧宴乐御花园
第八五折	一怪空怀情欲喜	第八六折	布金寺会如团圆
第八七折	寇员外善待高僧	第八八折	宝幢光王垂接引
第八九折	雷音寺里见真佛	第九十折	天边贝叶自西来
第九一折	恭迎大藏福臣民	第九二折	奏对山川邀帝佑
第九三折	洪福寺文臣检藏	第九四折	莲花座瑜伽给孤
第九五折	赐天乘□臣送别	第九六折	藏经阁妖魔归化
第九七折	金山寺师弟重逢	第九八折	释愆尤复还故职
第九九折	崇道行拔济先灵	第一百折	古来今佛轮永焕

五、"中央"研究院本、《俗文学丛刊》本

"中央"研究院本，即抄本《西游记》，残，现藏台北"中央"研究院历史语言研究所傅斯年图书馆，惜未获见。

据《俗文学丛刊》影印本❶，知该书行款为：12 行 20 字，无格，封面题"西游记"，各本前附有目录。全剧 7 本❷，残存 4 本，共 96 出，出目如下。

头本：

第一出	灵根化育源流出	第二出	心性修持大道生
第三出	悟彻菩提微妙理	第四出	断魔归本合元神
第五出	四海千山皆拱伏	第六出	九幽十类尽除名
第七出	官封弼马心何足	第八出	名注齐天意未宁
第九出	蟠桃会大圣偷丹	第十出	花果山诸神捉怪
第十一出	八卦炉中逃大圣	第十二出	五行山下定心猿
第十三出	金蝉子谪降尘世	第十四出	陈光蕊遇难舟中
第十五出	殷氏乘流浮木匣	第十六出	渔翁送子上金山
第十七出	苦参禅悟彻本来	第十八出	初行脚拜辞师座
第十九出	守诚妙算施神术	第二十出	老龙拙计犯天条
第廿一出	魏相神斩泾河龙	第廿二出	唐王梦会幽冥王
第廿三出	劝修因明彰果报	第廿四出	庆生还广种福田❸

三本：

第一出	流沙河边收悟净	第二出	空山院里识禅心
第三出	万寿山款留故友	第四出	五庄观私窃人参
第五出	镇元赶捉取经僧	第六出	行者大闹五庄观

---

❶ "中央"研究院历史语言研究所俗文学丛刊编辑小组编：《俗文学丛刊》（第 68 册），新文丰出版股份有限公司 2001 年版。

❷ 《俗文学丛刊》（第 68 册），第 3 页。备注载："此本共七册，今缺三册，即第一、二册间缺一册；第三、四册间缺一册；第四册后缺一册。"

❸ 第廿三出、第廿四出正文缺。

第七出	受辛勤蓬岛求方	第八出	仗慈悲甘泉活树
第九出	黄袍郎兴风摄女	第十出	白骨妖巧说成婚
第十一出	圣僧恨逐美猴王	第十二出	老魔怒捉唐三藏
第十三出	释高僧公主寄书	第十四出	认妖婿元奘变虎
第十五出	小白龙救师入府	第十六出	美猴王重义下山
第十七出	妖洞中匿实幻假	第十八出	法场上反假为实
第十九出	奎木狼仍归原宿	第二十出	宝象国恭送西行
第廿一出	平顶山悟能探路	第廿二出	莲花洞木母逢妖
第廿三出	心猿护宝伏邪魔	第廿四出	太上收邪归正道❶

四本：

第一出	宝林寺夜诉沉冤	第二出	乌鸡国备陈始末
第三出	一粒金丹还阳世	第四出	三年故王复邦畿
第五出	圣婴劝母息雷霆	第六出	牛魔慕色贪风月
第七出	阻禅机婴儿纵火	第八出	妆假父行者逞雄
第九出	红孩儿坐莲被擒	第十出	罗刹女劫钵遭败
第十一出	黑河鼍孽擒僧去	第十二出	海洋龙子捉妖回
第十三出	法身元运逢车力	第十四出	心正邪妖度脊关
第十五出	三清观行者留名	第十六出	车迟国悟空斗法
第十七出	僧因日暮阻长河	第十八出	魔弄寒风飘大雪
第十九出	圣婴沉水独遭殃	第二十出	灵感救灾亲示现
第廿一出	行者大闹金𬗊洞	第廿二出	如来暗示主人公
第廿三出	黄婆运水解邪胎	第廿四出	悟空定力辞女国❷

---

❶ 第廿二出正文残，第廿三出、第廿四出正文全缺。
❷ 第廿三出正文残，第廿四出正文缺。

六本：

第一出	狮驼岭三妖防范	第二出	隐雾山柳生射狼
第三出	愤怒报仇兴豹怪	第四出	慈悲救苦仗鹦鹉
第五出	柳逢春献谋受职	第六出	孙悟空救难除妖
第七出	心猿钻透阴阳窍	第八出	木母同降精怪身
第九出	仗佛力收伏三怪	第十出	感深恩传写四僧
第十一出	比丘怜子遭阴神	第十二出	金殿辨魔谈道德
第十三出	姹女育阳求配偶	第十四出	心猿护主识妖邪
第十五出	镇海寺心猿识怪	第十六出	黑松林徒弟寻师
第十七出	元神悟道识丹头	第十八出	姹女还元归本性
第十九出	灭法国伽蓝指迷	第二十出	招商店师徒被盗
第廿一出	国君感梦反钦僧	第廿二出	樵子孝亲兼得度
第廿三出	凤仙郡昌天致旱	第廿四出	孙悟空劝善施霖

《俗文学丛刊》本，即据"中央"研究院本影印，新文丰出版股份有限公司2001出版《俗文学丛刊》第68册所收之《西游记》。

六、曙雯楼本*

曙雯楼本，即清乾嘉时期抄本《昇平宝筏》。20册。中国艺术研究院图书馆藏。

10行24字，无格，书大27.2cm×16.2cm。❶

首册封面右下方有阳文朱印："高阳齐氏百舍斋存书之印"。

---

* 即傅惜华先生所列第五种。

❶ 此书被修复过，故不知其准确宽度，提供数据为书口至装订线之宽度。

正文卷端题"昇平宝筏",下有长方阳文朱印:"齐林玉世世子孙永宝用",书页上方衬纸钤有阴文朱印:"曙雯楼藏"❶。各本前载目录,第一本卷端下有"高阳齐氏百舍斋存书之印",余各本卷端下有阴文朱印:"齐氏所藏戏曲小说印"。

全剧 10 本,每本 24 出,共 240 出。出目如下。

第一本:

第一出	转法轮提纲挈领	第二出	凿灵府见性明心
第三出	金蝉子化行震旦	第四出	石猴儿强占水帘
第五出	灵台心照三更静	第六出	混世魔消万劫空
第七出	借资武备翻龙窟	第八出	训练强兵献赭袍
第九出	大力王邀盟结拜	第十出	铁板桥醉卧拘挐
第十一出	闹森罗勾除判牒	第十二出	诣绛阙交进弹章
第十三出	祝美猴出班接诏	第十四出	封弼马到任开筵
第十五出	托塔领兵重领旨	第十六出	蟠桃偷宴复偷丹
第十七出	集天神二郎有勇	第十八出	烧仙鼎八卦无灵
第十九出	降伏野猿虔奉佛	第二十出	廓清馋虎庆安天
第廿一出	掠人色胆包天大	第廿二出	撇子贞名似水清
第廿三出	长老金山捞木匣	第廿四出	空王宝地会盂兰

第二本:

第一出	佛传经教敷中土	第二出	民乐昌期享太和
第三出	大士临凡寻凤慧	第四出	元奘入定悟前因
第五出	水风地火参四大	第六出	酒色财气摄群魔
第七出	祈雨万民环谒庙	第八出	占天三易忌垂帘
第九出	淯玉音军师设计	第十出	判金口术士指迷

---

❶ 此书修复采取"金镶玉"方式,此印即在原书上方所露之衬纸上。

第十一出	霶濡惠泽时中庆	第十二出	超度人王觉后疑
第十三出	小轮回龙魂托梦	第十四出	大启建鹿苑修斋
第十五出	逗露机锋传法宝	第十六出	拜求梵贝荷皇恩
第十七出	奉敕送行群宰辅	第十八出	备言胜饯胖姑儿
第十九出	遘狮蛮雷音得路	第二十出	逢猎户熊口余生
第廿一出	路过五行开石镇	第廿二出	道除六贼授金箍
第廿三出	化成神马羁坚辔	第廿四出	现出心魔照慧灯

第三本：

第一出	炼丹炉陡惊走汞	第二出	谋法宝自取焚身
第三出	黑风洞锦襕窃去	第四出	紫竹林熊怪降来
第五出	纵女游春愁撞祟	第六出	辞婚入夜喜留僧
第七出	假新人打开招赘	第八出	狠行者牵合从师
第九出	浮屠选佛心经授	第十出	灵吉降魔禅杖飞
第十一出	爱河悟净撑慈棹	第十二出	色界黎山试革囊
第十三出	人参款客因滋累	第十四出	道观加刑远觅方
第十五出	宝树嘘枯由佛力	第十六出	乌鸡失国被妖侵
第十七出	夜诉冤留圭作证	第十八出	朝打猎兔引踪
第十九出	出重泉邦君复位	第二十出	照明镜罗汉收妖
第廿一出	桃林放后留余孽	第廿二出	函谷乘来伏老君
第廿三出	洞府群仙遥渡海	第廿四出	天宫太乙届添寿

第四本：

第一出	分遣众神遥护法	第二出	暂依古寺静谈心
第三出	安乐镇募缘惑众	第四出	闻道泉秉正驱邪
第五出	爱女遭魔惊五夜	第六出	媒人约法守三章
第七出	上长安寒儒被捉	第八出	会妖洞双艳寻盟
第九出	审乌台书生出罪	第十出	歼白骨徒弟来驱

第十一出	释高僧双鱼嘱寄	第十二出	昵膺❶婿一虎叱成
第十三出	白龙马雪仇落阱	第十四出	美猴王激怒下山
第十五出	泙水寄书欣巧合	第十六出	兰闺分镜喜重圆
第十七出	撇下虎伥明宝像	第十八出	颁来凤诏得金星
第十九出	大元帅国门祖道	第二十出	小妖儿岩穴消差
第廿一出	编谎辞巡山吓退	第廿二出	夺请启截路颠翻
第廿三出	狙公狸母分身现	第廿四出	银气金光立地销

第五本：

第一出	十朝宰行香望信	第二出	一野狐卧病怀香
第三出	獾阿婆巧媒撮合	第四出	牛新郎蠢货招亲
第五出	火云洞婴王命将	第六出	枯松涧圣僧被围
第七出	牛魔王化身赴席	第八出	红孩儿合掌归山
第九出	鼍怪计擒遭覆溺	第十出	龙宫法遣护平安
第十一出	三妖幼相投金阙	第十二出	一醮酬恩建宝坛
第十三出	道观卷盘施圣水	第十四出	车迟斗法灭邪妖
第十五出	人鬺代充陈暮夜	第十六出	鳖鱼献计冻长河
第十七出	别师徒惨罹水厄	第十八出	认兄妹丑说风情
第十九出	狂鳞海上编篮取	第二十出	渔妇河边饮酒欢
第廿一出	子母河误吞得孕	第廿二出	烟花阵坚逼成亲
第廿三出	大唐僧攀辕秽土	第廿四出	罗刹女揭钵灵山

第六本：

第一出	贺青阳尧天舜日	第二出	诱黑业楚雨巫云
第三出	昴宿元神收蝎毒	第四出	散仙变相指鹏程
第五出	祝椿萱婉容上寿	第六出	盟金石正色绝交

---

❶ 疑此"膺"当为"赝"，存疑待考。

第七出	女中罗刹还思子	第八出	魔里牛王却惧妻
第九出	借宝碧波鹰快婿	第十出	窃芝翠水认偷儿
第十一出	看大会红楼唱和	第十二出	挟私嫌白简纠参
第十三出	侍儿代审水同洁	第十四出	廷尉超冤镜并明
第十五出	赖斯文泼钱买路	第十六出	齐锡纯遇难呈祥
第十七出	投单动念僧拘系	第十八出	扫塔遛知贼信音
第十九出	二案覆盆伸一旦	第二十出	九头噬犬靖空潭
第廿一出	舍利还金光复现	第廿二出	花星照璧合联吟
第廿三出	飞锡盼四僧消耗	第廿四出	求经逗六耳机关

第七本：

第一出	南山妖设梅花计	第二出	东土僧遭艾叶擒
第三出	假人头封成马鬣	第四出	分法相扑灭狼精
第五出	域外山樵苏兼度	第六出	人中兽虎豹探囊
第七出	撞绿林知风脱险	第八出	扰白业遭摈分离
第九出	真悟空海山诉佛	第十出	伪行者野地欧师
第十一出	捣鬼装人惊悟静	第十二出	认真作妄证潮音
第十三出	金箍咒一般疼痛	第十四出	照妖镜两下模糊
第十五出	地藏王根寻合相	第十六出	牟尼佛立辨幻心
第十七出	荆棘能芟清净域	第十八出	松筠思结喜欢缘
第十九出	火焰山召神问诀	第二十出	翠云洞借扇翻冤
第廿一出	赚取芭蕉终捕影	第廿二出	调戏琴瑟又生波
第廿三出	诓友赠言传妙蕴	第廿四出	缚魔归正许修持

第八本：

第一出	四海安澜微圣治	第二出	七姨斗草报天缘
第三出	托钵蓦逢乔妮子	第四出	浴泉猝遇猛鹰儿
第五出	蛛网牵缠遭五毒	第六出	黎山指点访千花

第七出	破情丝毘蓝解厄	第八出	开寿域地湧称觞
第九出	煽风情灰婆绾合	第十出	猜哑谜艾叶投机
第十一出	叹飘零诚殷爱日	第十二出	探消息令集钻风
第十三出	狼子双除收宝剑	第十四出	鹦哥特拨护祥门
第十五出	和鸾娘赠金赴阙	第十六出	柳逢春献策封候
第十七出	五花营长蛇熟演	第十八出	一字阵文豹先擒
第十九出	猿摄宝瓶装便破	第二十出	象供藤轿送成虚
第廿一出	收伏狮驼皈正法	第廿二出	图容香火答高僧
第廿三出	荷恩纶荣归花烛	第廿四出	献嘉瑞逃匿鹿狮

第九本：

第一出	张紫阳下凡保节	第二出	赛太岁厌境贪花
第三出	巧行医脉悬彩线	第四出	潜放火焰息金杯
第五出	欲达佳音遗二女	第六出	为乘沉醉换三铃
第七出	吼怪羁縻归佛坐	第八出	鹿精炮制进仙方
第九出	召摄鹅笼缘保赤	第十出	试征药引许开心
第十一出	装难女途中误救	第十二出	病维摩寺内遭擒
第十三出	洩佳期巧逢汲水	第十四出	惊好合赶散张筵
第十五出	闹鼠狱长庚解结	第十六出	成蝶梦八戒圆亲
第十七出	公子虚怀借兵器	第十八出	钉钯大会漏风声
第十九出	白泽驱除虎口洞	第二十出	苍旻求救妙严宫
第廿一出	九节山魔收太乙	第廿二出	金平府夜赏花灯
第廿三出	元夕游街冲假佛	第廿四出	四星鏖战捉群犀

第十本：

第一出	小雷音设深陷阱	第二出	黄眉佛展大神通
第三出	一瓜能缚瞒天怪	第四出	独蟒俄除过路僧
第五出	柿子山悟能开路	第六出	广寒宫玉兔潜逃

第七出	天竺国公主被摄	第八出	布金寺衲子谈因
第九出	抛彩球良缘凑巧	第十出	招驸马吉礼安排
第十一出	御园留众徒设宴	第十二出	月妖代三藏摹情
第十三出	变蜂媒拆开鸳偶	第十四出	寻兔窟惊动蟾宫
第十五出	玉叶荣敷依内苑	第十六出	宝幢接引脱凡胎
第十七出	五印度檀林见佛	第十八出	千花藏珍阁受经
第十九出	归信验柏枝东指	第二十出	设仪迎梵卷西来
第廿一出	开法会瑜伽广演	第廿二出	谒灵霄帝敕巡游
第廿三出	满誓愿慈航共济	第廿四出	庆昇平宝筏同等

此本傅惜华先生考订为乾隆间内府本。而《齐氏百舍斋戏曲存书目》[1]则著录云"昇平署抄本",此言有误。此书避"玄"字,第二本第四折有[集贤宾]一曲:"真如本性来自天,向何处寻源。法海澄泓窥甚远,几时能济渡迷川。操持黾勉,须精进敢辞劳倦。漫俄延,偶失已失却生前。"其中"泓"字写为"泓",可知乃避乾隆皇帝讳。又第一本第十五出有[急三枪]一曲:"你可忙呼取,群猴至,来接应,齐授首,扫穴永安宁。休得要,猖狂语,多强硬。只可惜,你这小宁馨。"其中"宁"字未避道光皇帝讳,而昇平署设立于道光七年,故知此本最迟抄就于嘉庆时期。

七、北大 6138 本

北大 6138 本,即清朱丝栏抄本《昇平宝筏》。残本,存一册,北京大学图书馆藏,编号 MX/812.5/6138。

8 行 24 字,白口,四周双边,单鱼尾。框 28.6cm×

---

[1] 齐如山:"齐氏百舍斋戏曲存书目",载《图书季刊》(新第九卷,第 1~2 合期),国立北平图书馆 1948 年 6 月出版,第 37 页。

17.7cm。

正文卷端题:"昇平宝筏",下双行小字题:"第三本卷之下"。正文每出目后皆标注唱词韵部。

本剧残存12出,出目如下:

第十三出	人参款客因滋累	第十四出	道观加形远觅方
第十五出	宝树嘘枯由佛力	第十六出	乌鸡失国被妖侵
第十七出	夜诉冤留圭作证	第十八出	朝打猎化兔引踪
第十九出	救重泉邦君复位	第二十出	照明镜罗汉收妖
第廿一出	桃林放后留余孽	第廿二出	函谷乘来伏老君
第廿三出	洞府群仙遥渡海	第廿四出	天宫太乙届添寿

查此剧讳"玄"字。

八、珊瑚阁本*、戏曲丛刊Ⅰ本**

珊瑚阁本,即清乾嘉内府抄本《昇平宝筏》。20卷,北京故宫博物院图书馆藏❶。惜未获见。

据《古本戏曲丛刊》九集影印本,知其行款当为:8行21字,无格,书大20.9cm×13.5cm。各卷首有目录,其下方皆钤一长方阳文朱印:"珊瑚阁珍藏印"。正文每出目后皆标注唱词韵部,或于后再标"弋"字。

全剧共10本,一本两卷,依天干为序排列。每卷12出,共240出,出目如下:

---

* 即傅惜华先生所列第三种。

** 即傅惜华先生所列第十七种。

❶ 《昇平宝筏》之扉页,见《古本戏曲丛刊》(九集之四),中华书局1964年版。

甲上：

第一出	转法轮提纲挈领	第二出	凿灵府见性明心
第三出	金蝉子化行震旦	第四出	石猴儿强占水帘
第五出	灵台心照三更静	第六出	混世魔消万劫空
第七出	扫荡妖氛展豹韬	第八出	诛求武备翻龙窟
第九出	大力王邀盟结拜	第十出	铁板桥醉卧拘挐
第十一出	闹森罗勾除判牒	第十二出	诣绛阙交进弹章

甲下：

第十三出	官封弼马沐猴冠	第十四出	兵统貔貅披雁甲
第十五出	园熟蟠桃恣窃偷	第十六出	营开细柳专征讨
第十七出	烧仙鼎八卦无灵	第十八出	闹天阃九霄有事
第十九出	降伏野猿虔奉佛	第二十出	廓清馋虎庆安天
第廿一出	掠人色胆包天下	第廿二出	撇子贞名似水清
第廿三出	金山捞救血书儿	第廿四出	宝地宏开锡福会

乙上：

第一出	传经藏教演中华	第二出	定方隅基开宇宙
第三出	大士临凡寻夙慧	第四出	元奘入定悟前因
第五出	金山寺弟子别师	第六出	凌烟阁功臣图像
第七出	入世四魔归正道	第八出	占天三易忌垂帘
第九出	淯玉章军师设计	第十出	判金口术士指迷
第十一出	魏征对奕梦屠龙	第十二出	萧瑀上章求建醮

乙下：

第十三出	建道场大闹水陆	第十四出	重法器明赠袈裟
第十五出	拜求梵呗荷皇恩	第十六出	饯送郊关开觉路
第十七出	胖姑儿昌言胜概	第十八出	狮蛮国直指前程
第十九出	刘太保两界延宾	第二十出	孙大圣五行脱难

第廿一出	除六贼诓受金箍	第廿二出	敕小龙幻成白马
第廿三出	化成里社遗金勒	第廿四出	现出心魔照慧灯

丙上：

第一出	香花供法高幢建	第二出	铅汞走丹空鼎烧
第三出	成瓦砾焚烧绀宇	第四出	护珍宝盗窃锦襕
第五出	黑风山同心谈道	第六出	紫竹林变相收妖
第七出	花底游春偏遇蝶	第八出	庄前纳聘强委禽
第九出	假信人打井赘婿	第十出	狠行者牵合从师
第十一出	浮屠选佛心经授	第十二出	灵吉降魔禅杖飞

丙下：

第十三出	爱河悟净撑慈棹	第十四出	色界黎山试华囊
第十五出	幻假容乌鸡失国	第十六出	沉冤魄作证留圭
第十七出	白兔引唐僧还佩	第十八出	悟能负国主重圆
第十九出	显明慧镜伏狮怪	第二十出	仙款金蝉献草还
第廿一出	镇元仙法袖拘僧	第廿二出	孙行者幻身破灶
第廿三出	求方空遇东华老	第廿四出	活树欣逢南海尊

丁上：

第一出	两祖师遣神护法	第二出	闻道泉秉正驱邪
第三出	玉面姑思谐凤侣	第四出	獾婆见巧作蜂媒
第五出	爱女遭魔惊五夜	第六出	媒人约法守三章
第七出	上长安单夜被捉	第八出	会妖洞双艳寻盟
第九出	审乌台书生开罪	第十出	歼白骨徒弟来驱
第十一出	释高僧双鱼嘱寄	第十二出	昵赝婿一虎叱成

丁下：

第十三出	白龙马雪仇落阱	第十四出	美猴王激怒下山
第十五出	萍水寄书欣巧合	第十六出	兰闺分镜喜重圆

第十七出	撇下虎伥明宝象	第十八出	颁来凤诏自瑶池
第十九出	大元帅国门祖道	第二十出	小妖儿岩穴消差
第廿一出	编谎辞巡山吓退	第廿二出	夺请启截路颠翻
第廿三出	狙公狸母分身现	第廿四出	银气金光立地销

戊上：

第一出	火云洞婴王命将	第二出	枯松涧圣僧被围
第三出	假牛王乔赴宴席	第四出	真菩萨敕取罡刀
第五出	红孩儿合掌归山	第六出	黑水河翻身入水
第七出	擒鼍怪四众渡河	第八出	说国王三妖演法
第九出	车迟国大建醮坛	第十出	三清观戏留圣水
第十一出	除怪物车迟斗法	第十二出	变婴儿元会传名

戊下：

第十三出	鳖鱼献计冻长河	第十四出	法侣遭魔堕深堑
第十五出	夸张狐媚莺花寨	第十六出	收伏鱼精凤竹篮
第十七出	女儿浦聚饮为欢	第十八出	子母河误吞得胎
第十九出	风月窨逼缔姻亲	第二十出	清净身不沾污秽
第廿一出	猪八戒梦谐花烛	第廿二出	蝎精灵逼缔丝萝
第廿三出	昴日星君收蝎毒	第廿四出	铁扇公主放魔兵

己上：

第一出	洪福寺行香望信	第二出	芭蕉洞妒妾兴师
第三出	牛魔王善调琴瑟	第四出	卓如玉朗祝椿萱
第五出	齐锡纯正色绝交	第六出	九驸马诡谋攫宝
第七出	窃灵芝翠水往还	第八出	迎神会红楼蓦见
第九出	权相挟嫌污玉质	第十出	侍儿辩屈表冰操
第十一出	廷尉司宋老得情	第十二出	落魄林齐生出难

己下：

第十三出	投精舍众僧诉苦	第十四出	扫浮屠二怪被擒
第十五出	祭赛国两案齐翻	第十六出	碧波潭九头露相
第十七出	还舍利复现金光	第十八出	开玳筵重谐凤卜
第十九出	南山妖设梅花计	第二十出	东土僧遭艾叶擒
第廿一出	洞口掷头惊弟子	第廿二出	柳林释缚毙妖王
第廿三出	桃林放后留余孽	第廿四出	函谷乘来伏老君

庚上：

第一出	四海安澜征圣治	第二出	二强肆横丧残生
第三出	绿林强灭心猿走	第四出	紫竹慈容大士留
第五出	二心惹怪劫缁衣	第六出	六耳摹形构幻相
第七出	真形幻相总分明	第八出	宝地师前难识别
第九出	照妖镜两影模糊	第十出	森罗殿二心混乱
第十一出	如来佛咒钵辨形	第十二出	紫阳仙授衣保节

庚下：

第十三出	赛太岁压境贪花	第十四出	孙行者牵丝胗脉
第十五出	息妖火飞掷金杯	第十六出	达佳音私遗宝串
第十七出	换金铃赚入香闺	第十八出	收狐怪仍归法座
第十九出	陷空山夫人上寿	第二十出	翠云洞公主报仇
第廿一出	赚取芭蕉终捕影	第廿二出	戏调琴瑟又生波
第廿三出	诓女赠言传妙蕴	第廿四出	缚魔归正许修持

辛上：

第一出	九头狮离座贪凡	第二出	七姊妹寻芳斗草
第三出	托钵薯逢娇娘子	第四出	浴泉猝遇猛鹰儿
第五出	蛛网牵缠遭五毒	第六出	黎山指点访千花
第七出	金顶乘云迎佛子	第八出	艾文结伴访狮驼
第九出	叹飘零诚殷爱日	第十出	探消息令集钻风

| 第十一出 | 收宝剑狼怪复仇 | 第十二出 | 赠黄金柳生献策 |

辛下：

第十三出	五花营长蛇熟演	第十四出	一字阵文豹先擒
第十五出	猿摄宝瓶龚便破	第十六出	象供藤轿送成虚
第十七出	收伏狮驼皈正法	第十八出	阐扬象教仰高僧
第十九出	荷思纶荣归花烛	第二十出	装难女途中误救
第廿一出	镇海寺三僧破唉	第廿二出	陷空山二女漏风
第廿三出	孙行者闹破鸾交	第廿四出	李天王扫清鼠孽

壬上：

第一出	暗怀嗔广寒兔脱	第二出	恩构寡颉利鸥张
第三出	大唐国亲整王师	第四出	小雷音狂施法宝
第五出	黄眉祖神通大展	第六出	弥勒佛结庐收妖
第七出	天竺国公主被擒	第八出	布金寺衲子谈音
第九出	抛彩球情关释子	第十出	流春亭醉闹僧徒
第十一出	倚香阁狡兔言情	第十二出	流苏帐蜜蜂折侣

壬下：

第十三出	兔窟荡平返月殿	第十四出	花宫宁迓复金闺
第十五出	殪蟒蛇行者除妖	第十六出	清秽污悟能开道
第十七出	暴沙亭公子投师	第十八出	虎口洞悟空夺宝
第十九出	白泽横行玉华国	第二十出	苍旻求救妙岩宫
第廿一出	九节山魔收太乙	第廿二出	金平府夜赏花灯
第廿三出	元夕游街充假佛	第廿四出	四星鏖战捉群犀

癸上：

第一出	太白召诸神扈跸	第二出	唐僧遣弟子披荆
第三出	联诗社红杏牵情	第四出	奉纶音元戎出塞
第五出	探风声军师捣鬼	第六出	闻雷震颉利消魂

第七出	鏖妖道鏖战贺兰	第八出	逼凶酋狂奔紫塞
第九出	运藤牌敬德追逃	第十出	颁凤诏秦琼接旨
第十一出	沙漠贼颉利授首	第十二出	东土僧化脱凡胎

癸下：

第十三出	印度皈依瞻圣境	第十四出	檀林见佛悟禅心
第十五出	经取珍楼开宝笈	第十六出	凯旋玉殿赐华筵
第十七出	老鼋怒失西来信	第十八出	古柏欣怀东向枝
第十九出	迓金经仪仗全排	第二十出	开法会瑜伽广演
第廿一出	冥府降祥空地狱	第廿二出	灵霄奉敕步天宫
第廿三出	满誓愿宝筏同登	第廿四出	庆升平天花集福

此本傅惜华先生考为乾隆间内府本。《古本戏曲丛刊》九集仅言其为"清内府抄本"，吴晓铃先生亦仅称："此剧不是最早的本子可以断言，由于前后首尾完整，故以入录。"❶ 未言其准确版本年代。查此本讳"玄""弘""宏""纮""弦"，然"宁"未避讳，故其当为乾嘉时期版本。

戏曲丛刊Ⅰ本，即《古本戏曲丛刊》九集影印北京故宫图书馆藏珊瑚阁本。

九、国图3478本、研究院过录本*

国图3478本，即清乾嘉时期抄本《昇平宝筏》。20册，北京国家图书馆藏，编号A03478。

8行20～21字，无格，框26.2cm×17cm。每册首页版心题

---

* 即傅惜华先生所列第十六种。

❶ 吴晓铃："《古本戏曲丛刊》九集序稿"，见《吴晓铃集》（第五卷），河北教育出版社2006年版，第239页。

册号。

每出出目后或标注唱词韵部，或于后再标"弋"字。

本剧 10 本，每本 24 出，共 240 出，出目如下。

第一册：

第一出	转法轮题纲挈领	第二出	凿灵府见性明心
第三出	金蝉子化行震旦	第四出	石猴儿强占水帘
第五出	灵台心照三更静	第六出	混世魔消万劫空
第七出	扫荡妖氛展豹韬	第八出	诛求武备翻龙窟
第九出	大力王邀盟结拜	第十出	铁板桥醉卧拘挐
第十一出	闹森罗勾除判牌	第十二出	诣绛阙交进弹章

第二册：

第十三出	官封弼马沐猴冠	第十四出	兵统貔貅披雁甲
第十五出	园熟蟠桃恣窃偷	第十六出	营开细柳专征讨
第十七出	烧仙鼎八卦无灵	第十八出	闹天阃九霄有事
第十九出	降伏野猿虔奉佛	第二十出	廓清馋虎庆安天
第廿一出	掠人色胆包天大	第廿二出	矢志贞名似水清
第廿三出	金山捞救血书儿	第廿四出	宝地宏开锡福会

第三册：

第一出	传经藏教演中华	第二出	定方隅基开宇宙
第三出	大士临凡寻凤慧	第四出	元奘入定悟前因
第五出	金山寺弟子别师	第六出	凌烟阁功臣图像
第七出	入世四魔归正道	第八出	占天三易忌垂帘
第九出	淯玉章军师设计	第十出	判金口术士指迷
第十一出	魏征对奕梦屠龙	第十二出	萧瑀上章求建醮

第四册：

| 第十三出 | 建道场大开水陆 | 第十四出 | 重法器明赠袈裟 |

第十五出	拜求梵呗荷皇恩	第十六出	饯送郊关开觉路
第十七出	胖姑儿昌言胜概	第十八出	狮蛮国直指前程
第十九出	刘太保两界延宾	第二十出	孙大圣五行脱难
第廿一出	除六贼诓授金箍	第廿二出	敕小龙幻成白马
第廿三出	化成里社遗金勒	第廿四出	现出心魔照慧灯

第五册：

第一出	香花供法幢长建	第二出	铅汞走丹鼎空烧
第三出	成瓦砾焚烧绀宇	第四出	护珍宝盗窃锦襕
第五出	黑风山同心谈道	第六出	紫竹林变相收妖
第七出	花底游春偏遇蝶	第八出	庄前纳聘强委禽
第九出	假信人闹开赘婚	第十出	狠行者牵合从师
第十一出	浮屠选佛心经授	第十二出	灵吉降魔禅杖飞

第六册：

第十三出	爱河悟净撑慈棹	第十四出	色界黎山试革囊
第十五出	幻假容乌鸡失国	第十六出	沉冤欣作证留圭
第十七出	白兔引唐僧还佩	第十八出	悟能负国主重圆
第十九出	显明慧镜伏狮怪	第二十出	仙款金蝉献草还
第廿一出	镇元仙法袖拘僧	第廿二出	孙行者幻身破灶
第廿三出	求方空遇东华老	第廿四出	活树欣逢南海尊

第七册：

第一出	两祖师遣神护法	第二出	闻道泉秉正驱邪
第三出	玉面姑思谐凤侣	第四出	獳婆儿巧作蜂媒
第五出	爱女遭魔惊五夜	第六出	媒人约法守三章
第七出	上长安单夜被捉	第八出	会妖洞双艳寻盟
第九出	审乌台书生出罪	第十出	歼白骨徒弟来驱
第十一出	释高僧双鱼嘱寄	第十二出	昵赘婿一虎叱成

第八册：

第十三出	白龙马雪仇落阱	第十四出	美猴王激怒下山
第十五出	萍水寄书欣巧合	第十六出	兰闺分镜喜重圆
第十七出	撇下虎伥明宝象	第十八出	颁来凤诏自瑶池
第十九出	大元帅国门祖道	第二十出	小妖儿岩穴消差
第廿一出	编谎辞巡山吓退	第廿二出	夺请启截路颠翻
第廿三出	狙公狸母分身现	第廿四出	银气金光立地销

第九册：

第一出	火云洞婴王命将	第二出	枯松涧圣僧被围
第三出	牛魔王化身赴席	第四出	真菩萨敕取罡刀
第五出	红孩儿合掌归山	第六出	黑水河翻身入水
第七出	擒鼍怪四众渡河	第八出	三妖幻相投金阙
第九出	车迟国大建醮坛	第十出	三清观戏留圣水
第十一出	除怪物车迟斗法	第十二出	变婴儿元会传名

第十册：

第十三出	鳜鱼献计冻长河	第十四出	法侣遭魔堕深堑
第十五出	夸张狐媚莺花寨	第十六出	收伏鱼精凤竹篮
第十七出	女儿浦聚饮为欢	第十八出	子母河误吞得孕
第十九出	风月窖逼缔姻亲	第二十出	清净身不沾污秽
第廿一出	猪八戒梦谐花烛	第廿二出	蝎精灵逼缔丝萝
第廿三出	昴日星君收蝎毒	第廿四出	铁扇公主放魔兵

第十一册：

第一出	九头狮离座贪凡	第二出	七姊妹寻芳斗草
第三出	托钵暮逢乔娘子	第四出	浴泉猝遇猛鹰儿
第五出	蛛网牵缠遭五毒	第六出	黎山指点访千花
第七出	金顶降云音远盼	第八出	艾文结伴访狮驼

| 第九出 | 叹飘零诚殷爱日 | 第十出 | 探消息令集钻风 |
| 第十一出 | 收宝剑狼怪复仇 | 第十二出 | 赠黄金柳生献策 |

第十二册：

第十三出	投精舍众僧诉苦	第十四出	扫浮屠二怪被擒
第十五出	祭赛国两案齐翻	第十六出	碧波潭九头露相
第十七出	还舍利复现金光	第十八出	开玳筵重谐凤卜
第十九出	南山妖设梅花计	第二十出	东土僧遭艾叶擒
第廿一出	洞口掷头惊弟子	第廿二出	柳林释缚毙妖王
第廿三出	桃林放后留余孽	第廿四出	函谷乘来伏老君

第十三册：

第一出	四海安澜征圣治	第二出	二强肆横丧残生
第三出	悟空杀贼被师逐	第四出	行者求慈诉莲台
第五出	二心惹怪劫缁衣	第六出	六耳摹形构幻相
第七出	真形幻相总分明	第八出	宝地师前难识别
第九出	照妖镜两影模糊	第十出	森罗殿二心混乱
第十一出	如来佛咒钵辨形	第十二出	紫阳仙授衣保节

第十四册：

第十三出	赛太岁压境贪花	第十四出	孙行者牵丝胗脉
第十五出	息妖火飞掷金杯	第十六出	达佳音私遣宝串
第十七出	换铃铛赚入香闺	第十八出	收犼怪仍归法座
第十九出	陷空山夫人上寿	第二十出	翠云洞公主报仇
第廿一出	赚取芭蕉终捕影	第廿二出	戏调琴瑟又生波
第廿三出	诓女赠言传妙蕴	第廿四出	缚魔归正许修持

第十五册：

| 第一出 | 洪福寺行香望信 | 第二出 | 芭蕉洞妒妾兴师 |
| 第三出 | 牛魔王善调琴瑟 | 第四出 | 卓如玉朗祝椿萱 |

第五出	齐锡纯正色绝交	第六出	九驸马诡谋攫宝
第七出	窃灵芝翠水往还	第八出	迎神会红楼唱和
第九出	权相挟嫌污玉质	第十出	侍儿代审表冰操
第十一出	廷尉司宋老得情	第十二出	落魄林齐生出难

第十六册：

第十三出	五花营长蛇熟演	第十四出	一字阵文豹先擒
第十五出	猿摄宝瓶奘便破	第十六出	象供藤轿送成虚
第十七出	收伏狮驼皈正法	第十八出	阐扬象教仰高僧
第十九出	荷思纶荣归花烛	第二十出	妆难女途中误救
第廿一出	镇海寺三僧破唊	第廿二出	陷空山二女漏风
第廿三出	孙行者闹破鸾交	第廿四出	李天王扫清鼠孽

第十七册：

第一出	暗怀嗔广寒兔脱	第二出	恩构寡颉利鸥张
第三出	大唐国亲征王师	第四出	小雷音狂施法宝
第五出	黄眉祖神通大展	第六出	结茅庵弥勒收妖
第七出	天竺国公主被擒	第八出	过荒寺无心寓寺
第九出	抛彩球良缘凑巧	第十出	流香亭宴衍三徒
第十一出	倚香阁狡兔言情	第十二出	变蜂媒拆开鸳偶

第十八册：

第十三出	兔窟荡平返月殿	第十四出	布金迎迓七香车
第十五出	殛蟒蛇行者除魔	第十六出	清秽污悟能开道
第十七出	暴沙亭公子投师	第十八出	虎口洞悟空夺宝
第十九出	白泽横行玉华洞	第二十出	苍旻求救妙岩宫
第廿一出	九节山魔收太乙	第廿二出	金平府夜赏花灯
第廿三出	元夕游街假充佛	第廿四出	四星麈战捉群犀

第十九册：

第一出	太白召诸神扈跸	第二出	唐僧遣弟子披荆
第三出	联诗社红杏牵情	第四出	奉纶音元戎出塞
第五出	探风声军师捣鬼	第六出	闻雷震颉利消魂
第七出	斩妖道麈战贺兰	第八出	逼凶酋狂奔紫塞
第九出	运藤牌敬德追逃	第十出	颁凤诏秦琼接旨
第十一出	沙漠贼颉利授首	第十二出	东土僧化脱凡胎

第二十册：

第十三出	印度皈依瞻圣境	第十四出	檀林见佛悟禅心
第十五出	经取珍楼开宝笈	第十六出	凯旋玉殿赐华筵
第十七出	老鼋怒责西来信	第十八出	古栢欣怀东向枝
第十九出	迓金经仪仗全排	第二十出	开法会瑜伽广演
第廿一出	冥府降祥空地狱	第廿二出	灵霄奉敕步天宫
第廿三出	满誓愿宝筏同登	第廿四出	庆升平天花集福

此本讳"玄""泓"字，"宁"字未避讳，故当为乾嘉时期版本。

研究院过录本，即中国戏曲研究院1950年据北京图书馆藏清内府钞本（即国图3478本）过录本。20册，附总目录一册。中国艺术研究院藏。

10行21字，白口，朱丝栏，四周单边，单鱼尾。框17.2cm×12.4cm。

正文卷首题"昇平宝筏"，出目同"国图3478本"，略。

十、《西游传奇》本[*]

《西游传奇》本，即清乾嘉时期抄本《昇平宝筏》，题名

---

[*] 即傅惜华先生所列第四种。

《西游传奇》。10册，北京首都图书馆藏。

9行20字，无格，书大25.3cm×20.7cm。

封面题："西游传奇"。第一册题签下钤二印，上为长方阴文朱印："碧□馆藏"，下为正方阴文朱印，残缺不可认。各本出目均题封面之上。正文卷端无署题，第一出出目下钤一正方阳文朱印："北平孔德学校之章"。

全剧共10本，每本24出，共240出，出目如下。

一本：

第一出	转法轮提纲挈领	第二出	凿灵府见性明心
第三出	金蝉子化行震旦	第四出	石猴儿强占水帘
第五出	灵台心照三更静	第六出	混世魔消万劫空
第七出	扫荡妖氛展豹韬	第八出	诛求武备翻龙窟
第九出	大力王邀盟结拜	第十出	铁板桥醉卧拘挈
第十一出	闹森罗勾除判牒	第十二出	诣绛阙交进弹章
第十三出	官封弼马沐猴冠	第十四出	兵统貔貅披雁甲
第十五出	园熟蟠桃恣窃偷	第十六出	营开细柳专征讨
第十七出	烧仙鼎八卦无灵	第十八出	闹天宫九霄有事
第十九出	降伏野猿虔奉佛	第二十出	廓清馋虎庆安天
第廿一出	掠人色胆包天大	第廿二出	撇子贞名似水清
第廿三出	金山捞救血书儿	第廿四出	宝地宏开锡福会

二本：

第一出	佛传经教敷中土	第二出	定方隅基开宇宙
第三出	大士临凡寻凤慧	第四出	元奘入定悟前因
第五出	金山寺弟子别师	第六出	凌烟阁功臣图像
第七出	入世四魔归正道	第八出	占天三易忌垂帘
第九出	渻玉音军师设计	第十出	判金口术士指迷

第十一出	魏征对奕梦屠龙	第十二出	萧瑀上章求建醮
第十三出	建道场大闹水陆	第十四出	重法器明赠袈裟
第十五出	拜求梵呗荷皇恩	第十六出	饯送郊关开觉路
第十七出	胖姑儿昌言胜概	第十八出	狮蛮国直指前程
第十九出	刘太保两界延宾	第二十出	孙大圣五行脱难
第廿一出	除六贼诓授金箍	第廿二出	敕小龙幻成白马
第廿三出	化成里社遗金勒	第廿四出	现出心魔照慧灯

三本：

第一出	香花供法幢长建	第二出	铅汞走丹鼎空烧
第三出	成瓦砾焚烧绀宇	第四出	护珍宝盗窃锦襕
第五出	黑风山同心谈道	第六出	紫竹林变相收妖
第七出	花底游春偏遇蝶	第八出	庄前纳聘强委禽
第九出	假信人闹开赘婿	第十出	狠行者牵合从师
第十一出	浮屠选佛心经授	第十二出	灵吉降魔禅杖飞
第十三出	爱河悟净撑慈棹	第十四出	色界黎山试革囊
第十五出	幻假容乌鸡失国	第十六出	沉冤诉作证留主
第十七出	白兔引唐僧还佩	第十八出	悟能负国主重圆
第十九出	显明慧镜伏狮怪	第二十出	先款金蝉献草还
第廿一出	镇元仙法袖拘僧	第廿二出	孙行者幻身破灶
第廿三出	求者空遇东华君	第廿四出	活树欣逢南海尊

四本：

第一出	两祖师遣神护法	第二出	一儒士秉正祛邪
第三出	玉面姑思谐凤侣	第四出	獯婆儿巧作蜂媒
第五出	爱女遭魔惊五夜	第六出	媒人约法守三章
第七出	上长安单寒被捉	第八出	会妖洞双艳寻盟
第九出	审乌台书生出罪	第十出	歼白骨徒弟来驱

第十一出	释高僧双鱼嘱寄	第十二出	昵赘婿一虎叱成
第十三出	白龙马雪仇落阱	第十四出	美猴王激怒下山
第十五出	萍水寄书欣巧合	第十六出	兰闺分镜喜重圆
第十七出	撇下虎伥明宝象	第十八出	颁来凤诏自瑶池
第十九出	大元帅国门祖道	第二十出	小妖儿岩穴销差
第廿一出	编谎辞巡山吓退	第廿二出	夺请启截路颠翻
第廿三出	狙公狸母分身现	第廿四出	银气金光立地消

五本：

第一出	火云洞婴王命将	第二出	枯松涧圣僧被围
第三出	假牛王乔赴宴席	第四出	真菩萨敕赐罡刀
第五出	红孩童合掌归山	第六出	黑水河翻身入水
第七出	擒鼍怪四众渡河	第八出	说国王三妖演法
第九出	车迟国大建醮坛	第十出	三清观戏流圣水
第十一出	除怪物车迟斗法	第十二出	变婴儿元会传名
第十三出	婴女献计冻长河	第十四出	法侣遭魔堕深堑
第十五出	夸张狐媚莺花寨	第十六出	收伏鱼精凤竹篮
第十七出	女儿浦聚饮为欢	第十八出	子母河误吞得孕
第十九出	风月窟逼缔姻亲	第二十出	清净身不沾污秽
第廿一出	猪八戒梦谐花烛	第廿二出	蝎精灵逼缔丝罗
第廿三出	昴日星君收蝎毒	第廿四出	铁扇公主放魔兵

六本：

第一出	洪福寺行香望信	第二出	芭蕉洞妒妾兴师
第三出	牛魔王善调琴瑟	第四出	卓如玉朗祝椿薇
第五出	齐锡纯正色绝交	第六出	九驸马诡谋攫宝
第七出	窃灵芝翠水往还	第八出	迎神会红楼唱和
第九出	权相挟嫌污玉质	第十出	侍儿代审表冰操

第十一出	廷尉司宋老得情	第十二出	落魄林齐生出难
第十三出	投精舍众僧诉苦	第十四出	扫浮屠二怪被捡
第十五出	祭赛国两案齐翻	第十六出	碧波潭九头露相
第十七出	还舍利复现金光	第十八出	开玳筵重谐凤卜
第十九出	南山妖设梅花计	第二十出	东土僧遭艾叶擒
第廿一出	洞口掷头惊弟子	第廿二出	柳林释缚毙妖王
第廿三出	桃林放后留余孽	第廿四出	函谷乘来伏老君

七本：

第一出	四海安澜征圣治	第二出	二强肆横丧残生
第三出	绿林强灭心猿走	第四出	紫竹慈容大士留
第五出	二心惹怪劫缁衣	第六出	六耳摹形构幻相
第七出	真形幻相总分明	第八出	宝地师前难识别
第九出	照妖镜两影模糊	第十出	森罗殿二心混乱
第十一出	如来佛咒钵变形	第十二出	紫阳仙授衣保节
第十三出	赛太岁压境贪花	第十四出	孙行者牵丝胗脉
第十五出	息妖火飞掷金杯	第十六出	达佳音私遗宝串
第十七出	换铃铛赚入香闺	第十八出	收吼怪仍归法座
第十九出	陷空山夫人上寿	第二十出	翠云洞公主报仇
第廿一出	赚取芭蕉终捕影	第廿二出	戏调琴瑟又生波
第廿三出	诓女赠言传妙蕴	第廿四出	缚魔归正许修持

八本：

第一出	九头狮离座贪凡	第二出	七姊妹寻芳斗草
第三出	托钵蓦逢乔娘子	第四出	浴泉猝遇猛鹰儿
第五出	蛛网牵缠遭五毒	第六出	黎山指点访千花
第七出	金顶降云音远盼	第八出	艾文结伴访狮驼
第九出	叹飘零诚殷爱日	第十出	探消息令集钻风

第十一出	收宝剑狼怪复仇	第十二出	赠黄金柳生献策
第十三出	五花营长蛇熟演	第十四出	一字阵文豹先擒
第十五出	猿摄宝瓶奘便破	第十六出	象供藤轿送成虚
第十七出	收伏狮驼归正法	第十八出	阐扬象教仰高僧
第十九出	荷思纶双凤和鸣	第二十出	救难女三僧被啖
第廿一出	镇海寺三僧破啖	第廿二出	陷空山二女漏风
第廿三出	惊好合赶散张筵	第廿四出	清鼠孽天降神兵

九本：

第一出	暗怀嗔广寒兔脱	第二出	恩构寡颉利鸥张
第三出	大唐国亲整王师	第四出	小雷音狂施法宝
第五出	黄眉祖神通大展	第六出	弥勒佛结庐收妖
第七出	天竺国公主被擒	第八出	过荒寺衲子谈因
第九出	抛彩球良缘凑巧	第十出	流春亭宴衍三徒
第十一出	倚香阁狡兔言情	第十二出	变蜂媒拆开鸳偶
第十三出	兔窟荡平返月殿	第十四出	布金迎迓七香车
第十五出	殪蟒蛇行者除妖	第十六出	清秽污悟能开道
第十七出	暴沙亭公子投师	第十八出	虎口洞悟空夺宝
第十九出	白泽横行玉华国	第二十出	苍旻求救妙岩宫
第廿一出	九节山魔收太乙	第廿二出	金平府夜赏花灯
第廿三出	元夕游街假充佛	第廿四出	四星鏖战捉群犀

十本：

第一出	太白召诸神扈跸	第二出	唐僧遣弟子披荆
第三出	联诗社红杏牵情	第四出	奉纶音元戎出塞
第五出	探风声军师捣鬼	第六出	闻雷震颉利消魂
第七出	斩妖道鏖战贺兰	第八出	逼凶酋狂奔紫塞
第九出	运藤牌敬德追逃	第十出	颁凤诏秦琼接旨

第十一出	沙漠贼颉利授首	第十二出	东土僧化脱凡胎
第十三出	印度皈依瞻圣境	第十四出	檀林见佛悟禅心
第十五出	经取珍楼开宝笈	第十六出	凯旋玉殿赐华筵
第十七出	老鼋怒责西来信	第十八出	古柏欣怀东向枝
第十九出	迓金经仪仗全排	第二十出	开法会瑜伽广演
第廿一出	冥府降祥空地狱	第廿二出	灵霄奉敕步天宫
第廿三出	满誓愿宝筏同登	第廿四出	庆升平天花集福

此本傅惜华先生认定为乾隆间南府抄本。文中讳"玄""弘""宏"字,"宁"字未避讳,故考为乾嘉时期版本。

十一、安殿本

安殿本,即指清内府四色抄本《昇平宝筏》。日本大阪府立中之岛图书馆藏❶,惜未获见。

十二、台北故宫本、《清宫大戏》本

台北故宫本,即清朱丝栏抄本《昇平宝筏》。不分卷,20册,台北故宫博物院藏,惜未获见。

张棣华《善本剧曲经眼录》著录此书,现抄录如下:

《昇平宝筏》,前国立北平图书馆收藏。❷ 书长27.8公

---

❶ 矶部彰:《〈西游记〉受容史の研究》(注释19),多贺出版株式会社1995年版,第115页。

❷ 转录时删去了有关此本《昇平宝筏》存台北"中央"图书馆之内容。张棣华《善本剧曲经眼录》一书编写时,该本《昇平宝筏》还存于台北"中央"图书馆,后移入台北故宫博物院,此情况可检索台北国家图书馆图书查询系统,http://www.ncl.edu.tw/mp.asp?mp=2.

分，宽 17.5 公分。每半页 8 行，每行 24 字，正楷抄写。全剧分作十本，共二百四十出。每本首行大题"昇平宝筏第几本"，次行空二字题出数及出目。出目皆以七字标目，下注该出韵目。稿纸印朱红界格，四周双边，版心并印鱼尾。每叶皆抄录书名于鱼尾之上，本数及叶码在鱼尾之下。全书首尾钤有"朱希祖"阴阳合文小方印，"国立北平图书馆收藏"朱文方印。

此剧长达二百四十出，出目又以七字标题，如数过录甚占篇幅，兹录第一本二十四出，以见大概。

1	转法轮题纲挈领	2	凿灵府见性明心
3	金蝉子化行震旦	4	石猴儿强占水帘
5	灵台心照三更静	6	混世魔消万劫空
7	扫荡妖氛展豹韬	8	诛求武备翻龙窟
9	大力王邀盟结拜	10	铁板桥醉卧拘挐
11	闹森罗勾除判牒	12	诣绛阙交进弹章
13	官封弼马沐猴冠	14	兵统貔貅披雁甲
15	园熟蟠桃恣窃偷	16	营开细柳专征讨
17	烧仙鼎八卦无灵	18	闹天阊九霄有事
19	降伏野猿虎奉佛	20	廓清馋虎庆安天
21	掠人色胆包天大	22	矢志贞名似水清
23	金山捞救血书儿	24	宝地宏开锡福会❶

---

❶ 张棣华著：《善本剧曲经眼录》，文史哲出版社 1976 年版，第 116~118 页。

《清宫大戏》本，即台北天一出版社1986年出版《中国戏曲研究资料》第二辑中《清宫大戏》所收《昇平宝筏》。❶据悉，此本为台北故宫本之影印本❷，惜未获见。

十三、戏曲丛刊九集序稿本

戏曲丛刊九集序稿本，即清内廷抄本《昇平宝筏》。残本，现藏北京故宫博物院图书馆，惜未获见。

据《吴晓铃集》所收《〈古本戏曲丛刊〉九集序稿》知此版本，现摘录相关记录于下：

> 故宫博物院图书馆也有两个抄本：其一即此次影印所据抄本；其一残存一百九十二出，佚二本四十八出。持以相较：前者少后者六十四出，而多出朱紫国及比丘国等四段情节；后者少前者七十四出，然江流始末和车迟斗法则特为详尽。❸

十四、几礼居本*

几礼居本，即民国间至德周氏几礼居抄本《昇平宝筏》。据傅惜华先生云，此本为上海图书馆藏，10卷24本。但经上海图

---

* 即傅惜华先生所列第十五种。

❶ 洪惟助主编：《昆曲研究资料索引》，见《昆曲丛书第一辑（五）》，"国家"出版社2002年版，第168页。

❷ "国立"台湾师范大学博士生黄韵如同学提供信息。

❸ 吴晓铃：《吴晓铃集》（第五卷），河北教育出版社2006年版，第239页。

书馆古籍书目查询系统❶检索,未见此书,其存世状况不得而知,待后详考。

十五、周妙中批阅本

周妙中批阅本,即清乾嘉抄本《昇平宝筏》,残本,存15册,北京国家图书馆藏。

8行21字,无格,书大26.5cm×17.1cm。

正文卷端无题署。从第二册始封面有题签,书"昇平宝筏×本上(或下)"。❷其函套中夹周妙中先生批阅之签条,全文录于下:

> 此书第五本下、第八本上、第九本上下、第十本下佚。原题"八本上"者为十本上。首都图书馆藏《西游记》与此本相近,可资参考。妙中志

全剧共10本,20卷,每卷12出。所存15卷,共180出,出目如下。

一本上:

第一出	转法轮提纲挈领	第二出	凿灵府见性明心
第三出	金蝉子化行震旦	第四出	石猴儿强占水帘
第五出	灵台心照三更静	第六出	混世魔消万劫空
第七出	扫荡妖氛展豹韬	第八出	诛求武备翻龙窟

---

❶ http://search.library.sh.cn/guji/.

❷ 文中"×"为具体某本、某段之序号,下文"◇"则表示其出数,后不再一一注明。

第九出	大力王邀盟结拜		第十出	铁板桥醉卧拘挈
第十一出	闹森罗勾除判牌		第十二出	诣绛阙交进弹章

二本下：

第十三出	官封弼马沐猴冠		第十四出	兵统貔貅披雁甲
第十五出	园熟蟠桃恣窃偷		第十六出	营开细柳专征讨
第十七出	烧仙鼎八卦无灵		第十八出	闹天阃九霄有事
第十九出	降伏野猿虔奉佛		第二十出	廓清馋虎庆安天
第廿一出	掠人色胆包天大		第廿二出	撇子贞名似水清
第廿三出	长老金山捞木匣		第廿四出	宝地宏开锡福会

二本上：

第一出	传经藏教演中华		第二出	定方隅基开宇宙
第三出	大士临凡寻凤慧		第四出	元奘入定悟前因
第五出	金山寺弟子别师		第六出	凌烟阁功臣图像
第七出	入世四魔归正道		第八出	占天三易忌垂帘
第九出	湑玉音军师设计		第十出	判金口术士指迷
第十一出	魏征对奕梦屠龙		第十二出	萧瑀上章求建醮

二本下：

第十三出	建道场大开水陆		第十四出	重法器明赠袈裟
第十五出	拜求梵呗荷皇恩		第十六出	饯送郊关开觉路
第十七出	胖姑儿昌言胜概		第十八出	狮蛮国直指前程
第十九出	刘太保两界延宾		第二十出	孙大圣五行脱难
第廿一出	除六贼诓授金箍		第廿二出	救小龙幻成白马
第廿三出	化成里社遗金勒		第廿四出	现出心魔照慧灯

三本上：

第一出	香花供法幢长建		第二出	铅汞走丹鼎空烧
第三出	成瓦砾焚烧绀宇		第四出	护珍宝盗窃锦襕

第五出	黑风山同心谈道	第六出	紫竹林变相收妖
第七出	花底游春偏遇蝶	第八出	庄前纳聘强委禽
第九出	假信人闹开赘婿	第十出	狠行者牵合从师
第十一出	浮屠选佛心经授	第十二出	灵吉降魔禅杖飞

三本下：

第十三出	爱河悟净撑慈棹	第十四出	色界黎山诫革囊
第十五出	幻假容乌鸡失国	第十六出	沉冤诉作证留圭
第十七出	白兔引唐僧还佩	第十八出	悟能负国主重圆
第十九出	显明慧镜伏狮怪	第二十出	仙款金蝉献草还
第廿一出	镇元仙法袖拘僧	第廿二出	孙行者幻身破灶
第廿三出	求方空遇东华老	第廿四出	活树欣逢南海尊

四本上：

第一出	两祖师遣神护法	第二出	闻道泉秉正驱邪
第三出	玉面姑思谐凤侣	第四出	獾婆儿巧作蜂媒
第五出	爱女遭魔惊五夜	第六出	媒人约法守三章
第七出	上长安单寒被捉	第八出	会妖洞双艳寻盟
第九出	审乌台书生出罪	第十出	歼白骨徒弟来驱
第十一出	释高僧双鱼嘱寄	第十二出	昵赝婿一虎叱成

四本下：

第十三出	白龙马雪仇落阱	第十四出	美猴王激怒下山
第十五出	萍水寄书欣巧合	第十六出	兰闺分镜喜重圆
第十七出	撇下虎伥明宝象	第十八出	颁来凤诏自瑶池
第十九出	大元师国门祖道	第二十出	小妖儿岩穴消差
第廿一出	编谎辞巡山吓退	第廿二出	夺请启截路颠翻
第廿三出	狙公狸母分身现	第廿四出	银气金光立地销

五本上：

第一出	火云洞婴王命将	第二出	枯松涧圣僧被围
第三出	牛魔王化身赴席	第四出	真菩萨敕取罡刀
第五出	红孩儿合掌归山	第六出	黑水河翻身入水
第七出	擒鼍怪四众渡河	第八出	三妖幻相投金阙
第九出	车迟国大建醮坛	第十出	三清观戏留圣水
第十一出	除怪物车迟斗法	第十二出	变婴儿元会传名

六本上：

第一出	洪福寺行香望信	第二出	芭蕉洞妒妾兴师
第三出	牛魔王善调琴瑟	第四出	卓如玉朗祝椿萱
第五出	齐锡纯正色绝交	第六出	九驸马诡谋攫宝
第七出	窃灵芝翠水往还	第八出	迎神会红楼唱和
第九出	权相挟嫌污玉质	第十出	侍儿代审表冰操
第十一出	廷尉司宋老得情	第十二出	落魄林齐生出难
第十三出	投精舍众僧诉苦	第十四出	扫浮屠二怪被擒
第十五出	祭赛国两案齐翻		

六本下：

第十六出	碧波潭九头露相	第十七出	还舍利复现金光
第十八出	开玳筵重谐凤卜	第十九出	南山妖设梅花计
第二十出	东土僧遭艾叶擒	第廿一出	洞口掷头惊弟子
第廿二出	柳林释缚氅妖王	第廿三出	桃林放后留余孽
第廿四出	函谷乘来伏老君		

七本上：

第一出	四海安澜征圣治	第二出	二强肆横丧残生
第三出	悟空杀贼被师逐	第四出	行者求慈诉莲台
第五出	二心惹怪劫缁衣	第六出	六耳摹形构幻相
第七出	真形幻相总分明	第八出	宝地师前难识别

| 第九出 | 照妖镜两影模糊 | 第十出 | 森罗殿二心混乱 |
| 第十一出 | 如来佛咒钵辨形 | 第十二出 | 紫阳仙授衣保节 |

七本下：

第十三出	赛太岁压境贪花	第十四出	孙行者牵丝胗脉
第十五出	息妖火飞掷金杯	第十六出	达佳音私遗宝串
第十七出	换铃铛赚入香闺	第十八出	收狐怪仍归法座
第十九出	陷空山夫人上寿	第二十出	翠云洞公主报仇
第廿一出	赚取芭蕉终捕影	第廿二出	戏调琴瑟又生波
第廿三出	诓女赠言传妙蕴	第廿四出	缚魔归正许修持

八本下：

第十三出	五花营长蛇熟演	第十四出	一字阵文豹先擒
第十五出	猿摄宝瓶装便破	第十六出	象供藤轿送成虚
第十七出	收伏狮驼皈正法	第十八出	阐扬象教仰高僧
第十九出	荷思纶荣归花烛	第二十出	妆难女途中误救
第廿一出	镇海寺三僧破唉	第廿二出	陷空山二女漏风
第廿三出	孙行者闹破鸳交	第廿四出	李天王扫清鼠孽

十本上❶：

第一出	太白召诸神扈跸	第二出❷	唐僧遣弟子披荆
第三出	联诗社红杏牵情	第四出	奉纶音元戎出塞
第五出	探风声军师捣鬼	第六出	闻雷震颉利销魂
第七出	斩妖道鏖战贺兰	第八出	逼凶酋狂奔紫塞
第九出	运藤牌敬德追逃	第十出	颁凤诏秦琼接旨
第十一出	沙漠贼颉利授首	第十二出	东土僧化脱凡胎

---

❶ 原书封面误题为"八本上"。
❷ 原文误题"第三出"。

此本讳"玄""弘"❶字,"宁"字未避讳,故当为乾嘉时期版本。

十六、国图 10975 Ⅰ 本*

国图 10975 Ⅰ 本,即清抄本《昇平宝筏》。北京国家图书馆藏,为编号 10975 中的第一本。

10 行 24 至 32 字,书大 26cm×18cm。卷首附目录。

此本残存 1 册,共 24 出,出目如下:

第一出	转法轮提纲挈领	第二出	凿灵府见性明心
第三出	金蝉子化行震旦	第四出	石猴儿强占水帘
第五出	灵台心照三更静	第六出	混世魔消万劫空
第七出	借资武备翻龙窟	第八出	训练强兵献赭袍
第九出	大力王邀盟结拜	第十出	铁板桥醉卧拘挐
第十一出	闹森罗勾除判牒	第十二出	诣绛阙交进弹章
第十三出	祝美猴出班接诏	第十四出	封弼马到任开筵
第十五出	托塔领兵重领旨	第十六出	蟠桃偷宴复偷丹
第十七出	集天神二郎有勇	第十八出	烧仙鼎八卦无灵
第十九出	降伏野猿虔奉佛	第二十出	廓清馋虎庆安天
第廿一出	掠人色胆包天大	第廿二出	撇子贞名似水清
第廿三出	长老金山捞木匣	第廿四出	空王宝地会盂兰

此本"晓""祥"二字皆缺末笔,写作"晓""祥",乃避清

---

* 即傅惜华先生所列第七种。

❶ 此本"弘"字,或避讳或不避,原因待考。

怡亲王允祥和弘晓的家讳，当为清怡亲王府的传抄本。❶

十七、《渡世津梁》本

《渡世津梁》本，即清乾嘉抄本《昇平宝筏》。残本，存 12 册，北京大学图书馆藏。

此本乃姚燮附会伪作。前本之序、目录及开场首出，当出姚燮手笔，后本则接残本《昇平宝筏》。

前本：8 行 20～27 字，无格，书大 27cm×16.1cm。

卷首载《渡世津梁序》，署"乾隆丙子冬十月念二日书于青藤画室镇海梅伯姚燮书"。卷首下端钤一长方阳文朱印："平妖堂"。《序》云："夫古之乐府，乃今之弹词也。警世之谈，未不发微。至理代子之秋，归田于羹里之榕村，独座无聊，偶阅长春邱真人西游原旨。囗所得虽系无稽之谈，实乃劝善规旨。反覆捧读，余心大悟。摘其至要之关普删荒谬，编成弹词。囗函分为六册，计百四十有四出，名之曰'渡世津梁'。驳僧家之虚谬，破羽士之忙言，乃吾儒者曰忠曰孝，至理论之章之丹头，除邪守拙，克己爱仁之大道也。览是书，如身入其境，观其事，如魔在当头。比吾之规，如吾之囗，礼义自见，清浊立分，诸邪自退，百怪不侵。余知世上喜动而恶静，乐而忘忧，故作是书。以繁华为提纲，以清作收场，世事如梦，人不觉尔。虽愿明礼诸公，仔细参详，如有误笔，订正为感。"

---

❶ 赵尔巽等撰《清史稿》卷二二〇载："怡贤亲王允祥，圣祖第十三子。……（康熙）六十一年，世宗即位，封为怡亲王。雍正八年，薨。子弘晓，袭。"见赵尔巽等撰：《清史稿》，中华书局 1977 年版，第 9077～9079 页。弘晓是清朝著名的藏书家。

第二章 《昇平宝筏》版本考

正文前载目录，原文如下：

礼集目录"○"❶

序　开场　传经　定方　临凡　入定　别师　图像　正道　占天　设计　指迷　屠龙　建醮　道场　赠衣　拜求　饯送　胜概　指路　延宾　脱难　除贼　救龙　遗神　现魔

乐集目录"△"

获法　躯邪　思凡　作媒　遭魔　约法　被捉　寻盟　开罪　歼骨　嘱寄　□膺　撑桲　色界　失国　留主　还佩　重圆　伏狮　献丹　拘僧　破灶　求方　活树

射集目录"□"

命将　被围　赴宴　取刀　归山　入水　渡河　演法　醮坛　圣水　斗法　传名　冻河　遭捉　夸狐　伏精　聚饮　悟吞　逼姻　远溅　梦谐　逼缔　收蝎　放魔

御集目录"、"

贪凡　斗草　托钵　浴泉　蛛网　访圣　迎佛　访魔　爱日　钻风　收剑　赠金　演蛇　捡豹　摄瓶　供轿　正法　扬教　花烛　误救　破啖　漏风　请神　闹姻　扫孽

书集目录"｜"

脱兔　搆寨　亲征　放宝　展能　收妖　摄主　谈音　抛彩　醉闹　言情　返月　殪蟒　开道　投师　夺宝　横行　求救　收神　赏灯　游街　捉犀

数集目录"×"

---

❶ 目录中每出目后均有朱文记号，后《昇平宝筏》出目亦相类。今仅标此记号于前，以存其意。

望信　兴师　善调　朗祝　绝交　攫宝　窃芝　迎神　挟嫌　辨屈　得情　出难　皈依　悟禅　取经　凯旋　鼋怒　向枝　迓经　开法　降祥　奉敕　满誓　集福　毕　全部计六册一百四十四出　总目终

另附《开场首出》于后：

开场首出　小引线津梁出现　东冬韵

（场上吹普天乐牌子，副伴加官上，左右二童子，一执渡世津梁旗，一执劝善金针旗。副入正座白）自从盘古立地天，多少迷人在里边。有人若把津梁见，普天同庆大有年。小子台官是也，只因有一位先生，看西游仲了魔，着了邪，长天无事编了一本曲子，名曰《渡世津梁》。删去了西游许多节目，直成了一部摇言传也。列公不信听某道来。

［双角套曲·太平令］先生他忘却了，猴王得道，删去了些大反天宫，偷蟠桃，盗金丹许热闹。他到说，臣谋反有犯天条，何匡猴王乃是，心之苗，故删去了一着。咦，我佛传善人，造经遗观音。东土唐三藏，奉旨往西巡。九妖十八洞，具系天上神。唐僧魔难至，还得徒弟捨。列公他那徒儿，是那路尊神？在下，先将大纲表过，往后好一出出接演。

［高宫只曲·普天乐］他的那，大徒弟，齐天大圣。现今在五行山下，受清风。二徒弟，元帅天蓬。现今在高老庄上，乐无穷。还有个，卷帘大将，沙悟净。现在那八百流沙，逗英雄。到后还有一匹马白龙。这却是后

边节目仔细听,列公,此乃小小一个引子,后面正编,一百四十四出,场场可观,出出可看。小子难以尽叙,总名曰《渡世津梁》,带小子下去,命他们开演。诗曰:小子饶舌爱多说,招得列公无奈何。童儿,前面引着路,一到后台把茶喝。(二童引副下)开场毕

后本:8行21字,无格。正文每出目后皆标注唱词韵部,或于后再标"弋"字。

此本仅存6本,144出,出目如下。

第一本"○":

第一出	传经藏教演中华	第二出	定方隅基开宇宙
第三出	大士临凡寻夙慧	第四出	元奘入定悟前因
第五出	金山寺弟子别师	第六出	凌烟阁功臣图像
第七出	入世四魔归正道	第八出	占天三易忌垂帘
第九出	淯玉章军师设计	第十出	判金口术士指迷
第十一出	魏征对奕梦屠龙	第十二出	萧瑀上章求建醮
第十三出	建道场大开水陆	第十四出	重法器明赠袈裟
第十五出	拜求梵呗荷皇恩	第十六出	饯送郊关开觉路
第十七出	胖姑儿昌言胜概	第十八出	狮蛮国直指前程
第十九出	刘太保两界延宾	第二十出	孙大圣五行脱难
第廿一出	除六贼诳受金箍	第廿二出	救小龙幻成白马
第廿三出	化成里社遗金勒	第廿四出	现出心魔照慧灯

第二本"△":

第一出	两祖师遣神护法	第二出	闻道泉秉正驱邪
第三出	玉面姑思谐凤侣	第四出	玃婆见巧作蜂媒
第五出	爱女遭魔惊五夜	第六出	媒人约法守三章

第七出	上长安单寒被捉	第八出	会妖洞双艳寻盟
第九出	审乌台书生开罪	第十出	歼白骨徒弟来驱
第十一出	释高僧双鱼嘱寄	第十二出	昵赘婿一虎叱成
第十三出	爱河悟净撑慈棹	第十四出	色界黎山试华囊
第十五出	幻假容乌鸡失国	第十六出	沉冤魄作证留圭
第十七出	白兔引唐僧还佩	第十八出	悟能负国主重圆
第十九出	显明慧镜伏狮怪	第二十出	仙款金蝉献草还
第廿一出	镇元仙法袖拘僧	第廿二出	孙行者幻身破灶
第廿三出	求方空遇东华老	第廿四出	活树欣逢南海尊

第三本"□"：

第一出	火云洞婴王命将	第二出	枯松涧圣僧被围
第三出	假牛王乔赴宴席	第四出	真菩萨敕取罡刀
第五出	红孩儿合掌归山	第六出	黑水河翻身入水
第七出	擒鼍怪四众渡河	第八出	说国王三妖演法
第九出	车迟国大建醮坛	第十出	三清观戏留圣水
第十一出	除怪物车迟斗法	第十二出	变婴儿元会传名
第十三出	鳖鱼献计冻长河	第十四出	法侣遭魔堕深堑
第十五出	夸张狐媚莺花寨	第十六出	收伏鱼精凤竹篮
第十七出	女儿浦聚饮为欢	第十八出	子母河误吞得胎
第十九出	风月窨逼缔姻亲	第二十出	清净身不沾污秽
第廿一出	猪八戒梦谐花烛	第廿二出	蝎精灵逼缔丝萝
第廿三出	昴日星君收蝎毒	第廿四出	铁扇公主放魔兵

第四本"、"：

第一出	九头狮离座贪凡	第二出	七姊妹寻芳斗草
第三出	托钵蓦逢娇娘子	第四出	浴泉猝遇猛鹰儿
第五出	蛛网牵缠遭五毒	第六出	黎山指点访千花

第七出	金顶乘云迎佛子	第八出	艾文结伴访狮驼
第九出	叹飘零诚殷爱日	第十出	探消息令集钻风
第十一出	收宝剑狼怪复仇	第十二出	赠黄金柳生献策
第十三出	五花营长蛇熟演	第十四出	一字阵文豹先擒
第十五出	猿摄宝瓶荚便破	第十六出	象供藤轿送成虚
第十七出	收伏狮驼饭正法	第十八出	阐扬❶象教仰高僧
第十九出	荷思纶荣归花烛	第二十出	装难女途中误救
第廿一出	镇海寺三僧破唉	第廿二出	陷空山二女漏风
第廿三出	孙行者闹破鸾交	第廿四出	李天王扫清鼠孽

第五本"│":

第一出	暗怀嗔广寒兔脱	第二出	恩构寡颉利鸥张
第三出	大唐国亲整王师	第四出	小雷音狂施法宝
第五出	黄眉祖神通大展	第六出	弥勒佛结庐收妖
第七出	天竺国公主被摄	第八出	布金寺衲子谈音
第九出	抛彩球情关释子	第十出	流春亭醉闹僧徒
第十一出	倚香阁狡兔言情	第十二出	流苏帐蜜蜂折侣
第十三出	兔窟荡平返月殿	第十四出	花宫宁迓复金闺
第十五出	殟蟒蛇行者除妖	第十六出	清秽污悟能开道
第十七出	暴沙亭公子投师	第十八出	虎口洞悟空夺宝
第十九出	白泽横行玉华国	第二十出	苍旻求救妙岩宫
第廿一出	九节山魔收太乙	第廿二出	金平府夜赏花灯
第廿三出	元夕游街充假佛	第廿四出	四星鏖战捉群犀

第六本"×":

第一出	洪福寺行香望信	第二出	芭蕉洞妒妾兴师

---

❶ 目录题"门扬",正文题"阐扬"。

第三出	牛魔王善调琴瑟	第四出	卓如玉朗祝椿楦
第五出	齐锡纯正色绝交	第六出	九驸马诡谋攫宝
第七出	窃灵芝翠水往还	第八出	迎神会红楼蓦见
第九出	权相挟嫌污玉质	第十出	侍儿辩屈表冰操
第十一出	廷尉司宋老得情	第十二出	落魄林齐生出难
第十三出	印度皈依瞻圣境	第十四出	檀林见佛悟禅心
第十五出	经取珍楼开宝笈	第十六出	凯旋玉殿赐华筵
第十七出	老鼋怒失西来信	第十八出	古柏欣怀东向枝
第十九出	迓金经仪仗全排	第二十出	开法会瑜伽广演
第廿一出	冥府降祥空地狱	第廿二出	灵霄奉敕步天宫
第廿三出	满誓愿津梁同登	第廿四出	庆渡世天花集福❶

查此本讳"玄""泓""弦""弘"字。"旻"字未避讳,"宁"虽写作"甯",非避讳也,乃俗字。❷ 故其当为乾嘉时期版本。

此本显为乾嘉时期《昇平宝筏》之残本,经对勘,所存诸本各出与珊瑚阁本各出几乎全同。

---

❶ 廿三、廿四出出目有明显改动痕迹,廿三出将"宝筏"改为"津梁",廿四出将"升平"改为"渡世"。

❷ 清乾隆四十一年帝有旨称,将来储君即位,要将"永"改为"颙",改"绵"为"旻"。谕旨谓:"'绵'字为民生衣被常称,尤难回避,将来继体承续者当以'绵'作'旻'。'旻'是不经用之子,缺笔亦易。"道光帝原名爱新觉罗·绵宁,即位后改名为"旻宁"。《清宣帝实录》卷二载旻宁上谕:"臣下敬避,上一字著缺'、'一点;下一字将'心'改写一画一撇。"也就是以"甯"代"宁"字,但道光选择此字也正是民间流行的简体字。而以"甯"代,则是咸丰即位后的事。可参考梅节撰:"评刘光定先生《红楼梦抄本抄成年代考》——兼谈《红楼梦》版本研究中的讳字问题",载《红楼梦学刊》2000年第2辑,第234~249页。

十八、不登大雅文库本

不登大雅文库本，即清抄本《昇平宝筏》。残本，存一册，北京大学图书馆藏。

8行21字，无格，书大26.5cm×17.2cm。

封面题："昇平宝筏五本下"。正文卷首天头有一正方阳文朱印："不登大雅文库"。正文每出目后皆标注唱词韵部，或于后再标"弋"字。

本剧残存12出，极似珊瑚阁本第五本后半部分，出目如下：

第十三出	鳜鱼献计冻长河	第十四出	法侣遭魔堕深堑
第十五出	夸张狐媚莺花寨	第十六出	收伏鱼精凤竹蓝
第十七出	女儿浦聚饮为欢	第十八出	子母河误吞得孕
第十九出	风月窟逼缔姻亲	第二十出	清净身不沾污秽
第廿一出	猪八戒梦谐花烛	第廿二出	蝎精灵逼缔丝萝
第廿三出	昴日星君收蝎毒	第廿四出	铁扇公主放魔兵

查此剧讳"玄"字。

十九、傅藏乾隆本*

傅藏乾隆本，即清乾隆间抄本《昇平宝筏》，傅惜华先生藏，残存33出，惜未获见，不知现存何地，待后详考。

二十、傅藏嘉庆本**

傅藏嘉庆本，即清嘉庆间抄本《昇平宝筏》，傅惜华先生藏，

---

* 即傅惜华先生所列第八种。

** 即傅惜华先生所列第九种。

残存第五本卷上，惜未获见，不知现存何地，待后详考。

二十一、提纲本、戏曲丛刊Ⅱ本＊

提纲本，即清内廷抄本《昇平宝筏提纲》。10册。北京国家图书馆藏。

书大 23.5cm×13.5cm，毛装。

各册封面右上题"三台本"，左题"昇平宝筏"。

全剧10本，每本24出，共240出，出目如下：

头本：

第一出	玉皇升殿	第二出	开宗大义
第三出	金蝉接旨	第四出	花果山洞
第五出	石猴访道	第六出	混世魔王
第七出	剿除妖障	第八出	龙宫借宝
第九出	妖王结拜	第十出	铁板桥边
第十一出	闹森罗殿	第十二出	二圣奏事
第十三出	封弼马温	第十四出	小战石猴
第十五出	偷盗桃园	第十六出	大战石猴
第十七出	老君炼猴	第十八出	大闹天宫
第十九出	如来收猴	第二十出	安天大会
第廿一出	强盗逼殿	第廿二出	江流撇子
第廿三出	金山捞救	第廿四出	锡福大会

二本：

| 第一出 | 佛遣大士 | 第二出 | 定安方隅 |
| 第三出 | 观音临凡 | 第四出 | 打座别师 |

＊ 即傅惜华先生所列第十八种。

第五出	画凌烟阁	第六出	大士降魔
第七出	龙王占卦	第八出	逆旨行雨
第九出	老龙求救	第十出	梦迓天曹
第十一出	君臣奕棋	第十二出	梦警萧瑀
第十三出	建醮修斋	第十四出	慈赠袈裟
第十五出	敕遣唐僧	第十六出	十宰饯别
第十七出	胖姑说演	第十八出	回回指路
第十九出	伯钦打熊	第二十出	揭符收徒
第廿一出	剪灭六贼	第廿二出	收白龙马
第廿三出	土地赠鞍	第廿四出	贺莲走怪

三本：

第一出	黑熊炼汞	第二出	火焚寺院
第三出	盗取袈裟	第四出	白蛇祝寿
第五出	大士收熊	第六出	游春起寡
第七出	行聘强亲	第八出	高门招婿
第九出	八戒成亲	第十出	乌巢禅师
第十一出	遭黄风洞	第十二出	收取沙僧
第十三出	乌鸡国王	第十四出	被屈托梦
第十五出	公子打围	第十六出	井底重生
第十七出	狮精被亲	第十八出	闹五庄观
第十九出	镇元擒僧	第二十出	悟空破灶
第廿一出	悟空访救	第廿二出	大慈活树
第廿三出	圣试道心	第廿四出	敕遣伽蓝

四本：

| 第一出 | 山中夸武 | 第二出 | 玉面怀春 |
| 第三出 | 招亲牛魔 | 第四出 | 闻仁驱邪 |

第五出	花灯失女	第六出	白骨说婚
第七出	寒儒被捉	第八出	花会妖洞
第九出	审问闻仁	第十出	贬猴遇魔
第十一出	妖擒唐僧	第十二出	唐僧变虎
第十三出	赐筵宴婿	第十四出	请美猴王
第十五出	遇仁答救	第十六出	逃洞救女
第十七出	法场明冤	第十八出	黄袍归正
第十九出	帅府宴僧	第二十出	过平顶山
第廿一出	悟能编谎	第廿二出	悟空斗法
第廿三出	请母食僧	第廿四出	老君收童

五本：

第一出	火云洞妖	第二出	枯松涧口
第三出	牛魔赴席	第四出	借取罡刀
第五出	收圣婴儿	第六出	黑水小鼍
第七出	收伏鼍怪	第八出	凤仙至早
第九出	大圣施霖	第十出	投车迟国
第十一出	三妖演醮	第十二出	闹三清观
第十三出	斗法灭妖	第十四出	陈家庄主
第十五出	鳜婆献计	第十六出	结冰认妹
第十七出	收伏鱼精	第十八出	子母河边
第十九出	女儿国王	第二十出	招赘送僧
第廿一出	悟能做梦	第廿二出	蝎精擒僧
第廿三出	日宫收蝎	第廿四出	罗刹揭钵

六本：

| 第一出 | 太乙上寿 | 第二出 | 罗刹忆子 |
| 第三出 | 牛魔惧妻 | 第四出 | 卓立上寿 |

第五出	阴隰绝交	第六出	牛魔借宝
第七出	盗取灵芝	第八出	过会盗宝
第九出	贪荣参立	第十出	侍儿代审
第十一出	审问齐福	第十二出	师徒遇福
第十三出	持走得信	第十四出	扫塔擒怪
第十五出	代僧伸冤	第十六出	擒鸟诳宝
第十七出	复现金光	第十八出	敕赐圆亲
第十九出	南山大王	第二十出	擒取唐僧
第廿一出	分身法相	第廿二出	搭救会樵
第廿三出	咒大王妖	第廿四出	老君收牛

七本：

第一出	普贤上寿	第二出	师徒遇贼
第三出	绿林逐徒	第四出	莲台诉冤
第五出	猕猴劫衣	第六出	六耳猕猴
第七出	真行幻相	第八出	认假难辨
第九出	魔照妖镜	第十出	地藏难辨
第十一出	佛收弥猴	第十二出	上寿巧说
第十三出	紫阳下凡	第十四出	压境贪花
第十五出	巧行医脉	第十六出	酒息火焰
第十七出	私遣二女	第十八出	巧换三铃
第十九出	收犼归座	第二十出	借扇翻冤
第廿一出	赚取芭蕉	第廿二出	戏调琴瑟
第廿三出	三调芭蕉	第廿四出	收牛魔王

八本：

| 第一出 | 十宰行香 | 第二出 | 除银额怪 |
| 第三出 | 七妹斗草 | 第四出 | 托钵浴泉 |

第五出	误遭五毒	第六出	收蜘蛛精
第七出	诚殷爱日	第八出	豹头结伴
第九出	三妖演法	第十出	得剑遭鹦
第十一出	赴京揭榜	第十二出	逢春开操
第十三出	擒豹艾文	第十四出	猿摄宝瓶
第十五出	象供藤轿	第十六出	狮驼皈正
第十七出	恭送西行	第十八出	荣归和鸣
第十九出	途中误救	第二十出	三僧被唊
第廿一出	二女漏风	第廿二出	闹破鸾交
第廿三出	扫平鼠孽	第廿四出	狮鹿脱逃

九本：

第一出	玉兔潜逃	第二出	比邱惑众
第三出	进娇着迷	第四出	鹿精进方
第五出	悟空救子	第六出	征药开心
第七出	柿山除蟒	第八出	悟能开路
第九出	元奘藏身	第十出	店中施法
第十一出	伽蓝显圣	第十二出	小雷音寺
第十三出	黄眉展法	第十四出	弥勒收妖
第十五出	寇氏斋僧	第十六出	神靴警案
第十七出	公子投师	第十八出	设钉钯会
第十九出	白泽横行	第二十出	苍旻求救
第廿一出	太乙收狮	第廿二出	金平花灯
第廿三出	假充三佛	第廿四出	捉犀牛精

十本：

第一出	金顶盼僧	第二出	公主被摄
第三出	投布金寺	第四出	抛彩招婿

第五出	款僧赴宴	第六出	假妖言情
第七出	月妖洞房	第八出	收兔归正
第九出	公主还朝	第十出	过荆棘岭
第十一出	杏仙牵情	第十二出	化脱凡胎
第十三出	皈依印度	第十四出	雷音见佛
第十五出	唐僧授经	第十六出	老鼋陷经
第十七出	栢树东指	第十八出	迓迎金经
第十九出	师徒面圣	第二十出	开演法会
第廿一出	冥府降祥	第廿二出	奉敕灵霄
第廿三出	恭祝吉祥	第廿四出	天花集福

此本傅惜华先生未提及版本年代,《古本戏曲丛刊》亦仅言"影印北京图书馆藏清内府抄本"。❶吴晓铃先生称,此本为道光间改本。❷ 该本讳"玄"字,"旻"字未避讳。由此可知此本当为乾嘉时期版本。另,此剧第八本第三出书页中插有一签条,上双行书:"旨意　七妹斗草　廿四年七月初五日传旨意""设些山子树"。

戏曲丛刊Ⅱ本,即《古本戏曲丛刊》九集影印北京国家图书馆藏提纲本,经笔者对勘,影印时对提纲本个别字迹做了修复和改动。

二十二、国图 10975 Ⅱ 本*

国图 10975 本,即清抄本《昇平宝筏》,北京国家图书馆藏,

---

* 即傅惜华先生所列第七种。

❶ 见《古本戏曲丛刊》九集之四附录《昇平宝筏提纲》第一册扉页。

❷ 吴晓铃:《〈古本戏曲丛刊〉九集序稿》,见《吴晓铃集》(第五卷),第 239 页。

为编号 10975 中的第二至第八本。

10 行 21～27 字，无格，书大 26cm×18cm。各本卷首均存目录。

该剧残存 8 本，共 178 出，出目如下。

第二本：

第一出	佛教传经	第二出	陈萼被盗
第三出	撇子遇救	第四出	大士临凡
第五出	元装入定	第六出	摄服群魔
第七出	龙王问卜	第八出	逆天行雨
第九出	术士指迷	第十出	君臣对奕
第十一出	修斋现像	第十二出	天竺求经
第十三出	十宰饯别	第十四出	胖姑演说
第十五出	回回指路	第十六出	伯钦留僧
第十七出	五行收徒	第十八出	道除六贼
第十九出	收马赠鞍	第二十出	观音庆寿

第三本：

第一出	丹炉走汞	第二出	谋宝遭火
第三出	怪窃袈裟	第四出	观音收妖
第五出	八戒游春	第六出	刚鬣行聘
第七出	八戒成亲	第八出	皈依从师
第九出	乌巢受经	第十出	灵吉定风
第十一出	悟静归正	第十二出	四圣试禅
第十三出	窃参被捉	第十四出	悟空显法
第十五出	甘泉活树	第十六出	乌鸡失国
第十七出	诉冤留圭	第十八出	化兔引踪
第十九出	邦君复位	第二十出	罗汉庆寿

第四本：

第一出	众神护法	第二出	金嵦遇妖
第三出	老君收咒	第四出	闻仁驱邪
第五出	元宵失女	第六出	黄袍成亲
第七出	尸魔三戏	第八出	妖洞寄书
第九出	叱僧成虎	第十出	白龙遭败
第十一出	重义下山	第十二出	圣僧复相
第十三出	黄袍归位	第十四出	宝象钱行
第十五出	二妖问报	第十六出	唐僧被擒
第十七出	大圣诳妖	第十八出	假装狸母
第十九出	悟空换瓶	第二十出	太上收童

第五本：

第一出	牛魔痴欣	第二出	狐狸思春
第三出	獾婆说亲	第四出	圣婴劝母
第五出	牛魔成亲	第六出	婴王命将
第七出	圣婴纵火	第八出	化身赴席
第九出	红孩归山	第十出	黑水遭擒
第十一出	龙子捉鼍	第十二出	三妖幻相
第十三出	道观建醮	第十四出	大闹三清
第十五出	车迟斗法	第十六出	婉容上寿
第十七出	散仙指引	第十八出	借宝快婿
第十九出	窃芝认偷	第二十出	红楼唱和
第廿一出	白简纠参	第廿二出	侍审冰洁
第廿三出	尉超冤明	第廿四出	泼钱买路
第廿五出	遇难呈福	第廿六出	投单动念
第廿七出	扫塔知贼	第廿八出	二案覆盆

| 第廿九出 | 九头噬犬 | 第卅出 | 金光复现 |
| 第卅一出 | 花星照壁 | | |

第六本：

第一出	东皇称庆	第二出	怀胎盗水
第三出	女主招亲	第四出	脱离女国
第五出	悟空中毒	第六出	卯宿收蝎
第七出	梅花巧计	第八出	圣僧被擒
第九出	假头诳众	第十出	分身灭狼
第十一出	樵苏兼渡	第十二出	师徒遇盗
第十三出	闻风释放	第十四出	遭贬诉苦
第十五出	妖猴劫宝	第十六出	水帘誊文
第十七出	二心搅乱	第十八出	宝镜隐性
第十九出	谛听示机	第二十出	钵收六耳
第廿一出	阻路救难	第廿二出	献策冻河
第廿三出	通天落水	第廿四出	鱮婆定计
第廿五出	鱼蓝收妖		

第七本：

第一出	四海呈祥	第二出	罗刹忆子
第三出	牛王俱妻	第四出	荆棘逢妖
第五出	木仙谈诗	第六出	路阻火焰
第七出	一调芭蕉	第八出	二调芭蕉
第九出	罢战赴席	第十出	三调芭蕉
第十一出	牛魔规正	第十二出	七妖斗草
第十三出	盘丝迷僧	第十四出	八戒忘形
第十五出	黄花用毒	第十六出	黎山指引
第十七出	毘卢解厄	第十八出	群鼠庆寿

第十九出　　灰婆说情　　　第二十出　　十行行香
第八本：
第一出　　　豹鼠同途　　　第二出　　　柳生自叹
第三出　　　狮驼防范　　　第四出　　　逢春射狼
第五出　　　鹦哥护持　　　第六出　　　鸾娘赠金
第七出　　　受职演阵　　　第八出　　　悟空解围
第九出　　　钻瓶用术　　　第十出　　　象精被擒
第十一出　　佛收三怪　　　第十二出　　图荣答谢
第十三出　　恩荣合卺　　　第十四出　　紫阳赠衣
第十五出　　端阳遇祟　　　第十六出　　悬丝诊脉
第十七出　　金杯息火　　　第十八出　　金圣泄机
第十九出　　醉换三铃　　　第二十出　　犼归佛座
第二十一出　飞锡盺僧　　　第二十二出　神京献瑞
第九本：
第一出　　　鹿精进方　　　第二出　　　名摄鹅笼
第三出　　　剖心追魔　　　第四出　　　假装难女
第五出　　　心猿识怪　　　第六出　　　井边得信
第七出　　　打散花烛　　　第八出　　　天王捉鼠
第九出　　　八戒痴梦　　　第十出　　　艺授门人
第十一出　　钉钯大会　　　第十二出　　驱除群妖
第十三出　　妙岩求救　　　第十四出　　魔收太乙
第十五出　　元夜观灯　　　第十六出　　偷油摄僧
第十七出　　木星捉犀　　　第十八出　　寺僧被陷
第十九出　　诸神装袋　　　第二十出　　弥勒缚妖

此本避"玄""真""晓""祥"字，且与前国图10975Ⅰ本合为一种并藏，故当为清怡亲王府传抄本。因其二本第二出、第三出内容与国图 10975 Ⅰ 本第廿一出、第廿二出重合，故知二本初非同一版本，或经拼合始成一体，今分而论之。

二十三、红豆本

红豆本，即清朱墨双色抄本《昇平宝筏》。残本❶，存 1 册。中国艺术研究院图书馆藏。

7 行 16 字，双行小字同。无格，书大 23.9cm×13.5cm。

正文卷端题："昇平宝筏第□本"❷，下钤一椭圆阳文朱印："红豆"。❸ 卷首载《昇平宝筏第三本目录》。

此本共 24 出，出目如下：❹

第一出	普贤上寿	第二出	黑熊炼汞
第三出	火焚寺院	第四出	盗取袈裟
第五出	白蛇祝寿	第六出	大士收熊
第七出	游春起寡	第八出	行聘强亲
第九出	高门招婿	第十出	八戒成亲

---

❶ 书中第五、六出（目录标为两出，正文实系合为一出）残缺部分，据与他本对勘，推测当遗漏一页。

❷ "□"处破损，字无法识别，于目录及正文观之，当为"三"字。

❸ "红豆"，当为红豆馆主爱新觉罗·溥侗（1871~1952）之藏书印。溥侗，满族，字厚斋，号西园，别号红豆馆主；清光绪七年封镇国将军，光绪三十三年加辅国公公衔；贝勒载治之第五子。朱家溍："记溥西园先生"，见《故宫退食录》，北京出版社 1999 年版，第 737~743 页。红豆本于中国艺术研究院列为"傅惜华先生藏书"，当后辗转为傅先生所藏。

❹ 正文所标出目与卷首目录存有差异，细节为：(1) 第五出白蛇祝寿、第六出大士收熊，正文合为一出。(2) 正文十六出出目与十五出同，为"乌鸡国王"。(3) 第二十出闹五庄观、第廿一出镇元擒僧，正文合为一出。(4) 第廿二出悟空破灶、第廿三出悟空放救，正文合为一出。

第十一出	乌巢禅师	第十二出	遭黄风洞
第十三出	收取沙僧	第十四出	圣试道心
第十五出	乌鸡国王	第十六出	被屈托梦
第十七出	公子打围	第十八出	井底重生
第十九出	狮精被亲	第二十出	闹五庄观
第廿一出	镇元擒僧	第廿二出	悟空破灶
第廿三出	悟空放救	第廿四出	大慈活树

二十四、百舍斋本*

百舍斋本，即清朱墨双色抄本《昇平宝筏》，残存4册。中国艺术研究院图书馆藏。

7行16字，小字双行同。无格，书大23.9cm×13.6cm。

第一册封面右下钤一正方阳文朱印："高阳齐氏百舍斋存书之印"。正文卷端题："昇平宝筏第一本"，下钤二印，上为长方阳文朱印："齐林玉世世子孙永宝用"，下为正方阴文朱印："齐氏所藏戏曲小说印"。卷首载《昇平宝筏第一本目录》，下钤一正方阳文朱印："高阳齐氏百舍斋存书之印"，余三册卷端皆钤此印。第四册卷末钤一正方阴文朱印："如山读过"。函匣内侧署："壬午四月得于东安市场冷摊，老简"一句。

此本共24出，出目如下：

第一出	玉皇升殿	第二出	开宗大义
第三出	金蝉接旨	第四出	花果山洞
第五出	石猴访道	第六出	混世魔王
第七出	剿除妖障	第八出	龙宫借宝

---

* 即傅惜华先生所列第二种。

第九出	妖王结拜	第十出	铁板桥边
第十一出	闹森罗殿	第十二出	二圣奏事
第十三出	封弼马温	第十四出	小战石猴
第十五出	偷盗桃园	第十六出	大战石猴
第十七出	老君炼猴	第十八出	大闹天宫
第十九出	如来收猴	第二十出	安天大会
第廿一出	强盗逼殿	第廿二出	江流撇子
第廿三出	金山捞救	第廿四出	锡福大会

百舍斋本，初为铁岭郑氏旧藏。❶ 此本亦著录于《齐氏百舍斋戏曲存书目》。❷

此本傅惜华先生考证为雍正、乾隆时期版本。

二十五、吴晓铃藏本 《绥中吴氏》本

吴晓铃藏本，即吴晓铃藏抄本《昇平宝筏》，残本 2 册。北京首都图书馆藏。

20 行 23 ~ 25 字，无格，书大 24.6cm × 13.4cm。其中一册卷首附目录，正文卷端下有一正方阳文印："晓铃藏书"，封面题："昇平宝筏"。另一册首残。

---

❶ 铁岭郑氏，当为郑骞先生。郑骞（1906 ~ 1991），字因百，辽宁铁岭人。曩在北平，书斋取名桐阴清昼堂，省称清昼堂，盖本辛弃疾词"爱桐阴满庭清昼"。戴云：《〈劝善金科〉研究》，北京师范大学出版社 2006 年版，第 108 页，亦载 http: //homepage. ntu. edu. tw/ ~ chinlit/ch/html/MA3d008. htm.

❷ 齐如山撰：《齐氏百舍斋戏曲存书目》，第 37 页。

此本所存两册各有 15 出，出目如下。❶

其一：

江心被劫	龙王留宴	江流撒子	老龙赌卦	鲥鱼献计
错行雨泽	指迷求圣	梦决泾龙	参祥悟彻	辞师参学
龙魂求度	观音点化	大建水陆	永庆升平	盂兰胜会

其二：

圣婴皈依	莲座收婴	假父称雄	唐僧被摄	圣婴起兵
牛魔结婚	圣婴劝母	玉容怀春	伶虫探报	八戒巡山
师徒遭难	二妖请母	巧换净瓶	老君收童	收伏鼍精

有学者曾将该书与《西游传奇》本相比较，对比结果及按语夹书中，未署名，推测为吴晓铃先生，具体内容如下。

> 江心被劫 ——　相当于《西游传奇》第一本之第廿一出：掠人色胆包天大
>
> 龙王留宴
> 江流撒子 ——　相当于《西游传奇》第一本之第廿二出：撒子贞名似水清
>
> —— 相当于《西游传奇》第一本之第廿三出：金山捞救血书儿
>
> 老龙赌卦 ——　相当于《西游传奇》第二本之第八出：占天三易忌垂帘
>
> 鲥鱼献计 ——　相当于《西游传奇》第二本之第九出：涽玉音军师设计

---

❶ 该本似乎在修缮中出现页序错排，其出目顺序与书中夹对勘笔记所写顺序不同。另，修缮中页下有因切割字迹残缺的现象。

错行雨泽 ——	相当于《西游传奇》第二本之第九出：淯玉音军师设计
指迷求圣 ——	相当于《西游传奇》第二本之第十出：判金口术士指迷
梦决泾龙 ——	相当于《西游传奇》第二本之第十一出：魏征对奕梦屠龙
参祥悟彻 ——	相当于《西游传奇》第二本之第四出：元奘入定悟前因
辞师参学 ——	相当于《西游传奇》第二本之第五出：金山寺弟子别师
龙魂求度 ——	相当于《西游传奇》第二本之第十二出：萧瑀上章求建醮
观音点化	观音点化卷帘大将、天蓬元帅、小龙、孙悟空
大建水陆 ——	相当于《西游传奇》第二本之第十三出：建道场大闹水陆
——	相当于《西游传奇》第二本之第十四出：重法器明赠袈裟
——	相当于《西游传奇》第二本之第十五出：拜求梵呗荷皇恩

永庆升平

盂兰胜会 ——	相当于《西游传奇》第一本之第廿四出：宝地宏开锡福会
——	相当于《西游传奇》第二本之第二出：定方隅基开宇宙

伶虫探报	八戒巡山	师徒遭难	二妖请母	巧换净瓶
老君收童	收伏鼍精	玉容怀春	圣婴劝母	牛魔结婚
圣婴起兵	唐僧被摄	假父称雄	莲座收婴	圣婴皈依

—— 相当于《西游传奇》第四本第一、二、三、四、五出

按：此残本《昇平宝筏》与首都图书馆藏《西游传奇》不完全一样。于原故事情节之取舍更有较大不同。此残本"昇平宝筏"其故事情节较接近"西游记"小说，而《西游传奇》删节较多。

《绥中吴氏》本，即学苑出版社出版《绥中吴氏藏抄本稿本戏曲丛刊》❶影印吴晓铃藏本《昇平宝筏》中一册。

二十六、《昇平宝筏西游记》本 *

《昇平宝筏西游记》本，即清乌丝栏抄本《昇平宝筏》，题名《昇平宝筏西游记》，12册，北京国家图书馆藏。

8行21~22字，框24cm×15.9cm，白口，四周单边。

正文卷首题："昇平宝筏西游记第一段"，后文各卷或无题署，或仅题："昇平宝筏西游记"。

全剧12段，共144出，出目如下。

第一段：

| 第一出 | 玉皇升殿 | 第二出 | 金蝉接旨 |

---

* 即傅惜华先生所列第七种。

❶ 吴书荫主编：《绥中吴氏藏抄本稿本戏曲丛刊》（第14册），学苑出版社2004年版，第483~529页。

第三出	花果山洞	第四出	石猴访道
第五出	剿除混世	第六出	龙宫借宝
第七出	闹森罗殿	第八出	官封小战
第九出	偷盗桃园	第十出	大战石猴
第十一出	老君炼猴	第十二出	安天大会

第二段：

第一出	佛遣大士	第二出	遇盗撒子
第三出	金山捞救	第四出	打坐辞师
第五出	大士降魔	第六出	龙王占卦
第七出	老龙求救	第八出	建醮遣僧
第九出	十宰饯别	第十出	胖姑演说
第十一出	回回指路	第十二出	打熊收徒

第三段：

第一出	收白龙马	第二出	剪灭六贼
第三出	熊精盗衣	第四出	祝寿收熊
第五出	游春强聘	第六出	招婿成亲
第七出	乌巢禅师	第八出	遭黄风洞
第九出	收取沙僧	第十出	乌鸡托梦
第十一出	公子打围	第十二出	出井擒狮

第四段：

第一出	闹五庄观	第二出	擒僧活树
第三出	闻仁驱邪	第四出	花灯失女
第五出	白骨说婚	第六出	勘儒会洞
第七出	贬猴遇魔	第八出	唐僧变虎
第九出	请美猴王	第十出	救儒逃洞
第十一出	法场明冤	第十二出	黄袍归正

第五段：

第一出	过平顶山	第二出	悟能编谎
第三出	斗法乔装	第四出	老君收童
第五出	火云妖洞	第六出	枯松涧口
第七出	圣婴纵火	第八出	化身赴席
第九出	红孩归山	第十出	黑水遭擒
第十一出	龙子捉鼍	第十二出	三妖幻相

第六段：

第一出	陈家庄主	第二出	鳜婆献计
第三出	结冰擒僧	第四出	鱼精认妹
第五出	收伏鱼精	第六出	子母河边
第七出	女儿国王	第八出	招赘送僧
第九出	蝎精被擒	第十出	玉面怀春
第十一出	招亲牛魔	第十二出	罗刹揭钵

第七段：

第一出	怀子惧妻	第二出	牛魔借宝
第三出	盗宝起寡	第四出	审问齐福
第五出	师徒遇福	第六出	入寺捉怪
第七出	擒鸟诓宝	第八出	复现金光
第九出	南山落难	第十出	破妖救师
第十一出	咒大王妖	第十二出	老君收牛

第八段：

第一出	逐猴诉冤	第二出	猕猴劫衣
第三出	真形幻相	第四出	认假难辨
第五出	照镜寻根	第六出	佛收猕猴
第七出	朱紫拆凤	第八出	巧行医脉

| 第九出 | 洒息火焰 | 第十出 | 私遗二女 |
| 第十一出 | 巧换三铃 | 第十二出 | 收犼归座 |

第九段：

第一出	过火焰山	第二出	赚取芭蕉
第三出	三调芭蕉	第四出	收牛魔王
第五出	五毒缠丝	第六出	收蜘蛛精
第七出	诚殷爱日	第八出	演法遣莺
第九出	除豹摄□	第十出	狮驼归正
第十一出	三僧被唊	第十二出	天王扫穴

第十段：

第一出	黄眉展法	第二出	弥勒收妖
第三出	玉兔潜逃	第四出	公主被摄
第五出	投布金寺	第六出	抛彩招婿
第七出	款僧赴宴	第八出	月妖洞房
第九出	收兔归正	第十出	公主还朝
第十一出	除蟒开路	第十二出	金顶盼僧

第十一段：

第一出	普贤上寿	第二出	公主投师
第三出	设钉耙会	第四出	白泽横行
第五出	苍旻求救	第六出	太乙收狮
第七出	金平花灯	第八出	假充三佛
第九出	□□□□❶	第十出	遇荆棘岭
第十一出	杏仙牵情	第十二出	敕遣伽蓝

---

❶ 此处原书写假充三佛，后涂改，但未写新出目。现阙疑。

第十二段：

第一出	化脱凡胎	第二出	皈依印度
第三出	雷音见佛	第四出	唐僧授经
第五出	老鼋陷经	第六出	柏树东指
第七出	迓迎金经	第八出	开演法会
第九出	冥府降祥	第十出	奉敕灵霄
第十一出	恭祝吉祥	第十二出	天花集福

此本吴晓铃先生言："是道光间节本，即俗名《天花集福》者是。"❶

二十七、道光二十六年本

道光二十六年本，即清昇平署朱墨双色抄本《昇平宝筏》。21 册，北京国家图书馆藏。惜未全见。

8 行 13～24 字，无格，书大 28.8cm×25.3cm。正文卷端无署题，每页天头留有空白，其上注明舞台说明、剧本提纲等，与正文内容或有重复。封面题："×段昇平宝筏◇出总本"，或标排演、表演需用时间及表演日期与地点。此本毛装。

---

❶ 吴晓铃："《古本戏曲丛刊》九集序稿"，见《吴晓铃集》（第五卷），第 239 页。

全剧 21 段，每段出数不等，共 174 出，出目如下。❶

头段（共长九刻）：

第一出　花果山洞　　第二出　石猴访道　　第三出　混世魔王

第四出　剿除妖障　　第五出　龙宫借宝　　第六出　妖王结拜

第七出　铁板桥边　　第八出　闹森罗殿

二段（响排十刻五分，插单十一刻）：

第一出　二圣奏事　　第二出　封弼马温　　第三出　小战石猴

第四出　偷盗桃园　　第五出　大战石猴　　第六出　老君炼猴

第七出　大闹天宫　　第八出　收猴宴佛

三段（二月十八日响排十一刻，唱十一刻十分）：

第一出　佛遣大士　　第二出　观音临凡　　第三出　打座别师

第四出　大士降魔　　第五出　龙王占卦　　第六出　逆旨行雨

第七出　老龙求救　　第八出　君臣奕棋

四段（排八刻十分，唱九刻）：

第一出　建醮修斋　　第二出　慈赠袈裟　　第三出　敕建唐僧

第四出　十宰饯别　　第五出　伯钦打雄　　第六出　揭符收徒

第七出　剪灭六贼　　第八出　收白龙马

五段（二十六年四月初九响排十刻十二分，插单十一刻五分，四月十五、六日同乐园承应十一刻十分，十一刻十四分）：

---

❶ 道光二十六年本《昇平宝筏》，其第一段至第十五段笔者未见，所录出目为 2008 年 9 月 25 日北方工业大学胡淳艳女士提供。之前她曾亲见原本，并记录。引用时除出目序号作技术性修改外，一仍其旧。此版本《昇平宝筏》因破损严重，故国家图书馆正在修缮，在工作人员帮助下，笔者仅见第十六段至第二十一段。正文所录段序后括号内内容，为封面所题文字。十六段之后所录封面内容，当依从右往左之顺序，"/" 为换行符号。前十五段似同此，","表示换行。

第一出　黑熊炼丹　第二出　火焚寺院　第三出　盗取袈裟
第四出　白蛇祝寿　第五出　大士收熊　第六出　游春起衅
第七出　行聘强亲　第八出　招婿成亲　第九出　遭黄风洞
第十出　收取沙僧

六段（旧排十一刻五分，唱十二刻五分）：
第一出　乌鸡国王　第二出　被屈托梦　第三出　公子打围
第四出　井底重生　第五出　狮精被擒　第六出　圣试道心
第七出　闹五庄观　第八出　镇元擒僧　第九出　破灶访救
第十出　大慈活树

七段（旧排十刻七分，插单十一刻九分）：
第一出　闻仁驱邪　第二出　花灯失女　第三出　白骨说婚
第四出　寒儒被擒　第五出　花会妖洞　第六出　审问闻仁
第七出　贬猴遇魔　第八出　妖擒唐僧　第九出　遇女释放
第十出　唐僧变虎

八段：
第一出　赐筵宴婿　第二出　请美猴王　第三出　押访双花
第四出　遇仁搭救　第五出　逃洞救女　第六出　法场明冤
第七出　黄袍归正　第八出　帅府宴僧

九段：
第一出　过平顶山　第二出　探路编谎　第三出　悟能被获
第四出　悟空斗法　第五出　请母食僧　第六出　老君收童

十段：
第一出　火云洞妖　第二出　枯松涧口　第三出　牛魔赴席
第四出　借天罡刀　第五出　收圣婴山　第六出　罗刹揭钵

十一段（小傢伙过九刻五分，唱十刻五分，二十六年九月十五日同乐园承应十刻十分）：

第一出　咒大王妖　第二出　老君收牛　第三出　投车迟国
第四出　三妖演醮　第五出　闹三清观　第六出　闹法灭妖

十二段：
第一出　陈家庄主　第二出　鳜鱼献计　第三出　结冰认妹
第四出　收伏鱼精　第五出　子母河边　第六出　女儿国王
第七出　招赘送僧　第八出　悟能做梦　第九出　蝎精擒僧
第十出　日宫收蝎

十三段（排十八刻一分，唱十九刻）：
第一出　卓立上寿　第二出　过会盗宝　第三出　审问齐福
第四出　师徒遇福　第五出　投寺扫塔　第六出　代僧伸冤
第七出　擒鸟诳宝　第八出　复现金光

十四段（排九刻一分，唱九刻十分，二十七年正月十五日唱九刻十四分）：
第一出　师徒遇贼　第二出　绿林逐徒　第三出　莲台诉冤
第四出　猕猴劫衣　第五出　六耳猕猴　第六出　真形幻相
第七出　认假难辨　第八出　魔照妖镜　第九出　地藏难辨
第十出　如来收猴

十五段（排七刻二分，唱七刻五分，二十七年三月十五日同乐园唱八刻）：
第一出　压境贪花　第二出　巧行医脉　第三出　酒熄火焰
第四出　私遣二女　第五出　巧换三铃　第六出　收犼归座

十六段（排八刻十分，唱七刻五分/廿七年四月初一日唱九刻五分）：
第一出　南山大王　第二出　擒取唐僧　第三出　分身法相
第四出　搭救僧樵　第五出　七姊斗草　第六出　托钵浴泉
第七出　误遭五毒　第八出　收蜘蛛精

十七段❶：

第一出　山中夸武　第二出　玉面怀春　第三出　招亲牛魔
第四出　借扇翻冤　第五出　赚取芭蕉　第六出　戏调琴瑟
第七出　三调芭蕉　第八出　收牛魔王

十八段（排十一刻十分/排十二刻五分/承应十三刻五分）：

第一出　　三妖演法　　十二分
第二出　　得剑遣鹉　　二刻二分
第三出　　赴京揭榜　　一刻十三分
第四出　　逢春开操　　二刻七分
第五出　　擒豹艾文　　十二分
第六出　　猿设宝瓶　　一刻十三分
第七出　　象供藤轿　　八分
第八出　　狮驼皈正　　一刻三分

十九段（排十二刻五分/唱十三刻/承应十四刻十三分/廿七年五月十一日同乐园承应十四刻九分）：

第一出　上寿巧说　二刻　　第二出　途中误救　十四分
第三出　三僧被唊　一刻三分　第四出　二女漏风　九分
第五出　闹破鸾交　一刻二分　第六出　扫平鼠孽　十二分
第七出　公子投师　一刻　　　第八出　设钉耙会　一刻
第九出　白泽横行　一刻四分　第十出　求救收狮　二刻六分

---

❶ 第十七段封面及正文前若干页已不存，此第一出之出目乃根据国家图书馆图书检索卡片所记补上。

二十段❶：

第一出　玉兔潜逃　第二出　公主被摄　第三出　投布金寺

第四出　招婿赴宴　第五出　假妖言情　第六出　月妖洞房

第七出　收兔归正　第八出　公主还朝

末段（排九刻十一分　廿七年排九刻七分/旧唱十一刻五分六月初一日唱十刻一分）：

第一出　小雷音寺　第二出　黄眉展法　第三出　弥勒收妖

第四出　化脱凡胎　第五出　皈依印度　第六出　雷音见佛

第七出　唐僧授经　第八出　老鼋陷经　第九出　迓迎金经

第十出　开演法会

从剧本封面所记载演出时间看，此剧整本演出当在二十六年（1846）、二十七年（1847）。虽未写明具体年号，但查阅《道光二十六年昇平署差事档》及《道光二十七年昇平署恩赏日记档》可以发现，剧本与昇平署档案所记载的《昇平宝筏》各段演出情况完全相同。❷ 而文中所言"旧唱"很有可能为"道光二十年、

---

❶ 此出中夹一签条，全文竖排，今横写，每一横行即为原文一竖行。原文出数后时间为双排书写，今以"/"表示。全文如下：

辰正三刻一分　　一出　　一刻三分/一刻三分
巳初四分　　　　二出　　一刻二分/一刻六分
一刻十分　　　　三出　　一刻二分/一刻三分
二刻十三分　　　四出　　一刻十分/二刻一分
巳正十四分　　　五出　　七分/七分
一刻六分　　　　六出　　七分/十分
二刻一分　　　　七出　　九分/八分　欠口（原文最后一字为"｜"，不知为何意，存疑待考。）
九分　　　　　　八出　　十分/十四分　共长八刻 欠十分

❷ 关于清代宫廷《昇平宝筏》演出时间，可参看前文。

二十一年昇平署恩赏日记档"所载的那次《昇平宝筏》承应。由此可以判定，此本当为道光年间的版本。

从目前了解到的清内廷《昇平宝筏》演出情况看，到嘉庆二十四年（1819）《昇平宝筏》仍以10本为体制。嘉庆二十五年（1820），清仁宗颙琰驾崩，这一年无《昇平宝筏》上演记录。至道光年笔者掌握的《昇平宝筏》承应记录最早为道光五年，其体制不明。之后即为道光十九年，体制已为21段形式。由此可以断定，21段本当成于清道光年间，具体时间待考。

二十八、双签本

双签本，即清抄本《昇平宝筏》。22册，北京首都图书馆藏。5行12～22字，无格，书大27.2cm×18.9cm。每册均有双书皮，首封为黄色封签，二封为红色封签，封签题："×本/昇平宝筏/第◇出至第◇出"。附目录一册。

全剧21本，174出，出目如下。

第一本　第一至八出：
第一出　花果山洞　第二出　石猴访道　第三出　混世魔王
第四出　剿除妖障　第五出　龙宫借宝　第六出　妖王结拜
第七出　铁板桥边　第八出　闹森罗殿
第二本　第一至八出：
第一出　二圣奏事　第二出　封弼马温　第三出　小战石猴
第四出　偷盗桃园　第五出　大战石猴　第六出　老君炼猴
第七出　大闹天宫　第八出　收猴宴佛
第三本　第一至八出：
第一出　佛遣大士　第二出　观音临凡　第三出　打座别师
第四出　大士降魔　第五出　龙王占卦　第六出　逆旨行雨

第七出　老龙求救　　第八出　君臣奕棋
第四本　第一至八出：
第一出　建醮修斋　　第二出　慈赠袈裟　　第三出　敕遣唐僧
第四出　十宰钱别　　第五出　伯钦打雄　　第六出　揭符收徒
第七出　剪灭六贼　　第八出　收白龙马
第五本　第一至十出：
第一出　黑熊炼丹　　第二出　火焚寺院　　第三出　盗取袈裟
第四出　白蛇祝寿　　第五出　大士收熊　　第六出　游春起衅
第七出　行聘强亲　　第八出　招婿成亲　　第九出　遭黄风洞
第十出　收取沙僧
第六本　第一至十出：
第一出　乌鸡国王　　第二出　被屈托梦　　第三出　公子打围
第四出　井底重生　　第五出　狮精被擒　　第六出　圣试道心
第七出　闹五庄观　　第八出　镇元擒僧　　第九出　破灶访救
第十出　大慈活树
第七本　第一至十出：
第一出　闻仁驱邪　　第二出　花灯矢女　　第三出　白骨说婚
第四出　寒儒被捉　　第五出　花会妖洞　　第六出　审问闻仁
第七出　贬猴遇魔　　第八出　妖擒唐僧　　第九出　遇女释放
第十出　唐僧变虎
第八本　第一至八出：
第一出　赐筵宴婿　　第二出　请美猴王　　第三出　押访双花
第四出　遇仁搭救　　第五出　逃洞救女　　第六出　法场明冤
第七出　黄袍归正　　第八出　帅府宴僧
第九本　第一至六出：
第一出　过平顶山　　第二出　探路编谎　　第三出　悟能被获

第四出　悟空斗法　第五出　请母食僧　第六出　老君收童
第十本　第一至六出：
第一出　火云洞妖　第二出　枯松涧口　第三出　牛魔赴席
第四出　借天罡刀　第五出　收圣婴山　第六出　罗刹揭钵
第十一本　第一至六出：
第一出　咒大王妖　第二出　老君收牛　第三出　投车迟国
第四出　三妖演醮　第五出　闹三清观　第六出　斗法灭妖
第十二本　第一至十出：
第一出　陈家庄主　第二出　鼋婆献计　第三出　结冰认妹
第四出　收伏鱼精　第五出　子母河边　第六出　女儿国王
第七出　招赘送僧　第八出　悟能做梦　第九出　蝎精捡僧
第十出　日宫收蝎
第十三本　第一至八出：
第一出　卓立上寿　第二出　过会盗宝　第三出　审问齐福
第四出　师徒遇福　第五出　投寺扫塔　第六出　代僧伸冤
第七出　擒鸟诳宝　第八出　复现金光
第十四本　第一至十出：
第一出　师徒遇贼　第二出　绿林逐徒　第三出　莲台诉冤
第四出　猕猴劫衣　第五出　六耳猕猴　第六出　真形幻相
第七出　认假难办　第八出　魔照妖镜　第九出　地藏难办
第十出　如来收猴
第十五本　第一至六出：
第一出　压境贪花　第二出　巧行医脉　第三出　酒熄火焰
第四出　私遣二女　第五出　巧换三铃　第六出　收犼归座
第十六本　第一至十出：
第一出　南山大王　第二出　擒取唐僧　第三出　分身法相

第四出　搭救僧樵　第五出　七姊斗草　第六出　托钵浴泉
第七出　误遭五毒　第八出　收蜘蛛精
第十七本　第一至八出：
第一出　山中夸武　第二出　玉面怀春　第三出　招亲牛魔
第四出　借扇翻冤　第五出　赚取芭蕉　第六出　戏调琴瑟
第七出　三调芭蕉　第八出　收牛魔王
第十八本　第一至八出：
第一出　三妖演法　第二出　得剑遣鸡　第三出　赴京揭榜
第四出　逢春开操　第五出　擒豹艾文　第六出　猿设宝瓶
第七出　象供藤轿　第八出　狮驼皈正
第十九本　第一至十出：
第一出　上寿巧说　第二出　途中误救　第三出　三僧被唊
第四出　二女漏风　第五出　闹破鸾交　第六出　扫平鼠孽
第七出　公子投师　第八出　设钉耙会　第九出　白泽横行
第十出　求救收狮
第二十本　第一至八出：
第一出　玉兔潜逃　第二出　公主被摄　第三出　投布金寺
第四出　招婿赴宴　第五出　假妖言情　第六出　月妖洞房
第七出　收兔归正　第八出　公主还朝
第二十一本　第一至十出：
第一出　小雷音寺　第二出　黄眉展法　第三出　弥勒收妖
第四出　化脱凡胎　第五出　皈依印度　第六出　雷音见佛
第七出　唐僧授经　第八出　老鼋陷经　第九出　迓迎金经
第十出　开演法会

二十九、《西游记》本

《西游记》本，即清内廷抄本《西游记》。残，现存北京故宫博物院，惜未获见。

据《故宫珍本丛刊》❶影印本，知其行款为❷：10 行 15～24 字不等，卷首题"西游记第一出至第八出"。出目如下：

第一出　陈家庄主　　第二出　鳜婆献计　　第三出　结冰认妹
第四出　收伏鱼精　　第五出　子母河边　　第六出　女儿国王
第七出　招赘送僧　　第八出　悟能做梦

比照"道光二十六年本""双签本"，知此本所载为"第十二段"，应为昇平署抄本。

《昇平宝筏》为内廷演剧，因此除个别过录本外，现存多数剧本均出自皇宫。清南府和昇平署时代，内廷演出剧目，每一种都有七类剧本，即库本、安殿本、单头本、曲谱、串头、排场、提纲，且一般均为手抄。库本，是排演用本；安殿本，或称净本，是为皇帝看戏准备的，库本、安殿本又统称为总本；❸单头本，或称分角本，是为各个角色抄的单用剧本；曲谱，是以工尺谱记录戏中角色演唱唱词、音符和节奏的剧本；串头、排场，为

---

❶ 故宫博物院编：《故宫珍本丛刊》（第 669 册），海南出版社 2001 年版，第 237～282 页。

❷ 所见版本为影印本，故不知其实际装订、版式情况。所谓"卷首"、"封面"之称谓为笔者根据《故宫珍本丛刊》影印的版式估计所得，下同。

❸ 有学者认为库本与安殿本仍有留档存查之功用，似乎亦有其道理，或备一说。陈芳撰："乾隆时期清宫之剧团组织与剧场活动"，载《台湾戏专学刊》2000 年第 2 期，第 2～34 页；赵杨：《清代宫廷演戏》，紫禁城出版社 2001 年版，第 6 页。

演出程序，它们记录戏中人物身段、武打等表演提示和舞台调度等一切流程，其中串头本似乎更侧重于一般的记录，而排场本则对演员动作、位置的交代更加细致；提纲，剧本中或作"题纲"，为演员所扮演角色的名单，按照出场顺序分出标明。❶ 很明显，在7个本子中，只有前3种可看作通常意义上的剧本，后3种已经成为剧本的附属，专为排演而写。上所列版本均属前者，而《昇平宝筏》串头、提纲、曲谱诸本存世情况见下。

三十、故宫提纲本*、《珍本丛刊》Ⅰ本

故宫提纲本，即清内廷抄本《昇平宝筏》提纲。13册，北京故宫博物院藏。惜未获见。

据《故宫珍本丛刊》❷ 影印本，知其所收13册提纲行款不一，大致可分为4类。

第一类：5册。每册卷首均有题签："×段昇平宝筏提纲"。❸每出仅列上场角色，出目如下。

头段：

第一出	花果山洞	第二出	石猴访道	第三出	混世魔王
第四出	剿除妖障	第五出	龙宫借宝	第六出	妖王结拜
第七出	铁板桥边	第八出	闹森罗殿		

四段：

---

* 即傅惜华先生所列第十一种。

❶ 七种本的名称，学界并未统一，有些名称现存剧本中有标注，有些则无。此处参考朱家溍《故宫退食录》中的称谓，见其书第615~616页；亦参看 http://www.dpm.org.cn/China/default.asp 中"故宫藏书"之"内府戏本"。

❷ 故宫博物院编：《故宫珍本丛刊（第693册）》，第75~118页。

❸ 因所观为影印本，故不明题签是否为封面页，待考。

第一出	建醮修斋	第二出	慈赠袈裟	第三出	敕遣唐僧
第四出	十宰饯别	第五出	伯钦打熊	第六出	揭符收徒
第七出	剪灭六贼	第八出	收白龙马			

十六段：

第一出	南山大王	第二出	擒取唐僧	第三出	分身法相
第四出	搭救僧樵	第五出	七姊斗草	第六出	托钵浴泉
第七出	误遭五毒	第八出	收蜘蛛精			

十七段：

第一出	山中夸武	第二出	玉面怀春	第三出	招亲牛魔
第四出	借扇翻冤	第五出	赚取芭蕉	第六出	戏调琴瑟
第七出	三调芭蕉	第八出	收牛魔王			

十八段：

第一出	三妖演法	第二出	得剑遣鹦	第三出	赴京揭榜
第四出	逢春开操	第五出	擒豹艾文	第六出	猿摄宝瓶
第七出	象供藤轿	第八出	狮驼归正			

第二类：2册。其一，卷首题"宝筏提纲"，似残缺，列场上使用砌末。另一，卷首题"昇平宝筏提纲"，每出仅列上场角色。二本出目相同，如下：

龙王占卦　逆旨行雨　老龙求救　君臣奕棋

第三类：2册。卷首均题"×段昇平宝筏六出提纲"。每出仅列上场角色，其"十段"一本正文卷首记所用砌末。出目如下：

九段：

第一出	过平顶山	第二出	探路编谎	第三出	悟能被获
第四出	悟空斗法	第五出	请母食僧	第六出	老君收童

十段：

第一出　火云洞妖　第二出　枯松涧口　第三出　牛魔赴席
第四出　借取罡刀　第五出　收圣婴儿　第六出　罗刹揭钵

第四类：4册。卷首题"第×段昇平宝筏"，❶后双行小字题"◇出提纲"。每出仅列上场角色，后注饰演演员名单。除第十一段外，各册正文卷首均列"闲人""一、二、三出无角"二名单，❷各册卷末均列"各出下来"名单。除九段外，各册于出目旁均注明表演时间，出目如下。

八段：

第一出　赐筵宴婿　一刻　　　第二出　请美猴王　二刻一分
第三出　押访双花　四分　　　第四出　遇仁搭救　十分
第五出　逃洞救女　八分　　　第六出　法场明冤　十二分
第七出　黄袍归正　十四分　　第八出　帅府宴僧　九分

九段：

第一出　过平顶山　　第二出　探路编谎　第三出　悟能被获
第四出　悟空斗法　　第五出　请母食僧　第六出　老君收童

十段：

第一出　火云洞妖　一刻
第二出　枯松涧口　一刻七分
第三出　牛魔赴席　十一分
第四出　借取罡刀　十分
第五出　收圣婴儿　一刻十三分

---

❶ 八段、九段两册卷首例外，题"×段昇平宝筏"。
❷ 八段正文卷首列"一、二出无角"名单。

第六出　罗刹揭钵　二刻十一分

十一段：

第一出　咒大王妖　一刻十二分

第二出　老君收牛　一刻七分

第三出　投车迟国　一刻十分

第四出　三妖演醮　一刻五

第五出　闹三清观　十三分

第六出　斗法灭妖　一刻十三分

此本傅惜华先生考为昇平署抄本。

《珍本丛刊》Ⅰ本，即海南出版社出版《故宫珍本丛刊》第693册影印故宫提纲本。

三十一、故宫串头本*、《珍本丛刊》Ⅱ本

故宫串头本，即清内廷抄本《昇平宝筏》串头。5册，北京故宫博物院藏。惜未获见。

据《故宫珍本丛刊》❶影印本，知其所收五册串头本行款为：卷首除一册题"九段西游串头"外，均题："×段昇平宝筏串头"。出目如下。

册一：段六出 老君收童　　册二：八段七出

册三：九段六出　　册四：十段五出、六出

册五：八段七出

此本傅惜华先生考为昇平署抄本。

《珍本丛刊》Ⅱ本，即海南出版社出版《故宫珍本丛刊》第六九五册影印故宫串头本。

---

* 即傅惜华先生所列第十二种。

❶ 故宫博物院编：《故宫珍本丛刊》第695册，第182~190页。

三十二、《西游》曲谱本、《珍本丛刊》Ⅲ本

《西游》曲谱本，即清内廷抄本《西游》曲谱。残，现藏北京故宫博物院，惜未获见。

据《故宫珍本丛刊》❶影印本，知其行款为：12行8～10字不等，卷首题："（×段）（西游）（曲谱）"，出目如下。❷

二段：　一出弋腔　二出弋腔　三出弋腔　四出偷盗桃园
　　　　五出弋腔　六出老君炼猴　七出弋腔　八出
三段：　头出弋腔　二出弋腔　三出弋腔　四出弋腔
　　　　五出弋腔　六出弋腔　七出弋腔　八出君臣奕棋
四段：　一出建醮修斋　二出　三出弋腔　四出十宰饯别
五段：　一出黑熊炼丹　二出　三出　四出
　　　　五出　六出游春起衅　七出行聘强亲　八出招婿成亲
　　　　九出遭黄风洞　十出收取沙僧
六段：　头出　二出　三出　四出
　　　　五出狮精被擒　六出　十出弋腔
（❸）：一出过平顶山　二　三出弋　（四）五出
　　　　六出老君收童
十三段：二出过会盗宝　三出审问齐福　四出　五出弋腔
　　　　六出　七出　八出复现金光

---

❶ 故宫博物院编：《故宫珍本丛刊》（第689册），第75～144页。
❷ 标有出目名称的一出，正文载有曲词与工尺谱，仅标出序及声腔者，正文无具体内容。
❸ 原文此处未标明段数，故以括号标示。将此段出目与"道光二十六年本""双签本"对照，知此段为"九段"。本段中"二"据原文书写体例笔者认为当是"二出"之省，后"四"字原文字迹不清，以括号别之。

十五段：五出巧换三铃　六出收犼归座
十六段：一出南山大王　二出弋腔　三出分身法相
　　　　四出搭救僧樵　五出弋　六出托钵浴泉
十七段：一出山中夸武　二出弋　三出弋　四出弋
　　　　五出弋　六出弋　七出三调芭蕉　八出收牛魔王
十八段：一出三妖演法　二出弋腔　三出弋腔
　　　　四出逢春开操　五出弋腔　六出猿涉宝瓶　七出弋腔
　　　　八出狮驼归正
末段：　一出小雷音寺　三出弥勒收妖　四出化胎凡胎
　　　　五出　六出　七出　八出　九出迓迎金经　十出

将此本与"道光二十六年本""双签本"对勘，可知3本当为同一系统，故此本当为昇平署抄本。

《珍本丛刊》Ⅲ本，即海南出版社出版《故宫珍本丛刊》第689册影印《西游》曲谱本。

值得注意的是，内廷所存剧本有时"身兼数职"，即一本兼具7种剧本类型中的两种或两种以上职能。如：提纲本，实际是提纲与串头两种剧本合并的本子；珊瑚阁本，是总本与串头并书的本子。

除以上诸本外，曲选中还有收录《昇平宝筏》的。清姚燮编《复庄今乐府选》，其中含抄本《昇平宝筏》一卷，现存浙江图书馆，惜未获见。❶此本朱崇志《中国古代戏曲选本研究》一书著录。❷同

---

❶ 此本即傅惜华先生所列第十九种。

❷ 朱崇志：《中国古代戏曲选本研究》，上海古籍出版社2004年版，第257页。相关情况还可检索浙江图书馆历史文献馆藏目录网上检索系统，http://61.175.198.144/dp.2libraryws/search.aspx。有关《复庄今乐府选》内容及现存馆藏情况可见周妙中撰："姚燮生平考略"，载《艺术百家》1997年第1期，第55~59页。

时，傅惜华先生目录中的第十、第十三、第十四种，也都是《昇平宝筏》单折或折子戏选本，非本文所述内容，故不赘言。

三、《昇平宝筏》诸版本分析

依据戏曲文本形态和情节关目，对上述《昇平宝筏》诸版本加以对勘，可以发现：从清初康熙朝至中后期道咸同光朝，《昇平宝筏》文本的演化嬗变一直都在进行，且变化呈现出阶段性特点。不仅如此，目前所存各类文献及清宫档案中，亦有包括《昇平宝筏》在内的清内廷连台本戏发展演变的相关资料。将二者综合对照分析，可以大致勾勒出宫廷连台本戏的发展规律，梳理出《昇平宝筏》其版本系统演进之脉络。

现存30余种《昇平宝筏》，其版本年代大致集中在三个时期：一康熙时期，二乾嘉时期，三道光及之后时期。能够直接确定为康熙时期版本的共有两种，即岳小琴本和康熙本。傅惜华、戴云二先生都只见过康熙本，未见过岳小琴本。❶ 他们认定康熙本乃《昇平宝筏》之祖本，但均未详论其依据。通过对勘康熙本与岳小琴本可知，康熙本存世各出与岳小琴本对应各出出目全同，且包含了岳小琴本所言"原本""原本改""新增"三类剧出，具体内容也大体相当，由此可初步断定康熙本当产生于岳小琴本之后，为其节本，岳小琴本为足本（参看附录三）。乾嘉时期《昇平宝筏》版本最多，可直接认定者有9种，而内容较为完整的有四种，分别是：珊瑚阁本、国图3478本、《西游传奇》本、曙雯楼本。此4种皆7字出目本，出目不完全一致，但前3

---

❶ 傅惜华先生所列《昇平宝筏》版本中未见岳小琴本，与戴云先生交流中，其亦未提及这一版本。

种较为接近，只个别字句稍有出入，而曙雯楼本不同较多。现将岳小琴本、珊瑚阁本、曙雯楼本的文本形态、情节关目作一比较，试观三者之差异。

（一）出目

现存《昇平宝筏》出目可分 3 种：4 字、7 字及混合形态。岳小琴本为混合形态，其中以 7 字出目居多，8 字出目有 35 出，6 字出目仅 4 出。该本出目绝大多数两两成对出现❶，语句对偶上口。很显然，这说明岳小琴本在形成过程中出目是经过有意整理的，但对其整体的统一还无要求。珊瑚阁本与曙雯楼本则不然，二本出目不仅具有对偶特点，而且整本均为 7 字出目。毫无疑问，这种整齐划一是经过进一步设计和斟酌的结果，据此也可判定全本 7 字出目的体例最晚出现于乾隆年间。

从具体的出目内容来看，三本在相同情节下设置的出目，岳小琴本与另二种差别较大，曙雯楼本、珊瑚阁本有相似部分。试举例说明，见下表 2-1。

表 2-1 岳小琴本、曙雯楼本、珊瑚阁本有关
"乌鸡国""宝象国""祭赛国"出目比较

内容情节	岳小琴本	曙雯楼本	珊瑚阁本
乌鸡国	四(15)❶乌鸡镇妖道谋主	三(16)乌鸡失国被妖侵	三(15)幻假容乌鸡失国
	四(17)坐禅床夜诉沉冤	三(17)夜诉冤圉圭作证	三(16)沉冤魄作证留圭
	四(18)入猎场点化幼子	三(18)朝打诳兔引踪	三(17)白兔引唐僧还佩
	四(19)一旦人间难匿隐	—	—
	四(20)三年井底又重生	三(19)出重泉邦君复位	三(18)悟能负国主重圆
	—	三(20)照明镜罗汉收妖	三(19)显明慧镜伏狮怪

---

❶ 仅第八本第十三、十四出例外。

续表

内容情节		岳小琴本	曙雯楼本	珊瑚阁本
宝象国		三(10)宝象国赏灯迷爱女	四(5) 爱女遭魔惊五夜	四(5) 爱女遭魔惊五夜
		三(11)白骨妖说女成婚	四(6) 媒人约法守三章	四(6) 媒人约法守三章
		—	四(7) 上长安寒儒被捉	四(7) 上长安单夜被捉
		—	四(8) 会妖洞双艳寻盟	四(8) 会妖洞双艳寻盟
		—	四(9) 审乌台书生出罪	四(9) 审乌台书生开罪
		三(12)三尸魔戏僧作幻	四(10)歼白骨徒弟来驱	四(10)歼白骨徒弟来驱
		三(13)释真僧柏氏寄书	四(11)释高僧双鱼嘱寄	四(11)释高僧双鱼嘱寄
		三(14)认假婿元奘变虎	四(12)昵膺婿一虎叱成	四(12)赝婿一虎叱成
		三(15)龙马救师遭败	四(13)白龙马雪仇落阱	四(13)白龙马雪仇落阱
		三(16)猴王重义下山	四(14)美猴王激怒下山	四(14)美猴王激怒下山
		—	四(15)泙水寄书欣巧合	四(15)萍水寄书欣巧合
		—	四(16)兰闺分镜喜重圆	四(16)兰闺分镜喜重圆
		三(17)妖洞中匿真幻假	—	—
		三(18)法场上反伪为真	四(17)撇下虎伥明宝像	四(17)撇下虎伥明宝象
		三(19)奎木狼伪归原宿	四(18)颁来凤诏得金星	四(18)颁来凤诏自瑶池
		三(20)宝象国恭送西行	四(19)大元帅国门祖道	四(19)大元帅国门祖道
祭赛国		六(7) 通女私窃九灵芝	六(10)窃芝翠水认偷儿	六(7) 窃灵芝翠水往还
		六(8) 徐锡纯联吟逢塔会	六(11)看大会红楼唱和	六(8) 迎神会红楼薨见
		六(9) 赖太傅溺爱倾良善	六(12)挟私嫌口简纠参	六(9) 权相挟嫌污玉质
		六(10)卓左明发怒诘因由	六(13)侍儿审水同洁	六(10)侍儿辩屈表水操
		六(11)兰香婢代赴廷尉狱	六(14)廷尉超冤镜并明	六(11)廷尉司宋老得情
		六(18)齐公子刺配游魂岭	六(15)赖斯文泼钱买路	六(12)落魄林齐生出难
		六(19)悟空救善落魄林	六(16)齐锡纯遇难呈祥	
		六(20)三藏暗宿金光寺	六(17)投单动念僧拘系	六(13)投精舍众僧诉苦
		六(21)孙行者扫缚塔尖妖	六(18)扫塔遄知贼信音	六(14)扫浮屠二怪被擒
		六(22)唐三藏面陈齐福柱	六(19)二案覆盆伸一旦	六(15)祭赛国两案齐翻
		六(23)荡龙宫佛宝重还	六(20)九头噬犬靖空潭	六(16)碧波潭九头露相
		六(24)送圣僧良缘新缔	六(21)舍利还金光复现	六(17)还舍利复现金光
			六(22)花星照璧合联吟	六(18)开钿筵重谐凤卜

注：①"四(15)"表示第四本第十五出，后文同此。

很明显，曙雯楼本与珊瑚阁本其出目确有相同或相似之处，尤其是宝象国一段，几乎全同，类似情况还出现在其他出目中。这说明，曙雯楼本与珊瑚阁本其出目之间存在较近关联，这种相同情节下出目的相似性为论证二本出自同一版本系统提供了确凿的依据，而岳小琴本则极有可能归属于较早出现的另一系统。

（二）下场诗

三种版本含有下场诗的仅岳小琴本，曙雯楼本与珊瑚阁本均无。再查可确定版本年代的其他版本《昇平宝筏》，凡康熙朝版本皆含下场诗，乾嘉时期版本皆无，道光朝及其后版本亦无。根据明清传奇剧本下场诗的结构体制、演变规律可知：明中期戏文整理、改编本或传奇创作本，大都沿用下场诗的形式，只是还不规范，或四句，或两句；至明后期，下场诗为传奇作品普遍采用，并基本规范为四句；清代则大体沿袭明代之体制❶。同为清内廷版本，其下场诗仅存于康熙朝剧本中，其后诸本皆无，这不符合明清传奇剧本下场诗一般规律，出现这种情况恐怕与清内廷演剧制度及剧本体例有关，对此现象下文还将进一步探讨。

另外在个别剧出中还存在这样一种现象，即岳小琴本中的下场诗直接成为或改编成为曙雯楼本、珊瑚阁本剧出结尾的宾白或唱词，如表2-2所示。

对照二者，或完全相同，或稍有参差，但从字里行间仍然能看出之间的关联。据此可以判定，岳小琴本与珊瑚阁本、曙雯楼本极有可能存在某种承继关系。

---

❶ 郭英德：《明清传奇史》，江苏古籍出版社2001年版，第57~58页。

表 2-2　岳小琴本中下场诗与曙雯楼本、珊瑚阁
本中剧出结尾宾白比较

岳小琴本		曙雯楼本、珊瑚阁本	
出目	下场诗	出目	结尾宾白或唱词
一（8）	叵耐猿猴不奉公，恃强恣意任纵横。欺心来闹森罗殿，我即容时天不容。	一（11）	（五殿阎君唱）［尾声］恨这猴儿恣意多强暴，擅自把森罗来闹，只怕我便相容天不饶。（仍从寿台下场门下）①
一（19）	终日尘劳似梦中，疑团俄顷破屋空。<u>一轮月坠江天外山寺寥寥振曙钟</u>。	二（4）	……（唐僧白）我想既已出家，这些事那里顾得，且自勉力参学便了。<u>一轮月坠江天外，山寺寥寥振曙钟</u>。（从寿台下场门下）②
八（20）	<u>一片婆心不可移</u>，（唐）<u>救人危难有天知</u>。（孙）你今造下弥天孽，骨化灰扬自有期。	八（20）	（地涌夫人骑马科白）<u>一片婆心不可移，救人危难有天知</u>。（悟空白）③设成陷阱都窥破，又蹈中间起祸机。

①曙雯楼本最后舞台说明为："仍从鄯都门下。"
②曙雯楼本为："……这些事都也顾不得了……山寺寥寥报曙钟。（从下场门下）"
③曙雯楼本无"悟空白"之说明。

（三）情节结构

岳小琴本、曙雯楼本、珊瑚阁本，它们所包含的西游故事内容不尽相同。抛开三者共有内容，珊瑚阁本包含的"功臣画像凌烟阁""老君收伏兕大王""唐王剿除颉利可汗""通天河""悟空与牛魔王结拜""魏征斩龙王""众官饯行""胖姑演说""琵琶洞""南山大王""悟空被逐""真假美猴王"等情节，曙雯楼本和岳小琴本则互有取舍。具体说来，前四个故事曙雯楼本不含，后八个岳小琴本不含，同时三本各自也有一些别本都未囊括的内容。从比勘结果看，曙雯楼本与珊瑚阁本比较接近，绝大多数情节二本都具备，而岳小琴本则较多不同。

《昇平宝筏》在整体结构上可分为：悟空出世、江流和尚、

师徒取经、归唐受封四个部分。其中"师徒取经"由若干降妖斗魔故事组成，这些内容片段相对较为独立，改换其顺序对整个剧情影响不大。三个版本《昇平宝筏》情节安排上的差异，恰恰反映出这一特点。各本具体情况如下❶：

珊瑚阁本：狮蛮国→收悟空→收小白龙→观音禅院丢袈裟→高老庄→乌巢禅师授心经→黄风洞→流沙河→黎山老母试禅心→乌鸡国→人参果→宝象国→莲花洞→红孩儿→黑水河小鼍→车迟国→鱼精祭赛→女儿国→琵琶洞→祭赛国→南山大王→金䗼洞→悟空被逐→真假美猴王→朱紫国→火焰山→盘丝洞→狮驼岭→无底洞→小雷音寺→天竺公主→玉华国→青龙山→剿除颉利可汗→至西天取得圣经→通天河

曙雯楼本：狮蛮国→收悟空→收小白龙→观音禅院丢袈裟→高老庄→乌巢禅师授心经→黄风洞→流沙河→黎山老母试禅心→人参果→乌鸡国→宝象国→莲花洞→红孩儿→黑水河小鼍→车迟国→鱼精祭赛→女儿国→琵琶洞→祭赛国→南山大王→悟空被逐→真假美猴王→火焰山→盘丝洞→狮驼岭→朱紫国→无底洞→玉华国→青龙山→小雷音寺→天竺公主→至西天取得圣经

岳小琴本：狮蛮国→收悟空→收小白龙→观音禅院丢袈裟→高老庄→乌巢禅师授心经→黄风洞→流沙河→黎山老母试禅心→人参果→宝象国→莲花洞→红孩儿→乌鸡国→车迟国→鱼精祭赛→

---

❶ 为方便比较，情节结构顺序安排相似的部分用方框圈出。

黑水河小鼍→女儿国→盘丝洞→剿除颉利可汗→祭赛国→火焰山→小雷音寺→朱紫国→狮驼岭→无底洞→玉华国→青龙山→天竺公主→至西天取得圣经→通天河

三者比较可以发现，珊瑚阁本与曙雯楼本在情节安排上较为相近，岳小琴本与二者差异明显。

结构上的不同不仅表现于此，《昇平宝筏》中有时一个故事情节会被分成若干片断，这些片断往往又被其他情节片段分隔开，于是故事演进出现中断或暂停。这种结构处理不仅是为了变换情节展现的层次，使叙述结构不至于过分单调，更是充分考虑到戏曲演出排场的结果，它使得演员角色、文武场等因素的穿插更加均匀（可参见第三章有关论述）。这种处理最典型的例子就是关于牛魔王、铁扇公主的情节片段。珊瑚阁本将这一故事分成六个片断，之间互不连接，呈现出分裂的状态，情况见表2-3。

表2-3 珊瑚阁本、曙雯楼本、岳小琴本中"牛魔王、铁扇公主"情节结构安排

情节内容	珊瑚阁本	曙雯楼本	岳小琴本
牛魔王入赘	四（3~4）	五（2~4）	四（6、8）
红孩儿皈依	五（1~4）	五（5~8）	四（9~11）
罗刹女揭钵	五（24）	五（24）	四（12）
大闹摩云洞	六（2~3）	六（7~8）	六（4~5）
牛魔王借宝	六（6）	六（9）	六（6）
三借芭蕉扇	七（20~24）	七（19~24）	六（12~17）

通过比较可以发现，三本情节片段的分隔存在内在的关联，但具体的结构穿插又都不一致。除此之外，剧本中还有一些单出游移、穿插在各个故事情节之间，它们的位置在各本中也不固定。所有这些变化使得三本在结构上呈现出极大的差异，其详细

情况参见"附录四：珊瑚阁本、曙雯楼本、岳小琴藏本《昇平宝筏》情节回目比较"。

(四) 曲词宾白

比较岳小琴本、曙雯楼本、珊瑚阁本三者的曲词宾白，会发现，曙雯楼本与珊瑚阁本绝大部分内容相似，而岳小琴本则与它们相差不少。这种差距在宾白上反映得还不是十分明晰，它主要表现在曲词上。因此在对勘三本时，曲词成为主要关注点。绝大部分剧出差异明显，但亦有个别剧出曲词几乎全同。现各举一例说明其不同，见表2-4。

表2-4 岳小琴本、曙雯楼本、珊瑚阁本曲词、宾白相同的出目比较

岳小琴本	曙雯楼本	珊瑚阁本
第八本第二十出 老鼠精诡计赃清修 （鼠精上白）白云本是无心物，又被清风引出来。奴家地涌夫人是也，闻说唐僧往西取经，将此到来，必从黑松林经过。为此我先在此假装落难之人，唐僧是个修行人，必发慈心救我。我便随机取回唐僧成其好事便了。（唱）	第九本第十一出 装难女途中误救 （小旦扮地涌夫人，簪形穿衫背心，系腰裙，从洞门上。白）白云本是无心物，又被清风引出来。奴家地涌夫人是也，几年间闻说孙悟空神通广大，果然话不虚传。那日别了豹道兄，奴便隐迹狮驼岭左侧，观其动静。孙悟空将三个魔头战败，后闻佛爷与二位尊者收度去了。我若与他争斗，定遭其害。想他师徒，必从黑松林经过。为此我先在此假装落难之人，唐僧是个修行人，必发慈心救我。我便乘机取回唐僧成其好事便了。（唱）	第八本第二十出 装难女途中误救 （小旦扮地涌夫人，簪形穿衫背心，系腰裙，从寿台上场门上。白）白云本是无心物，又被清风引出来。奴家地涌夫人是也，几年间闻说孙悟空神通广大，果然话不虚传。那日别了豹道兄，奴便隐迹狮驼岭左侧，观其动静。孙悟空将三个魔头战败，后闻佛爷与二位尊者收度去了。我若与他争斗，定遭其害。想他师徒，必从黑松林经过。为此我先在此假装落难之人，唐僧是个修行人，必然慈心救我。我便乘机取回唐僧成其好事便了。（唱）

续表

岳小琴本	曙雯楼本	珊瑚阁本
［画眉扶归］风恬日暖景融和，嫩绿娇红鸟唱歌。唐僧呵，可知鹊桥早驾已停梭，只怕春深铜雀应难锁。摩登意定早张罗，俏阿难何计能潜躲。（唐众上白）这黑松林好生过去。（孙应介，鼠精）来了，不免缚在树底便了。（唐众唱）	［南吕宫曲·画眉扶归］（懒画眉首至三）风恬日煖景融和，［韵］嫩绿娇红鸟唱歌。［韵］（白）唐僧嗄，（唱）可知道鹊桥早驾已停梭，［韵］（醉扶归四至末）只怕春深铜雀应难锁。［韵］摩登意定早张罗，［韵］俏阿难何计能潜躲。［韵］（唐僧内虚白科）地涌夫人白）你看他师徒来了，不免缚于树底便了。（场上设树，作缚科）付扮悟空，戴悟空帽，穿悟空衣，带数珠；丑扮悟能，戴僧帽，扎金箍，猪嘴切末，穿悟能衣，带数珠，持钯，挑经担；杂扮悟净，戴僧帽，扎金箍，穿悟净衣，戴数珠，持铲，引生扮唐僧，戴僧帽，穿僧衣，系丝绦，带数珠，骑马，从上场门上，唱)	［南吕宫正曲·画眉扶归］风恬日暖景融和，嫩绿娇红鸟唱歌。（白）唐僧呵，（唱）可知道鹊桥早驾已停梭，只怕春深铜雀应难锁。摩登意定早张罗，俏阿难何计能潜躲。（唐僧内虚白科。地涌夫人白）你看他师徒来了，不免缚于树底便了。（场上设树，作缚科）副扮悟空，戴悟空帽，穿悟空衣，带数珠；丑扮悟能，戴僧帽，扎金箍，猪嘴切末，穿悟能衣，带数珠，持钯，挑经担；杂扮悟净，戴僧帽，扎金箍，穿悟净衣，戴数珠，持铲，引生扮唐僧，戴僧帽，穿僧衣，系丝绦，带数珠，骑马，从寿台上场门上，唱)
［浣纱刘帽］穿石径，度碧罗，绿阴中翠荫交柯。（鼠白）可怜吓，救命吓。（孙）这是那里来的妖精。（唐唱）娘行因甚遭危祸，请问家乡居何所？（鼠白）奴家住在贫婆国，离此二百余里。父母在堂，十分好善。时遇清明，带领一家老小拜扫先茔。行至荒郊，忽闻锣鸣鼓响。一伙强人喊杀前来。父母诸人各逃性命，可怜奴家年幼跑不动，被他掳至此山。大大王要做夫人，二大王要做妻室。那些人，你不忿我，我不忿你，所以	［南吕宫曲·浣纱帽］（浣溪沙首至合）转涧阿，［韵］松涛大，［韵］黑森森虬干交柯。［韵］（白）悟空，才过了崎岖山径，怎生又遇这黑松林，是必在意。（地涌夫人白）可怜救命嗄。（悟空作看科白）这是那里来的妖精。（唐僧唱）娘行因甚遭危祸，［韵］请问家乡住址何？［韵］（地涌夫人白）奴家住在贫婆国，离此二百余里。父母在堂，十分好善。时遇清明，带领一家老小拜扫先茔。行至荒郊，忽然一伙强人喊杀前来。父母诸人各逃性命，可怜奴家年幼，奔走不动，被他掳至此山。	［南吕宫集曲·浣纱刘帽］转涧阿，松涛天，黑森森虬干交柯。（地涌夫人白）可怜救命嘎。（悟空作看科白）这是那里来的妖精。（唐僧唱）娘行因甚遭危祸，请问家乡住址何？（鼠白）奴家住在贫婆国，离此二百余里。父母在堂，十分好善。时遇清明，带领一家老小拜扫先茔。行至荒郊，忽见一伙强人喊杀前来。父母诸人各逃性命，可怜奴家年幼，奔走不动，被他掳至此山。大大王要做夫人，二大王要做妻室。那些人，你不忿我，我不忿你，所以将奴绑在林间。强人去了五日五夜，看看命尽，幸遇师父到

续表

岳小琴本	曙雯楼本	珊瑚阁本
将奴缚在林间。强人去了五日五夜，看看命尽，幸遇师父到此，千万大发慈悲，救奴一命，决不忘恩。（哭介，唐唱）可怜他呜呜咽咽泪滂沱，正是一命须援比七级浮屠大。（白）放他下来。（孙）师父他是妖魔，不可理他。（猪）那里有这等妖怪。（唐）正是明明是女子落难，怎说是妖精。（孙）师父原来不知这都是老孙干过的买卖。想人肉吃的法儿，见你那认得。（唐）你平日看得不差，不要管他，我们走罢。（地湧夫人哭介）师父吓。（唱）	大大王要做夫人，二大王要做妻室。那些人，你不忿我，我不忿你，所以将奴绑在林间。强人去了五日五夜，看看命尽，幸遇师父到此，千万大发慈悲，救奴一命，决不忘恩。（作哭科，唐僧唱）（刘泼帽三至末）可怜他呜呜咽咽泪滂沱，[韵]尔我念弥陀，[读]忍见那人摧挫。[韵]放他下来。（悟空白）师父他是妖魔，不可理他。（悟能白）那有这等妖怪。（唐僧白）明明是个落难女子，怎说是妖精。（悟空白）师父原来不知这都是老孙干过的买卖。想人肉吃的法儿。你忘记了白骨妖精，也是吊在树之么？师傅要救他下来，待至受了他的播弄，又要赶逐老孙，这是不依的。（唐僧白）你平日看得不差，不要管他，我们走罢。（地湧夫人作哭科，白）师父吓。（唱）	此，千万大发慈悲，救奴一命，决不忘恩。（作哭科，唐僧唱）可怜他呜呜咽咽泪滂沱，尔我念弥陀，忍见那人摧挫。（白）放他下来。（悟空白）师父他是妖魔，不可理他。（悟能白）那有这等妖怪。（唐僧白）明明是个落难女子，怎说是妖精。（悟空白）师父原来不知这都是老孙干过的买卖。想人肉吃的法儿。你忘记了白骨妖精，也是吊在树的么？师傅要救他下来，待至受了他的播弄，又要赶逐老孙，这是不依的。（唐僧白）你平日看得不差，不要管他，我们走罢。（地湧夫人作哭科，白）师父嗄。（唱）
[锁窗秋]慈悲心不肯救人活，师父假惺惺何经，拜甚么佛。（白）救人一命胜造七级浮屠。（唱）啣环结草报德海恩波。（唐白）可怜，八戒救他一救。（孙）师父不可救他，他是女子，倘人盘问出家人带了女子同行，（唱）试问吾师何词对他？（白）依徒弟讲，（唱）和你安宁，	[南吕宫曲·寒窗秋月]（锁窗寒首至四）慈悲心不救人活，[韵]（白）师父，（唱）你假惺惺取何经，拜甚么佛。[韵]（白）救人一命造级浮屠。（唱）啣环结草，[读]报答德海恩波。[韵]（唐僧白）可怜，八戒救他一救。（悟空唱①）师父不可救他，他是女子，倘然盘问出家人带了女子同行，（唱）试问吾师，何词对他？[韵]（白）依徒弟	[南吕宫集曲·寒窗秋月]慈悲心不救人活，（白）师父，（唱）你假惺惺取何经，拜甚么佛。（白）救人一命胜造七级浮屠。（唱）啣环结草报答德海恩波。（唐僧白）可怜，八戒救他一救。（悟空白）师父不可救他，他是女子，倘人盘问出家人带了女子同行，（唱）试问吾师何词对他？（白）依徒弟讲，（唱）和你安宁，一路无灾祸，管他人怎么，救他人怎么。

续表

岳小琴本	曙雯楼本	珊瑚阁本
一路无灾祸，管他人怎么，救他人怎么。（唐白）救人一命胜造七级浮屠。我行好心，自有天眼昭彰。八戒解救他。（孙）师父你苦苦救他，实对师父说，他此来念头，弟子都明白了。（唐）你明白甚的。（孙唱）	讲，（唱）（秋夜月四至末）和你安宁，一路无灾祸，[韵]管他人怎么，[韵]救他人怎么。[韵]（唐僧白）救人一命胜造七级浮屠。我行好心，自有天眼昭彰。八戒解放他下来。（悟空白）师父你苦苦救他，实对师父说，他此来念头，弟子都明白了。（唐僧白）你明白甚的。（悟空唱）	（唐僧白）救人一命胜造七级浮屠。我行好心，自有天眼昭彰。八戒解放他下来。（悟空白）师父你苦苦救他，实对师父说，他此来念头，弟子都明白了。（唐僧白）你明白甚么。（悟空唱）
[朝天懒]姹女育阳求配偶，我早已都参破。（唐白）甚么姹女育阳好胡说。（孙唱）你看他是娇娥，他堪比火云洞里小妖魔，不差讹。（唐白）越发不是了。火云洞是个婴儿，这是个落难女子。（孙）这是一般了。有那个假婴儿，就有这个假姹女了。（唐）胡说，姹女婴儿是道家修炼工夫，那有真假之分。（孙）怎么没有真假。（唱）真者在你身内潜藏。（唐白）假的呢？（孙）师父，假的利害哩。（唱）跋扈飞扬狂似火。（指地涌介）他就是姹女求阳将你来颠簸。哎哟师父呀，你岂可认贼为见，忙忙入网罗。（猪放介白）放已放了，走路罢。（地）可怜走不动。（猪）同师父共骑罢。（唐）也罢，将马让他骑了，我还走得。（孙）妖魔，妖魔。	[南吕宫曲·朝天懒]（二犯朝天子首至六）姹女育阳求配合，[韵]我早已都参破。[韵]（唐僧白）甚么姹女育阳好胡讲。（悟空唱）你看他是娇娥，[韵]堪比火云洞里小妖魔，[韵]不差讹。[韵]（唐僧白）越发不是了。火云洞是个婴儿，这是个落难的女子。（悟空白）正是一般了。有那个假婴儿，就有这个假姹女了。（唐僧白）胡说，姹女婴儿是道家修炼工夫，那有真假之分。（悟空白）怎么没有真假。（唱）真者在你身内潜藏。[句]（唐僧白）假的呢？（悟空白）师父，假的利害呢。（唱）（懒画眉三至末）鬼烂神焦狂似火，[韵]他就是姹女求阳将你来颠簸。[韵]（白）师父下，（唱）你岂可不顾烧身到做了扑灯蛾。[韵]（悟能发诨，作放科，白）放已放了，走路罢。（地涌夫人白）可怜走不动。（悟能白）同师父共骑罢。（唐僧白）也罢，将马让他骑了，我还走得。	[南吕宫集曲·朝天懒]姹女育阳求配合，我早已都参破。（唐僧白）甚么姹女育阳好胡讲。（悟空唱）你看他是娇娥，堪比火云洞里小妖魔，不差讹。（唐僧白）越发不是了。火云洞是个婴儿，这是个落难的女子。（悟空白）正是一般了。有那个假婴儿，就有这个假姹女了。（唐僧白）胡说，姹女婴儿是道家修炼工夫，那有真假之分。（悟空白）怎么没有真假。（唱）真者在你身内潜藏。（唐僧白）假的呢？（悟空白）师父，假的利害哩。（唱）鬼烂神焦狂似火，他就是姹女求阳将你来颠簸。（白）师父嘎，（唱）你岂可不顾烧身到做了扑灯蛾。（悟能发诨，作放科）放已放了，走路罢。（地涌夫人白）可怜走不动。（悟能白）同师父共骑罢。（唐僧白）也罢，将马让他骑了，我还走得。（作下马。悟能虚心。地涌夫人骑马科，分白）一片婆心不可移，救人危难有天知。（悟空白）设成陷阱都

续表

岳小琴本	曙雯楼本	珊瑚阁本
一片婆心不可意，（唐）救人危难有天知。（孙）你今造下弥天孽，骨化灰扬自有期。（下）	（作下马。悟能虚白。地湧夫人骑马科，分白）一片婆心不可移，救人危难有天知。设成陷阱都窥破，又蹈中间起祸机。（仝从下场门下）	窥破，又蹈中间起祸机。（仝从寿台下场门下）

注：①误，应为"悟空白"，依原文保留。

以上是岳小琴本与曙雯楼本、珊瑚阁本剧出相同的典型例证。康熙朝岳小琴本这一出标明"原本改"，乾隆朝珊瑚阁本仍基本沿袭康熙朝改定本，这至少可以说明二本在此出上的承继关系是较为明显的。

情节大多相似，却在不同出目，即剧出内容不同的例子见表2-5：

表2-5 岳小琴本、曙雯楼本、珊瑚阁本曲词宾白不同出目比较

岳小琴本	曙雯楼本	珊瑚阁本
第一本第十出 名注齐天意未宁	第一本第十五出 托塔领兵重领旨	第一本第十四出 兵统貔貅披雁甲
（杂扮巨灵上白）头顶双叉凤翅翔，玉带团袍八宝粧。腰跨弹弓新月皎，手持三尖两刃枪。小圣乃巨灵神是也，今有石猴孙悟空大闹水晶宫，又闹森罗殿，搅乱地祇冥府。十殿阎君赍表奏闻玉帝，玉帝怜他初世为人，广好生之恩，命太白金星召至灵霄宝殿，官封弼马温。谁想野性难收，反下天庭，因此玉帝差托塔天王李靖，并哪吒三太	（杂扮巨灵神，戴扎巾额扎靠，持刀，从上场门上白）荡涤妖氛显巨灵，降魔斩祟逞威能。三尖利刃刚锋锐，撼岳摇山神鬼惊。小圣乃巨灵神是也，今有石猴孙悟空无礼，大闹水晶宫，又闹森罗殿，搅乱地祇。冥府十殿阎君，赍表奏闻玉帝，玉帝怜他初世为人，广施好生之恩，命太白金星下凡，召至灵霄宝殿，官封弼马温。谁想他野性难收，反下天庭，因此玉帝差托搭①天王李靖，并哪吒三太子，命俺为	（杂扮巨灵神，戴扎巾额扎靠，持刀，从禄门上白）荡涤妖氛显巨灵，降魔斩祟逞威能。三尖利刃刚锋锐，撼岳摇山神鬼惊。小圣乃巨灵神是也，今有石猴孙悟空无礼，大闹水晶宫，又闹森罗殿，搅乱地祇。冥府十殿阎君，赍表奏闻玉帝，玉帝怜他初世为人，广施好生之恩，命太白金星下凡，召至灵霄宝殿，官封弼马温。谁想他野性难收，反下天庭，因此玉帝差托塔天王李靖，并哪吒三太子，命俺为前部

续表

岳小琴本	曙雯楼本	珊瑚阁本
子，命俺为前部先锋，督令天兵十万，往下界花果山，擒拿那孽猴。你听一派喧闹之声，想是众神来也。真个是黄尘滚滚遮天暗，紫气腾腾罩地昏。（生扮托塔天王，旦扮哪吒三太子，领众天兵齐上）	前部先锋，督领天兵十万，往下界花果山，擒拿那孽猴。你听一派喧闹之声，想必是众神来也。真个是黄尘滚滚遮天暗，紫气腾腾罩地昏。（杂扮众神将，各戴卒盔，穿铠，执旗。小生扮哪吒，戴线发软扎扮，系风火轮持枒，引净扮托塔天王，戴天王盔，扎靠，扎令旗袭蟒，束带。托塔持戟，从升天门上全唱）	先锋，督领天兵十万，往下界花果山，擒拿那孽猴。你听一派喧闹之声，想必是众神来也。真个是黄尘滚滚遮天暗，紫气腾腾罩地昏。（杂扮众神将，各戴卒盔，穿铠，执旗。小生扮哪吒，戴线发软扎扮，系风火轮，持抢，引净扮托塔天王，戴天王盔，扎靠，扎令旗袭蟒，束带。托塔持戟，从禄台门上全唱）
[仙吕入双调·淘金令]（生）徐徐旆旌，飘动龙蛇影，萧萧马鸣，嘶起云霞景。离了天庭，共来尘境，步下休伤八阵，荡怪归营，天河两岸洗②甲兵。（合）乾坤靖也天地无惊，宝炬金莲，旋师欢庆。（下。付领众猴上）	[仙吕宫曲·甘州歌]（八声甘州首至合）追风蹑影，[韵] 信布照圣武。[读] 克诘戎兵，[句] 大胆骚扰天庭。[韵] 云中肃肃千军队，[句] 日下萧萧万马鸣。[韵]（巨灵神作参见科。托塔天王白）某托塔天王是也，今有妖猴作乱，我奉上帝敕旨下凡擒获。众天将就此前去者。（众应科，全唱）（排歌合至末）威灵播，[句] 神鬼惊，[韵] 止齐步伐协师贞。[韵] 弓开月，[句] 矢流星，[韵] 天河手挽洗来清。[韵]（全从下场门下，杂扮通臂猿。众猿猴各穿猴衣，持器械，引扮孙悟空，戴盔，扎靠，持棒，杂扮独角鬼王，穿猴衣，持齐天大圣纛，从上场门上全唱）	[仙吕宫集曲·甘州歌][八声甘州首至合]追风蹑影，[韵] 信布昭圣武。[读] 克诘戎兵，[韵] 稀张小丑，[句] 大胆骚扰天庭。[韵] 云中肃肃千军队，[句] 日下萧萧万马鸣。[韵]（巨灵神作参见科。托塔天王白）某托塔天王是也，今有妖猴作乱，我奉上帝敕旨下凡擒获。众天将就此前去者。（众应科，全唱）[俳歌合至末] 威灵播，[句] 神鬼惊，[韵] 止齐步伐协师贞。[韵] 弓开月，[句] 矢流星，[韵] 天河手挽洗来清。[韵]（从禄台下，杂扮通臂猿。众猿猴各穿猴衣，持器械，引副扮孙悟空，戴盔，扎靠，持棒，杂扮独角鬼王，穿猴衣，持齐天大圣纛，从寿台门上全唱）

续表

岳小琴本	曙雯楼本	珊瑚阁本
［前腔］咚咚鼓声，灿灿戈矛。煌煌纛旌，簇簇麾旄柄。（白）叵耐玉帝不仁，封我为弼马温。这样没品的官，岂是我老孙做的。为此大怒，反下天宫，自立为齐天大圣。今闻玉帝命天王李靖等，前来征讨。独角鬼王吩咐将杏黄旗写上齐天大圣四字，可曾齐备么？（丑）俱已齐备。（付）妙。（唱）看细柳连营，端居称圣。试看弓开明月，箭比寒③星，三声炮响神鬼惊。（合前。生、旦、众上，旦接杀介，付白）不要乱杀，通名来。（旦唱） ［风入松］俺是哪吒太子尽闻名，铠甲猏狼光莹，钦承玉旨皇华命。我父是天王李靖，那一个是先锋巨灵，要擒你石猴精。（付）	［前腔］霎时起敌兵，［韵］疾顶盔摆甲，［读］摆队交争。［韵］（悟空白）叵耐玉帝不仁，封我为弼马温。这样没品级的官儿，岂是我老孙做的。为此大怒，反下天宫，自立为齐天大圣。今闻玉帝命天王李靖等，前来征讨。众猴兵。（众猴应科。悟空白）吩咐将杏黄旗写上齐天大圣四字，可曾齐备么？（通臂猿白）俱已齐备。（悟空作看科白）妙嘎。（唱）喜新加封号，［句］杏黄旗上标名，［韵］水帘洞口挑良将，［句］铁板桥边扎老营。［韵］（众天将、巨灵神、哪吒、托塔天王从下场门上，作围绕科，仝唱）威灵播，［句］神鬼惊，［韵］止齐步伐协师贞，［韵］弓开月，［句］矢流星，［韵］天河手挽洗来清。［韵］（托塔天王上高台立科，众猴从两场门下。巨灵神、悟空作对敌科。哪吒接战科。悟空白）住了，不要乱杀，你且通名上来。（哪咤吒白）泼猴你且听者。（唱） ［仙吕宫曲·风入松］俺是哪吒太子震英名，［韵］驾火轮光焰飞腾。［韵］上天推毂兵威盛，［韵］端只为剪除顽梗。［韵］（合）统领着先锋巨灵，［韵］齐奋力，［读］斩猴精。［韵］（作对敌科。悟空唱）	［又一体］霎时起敌兵，［韵］疾顶盔摆甲，［读］摆队交争。［韵］（悟空白）叵耐玉帝不仁，封我为弼马温。这样没品级的官，岂是我老孙做的。为此大怒，反下天宫，自立为齐天大圣。今闻玉帝命天王李靖等，前来征讨。众猴兵。（众猴应科。悟空白）吩咐将杏黄旗写上齐天大圣四字，可曾齐备么？（通臂猿白）俱已齐备。（悟空作看科白）妙嘎。（唱）喜新加封号，［句］杏黄旗上标名，［韵］水帘洞口挑良将，［句］铁板桥边扎老营。［韵］（众天将、巨灵神从寿台上，作围绕科，仝唱合）威灵播，［句］神鬼惊，［韵］止齐步伐协师贞，［韵］弓开月，［句］矢流星，［韵］天河手挽洗来清。［韵］（众天将引托塔天王、哪吒从仙楼门上，立仙楼科。众猴从两场门下。巨灵神、悟空作对敌科。哪吒从仙楼下，至寿台接战科。悟空白）住了，不要乱杀，你且通名上来。（哪吒白）泼猴你且听者。（唱） ［仙吕宫正曲·风入松］俺是哪吒太子震英名，［韵］驾火轮光焰飞腾。［韵］上天推毂兵威盛，［韵］端只为剪除顽梗。［韵］（合）统领着先锋巨灵，［韵］齐奋力，［读］斩猴精。［韵］（作对敌科。悟空唱）

续表

岳小琴本	曙雯楼本	珊瑚阁本
[又一体]金箍铁棒太无情，到处谁敢逢迎，寿同日月齐天圣④。（旦）你是甚么人，敢称齐天大圣？（付唱）笑山鸡敢与俺鸾凤争兢。笑伊行，沙锅瓦铛，我宽洪量，恕你小孩婴。（旦唱） [急三枪]看你是弥猴状，搊搜脸，鬈髟髻，遇着俺天神降，管教你怎逃生。（旦战败下，现三头六臂，杀上介，付唱）那怕你三头貌，六臂能，俺也有无穷变，与你对支撑。（付亦败下，现变相，杀上，同下。）	[前腔]我这金箍棒举本无情，[韵]触着人人纳命。[韵]我寿同日月齐天圣。[韵]（哪吒白）你这厮是甚么人，敢称齐天大圣？（悟空唱）笑乳臭怎与咱厮并，[韵]（合）战疆场定教你吃惊，[韵]断送着，[读]泼香婴。[韵]（作对敌科。哪吒唱） [仙吕宫曲·急三枪]你是个鬈髟髻，[句]搊搜脸，[读]猕猴性。[韵]遇着俺天神将，[读]管教你丧残生。[韵]（作对敌科。哪吒从寿台门隐下，杂扮哪吒化身，穿三头六臂切末，持杵从下场门上，悟空唱）那怕你，[句]三头貌，[读]六臂形，[韵]（合）俺也有无穷变，[读]与你对支撑。[韵]（悟空从上场门隐下。杂扮悟空化身穿四头八臂切末，持杵从上场门上对敌科。托塔天王白）呀，看他二人不分胜负，好一场厮杀也。（唱） [仙吕宫曲·风入松]看他交锋两两不输赢，[韵]变化一般厮称。[韵]一个灵符丁甲图全胜，[韵]一个是神通律令。[韵]（白）巨灵神。（巨灵神白）有。（托塔天王白）速去奏闻玉帝，添兵助战，方能取胜。（唱合）奉天讨这场战征，[韵]无胜败，[读]怎收兵。 [韵]（巨灵神应科，从升天门下。哪吒化身、悟空化身，各从两场门隐下。哪吒、悟空随上，作对敌科。哪吒）泼猴。（唱）	[又一体]我这金箍棒举本无情，[韵]触着人人纳命。[韵]我寿同日月齐天圣。[韵]（哪吒白）你这厮是甚么人，敢称齐天大圣？（悟空唱）笑乳臭怎与咱厮并，[韵]（合）战疆场定教你吃惊，[韵]断送着，[读]泼香婴。[韵]（作对敌科。哪吒唱） [仙吕宫正曲·急三枪]你是个鬈髟髻，[句]搊搜脸，[读]猕猴性。[韵]遇着俺天神将，[读]管教你丧残生。[韵]（作对敌科。哪吒从寿台门隐下，杂扮哪吒化身，穿三头六臂切末，持杵从寿台门上，悟空唱）那怕你，[句]三头貌，[读]六臂形，[韵]（合）俺也有无穷变，[读]与你对支撑。[韵]（悟空从寿台门隐下。杂扮悟空化身穿四头八臂切末，持杵从寿台门上对敌科。全从寿台下场门杀下，托塔天王白）呀，看他二人不分胜负，好一场厮杀也。 [仙吕宫正曲·风入松]看他交锋两两不输赢，[韵]变化一般厮称。[韵]一个灵符丁甲图全胜，[韵]一个是神通律令。[韵]（白）巨灵神。（巨灵神白）有。（托塔天王白）速去奏闻玉帝，添兵助战，方能取胜。（唱合）奉天讨这场战征，[韵]无胜败，[读]怎收兵。 [韵]（巨灵神从仙楼上暗到灵霄科。哪吒化身、悟空化身，全从寿台上战科，从寿台两场门隐下。哪吒、悟空随上，作对敌科。哪吒白）泼猴。（唱）
[风入松]（生）他二人武艺一般精，一样神通广盛。一个斩妖宝剑如明镜，一个金箍棒飞似寒星。（白）巨灵神，快去奏闻玉帝，妖猴神通广大，难以取胜，添兵援剿要紧。（唱）说三番战不能取胜，若要⑤败怎回兵。（旦、付杀上，唱）		

续表

岳小琴本	曙雯楼本	珊瑚阁本
[急三枪］（旦）你如今叫小猴先传言，说我不久入虎穴捉儿蒸。（付）猖狂话不耐听，管教你顷刻里鬼为邻，鬼为邻。（杀介，末扮金星上，唱）	[仙吕宫曲·急三枪］你可忙呼取，［句］群猴至，［读］来接应，［韵］齐授首，［读］扫穴永安宁。[韵]（悟空白）无知小子，（唱）休得要，［句］猖狂语，［读］多强硬。[韵]（合）只可惜，[读]你这小宁馨。[韵]（作对敌科，末扮金星，戴莲花冠，穿蟒，系丝绦，捧玉旨，从升天门上，唱）	[仙吕宫正曲·急三枪］你可忙呼取，［句］群猴至，［读］来接应，［韵］齐授首，［读］扫穴永安宁。[韵]（悟空白）无知小子，（唱）休得要，［句］猖狂语，［读］多强硬。[韵]（合）只可惜，[读]你这小宁馨。[韵]（作对敌科，末扮金星，戴莲花冠，穿蟒，系丝绦，捧玉旨，从禄台下，至仙楼科唱）
[风入松］一封丹诏下颁行，两下解甲休兵。（白）天帝玉旨到来，（唱）妖猴已具人灵性，暂姑免自加修省。（生白）众天将收兵者。（众下。末白）孙悟空，我又保奏玉帝，说你初得人身，恕你无罪，实授你为齐天大圣了。（付）果然么？又不要像前番，我却不依。（末）岂有虚言，还命你看守桃园。（唱）从今后悔心要省，休辜负美前程。（付白）既是你老人家又来，同你去走走罢。只是对玉帝老头儿说，这个齐天大圣要实受的。（末）竟在桃园到任，不要多讲了。（末）一旨承恩出未央，（付）干戈两下且韬囊。（末）从今和合休争战，（付）兵器消为日月光。	[仙吕宫曲·风入松］上清奉诏下方行，［韵］两下里暂且休兵。[韵]（托塔天王作跪接旨科。金星白）玉帝有旨，（唱）道石猴不具人灵性，[韵] 姑宽免自加修省。[韵]（托塔天王白）谨遵帝旨，众天将，（众天将应科。托塔天王唱，合）钦承奉玉音炳炳，[韵]收旗鼓，[读]返天庭。[韵]（众天将、哪吒引托塔天王仍从升天门下。金星白）孙悟空，我在玉帝尊前保奏，说你初得人身，恕你无罪。如今实授你为齐天大圣了。（悟空白）果然么？又不要像前番，我却不依。（金星白）岂有虚言，还要你去看守桃园，待我领旨前去。（悟空白）既是你老人家又来，同你去走走罢。只是对玉帝老头儿说，这个齐天大圣，要实授的嘎。（金星白）竟去桃园到任，不要多讲了。（各虚白，全从下场门下）	[仙吕宫正曲·风入松］上清奉诏下方行，［韵］两下里暂且休兵。[韵]（托塔天王作跪接旨科。金星白）玉帝有旨，（唱）道石猴已具人灵性，[韵] 姑宽免自加修省。[韵]（托塔天王白）谨遵帝旨，众天将，（众应科。托塔天王唱，合）钦承奉玉音炳炳，[韵]收旗鼓，[读]返天庭。[韵]（众天将、哪吒引托塔天王仍从仙楼上科。金星白）孙悟空，我在玉帝尊前保奏，说你初得人身，恕你无罪。如今实授你为齐天大圣了。（悟空白）果然么？又不要像前番，我却不依。（金星白）岂有虚言，还要你去看守桃园，待我领旨前去。（悟空白）既是你老人家又来，同你去走走罢。只是对玉帝老头儿说，这个齐天大圣，要实授的嘎。（金星白）竟去桃园到任，不要多讲了。（各虚白，全从仙楼上科）

注：①误，应为"塔"，依原文保留。
②原作"潜"，"洗"为后改定旁注之字，依后改定录入正文，下同。
③原作"流"。
④原作"并"。
⑤原作"有"。

岳小琴本与曙雯楼本、珊瑚阁本之不同，上表一目了然地展现了出来。它们对应的每支曲子都不尽相同，但还是可以发现曲词之间存在的承继关系以及改编的痕迹。这种情况占了三本的绝大多数，只不过差异的程度大小不同罢了。除此之外，差异还包括剧出的分割与合并、曲词的增加与删除等方面。从曲词内容和艺术趣味上看，珊瑚阁本、曙雯楼本较之岳小琴本是趋于雅化的。

通过以上资料的排比、分析，《昇平宝筏》版本在嘉庆之前的大致演变脉络已经十分清晰了，即：该剧是在清初遗留的前代西游戏的基础上改编形成的，以岳小琴本为代表的祖本应成于康熙年；至乾隆初年，经张照等人进一步改编，《昇平宝筏》又形成一个新的系统，它以珊瑚阁本和曙雯楼本为代表。康熙本系统在改编、演变为乾嘉系统之后自身并未退出舞台，它可能在相当长的一段时期与后者处于并存状态，虽少人问津，但自身仍经历了一个演进发展的过程。

珊瑚阁本和曙雯楼本关系很难确定，由上文文本对比可以看出二剧相对应的出目，在情节、内容甚至舞台说明上都相当接近。但考虑到其在结构和细小情节上的差异，笔者认为将二者暂且并列较为妥当，待有新资料发现，再行考辨。

现存 20 余种版本里，与岳小琴本、康熙本最为相似的，是亨寿藏本、古吴莲勺庐本和"中央"研究院本。亨寿本与岳小琴本几乎全同，而后二本都非足本，乃节本。《昇平宝筏》的节本早在康熙年间就已存在，其谋篇布局、组织结构主要采取截取故事中的重要关目，剔除多余枝蔓和细小情节的方式，操作相对灵活。古吴莲勺庐本和"中央"研究院本出目与岳小琴本有很多相似，然最大不同在于其出目均为七字本，这说明二本或者其所属节本系统在产生之时存在一个细致的出目整理过程。因为二本皆为抄本或转录本，年代不可确考，故无法判断这一出目体例发生变化的具体时间。二本内容与岳小琴本也基本相同。由此可大致将岳小琴本、康熙本、亨寿藏本、古吴莲勺庐本和"中央"研究院本划为同一版本系统，即康熙本系统。

与珊瑚阁本在出目形态、宾白曲词、情节结构等方面十分相近的版本包括：国图3478本、研究院过录本、《西游传奇》本、周妙中批阅本、国图10975Ⅰ本、《渡世津梁》本、不登大雅文库本。前三种为全本，后几种均为残本。需要注意的是，珊瑚阁本系统拥有详尽的舞台说明，它应该是相当成熟的三层戏台表演底本，是目前了解、分析清代宫廷三层戏台的重要文献资料。以下试举一例便知。

在珊瑚阁本《昇平宝筏》中，庚本第二十四出记录的舞台使用说明最为繁复，不仅上场人物众多，而且戏楼所有设备全部使用，具体情况见表2-6。这也从侧面反映出《昇平宝筏》其场面的精彩和盛大。❶

与曙雯楼本相似的只有北大6138一本，两者在出目、内容、情节安排各方面均较为一致。

除七字出目本外，乾嘉时期还有4字出目本，可直接判定者为"提纲本"。通过比勘，发现提纲本《昇平宝筏》其剧出内容、情节结构与珊瑚阁本基本相同，不同点在于：提纲本多出"比丘国"等三段情节，珊瑚阁本多出"剿除頡利"一情节，具体情况

---

❶ 目前尚无足够证据证明此本即为真实演出情况之排演底本，亦有可能为该剧舞台表演诸方面之设计稿，实未曾依此上演。这有待新资料发现再行论证，暂存疑。

参照附录。同为四字本的红豆本与百舍斋本，其出目与提纲本极为相似，在出目命名上三本与珊瑚阁本也有紧密关联，很多四字出目在七字出目中可以觅到踪影，甚至可直接找到。再将红豆本、百舍斋本与珊瑚阁本对照，其宾白与曲词也十分相近。依据上述比勘结果，可知提纲本代表的四字本与珊瑚阁本代表的七字本之间存在极其密切的关系，故可将它们归入珊瑚阁本系统中。

另外，还有一个四字出目本——国图10975Ⅱ本存世，其情节结构与提纲本、珊瑚阁本均有差别，与曙雯楼本前半部分十分相近，后半部分有些不同。在情节内容上，其与曙雯楼本绝大部分一致，同时该本很多出目可以从曙雯楼本看到踪迹，而珊瑚阁本却无。综合考虑各方面因素，国图10975Ⅱ本应归入曙雯楼本系统。

由于清廷演剧制度以及清朝中后期国力衰微的影响，《昇平宝筏》内廷演出的体制发生较大变化。原10本240出的庞大演出规模需要进行缩减，于是节本《昇平宝筏》重现内廷。上文已提到，《昇平宝筏》节本早在康熙朝就已存在，其演出情况因文献散失不得而知，目前掌握的宫廷上演该剧的最早时间是从乾隆朝开始的，且以全本为多。但由道光朝开始，形势发生了变化，大型承应均改用21段本，而且道光二十七年之后，节本《昇平宝筏》的全部上演也已绝迹。

21段本，仅为10本体制的一半稍多，每段在六出至十出不等。其出目、内容绝大部分来源于乾嘉四字本《昇平宝筏》，情节结构安排与之略有差别。现存道光二十六年本、双签本、《西游记》本以及故宫提纲本、故宫串头本、《西游》曲谱本均属于这一系统，它们之间版本差别不大。

节本还存有两种版本，即吴晓铃藏本和《昇平宝筏西游记》

本，此二本体例不同。吴晓铃藏本因是残本，所以很难了解其全貌。从现存情况看，每本均为15出，情节内容与乾嘉四字本基本一致，但出目不同，结构安排有差异。《昇平宝筏西游记》本则体例明晰，明显为乾嘉四字本之节本，不仅出目相同，结构一致，而且内容曲词也十分接近。

根据道光朝节本系统与乾嘉四字本系统各自的文本记载以及二者之间前后承继的版本关系，可以基本确定在嘉庆、道光这一时期，四字出目的《昇平宝筏》是实际的内廷演出本。从《嘉庆二十四年恩赏档》的记录中也可以发现，当时10本《昇平宝筏》还在承应，但出现的单出出目已均为四字目了。

表2-6 珊瑚阁本《昇平宝筏》庚本第二十四出三层戏台使用情况一览

福台、天井	禄台	寿台、地井	仙楼
—	—	1. 净扮牛魔王从寿台上场门上	—
—	—	2. 牛魔王从寿台下场门隐下，杂扮牛魔王化身从寿台下场门上……仍从寿台下场门下	—
—	—	3. 副扮悟空，从寿台上场门上	—
—	—	4. 牛魔王化身从寿台上场门上	—
—	—	5. 牛魔王化身，从寿台下场门隐下。牛魔王从寿台下场门上	—
—	—	6. 杂扮土地从寿台上场门上……土地仍从寿台上场门下	—
—	—	7. 丑扮悟能，从寿台上场门上	—

续表

福台、天井	禄台	寿台、地井	仙楼
—	—	8. 牛魔王从寿台下场门败下	—
—	—	9. 悟空从寿台下场门追下……土地引杂扮众阴兵从寿台上场门上	—
—	—	10. 旦扮众魔女从洞门上。众阴兵、土地追众魔女从寿台下场门下场	—
—	—	11. 小旦扮玉面姑姑,从帘子门上……玉面姑姑从地井内下……悟能从寿台下场门下	—
—	13. 牛魔王从仙楼上,禄台隐下	12. 悟空追牛魔王从寿台上场门上	13. 牛魔王从仙楼上,禄台隐下
—	14. 杂扮白鹤,从禄台门上	—	—
—	15. 悟空从仙楼上,禄台隐下	—	15. 悟空从仙楼上,禄台隐下
—	16. 杂扮凤凰从禄台门上	—	—
—	17.（凤凰、白鹤）各从禄台两场门分下	—	—
—	18. 悟空、牛魔王各从禄台下,仙楼上	—	18. 悟空、牛魔王各从禄台下,仙楼上
—	—	19. 牛魔王下仙楼,寿台下场门隐下	19. 牛魔王下仙楼,寿台下场门隐下
—	—	20. 杂扮牛魔王化身,从寿台下场门上	—
—	—	21. 悟空从寿台上场门隐下。杂扮悟空化身,从寿台上场门上	—

续表

福台、天井	禄台	寿台、地井	仙楼
—	—	22. 牛魔王化身、悟空化身各从寿台两场门分下。牛魔王、悟空各仍从寿台两场门上……牛魔王从寿台下场门败下。悟空追下	—
23. 杂扮众罗汉,杂扮四金刚左右天井下仙楼,至寿台	—	23. 杂扮众罗汉,杂扮四金刚左右天井下仙楼,至寿台	23. 杂扮众罗汉,杂扮四金刚左右天井下仙楼,至寿台
24. 杂扮众神将,杂扮众金甲神,杂扮九曜,小生扮哪吒,引净扮托塔天王,从左右天井下仙楼上	—	—	24. 杂扮众神将,杂扮众金甲神,杂扮九曜,小生扮哪吒,引净扮托塔天王,从左右天井下仙楼上
—	—	25. 众神将下仙楼	25. 众神将下仙楼
26. 四隅天井内,把天将各乘云兜下	—	27. 悟能追牛魔王从上场门上	—
—	—	28. 悟空从寿台上场门上……悟能从寿台上场门暗下	—
—	—	29. 悟空暗下。牛魔王从寿台下场门隐下。杂扮牛形,从寿台下场门上	—
—	—	30. 哪吒从寿台上场门隐下。杂扮哪吒化身,从寿台上场门上……牛形从下场门败下,哪吒化身追下。众神将亦追下	—
—	—	31. 哪吒作牵牛形,众神将随从下场门上	—

续表

福台、天井	禄台	寿台、地井	仙楼
32. 小生扮善才童子，小旦扮龙女，引旦扮观音菩萨各乘云兜，从天井内下	—	33. 哪吒带牛形从寿台下场门下。悟空从寿台上场门上	—
—	—	34. 哪吒引牛魔王从寿台下场门上	—
—	—	35. 旦扮铁扇公主，从洞门上……仍从洞门下	—
—	—	36. 悟空从寿台上场门下	—
37. 牛魔王上云兜，观音菩萨等从天井内起云兜上	—	37. 牛魔王上云兜，观音菩萨等从天井内起云兜上	—
—	—	38. 众全从下场门下	—

以上是从《昇平宝筏》的文本本体角度分析该剧版本演变情况，若从清内廷早期连台本戏的体制发展脉络及其规律角度着眼，同样可以寻求到依据。

内廷连台本戏，有学者认为明代已有萌芽，可见明人刘若愚《酌中集》中的记载：

> 过锦之戏，约有百回，每回十余人不拘，浓淡相间，雅俗并陈，全在结局有趣，如说笑话之类。又如：杂剧故事之类，各有引旗一对，锣鼓送上所扮者，备极世间骗局丑态，并闺壶拙妇呆男，及市井商匠刁赖词讼，杂耍把戏等项，皆可承应。❶

---

❶ （明）刘若愚：《酌中集》，北京古籍出版社1994年版，第107页。

又,《酌中志余》收"天启宫词",其中一首:

过锦阑珊日影移,蛾眉递进紫金卮。天堆六店高呼唱,瘸子当场谢票儿。
原注:过锦,钟鼓司承应戏名也。每回数人为之,极鄙琐不文,将毕,谐谑杂发,锣鼓喧闹,奉酒御前而散。❶

周妙中先生评论此段记载称:"看来所演的内容,与民间并没有太大差异,只是规模庞大得多。长达百回左右的'过锦之戏',很可能就是乾隆年间一些宫廷历史大戏的蓝本。"❷ 也有学者从演出形态角度阐释这一现象,如王国维先生认为:"元时戏剧,亦与百戏合演矣。明代亦然……则与宋之杂扮略同。"❸ 解玉峰先生对王氏观点亦有进一步的阐述,认为:过锦有狭义、广义之分,"狭义的'过锦'可释为中国戏剧史上以滑稽诙谐取胜的一组同类小戏(似不必限于皇宫大内),广义的'过锦'则可释为所有由简短节目构成的前后相继的连场演出。但不论狭义的'过锦',还是广义的'过锦',却都是五彩多姿的演艺的供陈,都在说明诸多表演节目凑集演出时,必遵循某种结构的原则。"❹ 这一论断在明沈德符《万历野获编补遗·列朝·禁中演戏》中亦

---

❶ (明)刘若愚:《酌中志余》,清抄明季野史汇编本,见四库禁毁书丛刊编纂委员会编:《四库禁毁书丛刊》(史部第七一册),北京出版社2000年版,第294页。
❷ 周妙中:《清代戏曲史》,中州古籍出版社1987年版,第187页。
❸ 王国维:《宋元戏曲史》,岳麓书社1998年版,第108页。
❹ 解玉峰:《"过锦"纵横》,载《戏史辨》(第2辑),中国戏剧出版社2001年版。

可得到验证。

> 内廷诸戏剧俱隶钟鼓司,皆习相传院本,沿金元之旧,以故其事多与教坊相通……又有所谓过锦之戏,闻之中官,必须浓淡相间,雅俗并陈,全在结局有趣。如人说笑话,只要末语令人解颐,盖即教坊所称耍乐院本意也。今《实录》中谓武宗好武,遇内操时,组练成群,五色眩目,亦谓之过锦。❶

按沈德符所言,"过锦之戏"极类"耍乐院本",而"耍乐院本"又作"笑乐院本"❷,故过锦之戏当属笑乐院本一类。曾永义、赵晓红先生对此均表示肯定,曾先生认为:宋金杂剧院本之为"小戏",务在滑稽,于明代就叫做"过锦戏"。过锦戏"'约为百回',则是一个大型的'小戏群'了"。他还以清初毛奇龄"胜朝彤史拾遗"卷六记载为例,称"过锦戏仍不失古优谏的遗风"。❸ 赵先生也同样提出:"'过锦',不外乎是一些滑稽段子的组合……'过锦戏'应是精彩、华丽的以滑稽诙谐取胜的一

---

❶ (明)沈德符:《万历野获编》,中华书局1959年版,第798~799页。

❷ 胡忌:《宋金杂剧考》,中华书局2008年版,第210~211页。

❸ 曾永义:《中国古典戏剧的认识与欣赏》,正中书局股份有限公司1991年版,第14~15页。(清)毛奇龄《胜朝彤史拾遗》卷六记载原文如下:"初神庙以孝养故,设两宫百戏,自宫中旧戏以及民间爨弄无不备。至是悉裁革而独留旧戏承应。如所称'过锦戏'者,仿佛古优伶供奉;取时事谐谑以备规讽。时旱蝗,中州贼大起,戏者作驱蝗及避贼状。后见之,徐谓上曰:'有此耶?'因掩面泣,上亦泣。是日遂罢戏。"见四库全书存目丛书编纂委员编:《四库全书存目丛书》(史部第122册),清康熙刻西河合集本,齐鲁书社1996年版,第401~402页。

组同类小戏。它们按一定规则组合在一起，多姿多彩地构成一幅彩色亮丽、花团锦簇的五彩图。"❶ 还有一些文献对"过锦之戏"有不同的记载，分列如下：

> "过锦"之戏，约有百回，每回十余人不拘，浓淡相间，雅俗并陈……"水嬉"之制，用轻木雕成海外诸国及先贤文武男女之像，约高二尺，彩画如生，有臀无足而底平，下安卯榫，用竹板承之。设方木池，贮水令满，取鱼虾藻实其中，隔以纱障，运机之人，皆在障内游移转动。一人鸣金宣白题目，代为问答。惟暑天白昼作之，以销长夏。明愍帝每宴玉熙宫，作过锦、水嬉之戏。一日，宴次报至，汴梁失守，亲藩被害。遂大恸而罢，自是不复幸玉熙宫矣。❷

---

❶ 赵晓红撰："从朱有燉杂剧看明初皇家戏剧的舞台艺术"，载《戏剧艺术》（上海戏剧学院学报）2004年第4期，第93~94页。

❷ （清）高士奇：《金鳌退食笔记》，北京古籍出版社1980年版，第145~146页。又，对于此中所言"水嬉"，《酌中志》亦有记载："又木傀儡戏，其制用轻木雕成海外四夷蛮王及仙圣、将军、士卒之像，男女不一，约高二尺余，止有臀以上，无腿足，五色油漆彩画如生。每人之下，平底安一榫卯，用三寸长竹板承之。用长丈余、阔数尺、深二尺余方木池一个，锡镶不漏，添水七分满，下用凳支起，又用纱围屏隔之，经手动机之人，皆在围屏之内，自屏下游移动转。水内用活鱼、虾、蟹、螺、蛙、鳅、鳝、萍、藻之类浮水上。圣驾升殿，座向南，则钟鼓司官在围屏之南，将节次人物各以竹片托浮水上，游斗顽耍，鼓乐喧哄。另有一人执锣在旁宣白题目，赞傀儡登答，道扬喝采。或英国公三败黎王故事，或孔明七擒七纵，或三宝太监下西洋、八仙过海，孙行者大闹龙宫之类，惟暑天白昼作之，如要把戏耳。其人物器具，御用监也；水池鱼虾，内宫监也；围屏帐帷，司设监也；大锣大鼓，兵仗局也。乍观之，似可喜。如频作之，亦觉烦费无余矣。"刘若愚：《酌中志》，北京古籍出版社1994年版，第108页。

——（清）高士奇《金鳌退食笔记》

明代宫中有过锦之戏，其制以木人浮于水上，旁人代为歌词，此疑即今宫戏之滥觞。但今不用水，以人举而歌词，俗称托吼，实即托偶之讹。《宸垣诚略》谓：过锦即影戏，失之。❶

——（清）震钧《天咫偶闻》卷七

因言先帝在玉熙宫中，梨园子弟奏水嬉过锦诸戏。❷

——（清）吴伟业《琵琶行》序

由于这些记载中多提"水嬉""木人"，因此后世学者亦多言过锦之戏乃为木偶戏，或"水傀儡"，并将其与宫廷演剧一并联系。如曾永义先生《中国偶戏考述》一文中称："清代之宫戏原本继承明代为水傀儡，后来改用杖头傀儡。"冯尔康先生认为："过锦，是何种形式，说法不一，有说是影戏，有说是木偶戏，演法是雕刻木人，浮在水上，旁边有人代为唱歌讲说，对木人的装饰非常讲究，所谓'浓淡相间，雅俗并陈'，大约因装扮讲究，色彩鲜艳，才叫作'过锦'。"❸ 除此之外，还有学者认为过锦之戏乃明代队舞节目。❹ 由于百回过锦之戏仅见于笔记记录，缺少更直观的文献加以考证，加之各家意见不一，所以对其很难作出

---

❶ （清）震钧：《天咫偶闻》，北京古籍出版社1982年版，第175页。

❷ （清）吴伟业著，李学颖集评标注：《吴梅村全集》，上海古籍出版社1990年版，第55页。

❸ 冯尔康：《去古人的庭院散步》，中华书局2005年版，第251页。

❹ 朱恒夫撰："队戏考论"，载《艺术百家》2007年第3期，第21，11页。

更为确实的结论。❶ 目前对宫廷"连台本戏"可供研究的具体文献仅剩清代内廷剧本而已。

清昭梿《啸亭续录》卷一"大戏节戏"条中，对于清宫廷连台大戏的出现有详细的介绍：

> 乾隆初，纯皇帝以海内升平，命张文敏制诸院本进呈，以备乐部演习，凡各节令皆奏演。其时典故如屈子竞渡，子安题阁诸事，无不谱入，谓之月令承应。其于内庭诸喜庆事，奏演祥征瑞应者，谓之《法宫雅奏》。其于万寿令节前后奏演群仙神道添筹锡禧，以及黄童白叟含哺鼓腹者，谓之《节山》。又演目犍连尊者救母事，析为十本，谓之《劝善金科》，于岁暮奏之，以其鬼魅杂出，以代古人傩祓之意。演唐玄奘西域取经事，谓之《昇平宝筏》，于上元前后日奏之。其曲文皆文敏亲制，词藻奇丽，引用内典经卷，大为超妙。其后又命庄恪亲王谱蜀、汉《三国志》典故，谓之《鼎峙春秋》。又谱宋政和间梁山诸盗及宋、金交兵，徽、钦北狩诸事，谓之《忠义璇图》。其词皆出日华游客之手，惟能敷衍成章，又抄袭元、明《水浒》、《义侠》、《西川图》诸院本曲文，远不逮文敏多矣。❷

由此可知，乾隆时代出现的《劝善金科》《昇平宝筏》《鼎峙春秋》《忠义璇图》四部连台大戏出自张文敏——即张照，庄

---

❶ 从上文所引文献看，笔者认为，实际"过锦"和"水嬉"并不是一回事，众多学者将它们混杂来谈，恐有所失。

❷ （清）昭梿：《啸亭杂录》，中华书局1980年版，第377~378页。

恪亲王及所谓"日华游客"——周祥钰、邹金生等人之手。除此之外还有《昭代箫韶》《楚汉春秋》《封神天榜》《剑锋春秋》《平龄会》《征西异传》《下河东》《铁旗阵》《雁门关》《普天同乐》《忠义传》《阐道除邪》《盛世鸿图》《如意宝册》等戏❶上演。根据目前所掌握的情况,以上诸剧的完成前后经历几代帝王,其大概创作可划分为以下几个时期❷:

其一,张照(1691~1745❸)时期,作《劝善金科》《昇平宝筏》二剧。吴晓铃先生认为张照主持内廷大戏的编写工作当在

---

❶ 对清廷连台本戏的具体种类、数量,学界尚无确切的定论。相关专著虽有总结,但皆不完备。本文多以王芷章《清昇平署志略》为依据(上海书店1991年版,第74~89页)。而《阐道除邪》一剧依据丁汝琴《清代内廷演剧史话》(紫禁城出版社1999年版,第58~59页);《盛世鸿图》、《如意宝册》依据吴晓铃著《〈古本戏曲丛刊〉九集序稿》(见《吴晓铃集》(第五卷),河北教育出版社2006年版,第240,242页)。其中《阐道除邪》一剧与另一剧《混元盒》题材相同,但之间关系不得而知。二剧于道光朝均有上演,可参看周明泰著:"清昇平署存档事例漫抄",见《近代中国史料丛刊(第七十辑)》,文海出版社有限公司1971年版,第25~28页。另[日]山下一夫《混元盒物語の成立と展開》一文中,言及二者关系,可备一说,见《"近代中国都市芸能研究に関する基礎的研究"成果報告論文集》,2001年3月,第106~132页,参看网址:http://wagang.econ.hc.keio.ac.jp/~chengyan/publish/bp.1/yamashita.pdf。此内容与本文相涉无多,故不赘言,存疑待考。

❷ 根据目前掌握的资料,连台本戏所标注的主要作者一般为负责乐部或内廷演剧的相关官员,因此划分这类剧的创作时期也主要依据这些官员的在任时段。同时参吴晓铃《〈古本戏曲丛刊〉九集序稿》一文的有关论述,将所涉戏曲一一归位。

❸ 张慧剑:《明清江苏文人年表》,上海古籍出版社1986年版,第886,1079页。

乾隆二年丁巳至乾隆九年甲子之间（1737～1744）❶，若按此推算，二剧完成最晚不迟于乾隆九年。

其二，庄恪亲王允禄（1695～1767）时期，《鼎峙春秋》《忠义璇图》《封神天榜》《楚汉春秋》完成。允禄于乾隆七年（1742），受命与三泰、张照管乐部❷，张照死后，恐怕当由庄恪亲王主持内廷演剧创作。

其三，永瑢（？～1788）时期。《清史稿》卷二一九载："允禄，三十二年（1767），薨……孙永瑢，袭，历都统、领侍卫内大臣，仍管乐部、宗人府。五十三年（1788），薨。"❸

其四，从乾隆末年至咸丰末年。《铁旗阵》《昭代箫韶》二剧大致完成于乾隆末期至嘉庆朝。嘉庆朝内廷演剧规模开始缩减，至道光朝并景山、南府，裁撤外学，建昇平署，宫廷演剧机构发生重大变化。然而从嘉庆八年始，内学首领、昇平署总管一直为太监李禄喜（1782～1860），其在清代内廷演剧史上是一重要人物，他还是《昭代箫韶》一剧的校阅者。因此从嘉庆八年至咸丰六年❹（1803～1856）或可称为李禄喜时期。

---

❶ 吴晓铃："《古本戏曲丛刊》九集序稿"，见《吴晓铃集》（第五卷），河北教育出版社 2006 年版，第 238 页。

❷ 赵尔巽等撰：《清史稿》（卷二一九），中华书局 1977 年版，第 9049 页。

❸ 同上书，第 9050 页。

❹ 王芷章《清昇平署志略》记载："咸丰六年十一月十一日，奉朱笔，昇平署总管禄喜，小心勤谨，当差有年。今年逾七十，步履维艰，着开总管缺，仍赏五品顶戴，食七两钱粮云。"又："安福，以七品首领补放六品总管。"见《清昇平署志略》，第 349 页。

《如意宝册》当产生于后期内廷大戏日趋没落之时❶，而其他诸剧因文献材料和笔者查阅范围所限无法划定其产生年代。

在所有连台本戏中，有五部最为知名，即《劝善金科》《昇平宝筏》《鼎峙春秋》《忠义璇图》《昭代箫韶》。《昭代箫韶》"系就《铁旗阵》第十五段以后各段改写而成"❷，足见其成书方式。其他四种也并非毫无凭借地独立完成，它们借鉴了前代同题材的曲文作品。《忠义璇图》"抄袭"了明传奇水浒戏《水浒》《义侠》，《鼎峙春秋》"抄袭"了明传奇三国戏《西川图》。实际上，这种承袭不是局部的、一时的，不是仅表现在剧本改编初期，它已经成为一种模式、惯例，贯穿于诸多连台本戏版本演进变化始终。上海图书馆藏清乾隆内府刊五色套印本《劝善金科》，其凡例中存有一则：

> 《劝善金科》，旧有十本，则多之至矣。但每本中或二十一、二出或三十余出，多寡不匀。今重加校订，定以二十四出为准，仍分十本，共二百四十出。❸

又前引懋勤殿旧藏"圣祖谕旨"所谓"原有两三本，甚是俗气""近日海清觅人收拾""共成十本"之论。由此可见，《劝善金科》《昇平宝筏》乾隆年之前已有旧本，张照所撰亦有所因袭。

---

❶ 吴晓铃："《古本戏曲丛刊》九集序稿"，见《吴晓铃集》（第五卷），第242页。

❷ 吴晓铃："《古本戏曲丛刊》九集序稿"，见《吴晓铃集》（第五卷），第241页。

❸ （清）张照撰：《劝善金科》（第一册），见《古本戏曲丛刊》编辑委员会编：《古本戏曲丛刊》（九集），中华书局1964年版。

因此，乾隆年二剧的撰写，充其量只是一种改写，在原有本戏之上的再加工。其他剧，亦有以承继前代剧作为成书之法者。如《盛世鸿图》，其内容"主要根据的是明代熊大木的《南北两宋志传》中的所谓《南宋志传》，即俗称为《飞龙全传》者"，"然而其中许多情节不见于小说文字，盖糅合前代杂剧及传奇关目之外，抑且掇拾讲唱史书中脍炙人口的片段"。❶

内廷演剧体制的变迁、连台本戏创作中因袭承继的特点带来了连台本戏剧本形态上的规律性变化，其外在征象之一即表现在戏曲出目上。《劝善金科》《鼎峙春秋》二剧在诸剧中所存文献资料相对丰富，前人研究也较多，以下即以此二剧为例，加以论述说明。

《劝善金科》现存最早版本为康熙本《劝善金科》，其为六、七、八混合目；至乾隆年间，张照修改该剧，从而形成七字目版本；之后逐步出现散出、折子戏内容，则为四字目。❷《鼎峙春秋》早期版本已不存，庄一拂《古典戏曲存目汇考》卷十三中记有《三国志》一种，云："此剧未见著录。旧写本。计九种，系《鼎峙春秋》之另一种。除第五种为十七出外，余均二十四出。见周氏《言言斋劫存戏曲目》。"❸ 周越然先生《言言斋劫存戏曲目》似不存，《三国志》之出目状况已不可知。但其九本体制及尚存出数不同之情况，足见其很可能处初创阶段，出目为混合型的可能性是存在的。乾隆年间有七字本《鼎峙春秋》，至嘉庆朝

---

❶ 吴晓铃："《古本戏曲丛刊》九集序稿"，见《吴晓铃集》（第五卷），第240页。

❷ 参戴云：《〈劝善金科〉研究》，北京师范大学出版社2006年版。

❸ 庄一拂：《古典戏曲存目汇考》，上海古籍出版社1982年版，第1527页。

又有四字本出现。❶ 如向前追溯各剧前朝之同题材戏剧，不难发现它们都存有规模较大的、类似于连台本戏之萌芽状态的剧目。《劝善金科》之目连题材，明代有郑之珍四字目一百出之《目连救母劝善戏文》❷，同时明祁彪佳《远山堂曲品》中记载有《劝善》一剧，曰："全不知音调，第效乞食瞽儿沿门叫唱耳。无奈愚民佞佛，凡百有九折，以三日夜演之，轰动村社。"❸《鼎峙春秋》之三国题材，有现存于西班牙圣·劳伦佐（San Lorenzo）皇家图书馆的《风月锦囊》中之明杂剧《精选续编赛全家锦三国志大全二卷》，其共18出，出目为四至八字混合目，而四字目约占50%。孙崇涛先生认为"锦本《三国志大全》可以说是迄今所见的我国最早的'连台本戏'的实例"❹，可备一说。《昇平宝筏》之西游故事，明代有杨景贤之《西游记》❺，出目为四字。将这些

---

❶ 李小红：《〈鼎峙春秋〉研究》，北京师范大学2008年博士学位论文。

❷ 郑之珍《劝善记》之前仍有一"陈编"《目连传》，"虽然不能确定这本《目连传》是否为戏曲文本，但是可以肯定，其篇幅要比《劝善记》长，以至于郑之珍……根据自己的选择将其括约成三册（卷）。"详见戴云：《〈劝善金科〉研究》，北京师范大学出版社2006年版，第22~25页。

❸ （明）祁彪佳著：《远山堂曲品》，见中国戏曲研究院编：《中国古典戏曲论著集成》（第6册），中国戏剧出版社1959年版，第114页。

❹ 孙崇涛：《风月锦囊考释》，中华书局2000年版，第231页。

❺ 孙崇涛先生认为："明初杂剧《西游记》……不宜归作严格意义的'连台本戏'。"但若依照其衡量《三国志大全》之标准来看，《西游记》其一，连演相同的西游故事题材；其二，师徒四人是串联各本的人物；其三，它至少包含有江流故事、四徒拜师、收红孩儿、八戒皈依、过女儿国、闯火焰山，取经东归（拟名）等几个相对独立的剧本，是合乎其"连台本戏"标准的。详见《风月锦囊考释》，中华书局2000年版，第230~233页。因为对"连台本戏"这一概念的内涵、外延仍需进一步探讨，故本文对于有关问题不过多赘言，存疑待考。

剧目连缀起来比较，可得线索如下：

目连戏出目演变：郑之珍《目连救母劝善戏文》四字目→康熙本《劝善金科》六、七、八混合目→乾隆本《劝善金科》七字目→散出、折子戏四字目。

三国戏出目演变：《精选续编赛全家锦三国志大全》四至八字混合目（四字目约占 50%）→《三国志》→乾隆本《鼎峙春秋》七字本→嘉庆本《鼎峙春秋》四字本。

西游戏出目演变：《西游记》杂剧四字目→康熙本《昇平宝筏》六、七、八混合目→乾隆本《昇平宝筏》七字目→道光朝《昇平宝筏》四字目。

不言而喻，三者都大致经历过"四字目→七八字混合目→七字目→四字目"的演变过程，而其出目逐步完善、日趋精致的发展轨迹是清楚的。通常明清传奇出目演变遵循一定规律，即：形态由纷乱到整齐，字数则逐渐递减❶。而上文的对比，至少可以说明：清内廷早期连台本戏的出目一方面遵循明清传奇的一般规律，另一方面又因所处特殊环境，较为独立，进而形成与同时代民间传奇出目迥异的自有体系。当然出目的演变不是单一的，它与作品结构、情节、演出的环境、体制等诸多因素紧密联系在一起，是随着整个题材作品的演进而变化的。出目的演变只是题材作品群整体演变的一个侧面，这里为了论证的需要，才将其剥离于整个演变研究之外。实际上，无论《劝善金科》，还是《鼎峙春秋》，其剧情内容、唱词宾白均伴随出目的演进变化而变化，戴云先生、李小红博士对此

---

❶ "传奇出目则大致有一个演变过程，即从明前中期参差不齐的字数，至明中后期大多用整齐的四字目，再到明末清代大多用两字目。"参看郭英德著：《明清传奇史》，江苏古籍出版社 2001 年版，第 54 页。

已有详论，可参看其研究成果。

四、结　论

综上所述，早期连台本戏演变规律的分析为《昇平宝筏》版本流变之结论提供了新的佐证。以下图 2-1 是《昇平宝筏》版本源流表，它更直观地显示出《昇平宝筏》版本源流演变情况，其中不可确知的版本笔者未列入。

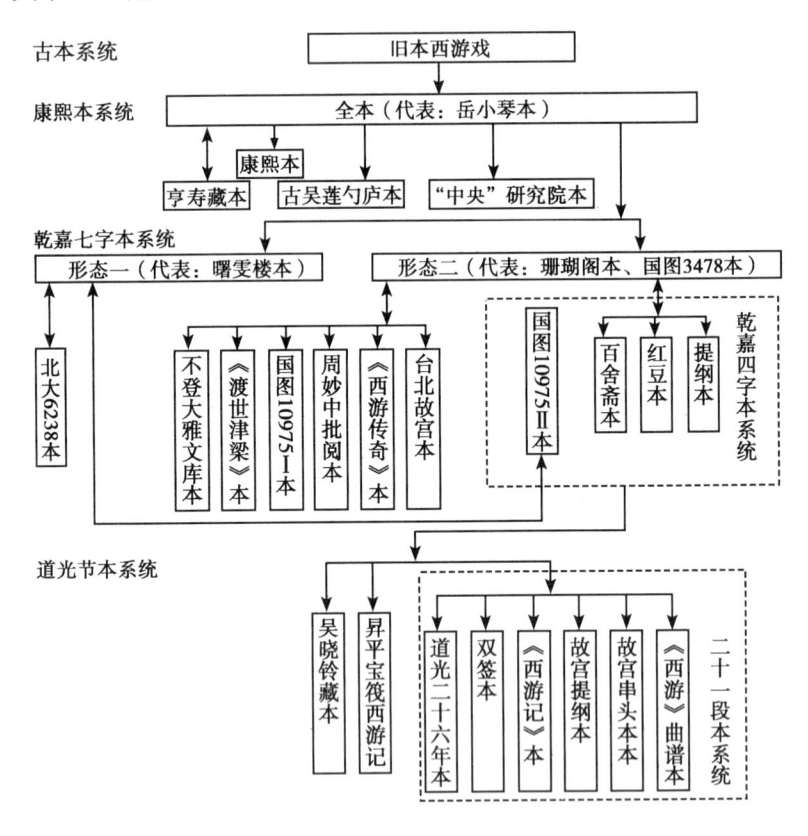

```
古本系统                    旧本西游戏
康熙本系统          全本（代表：岳小琴本）
              亨寿藏本  康熙本  古吴莲勺庐本  "中央"研究院本
乾嘉七字本系统
     形态一（代表：曙雯楼本）        形态二（代表：珊瑚阁本、国图3478本）
                                                    国图10975Ⅱ本
     北大6238本  不登大雅文库本  《渡世津梁》本  国图10975Ⅰ本  周妙中批阅本  《西游传奇》本  台北故宫本
                                                                    百舍斋本  红豆本  提纲本   乾嘉四字本系统

道光节本系统
     吴晓铃藏本  昇平宝筏西游记  道光二十六年本  双签本  《西游记》本  故宫提纲本  故宫串头本  故宫《西游》曲谱本   二十一段本系统
```

图 2-1 《昇平宝筏》版本源流图

注：←——→ 表示属同一版本系统，但不确定先后关系

第三章

《昇平宝筏》成书考

在清代西游戏作品中，宫廷连台本戏《昇平宝筏》的地位是举足轻重的。作为承前启后的一部作品，它一方面继承了前代西游戏曲的传统，借鉴了其他体裁，特别是小说的丰厚内容，另一方面又充分利用各种手段，展现奇幻的神魔世界，大大扩充了旧有戏曲表演的规模，为后世西游戏的繁荣奠定了基础。因此，以《昇平宝筏》为切入点，细致探讨其成书过程，可以较为客观和清晰地审视西游戏的演变轨迹，同时对研究整个清代西游戏也会起到至关重要的作用。

第一节 《昇平宝筏》产生之社会文化背景

公元1644年，清顺治帝入主北京。其后经过四代帝王100多年的统治，清帝国逐步完成疆域内的整饬、政治上的统一。由于社会经济、文化的不断发展，整个王朝进入全盛时期。也就在这一阶段，《昇平宝筏》经过不断酝酿、完善，最终成书。此剧产生在清王朝江山稳固、海内一统的大背景下，孕育于宫廷华丽、恢宏的戏曲文化氛围之中。

一、清前期的社会文化状况

（一）清前期统一局面的形成

清前期，虽然最高统治集团内部出现过激烈的权力斗争，先后经历了多尔衮摄政、顺治帝亲政、四大臣辅政、康熙帝主政的复杂局面，但在肃清反清势力，维护最高统治利益，巩固国家政权方面，其统治策略是始终如一的。

清军入关伊始，加紧了对明末李自成、张献忠等农民起义军建立的大顺、大西政权的全力围剿。顺治二年（1645）九江之战，李自成部全军覆没，大顺政权宣告结束；顺治三年（1646）张献忠于四川被清军擒获，就地斩首，至此明末农民起义军对清王朝的巨大威胁大体消除。随后，清政权将矛头指向盘踞于南部大片地区的南明政权，经过长达10多年的武力镇压，至康熙元年，南明王朝最后一个皇帝永历帝朱由榔被吴三桂执行死刑，南明政权才真正被肃清。这一时期，各地反清势力依然在活动，清军对其进行了坚决的消灭。

公元1662年，康熙皇帝即位。此时国家初定，百事待兴。在逐步恢复国家经济生产和加强政治统治的同时，康熙皇帝开始着手处理三藩和边疆问题。从康熙十二年（1673）吴三桂反清至康熙二十年（1681）吴三桂之子服毒自尽，前后经过8年时间，三藩之乱得到彻底平息。之后，康熙皇帝又于二十二年（1683）收复台湾。于二十四年（1685）、二十五年（1686）发起了两次雅克萨战役，并于二十八年（1689）签订《中俄尼布楚条约》，解决了东北边境问题。康熙三十五年（1696），他又两度亲征噶尔丹，最终于三十六年（1697）平定叛乱。

通过以上史实可以看出，在康熙皇帝执政的前半段中，国家仍然受到分裂的威胁，巩固国家统一、防止外族入侵依然是康熙皇帝必须解决的首要问题。而在康熙三十六年之后的相当长的一段时间里，由于各种危机相继平息，其他矛盾还不甚激烈或处于潜伏状态，于是康熙皇帝开始有更多时间和精力来处理社会文化、经济等事务。现存北大图书馆的岳小琴本《昇平宝筏》第九卷目录后就载有"三十九年十二月十八日，奉万岁御笔昇平宝筏，尊王道去斜归正，四海清宁"之句。这恰恰反映出康熙皇帝在平息噶尔丹判乱后，在国家处于相对稳定的状况下，开始有目的地关注宫廷戏曲创作，并提出新的要求。

有学者因为《懋勤殿旧藏"圣祖谕旨"档案》中载有"《西游记》，原有两三本，甚是俗气，近日海清觅人收拾"❶一句，于是提出，《昇平宝筏》产生的缘由在平定吴三桂叛乱，该剧产生之时间当在康熙二十年之后。❷ 这种理解恐有偏差，似不妥。从前面叙述中可见，在三藩平定后的相当长一段时间里，康熙皇帝仍然在忙于解决国家分裂的危机，因此将所谓的"今日海清"做这样简单的判定，易失精准。又，清董含在《莼乡赘笔》中曾记载：

> 二十二年癸亥，正月上以海宇荡平，宜与臣民共为宴乐，特发帑金一千两，在后宰门架高台，命梨园演《目连》传奇，用活虎、活象、真马。先是江宁、苏、浙三处织造各制献蟒袍、玉带、珠凤冠、鱼鳞甲，俱以黄金、白金为之。上登台抛钱，施五城穷民。彩灯花爆，昼夜不绝。❸

其中"海宇荡平"，当指收复台湾一事，为此康熙皇帝特命演戏一场以表庆贺。这一记载似乎可与《懋勤殿旧藏"圣祖谕旨"档案》之记载相呼应，但仅凭此据就证明《昇平宝筏》之产

---

❶ 故宫博物院掌故部编：《掌故丛编》，中华书局1990年，第51页。着重号为笔者所加。

❷ 丁汝芹：《清代内廷演戏史话》，紫禁城出版社1999年版，第126页。

❸（清）董含：《莼乡赘笔》，见《丛书集成续编》（第96册），上海书店1994年版，第76页。

生时间，似乎还不够充分。而"三十九年"之记载录于《昇平宝筏》文本之中，又可与史实相呼应，其确切程度较之其他诸说，似乎更高。通过以上分析，可以初步判定康熙朝前期稳定国家，巩固统一的政治举措，实际为《昇平宝筏》成书提供了条件，并且也成为康熙皇帝倡议编纂此书的重要原因之一。

（二）康雍乾三朝的文化政策

清朝统治者入主中原，最初由于政权未稳，人心不定，于是采取了较为平和、宽缓的怀柔政策，意图以此巩固初创的王朝，稳定世人心理。这一时期在文化思想上，清廷主要采取"满汉一体"政策，一方面积极吸纳汉民族的文化，使满族认同，力图消除其与汉民族之间的巨大差异；另一方面也将满族文化灌输于汉族文化之中，使汉族认同，从而消除其民族独立意识。这一政策促进了满汉文化的结合，使得清代文化开始呈现出一种新的特色。❶ 在吸纳汉民族文化的进程中，满清皇帝逐渐意识到儒家学说在汉民族文化中具有重大意义，它实际成为汉文化的主导思想。于是他们对于孔子大加礼遇，顺治二年（1645）改孔子之封号，称"大成至圣文宣先师"。与此同时，清朝统治者还特别注意学习理学，并将其作为统治国家的主导思想。在他们看来，一方面可以利用理学中的君臣纲常观念加强统治，另一方面理学的灌输可以弥合满汉两民族之间的文化差异，打消汉人对满人的不满，进而逐步承认清统治的合法性。清廷还在建立政权体制、制定相应政策时，大量照搬明朝遗规，顺治皇帝甚至还称"明太祖

---

❶ 李治亭：《清史》，上海人民出版社2002年版，第500~503页。

立法周详，可垂永久，历代之君皆不能及"❶ "朕自践祚以来，斟酌前代之典章，每于有明用深嘉叹"❷。在官制的制定，开科取士，吸纳汉人参政等方面也多照此例。

王朝采取怀柔政策并不意味着它对反清势力有所纵容姑息。为了压制反满情绪，强化皇权统治，他们对文化上的异己展开遏制和捕杀，有时皇帝甚至亲自部署，其主要表现有二：文字狱和禁书焚书。

清代的文字狱时间之长，程度之深，影响之广，在中国历代都是绝无仅有的。仅就清三大文字狱中庄氏史案看，涉案家庭有700余户，被杀1000余人，其残酷程度可想而知。另外戴名世南山案涉案人员亦在300余人，吕留良案虽与前两案比处罚较轻，但其案情之严重，在文字狱史上意义之重大，却远过于其他诸案。在文字狱盛行的清前四位皇帝中，以乾隆朝历时最久，前后经历了40余年，可称为中国文字狱之最。❸

文字狱带来的直接消极后果就是对书籍的大量清查和焚毁，而清代最大规模的图书查禁运动就发生在编纂《四库全书》的同时。《四库全书》的编修是在乾隆皇帝的直接命意下进行的，它前后持续20多年，其间乾隆不断训谕，如三十九年（1774）有曰：

---

❶（清）蒋良骐著，林树惠、傅贵九校点：《东华录》（卷七），中华书局1980年版，第111页。

❷《清实录》（第3册，"世祖章皇帝实录"卷一四一），中华书局1985年版，第1089页。

❸ 胡奇光：《中国文祸史》，上海人民出版社2006年版，第130～136，146～151，172～188页。

各省进到书籍,不下万余种,并不见奏及稍有忌讳之书,岂有裒集如许遗书,竟无一违碍字迹之理?况明季末造野史者甚多,其间毁誉任意,传闻异词必有诋触本朝之语,正当及此一番查办,尽行销毁,杜遏邪言,以正人心而厚风俗,断不宜置之不办。此等笔墨妄议之事,大率江浙两省居多,其江西、闽、湖广亦或不免,岂可不细加查核?❶

四十二年(1777)又说:

朕前此谕令各督抚查办应行销毁书籍,原因书内或有悖理狂诞者,不可存留于世,以除邪说,而正人心。

如有与《字贯》相类,悖逆之书,无论旧刻新编,俱查出奏明,解京销毁,如有收藏之家,此时即行缴出者仍免治罪,若藏匿不交后经发觉,断难轻宥,即该督亦难辞重谴矣。❷

很明显,乾隆皇帝所谓的整理海内图书,保存古籍文献,一方面是为了粉饰太平、装点门面,歌颂其文治武功;另一方面也是在进行一场全国范围的图书文化大清理,试图把与清政权思想相违背的一切异端一网打尽。《四库全书》共收录古今图书3 500种,存目6 700种,然而在征集过程中被禁毁图书就有3 100多

---

❶ 《清实录》(第20册,"高宗纯皇帝实录"卷九六四),中华书局1986年版,第1084页。
❷ 台北"国立"故宫博物院图书文献处文献股编:《宫中档乾隆朝奏折》(第41辑),台北"国立"故宫博物院1985年版,第502~503页。

种，几乎相当于收录图书的数量。另外，被收录进《四库全书》的图书，若其中有"悖理狂诞""违碍毁誉"之言，相关内容也会被挖改或者删除。由此可见，《四库全书》编修一役，实是对文化的巨大破坏和摧残。

　　文字狱和图书禁毁涉及范围广泛，作为俗文学的戏曲也不可能得以幸免。清初传奇作品《长生殿》《桃花扇》，其中的爱情故事被作者放置在了极为敏感的历史背景下，一为安史之乱中的唐代，一为风雨飘摇下的南明王朝，这使作品的主题颇有借人物的离情抒发丧国之痛的意味。正因为如此，在《长生殿》上演不久，洪昇就因"佟皇后服丧未除"之由被革去国子监籍，同时赵执信、查慎行也被革职。而孔尚任也在连夜进呈《桃花扇》稿本，二年新剧上演不久被罢黜。从两位文人命运的不幸，不难想见当时文网之严厉。

　　民间戏曲与文人戏曲一样，也受到了严格的清查。清朝皇帝很早就意识到民间小说戏曲对民俗教化所起的作用，康熙皇帝就十分重视"美教化，移风俗"的统治方式，他认为，"淫词小说，人所乐观，实能败坏风俗，蛊惑人心"❶，故多次下令查禁"淫词邪说"。康熙五十三年（1714），其下诏曰：

　　　　朕惟治天下，以人心风俗为本，欲正人心，厚风俗，必崇尚经学，而严绝非圣之书，此不易之理也。近见坊间多卖小说淫词，荒唐俚鄙，殊非正理，不但诱惑愚民，即缙绅士

---

❶ 中国第一历史档案馆整理：《康熙起居注》（第 2 册），中华书局 1984 年版，第 1595 页。

子，未免游月而蛊心焉。所关于风俗者非细，应即通行严禁。❶

这一思想在清代一直延续，并对当时中央及地方法令的制定产生影响。法令对民间戏曲演出提出了种种限制，诸如：禁止装扮历代帝王后妃及先圣先贤忠臣烈士神像，禁止当街搭台悬灯唱演夜戏，严禁演唱佛戏，严禁因事造言，捏成歌曲，沿街唱和等。❷ 统治者颁布法令看似多为查禁淫词艳曲，实则也是想通过对民间娱乐活动的限制，控制人的思想，让抵触正统的种种异端在民间无法生存，最终使广大民众都成为他们所要求的、儒家规定的具有所谓"忠孝仁义""温良恭俭让"品性的皇天顺民。

无论是文化上的一体化观念，还是种种钳制与规范措施，它们的实质都是要维护满清王朝自身的统治。这种观念对于整个清朝统治集团来说是一以贯之，且表现在它政治与日常生活的方方面面的，皇家的礼乐文化、演剧娱乐自然也在其统摄之内。作为宫廷大戏的《昇平宝筏》在皇帝的敕令之下诞生，其思想内涵必然不可避免地以统治者的意念为旨归。

二、宫廷内的戏曲文化

（一）宫廷戏曲演出之惯例与规模

清代宫廷演剧体制完善，规模庞大。其不仅拥有专门培训伶人、创作抄写剧本的机构，而且演出的时间和剧目都有定制，形

---

❶ 王利器编：《元明清三代禁毁小说戏曲史料》，上海古籍出版社1981年版，第27页。

❷ 同上书。

成传统。

清内廷的演剧机构发生过三次改革，先后经历了教坊司、南府和景山、昇平署三个阶段。从目前所见的文献看，除了早期情况不详，历代国丧期间照例不演戏外，每一年的特定节庆，皇宫内都会有戏曲表演。虽然受演剧机构改革和其他因素的影响，节庆戏发生过一些变化，但大体的定制却没有变。周明泰《清昇平署存档事例漫抄》、丁汝芹《清代内廷演剧史话》对此记录详尽，以下摘录一二简略说明节庆演剧制度。❶

有演剧活动的节庆日分为两种，一种是传统民间节日，诸如：正月初一元旦日、立春日、正月十四上元前日、正月十五灯节（又称"上元节"）、正月十六上元后、正月十九燕九节❷、二

---

❶ 除文中所列二书外，笔者还参考了陈芳《乾隆时期北京剧坛研究》（文化艺术出版社2001年版）；苑洪琪《乾隆时期的宫廷节庆活动》（载《故宫博物院院刊》1991年第3期）。

❷ 燕九节，是中国传统节日之一，其又名谦邱，宴邱节，是为了庆祝邱处机真人诞辰的节日。元人熊梦祥《析津志》载："至十九日，都城人谓之'燕九节'，倾城士女曳竹杖，俱往南城长春宫、白云观，宫观藏扬法事烧香，纵情宴玩以为盛节。"（北京古籍出版社1983年版，第213页）。明人蒋一葵《长安客话》也载："真人生于金皇统八年戊辰正月十九日。自元以来历数百祀，京畿黎庶每于是日致浆祠下，不啻归市。于时松下多玄门，结圜室十余所，跌坐说法，至于冶郎游女，纷纭杂沓，则又谑浪无忌，恬然不以为怪也。京师人谓之燕九节。"（北京古籍出版社1980年版，第65页）。参长虹撰："'燕九节'史料札记"，载《中国道教》1996年第2期。

月十五日花朝节❶、寒食节、四月初八浴佛节❷、四月十八碧霞元君诞辰❸、五月初五端午节（又称"端五"）、五月十三日关帝诞辰❹、七月初七七夕节、七月十五中元节❺、八月十日北岳大帝诞

---

❶ 花朝节，是我国民间岁时八节之一，也叫花神节，又称百花生日。自春秋起源，袭至明清，一直绵延不衰，其重要程度可与中秋相媲，因而常有"花朝月夕""花朝月夜"之说。花朝节期因地因时而异，唐代明确以二月十五日为花朝节，但是，宋代花朝节的日期却在有些地方被提前到二月十二或二月初二。花朝节大约于清末开始逐渐退出历史舞台。王蕾撰："唐宋时期的花朝节"，载《国学》2008年第8期。

❷ 浴佛节，又称佛诞节，我国汉语系佛教以农历四月初八日为佛陀诞生之日。我国唐宋时期已盛行这种法会。见心撰："浴佛节·卫塞节·佛吉祥日"，载《法音》1990年第7期；苑洪琪："乾隆时期的宫廷节庆活动"，载《故宫博物院院刊》1991年第3期。

❸ 碧霞元君是由古代泰山女神逐步演化形成的女神形象，明代以来民间对其的信仰尤其兴盛。清代北京地区的社会宗教活动则以碧霞元君信仰为主，社会民众对碧霞元君的崇拜集中在妙峰山、"五顶"和丫髻山。《清昇平署志略》中说："碧霞元君诞辰，京师颇重此节，例向南顶进香。故宫中亦受影响，而有演戏之事。"其中所说南顶，又有大小之分，小南顶在今丰台区大红门外的南顶村；大南顶在通县马驹桥（旧为弘仁桥）。参吴效群撰："北京碧霞元君信仰与妙峰山庙会"，载《民间文学论坛》1998年第1期；田承军撰："碧霞元君与碧霞元君庙"，载《史学月刊》2004年第4期。

❹ 丁汝芹称："道光之前有在圆明园内关帝庙献戏的旧例，剧目不定，道光三年因斋戒停演，四年降旨废止。"

❺ 中元节俗称"七月半"，是我国各族人民传统的节日之一，它源于祖先崇拜，后来融合了儒、释、道三家的某些思想，经过长期的历史发展，形成了今天的中元节。由于中元节同佛教的盂兰盆斋有较密切的关系，所以中元节亦称盂兰盆节。参杨思民撰："论中元节的形成、发展及文化价值"，载《贵州文史丛刊》1991年第2期。

辰、八月十五中秋节、九月初九重阳节、十月二十五宗喀巴圆寂日❶、十二月初八腊八节（又称"腊日"）、冬至节、十二月二十一观酺日❷、十二月二十三祀灶日、十二月二十九小除夕、十二月三十除夕等。❸ 一种是皇室庆典节日，包括：万寿节，即皇太后、皇上生日；皇后、皇太妃、皇贵妃、皇子、亲王生日；纳彩定婚；皇帝大婚；皇子成婚；皇子诞生；皇子洗三；皇子弥月；恭上徽号❹；册封后妃；大驾还宫；迎銮承应；行幸翰苑；行围

---

❶ 宗喀巴（Tsong‑kha‑pa）（1357~1419），是十五世纪初西藏佛教的改革者、藏传佛教格鲁派的创始人。其于1419年藏历十月二十五日逝世，为了尊重藏族宗教，清朝政府在这一天举行纪念，有献戏之事。但后世众多专著以为宗喀巴纪念日为其诞辰日，实际差矣。王森撰："宗喀巴传论"，载《民族研究》1979年第1期；王芷章：《清昇平署志略》，上海书店1991年版，第71~72页。

❷ 《清昇平署志略》载："《宋史·礼志》：'雍熙元年十二月二十一日，御丹凤楼观酺，召侍臣赐饮。自楼前至朱雀门张乐，作山车、旱船往来御道。'清亦沿用其事，在景祺阁赏王公大臣饭吃，内学承应《太和报最》一出。"王芷章《清昇平署志略》，上海书店1991年版，第73页。

❸ 陈芳《乾隆时期北京剧坛研究》一书，列节庆中有"二月初一太阳节"。确有此节，清人佚名《燕京杂记》载："二月初一，街上卖太阳糕，岁一次，买之以祀日也。"（北京古籍出版社1986年版，第111页）但此节无演戏事，按定制，年年必设太阳供，例于供前念斋经，用内学首领一名，带配乐人若干名，承应乐器例用钱粮处靶鼓、铛子、小铍三种。太监等在圆明园时，更须专讨行马，至城内承差，差毕回园。见王芷章：《清昇平署志略》，上海书店1991年版，第61~62页。

❹ 明清时对皇太后和太皇太后所上的尊号称徽号，所谓"恭上徽号"，就是指皇帝亲自为皇太后、太皇太后上徽号的仪式。

承应；召试咏古；酒宴承应等。❶ 每种节日庆贺演剧的时长并不是很固定，有的除节庆当天有演剧外，节前节后还都有庆祝演出，所以演出的规模有时会很大。比如皇宫内最为隆重的节日万寿节，有时一连演剧10多天。在《光绪十年恩赏日记档》中记录有此年（1884）十月初十慈禧太后五十岁生日演剧的盛大场面。

十月初一日　长春宫承应（开场）府《花甲天开》

初二日　长春宫承应（开场）府《行围得瑞》

初四日　长春宫承应（开场）府《寿山福海》

初五日　长春宫承应（开场）府《添筹称庆》

初六日　长春宫承应（开场）府《芝眉介寿》

初七日　辰正二刻慈宁宫宴，承应宴戏《日月迎祥》《人天普庆》

初八日　宁寿宫承应（开场）府《寿祝万年》（六出）府《万寿长生》八出（团场）《福寿双喜》长春宫承应（开场）《万福云集》（团场）府《喜洽祥和》

初九日　宁寿宫承应（开场）府《罗汉渡海》（五出）《福寿延年》六出（团场）府《喜溢寰区》长春宫承应（开场）《万寿长春》

初十日　辰出二刻万岁爷慈宁宫给佛爷行礼。辰初三刻

---

❶ 此类剧中还有一种称为"嘉庆殄灭邪教献捷承应戏"，为嘉庆十八年（1813）天理教入宫作乱，事平之后专门所制，后遇有功臣凯旋，赐宴时常用。

万岁爷翊坤宫递如意，伺候中和韶乐，妃嫔等位递如意，中和乐伺候中和韶乐。

宁寿宫承应（开场）府《福禄寿》（三出）府《四海昇平》（五出）府《圣寿昇平》十二出（团场）府《万寿无疆》

长春宫承应（开场）《福禄寿》（团场）《万寿无疆》

西厂子承应《福禄寿灯》应用白蜡四百四十八支，黄蜡十四支，按例向敬事房讨领

十一日　宁寿宫承应（开场）府《清平见喜》（三出）府《地涌金莲》（八出）府《瑶林香世界》（十出）府《祥芝应瑞》四出（团场）府《昇平雅颂》八出

长春宫承应（开场）《万寿长春》

西厂子承应《福禄寿灯》

十二日　宁寿宫承应（开场）府《福禄天长》（团场）《祥呈阆苑》

西厂子承应《福禄寿灯》

十三日　宁寿宫承应（开场）府《万年甲子》（七出）府《万国嵩呼》十二出

十四日　宁寿宫承应（开场）府《行围得瑞》（八出）府《宝塔凌空》

十六日　宁寿宫承应（开场）府《万福云集》（四出）《昇平雅颂》（团场）《万寿无疆》

十八日　长春宫承应（开场）府《虞庭集福》（团场）府《三元百福》

二十日　长春宫承应（开场）府《福寿双喜》（七出）府《万寿祥开》十二出（团场）《万寿无疆》❶

16 天的演出，实际早在半年前就开始准备了，档案中记载：

三月初七日　刘得印传旨：十月万寿，初九日、初十日、十一日，此三日不要杀砍戏，多开寿轴子。❷

当然节庆演剧绝大多数不是这样，但是由于很多节日前后间隔不长，再加上非节庆的一般临时承应，所以宫内演剧前后相连，全年不断。

节庆演戏不仅时间有所固定，而且剧目也有风俗惯例，一般演出时都以吉祥祝福之戏作为开场和团场戏，其中夹杂小戏或轴子（有称"大戏"者）。所谓团场即结束场戏，所谓轴子则为整

---

❶ 《光绪十年恩赏日记档》，转引自周明泰辑：《清昇平署存档事例漫抄》，见沈云龙主编：《近代中国史料丛刊》（第七十辑），台北文海出版社有限公司 1971 年版，第 41～43 页。

❷ 同上书，第 41 页。

第三章 《昇平宝筏》成书考

本之戏,而小戏皆昆山腔。❶ 在传统节日上演的戏称为"月令承应"戏,于皇室庆典上演之戏为"庆典承应戏"。"庆典承应戏"

---

❶ 王芷章:《清昇平署志略》,第60页,第74~75页。另,关于宫中月令承应、法宫雅奏、节山与开团场戏之关系,众家之说都较模糊。朱家溍先生在文章中并没有直接论述过此问题,但在对宫廷戏曲分类的探讨中他不自觉地涉及了。朱先生的分类方法依清宫原有戏类,将宫中戏分为:月令承应戏、承应宴戏(法宫雅奏)、开场承应戏、承应寿戏(也是开场戏)、承应灯戏(歌舞表演)、承应大戏及连台本戏。这种分类法注意到开场戏,并单分一类,同时也注意到节山,即所谓万寿节所演寿戏的特殊性。于是,就单列承应寿戏一种,并指出其开场戏的性质,可结果却是不自觉地承认节山与开场戏的直接联系。丁汝芹先生认为:开团场戏是每场演出开始和结束的剧目,一般来说,在不同的节令和喜庆日子里,必然要用与之相关的开场戏,团场戏则通常是些较为热闹,场面也大些的剧目。她又称,喜庆戏(笔者按:即法宫雅奏)一般作为开场或团场上演,营造一派喜气洋洋的氛围,为清廷名目繁多的庆典活动当中必不可少的节目。其对开团场戏之意义论证甚清,然何种戏充当开团场,其仅提及法宫雅奏。范丽敏对于开团场戏概念的理解与丁先生相近,但她提出:开团场戏很难和月令承应戏、法宫雅奏、节山等截然分开,月令承应等有时是兼作开团场戏演出的。她还引王玫罡《乾隆艺苑揽胜》中的论断,称:在开演钦点戏目前,必先演一出应时应节的开场承应戏,如果当日为端午节或其他月令节日,开场承应戏演后,还必须演一出月令承应戏,一切应酬完毕,才能开演当日正式的承应戏目,这是清代乾隆朝前后宫中演戏的规制。情况是清楚的,诸位学者认为三种节庆戏或可充当开团场戏,即可作为"钦点剧目"——轴子和小戏前,必须上演的应时应节的戏,但又都认为它们之间存在截然的区别,至于如何区分二者关系,确是莫衷一是。要知道最应时应节的戏莫过于月令承应等三戏,何况它们创制的目的就是节令演出。撇开已经创制好的节令戏,再单造开场承应戏似乎于情理不合,所以月令承应戏及其他法宫雅奏、节山极有可能就是作为开团戏演出所用的。人为将这些戏割裂开,思考内容、思想非常一致的节庆戏之间的区别,这也就是范丽敏感觉"开团场戏很难和月令承应戏、法宫雅奏、节山等截然分开"的真正症结所在。从现已看到的清代内廷演剧情况记录中,也可以找到这一结论的直接证据。仅以上文所引光绪十年慈禧五十寿辰演戏记录为例,就可知上述所言不虚。

又分为两类：万寿节及皇室成员生日上演者为"节山"，其他喜庆节日上演者为"法宫雅奏"。以下将各节所上演之戏列表3－1、表3－2注明，由此可观清代内廷演剧的盛况。

表3－1　清宫月令承应戏目＊

节　庆	上演剧目					承应、连台大戏
	开场、团场戏					
元旦承应	喜朝五位	放生古俗	贺节诙谐	寿山福海	岁发四时	—
	宫花报喜	椒柏屠苏	祥耀三星	五位迎年	椒花献颂	—
	三元入觐	七鬘献岁	开筵称庆	文氏家庆	太平春宴	—
	膺受多福	万福攸同	喜溢寰中	三微感应	列宿光辉	—
	青湖佳话	如愿良姻	拜贺新春	文人博古	元辰肇瑞	—
	麟趾呈祥	令布八风	素云昭彩	元旦欢集	畅饮屠苏	—
	群星拜贺	大宴群僚	斋坛赴享	法事舒诚	音分六律	—
	奇瑞相谈					
立春承应	早春朝贺	对雪题诗	春朝岁旦	—	—	—
上元前一日	悬灯预贺	景星协庆	嘉夜戏游	捧爵娱亲	灯月交辉	
	赓歌拜舞					
上元承应	万花向荣	紫姑占福	御花献瑞	东皇布令	敛服锡民①	
	太乙感应	青藜显异	杭城元夜	才女出奇	玩灯走桥	
	摸灯布月	臣民欢共	福喜攸同	五祖降神	村民学艺	
	三元赐福	诚献花灯	朝元偷谱	酒肆传名	河东狮吼	
	好梦成真	延庆瞻礼	还金积德	金吾驰禁	上国观光	
燕九承应	圣母巡行	群仙赴会	洞宾下凡	太平胜事	鹤驾翩迁②	
	齐赴白云	圣师显化	备言社火	道观佳话	群仙度世	
花朝承应	花台啸侣	百花献舞③	万卉呈祥	万花献寿	千春燕喜	
	百花献寿	—	—	—	—	
寒食承应	追叙绵山	高怀沂水	芳节行吟	—	—	—

续表

节　庆	上演剧目					承应、连台大戏
	开场、团场戏					
浴佛承应	佛化金神④	六祖讲经	光开宝座	长沙求子	鹿苑结缘	—
	如环转	似锦披	—	—	—	
碧霞元君诞辰	天宫祝福	星云景庆	—	—	—	—
端午承应⑤	瑞雨禾丰	设法取水	**学八角鼓**	吉祥锣鼓	莲花亭平台	阐道除邪
	应节呈祥	把式卖艺	善才三参	福禄天长	**洞仙歌**	混元盒
	效学线偶	躲端五儿	五谷丰登	光华宝塔	高丽筋斗	—
	六合同春	杠子	群仙拱祝	**搬演戏法**	天师捉毒	—
	祛邪应节	采药降魔	蒲剑闲邪	奉敕除妖	**彩台偶戏**	—
	石片平台	太平有象	灵符济世	—	—	—
关帝诞辰承应	灵山祝颂	—	—	—	—	—
七夕承应	七夕佳辰	双渡银河	七襄报章	仕女乞巧	银河鹊渡	—
	双星佳会	—	—	—	—	
中元承应	佛旨渡⑥魔	魔王答旨⑦	迓福迎祥	魔王答佛	魔王答礼	—
中秋承应	丹桂飘香	霓裳献舞	天街踏⑧月	太平胜集	祥云捧月	天香庆节
	憨儒拾桂	广寒法曲	会蟾宫	—	—	
重九承应	九华品菊	江州送酒	登高览胜	众美飞霞	东篱啸傲	—
	仙女降真	—	—	—	—	
冬至承应	瀛洲佳话	玉女献盆	太仆陈仪	彩线添长	金仙奏乐	—
	金吾勘箭	—	—	—	—	
腊日承应	百兽祈恩	五马止猎	仙翁放鹤	孤山送腊	洛阳赠舟⑨	—
	萧寺寻僧	太宗较猎	—	—	—	
观酺承应	太和报最	—	—	—	—	—
祀灶承应	太和报最	蒙正祭灶	司法⑩锡禧	灶神显佑	东厨敛⑪福	灶神既醉
	喜满门庭	仁孝钦敬	灶君传谕	儒士安贫	藏神显圣	
	禄位齐丰	—	—	—	—	

续表

节　庆	上演剧目					承应、连台大戏
	开场、团场戏					
小除夕承应	迎年献岁	德门欢宴	—	—	—	—
除夕承应	昇平除岁	福寿迎年	金庭奏事	锡福通明	瞎子拜年	—
	如愿迎新	善门集庆	藏钩家庆	金庭奏事	如愿迎新	—
	瑞应三星	贾岛祭诗	宣扬文德	南山归妹	彩炬祈年	—
	吉曜承欢	傻子拜年	开筵称庆	清宁一统	饯腊迎新	—
	庆贺除夕	斯文雅调	花仙效灵	元微奇遇	财源广布	—
	大地生春	八仙庆岁	大吉迎春	颂献椒花	筵开柏酒	—
	神威警梦	爆竹遗风	庭殿驱祟	图像恩荣	莲座垂恩	—
	志心瞻礼	大义不昧	除岁言欢	登门辞岁	五谷丰登	—

*由于文献材料的不足,很多节令演戏戏目已不可知,如北岳大帝诞辰承应戏、宗喀巴圆寂承应戏等,故表中未列。

资料来源：表3-1、表3-2参考王芷章著：《清昇平署志略》,上海书店1991年版；周明泰辑：《清昇平署存档事例漫抄》,见沈云龙主编：《近代中国史料丛刊》(第七十辑),台北文海出版社有限公司1971年版；范丽敏：《清代北京戏曲演出研究》,人民文学出版社2007年版；丁汝芹著：《清代内廷演戏史话》,紫禁城出版社1999年版。

注：①北京故宫博物院藏《穿戴题纲》,其上册载"节令戏"。朱家溍先生称"六十三出'节令开场'承应戏目",然其《故宫退食录》中仅录六十二种。范丽敏《清代北京戏曲演出研究》中称此书齐如山、傅惜华皆有过录本,且完全一致。二过录本所录"节令戏"其称为"六十二出昆弋节令戏",内容与朱家溍先生所录几乎全同。又,此书中,上元节令所录诸戏实际包括了上元前一日、上元节、上元后三日承应。笔者较之他本,仅余"东皇布令""敛服锡民"不知所归,暂录入上元承应中,后待考。范氏一书另录乾隆内府五色抄本《节节好音》中节令戏,其中上元节戏情况亦如上。

②此字丁汝芹录为"迁",范丽敏录为"跹",因未见原本,存疑待考,暂以丁汝芹所录为准。

③《穿戴题纲》花朝节承应戏收有"百花献寿",他本则录有"百花献舞"、"万花献寿",不知三剧何种关系,均录入,存疑待考。

④此剧王芷章录为"佛化金神",范丽敏录为"佛化金身",因未见原本,存疑待考,暂以王芷章所录为准。

⑤此节承应诸戏中杂有其他各项玩艺名目,因有些内容辨别较难,姑且一并录入,待后详辨。黑体标注者为可辨认的曲艺、杂耍类节目。

⑥此字王芷章录为"渡",朱家溍亦录为"渡",范丽敏录为"度",因未见原本,存疑待考,暂以王芷章所录为准。

⑦王芷章录有"魔王答旨"一剧,丁汝芹录有"魔王答佛"一剧,范丽敏录有"魔王答礼"一剧,不知是否为一剧之误,均录入。

⑧此字王芷章录为"蹉",丁汝芹录为"踏",因未见原本,存疑待考,暂以王芷章所录为准。

⑨此字王芷章录为"舟",朱家溍、丁汝芹、范丽敏为"丹",因未见原本,存疑待考,暂以王芷章所录为准。

⑩此字王芷章录为"法",朱家溍、丁汝芹、范丽敏为"命",因未见原本,存疑待考,暂以王芷章所录为准。

⑪此字丁汝芹录为"敛",范丽敏录为"赐",因未见原本,存疑待考,暂以丁汝芹所录为准。

表3-2 清宫、法宫雅奏戏目

节 庆	上演剧目				承应、连台大戏
	开场、团场戏				
定婚承应	红丝协吉	璧月呈祥	清平见喜	五福五代	—	—
大婚承应	列宿遥临	双星永庆	—	—	—	—
皇子成婚承应	列宿遥临	双星永庆	万福骈臻	三代		
皇子诞生承应	慈云锡类	吉曜充庭				
洗三承应	大士显灵	群仙呈技				
弥月承应	山川钟秀	福寿呈祥				
恭上徽号	福寿双喜	万载恒春	五福五代	一门五福	祝福呈祥	
	平安如意	喜溢寰区	吉曜承欢	喜洽祥和	万寿同春	
	添筹称庆	三元百福	福禄寿	昇平集庆	慈容衍庆	

续表

节 庆	上演剧目					承应、连台大戏
	开场、团场戏					
册封妃嫔	螽斯衍庆	五福五代	福寿双喜	天官祝福	仙姬嫔从	—
大驾还宫承应	神霄清跸	群星拱护	—	—	—	—
迎銮承应	庆昌期吉曜承欢	—	—	—	—	—
行幸翰苑承应	群仙导路	学士登瀛	—	—	—	—
行围承应	行围得瑞	献舞称觞	—	—	—	—
召试咏古承应	边臣进石	翰苑献诗	—	—	—	—
酒宴承应	柳营会饮	玉马归朝	—	—	—	—
嘉庆殄灭邪教献捷承应	八佾舞虞庭①	—	—	—	—	—
别项	天献太平②	星君遥贺	月老良缘③	—	—	—

注：①此剧亦有归入"节山"中上演之情况，见嘉庆七年（1802）《旨意档》。可参考范丽敏《清代北京戏曲演出研究》。

②此剧见嘉庆七年（1802）《旨意档》，归入"奏捷"一项中，当为拿住白莲教首领苟文明事而定。可参考范丽敏《清代北京戏曲演出研究》。

③《星君遥贺》《月老良缘》二剧见嘉庆七年（1802）《旨意档》，当为公主定亲承应戏。可参考范丽敏《清代北京戏曲演出研究》。

另外，在月令承应中还包括不定期上演的所谓赏荷承应、赏雪承应、赏梅承应诸戏。数量如此众多的节令之戏还不是最为繁复的，比之更甚的是"朔望承应"，也就是在每月朔望之时上演的承应之戏。对这类戏王芷章《清昇平署志略》中的论述最为简洁详尽，现录于下：

> 清宫演戏之繁，不在诸节令，而在朔望之必有承应。（朔望有戏，中杂轴子小戏。）……轴子则整本之戏，演时自四出至八九出不等，甚或连台数十段。（改本为段，道光后事）如《劝善金科》、《鼎峙春秋》等，皆每次只演一段，经年累月始能演完。有时剪去开场即起轴子，或不用团场而即以轴子结尾。吾考之嘉庆档案，又不如是。其演大戏，虽亦日只一本，但不与他戏杂，且一并数日即行演毕，小戏亦如之。时有仅唱一出者，承应无时，颇觉其繁。及宣宗后改为仅用朔望承应，制度较前为胜矣。❶

可见所谓朔望所演之戏最为繁复，主要是因为它所上演者为大型的连台本戏。连台本戏数量不少，这在前面已经论及。此种戏在嘉庆之前要一连数日演毕，"颇觉其繁"。到道光后改为每朔望日上演，时间被延长了很多，有时要跨年才能结束。

无论是月令杂戏、法宫雅奏，还是节山、朔望大戏，所有这些仍不是宫廷戏曲的全部，在内廷中还上演着民间和前朝创作的传奇和杂剧，其数量也不在少数。如此繁多的剧目数量，加之极其繁密的演出频率，真是令人叹为观止，由此清内廷演剧之规模也就可见一斑了。除此之外，清宫内廷演剧场所——戏台，也在中国古代戏台史中留下了浓墨重彩的一笔。它不仅数量众多，而且造型多样，特别是三层大戏楼体积庞大，气势恢宏，结构精巧，堪称中国古代建筑的一大杰作。其具体内部构造可参看"附

---

❶ 王芷章：《清昇平署志略》，上海书店1991年版，第74~75页。

录六:清宫三层戏楼结构新探"。以下笔者将搜集到的清代宫廷苑囿,园林行宫中的戏台分布情况列表 3-3~表 3-5,其中未包括那些为临时表演所搭建的戏台。

表 3-3 现存清代宫廷戏台

序号	名称或规格	地 点		修建时间
1	畅音阁(三层)	故宫	宁寿宫阅是楼院内	乾隆
2	倦勤斋小戏台		宁寿宫倦勤斋内	乾隆
3	风雅存小戏台		重华宫漱芳斋室内	乾隆
4	漱芳斋戏台(两层)		重华宫院中	乾隆
5	长春宫戏台		长春宫	—
6	延春阁戏台		建福宫花园延春阁	—
7	晴栏花韵戏台	西苑①	西苑漪澜堂东侧	乾隆
8	纯一斋戏台		西苑丰泽园内	康熙
9	南府戏台(两层)		—	乾隆
10	云绘楼清音阁		今在陶然亭公园	乾隆
11	暖座		西苑丰泽园	—
12	颐年殿		西苑	康熙
13	德和园大戏台(三层)	颐和园	德和园	光绪十七年扩建
14	听鹂馆戏台(两层)		排云殿之西	乾隆时清漪院旧有
15	排云殿戏台		颐和园排云殿	—
16	颐乐殿戏台		颐和园	—
17	浮片玉戏台	避暑山庄	承德避暑山庄 如意洲延薰山馆	清康熙四十二年

表3－4　已不存在的清代宫廷戏台

序号	名称或规格	地　点		修建时间
1	寿安宫大戏台（三层）	故宫	寿安宫院内	乾隆时建，嘉庆四年拆除
2	景祺阁小戏台		宁寿宫颐和轩后	乾隆
3	阅是楼小戏台		宁寿宫	—
4	怡情书史小戏台		长春宫	光绪
5	德日新戏台		建福宫敬胜斋德日新殿	—
6	丽景轩小戏台		储秀宫	光绪
7	清音阁（三层）	圆明园	圆明园同乐园	乾隆/雍正四年
8	寿康宫大戏台（三层）		寿康宫	—
9	恒春堂戏台（二层）		圆明园武陵春色	约嘉庆十二年
10	同道堂戏台		圆明园九州清晏	咸丰五年
11	慎德堂戏台		圆明园九州清晏	—
12	万方安和戏台		圆明园万方安和	—
13	慎修思永（西洋戏台）		圆明园濂溪乐处	乾隆间
14	半亩园戏台		圆明园坦坦荡荡	—
15	长春仙馆戏台		圆明园	—
16	抒藻轩戏台		圆明园汇芳书院	—
17	关帝庙戏台	圆明园	圆明园北远山村内	—
18	假戏台		圆明园西峰秀色敞厅	—
19	振芳轩戏台（两层）		长春园含经堂淳化轩	—
20	思永斋戏台		长春园思永斋内	—
21	生冬室戏台		绮春园生冬室内	—
22	庆乐升平戏台		绮春园展诗应律	—
23	春耦斋	西苑	西苑丰泽园	康熙

续表

序号	名称或规格	地 点		修建时间
24	清音阁（三层）	避暑山庄	承德避暑山庄福寿园	乾隆
25	室内小戏台		承德避暑山庄云山胜地	清康熙
26	畅远楼室内小戏台		承德避暑山庄畅远楼内	清康熙

表3-5 存失待考的清代宫廷戏台

序号	名称或规格	地 点	修建时间
1	烟波致爽	承德避暑山庄澹泊敬诚殿后	—
2	西厂子戏台	故宫	—

资料来源：周华斌：《京都古戏楼》，海洋出版社1993年版；张恩荫：《圆明园变迁史探微》，北京体育学院出版社1993年版；刘阳：《昔日的夏宫圆明园》，学苑出版社2005年版；廖奔撰："清宫剧场考"，载《故宫博物院院刊》1996年第4期，第28~43页；刘畅撰："清代宫廷和苑囿中的室内戏台述略"，载《故宫博物院院刊》2003年第2期，第80~87页；《承德戏曲全志》编辑部编：《承德戏曲全志》，1986年内部发行，第738，741，743~746页；张次溪：《昇平署演戏场所考》，手稿本。

注：①即今北海、中南海。因此地所存戏台现无法实地考察，所以其存失情况恐与实际不符。

这些舞台分布于皇宫的不同位置，其上长年累月地上演着各色戏曲，这样的一个内廷演剧的文化氛围，使得紫禁城里的每一个成员都在受到戏曲艺术的熏陶。对戏曲的热爱和欣赏成为他们日常生活的重要组成部分，这其中皇帝个人当然也不能例外。

（二）清代皇帝对戏曲的关注

清代皇帝对戏曲表演都很热衷，他们当中很多人曾参与戏曲的改编和完善，甚至还亲自上台演唱和击鼓演奏。在清朝10位皇帝中，乾隆、同治和光绪统治时期内廷演剧最为盛大、热烈，这在很大程度上加快了宫廷戏曲的发展，促进了民间和宫廷戏曲的交流。

在清代笔记、清内廷演剧档案中有很多记录是关于皇帝观戏和论戏的。《懋勤殿旧藏"圣祖谕旨"档案》中就有康熙皇帝对当时弋阳腔在民间流传情况的训谕，其中的分析是相当准确的。雍正皇帝将一生大部分时间用于政事的处理，档案中有关他的看戏记录相对较少，但还是可以发现他曾对内廷演戏机构进行过改革。《十朝诗乘》有载：

> 雍正元年除乐户籍，其年改教坊司为和声署，由内府承直。❶

《癸巳存稿》也有同样的记录。不仅如此，雍正帝也很注意戏曲的服饰。雍正元年就发生过太监高玉等交来八仙绣衣一事：

> 雍正元年七月十四日，七品首领萨木哈来说，太监高玉等交来八件八仙绣衣：
> 大红色，汉钟离绣衣一件；明黄色，吕洞宾绣衣一件；紫色，蓝采荷绣衣一件；月白色，张果老绣衣一件；石青色，韩湘子绣衣一件；黑青色，铁拐李绣衣一件；绿色，何仙姑绣衣一件；银红色，曹国舅绣衣一件。
> 二十九日，太监施良栋传旨："韩湘子青色绣衣，另换作香色；铁拐李青色绣衣，换成石青色。俱照此花样、尺寸，往细致里绣作八件，其衣上绣花要往好里改绣，先画一

---

❶ 转引自朱家溍、丁汝芹：《清代内廷演剧始末考》，中国书店2007年版，第19页。

身样呈览,准时再做。"❶

对于服饰的色彩,雍正皇帝认为黑青明显过深,不够协调。考虑到铁拐李在八仙中的身分,于是决定让其改穿韩湘子的石青色,稍显稳重,另外再加一香色服饰与韩湘子。香色就是茶褐色,清昭梿《啸亭续录·香色定制》云:"国初定制,皇太子朝衣服饰皆用香色,例禁庶人服用。其后储位久虚,渐忘其制。近日庶民习用香色,至于车帷巾帨无不滥用,有司初无禁遏者,亦未习典故故也。"❷ 由此可见香色之大概,与青黑相较,确实更为适宜。对服饰色彩、花样的甄别完善和反复观览定夺,足以看出雍正帝对戏曲的热爱和关注。另外,清宫苑中最早出现的三层大戏楼——圆明园清音阁,也极有可能是在雍正时期设计、修建甚至完工的,后代这类建筑多以此例为蓝本,改变无多。

清代进入乾隆朝,社会政治、经济、文化进入鼎盛时期,宫廷戏曲表演呈现出开国以来最为繁荣的局面。这一状况的出现,首先源于剧本的大量编制。乾隆皇帝要求创作、改编大量戏曲供宫廷节令、喜庆演出使用,并规定了具体的内容和上演时间。清人昭梿《啸亭续录·大戏节戏》中有详细记载,上文已引。❸

在清代遗留文献资料中,它是最早的关于内廷演剧内容的系统性规定,它为后世演剧体制的建立奠定了基础。此外,《昇平宝筏》等大戏也在乾隆时期进行了全面的改编创作,嘉庆、道光及后世连台大戏基本依此演出和缩编。较之康熙本,乾隆本连台

---

❶ 丁善浦撰:"雍正帝的喜好",载《紫禁城》1989年第4期。
❷ (清)昭梿:《啸亭杂录》,中华书局1980年版,第379~380页。
❸ 见本书248页所引内容。

本戏不仅数量增加了，而且在宫廷中的影响力更为巨大。

其次，乾隆朝戏曲上演的规模极其宏大。当时来华的朝鲜和英国使臣曾观看过演出的盛况，后来他们在回忆这段经历时，作过这样的叙述：

清音阁起五云端，粉墨丛中见汉官。最是天家回首处，居然黄发换朱颜。

清音阁者，扮戏所也。在正殿之前，上下层俱贮伶人、戏子。戏子涂粉墨，幞头、袍带，悬假须，俨然汉官威仪。逐队绕栏而行，或举画幡或捧彩幢，箫鼓嘲轰，歌唱酸嘶，悠泛空外，莫知其所谓也。回回王子有持戏目小帖者，取见之都是献寿祝禧之辞。其中返老还童戏曲，名《黄发换朱颜》。其戏黄发老人渐换假面，变为壮年，以至童子。

督抚分供结彩钱，中堂祝献万斯年。一旬演出《西游记》，完了《昇平宝筏》筵。

八月十三日皇帝万寿节，……皇帝七月三十日到圆明园，自八月初一日至十一日，所扮之戏《西游记》一部也。戏目谓之《昇平宝筏》。帝老矣……❶

戏场中所演各戏时时更变，有喜剧，有悲剧，虽属接演不停，而情节并不连贯。其中所演事实有属于历史的，有属于理想的，技术则有歌有舞配以音乐，亦有歌舞、音乐均屏诸勿用，而单用表情、科白以取胜者。论其情节则无非男女之情

---

❶ ［朝鲜］柳得恭：《滦阳录》，见金毓黻主编：《辽海丛书》（第1册），辽沈书社1985年版，第320，324页。

爱、两国之争战以及谋财害命等，均普通戏剧中常见之故事。至最后一折则为大神怪戏，不特情节诙诡颇堪寓目，即就理想而论，亦可当出人意表之誉，盖所演者为大地与海洋结婚之故事。开场时，乾宅坤宅各夸其富，先由大地氏出所藏宝物示众，其中有龙、有象、有虎、有鹰、有鸵鸟，均属动物；有橡树、有松树、以及一切奇花异草，均属植物。大地氏夸富未已，海洋氏已尽出其宝藏，除船只、岩石、介蛤、珊瑚等常见之物外，有鲸鱼、有海豚、有海狗、有鳄鱼以及无数奇形之海怪，均系优伶所扮，举动神情，颇能酷肖。❶

两段叙述，前者是朝鲜人柳得恭于乾隆五十五年（1790）见到的乾隆80大寿时的演戏场景，后者是英国人马戛尔尼于乾隆五十八年（1793）来华，见到的乾隆83岁寿辰时演戏场景。从二人的描述中可以想象当时演员高亢的嗓音和繁杂多样的行头砌末。另外，乾隆为其生母崇庆皇太后钮祜禄氏举办了奢华的六十、七十、八十大寿庆典，他采取了张设灯彩、结撰楼阁，每数十步间一戏台，南腔北调、四方之戏尽列其中的方式。自西华门至西直门外，十余里地，歌舞升平，神采飞扬。❷ 其规模之盛大，尽清一代都绝无仅有。

再次，清代绝大多数的宫廷戏楼、戏台都是在乾隆期间搭建的，特别是三层大戏楼，五座中有三座建成于乾隆朝，由此也可

---

❶ [英] 马戛尔尼著，刘半农译：《乾隆英使觐见记》，中华书局民国六年（1917）版，第117~118页。
❷ （清）赵翼撰，李解民点校：《檐曝杂记》，中华书局1982年版，第9~10页。

看出乾隆皇帝其在内廷戏曲演出中所花费的苦心。

乾隆后的嘉庆、道光两位皇帝，较之先皇均为俭省，在内廷演剧的规模和排场上明显采取了简约的方针。特别是道光皇帝，裁撤南府、景山设昇平署，民籍演员全部遣还，承应演员大幅减少。由此内廷演剧进入低谷。不过，嘉庆、道光两位皇帝还是很懂戏的，特别是嘉庆帝，对于演员的服饰道具，舞台上的手眼身法，伴奏的锣鼓音乐十分在行。这在内廷档案中都有记载。

从咸丰皇帝开始，内廷演剧重新兴起。之后的同治、光绪两朝演剧之风大炽，这使得清代内廷戏曲表演出现了第二个高峰。受这种氛围影响，皇帝们不仅懂戏、爱戏，甚至还客串登场表演，清宫太监耿进喜回忆，同治皇帝能唱武生戏，演过《白水滩》《黄鹤楼》，而光绪皇帝善打小鼓。至于慈禧太后更是嗜戏如命，到达痴迷的程度。❶

综上所述，《昇平宝筏》是在清代前期社会由战乱逐渐走向稳定的背景下产生的，皇帝出于安定民心、宣扬盛世的需要敕令创作此剧，这使得《昇平宝筏》从诞生之日起就带有了教化民众、粉饰太平的烙印。然而随着内廷演剧规模的日益庞大，演剧水平的不断提高，演剧文化的不断蓬勃，《昇平宝筏》自身也在不断蜕变，在皇帝及其家族热情推崇和积极倡导之下，《昇平宝筏》最终完成其艺术上的完善，成书上演。

第二节　前代西游题材作品之传播流变

西游故事取材于唐玄奘西行取经的真实历史事件。《旧唐书》

---

❶ 毛宪民：《皇宫祈福》，文物出版社2003年版，第255~265页。

有记载曰：

> 僧玄奘，姓陈氏，洛州偃师人。大业末出家，博涉经论。尝谓翻译者多有讹谬，故就西域，广求异本以参验之。贞观初，随商人往游西域。玄奘既辩博出群，所在必为讲释论难，蕃人远近咸尊伏之。在西域十七年，经百余国，悉解其国之语，仍采其山川谣俗，土地所有，撰《西域记》十二卷。贞观十九年，归至京师。❶

僧侣西行取经，自佛教东传以来，早有先例。世多言汉明帝永平年间遣使往西域求法之传说，史料记载有朱士行、竺法护、法显等僧侣曾西去求取经文❷，且人次数量颇为可观。唐兴，"到印度求法的中国僧徒不绝于路，形成一个高潮。人数之多，周游地区之广，历史上空前绝后"。❸ 从唐义净《大唐西域求法高僧传》一书中可见，太宗、高宗、天后三朝已有60人，时"'西去者盈半百，留者仅有几人'，则其湮没未彰不知凡几，而求法之

---

❶ （后晋）刘昫等撰：《旧唐书》（卷一九一），中华书局1975年版，第5108页。

❷ （梁）释慧皎撰，汤用彤校注，汤一玄整理：《高僧传》卷一《晋长安竺昙摩罗刹》（第23~25页）、卷三《宋江陵辛寺释法显》（第87~92页）、卷四《晋洛阳朱士行》（第145~149页），中华书局1992年版。汤用彤《汉魏两晋南北朝佛教史》第六章（第105~107页）、第七章（第110~115页）、第十二章（第266~274页）亦对当时西行求法之僧人进行总结归纳（北京大学出版社1997年版）。

❸ 王邦维：《义净和〈大唐西域求法高僧传〉》（前言），中华书局1988年版，第1页。

盛概可知矣"。❶

须知，汉末至有唐一代，西去求经之人不可胜数，为何玄奘独称于世，演为西天取经的不朽圣僧？考其缘由，西行经历的传奇色彩，唐两代君王的礼遇优待❷确给其声名的传播带来便利条件，但玄奘在佛经翻译史、佛教文化交流传播史上的卓越地位❸，当是其力压众多高僧、名垂千古的决定因素。以佛教文化为背景所产生的巨大影响，无论是在佛教僧众中或在世俗大众中，无论是在当时或在后世，都具有普遍的意义。基于这一优势，玄奘西行取经故事才较之同类史实更为世人所热衷，进而演化为妇孺皆知的西游作品，而佛教所涉各个领域也就成为西游题材传播的最早、最直接的阵地。

第一本记载玄奘西游行迹的专著，乃前引《旧唐书》所言，玄奘、辩机撰写的《大唐西域记》，其后慧立、彦悰又撰《大慈恩寺三藏法师传》，二书并称双璧。唐代有此类记录的释家著作还有冥详《大唐故三藏玄奘法师行状》、道宣《续高僧传》卷四《玄奘传》等。这些著作大多介绍玄奘身世、西行见闻、东归功绩，但也有对异域神秘传说、诡谲风物的描写刻画，像《大慈恩寺三藏法师传》，其中就有多处情节叙述主人公通过离奇的偶遇、

---

❶ 汤用彤：《隋唐佛教史稿》，江苏教育出版社2007年版，第56~57页。

❷ 关于玄奘与唐代太宗、高宗两代帝王关系的史实，可见（唐）释道宣《续高僧传》（卷四），见中华大藏经编辑局编：《中华大藏经》（汉文部分第61册），中华书局1993年版，第533~551页；见《大慈恩寺三藏法师传》（卷六至卷十等）。

❸ 对玄奘在中国佛教史中地位的评价历来极高，可参杨廷福：《略论玄奘在中国翻译史上的贡献》，见《玄奘论集》，齐鲁书社1986年版，第88~105页；季羡林：《中印文化交流史》，中国社会科学出版社2008年版，第56~61页。

幻化的梦境来摆脱路途中的艰险。由此可见，僧侣典籍不仅为西游作品提供了现实题材依据，而且也为其向神怪方向发展迈出了尝试性的第一步。❶

在佛教艺术中，记录西游题材神怪化进程最为直观、形象的，莫过于绘画与雕塑。在玄奘生活的时代，这类作品就已出现。

宋董迫在《广川画跋》卷四"书玄奘取经图"篇中记载：

> 自梵经入中国，五百年而教始备。然译释或失法意，夷夏异音，不得正处，故玄奘自五天竺得经六百五十七。西京翻经院，尝写玄奘游西域路道所经，此图岂传是邪？玄奘，陈氏偃师人，尝至灵岩。方取经西域，庭柏西指。凡十七年，一日柏枝复东指，其徒知师归。当时谓：负经东来，常有云若华盖状，所至四人废业。此画皆不及之，将不得尽传邪？❷

董氏所说"玄奘取经图"，恐为纸本画卷。文中虽未尽言画的内容，但可知玄奘所在的西京译经院内，取经图早已出现。当时盛传负经僧侣东归，则有奇相，可见取经题材已被神怪化。唐文宗开成三年（838，即日本仁明天皇承和五年），日本常晓和尚来华，其于开成四年（839）返回日本后写下《常晓和尚请来目录》一文，

---

❶ 关于《大唐西域记》《大慈恩寺三藏法师传》中的相关记载对西游题材发展中的影响和意义，可参考徐朔方《小说考信编》中的相关论述，上海古籍出版社1997年版，第317~319页。

❷ （宋）董迫：《广川画跋》，见黄肇沂辑：《芋园丛书》，民国二十五年（1936）版。文渊阁四库全书本《广川画跋》，末句与之略有不同，为"得毋不尽传邪"，见《影印文渊阁四库全书》（第813册），台湾商务印书馆1986年版，第475~476页。

其中记录了他带回国的"深沙神王像",内容如下:

> 深沙神王像一躯。右唐代玄奘三藏远涉五天感得此神。此是北方多闻天王化身也,今唐国人总重此神救灾成益。其验现前,无有一人不依行者。寺里人家皆在此神,自见灵验实不思议。具事如记文,请来如件。❶

从这一记载中能明显看到晚唐时期西游故事发展的状况。首先,故事被进一步神魔化,玄奘要直接面对神魔,而且人们开始有意识地表现玄奘对神魔的触动,借以突出西行取经的超凡意义。其次,沙僧形象的雏形似乎也隐约微露,且为佛教中的毗沙门天王❷。13世纪初,日本真言宗(密宗)僧人觉禅所著《觉禅钞》中亦引常晓和尚之论,并详述深沙僧形象,见下文。

另外,宋欧阳修在《于役志》中也曾记载:景祐三年丙子七月"甲申,与君玉饮寿宁寺。……寺甚宏壮,画壁尤妙,问老僧,云周世宗入扬州时以为行宫,尽朽漫之,惟经藏院画玄奘取经一壁

---

❶ [日]常晓:《常晓和尚请来目录》,见《大正新修大藏经》(卷五五),台北佛陀教育基金会出版部1990年版,第1070~1071页。

❷ 关于沙僧形象的来源,从常晓与觉禅的记载中看,似乎有两个,其一为嗜前世玄奘之魔,其一为北方多闻天王。《大唐三藏取经诗话》中对这两个来源均有叙述,且有学者认为所谓"北方毗沙门大梵天王"即后世之托塔天王李靖,其中原委可参考张政烺:《〈封神演义〉漫谈》,见《张政烺文史论集》,中华书局2004年版,第626~635页。另李小荣《沙僧形象溯源》一文对此亦有论述,可以参考,载《盐城师范学院学报》(人文社会科学版)2002年第22卷第3期,第48~51页。

独在，尤为绝笔，叹息久之"。❶ 可见五代时期，这一题材壁画的艺术水准就已经很高。令人惋惜的是以上画卷、雕塑均不存。

现在可以看到的佛教艺术作品、遗迹皆成于南宋以后，此类作品情况可参看表3-6，表3-7。

表3-6 壁画中的"玄奘取经图"目录

序号	地 点	图像位置	绘制时代	人 物
1	瓜州榆林窟第29窟	北壁东侧《水月观音》下部附属画面	西夏晚期	玄奘、猴行者
2	瓜州榆林窟第2窟	西壁北侧《水月观音》右下角	西夏晚期	玄奘、孙悟空，红马
3	瓜州榆林窟第3窟	西壁门南《普贤变》南侧	西夏晚期	玄奘、孙悟空、白马
4	瓜州榆林窟第3窟	东壁北侧《十一面观音》下部，南侧	西夏晚期	玄奘、孙悟空
5	瓜州东千佛洞第2窟	左甬道北壁西侧《水月观音》	西夏	玄奘、孙悟空、白马
6	瓜州东千佛洞第2窟	右甬道南壁西侧《水月观音》	西夏	玄奘、孙悟空、白马
7	瓜州东千佛洞第5窟	后甬道北壁《四臂观音》与《水月观音》中	西夏	—
8	山西稷山县青龙寺	大殿南壁拱眼下方	元末明初	—
9	甘肃张掖大佛寺	释迦牟尼巨型塑像屏壁背面的南侧	—	取经故事若干组图人物

资料来源：段文杰撰："玄奘取经图研究"，见《1990年敦煌学国际研讨会文集·石窟艺术编》，辽宁美术出版社1995年版，第1~19页；张宝玺撰："甘肃石窟壁画艺术"，见《甘肃石窟艺术壁画编》，甘肃人民美术出版社1997年版；刘玉权撰："敦煌莫高窟、安西榆林窟西夏洞窟分期"，见《敦煌研究文集》，甘肃人民出版社1982年版，第273~318页；敦煌研究院编：《敦煌石窟内容总录》，文物出版社1996年版。

---

❶ （宋）欧阳修著，李逸安点校：《欧阳修全集》（卷一二五），中华书局2001年版，第1901页。

表3–7　与西游题材相关的其他文物遗迹

序号	名　称	时　代	所在地点	造型内容
1	开元寺仁寿塔第四层浮雕①	南宋嘉熙元年（1237）	福建泉州	猴行者、唐三藏、火龙太子
2	开元寺镇国塔第二层浮雕	南宋淳祐十年（1250）	福建泉州	玄奘
3	飞来峰第19号龛"玄奘取经"浮雕	元代	杭州	唐三藏
4	将台山摩崖龛"唐僧取经"像	—	杭州	师徒四人、马
5	磁州瓷枕	—	河北	唐僧、孙悟空、猪八戒、马
6	磁州瓷枕	至迟于元代	广东	师徒四人、马
7	宝山寺双圣牌位	元末明初	福建顺昌	通天大圣、齐天大圣

资料来源：黄涌泉：《杭州元代石窟艺术》，中国古典艺术出版社1958年版；史岩撰："杭州南山区雕刻史迹初步调查"，载《文物》1956年第1期，第9~22页；徐恒彬、宋良璧、苏庚春、区旼撰："瓷枕与《西游记》"，载《光明日报》1973年10月8日第4版；马未都：《马未都说收藏·陶瓷篇》（上），中华书局2008年版，第96~97页；王枝忠、苗健青、王益民："顺昌大圣信仰与《西游记》"，载《福州大学学报》（哲学社会科学版）2006年第3期，第68~71页。

注：①http://www.chinaasc.org/html/lib/songliaojinjianzhu/20070520/22539.html.

在今甘肃瓜州榆林窟、东千佛洞中存有七幅《玄奘取经图》。从文献记载看，洞窟壁画均绘制于西夏时期，地点集中于今甘肃省酒泉市境内的瓜州县，古属瓜州。❶据史书记载，北宋仁宗景

---

❶ 榆林窟位于瓜州县南75千米踏实乡境内，东千佛洞位于瓜州县桥子乡东南35千米峡谷中的河床两岸，古属瓜州。瓜州县曾更名为安西县，2006年2月8日中华人民共和国民政部（民函［2006］31号）批准将原"安西县"更名为今"瓜州县"。

祐三年（1036）西夏占领瓜、沙、肃三州❶，至南宋理宗宝庆三年（1227）为蒙古所灭，其统治时间将近两个世纪。西夏国人崇尚佛教，他们兴建洞窟，绘制壁画，《玄奘取经图》就绘制于西夏晚期（1140～1227），相当于南宋高、孝、光、宁、理五宗的时代。❷

榆林窟、东千佛洞，"无论洞窟形制，壁画内容，艺术风格都与敦煌莫高窟的艺术有密切的关联，是敦煌艺术系统不可分割的一部分。"❸ 因此以敦煌壁画的构图方式分析"取经图"是合适的。"玄奘取经图"是本土自造，就内容看，属"佛教史迹画"，即表现佛教传说与传播历史的壁画。❹ 其画面一般占整幅壁画的一小部分，"不是独立画面而是大幅变相中的插曲"❺，它所配合的主体画像为菩萨像，包括水月观音、普贤菩萨、十一面观音、四壁观音等。按敦煌学一般原理，作为宗教艺术的敦煌壁

---

❶ （元）脱脱：《宋史》（卷四八五《外国列传一·夏国》上），中华书局1977年版，第13994页。

❷ 关于时间的考订参考刘玉权《敦煌莫高窟、安西榆林窟西夏洞窟分期》与《敦煌西夏洞窟分期再议》。载《敦煌研究》1998年第3期，第1～4页。

❸ 段文杰撰，敦煌文物研究所编辑委员会编：《敦煌遗书画库·榆林窟》（前言），中国古典艺术出版社1957年版，第1页。

❹ 季羡林主编：《敦煌学大辞典》（"敦煌壁画"条、"佛教史迹画"条），上海辞书出版社1998年版，第80页，第152页；刘进宝：《敦煌学通论》，甘肃教育出版社2002年版，第121页。

❺ 段文杰著：《玄奘取经图研究》，见《1990年敦煌学国际研讨会文集·石窟艺术编》，辽宁美术出版社1995年版，第1页。同文又言，东千佛洞水月观音中的"取经图""不是插曲，而是表现的主题"（见第16～17页），可备一说。

画，其内容多数是依据佛经绘制的。玄奘与菩萨关系的记录可以从《大唐西域记》《大慈恩寺三藏法师传》《唐梵番飞对字音般若波罗蜜多心经序》《大唐三藏取经诗话》中找到❶，而其中被佛教徒神化、宗教化的部分极有可能是绘制壁画的依据、线索。如果这种可能成立，那么壁画就可作为与佛教文学作品互证的材料。由此可知，当时菩萨形象已经进入取经题材体系中，且在其中扮演重要角色。同时，"取经图"还存在同一窟内出现两幅的现象，如榆林第3窟，东千佛洞第2窟。作为配合主体画面出现的图像，它大量集中地被使用，反映了与宋朝并立的西夏时代，在今甘肃酒泉及周边一些地区，玄奘取经题材已经在佛教领域，甚至民间流行开来。画工用这一题材填补壁画内容，其与主体图象交相呼应，"拆开则逐物有致，合拢则通体联络"。❷

在敦煌壁画绘制工序中，"传移模写"，即复制临摹是较为常用的技法。作为佛教艺术的敦煌壁画及其画稿"是由西域佛教艺术融合中原绘画风格发展而来的"，本身"处在不断改进过程中"❸，不断复制揣摩、学习借鉴，对于绘画技法的成熟、提高有着重要意义。虽然目前没有更多的材料证明诸多"取经图"存在这种传移模写，但能够肯定的是，在"取经图"不断出现的同时，玄奘、孙悟空的艺术形象出现了定型。从视觉上说，最直接的感受是，"取经图"中的形象刻画大体相同。"取经图"中主要人

---

❶ 详细内容参段文杰：《玄奘取经图研究》，第14~17页。

❷ 沈宗骞著：《芥舟学画篇》（卷一《布置》）。这里转引自刘玉权：《略论西夏壁画艺术》，见史金波、白滨、吴峰云著：《西夏文物》，文物出版社1988年版，第14页。

❸ 马德：《敦煌石窟营造史导论》，台北新文丰出版股份有限公司2003年版，第96页。

物只有玄奘、孙悟空和白马,猪八戒、沙和尚的形象还未出现。大多数画面中,两个人物的姿态、位置如出一辙,即玄奘居最前,双手合十,虔诚行礼;孙悟空紧跟其后,一手牵马,一手或置前方,或置额前,目望远方;白马在最后。人物形象的描画也大同小异,玄奘为青年汉僧,穿汉式袖襦、长裙、田相袈裟,悟空则明显为猴相。❶ 这是目前能够见到的较早的取经人物图像,它很可能是两个形象后来进一步发展的基础、源起或蓝本。

另外,在敦煌壁画的绘制中,粉本❷的运用是公认的事实。在画工们互相借鉴、彼此学习的过程中,粉本必然会被相互传递,并且不断锤炼发展,甚至有可能传播出去,最终使得不同洞窟内"取经图"人物刻画、结构安排上的相似得以实现。但由于目前没有相关粉本及使用粉本的相关文献出土,所以这一推断还有待进一步求证。

在敦煌莫高窟中,还发现有另一种取经图,即"伴虎行脚僧

---

❶ 段文杰:《玄奘取经图研究》,第1~7页。

❷ 马德《敦煌石窟知识词典》一书中载:"粉本,是中国古代绘画及敦煌壁画技法之一,即绘画施粉上色专供复制用的纸本画稿,多用于壁画。……魏晋至唐,不少名画家参与壁画的绘制,民间画师在长期创作实践中,师徒代代相传,总结制作方法和经验,形成口诀,利用粉本绘制大幅壁画。由此也引申为对一般画稿的称谓。"甘肃人民美术出版社2000年版,第104~105页。另可参见胡素馨(Sarah E. Fraser):"敦煌的粉本和壁画之间的关系",见荣新江主编:《唐研究》(第三卷),北京大学出版社1997出版,第437~443页。该文对粉本的使用进行归纳,总结出五种类型,从而从实际使用角度对粉本进行界定。由此可知,鉴于粉本出现年代、使用方式的不同,粉本的种类是多样的,本文所指当为壁画绘制前的草稿,其具体内容、结构、线条存在可变因素。

图"18 幅。❶ 虽然有学者从不同角度论证画中人物为玄奘❷，但从出土洞窟、画面内容及有关记载看，目前尚无直接证据证明画中行脚僧就是玄奘。因此，几位学者所得结论还不能成为定论。

与敦煌"取经图"壁画差不多同时代，相当于南宋宁宗、理宗时，在日本，觉禅和尚著成《觉禅钞》一书。其卷一二一收有深沙神图像，并载注文云：

> 右以古本图之，若是小栗栖❸请来欤。惠什阇梨云，深沙像持钵说有之云云。或云，神颈悬七髑髅，是玄奘七生之首也云云。……
>
> 玄奘相事。或云，玄奘三藏天竺渡时，于流砂相此神。神告云，汝速可还云云。三藏云，西进没命，向东不能还，本文可寻见。……
>
> 里书（八九一）长宴云，深沙大王是太山府君也。是玄奘三藏于流沙所值神也，故云深沙，如先。……里书（八九

---

❶ 樊锦诗："玄奘译经和敦煌壁画"，载《敦煌研究》2004 年第 2 期，第 1~12 页。

❷ ［日］矶部彰：《〈西遊記〉形成史の研究》，东京创文社 1993 年版；［日］秋山光和撰："敦煌畫《虎をつれた行脚僧》をめぐる考察——ペリオ将来絹絵二遺例の紹介を中心に"，见东京国立文化财研究所美术部《美術研究》第 238 号，东京国立文化财研究所昭和四十一年（1966）出版；杨国学："河西走廊三处取经图画与《西游记》故事演变的关系"，载《西北师范大学学报》（社会科学版）2000 年第 4 期。四文均认为"伴虎行脚僧图"中僧人为玄奘。

❸ 所谓"小栗栖"是京都市的一个地名。《觉禅钞》中有"小栗栖常晓"之称谓，可见这里"小栗栖"代指在小栗栖生活的常晓，以地名加以标注。此处内容请教了日本友人山形遥先生。

二）深沙王者，毗沙门天王仕者，七千药叉之为上首，儿形名丰满，玄通即玄奘三藏为童子，经年驱役，时三藏宜，汝之欲知汝之本体，丰满答云……❶

观此注文可知：当时日本，玄奘前世七次西行遇深沙神皆蒙难、此次又进退维谷的情节已有流传，这一内容或在中国流传更早。将此注文比照常晓和尚的记录，可见深沙神形象的魔鬼化程度进一步加剧，且当时他仍未进入取经队伍。

另外，在山西稷山县青龙寺、甘肃张掖大佛寺也都有西游题材故事壁画。其中大佛寺壁画绘制年代稍晚，因此画面上的内容较小说《西游记》已经有些接近，已有人参果、红孩儿、火焰山、过子母河等情节，可见当时西游故事发展之状况。

在佛教艺术的另一种形式——雕塑中，现有四处西游题材作品存世。

其一，福建泉州开元寺仁寿塔第四层浮雕。在塔东北壁有猴行者像，猴头人身，尖嘴鼓腮，圆眼凹鼻，目光有神；头戴金箍，脑后鬣发翘起，耳轮穿环；上身穿皮毛直裰，项挂大念珠；脚上扎绑带，穿罗汉鞋；腰左系着一卷《孔雀王咒》和一只葫芦；衣袖捋到上臂肩，肌肉隆起；左手执一把鬼头大砍刀，右手屈在胸前，用拇指和食指捻着一颗念珠。浮雕左上角有一个小僧，侧身向左，背后有圆光，驾在祥云上，双手合十。浮雕右上角刻有"猴行者"铭文。同壁左侧有标注"东海火龙太子"铭文之浮雕，与猴行者相对。他武将装束，头戴宝冠，大耳穿环，面

---

❶ [日] 觉禅："觉禅钞"，见《大正新修大藏经》（图像第五卷），台北佛陀教育基金会出版部 1990 年版，第 561~562 页。

带英气,身披铠甲,脚蹬战靴,帔帛缠绕。右执长柄稍,倚在肩上,右肩后背有一只葫芦,左肩屈在胸前,手指捏着一颗大宝珠。浮雕左上角有一匹小马,驮负箱笼,驾腾祥云向左方奔跃。此塔同层南面壁还有标注"唐三藏"铭文的浮雕像,该僧侧身向左,光头大耳,直鼻扁嘴,双目低垂。他身穿僧袍袈裟,双手合十持花,项背后有圆光。雕像左下方还有三朵连枝带叶的花朵。❶很明显,此处的"东海火龙太子"就是西游故事中的白龙马,较之敦煌壁画,此处关于他的形象、情节已经基本演化完成。

其二,福建泉州开元寺镇国塔第二层浮雕。在塔西北壁有玄奘像,其造型并不十分显眼。但值得注意的是,在他左下角,有一个头戴软脚幞头,身穿宽袖纱袍的猴头小人。这一形象有学者认为酷似《大唐三藏取经诗话》中的"白衣秀士"猴行者。虽然这种判断还需进一步验证,但其中表达的玄奘与猴形象之间的密切关系是不言而喻的。同时,东西二塔每面两种对应雕像的安排是从审美感受和思想意图两方面考量的。与玄奘像相对的是法显像,其身前是一个小童,恰与玄奘身前小猴两两对应(见表3-8、表3-9)。这也进一步证明了猴与玄奘的组合不是偶然搭配。西塔在这一点上有着同样的特点。

---

❶ 此处关于福建泉州开元寺浮雕像之描述参考[日]中野美代子著,王锐、王秀文译:"与孙悟空的对话",见《西游记的秘密(外二种)》,中华书局2002年版,第491~494页;王寒枫:《泉州东西塔》,福建人民出版社1992年版,第83~84,119,154,158~159,167页。

表 3-8　泉州开元寺仁寿塔（西塔）第四层布局

方位	东南		东		东北		北		西北		西		西南		南	
布局	镇坛之神	镇坛之神	月光菩萨	日光菩萨	火龙太子	猴行者	光明菩萨	相信菩萨	护咒金刚	护咒金刚	大势至	观世音	护戒	护法	唐三藏	梁武帝

表 3-9　泉州开元寺镇国塔（东塔）第二层布局

方位	东南		东		东北		北		西北		西		西南		南	
布局	解虎罗汉	降龙罗汉	宝志	慧思	拄杖和尚	布袋和尚	梁武帝	达摩	玄奘	法显	韦驮	道宣	丰干	僧伽	拾得	寒山

其三，浙江杭州飞来峰第 19 号龛"玄奘取经"浮雕。雕像中，玄奘容相温雅，他的左上角隐约有"唐三藏玄奘法师"一行题字。❶

其四，浙江将台山摩崖龛"唐僧取经"像。在龛里正中的长方形座上，刻一僧形半跏式坐像，右脚向里平屈，左脚下垂踏于莲座上。光头大耳，容相端好，惜手部已断折。僧像两旁配置供养女像各一身，作恭立相。由龛左侧引出云头，绕向龛外上方，并在云际刻人马行列的浮雕，八身人物中可以辨识的有唐僧、孙

---

❶ 关于浙江杭州飞来峰第 19 号龛"玄奘取经"浮雕之描述参考黄涌泉：《杭州元代石窟艺术》，中国古典艺术出版社 1958 年版，第 7 页。但该书对雕像理解有误，书中言："玄奘作前导状……其后一马负经，一马负莲座，旁边还布置着人物三身，动态呼应一致。"实际是把"朱士行取经"雕像误认为玄奘三徒。

悟空、沙悟净和猪悟能等,后有一匹马。❶ 足见,此时取经队伍已经定型。

伴随着西游题材的不断发展,此题材涉及的艺术门类逐步增多,其传播的主导面开始偏向非佛教领域,越来越多的文学意义上的作品开始在大众中流传。这种更大范围的拓展不仅有赖于佛教的传播,也与民众自身对题材的主动接受、发展有关,二者紧密交织在一起。

《大唐三藏取经诗话》(后简称《取经诗话》)❷ 是目前所见最早的西游文学作品。该书卷末有"中瓦子张家印",据王国维考定其为《梦梁录》中所言"杭之瓦舍"中"张官人经史子集文籍铺"所刊。❸ 其成书年代当于北宋中后期,至晚不过南宋高宗年间,刊刻时间或于南宋或于元时。❹ 故以推测的该书刊刻之最晚时间元代为限,纵览现存西游题材佛教艺术作品,便可进一步了解传播主体领域转移,给西游题材带来的变化。

元代之前与元代之后的佛教艺术作品,差异是明显的。从数

---

❶ 浙江将台山摩崖龛"唐僧取经"像之描述,参史岩:"杭州南山区雕刻史迹初步调查",载《文物参考资料》1956年第1期,第9~22页。

❷ 原书有两版本,一为《大唐三藏取经诗话》,一为《新雕大唐三藏法师取经记》,现皆存日本。1916年罗振玉影印出版,1955年文学古籍刊行社,1994年上海古籍出版社出版《古本小说集成》时,又据罗振玉本分别影印。另有李时人、蔡镜浩校注:《大唐三藏取经诗话校注》,中华书局1997年版。笔者引文,据中华书局本。

❸ 《大唐三藏取经诗话校注》(王国维跋文),第55~56页。

❹ 学界对此书成书时间、刊刻时间的判定存在争议,具体情况参张锦池:"《大唐三藏取经诗话》成书年代考论",见《西游记考论》,黑龙江教育出版社2003年版,第3~28页。成书时间本文从张锦池之说。下文有关论断亦参考此书。

量上看，元代之前留存作品 9 件，较多，而元明清三朝虽时代较近，却仅存 4 件。从内容上看，元代之前的作品，其人物只刻画有唐僧、孙悟空和白马三形象，其中虽然也有关于沙僧形象的记载，但很明显他尚未进入取经队伍中，这与其他文献中的记载一致。由此可见，佛教领域应该是西游题材发展的早期——唐宋时代——非常重要的传播领域，但从目前所知情况看，当时的传播内容尚显单薄。然而借助这些文献资料，西游题材传播中的一些重要细节仍然可以被发现。

首先，西天取经的主要成员是经历了一个漫长的演变过程后才最终确定的。在唐代至南宋末年的 600 多年时间里，故事中的主要取经者不过 2~3 人，除唐僧外，还有猴行者和火龙太子，即白龙马。根据相关作品和文献记载可知，猴行者应是当之无愧的大师兄，其进入取经队伍最早。其次是白龙马，从西夏晚期（相当于南宋初年）的壁画和最晚出现于南宋高宗朝（1127~1162）的《取经诗话》看，当时其迹象还不甚了了，可到了宋理宗嘉熙元年（1237）他已经名正言顺成为队伍中的一员。另外值得注意的是，沙僧形象的雏形出现时间可能与猴行者相差无多，晚唐就已初见端倪，但直到南宋还未成为取经人，他最终加入取经队伍，恐怕要到元代和猪八戒一起完成了（见图 3-1）。

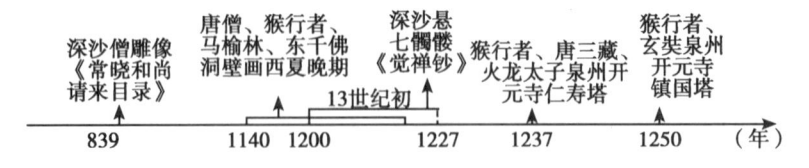

```
深沙僧雕像    唐僧、猴行者、    深沙悬            猴行者、    猴行者、
《常晓和尚    马榆林、东千佛    七偈懒           唐三藏、    玄奘泉州
请来目录》    洞壁画西夏晚期    《觉禅钞》    火龙太子泉州开    开元寺
                                                          元寺仁寿塔    镇国塔
                          ↑    ├─13世纪初─┤    ↑              ↑
   839              1140  1200         1227    1237           1250    （年）
```

图 3-1　元前佛教领域西游故事人物流变时序图

其次，现存佛教作品、遗迹主要集中在北方的山西、甘肃和南方的福建、浙江，对比南北两地同一时期作品，可以发现其内

容存在极大的相似性。不同地区作品呈现出的这种状况，实际上与玄奘游历和佛教传播的地理范围有关。玄奘取经西行之路线分为前往和归来两途，其具体情况如下。

前往：长安（出发）→秦州（今天水东）→兰州→凉州（今武威）→甘州（今张掖）→肃州（今酒泉）→瓜州（今瓜州东南）→玉门关→伊吾（今哈密）→高昌（今吐鲁番附近）→焉耆（今焉耆附近）→龟兹（今库车）→跋路迦（今温宿）→西域及古印度各国。

归来：古印度及西域各国→揭盘陀（今塔什库尔干）→乌锻（今莎车）→佉沙（今喀什）→斫句迦（今奇盘庄）→瞿萨旦那（今什斯比尔）→媲摩城（今乌城塔地）→尼壤（今民丰北）→折摩驮那（今且末）→纳缚波（今若羌）→沙州（今敦煌）→瓜州→肃州→甘州→凉州→兰州→秦州→长安。❶

归来后其行踪大概为：

长安弘福寺→ 洛阳→长安／长安→洛阳 →长安慈恩寺→还乡（洛州偃师）→长安西明寺→长安玉华寺（圆寂）→长安白鹿原埋葬→樊川北原改葬→南京再改葬（北宋时）。❷

从地理位置看，玄奘活动的区域集中于河南、陕西、甘肃、新疆等地，因此西游故事影响的最初波及范围理论上讲应包括上述地区及与之相邻的地带，而西游作品出现的北方地区正在这一

---

❶ 章巽、芮传明："大唐西域记导读"，见《玄奘游踪图（一）》，巴蜀书社1990年版，第271页。

❷ ［日］矶部彰：《〈西遊记〉形成史の研究》，第43页。摘录时略有改动。

范围内。另一方面，随着佛教的传播、僧侣的游徙弘法，西游故事还会在其他更远地区落脚生根，甚至发展壮大。但须知，佛教得以传播要凭借的因素很多，如政治因素，即封建帝王、各地方官吏支持与否，这不可忽视，但更重要的是经济因素。虽然佛教提倡苦修方成正果，但在僧侣的基本生活得不到保证的情况下，空谈弘扬佛法无论如何是没有意义的。同样，经济不发达地区，百姓的基本生活都无法得到保障，让他们信仰佛教，施舍捐资更是万万不可能的。因此，地方经济制约着唐宋佛教兴盛的区域及其变迁，而兴盛地区的变化又直接影响西游题材的传播。唐代佛教繁荣的区域前期与后期有很大不同。前期的河渭分布带与邗沟—江南运河沿线分布带，一北一南，遥相呼应，佛事最为发达。前者以长安、洛阳两京及河中府为核心，涉及今天的河南、陕西、山西等地，后者则涉及今天的江苏、浙江等地。唐后期由于安史之乱，社会发生巨大变化，北方佛教发达区域开始萎缩，南方发达区域，如邗沟—江南运河沿线分布带等地进一步发展，福州也成为了佛教兴盛地之一。❶ 宋代南方佛教，在唐后期及五代十国突飞猛进发展的基础上，进一步壮大。北方在经历了周世宗灭佛运动的沉重打击后，佛教势力衰落停滞下来。虽经北宋的扶持有所恢复，但随着北宋的灭亡，南宋政权偏安江南一隅，北方佛教形势较之南方差距再次被拉大，佛教的中心完全转移至南方。此时全国佛事最盛者，当数福建路与两浙路，即今天的福建

---

❶ 关于唐代佛教兴盛地区的论述参考李映辉：《唐代佛教地理研究》，湖南大学出版社2004年版，第182~289页。

和浙江、苏南及上海等地。❶ 所以北宋以后南方西游题材佛教作品的出现并不是偶然的，这正是当时佛教兴盛与传播的必然结果。而南北作品内容的极大相似性，进一步证明南方西游题材通过佛教传播得以出现的事实。

从元代开始，西游题材在佛教领域的传播日趋衰弱，而在文学领域作品则逐渐增多。目前所知的历代非戏曲类作品共有 7 种，详情见表 3 – 10。

表 3 – 10　前代西游题材文学作品（非戏曲类）

序号	作品类型	作品名称	产生年代	存佚状况
1	话本	《唐三藏取经诗话》	宋	存
2	话本	《唐三藏西游记》（《车迟国斗圣》）	元	存残章
3	话本	《西游记》（《梦斩泾河龙》）	元	存残章
4	小说	《西游记》	明	存
5	小说	《唐三藏西游释厄传》	明	存
6	小说	《西游记传》	明	存
7	宝卷	《销释真空宝卷》	—	存
8	话本	《唐太宗入冥记》	唐	存
9	话本	《巴焦扇》	宋	佚
10	话本	《骊山老母》	宋	佚

注：表中 8 ~ 10 者，有的为不可确定的西游题材作品，有的为产生伊始非西游作品，后渐融入其中者。

实际上早在唐朝，文学笔记中就有对玄奘及其西行的记载，如段成式《酉阳杂俎》、李亢《独异志》、刘肃《大唐新语》等。

---

❶ 关于佛教兴盛因素及宋代佛教兴盛区域的论述参考游彪：《宋代寺院经济史稿》，河北大学出版社 2003 年版，第 38 ~ 46，210 ~ 223 页。

其中或为玄奘游历遗迹的描写,或为神怪化片断的记录,这些只能算做丛残小语、"史官末事",还不是真正意义上的西游文学作品。以《独异志》为例,其"玄奘"一篇载:

> 沙门玄奘俗姓陈,偃师县人也。幼聪慧,有操行。唐武德初,往西域取经,行至罽宾国,道险,虎豹不可过。奘不知为计,乃锁房门而坐。至夕开门,见一老僧,头面疮痍,身体脓血,床上独坐,莫知来由。奘乃礼拜勤求,僧口授《多心经》一卷,令奘诵之。遂得山川平易,道路开辟,虎豹藏形,魔鬼潜迹。遂至佛国,取经六百余部而归。其《多心经》至今诵之。初,奘将往西域,于灵岩寺见有松一树,奘立于庭。以手摩其枝曰:"吾西去求佛教,汝可西长;若吾归,即却东回。使吾弟子知之。"及去,其枝年年西指,约长数丈。一年忽东回,门人弟子曰:"教主归矣!"乃西迎之,奘果还。至今众谓此松为"摩顶松"。❶

从内容上看,此文以赞颂《多心经》的法力为旨归,最终宣扬了佛教的巨大威力与作用,可见当时的作品很大程度上还受佛教的影响。

现存真正意义上的最早西游作品,是藏于日本的《大唐三藏

---

❶ (唐)李亢著,张永钦、侯志明点校的《独异志》中仅录"玄奘摩顶松"一段,其文自"唐初游僧玄奘往西域取经"始,中华书局 1983 年版。正文引文来自(宋)李昉等编:《太平广记》(卷九二),中华书局 1961 年版,第 606 页。文后注"出《独异志》及《唐新语》",点校本《独异志》与《太平广记》文辞略有不同。

取经诗话》。由于它的发现，西游文学作品及其传播最迟在南宋就已经出现的史实才被了解。其后问世的西游作品内容不断丰富，结构日趋严整，最终促成小说《西游记》的诞生。根据历代留存的文献资料，学界对西游题材的传播、流变进行了深入的探讨，研究的最终着眼点聚焦在了小说《西游记》上，而"《西游记》是受到前代小说、戏曲影响而产生的世代累积型作品"❶的观点已为绝大多数学者所接受。此在绪论中已提及，这里笔者将就历代相关作品的情节做一归纳，列表明示，以见其内容之承继，结构之变迁（详见"附录七"），同时论述与题材传播相关的一些问题。

从西游题材作品演变进程看，每一部作品都在内容或形式上为后世作品的进一步发展提供素材、搭建框架。如《取经诗话》，从结构上看，该书将取经路上磨难考验前后连接，每个故事既彼此分立，又相互联络，既可自成体系，又可统为一体。这样的叙事模式一经形成，就基本定型，一直延续，最终形成小说《西游记》所谓的"金线贯珠式"❷的结构。从内容上看，若将《取经诗话》情节细化，可分为二十三段，其中遗留至小说《西游记》的有十一段，即：行者偷桃、行者助西行、过观音寺院、遇白骨、见深沙神、入女儿国、吃人参果、受多心经、取得真经、返唐、升天成正果；遗留至《昇平宝筏》的有十二段，多"鬼子母"一节。虽然对于整

---

❶ 徐朔方："论《西游记》的成书"，见《小说考信编》，第316~341页；胡适："《西游记》考证"，见姜义华主编：《胡适学术文集·中国文学史》，中华书局1998年版，第962~998页。

❷ 吴圣昔："拙中藏巧别具一格——论《西游记》的结构艺术"，载《殷都学刊》1986年第3期，第91~92页；张锦池：《西游记考论》，第305~307页。

个《西游记》小说来说，这些情节所占比例不高，但是 50% 的承继率已经证明早期西游作品《取经诗话》在题材发展进程中的基础作用。其后的作品在故事情节的吸纳和扬弃方面不断用力，如杨景贤《西游记》杂剧，其情节大致有 21 段，与《西游记》小说一致的竟有 17 段，承继率为 81%，与《取经诗话》相比，其与《西游记》小说的相似程度是大大提升了。而像《朴事通谚解》中的《西游记平话》，《礼节传簿》中的西游戏及《真空宝卷》，它们的承继率更在 90% 左右。承继率的不断攀升，大体展现出西游作品嬗变中题材分化、定型的进程。

  如果说以上的分析是从历时性角度来考量的，那么在共时性的层面上，每一部西游题材作品的形成实际上都是一种契机、一种集合。说它是一种契机，主要是将着眼点放在那些分散的、与西游故事有联系的情节、要素之上。作品的形成给予这些素材融入西游作品系统的机会，同时它们又必须面临可能被淘汰的危险。说它是一种集合，其着眼点是放在最终形成的作品之上。新的作品一定是对众多素材的一次新的组合和集中，当然这种集合不是机械性的，而是经过作者有针对性地挑选之后的集中。在每个发展阶段，这种包涵着丰富内容素材的有机统一都构成了西游作品的一次结集，而这种结集自然也蕴涵着作者的主观意愿和创作旨归。

  同时综合以上两种视角，还可以发现，在西游故事的传播过程中，关于玄奘西行的各种传说、轶事不断出炉，并不停演变发展。它们往往与一时一地的民俗、宗教、传说或前代文学作品有所联系，于是长期潜伏在社会中的民间题材或文学素材、形象也就随之加入，甚至附会到西游作品中，并借助西游题材系统进一步演变发展。从一个较长的历史过程看，这些素材的逐渐演变、附着、组合或者脱落，恰恰是新旧两阶段生成的作品出现差异的重要原因之一。

根据目前文献资料记载，可以确知的进入西游作品的各种素材，按其内容分析，大概包括以下两类。

（1）人物角色形成素材。西游作品中人物众多，既有上天的神仙、人间的精怪，也有冥界的阎罗、地域的鬼魅，这些角色中的绝大多数都是中国古代神仙谱系中的已有形象。作品的创作者往往不考虑这些人物在神话体系中的宗教派系、时空关系，而是取之众家为我所用，创造了一个多姿多彩的新的神界。在这一潜在指导思想的作用下，众多神话故事、文学作品中的形象素材被引入西游系统，其中既有主要人物孙悟空、唐僧、猪八戒、沙僧、观音菩萨，也有次要人物哪吒、二郎神、太上老君、如来佛祖等。由于人物形象广泛，涉及的作品多样，所以纷繁复杂的作品中的多样化人物及其性格经过不断交织衍化最终促成了新的人物形象的形成。

学界研究最为集中的孙悟空形象就是最典型的范例，无论是《古岳渎经》中的无支祁，《大慈恩寺三藏法师传》中的石槃陀，还是《陈巡检梅岭失妻记》中的申阳公，《龙济山野猿听经》中的野猿，甚至《罗摩衍那》中的哈奴曼，实际他们都为孙悟空形象的形成提供了种种素材。还有像猴文化兴盛的福建等地区❶也

---

❶ ［日］矶部彰：《〈西遊記〉形成史の研究》，第 123～127，221～229 页；蔡铁鹰撰："福建顺昌'齐天大圣'资料判读——兼评王益民先生的'孙悟空生于顺昌'说"，载《淮海工学院学报》（社会科学版）2005 年第 3 卷第 2 期；王枝忠、苗健青、王益民撰："顺昌大圣信仰与《西游记》"，载《福州大学学报》（哲学社会科学版）2006 年第 3 期；王益民撰："孙悟空的原籍可能在福建宝山"，载《运城学院学报》2004 年第 22 卷第 3 期。

为孙悟空形象成长提供了现实的环境和土壤。因此，准确地说，正是中国传统文学与民间广泛流传的猴猿文化为这一世界文坛绝无仅有的人物形象的出现奠定了基础。再如二郎神这一形象，历史上关于他的各种民间传说和原型判断甚多。但是，无论是毗沙门天王的第二子二郎独健、李冰之子李二郎，还是青城山赵昱、玉帝外甥杨戬，实际都是在为二郎神完整形象的形成提供原料，也正因为如此，一个劈山救母、斩蛟除邪、治水惠民、神犬相偕的清源妙道真君才展现在我们的面前。

（2）故事情节构成素材。西游题材作品中出现的一个个奇谲地域，一重重艰难险阻，往往都取材、改编于西域见闻或者旧有传说轶事。在《大唐西域记》和《大慈恩寺三藏法师传》中就可以找到这些内容的一些雏形，然而真正演变成神怪、奇异的故事，还须经历长期的民间衍化和变异。这样的例子很多，如南朝梁任昉《述异记》中有载："大食王国在西海中，有一方石。石上多树，干赤叶青。枝上总生小儿，长六七寸，见人皆笑，动其手足，头着树枝，使摘一枝，小儿便死。"❶《旧唐书·西戎传》也载有此文，并接叙"又有女国，在其西北，相去三月行"❷一句。很明显，所谓的"树长小儿"极类似于万寿山五庄观的人参果，而"女国"则使人想起"女儿国"。再如铁扇公主与红孩儿的故事，明显受到佛教"鬼母子揭钵"故事的影响，这可参看前文相关论述。西游作品对于这些类似情节的借鉴、吸纳，前人已

---

❶（梁）任昉：《述异记》（卷上），据明刻见《汉魏丛书》本排印，见《丛书集成初编》（第2704册），中华书局1991年版，第14页。

❷（后晋）刘昫等：《旧唐书》（卷一九八），中华书局1975年版，第5315页。

有专文谈及，如杨国学《丝绸之路〈西游记〉故事情节原型辨析》、杨国学、朱瑜章《玄奘取经与〈西游记〉"遗迹"现象透视》、蔡铁鹰《唐僧取经故事生成于西域之求证》、李福清《〈西游记〉与民间传说》等。❶虽然其中有些论述还属推测，尚需求证，但长期以来文学作品及民间宗教、地理、风俗、传说等素材对西游故事产生所起的重要意义是毋庸置疑的。

关于西游题材系统形成中所用素材的整理已有相当多的专著出版，如：鲁迅《小说旧闻钞》❷、蒋瑞藻《小说考证》❸、孔另境《中国小说史料》❹、朱一玄、刘毓忱《西游记资料汇编》❺、刘荫柏《西游记研究资料》❻、贺学君《〈西游记〉的传说》❼等。

众多情节素材加入西游作品，其形势恰似"群山万壑赴荆门"一般，最终促成了西游作品系统的不断丰富与发展。与这一

---

❶ 杨国学撰："丝绸之路《西游记》故事情节原型辨析"，载《明清小说研究》2002年第3期；杨国学、朱瑜章撰："玄奘取经与《西游记》'遗迹'现象透视"，载《河西学院学报》2004年第20卷第6期；蔡铁鹰撰："唐僧取经故事生成于西域之求证"，载《明清小说研究》2004年第2期，[俄]李福清："《西游记》与民间传说"，见《古典小说与传说》，中华书局2003年版，第209～240页。

❷ 鲁迅：《小说旧闻钞》，见《鲁迅辑录古籍丛编》（第二卷），人民文学出版社1999年版，第403～417页。

❸ 蒋瑞藻编、江竹虚标校：《小说考证》，上海古籍出版社1984年版，第52～59页。

❹ 孔另境：《中国小说史料》，上海古籍出版社1982年版，第64～81页。

❺ 朱一玄、刘毓忱编：《西游记资料汇编》，南开大学出版社2002年版。

❻ 刘荫柏编：《西游记研究资料》，上海古籍出版社1990年版。

❼ 贺学君：《〈西游记〉的传说》，南海出版公司1990年版。

进程同步的，是作品传播接受的过程。早期西游题材传播范围主要在佛教领域，这在前文已经提及；真正在文学层面的传播，恐怕在文学作品产生之前就已开始。

从现今留存的西游作品的文体形态看，无论戏曲、小说，还是话本、宝卷，它们均属于"俗文学"的范畴。这里有必要先对"俗文学"这一概念进行简要辨析，它将对西游作品传播方式与特点的进一步探讨有所裨益。"俗文学"的使用最早源于日本学者狩野直喜，他于1916年在《艺文》第7卷第1、3期上发表的《中国俗文学史研究的材料》一文中首先提及。后郑振铎先生《中国俗文学史》一书，对"俗文学"作了进一步的阐发，并进行分类研究。目前对于这一概念的理解，学界是有分歧的，主要表现在其与"民间文学"关系的认识上。❶ 笔者认为，实际上将"俗文学"与"雅文学""民间文学"等概念并列放置于同一平面是十分尴尬的。一方面限定"俗文学"要迥异于"雅文学"的审美品格，强调其通俗性、大众性，另一方面，又要与"民间文学"界限分明，关注其非口头性、集体性的产生和传播方式。❷ 将不同的两种分类标准同时规定于"俗文学"，并且还要求概念体系的周延，这是不可能的。鉴于此，笔者对"俗文学"做如下

---

❶ 谭帆："'俗文学'辨"，载《文学评论》2007年第1期，第76~82页；曾永义：《俗文学概论》，台北三民书局股份有限公司2003年版，第3~24页。

❷ 钟敬文《民间文学概论》一书对"民间文学"是这样定义的："民间文学是劳动人民的口头创作，它在广大人民群众当中流传，主要反映人民大众的生活和思想感情，表现他们的审美观念和艺术情趣，具有自己的艺术特色。"同时还强调民间文学的集体性、口头性、变异性、传承性特征。上海文艺出版社1980年版，第1，23~46页。

概括：俗文学指的是与"雅文学"典质、高雅特征相对的通俗、大众的文学，判断是否是俗文学不依据其产生或传播的方式以及所在的社会阶层，而在于其内容与形式，俗文学的外延应十分广泛，目前所谓的"民间文学"当包括在内。陈开勇先生在《宋元俗文学叙事与佛教》一书中将宋元时期文学整体划分为四类，分别为：民间口头文学、市民俗文学、士大夫精英文人的俗文学、士大夫精英文人的雅正文学。他指出：从"宋元文学的实际格局看，俗文学是以民间口头文学与市民俗文学为主体，尤其以后者为典型的。至于士大夫精英文人反映自己日常实际生活情趣的俗文学以及基于化俗目的而撰述的通俗文学，尽管它们与民间的、市民的文学有差异，但是也是广义的俗文学的组成部分。"❶ 对俗文学进行的这种分类归纳和论述是与客观现实吻合的。

理清"俗文学"的内涵，有利于分析不同层次"俗文学"西游作品的传播方式的差异。很多"俗文学"西游作品其实很难在现实的俗众中传播，将其与民间大众喜闻乐见的西游作品等量齐观，会引起俗文学"'传播'的世俗普及性和商业消费性"❷ 这一根本特性的理解偏差。西游作品的传播实际上受到不同阶层、不同文化水平的受众以及难易程度、价格水平迥异的传播介质二维因素的制约。日本学者矶部彰在《〈西遊記〉受容史の研究》一书中以坐标系方式十分清楚地表现出明代西游作品传播的情

---

❶ 陈开勇：《宋元俗文学叙事与佛教》，上海古籍出版社2008年版，第5~10页。

❷ 谭帆："'俗文学'辨"，载《文学评论》2007年第1期，第81页。

况，见图 3-2。❶

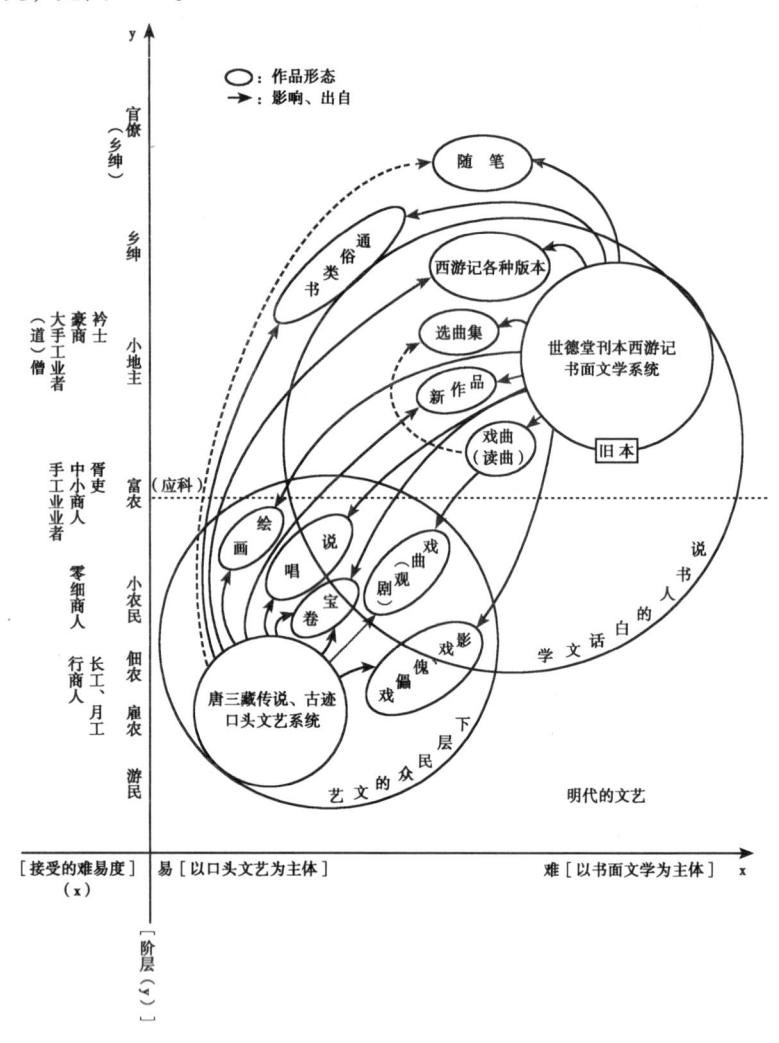

图 3-2　明代西游记故事诸形态

---

❶ 原图见［日］矶部彰：《〈西遊記〉受容史の研究》，东京多贺出版株式会社 1995 年版，第 45 页。

图中横坐标表示文学艺术接受的难易程度，其以作品的承载、传播方式为依据，离原点越近，其口头性越强，越容易被接受，越向正方向发展其书面性越强，越难被接受。纵坐标表示文学艺术接受的受众阶层，其由原点沿正方向上行排列，越趋向于正方向，所列阶层的经济、社会地位也就越高。坐标系中包含着两大系统，一为读书人的白话文学系统，包括诸版本小说西游记、文人传奇西游戏以及各种新作品；一为下层民众的文艺系统，包括各种唐三藏传说、古迹、各种民间戏曲，如影戏、傀儡戏等，还有说唱表演、宝卷和民间绘画作品。很明显，前者的接受群体偏重于社会上层，作品也多为书面文学；后者的接受群体则多为下层民众，其接受的艺术作品多以口头形式出现。如果按照陈开勇先生的分类法划分，那么"读书人的白话文学系统"当归入"士大夫精英文人的俗文学"，而"下层民众的文艺系统"则当归入"民间口头文学"与"市民俗文学"之中。

实际情况也确实如此。在明代以前的西游作品中，最重要的莫过于小说《西游记》。以此书为例可知，文字记载作品在民间俗众中广泛传播是不可能的，其主要原因有二。其一，民间大众的识字率极低。虽然目前无法统计明清两代文盲的数量和比率，但根据新中国新中国成立初期全国5.5亿人口，文盲率在80%以上，妇女文盲率在90%以上推断，明清时期的文盲率将会远远高出这一数字，也就是说广大的下层民众是不识字的。如此看来，文字记载的《西游记》他们是无法读懂的。其二，通俗小说价格不菲。明代中期前由于印刷技术的限制，通俗小说的价格非常高。明钱希言在《桐薪》卷三"金统残唐记"中记载：

　　武宗南幸，夜忽传旨取《金统残唐记》善本。中官重价

购之,肆中一部售五十金。❶

钱希言是万历时人,他不仅是一位通俗小说行家,也是一位刻书家,对于当时通俗小说的状况应该十分了解。❷《金统残唐记》乃明代白话小说,武宗皇帝为了寻找本朝出现的一部小说尚需花五十金,其价格之高已然令人咋舌。至嘉靖、万历年,书坊刻书风气大兴,书价逐渐降低。据载,万历年间金闾舒载阳刊本《封神演义》值银二两,金闾龚绍山梓本《春秋列国志传》值一两。考虑两书卷数规模,当时书价之高下,明矣。虽然当时不入流的翰林院孔目、掌馔已可购买一部《封神演义》,但对于年俸折银仅23.4两❸的他们来说,此书已是很贵了。到了清代,书价一直保持在明中叶水平,直到光绪前后。❹ 昂贵的书价普通下层民众是无法企及的,所以也就更不用说了解传播了。因此,西游题材故事在民间的广泛传播也就只能依靠口头表演性质的俗文学及其他民间艺术形式了。

但是由于文献记载的匮乏,关于西游作品在下层民众中传播的资料发现很少。涂秀红女士在《元明小说戏曲关系研究》中曾

---

❶ (明)钱希言:《桐薪》(卷三),见《指海》(第八集),清道光中金山钱氏据借月山房汇钞刊版重编增补本。转引自宋莉华:《明清时期的小说传播》,中国社会科学出版社2004年版,第355页。

❷ 石昌渝:《中国古代小说总目·白话卷》("残唐五代史演义传"(石昌渝)、"金统残唐记"(舒穆)两条),山西教育出版社2004年版,第22～24,173页。

❸ 此数字乃粗估,存在误差。

❹ 以上论述参考宋莉华著:"明清时期说部书价述略",见《明清时期的小说传播》(附录一),第354～375页。

对现存最早的西游作品《取经诗话》作如此判断："玄奘西游的故事，在寺庙佛堂中与讲经变文一道被僧众演述，可能慧立之时就开始了。"❶ 此论断虽然只是一个设想，但它提出了一种可能，即佛教俗讲是西游故事在大众传播中的一种途径。可惜目前所见变文讲唱作品都没有涉及西游题材的，而在《取经诗话》中可寻觅到的与之相关的惟一线索是，《取经诗话》从其艺术形态角度看，具有"与晚唐五代'讲唱经文'的'俗讲'类似而又有其步不动而神移的重大发展"❷ 的特征。俗讲与西游题材的关系恐怕也就仅此一窥了。

关于以"西游记"为说书内容的有关记载，笔者仅发现如下一则：

> 莫后光三伏时每寓萧寺，说《西游》、《水浒》，听者尝数百人，虽炎蒸烁石，而人人忘倦，绝无挥汗者。
> ——李延昰《南吴旧话录》卷二十一

三伏天数百人听讲"西游"故事，不仅反映出当时说书人莫后光高超的表演技艺，同时也展示了西游故事在俗众中传播的盛况。

除此以外，民间的迎神赛社亦有西游戏表演，此内容下文将涉及，此不赘言。

通过以上分析及第一章清前西游戏的统计，《昇平宝筏》产

---

❶ 涂秀虹：《元明小说戏曲关系研究》，上海三联出版社2004年版，第145页。

❷ 张锦池："《大唐三藏取经诗话》'说话'家数考论"，载《西游记考论》，第49~51页。

生前西游题材的作品数量和传播状况可以十分明晰地展现出来。当清宫文人士大夫创作《昇平宝筏》时，他们眼前所面对的恐怕也就是这样的一个局面。可以借鉴的前人成果，主要来源于两个方面：其一是西游题材集大成之作小说《西游记》以及文人西游戏；其二是在大众中广泛流传的西游戏。因此，《昇平宝筏》成书研究的最终着眼点应是其与前代西游戏、与小说《西游记》的对比，这将为揭开该剧成书之谜带来最终答案。

第三节 《昇平宝筏》与《西游记》等前期作品关系考

一、《昇平宝筏》与前期西游戏之比较

目前《昇平宝筏》前出现的西游戏存世者，主要有8种，大概情况如下：

（1）宋元戏文《鬼子揭钵》，存佚曲2支。

（2）宋元戏文《陈光蕊江流和尚》，存佚曲42支。

（3）元吴昌龄《唐三藏西天取经》杂剧，存两折，为《回回迎僧》《诸侯饯别》。

（4）元明杂剧《二郎神锁齐天大圣》，全剧存。

（5）明代杨景贤《西游记》杂剧，全剧存。

（6）明代夏均正《西游记》传奇，存一折《诸侯饯别》，残。

（7）明清传奇《慈悲愿》，存两出，为《认子》《回回》；另余1支佚曲。

（8）明清传奇《安天会》，存两出，为《胖姑》《北饯》。

以上各剧之佚曲、折、出可以从明清以来的各种曲选、曲谱中找到，前文对此已有详尽论述。而所有这些剧目涉及的情节于《西游记》杂剧中大体均有囊括，如：江流故事、擒拿妖猴、奉敕取经、众官饯行、胖姑演说、收取四徒、鬼子揭钵、经女儿国、过火焰山、取经东归等。

将以上诸曲与岳小琴本《昇平宝筏》❶依照相关内容进行比较，可得出如下结果：

诸曲见于《昇平宝筏》者：回回（《唐三藏西天取经》《慈悲愿》）、北饯（夏均正《西游记》、《唐三藏西天取经·诸侯饯别》）、鬼母皈依（杨景贤《西游记》）。

诸曲未见于《昇平宝筏》者：认子（《慈悲愿》）、胖姑（《安天会》）、《鬼子揭钵》《陈光蕊江流和尚》《二郎神锁齐天大圣》、之官逢盗、逼母弃儿、江流认亲、擒贼雪仇、诏饯西行、村姑演说、木叉售马、华光署保、神佛降孙、收孙演咒、行者除妖、妖猪幻惑、海棠传耗、导女还裴、细犬禽猪、女王逼配、迷路问仙、铁扇凶威、水部灭火、贫婆心印、参佛取经、送归东土、三藏朝元（杨景贤《西游记》）。

由这一结果不难看出《昇平宝筏》对前代西游戏的吸纳，仅就目前存留曲目看❷，其数量是相当有限的。以出、折为单位❸，

---

❶ 《昇平宝筏》与前代西游戏关系的比较以岳小琴本为主，其他版本《昇平宝筏》与前代西游戏关系，涉及《昇平宝筏》各版本内容的演变与承继，当另撰他文详述。

❷ 此段中所谓前代西游戏均指目前存世的前代西游戏曲目，而关于《昇平宝筏》与其前代西游戏的对比，也仅就这部分前代西游戏展开。

❸ 《陈光蕊江流和尚》一剧其出数以一种算。

则被承袭的剧出（3 种）仅占所有剧出（31 种）的 9.7% 左右。若再考虑《陈光蕊江流和尚》的体制、规模，抛开年代不可确知的《安天会》《慈悲愿》两剧，那么比例将会更低。其次，延续在《昇平宝筏》中的前代西游戏，主要集中在唐僧西行出发前后不长的一个时间段落中，除此以外还涉及鬼子揭钵。而真正的悟空出世、大闹天宫、江流故事、唐僧收徒、西行遇难、悟空降魔等重要内容均未包括在内。从故事产生的时代看，被吸纳的曲词绝大部分来源于早期的较为传统的西游题材。再此，目前留存下来的关注最多的西游戏《陈光蕊江流和尚》《唐三藏西天取经》、杨景贤《西游记》杂剧，《昇平宝筏》对其曲词宾白吸纳很少，尤其是《西游记》杂剧，仅有一折可见于《昇平宝筏》之中。以下就列举一例见表 3-11，以窥其一斑。

表3-11 《西游记》杂剧"鬼子揭钵"一折与岳小琴本《昇平宝筏》之曲词宾白比较

《西游记》杂剧第十二出　　鬼母皈依	岳小琴本《昇平宝筏》第四本第十二出
（唐僧一行人上云）行者，我每与你行了几日，身子困倦，早些寻个宿头，安排些斋吃，却行。（红孩儿上哭科）（唐僧云）善哉，善哉。深山中谁家个小孩儿，迷踪失路。少刻晚来，豺狼毒虫，不坏了这孩儿性命？出家人见死不救，当破戒行。行者，与我驮着，前面有人家，教根问，送还他家请赏，也是好事。（行者云）师父，山林中妖怪极多，不要多管。（唐僧云）你这个胡孙，又不听我说。定要你背他。（行者云）师父先行。（做背不起科）（云）我曾压在花果山，耸身一跳，尚出来了，棒槌大的小的，背他不动，这必是妖怪。教你尝我一戒刀，就砍下涧里去。（做丢下涧科，沙和尚慌上云）师兄褊事。吃那小孩儿拿将师父去了，知他是何妖怪？（行者云）火龙，俺三人见观音	

318

《西游记》杂剧第十二出　鬼母皈依	岳小琴本《昇平宝筏》第四本第十二出
佛去来。（下）（观音上云）老僧目中，见唐僧有难，孙悟空来也。这一洞妖魔，是何怪物，老僧正不见本来面目，待孙悟空来，同往问世尊佛去。（下）（佛引文殊、普贤上云）毘卢伽有难，观音引孙悟空来，已差四揭帝去，拿那畜生了。（观音引行者上，见佛科，云）我佛，唐僧不知是甚妖怪拿去？（佛云）不知此非妖怪，这妇人我收在座里，作诸天的，缘法未到，谓之鬼子母。他的小孩儿，唤做爱奴儿。我已差揭帝去，拿他在个幽岩大泽之中，即日便到。恐揭帝降不下他，将老僧钵盂去，盖将来。（四揭帝扛钵盂上，佛云）孙悟空，你回元处去，你师父已出在那里了也。（行者云）谢佛天，可怜弟子，寻师父去也。（下）（佛云）将这小厮，盖在法座下七日，化为黄水，鬼子母必救他，因而收之。（鬼子母上云）颇耐瞿昙老子无礼，将我孩儿，盖在法座下，更待千罢。鬼兵那里？随我去，揭钵盂去来。（唱）	可恨婆伽太□临，原来佛口有蛇心。恨他缚我红孩去，要向莲花会上寻叵耐。普门大士无礼，将我孩儿盖在钵盂之内。好生可恨魔将那里，随我到南海揭钵盂，救我孩儿去来。（众应，作行介。罗刹女唱）
［越调斗鹌鹑］驾一片妖云，引半垓厉鬼，则为子母情肠，恶了那神佛面皮。则着你钵盂中抄化檀那，谁教你法座下伤人家小的？我和你是谁非，拿住呵恰便似一鬼争环，休想有九龙喷水。	［越调斗鹌鹑］驾一片妖云，引半垓厉鬼，则为子母情肠，恶了那神佛面皮。则着你钵盂中抄化檀那，谁教你法座下伤人家小的？我和你谁是谁非，拿住呵恰便似二鬼争环，休想有九龙喷水。
［紫花儿序］出家儿却不慈悲为本，方便为门，使不着仁者无敌，黄颜老子，秃发沙弥。直恁跷蹊，我今日做着平避，你认得鬼子母娘娘，休猜做善知识姨姨。	［紫花儿序］出家儿却不慈悲为本，方便为门，使不着仁者无敌，白衣大士，金面阇黎。真恁跷蹊，你是孔夫子遭着柳盗跖。我今日做着不避，你认得罗刹女娘娘，休猜做善知识姨姨。
［小桃红］冬冬地小鬼擂征鼙，不怕你会使拖刀计。待俺将不强不弱的铁胎弓，一捻千转的狼牙箭，去射这厮。饶他有千般变幻身躯，怎当我百步穿杨手段。（做射科）（佛做莲花遮科）（鬼子母唱）蹬弩开弓那威势，一箭箭往前射，则见他金莲朵朵遮胸臆。早难道射不主皮，他元来温而不厉，崄恼杀这个搽胭粉的养由基。你放我孩儿来，便饶了恁满寺里的和尚。（佛云）贱人，你若皈依佛道，我便饶了你孩儿。（鬼母唱）	［小桃红］蒌蒌地小鬼擂征鼙，不怕会使拖刀计。（白）待俺将不强不弱的铁胎弓，一捻千转的狼牙箭，去射这厮。饶他有千般变幻身躯，怎当我百步穿杨的手段。（做射介，观音在场内云）龙女、木吒，将莲花屏来遮住了俺的法堂，那妖妇的箭便射不进来也。（木吒、龙女持屏上）纵挟千茎矢，难衔九品莲。（作遮介，即下。罗刹女作射介，唱）蹬弩开弓那威势，一箭箭往前射，则见他金莲朵朵遮胸臆。早难道射不着

续表

《西游记》杂剧第十二出　鬼母皈依	岳小琴本《昇平宝筏》第四本第十二出
	主皮,他原来温而不厉,崄恼杀这个搽胭粉的养由基。(白)你放我孩儿来,我便饶了你满寺里和尚。(观音内云)贱人,你若皈依佛道,我便饶了你孩儿。(罗刹女唱)
〔调笑令〕觑了我这艳质,一捻儿瘦腰围,可甚阃外将军八面威。文殊、普贤擎拳立,诸菩萨见贤思齐。将我那爱奴儿盖在法座底,恁却甚好生心广大慈悲。(唤鬼兵去,做揭钵盂科)	〔调笑令〕觑着我这艳质,一捻儿瘦腰围,可甚阃外将军八面威。五方揭谛擎拳立,诸菩萨见贤思齐。将我那爱奴儿盖在法座底,恁却甚好生心广大慈悲。(场上用白纱做钵盂,倒盖红孩在内,白)鬼兵们快些前去,与俺将钵盂揭开者。(众应,作行介,罗刹女唱)
〔鬼三台〕千里眼离娄疾,顺风耳师旷休迟,鸠盘叉大力一切鬼,施勇猛展雄威勍敌。	〔鬼三台〕千里眼离娄疾,顺风耳师旷休迟,鸠盘叉大力一切鬼,施勇猛展雄威勍敌。
〔秃厮儿〕将铁枪持,宝剑携。(鬼兵做砍科)掘不开砍不破甚东西?里面人外面鬼,影光芒一块碧琉璃,峥硬似太湖石。	〔秃厮儿〕将铁枪持,宝剑携。(鬼兵做掀钵盂介,罗刹女唱)掘不开砍不破甚东西?里面人外面鬼,影光芒一块碧琉璃,峥硬似女娲石。
〔麻郎儿〕惊得阿难皱眉,唬得伽叶伤悲,四天王擎拳顶礼,八菩萨用心支持。	〔麻郎儿〕惊得木吒皱眉,唬得龙女伤悲,四天王擎拳顶礼,八菩萨用心支持。
〔幺〕我的手里搭底霜锋剑,巨阙神威二十位,诸天听启:但迎着恼门着地。(佛云)那吒那里,拿住这贱人者。(那吒上云)那贱人见我么?(鬼母云)谁家一个黄口孺子,焉敢骂我?	〔幺篇〕我的手里搭底霜威剑,巨阙神威二十位,诸天听启:但迎着脑门着地。(观音内白)哪吒那里,拿住这贱人者。(哪吒上云)称天称大将,获法显威神。吾乃哪吒太子是也,那贱人你见我么?(罗刹女)谁家一个黄口孺子,焉敢骂我?
〔络丝娘〕小哥哥休夸强嘴,则恁这老娘娘当间立地。怕不怕须当斗神力,手摺定五方真气。(做斗科)	〔络丝娘〕小哥哥休夸强嘴,只恁这老娘娘当间立地。怕不怕须当斗神力,手摺定五方真气。(哪吒、罗刹战介,罗刹唱)
〔拙鲁速〕他将八瓣绣球提,我将两刀太阿携。千军对垒,万人受敌。垓垓壤壤备用心机。不弱似九里山困项籍,云蒙蒙蔽四夷,雨昏昏罩太极。也罢,我只将这钵盂拿起,放我孩儿去罢。(做拿不动科)钵盂轻细,不能拈起,却似太山般难动移。(做斗科)(做浑战拿住科)(做放唐僧上科)(唐僧做谢佛科)(唐僧云)兀那妖魔,你若肯皈依我佛天三宝,小僧拜告祖	〔拙鲁速〕他将八瓣绣球提,我将两刃太阿携。千军对垒,万人受敌。垓垓嚷嚷备用心机。不弱似九里山困项籍。(哪吒败下。罗刹唱)云濛濛蔽四围,雨昏昏罩太极。(白)也罢,我只将这钵盂拿起,放我孩儿去罢。(妖将作拿钵盂不动介,唱)钵盂轻细,不能抬起,却似太山般难动移。(白)鬼兵们,将箭去射者。(众射介)许多箭射去,一些也不伤损。(罗刹)再将天秤打起

续表

《西游记》杂剧第十二出　鬼母皈依	岳小琴本《昇平宝筏》第四本第十二出
师，收为座下，着你子母团圆。不从呵，发你在鄷都地府，永不轮回。（鬼母云）皈依者。	钵来。（众用天秤打不起钵，绳断众鬼乱跌介。罗刹）这般拿斧子来凿他。（众应，凿介。诸天将、雷公、电母齐上，杀介。罗刹下，哪吒领天将追下。罗刹败上）罢了，罢了。走走走，哪吒这小厮请了救兵来也。走走，且快快，逃回去者。
［尾］告世尊肯发慈悲力，我着唐三藏西游便回。那唐僧，火孩儿妖怪放生了，他到前面须得二圣郎救了你。 正　李天王捉妖怪　　孙行者会师徒 名　沙和尚拜三藏　　鬼子母救爱奴	［尾声］曾经百战今颓气，暂收兵再寻别计。（白）我的红孩儿呵，（唱）只得火焰山且逃回了，咱怎能够落伽山救还了你。

以上仅从目前有文献记载且存世的前代西游戏层面来分析《昇平宝筏》之承继与沿袭，那么是否存在文献不曾记载，现又不存于世，而《昇平宝筏》却有所继承的前代西游戏呢？康熙本系统《昇平宝筏》及相关档案文献由于记录了其创作伊始的题材曲词来源情况，于是提供了探讨《昇平宝筏》承继前代西游戏情况的线索。

关于《昇平宝筏》的产生，岳小琴本中有相关记载。该剧定名于康熙三十九年十二月十八日，由皇帝亲笔题写剧名，这在前面已经备引详述，清内廷《懋勤殿旧藏"圣祖谕旨"档案》也有说明。由这些材料还可推知，当时仍被称为《西游记》的《昇平宝筏》是在"圣祖"康熙皇帝的直接命意下为了庆贺"近日海清"而作。且此剧产生之前，清宫已经存在西游戏，数量从最初的两三本发展到后来的八本，但内容较为"俗气""皆系各旧本内套的曲子"。这也就从源头上说明《昇平宝筏》是在原有西游戏的基础上产生的，对前代同类体裁作品有所继承、因袭。这一结论从岳小琴本《昇平宝筏》的出目上可找到内证。其出目后往往有"新增""原本""原本改"等字样，这不仅交待了其改编的具体内容，而且也使旧有西游戏样貌的恢复成为可能，具体改编情况见表3-12。

表3-12　岳小琴本《昇平宝筏》各本改编情况统计

	一本	二本	三本	四本	五本	六本	七本	八本	九本	十本	总计	比例（%）
原本	5	5	5	5	5	8	0	0	0	0	33	13.8
原本改	11[①]	8[②]	15[③]	1[④]	8[⑤]	15[⑥]	0	22	0	0	80	33.3
新增	8	11	4	18	11	1	24	2	24	24	127	52.9

注：岳小亭本与亨寿藏本皆有剧出改编记录，笔者对比二者，除第六本第十四出和第四本第九出、第十一出外，其余全同。此以岳小亭本为依据统计，于最终准确性无大妨碍。

①含标"重改"者，一出。
②含标"重改"者，一出。
③含标"重作"者，一出。
④岳小琴本未标第十一出情况，参考亨寿藏本，其标为"原本改"，依此计入。
⑤含标"重做"者，一出。
⑥含标"重改"者，一出。

从统计数字可以很明显看出，被吸收的前代西游戏题材所占比例不到《昇平宝筏》全书的一半，按每本24出计算，不足六本。

从内容上看，标有"原本"字样的出目，其大概包含的情节有：

（1）战混世魔　　　　　　（2）官封弼马
（3）自封齐天大圣　　　　（4）大闹蟠桃会
（5）擒拿妖猴　　　　　　（6）北饯
（7）回回　　　　　　　　（8）收猪八戒
（9）五庄观人参果树　　　（10）白骨夫人劝婚

(11) 玉面怀春　　　　　　（12) 红孩儿

(13) 鱼精祭赛　　　　　　（14) 黑水河小鼍

(15) 蜘蛛精思春　　　　　（16) 祭赛国九头鸟（部分）

(17) 火焰山（部分）

这些戏曲是宫廷内原有的，它们没有变化地直接被移入了岳小琴本《昇平宝筏》中。标有"原本改"字样的出目，其大概包含的情节有：

(1) 金禅子领命取经　　　　（2) 石猴出世

(3) 悟空学艺　　　　　　　（4) 龙宫借宝

(5) 大闹阎罗殿　　　　　　（6) 八卦炉中炼

(7) 被压五行山　　　　　　（8) 渔翁送江流儿

(9) 江流儿辞师　　　　　　（10) 盂兰盆节

(11) 观音寻取经人　　　　　（12) 伯钦留僧

(13) 悟空被骗戴金箍　　　　（14) 黑熊怪偷袈裟

(15) 过流沙河　　　　　　　（16) 宝象国

(17) 平顶山　　　　　　　　（18) 车迟国

(19) 祭赛国唐僧沉水　　　　（20) 盘丝洞

(21) 罗刹女忆子　　　　　　（22) 九头鸟偷舍利

(23) 火焰山（部分）　　　　（24) 狮驼岭

(25) 无底洞　　　　　　　　（26) 比丘国

这部分西游戏，亦为宫廷原有，但改编为《昇平宝筏》时，做了增删填补。具体这种改变的幅度有多大，新曲与旧曲存在怎样的承继关系，因无详尽资料作为佐证，因此已无从考察。标有"新增"字样的出目，其大概包含的情节有：

(1) 殷氏弃子　　　　　　　（2) 凌烟阁画像

(3) 观音赠宝，引僧西行　　（4) 收悟空、小白龙

(5) 乌巢禅师授心经 　　(6) 过黄风洞
(7) 剿灭颉利可汗 　　(8) 乌鸡国
(9) 罗刹女揭钵救子 　　(10) 女儿国
(11) 朱紫国 　　(12) 小雷音寺
(13) 天竺公主 　　(14) 九头狮精
(15) 犀牛精 　　(16) 如来授经
(17) 通天河 　　(18) 取经归唐

这些内容或前代剧不存，或较粗俗，故创作时无法承袭。

通过出数的统计和内容的排列，对比标有三种改编方式的出目，《昇平宝筏》产生前西游戏的大体情况很清晰地展现了出来。一方面，小说《西游记》中相当一部分情节内容，已经通过戏曲形式得以表现，存在于前代西游戏中；另一方面，这部分西游戏几乎在现存戏曲文献书目中没有任何著录，查找不到，文本罕有存世。因此可推断，这部分西游戏极有可能是以"杂戏俗曲"的形式传播，而懋勤殿谕旨所言"甚是俗气"，恐怕正是对其内容及形式的恰当概括。

前代西游戏中杂戏俗曲的具体文本虽然目前已无从确考，但其存在的事实是毋庸置疑的。从已发现的古代地方杂戏俗曲看，最迟于明万历二年，民间上演的西游戏其内容已相当丰富，且表演形式多样。最具代表性的是发现于山西省潞城县崇道乡南舍村的《迎神赛社礼节传簿四十曲宫调》（后简称"礼节传簿"）中的西游戏。现仅将其中"乐舞'哑队戏'角色排场单"中《唐僧西天取经》部分抄录于下，便可见当时西游戏之状况。

《唐僧西天取经》一单　舞

唐太宗驾，唐十宰相，唐僧领孙悟恐、朱悟能、沙悟净、白马，行至师陀国❶，黑熊精盗锦兰袈纱；八百里黄风大王，灵吉菩萨，飞龙柱杖；前到宝象国，黄袍郎君，绣花公主；销元大仙献人参果；蜘蛛精；地勇夫人；夕❷用妖怪一百只眼，蓝波降金光霞佩；观音菩萨，木叉行者孩儿妖精，到车牢国❸，天仙，李天王，哪吒太子降地勇，六丁六甲将军；到乌鸡国，文殊菩萨降狮子精；八百里，小罗女铁扇子，山神，牛魔王；万岁宫主，胡王宫主，九头附马，夜叉；到女儿国，蝎子精，昴日兔；下降降观音张伏儿起僧伽帽频波国；西番大使，降龙伏虎；到西天雷音寺，文殊菩萨，阿南，伽舍，十八罗汉，四天王，护法神，揭地神，九天仙女，天仙，地仙，人仙，五岳，四渎，七星，九耀，十山真君，四海龙王，东岳帝君，四海龙王，金童，玉女，十大高僧，释伽伕，上，散。❹

很显然，此排场单显示了上场角色及主要剧情。虽然其中错讹、衍文不在少数，但还是大致可以看出其中丰富的故事情节，诸如：众卿饯别、狮蛮国指路（或"悟空战三妖"）、黑熊怪盗袈裟、过黄风洞、宝象国、五庄观人参果、盘丝洞、无底洞、红孩儿、车迟国、乌鸡国、火焰山、祭赛国九头鸟、女儿国、琵琶洞蝎子精、至西天雷音寺等。除此之外，《礼节传簿》中还有《鬼子母揭钵》（或作《鬼子女捧钵》）、《泾河龙王难

---

❶ 西游故事中未出现"师陀国"，仅有"狮蛮国"和"狮陀岭"，前者言"回回指路"，后者言"悟空战三妖"，不知所指当为何事，存疑待考。

❷ 原件残，此字仅见一"夕"。

❸ 此疑为"车迟国"，参见山西师范大学戏曲文物研究所编：《中华戏曲》（第三辑），山西人民出版社1987年版，第112页。

❹ 同上书，第45~47页。

神课先生》等剧。❶ 总的看来，该书收录的戏曲涉及"师徒四人取经受难"的情节共有 17 处，而《昇平宝筏》所吸纳的前代西游戏相关情节有 19 处，两相对照，相同者为 13 处，这已占到了后者的 2/3。因此可以说，《昇平宝筏》或宫廷杂戏，从民间西游杂戏俗曲中吸纳营养，是存在现实基础的。

但也要认识到，《礼节传簿》中的西游戏其类型属于队戏，这一戏曲形式比较古老、原始，不够定型。黄竹三先生在谈及队戏时就曾指出，队戏"不仅有舞蹈，而且还装扮人物，并有简单的故事情节，即使标明是'舞'的……也都有场景描写和故事情节。其人物之众多，情节之复杂，令人不可置信"。同时队戏"演出的场所不限在舞台，而且不限于一处，可以随着内容的变化改变演出地点"。❷ 而张之中先生则更直截了当地点明："队戏是祭神的正宗……是相当古老的原始剧种，它是随着农村这种迎神赛社习俗的形成而形成的。"从前面摘引的材料也可看出，其中涉及人物众多，"一百四十多个角色，他们排起队来在街道舞蹈行进，真是浩浩荡荡！……从而也就不难理解队舞队戏名称的来历了"。❸ 宫廷大戏《昇平宝筏》是不可能直接以《礼节传簿》中队戏这样的民间杂戏俗曲为蓝本进行创作的，它们二者之间，或者更准确地说，民间杂戏俗曲与宫廷杂戏俗曲，它们之间各自如何发展，相互之间又怎样交流，宫廷中又是怎么出现如此众多的西游杂戏，由于资料的匮

---

❶ 此疑为"车迟国"，参见山西师范大学戏曲文物研究所编：《中华戏曲》（第三辑），山西人民出版社 1987 年版，第 37，42，45，101，106，110 页。

❷ 黄竹三："我国戏曲史料的重大发现——山西潞城明代《礼节传簿》考述"，载《中华戏曲》（第三辑），第 145 页。

❸ 张之中："队戏、院本与杂剧的兴起"，载《中华戏曲》（第三辑），第 153～154，160 页。

乏，恐怕目前是很难考证而确知的。通过清代宫廷演戏制度的考察，这一问题也只能获得若干初步的推断。

清初顺治、康熙两朝，遗留下来的关于内廷演剧的档案资料极为有限，尤其是顺治帝时期。由现存文献看，当时宫廷与民间的演剧交流大概是通过内廷教习及演员的渠道展开的。

清代演剧体制最初沿用明代旧制，由教坊司管理。至迟在康熙朝，出现了南府与景山两处内廷演剧机构，负责训练内廷伶人并承应各类戏曲演出。南府又分为内学、外学，景山则均为外学，二所中的外学伶人及训练他们的教习均来源于民间。藏于中国第一历史档案馆的《康熙三十二年李煦送进女子戏班奏折》载有：

> 管理苏州织造员外郎臣李煦谨奏，切臣庸愚陋浅，叠荷恩纶，揣分难安，益深惶悚。昨蒙佛保传谕温旨，倍加歉仄。念臣叼蒙豢养，并无报效出力之处，今寻得几个女孩子，要教一班戏送进，以博圣上一笑。切想昆腔颇多，正要寻个弋腔好教习，学成送去，无奈遍处求访，总再没有好的。今蒙皇恩特着叶国桢前来教导，此等事都是力量做不来的，如此高厚洪恩，真竭顶踵未足尽犬马报答之心。今叶国桢已于本月十六日到苏，理合奏闻，并叩谢皇上大恩。容俟稍有成绪，自当不时奏达。谨奏。康熙三十二年十二月❶日（朱批）知道了。❷

此道奏折清楚地记录了苏州织造府训练女伶人唱弋腔，并送

---

❶ 原件此处即为空缺。
❷ 朱家溍、丁汝芹：《清代内廷演剧始末考》，中国书店2007年版，第9页。

入宫内演出之事。由于当时当地已无法找出合适的弋腔教习，于是内廷教习叶国桢便往苏州教这些女孩子。民间弋腔的这种状况，于《懋勤殿藏清圣祖谕旨》中亦有论述：

> 弋阳佳传，其来久矣，自唐霓裳失传之后，惟元人百种世所共喜。渐至有明，有院本北调不下数十种，今皆废弃不问，只剩弋阳腔而已。近来弋阳亦被外边俗曲乱道，所存十中无一二矣。独大内因旧教习，口传心授，故未失真。尔等亦加温习，朝夕诵读，细察平上去入，因字而得腔，因腔而得理。❶

以上两则材料使内廷与民间弋阳声腔的流传、演变较为清晰地展现出来。由于内廷演剧相对封闭，所以它的发展自成系统，较民间缓慢。这样也就很容易保留下民间已过时或不存的旧有戏曲形态。像大内教习叶国桢之所以能在弋阳腔"被外边俗曲乱道，所存十中无一二"的情况下特擅此法，根源就在于"大内因旧教习……故未失真"。实际上这种旧有戏曲声腔本来源于民间，叶国桢的苏州一行，不过是将旧有弋腔重新带回民间。这种交流不过是一种循环，当新的教习、演员又被选中从民间走入宫廷时，民间新的戏曲也会被再次输入大内，也就意味新一轮的交流重新开始了。这种循环演变越到清代晚期，速度越快，特别是随着清廷选民间戏班及著名艺人入宫演出之后，民间与宫廷的交流甚至成为宫廷演出的常态，宫廷演剧的滞后特点也就渐渐淡去了。宫廷与民间的戏曲整体发展也正是以这一规律进行的，它们既相互联系、相互交流，又各自独立，自成体系，在若即若离，

---

❶ 故宫博物院掌故部编：《掌故丛编》，中华书局1990年版，第51页。

彼此影响下向前迈进。

总之，从《昇平宝筏》与前代西游戏的比较来看，现存绝大多数文献著录的西游戏与《昇平宝筏》成书都无关系，而清初民间、宫廷西游俗剧杂戏对其产生才真正发挥了重要作用，但可惜因为文献的佚失、缺乏，这种作用已经没有办法得到更加确实的再现了。

二、《昇平宝筏》与小说《西游记》之比较

民间俗剧、杂戏对《昇平宝筏》成书产生的影响固然很大，但它并不是最重要的因素。作为传统题材连台本戏，《昇平宝筏》在作品的情节内容、主题思想、审美情趣等诸多方面都受到了小说《西游记》的影响，而且这种影响很大程度来源于作者在创作或改编中主动地、有意识地借鉴和沿袭。

小说《西游记》以孙悟空为第一主人公，整个故事分为前后两段。前段描写悟空出世、学艺、大闹天宫，后段则记叙其随唐僧西天取经。《昇平宝筏》直接继承了小说的原有结构，其第一本前十六出❶主要刻画悟空取经前的经历，而之后的较大篇幅重在描绘取经途中的艰难。须知，在传统西游题材中，"陈光蕊江流故事"一直都是中心内容之一，从继承的角度讲，《昇平宝筏》最低限度应该把"江流故事"作为一个重要情节进行叙写。可是岳小琴本《昇平宝筏》不仅没有重点书写——只是在第一本第十七至十九出简单介绍，而且直接改动了故事的原有情节，删去江流儿救母、陈光蕊夫妻重圆的内容。很明显，这是受到世德堂本系统《西游记》

---

❶ 康熙朝岳小琴本《昇平宝筏》以第一本第十六出为界，而乾隆朝珊瑚阁本则以第一本第二十出为界。

影响的结果。到了乾隆朝，珊瑚阁本《昇平宝筏》虽然对江流儿题材有所扩充，添加了一出，但情节没有任何增补。

其次，从岳小琴本《昇平宝筏》所记叙的取经历程看，唐僧师徒所受的磨难和小说《西游记》的相关记载绝大多数是一致的。小说《西游记》共记载了取经路上艰辛故事44个❶，岳小琴本《昇平宝筏》除"南山大王""金𫗪洞""真假美猴王""琵琶洞""白字假经"五难省略外，其余全都囊括，而且内容情节基本按照小说的原有面貌展开。❷ 不仅如此，《昇平宝筏》中的很多曲词、宾白都直接来源于小说《西游记》中的人物对话或诗词、短文，以下试举一例，见表3-13。

表3-13 世德堂本《西游记》与岳小琴本《昇平宝筏》
"八戒巡山"一段曲词宾白比较

世德堂本《西游记》	岳小琴本《昇平宝筏》
第三十二回 平顶山功曹传信 莲花洞木母逢灾（节选） 　　好大圣，你看他弄个虚头，把眼揉了一揉，揉出些泪来。……行者道："师父啊，刚才那个报信的，是日值功曹。他说妖精凶狠，	第三本第廿一出 平顶山悟能探路（节选） 　　（唐回头看介）悟空怎不见他？（悟空在内哭介，猪）你看孙行者那里哭将来了。他是个下油锅不怕

---

❶ 44个故事依小说叙述顺序分别是：虎穴解厄、伯钦款僧、悟空为徒、戴紧箍咒、收小白龙、观音禅院、收猪八戒、受多心经、过黄风洞、收沙和尚、圣试禅心、人参果、白骨精、宝象国、平顶山、乌鸡国、红孩儿、黑水小鼍、车迟国、通天河、金𫗪洞、女儿国、琵琶洞、真假猴王、火焰山、祭赛国、荆棘岭、木仙庵、小雷音寺、释屎衕、朱紫国、盘丝洞、狮驼岭、比丘国、无底洞、灭法国、南山大王、凤仙郡、玉华国、青龙山、天竺国、寇员外、白字假经、老鼋翻江。

❷ 乾隆年间张照改编时又删去了"比丘国""凤仙郡""寇员外"三段故事，增补了"南山大王""金𫗪洞""真假美猴王""琵琶洞"等情节，参看珊瑚阁本《昇平宝筏》。

续表

世德堂本《西游记》	岳小琴本《昇平宝筏》
此处难行，果然的山高路峻，<u>不能前进。改日再去罢</u>。"长老闻言，恐惶悚惧，扯住他虎皮裙子道："徒弟呀，<u>我们三停路已走了停半，因何说退悔之言</u>？"行者道："我没个不尽心的。但只恐魔多力弱，行势孤单。'纵然是块铁，下炉能打得几根钉？'"长老道："徒弟啊，你也说得是。果然一个人也难。兵书云：'寡不可敌众。'我这里<u>还有八戒、沙僧，都是徒弟，凭你调度使用，或为护将帮手，协力同心，扫清山径，领我过山，却不都还了正果</u>？"那行者这一场扭捏，只逗出长老这几句话来。他揾了泪道："师父啊，若要过得此山，须是猪八戒依我两件事儿，才有三分去得；假若不依我言，替不得我手，半分儿也莫想过去。"……呆子真个对行者说道："哥哥，你教我做甚事？"行者道："<u>第一件是看师父，第二件是去巡山</u>。"……八戒慌了道："这个难！难！难！伺候扶持，通不打紧，就是不离身驮着，也还容易；假若教我去乡下化斋，他这西方路上，不识我是取经的和尚，只道是那山里走出来的一个半壮不壮的健猪，伙上许多人，叉钯扫帚，把老猪围倒，拿家去宰了，腌着过年，这个却不就遭瘟了？"行者道："<u>巡山去罢</u>。"……八戒道："<u>这个小可，老猪去巡山罢</u>。"…… ……行者道："不是笑他，我笑中有味。<u>你看猪八戒这一去，决不巡山，也不敢见妖怪，不知往那里去躲闪半会，捏一个谎来，哄我们也</u>。"长老道："<u>你怎么就晓得他</u>？"行者道："我估出他也是这等。不信，等我跟他去看看，听他一听，一则看副他手段降妖，二来看他可有个诚心拜佛。"……径直赶上山坡，<u>摇身一变，变做个蟭蟟虫儿</u>。其实变得轻巧。……嘤的一翅飞将去，赶上八戒，钉在他耳朵后面鬃根底下。那呆子只管走路，怎知道身上有人，行有七八里路，把钉钯撇下，吊转头来，望着唐僧，指手画脚的骂道："<u>你罢软的老和尚，捉掐的弼马温，面弱的沙和尚！他都在那里自在，捉弄我老猪来跄路</u>！大家取经，都要望成正果，偏是教我来巡甚山！哈！哈！哈！晓得有妖怪，躲着些儿走。还不毂一半，却教我去寻他，这等晦气哩！我往那里睡觉去，睡一	的汉子，如今泪汪汪的哭来，必定是妖怪凶狠，我们怎么去得。（唐）你休胡说，待我问他。（孙上，唐）悟空你怎么这等愁烦？（孙）师父，刚才有值日功曹报信，他说妖精凶狠，此处难行，改日再去罢。（唐惊介）徒弟呵，我们三停路走了二停，怎么退悔起来？（孙）我是没个不尽心的，但只恐魔多力弱，一个人怎么支撑得来？（唐）你虽说得是，但有还有八戒、沙僧，凭你调度。领我过山，却不都圆成正果。（孙拭泪介）师父哎若要过此山，须是猪八戒依我两件事儿，才可去得。（猪）你要攀扯我做甚事？（孙）第一件是，化斋供给师傅；第二件是，巡山开路。（猪）我若去乡下化斋，他们西方路上，不识我是取经的和尚，只道是那里走出来的一个健猪，伙上许多人，叉钯扫帚，把老猪围上拿了家去宰了，腌着过年，却不就遭瘟了？（孙）巡山罢。（悟能白）这个使得，就去走遭。（下，孙）师父，猪八戒这一去，决不巡山，不知那里去躲一会，捏个谎来，哄我们哩。（唐）你怎么就晓得？（孙）师父不信，等我跟他去，听他一听，就来回话。（下，沙）师父前面树林子里，歇息片时，等他们来便了。（唐僧唱）……（下，孙唱，上） 〔前腔换头〕寻思那呆汉，从来懒又顽。（白）我孙悟空摇身一变，变个蟭蟟虫儿。（唱）但见一声飞去，嘤的钉住瘟猪。这耳躲上如何掼。……（下。猪唱，上） 〔前腔〕苦中苦，难上难。千山过却仍万山。（回头指内骂介）你这罢软的老和尚，促捏的弼马温，面软的沙和尚。他都在那里自在，捉弄我老猪前来探路。这等悔气。……我往那里睡一觉，回去含糊答应他便了。（望介）这个红草坡，

续表

世德堂本《西游记》	岳小琴本《昇平宝筏》
觉回去,含含糊糊的答应他,只说是巡了山,就了其帐也。"那呆子一时间侥幸,搴着钯,又走。只见山凹里一弯红草坡,他一头钻得进去,使钉钯扒个地铺,毂辘的睡下。把腰伸了一伸,道声"快活!就是那弼马温,也不得象我这般自在!"原来行者在他耳朵后,句句儿听着哩;忍不住,飞将起来,又捉弄他一捉弄。又摇身一变,变作个啄木虫儿,……那八戒丢倒头,正睡着了,被他照嘴唇上扢揸的一下。那呆子慌将爬将起来,口里乱嚷道:"有妖怪!有妖怪!把我戳了一枪去了!嘴上好不疼呀!"……呆子咬牙骂道:"这个亡人!弼马温欺负我罢了,你也来欺负我!——我晓得了。他一定不认我是个人,只把我嘴当一段黑朽枯烂的树,内中生了虫,寻虫儿吃的,将我啄了这一下也。等我把嘴揣在怀里睡罢。"那呆子毂辘的依然睡倒,行者又飞来,着耳根上又啄了一下。呆子慌爬爬起来道:"这个亡人,却打搅得我狠!想必这里是他的窠巢,生蛋布雏,怕我占了,故此这般打搅。罢!罢!罢!不睡他了!"…… 好大圣,摇身一变,还变做个蜢蟟虫,钉在他耳朵后面,不离他身上。那呆子入深山,又行有四五里,只见山凹中有桌面大的四四方方三块青石头。呆子放下钯,对石头唱个大喏。行者暗笑道:"这呆子!石头又不是人,又不会说话,又不会还礼,唱他喏怎的,可不是个瞎帐?"原来那呆子把石头当着唐僧、沙僧、行者三人,朝着他演习哩。他道:"我这回去,见了师父,若问有妖怪,就有妖怪。他问甚么山,我若说是泥捏的,锡打的,铜铸的,面蒸的,纸糊的,笔画的,他们见说我呆哩,若讲这话,一发说呆了;我只说石头山。他问甚么洞,也只说是石头洞。他问甚么门,却说是钉钉的铁叶门。他问里边有多远,只说入内有三层。十分再搜寻,问门上钉子多少,只说老猪心忙记不真。此间编造停当,哄那弼马温去!" 那呆子捏合了,拖着钯,径回本路。怎知行者在耳朵后,一一听得明白。行者见他回来,即腾两翅预先倒去。现原身,见了师父。师父道:"悟空,你来了,悟能怎不见回?"	却好在此间,……(作钻入草中,睡介,伸腰介)快活,快活。就是那弼马温,也不得像我这般自在也。……(向猪耳边一啐,急下。猪睡作惊起介)哎哟,不好了,有妖怪,有妖怪,把我戳了一枪,嘴上好不疼哩。……(仰头看介)原来是个啄木虫,在半空中飞哩。(恨介)这个瘟虫,那弼马温欺负我罢了,你也来欺负我么?他一定不认得,把我的嘴认做一段枯树,要寻个虫儿吃,将我啄这一下。等我把嘴揣在怀里睡罢。(猪复睡倒介。孙又叮介,猪又慌爬起介)这个瘟虫,却打搅得我狠,想必这里是他的窠巢,怕我占了,故此这般发急。罢,罢,罢,不睡他了。(行介,唱) [前腔换头]筋疲力将殚,腰疼骨已坍。(白)不要挫自己的锐气,说这般的输棋话。(舞钯介,唱)若是妖魔将至,全凭九节钉钯,努力将他赶。(白)来此又是四五里路了,你看山凹里,有一块大石头在此。不免将心内事,说一番。告你石将军,免灾患。(揖介)回去见了师父,若问有妖怪,就说有妖怪。他问甚么山,我若说是泥捏的,土做的,锡打的,铜铸的,面蒸的,纸糊的,笔画的,他们定说我呆哩。我只说石头山,他问甚么洞,也只说是石头洞。他问是甚么门,却说是钉钉的铁叶门。十分搜寻问,门上钉子多少,只说老猪心怕记不真。此间编造停当,哄那弼马温去。(拖钯下介。唐、沙上。作介) [前腔]欹圆笠,铺坐单,长松落落当夏寒。(白)等了许久,悟能没有影儿,连悟空也不见回来了。(唐唱)……(孙上)……(唐)你来了么,悟能怎不见回?(孙笑

续表

世德堂本《西游记》	岳小琴本《昇平宝筏》
行者笑道："他在那里编谎哩，就待来也。"长老道："他两个耳朵盖着眼，愚拙之人也，他会编甚么谎？又是你捏合甚么鬼话赖他哩。"行者道："师父，你只是这等护短。这是有对问的话。"……不多时，那呆子将走来。又怕忘了那谎，低着头，口里温习。被行者喝了一声道："呆子！念甚么哩？"八戒掀起耳朵来看看道："我到了地头了！"那呆子上前跪倒，长老搀起道："徒弟，辛苦啊。"八戒道："正是。走路的人，爬山的人，第一辛苦了。"长老道："可有妖怪么？"八戒道："有妖怪！有妖怪！一堆妖怪哩！"长老道："怎么打发你来？"八戒说："他叫我做猪祖宗，猪外公，安排些粉汤素食，教我吃了一顿，说道，摆旗鼓送我们过山哩。"行者道："想是在草里睡着了，说得是梦话？"呆子闻言，就吓得矮了二寸，道："爷爷呀！我睡他怎么晓得？……行者骂道："我把你个馕糠的夯货！这般要紧的所在，教你去巡山，你却去睡觉！不是啄木虫叮你醒来，你还在那里睡哩。及叮醒，又编这样大谎，可不误了大事？你快伸出孤拐来，打五棍记心！"……八戒道："哥哥呀，只是这一遭儿，以后再不敢了。"行者道："一遭便打三棍罢。"八戒道："爷爷呀，半棍儿也禁不得！"呆子没计奈何，扯住师父道："你替我说个方便儿。"长老道："悟空说你编谎，我还不信。今果如此，其实该打。——但如今过山少人使唤，悟空，你且饶他，待过了山，再打罢。"行者道："古人云：'顺父母言情，呼为大孝。'师父说不打，我就且饶你。你再去与他巡山。若再说谎误事，我定一下也不饶你！"	介）他在那里编谎哩。（唐）他是愚蠢之人，会诌甚么谎。（悟空白）师父你只是护短。这是有的实，非等闲，问他行甚公干。（猪上）……（见介，唐）徒弟你辛苦阿。（猪）正是爬山之人最辛苦的，也说不得了。（唐）可有妖怪么？（猪）有妖怪，一堆妖怪哩。（唐）他怎么打发你来？（猪）他叫我做猪祖宗、猪外公，安排些粉汤素饭，教我吃了。说道，摆旗鼓，送我们过山哩。（唐）想是你在草坡里睡熟了，说的是梦话。（猪惊介，背介）爷爷呀，我睡他怎么晓得？……（孙）我把你这个馕糠的夯货，这样要紧的所在，教你去巡山，你却在红草坡里睡觉，不是啄木虫儿叮你，醒你，还在那里睡哩。及至叮醒了，又编这个大谎，可不误了大事，你快伸出孤拐来，打上五棍记心。……（猪）哥哥呀，只是这一遭儿，以后在不敢了。（孙）一遭打三棍便罢。（猪）爷爷呀，半棍儿也禁不得。（扯住唐介）师父，你替我说个方便儿。（唐）悟空说你编谎，我还不信。今果如此，其实该打。但如今过山少人使唤，悟空，你且饶他，待过了山再打罢。（孙）师父说且不要打，我就饶你。你再去寻山，若说谎误事，我定一下也不饶你。

由此可见，小说中的言语对话已直接被戏曲所吸收，《昇平宝筏》创作中的沿袭当不言自明矣。

再次，小说《西游记》中每每运用诙谐、幽默的笔调刻画人物形象，描摹世态人情，其中众多令人发笑的场景、片段亦被

《昇平宝筏》吸收，成为插科打诨的主要素材。尤其是猪八戒这一形象，被植入《昇平宝筏》后，成为戏曲滑稽、捧腹情节中的主角，再加上众多妖魅、魔怪小丑化表演的陪衬，使得小说诙谐的艺术风格得以保持。上文的例子即可说明这一点。

从宏观上看，《昇平宝筏》对小说《西游记》的沿袭确实很多，展现出一种相似性，但这并不意味二者没有任何差别，在细节上完全一致。实际《昇平宝筏》也在诸多方面对小说《西游记》进行了改编，其改编策略的形成主要受以下若干因素的影响。

第一，戏曲创作实践目的的制约。

戏曲（不包括文人创作的案头戏曲）和小说创作的实践目的是迥然不同的。小说是为阅读而创作，它通过文字刻画人物，叙述故事情节。而戏曲则是为了表演而创作，它通过舞台的实践塑造人物，再现事件场景。一个题材由小说改编为戏曲，作者应考虑的首要因素当为改编后戏曲舞台表演的可行性。

小说的阅读不太受时间和空间的限制，读者只要手持文本即可完成。因此，无论小说的故事情节多么曲折复杂，内容如何波澜壮阔，故事延续时间多么漫长，作者和读者一般都不需要有太多的顾虑和担忧。可是戏曲则不同，它需要在固定的表演场所，有限的表演时间内完成。作者在创作中要考虑演员的体力、精力，观众的兴趣和疲劳度。更重要的是，戏曲的内容受到表演方式这一客观条件的限制，即不是所有的题材都适于在舞台上表演。特别是神魔题材的戏曲，其中武打、变形、腾挪、特技的表现，着实给现实的舞台演出带来了难题和不可逾越的障碍。也正因为如此，较之其他题材，神怪类戏曲的数量要少很多。此乃《昇平宝筏》作者不得不考虑之因素一。

第二，小说与戏曲叙事上的差异。❶

小说、戏曲文本虽然都属于叙事文学，彼此存在关联，但在叙事语言❷、叙事视角、叙事结构等方面仍存在差异。一般来说，小说的叙事较之戏曲相对复杂得多，这主要是因为中国古代戏曲的剧本及表演具有程式化的固定模式。以下列举明清传奇在体制上的几个突出特点。

（1）每剧第一出都是开场家门。首先唱词两阙，第一阙抒写剧本立意与作者情怀，第二阙则介绍故事的大致情节。然后念诵四句下场诗，内容也是概括本事剧情。这些由一副末完成，此人虽在戏班当中，但与本戏绝不相干。

（2）第二出，实际是真正的本戏第一出，一定是全剧最主要的角色上场。主角初上场，必要先唱一支引子，接念诗、词或四六骈语，称为"定场白"。其目的是作自我介绍，表述心事，引出情节。

（3）传奇的剧情演进，要求排场设置合理。排场是戏曲成败的关键所在，排场设计巧妙可以使情节紧凑，观众舒适、愉悦，

---

❶ 关于小说与戏曲叙事的讨论，本文意在设定一个特定环境，即在由小说向戏曲改编的过程中，分析戏曲文本叙事与小说叙事的关系。需要特别注意的是，对于改编者来说，他一方面不必考虑具体表演中的其他叙事行为，只须考虑依靠人物对话、独白完成的叙事，另一方面他又不得不考虑实际舞台表演，因为戏曲中人物言语最终还是要在表演中才能得到实现，并完成其叙事行为。这就造成了在改编者的头脑中，叙事语言绝大多数情况由舞台人物言语所充当，戏曲人物语言虽表现为文本形式，但实际是舞台实践形态。

❷ 本书所谈及的叙事语言，指的是一部文学作品完成其叙事行为所使用的各种类型语言。

演员各得其所。排场的关注点集中在关目情节的轻重、脚色人物的主从、套数声情的搭配、科介表演的繁简、穿关砌末的运用五个方面。这些方面又以关目情节的设置为首要，它强调剧情高潮与平潮的相间，文场与武场的组合。情节内容、场面规模决定后，才可搭配角色、行当，进而根据不同角色性格选择宫调曲牌，穿插动作表演，安排其他内容。❶

总结以上特点可以发现，戏曲的叙事功能主要由演员的演唱、独白与对话承担，演员的话语成为主要的叙事语言。❷ 由于戏曲是现场表演，所以演员的现实言语过程实际就是情节发展的叙述过程，也就是说，唱词宾白的完成与叙事的完成是同步进行的。这样戏曲故事的叙述者就是场上不断变化着的演员，每个人都在充当叙述者并现时进行着叙事活动。当然戏曲中也有对过去情节的叙述，特别是主要人物第一次上场时，往往要引出情节，这就势必产生一个叙述过程。不过在戏曲中，这样的叙事任务并不是由固定的一个人完成的，它是随机的，任何人理论上都有可能担当。

叙事的直观现时性使得戏曲中每一个细小的情节都在观众面

---

❶ 郭英德：《明清传奇史》，江苏古籍出版社1999年版，第52~58页；齐如山：《国剧艺术汇考》，辽宁教育出版社1998年版，第17~18页；曾永义："说'排场'"，见《曾永义学术论文自选集》，中华书局2008年版，第71~107页；张敬：《明清传奇导论》，台北华正书局有限公司1986年版，第109~148页。

❷ 在戏曲中，不仅演员曲词宾白具有叙事功能，像科介、服饰、脸谱、砌末等实际都具有叙事功能。所以从广义上讲，戏曲叙事功能的完成实际依靠的是演出舞台上方方面面每一个组成部分。这里因为主要探讨戏曲文本的改编，所以单以演员曲词宾白作为戏曲叙事的研究对象。

前被毫无保留地展现出来。又由于人物初次上场要完成自我介绍、心事表述，同时在情节发展过程中，还经常进行内心表白，所以他们也大多毫无隐瞒地以"透明人"的形象出现。因此从叙事角度看，中国戏曲的叙事视角是全知型视角。值得注意的是，情节叙述的全知视角只是针对广义上的叙述者，即所有上场演员而言的，舞台上的叙述者却并非全部全知。单独的叙述者虽以限知视角叙事，可整个叙事过程却是全知视角，这是比较特殊的叙事模式。另外，由于中国戏曲具有极强的写意化、程式化和伦理教化特点，所以人物上场后，其动作、脸谱等也可帮助完成品行、性格的交代。

戏曲的排场决定了其叙事的结构。戏曲自身体制规定，不能对一人一事自始至终进行不间断的叙述，要注意其中人物和情节的穿插。所以，戏曲的叙事过程往往不是单一线索，而是双线或多线并行的，它们时而交叉，时而游离，呈现出共时性特点。但这种并行在实际表演中并不是真正意义上的完全共时，有些只是理念上的。戏曲要求把故事题材中的不同人物及其关涉事件进行情节分割，在叙述中将不同人物的情节段落按一定叙事逻辑进行穿插组合，最终完成叙述全过程。这种方式使得叙事中频繁出现情节的停顿和继续、对比和观照，有时还会出现意想不到的特殊叙事效果。

另外，戏曲是现时表演，叙事的进程与客观时间完全同步，所以对于一个历时较长的情节就不可能依照客观状况全部叙述，必须做出减缩，甚至省略。为了内容衔接紧密，省略部分还必须在下一出开头由演员通过独白补叙出来。有时，由于叙述中出现了情节的停顿，所以演员还要对前面出现过的情节进行重复叙述。不过，无论戏曲如何进行叙述，其叙述的时序一般只存在顺叙，不会有倒叙、插叙出现。

与戏曲相比，小说叙事的层次和方式更为多样。不过二者最大的不同点还在于叙事的语言和结构。小说的叙事语言包括两个层次，第一层是叙述者语言，第二层是叙述者转述人物角色的语言。若将小说改编为戏曲，很显然就需要将小说中叙述者语言转化为人物角色语言。在叙事结构上小说一般不允许情节多次的中断、停顿，要求相对流畅。而且往往以一个中心展开，即使是"花开两朵，各表一枝"的平叙❶，也要保证叙述中的各自独立，自成体系。至相关情节处，双线再行交会，不会彼此纠缠。小说还可以运用倒叙、插叙等方式，对顺叙进行补充和替换。总之，由小说改编至戏曲，需要对叙事的模式进行相应的调整和改变，这是《昇平宝筏》作者不得不考虑之因素二。

第三，特殊创作、表演环境的要求。

《昇平宝筏》的创作与表演地点都是在清朝皇宫，这种特殊的外在环境决定了它的创作必须遵守皇家的道德准则、礼乐规范，同时还要展现满清贵族的气派与威严。

前文提到，清代对文化的钳制是相当紧严的，对于戏曲也有种种限制，所以《昇平宝筏》的创作首先不能触犯这些条律法规。其次，清代贵族因出于北方满洲少数民族，对于很多歧视性字眼、称呼极为忌讳，加之，他们又与汉人存在不同的生活习惯和风俗，这些也不能有丝毫的触动和影射，所以，《昇平宝筏》对小说《西游记》中与此相涉的内容就要进行删撤。

---

❶ 所谓"平叙"，是指"叙述者在同一故事时间内讲述不同空间或不同线索的事件的叙事方式"。王平：《中国古代小说叙事研究》，河北人民出版社2001年版，第195~196页。

皇家演出，不仅是贵族们休闲娱乐的一种方式，同时也是展现其超凡气度，豪华排场，浩荡威仪的重要手段。尤其是连台本戏，它体制庞大，人物众多，表演起来能够形成巨大的声势和规模，因此成为清代前中期皇宫最为盛大的演出之一。《昇平宝筏》的创作需要满足这种要求。

清宫连台本戏在多层戏台上表演，舞台格局、结构决定了戏曲的时空观念和表演模式。而这些在作者动笔创作之前，就必须规划齐整，成竹在胸。

以上，当为《昇平宝筏》作者不得不考虑之因素三。

第四，皇帝意志的决定。

《昇平宝筏》是清代最高统治者亲自下令要求创作并进行演出的。其目的在于：一、庆贺"海内升平""四海清宁"；二、"尊王道去斜归正"。可见，皇帝对于此剧的创作主旨已经提出自己的要求，也就是，《昇平宝筏》不仅要表现天下太平、海内一统的盛世景象，同时要作为文治教化的重要手段，以此来规范人们的行为，纠改邪佞的举动。总之，目的就一个——"尊王道"，巩固皇权的至尊地位和维护国家的最高统治。

由于《昇平宝筏》具有敕制的特点，所以该剧必须按照皇帝的思路编制，不得有任何的改动和修正。这成为《昇平宝筏》作者不得不考虑之因素四。

应该看到，4个因素中，前两个来源于文学自身的规定性，后两个则来自客观政治环境的约束。在它们的共同作用下，《昇平宝筏》在故事情节、结构层次、思想主题等多个方面对小说进行了改编。

康熙朝岳小琴本《昇平宝筏》首先删除掉了小说《西游记》中的"唐太宗入冥""通天河"两段情节。其中，"唐太宗入冥"

主要是违反了《大清律例》的有关条款。《大清律例》要求："凡乐人搬做杂剧戏文，不许妆扮历代帝王后妃忠臣烈士、先圣先贤神像……其神仙道扮及义夫节妇、孝子顺孙、劝人为善者，不在禁限。"❶很明显，作为唐王的李世民是不能出现在戏曲表演中的❷，所以必须删除。"通天河"的删除与整剧思想主旨有关，下文将详述。另外，在乾隆朝珊瑚阁本《昇平宝筏》中，又删除了"灭法国"一段。这主要源于"灭法国"内容的敏感性。满人有薙发扎辫的生活习惯，顺治二年（1645）多尔衮颁布薙发令，要求"各处文武军民尽令薙发，倘有不从，以军法从事"。广大民众被迫强行薙发习满俗，这造成了汉人大规模的反抗。"灭法国"恰恰讲述了国王被僧所谤，故要杀僧一万还愿，悟空过此国，夜剃国王、众嫔妃、大臣之发，以为警示的故事。这似乎有影射满清统治者之嫌，故不可上演。

《西游记》中的绝大多数故事段落虽在《昇平宝筏》中得以保留，但也必须作出适当的删减与改变，这样的调整在《昇平宝筏》的成书中是大规模的，以下略举几例。

例一，小说《西游记》第二回悟空拜师求长生不老一段先后叙述了这些情节：仙山拜师、师祖赐名、悟空修持、师祖问学、悟空猜谜、暗授口诀、修成变化、运神飞升、人前卖弄、返乡辞师。可是到了《昇平宝筏》，仅保留仙山拜师、师祖问学、悟空猜谜、暗授口诀、返乡辞师等五段，很明显简省极多。

---

❶ 王利器：《元明清三代禁毁小说戏曲史料》，上海古籍出版社1981年版，第18页。
❷ 岳小琴本《昇平宝筏》将整个"唐太宗入冥故事"进行删除，至珊瑚阁本《昇平宝筏》部分恢复了"梦斩泾河龙"的情节。

例二，小说第二十四、二十五回，有万寿山五庄观镇元大仙擒拿唐僧师徒四人以雪人参果树之恨的情节。其先后两次捉获唐僧四人，并鞭打、油扎悟空。这一情节到了《昇平宝筏》，作者将镇元子两次捉拿，变成一次，简化了情节。

例三，小说第四十五回、第四十六回，言说车迟国悟空与虎力大仙、鹿力大仙、羊力大仙斗法，他们比试登坛祈雨、云梯显圣、隔板猜枚、断头再生、剖腹剜心、油锅洗澡。至《昇平宝筏》，仅余登坛祈雨、断头再生、剖腹剜心、油锅洗澡，且细节也省略很多。

例四，小说第五十九至六十一回载唐僧过火焰山故事。其中有悟空所变虫儿被铁扇公主吃到肚中，公主被迫借假扇，悟空以此灭火险些被烧情节，又有悟空变牛魔王模样骗得真扇，魔王察觉后回翠云山，铁扇公主哭诉一情节。此两段内容在《昇平宝筏》都被省略，前者在孙悟空往摩云洞寻牛魔王一出，由孙悟空转述，后者在牛魔王变猪八戒取回芭蕉扇一出，由牛魔王转述。

例五，小说第九十八回，描写唐僧四众来到西天，佛祖侍者阿傩、迦叶传经却要人事。唐僧无有，二人只传无字真经。四人发觉后，再往西天，送上紫金钵盂，方得真经。而在《昇平宝筏》中，这一情节全部删略。

以上5例中，例一作者调整的内容大多在表演上存在一定难度，即使运用传统戏曲虚拟程式化的表演方式，其精彩程度和意义也并不大，相反，还极易造成剧情的拖沓和砌末、道具制作上的浪费，所以应予剪除。例二、例三删除内容较之保留内容，表演较为容易，但情节过于雷同。作者为了缩短表演时间，增加精彩程度，于是删繁就简，保留了极具表演难度的内容。例四的变化，主要是多重因素综合考量的结果。转述的运用，让情节更为完整，内容更加集中，表演起来又不费力，因此是比较合理的。例五的省略与主题思想的表现有关，下文将详述。

当然也不是所有情节的删除都与戏曲体制等因素有关。在岳小琴本《昇平宝筏》中，"南山大王""金𧌒洞""真假美猴王""琵琶洞"等情节的省略，珊瑚阁本《昇平宝筏》中"凤仙郡""寇员外"等情节的删减，恐怕就是作者考虑了内容篇幅因素的结果。

除了对情节进行大量的删减外，《昇平宝筏》也增加了很多原小说没有的内容。从大的段落情节看，作品首先增加了唐代贤臣名将凌烟阁画像，及大唐太宗皇帝御驾亲征颉利可汗的内容。前者占 2 出，后者占 11 出。这些情节完全与西天取经的题材无关，更多是为了表现大唐王朝的国力鼎盛、军队的所向披靡。其中作者对当时的名臣勇将更是不惜笔墨，一方面描写他们为大唐江山的建立出生入死、冲锋陷阵，另一方面赞颂他们的功勋卓著、骁勇善战，而且极力表现在面对反叛势力时，他们所具有的勇气与睿智。气宇轩昂的大唐天子，在如此众多的贤臣猛将的辅佐下，王朝国势蒸蒸日上，由此一个前所未有的盛大帝国也就呈现出来。在清初九州刚刚一统，寰宇初见安平的形势下，康熙皇帝正需要一部作品来歌颂海内升平的昌隆盛世，而《昇平宝筏》的作者恰恰领会了皇帝的用意，又看到取经故事的大背景——唐朝贞观之治的时代，可资利用。于是就借对唐朝盛世景象的描绘，歌颂当今时代的伟大功业，应该说这一做法是正中皇帝下怀的。

另外，在岳小琴本《昇平宝筏》中，还有很多散出，也是作者新加入的情节。它们或是刻画风调雨顺、百姓欢唱，赞颂五谷丰登、丰收在望；或是描写天上神仙、异域真人畅怀饮宴，闲散抒情。无论哪种形式，其用意均在于礼赞当世的政治清明、国泰民安。尤其是后者，比例更大，但是乾隆本《昇平宝筏》系统中，这一内容就大多删除了，取而代之的是更多的西游题材情节的叙述。

在题材片断内部，同样也有新增内容，这主要集中在祭赛国、狮驼岭和火焰山三段故事之中。西游题材中的绝大多数内容都以扫荡精媚、降妖除怪为中心，情节往往形成定式，即：唐僧被擒→徒众救僧→师弟被擒→妖出异法→请来神仙→除妖救师。为了消减这种结构上的重复，作者在原有情节基础上加入新内容，即在"祭赛国"中加入齐福与卓如玉的情节，在"狮驼岭"中加入柳逢春与鸾娘的情节，在"火焰山"中加入玉面姑姑招赘情节。三段新增内容均为男女主人公爱恋题材，这在很大程度上冲淡了原有降魔故事内容上的单一性。同时它们又夹杂在原有情节之中，增强了故事的曲折性和内涵的丰富性，线索更为多样，结构更加合理。

从戏曲整体结构上看，康熙朝岳小琴本《昇平宝筏》是继承了小说《西游记》"金线贯珠"的模式的，不过在具体情节前后关系上，《昇平宝筏》还是对小说进行了大规模的改造。以下所列为两作品情节段落结构顺序。❶

小说《西游记》：

虎穴解厄→ 伯钦款僧→悟空为徒→戴紧箍咒→收小白龙→观音禅院→收猪八戒→受多心经→黄风洞→流沙河→圣试禅心→人参果→白骨精→宝象国→平顶山 →乌鸡国→红孩儿→黑水小

---

❶ 为比较的方便，笔者将情节顺序一致的部分，纳入到了方框中。

鼍→车迟国→通天河→金岘洞→女儿国→琵琶洞→真假猴王→火焰山→祭赛国→荆棘岭→木仙庵→小雷音寺→释屎衕→朱紫国→盘丝洞→狮驼岭→比丘国→无底洞→灭法国→南山大王→凤仙郡→玉华国→青龙山→天竺国→寇员外→白字假经→老鼍翻江。

岳小琴本《昇平宝筏》：

狮蛮国→伯钦款僧→悟空为徒→戴紧箍咒→收小白龙→观音禅院→收猪八戒→受多心经→黄风洞→流沙河→圣试禅心→人参果→白骨精→宝象国→平顶山→红孩儿→乌鸡国→车迟国→通天河→黑水河小鼍→女儿国→盘丝洞→剿除颉利可汗→祭赛国→火焰山→木仙庵→荆棘岭→释屎衕→小雷音寺→朱紫国→灭法国→凤仙郡→狮驼岭→比丘国→无底洞→玉华国→青龙山→天竺国→寇员外→老鼍翻江。

由此可见二者结构上的不同。《昇平宝筏》发展到乾隆朝，其情节先后顺序又一次发生变化，其状况参看第二章岳小琴本、珊瑚阁本情节顺序之比较。

在情节段落内部结构上，《昇平宝筏》也作出了一些调整。首先它结合戏曲的体制，把每个故事中的妖魔主角安排在第一个出场。其次，为了排场设置的需要，它会把两个或多个故事放在一起进行叙述。如将"白骨精"与"宝象国"两故事交织在一起，让牛魔王入赘情节与九头鸟祭赛国偷舍利内容相互关联等。这样的改动使叙述更为多变，不至于像串糖葫芦，一个情节连一个情节，给人死板僵化、不知变通的感觉。岳小琴本这样的改动不是很多，到了珊瑚阁本，改动的程度就远远高于前者了。

再从作品的人物刻画和思想主旨看，《昇平宝筏》对小说《西游记》的改变就更大了。

作为神魔小说，《西游记》所描绘的是一个虚拟的非现实世界。由于全书运用抽象的手法，所以小说主旨内涵呈现模糊和多义的特点，也正因为如此，小说主题的诠释历来都是众说纷纭，聚讼不一。❶ 在笔者看来，对小说主题的认识，应秉持历史还原分析的方法，即将作品放置在原有的历史环境、创作背景下，较为客观地对作者当时的真实创作意图和旨归进行还原。这种分析要尽可能摒除研究者个人和所处外在环境等诸因素对研究带来的干扰和影响，力图使主题的分析最大可能地接近于作者的原始初

---

❶ 历史上对小说《西游记》主题的研究，曾出现过如下几种观点：(1)《西游记》心学之书，此书欲"摄魔还理"，让人修身养性，此观点以世德堂本《西游记》卷首陈元之《刊西游记序》，及《李卓吾先生批评西游记》为代表。(2)《西游记》证道之书，言"金丹大旨"，此观点以《汪澹漪评古本西游证道书》为代表。(3)《西游记》乃崇佛谈禅之书，此观点以陈士斌评注《悟一子批点西游真诠》为代表。(4)《西游记》乃大学之书，可"释厄""劝学"，此观点以张书绅评点《新说西游记图像》为代表。(5)《西游记》是一部玩世之作、游戏小说，此观点以胡适为代表，参看《〈西游记〉考证》，见姜义华主编：《胡适学术文集·中国文学史》，中华书局1998年版，第962~998页。(6)《西游记》乃讽刺揶揄世态之作，此观点以鲁迅为代表，参见《中国小说史略》，《鲁迅全集》（第九卷），人民文学出版社2005年版，第167~175页。(7) 反抗与投降，双重主题矛盾说，此观点以张天翼为代表，参看"'西游记'札记"，见作家出版社编辑部编：《西游记研究论文集》，作家出版社1957年版，第1~16页。(8) 主题转化、主题统一说，此观点以李希凡、胡光舟为代表。(9) 农民起义说，此观点产生于"文革"时期。(10) 20世纪90年代后之众多学说。郭英德："《西游记》的思想意义"，见傅光明主编：《插图本话说西游记》，山东画报出版社2006年版，第176~205页；竺洪波：《四百年〈西游戏〉学术史》，复旦大学出版社2006年版。

衷。基于此，笔者认为，众多《西游记》主题的认识虽不能说绝对荒谬，但大多都偏于一端。而明清以来社会思想、文化和文学发展的整体趋势看，三教合流思想在《西游记》中已有体现，因此对小说主导思想的判定不可妄顾一教而绝他，更何况作者对宗教人物的采用又较为随意，可谓百无禁忌；对孙悟空人生价值观在小说前后情节上呈现出的矛盾这一客观事实，也不应予以否认，相反应着力探讨作者如此构架主题的原因；对于讽刺与游戏的创作态度应更多地思考作者用意，而其他诸多观点亦可作为参考。至于由历史原因产生的"农民起义"之类观点，大可弃置不论。《西游记》主题的多义性探讨实际是一个将长久进行下去且无法完结的课题，急于找出终极答案无异于揠苗助长，适得其反。所以，不妨旋转视角进行逆向观察，就会发现，虽然学界对小说主题的阐释各不相同，但是对于小说作者的基本观点和态度的认识却不会有太大的分歧，即小说作者是借描写神魔世界以反衬现实生活，靠揶揄神仙妖魅来讽喻世间大众，他怀有一颗旧时代传统知识分子的治世理念，希望世人与统治者都能秉承朴素的人本思想、伦理观念，并以此来完成王道社会的延续。这充分反映出明清文人对治平道路的求索探寻。

与之相比，《昇平宝筏》的主旨要单纯一些，虽然它也是借神魔题材阐发微言大意，以取经历程隐喻人生哲理，但抽象的程度大大减弱，主题的表露更加清晰。作者甚至直接在作品第一本第二出就开门见山地点出自己的创作意图：

  （内白）借问台上的，今日搬演谁家故事？（八开场官向）搬演唐僧取经，《昇平宝筏》。（内白）《西游记》流传已久，怎么又叫做《昇平宝筏》？（八开场官白）这本传奇，旧编的唐家贞观，新演的昭代升平，犹恐世人愚昧，沉溺爱河，全凭佛子慈悲，超登觉岸，为此编成宝筏，普度苍生。惟愿天下的人，福田圆满，不须西土见如来，心地光明，尽化中华成极乐。台下的须要大家着眼，及早回头，莫当做寻常歌舞看过了。（分白）

> 识得灵山在眼前，　　　即心见佛胜参禅。
> 梦时悟向迷中度，　　　醒后迷从悟里牵。
> 五百年前原即此，　　　十万里路只如然。
> 《昇平宝筏》从头看，　　便是慈悲结善缘。❶

在作者看来，《昇平宝筏》是指点迷津之作，它可引领世人早日觉悟，"超登觉岸，福田圆满"。那么到底作者于《昇平宝筏》中灌注了怎样的妙意和精髓，它又是如何启迪世人的，这就需要从该剧的内容，从对小说的细节的改编中寻找答案了。

《昇平宝筏》的绝大部分内容沿袭小说《西游记》，主要人物及其性格未作太大的改变。但对大闹天宫与孙悟空早期性格却进行了处理，这使得小说前后情节中原有的矛盾得以消除，题材的思想内涵被重新赋予。

《昇平宝筏》一开始对孙悟空的描画与小说如出一辙，别无二致。悟空本是一个天产石猴，出生灵慧，因为猴群探得洞穴，于是占山为王。后远游寻访，拜师学艺。学成归来，他又结交魔友，龙宫求宝，大闹冥府。此时的孙悟空初涉人间，未谙世事，完全是一个自然人。所以在他看来，人间秩序的建立依赖的是个人的本领，于是他按照自己的想法做事，侵犯了龙王和阎罗的权

---

❶ 珊瑚阁本《昇平宝筏》第一本第二出。

益,触动了神仙世界的现有秩序。在这一情节里,戏曲和小说都试图把孙悟空塑造成一个完全自然的、未受到社会传统思想和等级观念熏染的人的形象,这时的猴王完全凭借自己的武功、法力在社会中生活,时不时流露出一丝孩子气。面对这样一个对现实世界构成威胁的人,社会秩序的维护者们将如何处理呢?老谋深算的太白金星意识到悟空初到人世、不习规则的特点,于是建议玉帝对其招安。一则有所制约,二则不动兵戈,省却麻烦。至此,《昇平宝筏》与小说《西游记》的情节内容是没有多大差别的。然而接下来,二者关于孙悟空的刻画开始出现分歧,小说中记载:

> 这猴王查看了文簿,点明了马数。本监中典簿管征备草料;力士官管刷洗马匹、扎草、饮水、煮料;监丞、监付辅佐催办;弼马昼夜不睡,滋养马匹。日间舞弄犹可,夜间看管殷勤:但是马睡的,赶起来吃草;走的捉将来靠槽。那些天马见了他,泯耳攒蹄,都养得肉肥膘满。不觉的半月有馀,一朝闲暇,众监官都安排酒席,一则与他接风,一则与他贺喜。❶

由此可见,孙悟空对于差事是恪尽职守,任劳任怨,不辞辛苦的,在他看来这是一份上天交付与他的重要工作,是展现其本领、能耐,并最终体现其价值的事业,是值得认真对待的。然

---

❶ (明)华阳洞天主人校:《新刻出像官版大字西游记》,金陵世德堂本,见《古本小说集成》编委会编:《古本小说集成》,上海古籍出版社1994年版,第80~81页。

而，使他没有想到的是，弼马温乃是一不入流的小官，玉帝招他上天并不是重视他，也不想任用他，甚至根本就没瞧得起他。此时孙悟空真正意识到自己的尊严和名誉受到了损害，自己的能力、水平没有得到应有的认可，他大发雷霆，返回花果山。

应该说小说刻画这一内容是要表现悟空的勤奋和天真，暴露玉帝不识人才，不会用人的本质，进而说明悟空反抗强权，抵触现行社会秩序的合理性。可是在《昇平宝筏》中，对于悟空，作者完全颠覆了这一理念，在他笔下，孙悟空只图声名、不务正业、好酒贪杯、顽劣异常。岳小琴本、珊瑚阁本原文如下：

御马监人役接老爷（付穿衣介，付唱）
[前腔] 朝阳凤喈喈，见青骢行处，人人喝彩。旌旗河洛，谁云万里三阶，元裳赤舄来补衮，缓带轻裘丰度佳。三章法七政排，搜求沉弊肃衔齐。冰壶的青案开，断金倚玉励同侪。（外、丑衔官接上白）久闻堂翁奇才，不胜企慕，今得同任监事，晚弟沾光多矣。（付）好说，好说。老孙一味粗直，莫怪。（外、丑）旧例有迎风酒。（送酒介，白）天姬们走动。（二旦上白）袅袅天香称第一，遏云来入九霄中。天姬叩头。……（付白）聒絮得紧，叫他们去罢。（二旦下。付）我问你，我这弼马温，有几品，有多少俸禄？（外）堂翁原来不知，这个弼马温，是个养马的，有甚么俸禄。（付脱衣介白）怎么叫老孙替他养马起来。（唱）
[清歌儿] 听说着教人叵耐，恁的般小觑英才。我把公堂器皿齐打坏，还归下界独为王，好不自在。俺孙爷不做这个买卖。（下，外、丑白）好利害，好利害。（丑）这个是甚么意思？（外）他嫌官小。（丑）看他这付嘴脸，只好做这样官罢了。（外）官封弼马心未足，思想高迁意未宁。（丑）这等一个性子，不但不能高

349

迁，只怕还要罢职。(下)❶

(悟空虚白，作换官服簪花科。杂扮马夫，……杂扮伞夫，……仝从寿台门暗上。悟空作乘马绕场科。仝唱)
[仙吕宫集曲·甘州歌][八声甘州首至合]朝阳凤鸣喈，[韵]见青骢行处，[读]人人喝彩。[韵]旌旗河洛，[句]谁云万里三阶，[韵]元裳赤舃来补衮，[句]缓带轻裘丰度佳。[韵][排歌合至末]三章法，[句]七政排，[韵]搜求沉弊肃衙齐。[韵]冰壶皎，[句]青案开，[韵]断金倚玉厉同侪。[韵](作到上仙楼科，二衙官白)久闻堂翁奇才，不胜企慕，今得同任监事，晚弟沾光多矣。(悟空白)好说，老孙一味粗直，莫怪，莫怪。(设公案桌椅，作升堂。众人役按班次叩拜。书吏捧文簿科白)请新任老爷执笔判行。(悟空白)我那里耐烦写字，你去判了罢。(唱)
[仙吕宫正曲·大斋郎]你当该，[韵]好村材。[韵](书吏白)标判文书，是衙门规矩，怎生便要烦恼。(悟空唱)俺何曾书案把头埋，[韵]从今标判烦伊代。[韵]俺只可逍遥自在免宣差。[韵](衙官白)堂翁到任，向例有接风酒席，唤歌姬们走动。(悟空白)这才是有趣的，同寅老哥。(设酒席桌椅，各入桌坐科。众手下作唤歌姬科。从仙楼门下，旦扮四歌姬各穿衫、背心，系汗巾，从仙楼门上白)袅袅天香称第一，遏云声入九霄中。歌姬叩头。(二衙官白)好生承应。(歌姬作奉酒科唱)……(悟空白)吃得高兴，我倒忘了，自家的官衔。我问你，我这弼马温，有几品，有多少俸禄？(二衙官白)堂翁原来不知，这个弼马温，是个养马的，有甚么俸禄。(悟空作怒，脱衣科白)怎么叫老孙替他养起马来。(唱)
[仙吕宫正曲·青歌儿]听说着教人怎耐，[韵]恁般的低微

---

❶ 岳小琴本《昇平宝筏》第一本第十出。

看待。［韵］我把公堂器皿齐打坏，［韵］（合）还归洞府。［句］独为王好不自在。［韵］（白）俺孙爷爷，不做这个买卖。（从寿台门下，二衔官白）好利害，好利害。（一衔官白）这个是甚么意思？（一衔官白）他嫌官小。（一衔官白）看他这副嘴脸，只好做这样官罢了。（一衔官白）官封弼马，心未足，思想高迁意未宁。（一衔官白）这等一个性子，非但不能高迁，只怕还要罢职。（各虚白，全从仙楼门下）❶

悟空新官上任，却不理公务，差事由人代理，一味吃酒作乐，如此态度难怪御马监衙官都说"他这副嘴脸，只好做这样官罢"。不仅如此，他还心高气傲，嫌官太小，反下天庭。这时的孙悟空已不再被人同情，他造反的合理性被取消了，相反好逸恶劳、不思进取、图名好利的性情却跃然纸上。

小说和戏曲接下来的情节虽然均是悟空自称齐天大圣，天兵讨伐失败，玉帝只好再次招安，然而其意义大不相同。小说所表现的悟空具有正义性，所以玉帝的失败给人的是一种振奋，标志着反抗统治者的胜利。而戏曲则只能说明悟空法术的高强和天界对他的毫无办法，这里的悟空似乎还有些许为所欲为，肆无忌惮

---

❶ 珊瑚阁本《昇平宝筏》第一本第十二出。另，康熙朝系统《昇平宝筏》与乾隆朝系统《昇平宝筏》对小说《西游记》的改编采用的方式实际上存在差别。康熙朝修改时更加忠实于小说，乾隆朝的修改则变动较大。从目前掌握的该剧演出材料看，康熙朝《昇平宝筏》在清宫西游戏表演史上的意义较乾隆朝《昇平宝筏》小得多，因此下文之论述更趋向于后者。在论述中，笔者将尽可能把二本相关材料一并列出，以显示二本思想、情节之不同和渐变之趋势。关于《昇平宝筏》各版本之间思想内容上的差异，笔者将另撰他文详加论述。

的味道。得胜的悟空再上天庭，被封为齐天大圣，可是在小说中他还是未被重视，成为闲人，玉帝因怕他再生事端，才让其看守蟠桃园。而在戏曲中，悟空却是直接被任命，与小说相比，这多少反映出天庭在处理猴王问题上的一丝变化，要知道悟空是有前科的。

到了蟠桃园，小说描写孙悟空依旧认真负责，当得知封官消息，"他等不得穷忙，即入蟠桃园内查勘""当日查明了株树，点看了亭阁，回府。自此后，三五日一次赏玩，也不交友，也不他游"。❶ 这时的悟空还是没有认清天界的实质，对玉帝还是抱有幻想。他依然稚气十足，对现有社会秩序处于懵懂状态，不过与天兵较量之后，自信心倒是陡然提升，以个人法力、本领闯天下的认识更加强化。也正因为如此，他才会监守自盗，偷吃蟠桃，并大闹蟠桃会，窃取老君丹。这个时候他或许有蟠桃盛会并未请他而产生的恼怒，但更多的是自然天性的流露，一种孩子气的表现。所以酒醒之时他才意识到"这场祸比天还大，若惊动玉帝性命难存……不如下界为王去也"。❷ 悟空真正被激怒是被天兵擒获，在老君炉中炼了七七四十九天之后。这时他才真正意识到，自己被欺骗了，他仍被排斥在现有秩序之外，要想成为真正的"齐天大圣"，还要靠自己的法力。于是激愤与反抗的怒火在他心中燃烧，他打上凌霄殿，口称"皇帝轮流坐，今天到我家"，意图抢占玉帝的宝座，以求得到真正的认可，而实际上悟空并不知道他的反抗口号的真正意义。最终悟空被法力无边的如来佛祖压

---

❶ （明）华阳洞天主人校：《新刻出像官版大字西游记》，第99~100页。

❷ 同上书，第109页。

在五行山下，这一结局不得不使人感到惋惜，因为反抗绝对权威的努力再一次失败了。

戏曲与之相比，更为浅白，特别是对孙悟空的刻画，仍然在延续弼马温一段的思路。对于升任齐天大圣，悟空自己都觉得好笑，他自言道："乍生乍灭假因缘，可笑俺孙悟空，闯来闯去，竟闯成了一个齐天大圣名号。"此地的悟空已经没有了小说中要求实现自我价值，得到社会认可的观念，相反他倒极像市井中人，靠泼皮耍赖、肆意闯荡为生，所以当身份突然发生改变的时候，他自己都会感到意外和可笑。封官后的悟空，沉浸于官架的排场和威风之中，他说道：

（大笑介）你看前呼后拥，黄罗盖顶，好洒乐也。

[黄钟·北醉花阴]（付唱）前呼后拥威风好，摆头踏声名不小。（白）可笑世人讲闯孙爷呵。（唱）闯一件蟒龙袍，戴这顶金纱帽，俺可也摆摆摇摇。玉带垂腰生受享，爵禄丰饶，闯将哥们都来踹孙爷的跟脚。❶

（悟空白）你看前呼后拥，黄罗盖顶，好不威风也。（唱）

[黄钟调合套·醉花阴]后拥前呼众牙爪，[韵]摆头踏威仪也那不小。[韵]则看俺金丝帽称蟒龙袍，[韵]畅好的摆摆摇摇。[韵]今日个遂开怀可也夸荣耀，[韵]享爵禄真个美丰饶。[韵]❷

---

❶ 岳小琴本《昇平宝筏》第一本第十三出。
❷ 珊瑚阁本《昇平宝筏》第一本第十五出。

这足见他对官位的享受和迷恋。上任当天悟空就喝得酩酊大醉，之后来园察看，第一想到的不是如何看守园子，竟是"玉帝真正知趣，晓得我老孙好吃果儿，着我管守这桃园，不免将此大桃吃他一饱，有何不可"。❶这哪里是什么反抗强权的英雄，简直就是"国贼禄蠹"。这样的"大圣"再去大闹蟠桃园、盗取老君丹，可就不是孩子气了，而是真正的肆意胡为。所以这时再描写天界捉拿悟空，入炼丹炉，就存在合理性，而如来佛祖将其压在五行山下也就显得大快人心了。

《昇平宝筏》对悟空性格的这种改编实际上是为了迎合小说《西游记》后半段的主题。小说前后两部分的分歧与矛盾集中地体现在悟空与天界的关系上，前半部分的大闹天宫是悟空对天庭的反抗，后半部分的西天取经则是悟空皈依佛法，被天界招安。为了使整个故事在思想上得以统一，《昇平宝筏》作者必须改变大闹天宫中悟空正义的形象，让被压五行山成为对他应有的惩罚，进而使西天取经成为悟空修成正果的必由之路，从而完成全剧主题的整合。

当然这种改变不只限于对孙悟空形象的修改，对于唐僧、八戒、沙僧同样也存在。如对他们被贬下界原因的叙述，小说中是这样记载的：

> 灵通本讳号金蝉，只为无心听佛讲，转托尘凡苦受摩，降生世俗遭罗网。
>
> ——第十一回❷

---

❶ 珊瑚阁本《昇平宝筏》第一本第十五出。
❷ （明）华阳洞天主人校：《新刻出像官版大字西游记》，第262页。

我本是天河里天蓬元帅。只因带酒戏弄嫦娥,玉帝把我打了二千锤,贬下尘凡。

我是灵霄殿下侍銮舆的卷帘大将。只因在蟠桃会上,失手打碎了玻璃盏,玉帝把我打了八百,贬下界来,变得这般模样。

我是西海龙王敖闰之子。因纵火烧了殿上明珠,我父王表奏天庭,告了忤逆。玉帝把我吊在空中,打了三百,不日遭诛。

——第八回❶

可见,唐僧师徒前往西天取经皆因前世有罪,他们与悟空只有赎得前罪,才能修成正果,重返仙界。而这里的罪,恐怕在作者看来绝大多数不可称为罪。作品对天界和佛教有所嘲讽、贬斥,所以唐僧、小白龙对佛法、天宫的亵渎不应为罪,而沙僧失手打碎了玻璃盏,实在冤枉,只有八戒似乎是罪有应得。综合来看,实际师徒五人都是因为违背了神仙世界的秩序,所以才受到罪罚。那么《昇平宝筏》对此是如何改编的呢?

只为五百年前,有金蝉子者,二障虽超,六通未达。因令五百年后,降生震旦,务持苦行,以立禅宗。

——第二本第三出

我是灵霄殿前卷帘大将,只因一日看见宝殿玻璃盏,贪心顿起,被执殿将军拿破,贬下尘凡,受此诸般刑罚,好

---

❶ (明)华阳洞天主人校:《新刻出像官版大字西游记》,第180,183,187页。

苦也。

  我本是天河里天蓬元帅，只因带酒戏弄嫦娥，玉帝把我打了二千锤，贬下尘凡。

  我是西海龙王之子，只因吃醉了酒，纵火烧坏了殿上明珠。父王表奏天庭，告了忤逆，玉帝将我吊在此间，打了三百，不日遭诛。

——第二本第七出

  很明显，作者采取了两种方式改编他们被贬的原因，其一矮化他们的品行，这种方式在前文分析悟空性格时已经提到，后又用于沙僧和小白龙。其二就是将原因归结为尚需佛法的修炼，这是作者重新设计出来的原因，反映到全剧就是对佛教的崇敬，对佛法修持的信奉。所以在《昇平宝筏》中，作者归结唐僧四徒是因为犯了贪财、贪色、贪酒、贪气之业，故当西天取经，而唐僧因尚需佛法修行，尘世磨砺，于是一并前往。这在佛教的大背景下，化解了小说主题上的矛盾。

  除此之外，在取经历程部分，《昇平宝筏》也否定了小说对佛教的讽刺、对如来的嘲弄，删除了白字真经和索要人事等相关情节。

  综合以上的分析可以看出，作者创作该剧的用意在强调唐僧师徒取经的必然性，即以戏曲的形式言说，只有一心向佛，苦行修持，不断忏悔今生的罪孽、贪欲，人才可解除苦痛，成就正果。进一步说，就是人应去除邪念，一心归顺佛法、礼教，虔诚守礼，谨遵法度，这才能早登福田，超登觉岸。作者的这一创作宗旨，实际源于所谓"尊王道去斜归正"，其目的就是要对人的思想进行引导，使他们无思无欲，做清王朝统治下的皇天顺民，而这正是满清统治者对社会大众的统治理想。

总之,《昇平宝筏》对小说《西游记》的改编是以皇帝的意愿为指针的,它不仅反映了清代宫廷演剧总的指导思想,同时也揭示了清王朝统治者的治民理念。应该看到,宫廷戏曲改编小说的有益尝试为西游题材的传播、发展作出了贡献。随着时间的推移,《昇平宝筏》的思想意义逐渐被人淡忘了,可它丰富的情节内容、精湛的表演技艺却成为戏曲艺术中灿烂夺目的瑰宝,让人久久不能忘怀,而这也就是《昇平宝筏》价值的真正所在。

第四章

《昇平宝筏》之后的西游戏研究

第四章 《昇平宝筏》之后的西游戏研究

《昇平宝筏》产生在清代花雅之争以及乱弹迅猛崛起的前夕，戏曲声腔的重大变革使《昇平宝筏》和西游题材戏曲的发展不可避免地受到影响。与此同时，作为宫廷大戏，《昇平宝筏》在内廷演剧体制不断嬗变、宫廷与民间戏曲交流日益密切的形势下，自身的文本形态、表演规模、内容情节也在发生改变。正是由于戏曲艺术内在要求以及戏曲外在生存条件双重因素的作用，西游折子戏、单本戏以及新剧目才如雨后春笋般大量出现。

第一节 《昇平宝筏》之后的西游戏总览

《昇平宝筏》之后出现的西游戏数量极多，除了少数为文人案头戏外，绝大多数都是折子戏和各种俗曲杂戏。它们的内容情节、曲词宾白来源不同，根据它们与《昇平宝筏》的关联程度，可将其分成三类：

第一类，本生西游戏。这类戏无论是故事内容、情节框架，还是曲词宾白均来源于连台本戏《昇平宝筏》，但各自沿袭的程度不一。有些戏完全是《昇平宝筏》中的单出或若干散出，它们游离全本之后没有作任何改动，直接另立新目，成为"新剧"；有些则在细微情节的处理上，在曲词的增删上作出调整或改变，当然改变的幅度也是存在差异的。

第二类，拟西游戏。这类戏又可分为两类，其一，借鉴西游作品中已有的情节线索，采取全面改编的方式，所得新作与传统西游戏情节虽相似，但曲词宾白全异；其二，模拟西游戏的故事模式，创作中采取全部虚构，或绝大部分虚构的方式，所得新剧思想主题、故事结构虽与传统戏大同小异，但具体情节却已不见于旧作。

第三类，未知西游戏。这类戏出现于《昇平宝筏》之后，但通过目前发现的文献资料和线索，还无法判断其内容情节，此即未知西游戏。对它们的进一步考证，还需等待新资料的出现。

现将笔者搜集的《昇平宝筏》之后西游戏，依照此三类标准进行归纳，详情如下。❶

一、第一类：本生西游戏

（一）《偷桃》（《偷桃大战》）

《偷桃》，又名《偷桃大战》，所见剧本5种❷，4种为台北"中央"研究院历史语言研究所傅斯年图书馆藏本，其中高腔抄本2种，昆剧抄本2种。"中央"研究院抄于光绪十九年八月十六日之昆剧剧本，题署："安天会总讲本"。误，当为"偷桃"一剧。第五种为清车王府藏曲本，题"偷桃大战全串贯"，昆曲抄本。经对勘，五本大致可分为两类，"中央"研究院高腔抄本与署"光绪十九年八月十六日抄"之昆腔剧本，及车王府本为一类，谓之"偷桃Ⅰ"；而署"道光十九年七月二十二日抄"之"中央"研究院昆曲剧本，为另一类，称之"偷桃Ⅱ"。"偷桃Ⅰ"四本全同，"偷桃Ⅱ"与之相比，情节全同，但曲词宾白略有小异。"偷桃Ⅰ"与岳小琴本《昇平宝筏》第一本第十三出

---

❶ 下文仅对搜集到的《昇平宝筏》之后西游戏进行了部分的归纳，未归纳之剧目见附录九。

❷ 此节所列诸本后西游戏附录九、附录十中均著录，但附录中亦包含笔者未见故此节中不提及的版本，此类文本附录中皆以"＊"标识。

"蟠桃会大圣偷丹"比较，曲词宾白全同。该剧讲述上天招安孙悟空，封其为齐天大圣，命看守蟠桃园，悟空偷食蟠桃，大闹蟠桃会，偷取老君丹，反下天界。

"偷桃I"中光绪十九年昆剧抄本，与题为"水帘洞"一剧合写。❶"水帘洞"抄于光绪十九年八月十九日，题署："水帘洞总讲卷七"。经校勘，此剧当为"闹天宫"，"水帘洞"乃误题。❷从二剧合写时间、笔迹观察，二者出于同一抄手，从二者署题及剧情看，似乎二本存在某种前后联系。特别是从"水帘洞总讲卷七"一处，可推断它们应为某一多本剧之二本。查《清车王府藏曲本》第十三册，收有一残本剧，题为昆剧《闹天宫总讲》，存五、六、七本。❸将光绪十九年昆剧《偷桃》抄本、《水帘洞》抄本、《闹天宫总讲》之六、七本对勘，二者全同，足见其剧出关系。

（二）《闹天宫》（《天宫大战》）

《闹天宫》，又名《天宫大战》，所见剧本4种，台北"中央"研究院历史语言研究所傅斯年图书馆藏高腔抄本两种，昆剧抄本一种；清车王府藏曲本存一种，为昆曲剧本。经对勘，"中央"研究院高腔二本、车王府昆曲本，三者全同，谓之"闹天宫I"。"中央"研究院昆剧抄本即为"闹天宫II"，其情节较以上诸本多出老君炼

---

❶《俗文学丛刊》在整理说明中，对此剧备注有："此目收录：K59～621（清光绪十九年抄本）内容：1.安天会总讲本，他本题名：偷桃。2.与水帘洞总讲卷七，即《天宫大战》合为一本。"见李孝悌主编：《俗文学丛刊》（第66册），"中央"研究院历史语言研究所、新文丰出版股份有限公司2001年版，第465页。

❷ 可参"闹天宫"条。

❸ 该剧影印本原无题署，不知原名。《闹天宫总讲》之名来历不得而知，且先沿用。此剧整理之说明云"残，留4、5、6、7本"，当有误。

猴、灵官护殿、如来收猴等内容，其他部分极为接近，与岳小琴本《昇平宝筏》第一本第十四出"花果山诸神捉怪"比较，宾白曲词全同。"中央"研究院昆剧抄本原题署："水帘洞总讲卷七"。误，当为"闹天宫"，其与《清车王府藏曲本》中所收昆剧《闹天宫总讲》之第七本全同。该剧讲述托塔天王带领天兵天将擒拿孙悟空，悟空勇斗诸神，二郎神携神犬出战，悟空被擒。

另：《安天会提纲》。

此题纲存北京故宫博物院。由题纲所录上场演员可知，此剧乃《偷桃》《闹天宫》二剧内容之合演。该剧分21场，具体情况见表4-1。

表4-1 《安天会》题纲所录演员一览

角色	土地	悟空	四小猴				一大蠹旗	猴变	一童儿
演员	**王全喜❶**	刘成春	王玉福	王顺福	刘来福	郭春福	李福安	张兴旺	**耿敬喜**
角色	四仙女				二童儿		金母	老君	赵天君
演员	高世□	□□□	高进寿	王宝敬	王得禄	张玉禄	李连春	张□禄	李永祥
角色	二童儿（又）		巨灵	天王	四上手				雷公
演员	侯有禄	王恒有	李七	吴存禄	赵来福	王得彩	赵□兴	李得寿	□□福
角色	四六丁				四元辰				电母
演员	赵双祥	李得喜	王兰祥	刘寿山	孙全义	白恒禄	李敬寿	董金禄	孙义寿
角色	风伯	雨师	红鸾	天喜	罗猴	计都	天罡	月孛	丧门
演员	□进寿	□全福	□进禄	李□元	□进奎	刘全兴	□志福	刘才	刘和福
角色	吊客	八云童							
演员	**王全喜**	□□□	□廷玉	高福	□□宝	孙长寿	周进喜	张顺禄	□□□
角色	马天君	□□□	刘天君	二郎	哪吒	狗形	—	—	—
演员	常海旺	武顺庆	刘来泰	永平	**耿敬喜**	马保来	—	—	—

❶ 此剧上演中存在一人饰多角现象，凡此状况演员姓名于表中皆以黑体字表示，下同。

(三)《闹天宫总讲》

《闹天宫总讲》，乃清车王府藏曲本。将此剧第七本卷末说明"尾声完，七本"与其他各本卷末说明"完，某本"对照看，此剧原书很可能共7本。现仅存第五、六、七本，讲孙悟空大闹天宫故事，其主要情节包括：牛魔庆寿、封弼马温、大战哪吒、看守蟠桃、大闹天宫、二郎擒猴、丹炉炼猴、灵官护殿、如来擒猴等。上文《偷桃》《闹天宫》条所提两本西游戏，即含此剧中。将《闹天宫总讲》与岳小琴本《昇平宝筏》第一本第九出"观风弼马心何足"、第十出"名注齐天意未宁"、第十三出"蟠桃会大圣偷丹"、第十四出"花果山诸神捉怪"、第十五出"八卦炉中心不定"、第十六出"五行山下志坚牢"对勘，其曲词宾白极为相近，惟各出开端与个别地方存些许差异。

(四)《殷氏祭江》

《殷氏祭江》所见剧本1种，乃北京故宫博物院存清内廷藏昆曲抄本。与珊瑚阁本《昇平宝筏》第一本第二十二出"撇子贞名似水清"比较，二者情节内容、曲词宾白绝大部分相同，仅存些许差异。该剧讲述由于水贼刘洪逼迫，殷氏不得已将出生不久的儿子抛入江中漂走，希望有好心人能够搭救。

《殷氏祭江》题纲所见1种，记录演员6名，具体情况见表4-2。

表4-2 《殷氏祭江》题纲所录演员一览

角色	殷氏	夜叉	水		鬼	
演员	纪长寿	刘长喜	张禄安	李存仁	刘荣□	刘进胜

以上演员中，民籍艺人"刘长喜""纪长寿"入署较晚，为

"光绪九年"❶，而刘长喜于光绪十五年卒❷，因此《殷氏祭江》题纲当出于光绪九年至十五年之间，且此剧上演时民籍艺人与太监伶人同台演出。

（五）《十宰》

《十宰》所见高腔剧本一种，为清车王府藏曲本。曲谱存一种，为北京故宫博物院存清内廷藏本，昆腔。经对勘，二本故事内容、曲词宾白几乎全同，与珊瑚阁本《昇平宝筏》第二本第十六出"饯送郊关开觉路"比较，亦同，仅存些许差异。该剧讲述众官为玄奘西行送别。

《十宰》题纲所见两种，能确定的是其中一本为昆腔杂戏，另一或昆、或弋，不确定。该剧上场主要演员八名，具体记载见表4-3。

表4-3 《十宰》题纲所录演员一览

角色		徐勣	杜如晦	殷开山	程咬金	尉迟公	二沙弥		唐僧
演员	A	高如桂	李来海	李德安	丁进寿	李金福	刘振喜	王金和	马德安
	B			张盛立			马昌禄	田喜	李惠山

注：A：《昆腔杂戏题纲》；B：《昆腔弋腔杂戏题纲》。

根据王芷章《清昇平署志略》第五章"职官太监年表"之"昇平署太监年表"所列演员入署年代可知：A 本所收题纲中伶人"刘振喜"入署时间最晚，为"同治十二年十二月五日"❸；B 本所收题纲中伶人"马昌禄"入署较晚，为"光绪二十五年十二

---

❶ 王芷章：《清昇平署志略》，上海书店1991年版，第557页。
❷ 同上书，第561页。
❸ 同上书，第479页。

月十三日"。❶ 由此可知二本题纲当出于同光时期。❷

故宫博物院存《十宰》剧本，其中的人物角色与题纲所录完全一致，而《昇平宝筏》、"车王府曲本"剧本则不同。

北京故宫博物院另藏《穿戴题纲》，其中收此剧，列演员上场服饰。

（六）《黑风山》（《盗袈裟》）

《黑风山》又名《盗袈裟》❸，所见剧本2种，其一乃台北"中央"研究院历史语言研究所傅斯年图书馆藏高腔抄本，全剧分四出，头出：借宿；二出：盗宝；三出：阙名❹；四出：降妖。与珊瑚阁本《昇平宝筏》第三本第三至第六出比照，情节内容较为一致，然曲词宾白不同者甚多。与岳小琴本《昇平宝筏》第二本第十七至第二十出相比，情况类似。另一为清车王府藏昆曲抄本，题"盗袈裟"，四本。此剧讲述唐僧取经路经观音禅院，长老了然见其携带锦襕袈裟便起歹念，放火欲灭口。不想临近黑风山黑熊大王夜至此寺，见袈裟窃取而走。悟空前去讨要袈裟，不得，请观音相助。观音擒住黑熊，令其皈依佛门，唐僧重得袈裟，上路西行。

---

❶ 王芷章：《清昇平署志略》，第520~521页。

❷ 入昇平署之太监，要经过"入署—拜师—念本子—上散学—唱对某戏—过某戏（说排）—声排—站某戏—安单"等过程方可承应上场演出（详细情形参看王芷章《清昇平署志略》第四章"分制"第二节"内学"，第52，53，55页），整个程序需要一定时间，因此很难确指题纲出现的具体年份。以下各本情况与此相类者多以此法确定时代。

❸ 此剧整理说明可见《俗文学丛刊》（第43册），第157页。

❹ 原本三出出目缺，《俗文学丛刊》整理说明补为"讲道"。

(七)《流沙河》

《流沙河》所见剧本 2 种,即北京故宫博物院内廷乱弹剧本和台北"中央"研究院历史语言研究所傅斯年图书馆之京剧抄本。经对勘,二者情节内容、曲词宾白几乎全同,与珊瑚阁本《昇平宝筏》第三本第十三出"爱河悟净撑慈棹"比较,内容也基本一致,但"流沙河"情节有很大扩充,曲词宾白不尽相同。该剧讲述唐僧、悟空、八戒西行,路经流沙河,遇被贬下界之卷帘大将。悟空、八戒与之打斗,悟净敌不过藏匿水中不出。悟空请菩萨相助,菩萨派天神收伏。悟净拜唐僧为师,皈依佛门齐上西天。

《流沙河》所见题纲 1 种,为北京故宫博物院内廷藏本。全剧共 10 场,演员 37 人,情况见表 4-4。

表 4-4 《流沙河》题纲所录演员一览

角色	八水旗							沙僧
演员	赫寿臣	姚得寿	蔡进寿	白恒禄	侯有禄	王宽彬	王志宝	张安福	李永祥
角色	悟空	八戒	唐僧	报子	四云童				善才
演员	刘成春	寇增元	春喜	王进喜	孙长寿	李连福	杨有寿	甄恒福	林进寿
角色	龙女	伟陀	菩萨	青龙	白虎	玄坛	灵官	伽蓝	金吒
演员	何来喜	孙全义	王宝敬	刘和福	陆敬顺	张得荣	刘来太	永平	赵双祥
角色	木吒	四上手				四小妖			
演员	□□□	赵进喜	王得彩	尹元福	赵来福	郭春福	刘来福	王顺福	杨宽福
角色	哪吒	—	—	—	—	—	—	—	—
演员	耿敬喜	—	—	—	—	—	—	—	—

注：表格第一行"八水旗"跨8列，"沙僧"1列；实际列数请以原表为准。

(八)《五庄观》(《万寿山》)

《五庄观》,又名《万寿山》,所见剧本 2 种,皆为台北"中央"研究院历史语言研究所傅斯年图书馆藏,昆曲剧本。其一题署"五庄观"者,含两出,即:大闹五庄观❶、擒僧活树。另一本题署"万寿山猪八戒",此本当为猪八戒单头本,仅录上本《大闹五庄观》一出中猪八戒一角之曲词宾白,由此可见二剧之关联。该剧讲述唐僧师徒西天取经,路经万寿山五庄观。镇元大仙之徒献人参果予唐僧,唐僧不食。八戒闻之,怂恿悟空偷吃人参果。徒儿发现,辱骂师徒,悟空一气之下推倒果树。镇元大仙归来发觉,擒住师徒四人,一定要悟空赔还。悟空求观音救活此树。

《五庄观》与《黄袍怪》一剧合写❷,《黄袍怪》乃七出昆剧剧本。❸从二本出目及内容看,二剧当同出自十二段本《昇平宝筏》(或称《天花集福》),北京国家图书馆存《昇平宝筏西游记》即是。经对勘,两剧分别为《昇平宝筏西游记》第四段第一至四出、第八至十二出。❹

(九)《黄袍怪》

《黄袍怪》,所见剧本1种,乃台北"中央"研究院历史语言研究所傅斯年图书馆藏昆曲抄本。此本含七出,出目为:闻仁驱邪、花灯失女、唐僧变虎、请美猴王、救儒逃洞、法场鸣冤、黄

---

❶ 此出出目以原书所标为准,未采《俗文学丛刊》整理说明之目。

❷ 《俗文学丛刊》整理说明对此剧标注称:"此目收录:K41～450(黄袍怪脚本,抄本)剧目:五庄观、擒僧活树(以上五庄观);闻仁驱邪、花灯失女、唐僧变虎、请美猴王、救儒逃洞、法场鸣冤、黄袍归正(以上黄袍怪)。"

❸ 详见"黄袍怪"条。

❹ 参看本书第二章"《昇平宝筏》版本考"之"《昇平宝筏》版本叙录"。

袍归正。花灯失女、黄袍归正二出原缺。该剧讲述爱爱道人显术迷惑乡里,闻仁直面揭露。宝象国柏大将军之女百花秀为黄袍郎掳去,唐僧为黄袍郎所擒,洞中百花秀与闻仁妻花香洁相见,二人修家书,放唐僧送信。黄袍郎闻知此事,化身书生往宝象国认亲。他将送信的唐僧变为猛虎。八戒、沙僧、小白龙搭救无方,八戒只得往花果山请悟空。悟空、八戒路遇闻仁,他被冤枉为劫掳百花秀的匪徒。悟空救其共赴宝象国,于法场救下师父,又前往妖洞去擒拿黄袍郎。

《黄袍怪》当出自十二段本《昇平宝筏》(或称《天花集福》)。❶

(十)《花魔寨》(《请美猴王》*《请猴》)

《花魔寨》,又名《请美猴王》《请猴》,所见剧本2种,一种为台北"中央"研究院历史语言研究所傅斯年图书馆藏高腔百本张抄本,分上、下两本;另一种题"请猴"为清车王府藏曲本,高腔。经对勘,二本几乎全同。与岳小琴本《昇平宝筏》第三本第十六出"猴王重义下山"对照,情节内容极相近,岳小琴本较之宾白曲词略繁,二者之间似乎存在承继关联。该剧讲述唐僧将悟空逐出师门,遇黄袍郎被变为虎。八戒、沙僧、小白龙皆无法降服妖怪,八戒往花果山请美猴王前往搭救师父。

另有一种《请美猴王》后西游戏,所见题纲二种,皆藏北京故宫博物院。二本所录演员不同,情况见表4-5。

---

* 《俗文学丛刊》整理说明注,"花魔寨"又名"请美猴王"。

❶ 可参看"五庄观"条。

表4-5 《请美猴王》题纲所录演员一览

角色		通臂猿	悟空	悟能	众 猴				
演员	A	（小）刘得	张德胜	雨儿	杨淳	靳保	班进朝	吉祥	李进禄
	B	武长寿□□瑞	吴永香	**刘进胜**	**刘进胜**	唐进喜	张进寿	王安	屠来顺
角色		众　　　　猴					抬轿猴	齐天大圣	
演员	A	福成	杨清玉	姚喜	安福	魏得禄	—	—	
	B	边瑞保	王金和	李来海	—	—	四上手	王景荣	

注：A：《昆弋腔开团场杂戏题纲》；B：《昆腔弋腔杂戏题纲》。

从 A 本题纲所录太监伶人看，"吉祥"出生较晚，为"乾隆六十年生"❶，而"魏得禄"卒于"道光四年"❷，故此本题纲，当出现于嘉庆道光年间。B 本中，"唐进喜"于光绪七年"要进宫内"❸，而"吴永香"于"光绪二十二年"❹卒，因此 B 本应为光绪朝这一时段的产物。

《请美猴王》一剧单出剧本笔者未见，而现存乾嘉四字本和二十一段本《昇平宝筏》中均含"请美猴王"一出。从上面二题纲所指的演出时间、上场演员看，题纲与《昇平宝筏》之间似乎存在对应关系，因此，此剧有可能即为《昇平宝筏》中的一出。《请美猴王》与《花魔寨》是否确属一剧多名现象，因无剧本对勘，故不可确知，存疑待考。

另，故宫博物院存《穿戴题纲》一书，其中记载有此剧演员上场所穿服饰之说明。

---

❶ 王芷章：《清昇平署志略》，第387页。
❷ 同上书，第420页。
❸ 同上书，第488页。
❹ 同上书，第515页。

(十一)《过平顶山》(《平顶山》)

《过平顶山》又名《平顶山》,所见剧本 2 种,皆为北京故宫博物院存清内廷藏本,属昆腔;曲谱存 3 种,亦为北京故宫博物院存清内廷藏本,昆腔,其一题署"平顶山"。需要注意的是,上所指诸本中存一本为昆腔单出戏总本与曲谱合写本,卷末署"光绪四年十一月二十七日"。❶ 对勘众本,发现皆无大出入。与珊瑚阁本《昇平宝筏》第四本第二十出"小妖儿岩穴消差"比较,二者情节内容、曲词宾白几乎全同。该剧讲述平顶山莲花洞小妖伶俐虫探听唐僧师徒所在,回洞与金角、银角大仙汇报,二妖盘算擒僧之法。

《过平顶山》题纲现存 2 种,皆为北京故宫博物院存清内廷藏本,一为昆腔,一或昆或弋,二者记载不尽相同。该剧上场主要演员 11 名,具体记载见表 4-6。

表 4-6 《过平顶山》题纲所录演员一览

角色		伶俐虫	金角大王	银角大王	四小妖				四小妖
演员	A	丁进寿	李金福	梁进禄	四上手				四下手
	B	丁进寿、刘进胜		刘振喜	刘荣福	张禄安	刘进喜	李存仁	

注:A:《昆腔杂戏题纲》;B:《昆腔弋腔杂戏题纲》。

A 本题纲中所录伶人"李金福"入署时间最晚,为"同治十年二月"❷,而"梁进禄"卒于光绪七年二月二十五日❸,可见该本出现于这一时间区间内。而这又与前面所提总本曲谱合写本

---

❶ 《故宫珍本丛刊》(第 665 册),第 246 页。
❷ 王芷章:《清昇平署志略》,第 474 页。
❸ 同上书,第 488 页。

《过平顶山》时间相近，可认为二本属同一系统。此本旁标注有"有杂戏本一个，现用，不必用连台总本"❶，说明在此戏上演之前，其昆腔杂戏本《过平顶山》就已出现，非用《昇平宝筏》本。B本中伶人"李存仁"入署时间较晚，为"光绪八年十月二十三日"❷，因此，此本当为光绪时期本。

另有一北京故宫博物院藏本，题名："平顶山"，然内容乃乱弹《盗魂铃》。见《盗魂铃》条。

（十二）《莲花洞》（《平顶山》）

《莲花洞》，又名《平顶山》，所见剧本4种，一种为中国艺术研究院戏曲研究所藏，清抄本；一种为清车王府藏曲本，昆曲抄本，四本中仅此本题署："平顶山全串贯"❸；其余两种为台北"中央"研究院历史语言研究所傅斯年图书馆藏，皆昆曲抄本。经对勘，"中央"研究院中一本与车王府本皆为六出，内容情节、曲词宾白皆同，其出目为：闻报、被擒、诓妖、下书、下凡、收童。此二本与"中央"研究院另一封面标"四知堂杨记"者非同一系统。该剧存单头本22本，包括以下人物：假老母、八戒、倚海龙、扒山虎、土地、执事小妖、唐僧、沙僧、小妖、伶俐虫、银角大王、老道、精细鬼、四值功曹、老君、金角大仙、混山大王、悟空、玉仙老母等。经比勘，众单头本与"四知堂杨记"本为同一系统。六本《莲花洞》与珊瑚阁本《昇平宝筏》第四本第二十出至第二十四出十分类似。

---

❶ 《故宫珍本丛刊》（第690册），第11页。
❷ 王芷章：《清昇平署志略》，第492页。
❸ 西游戏中另存"过平顶山"一剧，一名也为"平顶山"，二者皆以唐僧师徒遇金角大仙、银角大仙为内容，但并非一剧。

《莲花洞》所见题纲 1 种，存北京故宫博物院。该剧分 15 场，上场演员 59 人❶，具体情况见表 4-7。

表 4-7 《莲花洞》题纲所录演员一览

角色	八云童							混山大王
演员	刘思春	周顺福	王宽彬	高福	杨有寿	纪进保	高世和	陆敬顺	李永祥
角色	四功曹				四小妖				银角
演员	广林	永平	庆福	耿敬喜	王玉福	郭春福	刘来福	杨宽福	刘来泰
角色	八风旗								精细鬼
演员	孙长寿	蔡进寿	安□□	王志宝	孙全义	白恒寿	侯有禄	于长喜	胡得安
角色	四女妖				玉仙老母		金角		悟空
演员	五秃	朱四十	祥寿	王兰福	刘永和	李连春	长霖	连仲	庆寿
角色	四大妖				沙僧		八戒	唐僧	土地
演员	赵双祥	张兴旺	李得喜	刘寿山	李三元	刘成春	张进福	李万福	杜进玉
角色	老道	扒山虎	倚海龙	二童儿		老君	四神将		
演员	訾得全	张海兴	刘和福	胡全增	吴存禄	刘双福	刘全兴	李三元	宋进奎
角色	四上手				十八罗汉		报子		—
演员	李得保	王得彩	赵来福	尹元福	土地、报子、八风旗、八云童代		①		—

注：①此题纲仅见影印本，该角色扮演者姓名影印本原缺。

（十三）《乍冰》（《渡冰》）

《乍冰》又名《渡冰》，所见剧本 4 种，一为北京故宫博物院存清内廷藏本，弋腔；一为清车王府藏曲本，高腔；余两种均为台北"中央"研究院历史语言研究所傅斯年图书馆藏高腔抄本，且题为"渡冰"。经对勘，四本故事内容、曲词宾白极似，特别是车王府本与"中央"研究院本全同。四本与岳小琴本《昇平宝

---

❶ 因题纲破损，1 个演员名无法识别，故表内标为 58 人。

筏》第五本第七出"元奘沉水独遭殃"比较，曲词宾白极近，只是岳小琴本较之稍繁。该剧讲述唐僧师徒西天取经，路过通天河无法度过。河内鱼精欲捉唐僧，献计飘雪将河水冰冻。唐僧执意渡江，冰裂，唐僧被擒。

《乍冰》题纲所见2种，全同，均为弋腔。该剧上场主要演员15名，具体记载见表4-8。

表4-8 《乍冰》题纲所录演员一览

角色	唐僧	悟空	悟能	悟净	陈澄	院子	安人	水怪	水怪化身
演员	刘长喜	李金福	张盛立	刘振喜	李来海	高如桂	屠来顺	四下手	四上手

以上演员中，"屠来顺"入署较晚，为"同治十三年三月三十日"，当时仅11岁工老旦❶，而同治帝于十三年十二月辛未崩，因此《乍冰》二本题纲当出于光绪朝。

（十四）《女儿国》

《女儿国》，所见有玉蓉单头本1本，存台北"中央"研究院历史语言研究所傅斯年图书馆，京剧抄本。其中曲词宾白与珊瑚阁本《昇平宝筏》第五本第十九、二十出，岳小琴本《昇平宝筏》第五本第十二出都有些相近。

（十五）《西游火云洞妖》

《西游火云洞妖》，所见昆腔曲谱2种，北京故宫博物院藏。经对勘，二本全同。提纲本及二十一段本《昇平宝筏》中都存有"火云洞妖"一出，经对照，此本与二十一段本《昇平宝筏》第十本第一出"火云洞妖"曲词完全一致。另，第二类拟西游戏

---

❶ 王芷章：《清昇平署志略》，第480页。

"火云洞"条中载有"昆腔杂戏《火云洞》题纲",其中亦提到四出本"火云洞妖"。中国艺术研究院图书馆亦藏《火云洞妖》曲谱、串头题纲共两册,惜未获见。不清楚这几种"火云洞妖"文本与《西游火云洞妖》之关系,存疑待考。

(十六)《无底洞》

《无底洞》,现存剧本五种。其中京剧剧本1种,乃台北"中央"研究院历史语言研究所傅斯年图书馆藏本;乱弹剧本二种,一为清车王府藏曲本,一为北京故宫博物院存内廷藏本;另一为北京国家图书馆藏清抄本。前四种可分两类,前两种为一类,皆为二本剧,极相似;后两种为一类,亦无大差别。两类《无底洞》虽均述托塔天王助悟空擒地涌夫人故事,但情节不同。前一类以小妖守洞、悟空救师开始,较后者省略了唐僧被擒的片段。同时二者在曲词宾白、人物角色上差异也很大。故宫博物院、国家图书馆本较珊瑚阁本《昇平宝筏》第七本第十九出、第八本第二十至第二十四出有相近之处,似乎存在承继关系,而"中央"研究院本、清车王府本则与之不类。

第五种为北京国家图书馆藏清抄本《无底洞》,六出,与卢前《读曲小识》卷三所录"无底洞"极为相似。❶ 其出目为:灰婆巧说、妖玷清修、心猿识怪、徒弟寻师、姹女求阳、天王获鼠。经对勘,此本与岳小琴本《昇平宝筏》第八本第五出"庆长生灰婆巧说"、第二十出"老鼠精诡计玷清修"、第二十一出"镇海寺心猿识怪"、第二十二出"黑松林徒弟寻师"、第二十三出"姹女育阳求配偶"、第二十四出"元神悟道识丹头"全同。

《无底洞》题纲所见1种,乃北京故宫博物院存内廷藏本。

---

❶ 卢前:《卢前曲学四种》,中华书局2006年版,第186~188页。

整出戏分 10 场，演员 56 人，具体情况见表 4-9。

表 4-9 《无底洞》题纲所录演员一览

角色	八凤旗							金貂仙子
演员	王恒有	吴存禄	孙长寿	汪庆合	周进喜	王得禄	周顺福 刘福顺	朱四十
角色	五鼠形					四小妖		
演员	侯有禄	卢廷玉	赵万贵	蔡进寿	王志录	王顺福	杨宽福 王玉福	李福喜
角色	四大妖				灰鼠仙子	黄芽仙子	银苗仙子	地涌仙子
演员	李得喜	刘寿山	刘全兴	李三元	张兴旺	王和忠	王兰福 刘金福	祥寿
角色	悟空	八戒	沙僧	唐僧	金星	天王		
演员	寿庆	宋进奎	陆敬顺	李万福	张玉禄	张安福	李长太 刘合福	刘双福
角色	猫神	八云童	传令官	四上手			巨灵	岳兴帅
演员	赵双祥	凤旗代	张安福	李得保	张海兴	王全喜	王得彩 刘来太	耿敬喜
角色	四大铠				二郎神	哪吒	猫形	
演员	孙金福	高盛祥	李连福	李敬寿	永平	陈进喜	郭春福 尹元福	外学一名
角色	神将					—	—	—
演员	刘来福	李永祥	庆恒	刘全兴	刘成春	李三元	—	—

（十七）《水帘洞》

《水帘洞》，剧本现存 4 种。3 种存台北"中央"研究院历史语言研究所傅斯年图书馆，其中两本为昆曲剧本，一本为京剧；第四种为清车王府藏曲本，乃昆曲剧本。"中央"研究院两种昆曲剧本，其一题署"昆武水帘洞全本"，另一题署"水帘洞总书"。二者内容很相近，但宾白前者较后者丰富，曲词多出六支，对各种服装及科介的说明也更为详细。"中央"研究院京剧剧本与该院藏"昆武全本"也很接近，宾白有很多相同，但曲词差别略大；与"水帘洞总书"亦有相似之处，但差别较"昆武全本"更明显。该剧所见昆曲曲谱一种，台北"中央"研究院历史语言研究所傅斯年图书馆藏抄本，其内容与题"水帘洞总书"本全同。以上所论四种讲述牛魔王等人与孙悟空结拜聚会，席上悟空言无称心兵器，众人提议往东海龙宫讨要；悟空前往取得金箍棒，又讨要全身盔甲，龙王无法只得与众兄弟商议，答应赠与。

该剧所存车王府藏曲本《水帘洞》，为四本剧，情节包括：头本，猴王出世、灵山学道；二本，剿灭魔王、龙宫借宝；三本，独角鬼王、妖王结拜；四本，闹森罗殿、天宫招安。各本场次亦标注，情节标题有标有不标。此本与上述诸本相关部分有相似之处，但仍存差异，情节亦不尽相同。

将上述诸本与《昇平宝筏》比照，发现诸本彼此相似，却均有相同，与《昇平宝筏》亦皆存相似之处，特别是车王府藏四本《水帘洞》与岳小琴本《昇平宝筏》十分相近。二本对勘结果，岳小琴本第一本第二、三、四、五出，为车王府《水帘洞》头本第一、二、三、五场，第四场岳小琴本无；岳小琴本第六、七出为《水帘洞》二本；《水帘洞》三本岳小琴本无；《水帘洞》四本第一、二场为岳小琴本第八出，第三场玉帝招安一节岳小琴本无。

（十八）《九节山》

《九节山》，所见剧本1种，存台北"中央"研究院历史语言研究所傅斯年图书馆，昆曲抄本。该剧内容与珊瑚阁本《昇平宝筏》第九本第十七至第二十出情节很相似，细节有不同，而曲词宾白差异略大。该剧讲述唐僧师徒至玉华国，国王之三子拜悟空、八戒、沙僧为师，借取兵器。不巧兵器为九节山长生洞黄云大王所窃，他召开钉钯大会庆祝。悟空巧扮赶来，剿灭妖怪，黄云大王往九灵元圣处请求援助。九灵元圣施展妖术将国王与唐僧一并掳走。悟空往太乙天尊处求援，天尊降服其豢养的九头狮子，唐僧得救。

（十九）《狮驼岭》

《狮驼岭》一剧，所见剧本3种。其一存北京故宫博物院，属乱弹；余两种存中国艺术研究院。该剧存灵牙单头本一种，曲谱一种，均藏中国艺术研究院。该剧讲述唐僧师徒四人取经过狮驼岭，悟空、八戒遇小钻风胡嘶赖，悟空骗过并打杀胡嘶赖，后佯装其模样入狮驼洞，吓走众妖，见过三位妖魔。不巧悟空被认出，打斗中进入大妖口中，三怪骗说抬轿送唐僧，悟空饶过大妖。送唐僧途中，三妖起事，此时如来、普贤、文殊三佛前来降妖，师徒重归取经路。

该剧所见题纲1种，藏北京故宫博物院。全剧共分12场，上场演员61人，具体情况见表4-10。

表4-10 《狮驼岭》题纲所录演员一览

角色	八风旗							遮天大王
演员	王志宝	孙长寿	李连福	安□□	刘福顺	张德荣	高福	□□□	常霖
角色	四小妖				悟空	八戒	沙僧	唐僧	胡嘶赖
演员	郭春福	王顺福	刘来福	杨宽福	寇增源	刘成春	刘来太	李万福	**胡得安**
角色	四大妖								虬首大王
演员	永平	赵双祥	李得喜	张海旺	刘寿山	李永祥	四十儿	五秃	广林
角色	一报子	狮形	二童儿		四轿夫				灵牙大王
演员	王进喜	**尹元福**	杨增福	吴□禄	赵进喜	王得彩	李得保	穆双祥	邵文清
角色	八云童								假胡嘶赖
演员	杜进玉	蔡进寿	赵增福	高世和	白恒禄	杨有寿	侯有禄	张玉祥	**胡得安代**
角色	普贤菩萨	八执事	一伞夫	金翅鸟形	三沙僧			文殊菩萨	如来我佛
演员	刘双福	八风旗代	张安福	马保来	李三元	刘全兴	王宽寿	陈志福	梁得山
角色	三八戒			三悟空			悟空①		
演员	王兰福	刘才	王全喜	常保	耿敬喜	霍双云	**尹元福**	赵□喜	四上手

①此名单中角色出现重复，这是由于同一角色在不同场次出现了由不同演员扮演的情况。

二、第二类：拟西游戏

（一）《魏征斩龙》

《魏征斩龙》，所见仅唐太宗单头本 1 种，存台北"中央"研究院历史语言研究所傅斯年图书馆，京剧抄本。由此本可大概了解该剧剧情包括唐太宗夜梦泾河龙，召魏征助龙王免遭斩首，魏征梦斩泾河龙，唐太宗入冥，还阳召刘全进瓜等情节。此剧有未见于《昇平宝筏》而仅见于小说《西游记》、清传奇《钓鱼船》等作品的情节。

（二）《饯沙桥》

《饯沙桥》，所见仅全串贯乱弹剧本 1 种，乃清车王府藏曲本。该剧讲述唐王与众卿送唐僧西天取经，赐酒饯别。此本与珊瑚阁本《昇平宝筏》第二本第十六出"饯送郊关开觉路"剧情差异较大，曲词宾白全不同。

（三）《八戒成亲》（《成亲》《高老庄成亲》）

《八戒成亲》，又名《成亲》，所见剧本 4 种，其一北京故宫博物院内廷藏本，署"光绪九年五月二十一日响排，一刻"，为弋腔；其一清车王府藏曲本；另两种为台北"中央"研究院历史语言研究所傅斯年图书馆藏。车王府本、"中央"研究院本为高腔。四本内容情节、曲词宾白几乎全同，然与珊瑚阁本《昇平宝筏》第三本第八至第十出相关情节内容及曲词宾白却极不相似。该剧讲述悟空假扮高小姐，于闺房内等候猪八戒，八戒到来被假小姐骗入，悟空一下擒拿住，八戒告饶言说菩萨嘱托拜师取经。

《八戒成亲》题纲所见三种，内容大同小异，具体情况见表 4–11。

表4–11 《八戒成亲》题纲所录演员一览

角色		悟空		悟能		旦	
演员	A、B	李金福	刘荣福	白进贵	武长寿	魏成禄	唐进喜
	C						阿福

注：A《昆腔弋腔杂戏题纲》，B《外学昆弋题纲》，C《外派弋腔题纲》。

A、B本中太监伶人"唐进喜"入昇平署时间较晚，为"光绪七年"❶，而刘荣福则卒于光绪二十六年❷，故此二本当出现于这一时段。C本三演员李金福入署最晚，为同治十年二月❸，故此题纲当为同光时期版本。

（四）《定风岭》

《定风岭》，又称《黄风岭》，剧本仅见1种，为北京故宫博物院内廷藏本，属乱弹。该剧即演珊瑚阁本《昇平宝筏》第三本第十出"狠行者牵合从师"、第十二出"灵吉降魔禅杖飞"之事，但情节内容有所扩充，人物略有变更。该剧讲述悟空降服八戒，八戒皈依共赴西天，途经黄风岭，唐僧被黄风大王虎先锋所擒，悟空前去救师，为三昧神风吹得眼睛疼痛，太白金星变身相助，并告知灵吉菩萨可擒此怪，悟空请菩萨捉拿黄风怪。

《定风岭》题纲所见1种，亦为北京故宫博物院内廷藏本。整出戏分17场，演员55人，具体情况见表4–12。

---

❶ 王芷章：《清昇平署志略》，第488页。
❷ 同上书，第522页。
❸ 同上书，第474页。

表 4-12 《定风岭》题纲所录演员一览

角色	唐僧	员外	院子	悟空	八戒	太白星	青狼	二护法	
演员	春喜	刘双福	孙全福	刘成春	寇增元	**王全喜**①	张兴旺	刘来太	刘和福
角色	灵吉菩萨	八云童							
演员	春恒	赵增福	孙长寿	杨有寿	高盛祥	周进喜	王志保	张安福	张喜忠
角色	二女妖		四大妖						
演员	刘才	王兰福	刘寿山	刘全兴	张海兴	李福喜	李得喜	赵双祥	郭春福
角色	一报子		八风旗						
演员	王进喜	王连得	尹福寿	白恒禄	王得禄	张得荣	孙全义	李连得	蔡进寿
角色	四小妖				黄风大王		虎先锋		黄鼠狼形
演员	王顺福	王玉福	王合忠	杨宽福	长霖	**李永祥**	常海旺	李三元	马保来
角色	神将								四小猴
演员	耿敬喜	王宽寿	刘来福	庆平	**李永祥**	**王全喜**	永平	广林	王得彩
角色	四小猴			—	—	—	—	—	—
演员	尹元福	赵来福	李得保	—	—	—	—	—	—

注：①一本戏整场演出过程中，可能出现一位太监伶人扮演多个角色的现象，为区别这样的伶人，其姓名黑体加粗，下同。

由此亦可看出此剧之演出规模。

（五）《探路》

《探路》，剧本所见 2 种，均为台北"中央"研究院历史语言研究所傅斯年图书馆藏高腔百本张抄本。经对勘，二本全同。于《昇平宝筏》中未见此剧内容。此剧内容极为简单，言说悟空探路，征途平坦，突发感慨，想起取经前大闹天宫时人生经历。

（六）《火云洞》

《火云洞》，所见昆曲剧本 3 种，台北"中央"研究院历史语言研究所傅斯年图书馆藏抄本两种，一种正文卷端题署"头二本火云洞总讲";另一种封面题"真灵子张半仙""万臧金不换""木匠房二月二十八来往",正文卷端题署"火云洞"。北京故宫博物院藏抄本一种,其与"中央"研究院题"真灵子张半仙"一本曲词宾白几乎全同,与《昇平宝筏》却绝不相类,但情节相似。题"头二本火云洞总讲"者,与其他两本相比,内容情节、曲词宾白非常相似,但增加了若干新情节,其与《昇平宝筏》亦不相类。该剧讲述圣婴大王欲为父牛魔王献寿礼,于是化为受难孩童,唐僧不听悟空劝阻,固执救下孩童,被圣婴大王摄入洞中。悟空得知此怪为牛魔王之子,前去寻师,被红孩儿一场大火所烧。寻龟山水母灭火,未解此火,又被烧。使八戒往南海请观音搭救,圣婴儿假扮观音,将八戒擒拿。红孩儿派人请牛魔王吃唐僧肉,悟空扮作牛魔王洞中挑战。最终观音前来,收降红孩儿,唐僧师徒西天取经。

该剧单头本所见3种,台北"中央"研究院历史语言研究所傅斯年图书馆藏两种,收"陀土地""假牛魔王"之曲词宾白,此皆与"头二本火云洞总讲"本《火云洞》之内容一致。中国艺术研究院戏曲研究所存一种为"火旗单词"。

此剧曲谱所见三种,北京故宫博物院藏一种,其所收曲词与同馆藏"二本火云洞"一致,当为同一系统。中国艺术研究院戏曲研究所存两种,其一即上文所提及单头本,乃火旗单头本曲谱。

此剧题纲所见2种,皆存北京故宫博物院。从上场角色看,二者所演非同一剧,下分别介绍。

其一,为昆腔杂戏题纲,题目下有注文,题为:"一刻,此出是杂戏，另有《火云洞妖》四出轴子五□。"❶ 其中注明演员11人❷，情况见表4－13。

表4－13　昆腔杂戏《火云洞》题纲所录演员一览

角色	急如火	快如风	云里雾	雾里云	兴烘掀	圣婴
演员	李平安	张长庆	吴进忠	张春和	张得安	马得安
角色	八小妖					—
演员	□□□	杨玉□	欧来喜	陈进喜	赵永清	—

以上演员中，"马得安"入昇平署时间较晚，为"同治六年九月三日"❸，而"李平安"则于同治11年卒❹，由此可见，此题纲当产生于同治时期。

其二，《火云洞》题纲，显示该剧有11场，上场演员72人，情况见表4－14。

两题纲所显示的剧情人物与现存《火云洞》文本似乎均有出入，无法找到相互对应关系，故其演出剧本恐为他本。

（七）《琵琶洞》

《琵琶洞》，该剧剧本所见4种。北京故宫博物院藏2种，其一为昆腔剧本，其一为乱弹剧本。台北"中央"研究院历史语言研究所傅斯年图书馆藏两种，均为昆曲剧本，其一题署"琵琶洞"，另一题署"昆曲琵琶洞总本"。经对勘，四本皆不相同，且

---

❶ 《故宫珍本丛刊》（第690册），第11页。
❷ 从实际人物角色及书写习惯看，当为14人，因所见影印本缺扮演"八小妖"三演员，故仅书11人。
❸ 王芷章：《清昇平署志略》，第469页。
❹ 同上书，第477页。

表 4-14 《火云洞》题纲所录演员一览

角色				八火将				报子
演员	李永祥	刘来太	赵来福	董来顺	武顺庆	刘和福	李三元	王全喜	王进喜
角色				八火旗				四轿夫
演员	吴存禄	赵增福	高福	杜进玉	张安福	王连吉	周顺福	周进喜	四上手
角色				八火牌				八戒
演员	安义福	李连福	周进福	白恒禄	高世和	孙长寿	孙全义	孙义寿	王全喜
角色	红孩		四火车			悟空		沙僧
演员	刘来福	王元忠	纪进宝	王志保	蔡进寿	王恒有	耿敬喜	庆寿	陆敬顺
角色	唐僧	假红孩	山神	土地	水母		四水旗	
演员	张兰福	□□□	郑祥寿	孙全福	于长喜	刘福顺	侯有禄	□庆和	李富喜
角色	青龙形	假观音	二建将		假牛王		四轿夫	
演员	马保来	高进寿	王得禄	李敬寿	姚兰荣	张海兴	王得彩	尹元福	李得保
角色	龙女	岸神			四大妖			
演员	于长喜	永平	赵双祥	张兴旺	李得喜	李永祥	刘成春	王兰福	李三元
角色		神将等			铁扇公主	二女妖		观音
演员	霍双云	刘全兴	长保	常海旺	李七	刘才	朱四十	五秃儿	周志利
角色		四小妖			白鹦鹉		—	—	—
演员	王玉福	王顺福	杨宽福	郭春福	长霖	刘得寿	—	—	—

差异较大。故宫藏乱弹本，卷首题"道光二十六年六月秋乙□再录""皖郡汪□"。该本讲述唐僧师徒至西梁女国，迎阳驿女官相迎。该国丞相为女王招婿，相中唐僧。悟空出计，将计就计，骗得关文，师徒上路。毒滴山琵琶洞灵机夫人听说唐僧到来，劫僧入洞，众人说媒，唐僧始终不允。悟空前来救师，为蝎子精所螫，请来勾芒大帝，降妖西行。"中央"研究院"琵琶洞"本讲述牛魔王结义弟兄如意大仙守解阳山解胎泉，因为

义兄报夺子之仇，故而与琵琶洞飞钩圣母结为唇齿。派童儿明月前去邀请，不想飞钩圣母春心荡漾，强与明月一番云雨。如意大仙前来要人，为飞钩圣母所败。"中央"研究院"昆曲琵琶洞总本"讲述双钩圣母得道成仙，知唐僧到西梁女国，女王欲与之成婚。圣母打算前往擒住唐僧，与唐僧鸾交婚媾。巧遇唐僧师徒用计逃出女国，圣母趁势捉住唐僧。三女妖向唐僧说媒，均徒劳。悟空三人寻师找到琵琶洞，值日功曹受菩萨之命，通报昴日星君，悟空亦前来相请。昴日星君率众擒住蝎妖。故宫博物院藏昆腔剧本其若干曲词与珊瑚阁本《昇平宝筏》相似，但情节内容也不大一致。此剧还存单头本一种，现存中国艺术研究院戏曲研究所。

北京故宫博物院存此剧题纲1种，从出场角色看，与同馆收藏昆曲剧本内容较为一致。全剧分11场，出场演员共有47人，具体情况见表4-15。

（八）《盗魂铃》

《盗魂铃》剧本所见4种，3种为北京故宫博物院存内廷藏本，另一为清车王府藏曲本，皆为乱弹剧本。故宫博物院所藏三本几乎全同，无大差异，其中一本题名"平顶山"，误，实为《盗魂铃》。清车王府本较之故宫所藏三本，角色有所改换，剧情更为繁复，曲词宾白出入较大，但主要情节没有变化。该剧情节较为低俗，讲述青石大王与玉面仙姑盘算擒获唐僧，食其肉长生不老。玉面仙姑乔装为少女，路遇八戒巡山，八戒受诱惑被骗至山洞，捡到铜铃，与妖斗法。悟空见八戒不回，前来寻找与妖打斗。此剧内容在《昇平宝筏》中未见。

表 4-15 《琵琶洞》题纲所录演员一览

角色	八风旗							青云
演员	周进喜	王恒有	赵万贵	李连福	王得禄	孙全福	王连得	赵增福	祥寿
角色	三蝎形			四女妖				青霞	青露
演员	王志保	马保来	孙长寿	孙义寿	白恒禄	刘寿山	王兰福	王合忠	刘金福
角色	一报子	四御林军			四执事				
演员	王进喜	孙全义	蔡进寿	刘恩春	胡□增	刘福顺	周顺福	汪庆合	蔡□□
角色	四朝官	国王	太史	悟空	八戒	沙僧	唐僧	一伞夫
演员	高进寿	于长喜	春禄	高福得	庆寿	刘成春	□敬顺	张禄	王宽彬
角色	蝎虎形	青虎大仙	八云童		善才	龙女	韦驮	菩萨	鸡形
演员	侯有禄	庆恒	四御林军、四执事代		卢廷玉	侯庆福	王连吉	谢长清	外学扮
角色	四上手				—	—	—	—	—
演员	李得保	张海兴	王全喜	尹元福	—	—	—	—	—

(九)《陷空山》

《陷空山》，所见昆曲剧本 13 种，皆存台北"中央"研究院历史语言研究所傅斯年图书馆。其中 12 种为主要角色单头本，有：如来佛、文殊、普贤、观音菩萨、地藏菩萨、魔勒神、李天王（二本）、哪吒、诸众神公曲、云侍公曲、公曲。另 1 种为总本。该剧讲述西天佛祖讲经说道，众菩萨前来听法。恰蟠桃会，众佛前往，空留宝刹。半截观音修炼千年，欲拜佛祖得成金仙，到仙境见香花宝烛私窃而归，佛祖归遣天王快去捉拿，天王擒妖孽不加伤害，待其再修炼有成正果。此剧情节未见于《昇平宝筏》。

（十）《收八怪》

《收八怪》仅见 1 种，存台北"中央"研究院历史语言研究所傅斯年图书馆，昆曲抄本。此本乃残本，从现有内容看，存八出，仅见两出出目："望天犼聚会八怪""犼遣八怪撂唐僧"，其他均未标。其中一出标"第十出"，余皆标"第□❶出"。该本对上场人物服饰装扮详加注明。此剧内容低俗，讲八怪兄妹与黄毛仙师逃出西方大雷音寺，闻知唐僧往西天取经，故黄毛仙师遣八大怪分工捉拿。淫浪女专诱唐僧将其赚入洞中，其他人与诸徒弟鏖战。悟空求助于昆仑师、哼哈二将、四大天王，共擒妖人。此剧故事情节未见于《昇平宝筏》。

（十一）《红梅山》（《金钱豹》）

《红梅山》，又名《金钱豹》，该剧所见乱弹（京剧）剧本 3 种，2 种藏台北"中央"研究院历史语言研究所傅斯年图书馆，1 种为清车王府藏曲本。而"中央"研究院本之一为史语所抄藏车王府曲本。经对勘，三本十分相似，仅存微小差异。昆剧剧本所见 4 种，一存北京故宫博物院，其曲词皆配工尺谱；一存中国社会科学院文学研究所；中国艺术研究院戏曲研究所存 2 种，一名《红梅山》，一名《金钱豹》。昆曲剧本与乱弹剧本情节相同，曲词宾白亦有很多相似之处。此剧昆曲曲谱见一种，北京故宫博物院藏。与同馆藏昆曲剧本对勘，曲谱中唱词不见于昆曲剧本中，当属另一版本。

该剧现存题纲 2 种，皆藏北京故宫博物院。其一题《红梅山》，全剧共 12 场，演员 48 人，情况见表 4-16。

---

❶ 原本即空缺。

表 4－16 《红梅山》题纲所录演员一览

角色	豹形	八风旗							
演员	**马保来**	孙长寿	蔡进寿	赵增福	王志宝	孙全义	白恒禄	侯有禄	□长喜
角色	十六小豹								
演员	刘和福	李永祥	庆寿	李三元	李得喜	刘成禄	刘全兴	刘□山	闫献喜
角色	十六小豹							金钱豹	
演员	孙进喜	于福安	卢成福	唐金□	唐元□	何成庆	毕□禄	周进福	李昌清
角色	杜保	悟空		沙僧	八戒	唐僧	郑洪	院子	丫环
演员	李进山	徐得山	石来祥	陆敬顺	姜敬吉	张玉禄	张安福	孙全福	**王元忠**
角色	八小猴								土地
演员	赵双祥	张兴旺	王玉福	王顺福	刘来福	郭春福	王和忠	杨宽福	王得禄
角色	小姐	一车夫	丑小姐	假丫环	假小姐	小生	—	—	—
演员	**侯玉寿**	**马保来**	尹元福	**王元忠**	**侯玉寿**	张得福	—	—	—

另一题《金钱豹》，全剧共分 10 场，涉及演员 29 人，具体情况见表 4－17。

表 4－17 《金钱豹》题纲所录演员一览

角色	四风旗				金钱豹	豹子形	杜保	土地
演员	贾寿奎	蔡进寿	皮得义	曾禄喜	—	小喜	宋进奎	王得禄
角色	四小豹子				悟空	八戒	沙僧	车夫
演员	焦来顺	于寿珍	顺安	增寿	福庆	福顺	王成凤	翟广俊
角色	唐僧	邓洪	院子	小姐	丫环	俊化身	丑化身	猴化身
演员	平安	高进喜	赵来昆	石义林	刘春宽	福安	小寿	李元春
角色	豹子化身	四小猴子				—	—	—
演员	顺祥	久龄	永龄	李瑞兴	姚得寿	—	—	—

此剧情节未见于《昇平宝筏》。

（十二）《盘丝洞》

《盘丝洞》一剧，所见剧本 10 种。其中昆曲剧本 4 种，一为北京故宫博物院藏，一为中国艺术研究院藏，其余两种为台北"中央"研究院历史语言研究所傅斯年图书馆藏。"中央"研究院二本，其一为残本，其一为全本。经校勘，全本其内容、曲词宾白与故宫博物院本几乎全同，仅存些许差异。残本不同，其分出，第一出斗草报信，第二出探路化斋（残），第三、四出阙，第五出残，第六出投观受毒，第七出黎山指示（残）。二本虽基本情节相同，然具体细节、曲词宾白存在差异。将残本与珊瑚阁本《昇平宝筏》比较，前者曲词宾白大部分与后者第八本第二、三、五出同，可见其二者关系。全本则与《昇平宝筏》不类。

京剧文本所见 3 种，一为车王府藏曲本，其余两种为台北"中央"研究院历史语言研究所傅斯年图书馆藏。"中央"研究院中一本为车王府本过录本，三本全同。京剧文本情节不同于昆曲剧本，乃新创。另有两种《盘丝洞》藏于北京国家图书馆。该剧单头本所见三种，分别是台北"中央"研究院历史语言研究所傅斯年图书馆藏昆曲小蜘蛛玉香单头本，中国艺术研究院藏清昇平署抄本猪八戒、孙悟空单头本二种。经对勘，"中央"研究院小蜘蛛玉香单头本与前所提"中央"研究院昆曲残本属同一版本系统。该剧曲谱所见两种，皆藏中国艺术研究院，然其一即为前所提猪八戒单头本。

全本讲述唐僧师徒西天取经，途经盘丝洞，蜘蛛精月霞仙子思春烦闷，蜈蚣精金头大王得知唐僧到来，欲擒获与月霞仙子成亲，故而妖精设计。悟空入洞搭救不成，请观音菩萨前来捉妖。京剧本讲述蜈蚣精原想食唐僧肉，蜘蛛精摄唐僧入洞却想与之成婚。悟空前来搭救不成，玉帝派金吒、木吒、哪吒、二郎神等天将前来助战。

又，上所提《探路》一剧出于《盘丝洞》残本第二出探路化斋。

(十三)《火焰山》(《借扇》《窃扇》)

《火焰山》一剧，又名《借扇》《窃扇》，所见剧本两种。其一存台北"中央"研究院历史语言研究所傅斯年图书馆，昆曲残本；另一本存北京首都图书馆。有孙悟空单头本一本，题"窃扇"，亦藏台北"中央"研究院历史语言研究所傅斯年图书馆。曲谱所见两种，一藏台北"中央"研究院历史语言研究所傅斯年图书馆，题"借扇"一折，此本与"中央"研究院藏昆曲残本曲词几乎全同，当属同一系统。另一曲谱藏中国艺术研究院。"中央"研究院藏残本昆曲讲述唐僧师徒西天取经，路经火焰山不知如何翻越。询问土地，方知需借铁扇公主芭蕉扇。悟空前去索要，不想被扇所伤，遇普贤菩萨搭救。后再寻牛魔王相斗，八戒也往铁扇公主处再战。不成，悟空寻天兵天将，望其帮助取得芭蕉扇，以此过山。

又，北京故宫博物院有藏《芭蕉扇》题纲两种，与此剧内容相类，附于此剧后。

其一，整剧分为12场，演员61人，具体情况见表4-18。

其二，整剧分12场，演员36人，具体情况见表4-19。

三、第三类：未知西游戏

(一)《大战石猴》

《大战石猴》一剧，仅见北京故宫博物院藏《穿戴题纲》一书，其中记载有此剧上场演员穿戴情况。北京国家图书馆存此剧本1种，惜未获见。此剧之内容情节不知，待后详考。

表 4 - 18　《芭蕉扇》题纲 I 所录演员一览

角色	悟空	八戒	沙僧	唐僧	院子	员外	罗刹公主	假八戒	一风旗
演员	董生	刘进胜	刘如荣	马全禄	大达子	孙培亭	侯俊山	誉得全	董□元
角色	四女兵				四云童				土地
演员	朱四十	卢田长	杨永元	张宝义	马昌禄	张田寿	马恒安	张祥林	熊连喜
角色	二童儿		灵吉普萨		四龙套				玉面公主
演员	田喜	侯庆福	龚云普	周长顺	王广和	钱顺兴	王元□	董和玉	于庄儿
角色	牛魔王		报子	四大妖				哪吒	假牛魔王
演员	李七儿	张惠连	吴连明	□福□	□恒太	李顺德	□□□	杨九箫	刘七儿
角色	八云童								二郎神
演员	刘□□	钱顺兴	□进福	□和得	李福庆	田寿恒	□田长	□长林	王福寿
角色	四金刚				四天将				天王
演员	□□祥	武长寿	杨得福	张风岐	沈小金	王有福	孙培亭	长喜	金秀山

表 4 - 19　《芭蕉扇》题纲 II 所录演员一览

角色	悟空	唐僧	沙僧	八戒	院子	员外	罗刹公主	报子	一风旗
演员	长保	全禄	刘如荣	刘进胜	□顺祥	陈寿峰	俊山	张惠连	王元福
角色	四云童				二童儿		灵吉普萨	土地	玉面公主
演员	马昌禄	张田寿	马恒□	宋□奎	侯□福	田□□	屠来顺	熊连喜	玉琴
角色	四龙套				牛魔王	四大妖			
演员	孙进禄	刘□□	文祥芝	董□□	李七	鲍福山	□□□	□林	张进寿
角色	假八戒	众天将				哪吒	假牛魔王	二郎神	天王
演员	罗寿山	顺亭	王有□	王桂花	李□山	际云	刘七	王福寿	曹永吉

（二）《沙桥》

《沙桥》一剧剧本未见，仅见乱弹题纲 2 种，皆藏北京故宫博物院，几乎全同。记录情况大致如表 4 - 20。

表 4 - 20 《沙桥》题纲所录演员一览

角色	唐僧	众僧			徐茂公	尉迟公	程咬金	唐王
演员	欧来喜	文义	松林	齐双喜	郭福喜	丁进寿	何庆喜
角色	殷开山	太监				大太监	大凯
演员	张进寿	安进禄	马德安	侯玉禄	常得禄①	李德安	四上手

①两本题纲中，其一缺此人。

其中太监伶人"常得禄"于"同治八年"❶入昇平署，民籍艺人"松林"于"光绪九年五月二十四日"❷卒，因此可以断定，此二题纲当出于这一时段。此剧之内容情节据题纲可知大概为唐王送唐僧西天取经，但具体详细内容还有待于新资料发现后进一步考察。

（三）《斩小白龙》

《斩小白龙》，原剧剧本、题纲现均不见。《故宫珍本丛刊》第 690 册"昆腔杂戏题纲"中有此剧题纲之目，但其内容实为二十一段本《昇平宝筏》第三段第八出"君臣弈棋"之题纲。《斩小白龙》一剧之内容情节不得而知，有待新资料发现后进一步考察。

（四）《福荣山》

《福荣山》一剧，未见剧本存世，北京故宫博物院藏该剧题纲一种。全剧共分 16 场，涉及演员 51 人，具体情况见表 4 - 21。

---

❶ 王芷章：《清昇平署志略》，第 471 ~ 472 页。

❷ 同上书，第 556 页。

表4-21 《福荣山》题纲所录演员一览

角色	八风旗							黑熊
演员	王志宝	孙长寿	蔡进寿	侯有禄	杨有寿	赫寿臣	尹富寿	李连福	常海旺
角色	四小妖				四上手				院子
演员	郭春福	刘来福	王顺福	杨宽福	赵来福	张海兴	尹元福	王得彩	张玉禄
角色	梅山七圣							报子	一小妖
演员	寇增元	李永祥	耿敬喜	庆平	王兰福	李得喜	刘才	王进喜	王进喜
角色	八大妖						悟空	唐僧	
演员	刘全兴	刘寿山	张海兴	李富喜	刘和福	刘才	刘成春	春喜	张玉禄
角色	八戒化身	假小姐	八戒形	二童儿		伟佗	菩萨	二郎	员外
演员	寇增元	刘才	刘来太	吴存禄	杨增福	孙全福	王宝敬	永平	刘双福
角色	丫环	老旦	丑小姐	小姐	猪形	猪八戒	青狼	白豹	
演员	于长喜	李连春	王全喜	刘才	马保来	常霖	李永祥	张兴旺	赵双祥
角色	黄虎	四轿夫		—	—	—	—	—	—
演员	李三元	四上手代 外学扮		—	—	—	—	—	—

由出场人物角色可知，此剧很有可能讲述于福荣山收复猪八戒之故事。另，北京故宫博物院藏《定风岭》一剧，其中有："（八戒白）你听着罢，我乃福荣山猪大王，如今皈依佛门，圣僧的门徒，我叫猪八戒，猪八老爷。"❶ 可作为论证此剧内容之证据。因原剧本未发现，暂将此剧列于"未知西游记"中。

---

❶《故宫珍本丛刊》（第678册），第247页。

第二节 《昇平宝筏》后西游戏的综合分析

通过上一节的分类对比，《昇平宝筏》后西游戏（以下简称"后西游戏"）成书方式的探讨已经初步完成。从对本生西游戏情节内容、曲词宾白的比勘中可以发现，这一类型的西游戏大多与各个不同时期的《昇平宝筏》本戏相似，存在承继关系。以下列图4-1以见其原委。

由表可知，笔者调查的大部分本生西游戏都与康熙朝《昇平宝筏》相同或相似，这说明二者之间存在必然的源流关系。而前文又曾提到，《昇平宝筏》的成书很大程度上与清初俗曲杂戏有关，岳小琴本《昇平宝筏》也记载了它对俗曲杂戏的沿袭情况。很明显，理清这部分后西游戏与康熙本《昇平宝筏》、清初俗曲杂戏的关系，或可为《昇平宝筏》的成书提供佐证，或可论证部分后西游戏的生成方式。

与康熙本《昇平宝筏》相同或相似的后西游戏，其内容主要包括：水帘洞、闹天宫、请美猴王、唐僧落水、无底洞。而岳小琴本《昇平宝筏》的出目记载，该剧"水帘洞""闹天宫"情节源于俗曲杂戏，"请美猴王""唐僧落水""无底洞"则改编自俗曲杂戏。两相对比，似乎可以初步断定，"无底洞"当出自康熙本《昇平宝筏》，而"水帘洞""闹天宫""请美猴王""唐僧落水"由于情况较为复杂，各种可能性都存在，所以无法判断，弄清它们三者之间的起源还需要更切实的论据。

大部分本生西游戏与康熙本《昇平宝筏》有关，这说明至迟在雍正朝，后西游戏曾出现过一次大规模的生成。在清宫档案中已经找不到关于康熙本《昇平宝筏》上演的记录了，现存大量的演剧档案都是关于乾隆本及其衍生《昇平宝筏》的演出记录。且从康熙三十九年（1700）康熙本《昇平宝筏》诞生至乾隆本《昇平宝筏》可能出现的最晚时间乾隆十年（1745）❶，前后不过50年，之后康熙本就基本销声匿迹。所以从理论上讲，与康熙本相同或相似的后西游戏，如果是源于康熙本《昇平宝筏》，其生成的时段也就大致在这50年中。综合各方面因素，笔者认为，大部分本生西游戏其生成或源于康熙本《昇平宝筏》，或源于前代西游俗曲杂戏。这些戏在发展过程中自身还会出现一些变化，或受到后代其他西游戏的影响，于是至晚清呈现出目前文献中的样貌。

与乾隆本《昇平宝筏》相同或相似的后西游戏，其生成方式较前者明晰很多。它们全部源于乾隆本，《殷氏祭江》《十宰》《过平顶山》当为折子戏，而《无底洞》《莲花洞》《流沙河》则是在本戏基础上增删改动而成。这种判断是基于康熙本《昇平宝筏》与乾隆本在情节和曲词上的区别而得出的。诸本后西游戏或情节未见于康熙本，或曲词与乾隆本极似，故知其源流。

其他本生西游戏，除《西游火云洞妖》为折子戏外，生成方式均难判定。拟西游戏生成方式前文已述，不再赘言。

目前搜集到的所有西游戏，其产生地点也不尽相同。存于台北"中央"研究院历史语言研究所傅斯年图书馆的后西游戏，绝大多数当为民间传本。这部分俗曲是1928年在刘半农先生的倡

---

❶ 乾隆本《昇平宝筏》作者张照，其于乾隆十年（1745）去世，故将此年定为《昇平宝筏》产生的最晚时间。

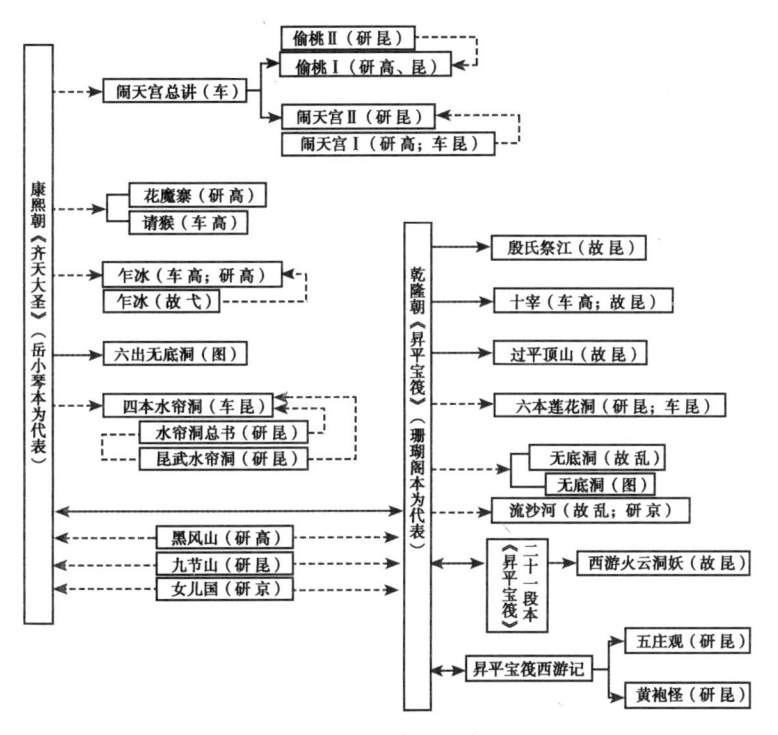

```
                                    ┌─ 偷桃Ⅱ(研昆)
                    ┌─ 闹天宫总讲(车) ─┤  偷桃Ⅰ(研高、昆)
                    │                 │  闹天宫Ⅱ(研昆)
                    │                 └─ 闹天宫Ⅰ(研高;车昆)
                    │
                    ├─ 花魔寨(研高)
康                  │  请猴(车高)
熙                  │                                    ┌─ 殷氏祭江(故昆)
朝                  ├─ 乍冰(车高;研高)                    ├─ 十宰(车高;故昆)
《齐                │  乍冰(故弋)                         ├─ 过平顶山(故昆)
天                  │                            乾       ├─ 六本莲花洞(研昆;车昆)
大                  ├─ 六出无底洞(图)            隆       │  无底洞(故乱)
圣                  │                            朝       ├─ 无底洞(图)
》                  ├─ 四本水帘洞(车昆)         《昇      │  流沙河(故乱;研京)
（                 │  水帘洞总书(研昆)          平       │
岳                 │  昆武水帘洞(研昆)          宝       ├─《昇 ─ 西游火云洞妖(故昆)
小                 │                            筏       │ 平二
琴                 ├─ 黑风山(研高)             》        │ 宝十
本                 ├─ 九节山(研昆)             （珊     │ 筏一
为                 └─ 女儿国(研京)              瑚       │ 》段
代                                              阁       │   本
表                                              本       │
）                                              为       │       ┌─ 五庄观(研昆)
                                                代       └─ 昇平─┤
                                                表          宝筏  └─ 黄袍怪(研昆)
                                                 )         西游记
```

图4-1　本生西游故事内容来源关系分析

图　例

图示	含义	图示	含义
·····▶	表示相关内容相近	研	台北"中央"研究院历史语言研究所傅斯年图书馆
══▶	表示相关内容几乎全同	车	车王府藏曲
◄──▶	表示存在传承关系	图	北京国家图书馆
┌─	表示包含关系	故	北京故宫博物院
└─		昆	昆腔
		弋	弋腔
		高	高腔
		乱	乱弹
		京	京剧

议和领导下，由"中央"研究院历史语言研究所"民间文艺组"收集的。当时征集地区涵盖北京及河北、江苏等大陆10余个省，

搜集的抄本民间俗曲有上万种，时间最早的产生于清乾隆年间。❶ 纵观这部分西游戏，其数量极多，涵盖情节内容也较为广泛；涉及的唱腔、剧种主要有高腔、昆曲和京剧；可以确定抄写年代的本子有两种；有些抄本有具体的来源记录，可知的来源地包括百本张、四知堂杨记、别埜堂等。属于清车王府藏曲本的后西游戏，也都是民间传本。所谓车王府，指的是清代喀尔喀蒙古赛因诺颜部人车登巴咱尔亲王及其子孙的府邸，此人乃成吉思汗的直系子孙。车王府藏曲本就是经过车王府车王、达王、那王三代收集的戏曲抄本，其中有年代可考的剧本最早来自咸丰朝。❷ 车王府藏曲本中的后西游戏虽数量不多，但与台北"中央"研究院所藏后西游戏十分相似，其包括的剧种也有昆曲、高腔、乱弹（即京剧）三种，内容较为丰富。最为重要的是，车王府本中的很多抄本版式与台北"中央"研究院藏本如出一辙，如《偷桃》《请猴》（《花魔寨》）、《乍冰》（《渡冰》）、《无底洞》《成亲》《莲花洞》《红梅山》《盘丝洞》等剧就是如此。其原因主要是二者的剧本来源十分接近。车王府藏曲本的收集途径有两个，其一从梨园戏班旧唱本、演出本、秘本过录；其二从当时售卖、租赁戏本唱本的书肆或长设摊点中抄买。当时主要的出售点有百本堂（百本张）、别埜堂、聚宝堂、老聚卷堂、乐善堂、耕心堂等，它们都是乾隆以后，北京出现的世代相传专门出售抄写曲艺戏曲唱

---

❶ "中央"研究院历史语言研究所俗文学丛刊编辑小组编辑：《俗文学丛刊》（第1册："所长序""主编序"），"中央"研究院历史语言研究所、新文丰出版股份有限公司2001年版。

❷ 郭精锐、高默波撰："车王府与戏曲抄本"，见刘烈茂、郭精锐等：《车王府曲本研究》，广东人民出版社2000年版，第260~267页。

本的经营点。❶车王府本与"中央"研究院本很多戏文均来自于同一抄写出售点,这在文本中也可找到内证,如《请猴》一剧,"中央"研究院本称"花魔寨",其封面钤有百本张的印,题:"别还价""百本张"。取车王府本与之对校,不仅正文全同,连行间双行小字也完全一致。有的剧本甚至整页字数、每行字数都完全一致。另外在《乍冰》《成亲》两本中,正文之上出现一行文字,题"再有添减改样问我也知",车王府本、"中央"研究院本皆存。目前虽不知其真实含义,但亦可证明二者之间的同源关系。

除此以外,还有存于北京故宫博物院的后西游戏。这部分戏当为清代内廷演剧文本,也包括昆腔、弋腔、乱弹三种唱腔。从内容上看,其涵盖的题材范围很广,与"中央"研究院本不相上下。可惜目前遗留下来的这部分文献题纲居多,剧本较少。将其与民间文本比较,发现其中相似或相同情况不少,如弋腔剧本《十宰》《乍冰》《成亲》,昆腔剧本《火云洞》《盘丝洞》,乱弹剧本《流沙河》等。这说明在民间和宫廷存在剧本和演出交流的现象。前文对此曾有论述,这种交流往往通过向民间招募演员和教习,宫廷向民间派遣教习等方式进行。这是交流的主要方式,且以演剧交流为主,也有单纯的文本交流。

在第二章"《昇平宝筏》版本考"中曾提到,《昇平宝筏》

---

❶ 郭精锐、高默波撰:"车王府与戏曲抄本",见刘烈茂、郭精锐等:《车王府曲本研究》,广东人民出版社2000年版,第267页。此文还录有道咸间奕赓所作子弟书《逛护国寺》中的一段,其中有对当时抄本出售点的描写,一并抄录于下:"至东碑亭百本张摆着书戏本,他翻扯了多时望着张大把话云:'我定抄一部《施公案》,还抄一部《绿牡丹》,亚赛石玉昆。'"

存有"亨寿藏本"、"渡世津梁"本、"国图10975Ⅰ"本和"国图10975Ⅱ"本。他们都是由内廷流出的版本，其渠道大概有两条，其一以王府为中介流出，其二直接由宫廷进入民间。"国图10975"本就属于前者，而且它是两个版本系统的合并本，原存于清怡亲王府中。怡亲王允祥之子常晓是清代著名藏书家，他有皇室身份，因此较他人有更多机会看到内廷剧本，抄录、取得也更为便利。"亨寿藏本"、"渡世津梁"本则极有可能是由宫廷直接流入民间的，对于民间文人、藏书家来说这类内廷版本十分珍贵，所以"亨寿藏本"的序中才会有"此卷乃当时院本流落人间，明窗敬观而九天韶护，近在眉睫，非李訾宫墙听谱者所可同日语也。得护珍藏，洵可宝矣"的感叹。当然因为内廷文本常人极难看到，所以也就有人会将其纳入自己名下，据为己有，"渡世津梁"本即如是。总的看来，宫廷与民间并不是隔绝的，戏曲文本还是有交流的途径，一些后西游戏很有可能也会通过这种方式进行传递，但因无相关佐证，目前只能存疑待考。

另外在各大图书馆中还有一部分西游戏，它们与上文所论述的文本情况大同小异，此不赘言。

后西游戏中的俗曲杂戏，绝大多数都是沿袭《昇平宝筏》或其他西游作品情节，作品中人物的性格没有太多变化，创作手法也大多延续游戏笔法，思想主旨较之小说《西游记》更为单纯，因此作品内容主体研究价值不大。即使是拟西游戏，虽然情节内容有所改变，但因为大部分作品仍然依照小说《西游记》的叙事逻辑展开，所以也未有开创性作品出现。有些拟西游戏在民间表演，需要迎合观众低俗的口味，所以作品品位往往不高，有的甚至在情节中掺杂了淫秽下流的内容。与之相比，文人创作的后西游戏在艺术水准上还是明显地高出一筹，下一节将举例详述。

后西游戏由于材料较为零散，加之前代关注不够，所以散佚情况严重，目前急需整理，《俗文学丛刊》《故宫珍本丛刊》《清车王府藏曲本》在这方面作出了表率。对于它的研究更多应结合宫廷和民间的演剧体制和演剧功能展开，它极高的文献价值将在戏曲发展史和民俗学的研究领域中得以充分展现。

第三节 《昇平宝筏》后西游戏的个案研究：以《钓鱼船》为例

《昇平宝筏》之后的西游戏绝大多数没有摆脱掉传统"西游记"题材的藩篱，无论是情节内容，还是结构布局，基本上都依照旧有模式展开。上文的分析已经充分说明这一点。但这种情况并不意味后西游戏就没有佳作，清张大复的《钓鱼船》就是其中较有特点的作品。本节即以此剧为例，管窥清中后期西游戏的成就。

《钓鱼船》属于传统西游戏"唐太宗入冥"题材的作品。这一题材，实际是由三个相关联的故事组成，即：魏征梦斩泾河龙、唐太宗入冥、刘全进瓜。其中"唐太宗入冥"出现最早，唐张鷟（658~730）《朝野佥载》卷六记载：

> 太宗极康豫，太史令李淳风见上，流泪无言。上问之，对曰："陛下夕当晏驾。"太宗曰："人生有命，亦何忧也。"留淳风宿。太宗至夜半，奄然入定，见一人云："陛下暂合来，还即去也。"帝问："君是何人？"对曰："臣是生人判冥事。"

太宗入见，冥官问六月四日事，即令还。向见者又迎送引导出。淳风即观玄象，不许哭泣，须臾乃寤。至曙，求昨所见者，令所司与一官，遂注蜀道一丞。上怪问之，选司奏，奉进止与此官。上亦不记，旁人悉闻，方知官皆由天也。❶

文中所谓"六月四日事"，当指唐高祖武德九年（626）六月四日之"玄武门之变"。❷可见"唐太宗入冥"故事最初为略带神鬼志怪色彩的朝野见闻，大概其最初流传时间当在唐高宗至玄宗时期。又，敦煌卷子 S.2630 存有《唐太宗入冥记》话本一篇，其内容与《朝野佥载》所录情节基本一致。该卷的抄写年代为天复六年（906）❸，这进一步说明了直至唐晚期"唐太宗入冥"故

---

❶ （唐）张鷟著，赵守俨点校：《朝野佥载》，中华书局1979年版，第148~149页。

❷ （后晋）刘昫等所撰《旧唐书》卷二对玄武门之变记载如下："九年，皇太子建成、齐王元吉谋害太宗。六月四日，太宗率长孙无忌、尉迟敬德、房玄龄、杜如晦、宇文士及、高士廉、侯君集、程知节、秦叔宝、段志玄、屈突通、张士贵等于玄武门诛之。甲子，立为皇太子，庶政皆断决。"见《旧唐书》，中华书局1975年版，第29页。

❸ S.2630 整卷外另有小断片二，其一记：天复六年丙寅岁闰十二月廿六日记善赟书记。见中国社会科学院历史研究所、中国敦煌吐鲁番学会敦煌古文献编辑委员会、英国国家图书馆、伦敦大学亚非学院合编：《英藏敦煌文献·汉文佛经以外部份》（第四卷），四川人民出版社1991年版，第134~137页；商务印书馆编：《敦煌遗书总目索引》，中华书局1983年版，第446页；敦煌研究院编：《敦煌遗书总目索引新编》，中华书局2000年版，第80页；石昌渝主编：《中国古代小说总目·白话卷》（韦凤娟"唐太宗入冥记"条），山西教育出版社2004年版，第373~374页。《敦煌遗书总目索引新编》中此条的记载错误较多。另，关于天复六年为何年，众家说法不一，韦凤娟之说较为可靠，本文从之。

事与西游题材很可能还无任何关系。在目前现存的西游题材作品中，最早包含"唐太宗入冥"内容的作品就是小说《西游记》。

"魏征梦斩泾河龙"故事，目前所知最早作品当为元明时期杂剧《魏征斩龙王》，惜已佚，其详细内容不得而知。现存《永乐大典》卷一万三千一百三十九送字韵梦字类载有《梦斩泾河龙》一种，其情节与小说《西游记》极为相同。而"刘全进瓜"故事与前二者相比，出现较早。元杨显之就曾创作杂剧《刘全进瓜》，之后又有明传奇《进瓜记》（王□□昆玉著）等，惜均佚失，其内容与西游题材是否有关不得而知。现存西游题材作品含"刘全进瓜"最早者，当为小说《西游记》。

由此可见，目前能够看到的将三个故事全部融入西游题材的最早作品就是小说《西游记》。所以，传统"唐太宗入冥"题材研究的基点只能放在小说《西游记》上。另外，应该特别注意的是，"魏征梦斩泾河龙""唐太宗入冥""刘全进瓜"三部分的中心枢纽在于"唐太宗入冥"，因为这是导出玄奘法师主持水陆道场，进而发展成西天取经故事的引线。由它为桥梁前后联络"梦斩泾河龙""刘全进瓜"，西天取经缘起情节才能真正建立起来。

小说《西游记》中的"唐太宗入冥"情节共用三回书写完成，即：第九回，袁守成妙算无私曲，老龙王拙计犯天条；第十回，二将军宫门镇鬼，唐太宗地府还魂；第十一回，还受生唐王遵善果，度孤魂萧瑀正空门。第九回前半部分写渔翁张稍、樵子李定，二人唱和诗词、联对诗句，言说袁守成助张稍抛钓，满载而归。后半部分则书泾河龙王赌雨逆旨犯了天条，袁守成教其夜访唐王，召魏征入朝，缺席法场。第十回前半部分言魏征与唐王对弈，梦中斩龙王。故此老龙罪罚唐王，要索其命。唐王日渐病危，终入冥府。后半部分说唐王李世民入冥对峙，留下三桩誓愿，随后返阳。第十一回书李世民复归人世，所言誓愿开水陆大会、还相良银钱、派刘全阴间献瓜一一兑现。而其中作者施笔墨最多者当为水陆大会。从整个情节的叙述上看，小说中的叙事线索是以唐王为中心展开的，李世民是当之无愧的主角，刘全进瓜只是整个情节中的一个小片段。

再看珊瑚阁本《昇平宝筏》，其中第二本第八出至第十二出言说"唐太宗入冥"情节。与小说相比，《昇平宝筏》鉴于特殊的演出环境和表演方式，对很多情节进行了减省，诸如渔樵对话、梦求唐王、老龙索命、唐王入冥、还银相良、刘全进瓜等。为了弥补由于中心环节"唐王入冥"的缺失所造成的取经无由的局面，作者加入了"老龙梦求萧瑀，萧瑀请唐王开水陆大会"的情节。这样的处理，使得"唐太宗入冥"原有三段情节只存"魏征梦斩泾河龙"，这完全改变了传统西游故事的内容结构。

与以上两部作品相比，《钓鱼船》的创作是继承中有发展，沿袭中有创新。它一方面承继传统西游题材的内容，挽回了由于《昇平宝筏》改编所造成的缺损；另一方面也对小说情节进行适度的改编，扩充并提升了"刘全进瓜"内容的比例和作用，使得这部作品的情感表达和主旨意趣发生很大变化。

《钓鱼船》一剧情节划分清晰，第二出至第十五出讲述"魏征梦斩泾河龙"故事，第十六出至第二十三出讲述"唐太宗入冥"故事，第二十四出至第三十一出讲述"刘全进瓜"故事。以下将各出人物出场情况列表4-22明示，以见其情节线索之处理其中黑点表示人物在该出目中出场。

表 4-22 《钓鱼船》人物、线索解析

		线索 A		线索 B		其他人物				
		刘全	陶氏	唐太宗	琼英公主	魏征	李淳风	泾河龙	崔珏	冥界鬼魔
魏征梦斩泾河龙	第 2 出	●	●	—	—	—	●	—	—	—
	第 3 出	—	—	●	●	●	—	—	—	—
	第 4 出	●	●	—	—	—	—	—	—	—
	第 5 出	—	—	—	—	—	—	●	—	—
	第 6 出	●	—	—	—	—	●	●	—	—
	第 7 出	—	●	—	—	—	—	—	—	—
	第 8 出	—	●	—	—	—	●	—	—	—
	第 9 出	—	●	—	—	—	—	—	—	—
	第 10 出	—	—	—	—	—	●	●	—	—
	第 11 出	—	●	—	—	—	—	—	—	●
	第 12 出	—	—	—	—	●	—	●	—	—
	第 13 出	—	—	●	—	—	—	—	—	—
	第 14 出	●	—	—	—	—	●	—	—	—
	第 15 出	—	—	●	—	—	—	—	—	—
唐太宗入冥	第 16 出	—	—	—	—	—	●	●	●	—
	第 17 出	—	—	—	—	●	●	—	—	—
	第 18 出	—	—	●	—	—	—	—	●	—
	第 19 出	—	—	●	—	●	—	●	—	—
	第 20 出	—	—	●	●	—	—	—	—	—
	第 21 出	—	—	●	—	—	—	—	●	—
	第 22 出	—	—	●	—	—	—	●	●	●
	第 23 出	—	—	●	—	—	—	—	—	—
刘全进瓜	第 24 出	●	—	—	—	—	—	—	—	—
	第 25 出	●	—	—	—	●	●	—	—	●
	第 27 出	●	●	—	—	—	—	●	—	—
	第 28 出	●	—	—	—	—	—	—	—	●
	第 29 出	—	●	●	●	—	—	—	—	—
	第 30 出	●	—	●	—	●	—	—	—	—
	第 31 出	●	—	●	—	●	●	—	—	—
	出场出数	15	11	10	3	7	11	5	5	5

从表 4-22 可以看出，在众多角色中，唐王李世民已经不再是全剧出场次数最多的人物了，他的主角地位发生了动摇，取而代之的是刘全与其妻陶氏。二人出现在了整个 29 出中的 15 出中，而李世民只出现在全剧的 11 出中。出场率 51.7% 与 37.9% 的对比证明作者有意将故事叙述的重心转向刘全夫妇，同时叙述线索也由单一的唐王一线（简称为"线索 B"）变化为双线，加入刘全夫妇一线（简称为"线索 A"）。

为了达到这个效果，作者首先裁撤了传统题材故事开端的渔夫、樵夫形象，将其换成了刘全及其妻陶氏。这样一来就使得只会在"进瓜"环节出现的刘全在故事一开始便登场亮相，进而贯穿于故事的始终。其次改编故事情节，把李翠莲因"拔钗斋僧"被刘全责骂，后忍气自缢身亡，改为遭龙王报复，船翻溺水而亡。这种改变，使得在戏曲原有单一中心矛盾——泾河龙与唐王的矛盾之外，又增加了刘全夫妻与泾河龙的矛盾，戏曲冲突更加激烈。与此同时，情节的改编带来了剧情容量的扩充，剧中增加了大量细节，如刘全夫妻相互思念，刘全因丧妻悲痛欲绝，陶氏在冥府的经历等。当然对于线索 B 作者也并没有忽视，只是改动、增设幅度没有前者那么大。作者主要对琼英公主的情节做了增加。除此之外，李淳风的情节也有扩充。

经过内容上的调整，《钓鱼船》整剧情节结构较小说《西游记》有了明显的不同，这种不同表现在以下几个方面。

其一，细化了传统题材的叙事情节。

《钓鱼船》中的很多增设情节，小说中都有所提及。如李淳风指点刘全、老龙求助唐王、刘全思念亡妻、琼英公主英年亡身等。可是由于小说叙述较为简练，很多内容只是粗略交待，并未展开，所以在故事情节里就出现了大片的可供填补的叙事空白，这给后世作家提供了继续创作的极大空间，为这一题材在戏曲文体下的进一步发展留下了充分的余地。《钓鱼船》作者恰恰利用了小说叙事上的这一特点，对故事中尚待补充的情境进行细致的刻画、描摹，从而把一个传统题材遗留下的粗胚打磨成精致的艺术品。

其二，放大了个人感情思绪的表达空间。

在细化的情节内容中，表现剧中人物情感的戏出尤其多。其中第三、十七、二十出分别表现唐太宗对公主、魏征对唐王、琼英公主对唐王的叨念。而第九、十一、十四、二十四、二十七、二十八出又集中表现刘全夫妻的个人感伤与相互思念。将两方面剧出叠加，会发现作者在叙事的同时不断夹杂情感表白和情绪宣泄的内容，每隔数出就出现一次，尤其是刘全夫妇的情绪重章迭唱，不断抒发。这使得整个故事情节弥漫在一种浓厚的情感表达之中，不仅人物的性格得以张显，而且情感的表达空间得到放大。

其三，增加了叙述的多层次性。

原有小说的叙事线索仅有唐王一条，整个故事完全围绕它展开，叙述过于平直。增加线索 A 后，作品的情节进一步丰富，故事结构也更加立体化，这从线索的演进过程及发展趋势上可以得到证明。两线并行后，线索 A、B 交替演进，次要人物李淳风、泾龙、魏征穿梭其间，进行联络；同时，A、B 两线在发展中又逐步趋近，最终在全文结尾相互重合。双线分立与交汇的结构特点使得叙述的笔端必须不断跳跃、往复，从而加强了叙事的立体感和结构的多层次性。线索内部的情节展开同样运用了这种方式。刘全夫妇在该剧中经历了捕鱼为生、船翻妻亡、入枉死城、悼妻悲痛、揭榜进瓜、夫妻相见的人生历程，为了表现二人遭遇的不幸，分离的苦楚，作者刻画了二人在不同空间的思绪与处境。与此同时又创设情节谋取二人重合的机遇。这样的叙述模式使得"合—分—合"的结构得以完成，而情节的跌宕也由此产生。

情节重组是《钓鱼船》有别于之前"唐太宗入冥"题材作品的一个方面，而更重要的是，该剧自始至终以一种极为抒情的笔调刻画人物性格，推演情节发展，从而形成与传统西游戏截然不同的艺术风格。

《钓鱼船》开始于一个雪天午后，主人公刘全是闲居世外，优游荡舟的渔人。他的人生乐趣不在"鸿鹄冲天"，而在"对水临山"，沽酒赏景，自言其中"尽有无边乐事"。他希望与贤妻"渔歌同唱，布衾同梦，瓦瓯同倒，与沙头双双匹鸟戏轻涛"，过一种平静、闲适、悠哉、快活的生活。这天，河岸走来一人，欲"踏雪寻梅"，尽览江上盛景。刘全携客，移舟江面，对酌畅饮，情致甚高。文中以［玉芙蓉］［小桃红］两支曲表现当时的景致、心绪：

> ［玉芙蓉］森森翠影飘，簇簇寒香绕，笑梅魂竹魄佳趣偏饶。清江一曲冰心皎，劲节千秋派性高。堪舒啸，订平生，久要梦罗浮，寒香为我慰无聊。
>
> ［小桃红］添豪兴，杯盘徵，顿觉得寒威少。正是相逢不饮花应笑，莫教辜负风光好。嚼梅花，沁寒香妙，委实的逸兴难消。❶

---

❶ （清）张大复：《钓鱼船》，见首都图书馆编辑：《明清抄本孤本戏曲丛刊》（第13册），线装书局1996年版，第173~174页。

第四章 《昇平宝筏》之后的西游戏研究

在微寒的雪天，红梅挂枝，渔人煮酒对饮。清香在习习凉风中不时掠过，笑声在微波荡漾的江上时时回荡。主客逸兴盎然，早已将寒意忘却。此时呈现在读者眼前的是一幅清幽的"江上饮梅图"，画面上点染着江中舟、雪中梅、身边客、眼中景和杯中酒，一切都是浑然天成，给人悠然惬意之感，这便是《钓鱼船》开篇展现的情韵。这种基调较之前代西游戏风格迥异，它为全篇情感的张扬埋下了伏笔。

随后故事中的客人兴尽欲返，临走答谢船家，特传捕鱼诀窍，并告知自家乃李淳风是也。本来是好意相送，没想到弄出一段离奇姻缘，故事也就由此而引出。按李淳风自己的话说："我本欲济他，如今翻变为害他。岂能袖手，少不得把移云换月的手段播弄一番，管教他、成就他一段佳话便了。"❶

刘全依李淳风之言下网捕鱼，不想果真满载而归，这引发了泾河龙王的愤恨。于是他与淳风赌雨，掀翻江上渔船。可怜陶氏遭无妄之灾，沉入江中，惨遭屠戮。从此夫妻阴阳两地，好不伤怀。《钓鱼船》一剧对刘全夫妇二人分离痛楚连篇累牍的描写和刻画也就从这里开始。心有千千结，生死两依依，他们咏叹式的唱段掀起了整剧情感的第一个高潮。

刘全骤闻妻亡，五内俱焚，悲痛欲绝，不觉回忆起早间刚刚分离时的场景：

> ［山坡羊］（生）我那妻啊，和你喜孜孜刚刚分手，痛切切沉沉灾咎。生察察夫妻两开，更不料活泼泼同丧波涛溜。妻啊，我肠寸柔，我生不若休。断肠人今日才开首，似中弹

---

❶ （清）张大复：《钓鱼船》，第 194 页。

409

宾鸿，拆开佳偶。何愁，你前生烧断头，何由，到如今中道丢。千思万想我要性命何用，不如投入泾河死了也罢。❶

此时的刘全心绪难安，他未料到霎时间夫妻阴阳两隔，平生恩爱，长相厮守都已是过眼云烟。晴空霹雳突如其来使他怎能禁受？肠寸断不知何处应是归途。刘全愈想愈悲切，愈思愈失望，思念的苦痛使他对生失去了信心，他要随妻子一同命抵黄泉。爱的极致莫过于为爱而生，为爱而亡，所谓至情之人莫过于此。刘全对妻子的思念不亚于杜丽娘对春情的怅惘与追求，不过好在有邻居张大哥搭救，刘全才未从行将崩溃的情感堤岸上跌落。

与刘全遥相呼应的是身处冥府中的妻子陶氏。走在通往地狱的大道上，她没有丝毫的惊惧和惶恐，心中唯一想念的就是未及言别的丈夫。如今虽生死异途，但夫妻恩情、过往欢愉还历历在目，更何况冤死之情状还要与夫婿相诉。她唱道：

［香罗带］（丑押旦上）凄凉路怎生，风沙暗惊，危途风雨难自行。阴阴郊野起哀声也，并不见芦花畔，小舟横。但见阴风惨淡寒气凝，行来没个归途也，会见我儿夫诉冤清。
……你看那边果是我的家乡也。（唱）
［前腔］模糊愁泪倾，云山杳冥。这一带好似泾河了，怎么渔舟也不见？湖光山色不堪撑。你看丈夫穿着素缟，望

---

❶ 此段原文是首都图书馆藏《钓鱼船》与傅惜华藏《钓鱼船》校勘后的整理稿，二本略有不同，前者可见《明清抄本孤本戏曲丛刊》（第13册），第209页；后者见《钓鱼船》，见《古本戏曲丛刊》（第三辑），商务印书馆1957年版，第14页a。

着江边祭奠，好苦啊。这是为着奴家也。嘤嘤耳畔断肠声也。丈夫啊，你妻子在这里，频叫苦，不曾停，分明咫尺隔万层。小哥，望你方便，若得指引我归程也，会见儿夫诉冤情。❶

此时陶氏的眼中依旧是泾河流波，湖光山色，然而时过境迁。景象虽近在咫尺，但实际却遥不可及。明明眼中有着希望，却无法真正实现，人生最大的不幸即在于此。也正因为这样，曲词之中所蕴含的悲剧情绪、绝望呐喊才格外地鲜明和响亮。

刘全与陶氏二人的感情宣泄，此起彼伏，相互应和。刘全想念的妻子在阴司遥望着他，他也在人间祭奠着死者。第十四出，作者又一次掀起了感情的波澜，抒发主人公对亡妻的追思之痛。

刘全来到河边，眼帘中的景象与陶氏在世时未有任何变化。"对山隐隐，白水茫茫，沙边鸥鹭，岸上芦花"，所谓睹物思人，一种凄凉萦绕心间，百感交集之时他发出了"誓海山盟，欲见情难尽。妻房何处魂，妻房何处魂，鉴我哀情恳"❷的叹息。然而死者不复，凭空哀婉于事无补。李淳风劝解刘全，切莫于生死、聚散上过分伤悲，来日定会有夫妻重聚之时。

果然，泾龙被斩，唐王受谴。李世民被召入冥府，立下三桩誓愿。他还阳后立刻征人进瓜还愿，这恰给刘全带来了夫妻重圆的机会。对于刘全来说，为国君效力非其夙愿，能一见妻子才是他视死如归的真实初衷。在刘全的观念里，夫妻生当同世，死亦

---

❶ （清）张大复著：《钓鱼船》，第216，218～219页。
❷ 同上书，第229页。

同聚，他甚至还说"死能相聚死如归，生还分散生何喜"。❶ 爱情的笃信和忠贞成为刘全生活的最大意义。

有道是"精诚所至，金石为开"，刘全对爱情不懈的追求，对妻子强烈的思念感动了地府的天妃娘娘，刘全获准前往枉死城与妻子一会。这一段是全剧情感的最高潮，夫妻二人的哭诉、倾吐感人肺腑。

……（生）我妻陶氏在那里，刘全在此，我那妻。（唱）

[前腔] 叫几回，哀千转，听嘤嘤似空谷传。泾河钓鱼人刘全在此。（旦内唱）钓鱼人虽道我良人转，哀叫声声，我肝肠寸断。（生）泪似珠，心如梦，身儿战。你在何方安下，我好来相见。妻啊，城中黑暗，你在那里？（旦）丈夫啊，进来不得。（生）为何进来不得？（旦）鬼气人形两难交乱。

……（旦上，生白）我那妻啊，你在那里？（旦白）丈夫在那里？（生）

[哭相思] 今见你这般狼狈，教人不觉断肠心碎。（旦白）喜见你身荣贵，何故又来此地？（生）妻啊，你把前后事情细细说与我知道。……（付上）且住了，你们夫妻啼哭不打紧，不便闹动幽冥，取罪不小，快去罢。（生）尊官呵。

[前腔] 望你行方便，感万千，夫妻少聚略再言。可怜无限恩情，一刻难留恋，望哀矜。更可怜，得见他，何忍轻分散。（付白）快出去罢，鬼卒带进去。（生、旦唱）

[前腔] 一霎轻分散，须知见面难，此泪珠心碎可怜。

---

❶ （清）张大复：《钓鱼船》，第 273 页。

哭不成声，泪滴肝肠断，自哀啼无一言，手携手，面对面。

［哭相思］在天愿作比翼鸟，在地愿为连理枝。（下。付白）恩情难割舍，限到两分张。（下）❶

初至枉死城，刘全急忙呼叫，语调百转千回。他渴望尽快见到妻子，可是人鬼两重天，相见不易。等到见了面，一个因妻子神貌俱变悲痛不已，急问殒命经过，诉不尽相思别苦、离散痛楚；一个则因丈夫荣贵不凡喜不自禁，但述身世之颠沛，命运之多舛。可叹相见时短，未及倾吐完无限恩情，二人又要别离。此时数不尽泪珠洒落，道不完哀婉愁肠。要知道此一别，今后夫妻再聚恐难，虽说有"在天愿作比翼鸟，在地愿为连理枝"的宏愿，但现实的何去何从仍需要他们思考并作出选择。

生活的哲理告诉人们，如果爱一个人那应该让他幸福。刘全夫妻互相深爱着对方，当然都以对方的幸福为自己行动的旨归。于是刘全决意留在冥府，与妻子共赴枉死城，为此他不惜赴汤蹈火。陶氏则不肯累及丈夫，愿冥司放其夫返阳，她只求来世托生，永傍夫旁。两个情痴之言着实可悯，连地域之鬼魅皆被感动。天妃娘娘成全了这对亡命鸳鸯矢志不渝的爱情绝唱，让二人共返人世，再续情缘。

通过以上的分析，贯穿该剧的情感脉络已经清晰地展现出来。可以看出，《钓鱼船》一剧改变了传统西游作品的主题命意，它另辟蹊径，将全剧的主旨引向对坚贞爱情的赞美。虽然情节中也有梦斩泾河龙、唐太宗入冥等内容，但它们已经成了为表达爱情主题而服务的必要环节。剧中主人公刘全和陶氏也一改传统西

---

❶ （清）张大复：《钓鱼船》，第 282~285 页。

游戏中的配角身份，他们以饱满的激情，鲜明的人物性格诠释着坚守与执着的崇高人生信念。

当然全剧情感的刻画不仅表现在刘全夫妇这一条线索上，对于唐太宗和琼花公主的兄妹之情、唐太宗与魏征的君臣之情，该剧也都有不同程度的表现，这里就不一一阐述了。

《钓鱼船》是后西游戏中艺术水准较高的一部，无论在语言的运用，还是感情的抒发上，它都较其他作品技高一筹，应该可以看做清中后期西游戏的代表作。

附 录

附录一　西游戏研究论文索引
（截至 2008 年）

［1］元吴昌龄"西游记"杂剧研究（傅惜华/《南金》1927 年第 1 期）

［2］《西游记杂剧》（读书杂记）（西谛［郑振铎］/《小说月报》1929 年第 20 卷第 1 期）

［3］《西游记杂剧》介言（傅惜华/《民言·戏剧周刊》1929 年 10 月 15 日）

［4］《昇平宝筏》——清代伟大之神话剧（1～6）（傅惜华/《北平晨报·艺圃》1930 年 12 月 16～21 日）

［5］吴昌龄的"西游记"杂剧（赵景深/《文学》1935 年第 5 卷第 1 号）

［6］元代四折以上之杂剧：《西厢记》与《西游记》——读《西厢记》与《西游记》（苦水［顾随］/《中法大学月刊》1937 年第 10 卷第 5 期）

［7］吴昌龄与杂剧"西游记"（附表）（孙楷第/《图书季刊》1939 年新第 1 卷第 2 期）

［8］《西游记》和古典戏曲的关系（严敦易/《文学书刊介绍》1954 年第 8 期）

［9］西游记戏剧（［日］浜一卫/《中国古典文学全集月报》1960 年）

［10］校订《西游记·胖姑》折后书（俞平伯/《戏剧报》1961 年第 1～2 期）

［11］西游记传奇序说：张卫经氏的论文集（［日］波多野太郎/《东方宗教》，1962 年）

［12］西游记杂剧与西游记平话（罗锦堂/第一届国际华学会议宣读论文，1963 年）

［13］戏曲西游记考（［日］太田辰夫/《神户外大论丛》1971年第3期）

［14］杨景贤及其杂剧《西游记》（赵相璧/《内蒙古社会科学》［汉文版］1981年第4期）

［15］杨景贤的生平·思想与创作（周双利、王坤/《文学评论》1982年第1期）

［16］蒙古族元曲作家：杨景贤及其作品（赵相璧/《内蒙古师院学报》［哲学社会科学版］1982年第4期）

［17］《西游记》与西游戏（刘荫柏/《徐州师范学院学报》［哲学社会科学版］1982年第4期）

［18］杨景贤戏曲著作考辨（周双利、阿实干/《内蒙古民族大学学报》［社会科学版］1985年第1期）

［19］论杨景贤《西游记》杂剧——兼说《朴通事谚解》中所引《西游记平话》非元代产物（熊笃/《重庆师范大学学报》［哲学社会科学版］1986年第4期）

［20］论元杂剧和《西游记》的俳谐色彩（霍现俊/《河北师院学报》［哲社版］1990年第2期）

［21］《西游记杂剧》作者及时代考辨（熊发恕/《四川师范大学学报》［社会科学版］1990年第2期）

［22］元杂剧中的喜剧成分：《西游记》杂剧中的唐三藏和孙悟空（［美］任友梅/《河北师院学报》［哲社版］1990年第2期）

［23］杨景贤《西游记》杂剧论考（刘荫柏、张淑珍/《河北师院学报》1993年第4期）

［24］《西游记杂剧》在小说《西游记》形成过程中的地位和作用（熊发恕/《康定民族师专学报》［哲社版］1994年第3卷第1期）

［25］"西游戏"和《西游记》（骆正/《中国京剧》1997年第6期）

［26］《昇平宝筏》与《西游记》散论（苏兴、苏铁戈/《洛阳师专学报》1999年第18卷第3期）

[27] 只落得我笑呵呵，呵呵笑我：《西游记》杂剧"村姑演说"出赏析（解玉峰/《古典文学知识》1999年第4期）

[28] 杨讷《西游记》杂剧简说（徐子方/《古典文学知识》1999年第4期）

[29] 杂剧《西游记》思想内容的时代特色（马冀/《内蒙古大学学报》[人文社会科学版] 2000年第32卷第6期）

[30] 杂剧《西游记》与小说《西游记》关于"唐僧出世故事"比较研究（王青山、常存文/《内蒙古教育学院学报》2000年第13卷第1期）

[31]《昇平宝筏》在清代宫廷里缘何受青睐？（李玫/《中国文化报》2000年5月11日）

[32] 论杂剧《西游记》的人物形象（马冀/《内蒙古社会科学》[汉文版] 2001年第22卷第6期）

[33] 杂剧《西游记》的作者、著录及流传（马冀/《韶关学院学报》2002年第23卷第2期）

[34] 从"江流"故事的演变看古代戏剧与小说的趋俗性（孙书磊/《中国典籍与文化》2002年第3期）

[35] 论蒙古族戏剧家杨景贤《西游记》杂剧对吴承恩《西游记》小说成书之影响（云峰/《乌鲁木齐职业大学学报》2003年第12卷第4期）

[36] 杨景贤《西游记》杂剧之再认识（张大新/《南阳师范学院学报》[社会科学版] 2003年第2卷第1期）

[37]《西游记》创作进程中的重要里程碑——杨景贤《西游记》杂剧之再认识（张大新/《明清小说研究》2004年第1期）

[38]《西游记》杂剧研究（毛小雨/《云南艺术学院学报》2004年第2期）

[39]《礼节传簿》所载"西游"戏曲考——兼与蔡铁鹰等先生商榷（曹炳建、杨俊/《明清小说研究》2005年第2期）

[40]《西游记》杂剧对《西游记》小说影响的再认识（竺洪波/《南京师范大学文学院学报》2005年第1期）

[41]"西游戏"与《西游记》的传播(王平/《明清小说研究》2006年第2期)

[42]三晋钹铙打造了孙悟空:关于《西游记》的早期形态兼答曹炳建、杨俊先生(蔡铁鹰/《晋阳学刊》2006年第2期)

[43]清宫"西游戏"的改编与演出——以《昇平宝筏》为核心(胡淳艳/《戏曲艺术》2006年第27卷第4期)

[44]孙悟空形象世俗性的转变——从杂剧《西游记》到小说《西游记》(孟宪从/《西安建筑科技大学学报》[社会科学版]2006年第25卷第4期)

[45]谈"西游戏"对《西游记》艺术精神的引发(王广超/《戏剧文学》2007年第10期)

附录二　西游戏残曲辑佚

一、《陈光蕊江流和尚》辑佚汇校凡例

1. 辑佚汇校所录各曲，均先列曲词，后列各曲所出曲谱。所列曲谱中第一种为校勘底本，其余均为参校本。各本曲谱校勘所出异文以页下注形式一一出校。

2. 汇校中所列曲谱简称与（表1-7）全同，版本亦同，可参看文后"主要参考文献"，此不赘言。

[黄钟过曲][神仗儿] 孀居数载，别无亲的。只有我儿，教子一经成器。便有黄金白玉满堂堆积，争如母恁贤慧！《旧谱》p.158，"江流"。

[正宫引子][齐天乐] 荣膺丹诏瓜期逼，只得暂离京国。泛水残英，随风飞絮，添我离情准❶积。三年任满，便回乡里，泪珠偷滴。叠叠阳关，好教高唱助行色。《旧谱》p.87，"江流"。《沈谱》p.185，"江流"。

[正宫过曲][阳关三叠] 五马行程❷拥画毂，正是男儿方表诗书力，且匆匆南北为行客。去开幡❸，治黎民，但守着宽平清白❹。看棠阴满道

---

❶ 《沈谱》"准"作"堆"。
❷ 《雍熙乐府》"程"作"春"。
❸ 《雍熙乐府》"幡"作"藩"。
❹ 《雍熙乐府》"清白"作"白地"。

侧,有黄童皓❶叟歌德政,名声指❷日达❸帝畿❹。《旧谱》p. 92,"江流"。
《沈谱》p. 214,"江流"。《雍熙乐府》卷十六,第 23 页 b。其后诸曲录于下。

[么]生居宦门,千金娇女,岂知一旦分南北。正无聊叹息,闻听翠微啼。着蜀魂又此时,添成怨忆闷杀人只怕伤春,回首暗将珠泪滴。《雍熙乐府》卷十六,第 23 页 b、第 24 页 a。

[风淘沙]骨肉团圆知甚日?冷清清怎将息?蝴蝶梦中难寻觅,阻隔关山心似戚。奔波在路中,把少年虚掷。负春花,误秋月,成头白。人生最苦是名利,后算来后何意。《雍熙乐府》卷十六,第 24 页 a。

[一撮掉]回家里,团圆笑声溢。同翠萱,连鞍付马高知。莫恋他乡好,须知望京畿。重会面,宜开筵席。《雍熙乐府》卷十六,第 24 页 a。

[大石调过曲][尚轻圆煞]宽怀抱莫怨忆,三载风光迅❺息,怎肯❻萍梗踪迹。《正始》p. 254,"陈光蕊,明传奇"。《雍熙乐府》作"[尾声]",卷十六,第 24 页 a。

[南吕过曲][阮郎归]孩儿去求科举,到如今,尚❼兀自无个消息。遣娘悬望,倚定柴门无踪迹。只怕你恋酒贪花,顿忘了❽亲闻甘旨。❾ 闪的❿我冷清清,闷恹恹,扑⓫簌簌泪双⓬垂。何日挂锦衣归?《旧谱》p. 137,"江流"。《沈谱》p. 393,"江流记"。《正始》p. 668,"陈光蕊,明传奇"。《新谱》

---

❶ 《雍熙乐府》"皓"作"白"。
❷ 《雍熙乐府》"名声指"作"声名至"。
❸ 《雍熙乐府》此处有一"上"字。后"帝畿"作"京畿"。
❹ 《沈谱》"帝畿"作"上国"。
❺ 《雍熙乐府》"迅"作"瞬"。
❻ 《雍熙乐府》"怎肯"作"肯久"。
❼ 《沈谱》、《新谱》、《大成》、《寒山》(北大)、《定律》少一"尚"字。
❽ 《沈谱》《新谱》《大成》《定律》"了"作"却"。
❾ 《大成》《定律》此处有"(合)"。
❿ 《沈谱》、《新谱》、《大成》、《寒山》(北大)、《定律》"的"作"得"。
⓫ 《正始》此处多一"扑"字。
⓬ 《寒山》(北大)"泪双"作"双泪"。

p. 440,"江流记"。《大成》第十一册 p. 3954,"江流记"。《寒山》(北大) p. 366,"江流儿"。《定律》卷八,(1752) p. 337,"江流"。

〔正宫过曲〕〔泣秦娥〕记十年勤苦在萤窗雪案里,正桃花春浪,一跃化龙鱼。感天恩相眷,娶得一个如花似玉娇颜女。得蒙刺史新除,腰金衣紫,拥朱旛画戟荣乡里。❶ 想成人也是诗书,想误人也是诗书。《正始》p. 202,"陈光蕊,明传奇"。《大成》第八册 p. 2799,"江流记"。《定律》卷二(第1751册) p. 334,"江流"。

〔仙吕引子〕〔望远行〕名缰利锁,历尽程途凄楚。翠减红消❷,何日此身安妥?过了叠叠山崖,又见迢迢野渡。回首望长安日下。《旧谱》p. 68,"江流"。《沈谱》p. 102,"江流传奇"。《正始》p. 268,"陈光蕊,明传奇"。

〔仙吕过曲〕〔拗芝麻〕❸ 崎岖去路赊,见叠叠几簇人烟,风景嘉❹。遣人停住马,扁舟一叶,丹青图画。一抹翠云挂,远雾罩汀沙,见白鸥❺数行飞,见人来也,❻ 惊起入芦花。小舟钓艇❼,收纶入浦,弄笛相和动人,万

---

❶ 《大成》《定律》此处有"(合)"。

❷ 《沈谱》《正始》"消"作"销"。

❸ 此曲《旧谱》全录,分三段,从开始至"离情怎躲"为〔拗芝麻〕,从"偶睹前村"至"野水无人渡"为〔幺篇〕,"野水无人渡"后曲词为〔尾声〕。《沈谱》《词林摘艳》《盛世新声》《雍熙乐府》全录,只将"野水无人渡"后曲词归入"〔尾声〕"。《正始》则未全收,所录部分分为四段:〔应时明近〕从开始至"一抹翠云挂",〔双赤子〕从"远雾罩汀沙"至"弄笛相和",〔画眉儿〕从"动人万般凄楚"至"好买三杯消遣倦烦",〔拗芝麻〕从"西山日渐沉"至"野水无人渡"。《寒山》(北大、艺研院)未全收,所录部分分为两段:其一,从开始至"离情怎躲",其二,从"偶睹前村"至"野水无人渡"。

❹ 《沈谱》、《正始》、《寒山》(北大、艺研院)、《词林摘艳》、《盛世新声》、《雍熙乐府》"嘉"作"佳"。

❺ 《沈谱》、《寒山》(北大、艺研院)"见白鸥"作"觑白鸟",《雍熙乐府》作"见白鹭"。

❻ 《词林摘艳》《盛世新声》此句作"见白鹭数行废见人也"。

❼ 《沈谱》"艇"作"叟"。

般凄楚，离情怎躲。偶睹前村，水绕人家，画桥❶风飐酒旗斜，好买三杯消遣倦乏❷。西山日渐沉，此际端不可暑气❸炎，❶宜趣❺步，早去寻安下。樵叟❻闭柴门，牧童归草舍，古寺钟敲数❼声，野水无人渡。绿杨影里新月挂，孤村酒馆两三家，借宿今宵一觉呵。《旧谱》p. 75，"江流"。《沈谱》p. 141，"江流"。《正始》收此曲入"道宫调近词"p. 1285，"陈光蕊，明传奇"。《寒山》（北大）p. 585，"江流记"；（艺研院）p. 652，"元传奇江流"。《词林摘艳》p. 201，"江流上路"。《盛世新声》p. 529。《雍熙乐府》卷十六，第 24 页 b、第 25 页 a。

［黄钟过曲］［赏宫花］年纪老成，从来极小心。整顿房洁净，绝埃尘。门外大书天下馆，家中安歇四方人。《旧谱》p. 162，"江流"。

［南吕过曲］［缠枝花］告壮士听拜启：念我是儒生辈。要财宝都拿去，望周全归人世。好笑你无道理，敢把我如儿童戏❽。❾若要我周全你，只饶你个血流体。《旧谱》p. 136，"江流"。《沈谱》p. 366，"江流"。《正始》p. 535，"陈光蕊，明传奇"。《新谱》p. 404，"江流记"。《大成》第十册 p. 3792，"江流记"。《寒山》（北大）p. 361，"江流记"。《定律》卷八，（1752）p. 259，"江流"。

---

❶ 《寒山》（艺研院）"桥"作"旗"。
❷ 《正始》《词林摘艳》《盛世新声》《雍熙乐府》"乏"作"烦"。此句《寒山》（艺研院）作"好买三杯消倦乏"。
❸ 《寒山》（艺研院）脱"气"字。
❹ 《词林摘艳》《盛世新声》《雍熙乐府》此句作"此际当不过暑气炎"。
❺ 《雍熙乐府》"趣"作"偿"。
❻ 《寒山》（北大、艺研院）脱"叟"字。《词林摘艳》《盛世新声》"樵叟"作"将相"，《雍熙乐府》作"相将"。
❼ 《雍熙乐府》脱"数"字。
❽ 《沈谱》、《新谱》、《寒山》（北大）、《定律》作"敢把我如同儿戏"。《大成》作"把我如同儿戏"。
❾ 《定律》此处有"（合）"。

［南吕宫过曲］［贺新郎衮］❶ 这贼汉全无些道理，杀害我一家使婢。若把我男儿害取，我情愿先投下水。❷ 休恁的，只为你，只为你庞儿俊美。［前腔］这贼汉谋心恁的❸把我妻辄欲骗取，只虑你怀身❹在体，更兼我娘行老矣。休怨忆，莫怨谁，祸到头来❺怎避。《旧谱》p. 136，"江流"。《沈谱》p. 366，"江流"。《正始》p. 534，"陈光蕊，明传奇"。《新谱》p. 404，"江流记"。《大成》第十册 p. 3785，"江流记"。《定律》卷八作"［恁麻郎］"，（1752）p. 254，"江流"。

［仙吕过曲］［大河蟹］大胆粗心鬼神惊，杀害几平人。不是当初生巧计，如何得到洪州做官人？《旧谱》p. 85，"江流"。

［南吕引子］［转山子］梦叶麒麟应佳兆，又添我无聊。才离了十月怀担❻，又恐惹一场烦恼。战兢兢度日，算吉凶未❼保。《旧谱》p. 126，"江流"。《沈谱》p. 357，"江流"。《正始》p. 521，"明传奇陈光蕊"。《新谱》p. 394，"江流记"。《大成》第十册 p. 3731，"江流记"。《定律》卷八，（1752）p. 238，"江流"。

［南吕过曲］［梁州序］谋心毒害，出言奸狡，怎不令人焦燥？教伊禁口，犹兀自絮絮叨叨。他去开龛展裹，你肯依随，也有个金花诰。仗此黑心一点呈英豪，他十载青灯几番恼，却难道笔如刀。《旧谱》p. 129，"江流"。

［南吕过曲］［红芍药］复屈❽衔冤，苍天也知道。闪得❾我扑扑簌簌泪

---

❶ 《正始》《定律》曲词只收至"只为你庞儿俊美"。其后部分《大成》标"又一体"，其余诸谱皆未标示，此以［前腔］标。

❷ 《大成》《定律》此处有"（合）"。

❸ 《沈谱》《新谱》《大成》"的"作"地"。

❹ 《沈谱》《新谱》《大成》"身"作"胎"。

❺ 《沈谱》《新谱》《大成》"头来"作"临头"。

❻ 《沈谱》《新谱》《大成》《定律》"担"作"胎"。

❼ 《沈谱》《新谱》《大成》《定律》"未"作"难"。

❽ 《沈谱》《新谱》《大成》此处多一"与"字。

❾ 《沈谱》《新谱》《大成》"得"作"的"。

痕交,寻思痛苦咽❶倒。算来❷此事难恕饶,拔刀出❸断不入鞘。❹ 你如今真个待杀小儿曹,只得把冤屈事,负❺声高。❻《旧谱》p. 149,"江流"。《沈谱》p. 420,"江流记"。《正始》p. 681,"陈光蕊,明传奇"。《新谱》p. 483,"江流记"。《大成》第十一册 p. 3937,"江流记"。

[南吕过曲][痴冤家]猛可里❼听得闹炒❽,老汉大胆❾来到。只见相公吁气心下焦,夫人在那厢❿烦恼。⓫无倚靠,如何是好?难说尽⓬这般圈套。《旧谱》p. 140,"江流记"。《沈谱》p. 399,"江流记"。《正始》p. 683,"陈光蕊,明传奇"。《新谱》p. 449,"江流记"。《大成》第十一册 p. 3912,"江流记"。《寒山》(北大) p. 358,"江流记"。《定律》卷八,(1752) p. 325,"江流"。

[商调过曲][莺啼序]拈来象管批茧纸,你与我除去浓墨,把玉纤指咬破皮肤,蘸着鲜血来书。做不得挖目断臂,也只为结发恩义。孝名亏,为人保不得发肤与身体。《旧谱》p. 190,"江流"。

[双调过曲][孝顺歌]陈光蕊,是父亲,冤屈尚然难写尽。撇你在江心,知他死和生,都缘你命。若是长大成人,洪州寻问取,你亲娘,我从头说与缘姻。《旧谱》p. 209,"江流"。

[南吕引子][小女冠子]冤家今日开芳宴,这苦事怎生言。画堂中只

---

❶《正始》"咽"作"噎"。
❷《大成》此处多"算来"二字。
❸《大成》"出"作"处"。
❹《大成》此处有"(合)"。
❺《正始》"负"作"赴"。
❻后三句《沈谱》《新谱》《大成》作"你如今一心待杀小儿曹,拼得个人怨也声高"。
❼《大成》《定律》"里"作"的"。
❽《正始》"闹炒"作"炒闹"。
❾《寒山》(北大)"大胆"作"胆大"。
❿《寒山》(北大)"厢"作"里"。
⓫《大成》《定律》此处有"(合)"。
⓬《沈谱》《大成》《定律》此处多一"他"字。

管频呼唤，不知道我心中怨。《旧谱》p.124，"江流"。《沈谱》作"［女冠子］"p.351，"江流"。《大成》第十册p.3735，"江流记"。

［仙吕入双调］［柳梢青］❶ 今日试展开藩❷，看来煞富贵。正新除政事廉能，黎民总喜。今日在画堂深处，贱累得蒙望周庇。（和❸）广设华筵，畅饮高歌，大拚沉醉。［前腔第三］簇簇草舍疏篱，人家半掩扉，江边旅艇渔舟，聚于沙尾，羁情悄悄，奔往前途，要赶孩儿，称咱心意。（合前）《旧谱》p.215，"江流"。《沈谱》p.662，"江流记"。《正始》p.1009，"陈光蕊，明传奇"。《大成》第十四册p.5203，"江流记"。《定律》卷九，（1752）p.559，"江流"。

［仙吕引子］［金鸡叫］忍冻担饥馁，镇日间泪流如雨。恨我孩儿陈光蕊，撇下亲娘，自去享荣贵。《旧谱》p.66，"陈光蕊"。《沈谱》p.99"陈光蕊传奇"。《正始》p.266，"陈光蕊，明传奇"。《新谱》p.120，"陈光蕊，明传奇"。

［仙吕过曲］［醉扶归］望得望得肝肠断，哭得哭得泪珠干。你去为官已开牖❹，怎不把你亲娘管？常❺言道❻子孝教我❼母心宽，也不坏了我秋波眼。《旧谱》p.73，"江流"。《沈谱》p.120，"江流"。《新谱》p.143，"江流记"。《大成》2册p.389，"江流记"。《寒山》（北大）p.592，"江流记"；（艺研院）p.655，"元传奇江流"。

［南吕过曲］［古女冠子］拜告拜告听咨启，望怜念把奴留住。我孩儿自小知礼义，终不成把娘抛弃？必然有日，遣人来至。黄河尚有澄清日，岂可人无得运时，时来，不敢有忘信义。《旧谱》p.132，"江流"。《正始》p.679，仅提及此曲，未收录，"明传奇陈光蕊"。

---

❶ 此曲仅《正始》《大成》全录，其余诸曲谱仅录《柳梢青》，《前腔第三》均未收。另《大成》"前腔第三"作"又一体"。
❷ 《沈谱》《正始》《定律》"藩"作"幡"。
❸ 《沈谱》《正始》《大成》《定律》"和"作"合"。
❹ 《大成》"幡"作"藩"。
❺ 《新谱》"常"作"尝"。
❻ 《寒山》（北大、艺研院）脱"道"字。
❼ 《新谱》《大成》《寒山》（北大、艺研院）脱"教我"二字。

[越调过曲][蛮牌令]平日软心肠,见了他好凄惶。忍饥并受冷,终日在街傍。我如今不免去救他,可怜见他年老离乡。强打醮,胜烧香。婆婆频来,此处何妨。《旧谱》p.180,"江流"。

　　[中吕过曲][尾犯序]一景好孤恓,垂杨渡口,衰草秋水。剑化萍津,枉自刻舟求觅。思之,他那里悲风恨月,俺这里愁云怨雨。伤情处,一般烦恼两心知。《旧谱》p.111,"江流"。《正始》p.424,仅提及,未收录,"明传奇陈光蕊"。

　　[中吕过曲][永团圆]❶忆昔,衔冤❷负屈,岂想❸重欢会奸雄空有❹牢笼计,瞒不过鬼神知。那时若不龙神救❺,岂想道❻有今日。若还不遇迁

---

　　❶《定律》载,从开始到"瞒不过鬼神知"为[永团圆首至四],从"那时若没龙神救"到"(合)也葬在鱼腹内"为[耍鲍老五至末],从"看来罕稀"至"(合)论分缘非容易"为[鲍老催全]。

　　❷《沈谱》、《正始》、《新谱》、《寒山》(北大、艺研院)、《定律》此处多一"并"字。

　　❸《沈谱》、《正始》、《新谱》、《寒山》(北大、艺研院)、《定律》此处多一"道"字。

　　❹《沈谱》《正始》《新谱》"有"作"使"。《寒山》(北大、艺研院)"奸雄空有"作"奸雄岂使",《定律》作"奸雄空使"。

　　❺此句《沈谱》《正始》《新谱》《寒山》(北大、艺研院)、《定律》作"那时若没龙神救"。

　　❻《沈谱》《正始》《新谱》"岂想道"作"怎能勾",《寒山》(北大)作"怎能个",(艺研院)作"怎能够",《定律》作"怎能彀"。

安的,也丧❶在鱼腹内❷,❸ 看来罕希❹,恰似柳毅亲递书,尤❺如豫章逢故知。把孔雀屏芙蓉帐❻重拂拭,菱花再合月再辉,鸾膠再续重调理❼,论分缘非容易。《旧谱》p.111。《沈谱》作"[耍鲍老]"p.308,"江流记"。《正始》作"[鲍老催]"p.63,"陈光蕊,明传奇"。《新谱》作"[团圆到老]"p.532,"江流记"。《寒山》(北大)作"[耍鲍老]"p.485,"江流记";(艺研院)作"[耍鲍老]"p.705,"元传奇江流记"。《定律》卷六作"[团圆同到老]",(1752)p.165,"江流"。

[中吕过曲][鲍老催]深感这恩德,君子成人美,他和你,你共他都欢喜。前言旧语休提起,何须问,我非和是且乐得如鱼水。《正始》p.64,"江流"。

[越调引子][浪淘沙]乌兔走如飞,寒暑相催,浮生能有几闲时?绿鬓朱颜应不再,误今是昨非。《旧谱》p.167,"江流"。《沈谱》p.493,"江流记"。

[双调引子][惜奴娇]老子凄惊,叹门楣犹不在,病恹恹愁肠似海。事到头来,且宜宽解。无奈,怎捱得形衰气❽败。《旧谱》p.204,"江流"。《沈谱》p.615,"江流记"。《正始》p.864,"陈光蕊,明传奇"。《新谱》p.729,

---

❶ 《沈谱》《正始》《新谱》《寒山》(北大、艺研院)、《定律》"丧"作"葬"。

❷ 《寒山》(艺研院)"内"作"里"。

❸ 《正始》此处多一"(合)"。《新谱》[永团圆]一曲至此,下面为[鲍老催]。

❹ 《定律》"希"作"稀"。

❺ 《沈谱》《正始》《新谱》《寒山》(北大、艺研院)、《定律》"尤"作"犹"。

❻ 《沈谱》《正始》《新谱》《寒山》(北大、艺研院)、《定律》"把孔雀屏芙蓉帐"作"芙蓉帐孔雀屏"。

❼ 此句《沈谱》《正始》《新谱》《寒山》(北大、艺研院)、《定律》作"鸾膠再续弦重理"。

❽ 《沈谱》《新谱》"气"作"力"。

"江流记"。

[小石过曲]..[三军旗] 凯歌早唱，金镫鞭敲响。旗帜高张，甲兵耀日光，马似龙强，人如虎壮。风云一挥威武扬，（合）领赏休迟，争功莫让，回朝管取平四方。《定律》卷七，(1752) p.190，"江流"。

[仙吕过曲][香归罗袖]❶ [桂枝香] 金炉香冷❷，银釭灯❸烬❹，离人怕到黄昏，又早黄昏光景。怨孤眠凤帏，❺ 愁欹鸳枕。[皂罗袍❻] 我❼欲圆❽一觉，捱他寒更，❾ 阳台争奈梦难成。[袖天香] 今❿有相思令，心归门里，放秋上心，间⓫道思量甚？我便只思量着那个人。《旧谱》p.83。《沈谱》p.149，"江流"。《新谱》p.166，"江流记"。《大成》第二册 p.632，"江流记"。《寒山》（北大）作"[醉归罗袍香]"p.622，"江流记"。《定律》卷四（1751）p.575，"江流"。《词林摘艳》p.204。《盛世新声》p.530。

❶ 《大成》录此曲，题[香归双罗袖]。从开始至"愁欹鸳枕"为"[桂枝香首至七]"；"我欲图一觉，捱他寒更"为[香罗带五至六]；"阳台怎奈梦难成，今有相思令"为[醉扶归三至四]；"心归门里，放秋上心"为[皂罗袍五至六]；"问道思量甚，我便只思量着那个人"为[桂枝香十至末]。《定律》"[桂枝香首至七]"、"[香罗带五至六]"，与《大成》同，后不同。《词林摘艳》词曲从头至尾未标集曲曲牌。

❷ 《大成》、《寒山》（北大）、《定律》"冷"作"喷"。

❸ 《寒山》（北大）"灯"作"烛"。

❹ 《词林摘艳》《盛世新声》"烬"作"尽"。

❺ 《大成》、《寒山》（北大）、《定律》此处多出"怨孤眠凤帏"一句。

❻ 《寒山》（北大）"袍"作"带"。《定律》此曲牌作"香罗带"。

❼ 《词林摘艳》《盛世新声》脱"我"字。

❽ 《沈谱》、《新谱》、《大成》、《寒山》（北大）、《定律》、《词林摘艳》、《盛世新声》"圆"作"图"。

❾ 《寒山》（北大）此后曲词为"[醉扶归] 阳台怎奈梦难成，今日相思令。[皂罗袍] 心归门里，放愁上心，[桂枝香] 问道思量甚？我便只思量着那个人"。《定律》此后曲词为"[醉扶归合至末] 阳台怎奈梦难成，今有相思令。[皂罗袍合至六] 心归门里，放秋上心，[桂枝香十至末] 问道思量甚？我便只思量着那个人"。

❿ 《词林摘艳》《盛世新声》"今"作"更"。

⓫ 《新谱》《大成》《词林摘艳》"间"作"问"。

[仙吕过曲][醉罗袍][醉扶归]画阁画阁上❶灯挑尽,翠被翠被❷半拥梦难成。暗想当年成眷姻,玉貌多风韵。❸[皂罗袍]尘蒙鸾镜,也只为恁❹❺;寒生鸳枕,也只为恁。❻ 离愁万种千般恨。《旧谱》p. 83,"江流"。《沈谱》p. 122,"江流"。《新谱》p. 145,"江流记"。《寒山》(北大) p. 611,"江流记"。《词林摘艳》作"[醉罗歌]",p. 215。《盛世新声》作"[醉罗歌]",p. 535。《雍熙乐府》卷十六,第17页b。

[正宫引子][燕归梁]十载囹圄信未通,今日谢恩隆若蒙哀念赐完容当结草报无穷。《旧谱》p. 99,"江流"。

二、《鬼子揭钵》辑佚

[黄钟过曲·降黄龙换头]为魁,恰似葡萄乍泼醅。料琼浆玉液,果然难赛。珍珠溜滴,翻翠色红影琉璃钟内。佳会,醉乡深处,恍如身在蓬莱。(合)尽一杯,人人愿比,寿山福海。

[黄钟过曲·降黄龙换头]无碍,一日春风十二回。算神仙也曾,解貂留珮。沾唇到口,看二月雨点红入桃腮,相偎,并肩归去,夜深灯火楼台。(合前)

---

❶ 《词林摘艳》《盛世新声》《雍熙乐府》脱"上"字。
❷ 《词林摘艳》《盛世新声》《雍熙乐府》脱"翠被"二字。
❸ 《沈谱》《新谱》[醉扶归]为"画楼独倚灯挑尽,香衾半拥梦难成。暗想当年缔姻亲,玉貌多风韵"。《寒山》(北大)作"画楼独倚灯挑尽,香肩半拥梦无成。暗想当年缔姻亲,玉貌多丰韵"。《词林摘艳》《盛世新声》上一句作"玉貌多丰韵"。
❹ 《沈谱》、《新谱》、《寒山》(北大)此曲中"恁"均作"君";《雍熙乐府》中作"您"。
❺ 《词林摘艳》《盛世新声》此后曲词作"离愁万种,也只为恁。离愁万种萦方寸,年华暮,只到今,折梅独寄陇头人。[尾声]转思量情难忍,颠鸾倒凤漫劳神,自恨当初试认真。"
❻ 《雍熙乐府》之后曲词为"离愁万种萦方寸,年华暮,只到今,折梅独寄陇头人。[尾声]转思量情难忍,颠鸾倒凤漫劳神,恨自恨当初错认真。"

三、《芭蕉井》辑佚

[仙吕宫集曲·拨神仗] [川拨棹首至三] 我枉有慈悲心胆小，[韵] 出家人法力少，[韵] 枉了你痛苦号咷。[韵] [神仗儿五至末] 怎能将你[读] 沉冤来报，[韵] （合）枉辛勤走这遭，[韵] 枉劳叨话一宵。[韵]《九宫大成南词宫谱》卷四，p.733（第二册）

[中吕宫正曲·喜渔灯] 云浮只在前和后，[韵] 恩德厚，[韵] 报私情没半点相酬，[韵] 抛离可忧。[韵] （合）遗留，[韵] 风和雨稠，[韵] 保社稷如天之久。[韵]《九宫大成南词宫谱》卷十，p.1281（第四册）

[中吕宫集曲·石榴灯] [石榴花首至四] 名香满斗篆袅翠云幽，[韵] 留心黎庶恁怀忧。[韵] 使人彷徨思虑意啾啾，[韵] 怕恩多作怨敬处反成仇。[韵] [剔银灯合至末] 我祈求，[韵] 神天见周，[韵] 无灾患家国永修。[韵]《九宫大成南词宫谱》卷十二，p.1381（第四册）

[中吕宫集曲·尾银灯] [尾犯序首至三] 我豪情兴未休，[韵] 将浪酒闲花，[读] 消我虎性狼谋，[读] 我也枉自相思，[读] 你也未讨甜头。[韵] [剔银灯合至末] 莺喉，[韵] 珠光翠流，[韵] 奉王侯娇花美酒。[韵]《九宫大成南词宫谱》卷十二，p.1385（第四册）

[中吕宫正曲·喜银灯] [喜渔灯首至四] 云浮只在前和后，[韵] 恩德厚，[韵] 报私情没半点相酬，[韵] 抛离可忧。[韵] [剔银灯合至末] 遗留，[韵] 风和雨稠，[韵] 保社稷如天之久。[韵]《九宫大成南词宫谱》卷十二，p.1394（第四册）❶

[南吕宫集曲·宜春琐窗] [宜春令首至四] 变我容和貌，[读] 来坐朝，[韵] 抚黎民赏罚自叨。[韵] 妻儿拱侍，[句] 恣奸淫不忍分明道。[韵] [琐窗寒合至末] 凶残，[句] 遍国人命难逃，[韵] 只落得人怨渔声高。[韵]《九宫大成南词宫谱》卷五十一，p.4044（第十一册）

[黄钟宫集曲·黄头狮子] [降黄龙首至六] 难消，[韵] 指望邦畿永

---

❶ 此曲与[中吕宫正曲·喜渔灯]曲词全同。

保,［韵］岂料狼心,［读］不终欢笑,［韵］将我赤身跣剥,［句］古井埋藏。［读］土填深窖,［韵］掩以芭蕉。［韵］［三换头第六句］天不知地不知,［读］鬼不知我的妻儿怎晓。［韵］［狮子序末一句］可怜我孤魂渺渺,［读］泉路迢迢。［韵］《九宫大成南词宫谱》卷七十二,p.6119（第十六册）

　　［黄钟宫集曲·鲍老节］［鲍老催首至六］我冤魂痛号,［韵］负黄声屈恨怎消,［韵］城隍五岳恐祸招,［韵］只见神嗟叹,［句］鬼泪垂,［句］无门告。［韵］［节节高七至末］感十王哀念冤情浩,［韵］上天入地无分掉。［韵］（合）除非佛力或能降,［句］因来座下祈恩照。［韵］《九宫大成南词宫谱》卷七十二,p.6155（第十六册）

附录三 岳小琴本、康熙本、古吴莲勺庐本、"中央"研究院本《昇平宝筏》出目对比

附表1 四本《昇平宝筏》出目对比

	岳小琴本	康熙本	古吴莲勺庐抄存本	"中央"研究院本
	—	—	1 开宗	—
	1 长生大帝弘圣教	—	—	—
	2 金禅佛子领慈音	—	3 金蝉佛子领慈旨	—
	3 灵根化育源流出	—	2 灵根化育源流出	一(1) 灵根化育源流出
	4 心性修持大道生	—	4 心性修持大道生	一(2) 心性修持大道生
	5 悟彻菩提真妙理	—	5 悟彻乾坤真妙理	一(3) 悟彻菩提微妙理
	6 断魔归本合元神	—	6 断魔归本合元神	一(4) 断魔归本合元神
	—	—	—	一(5) 四海千山皆拱伏
	—	—	—	一(6) 九幽十类尽除名
第一本	7 借兵器龙王供伏	—	7 借兵器龙王拱伏	—
	8 闹森罗十类除名	—	8 森罗殿十类除名	—
	9 官封弼马心何足	—	9 官封弼马心何足	一(7) 官封弼马心何足
	10 名注齐天意未宁	—	10 名注天齐意未宁	一(8) 名注齐天意未宁
	11 宴瑶宫天帝怜才	—	—	—
	12 集蓬莱群仙赴会	—	—	—
	13 蟠桃会大圣偷丹	—	11 蟠桃会大圣偷丹	一(9) 蟠桃会大圣偷丹
	14 花果山诸神捉怪	—	12 花果山诸神捉怪	一(10) 花果山诸神捉怪
	—	—	—	一(11) 八卦炉中逃大圣
	—	—	—	一(12) 五行山下定心猿
	15 八卦炉中心不定	—	13 八卦炉中心不定	—
	16 五行山下志坚牢	—	14 五行山下志坚贞	—

续表

	岳小琴本	康熙本	古吴莲勺庐抄存本	"中央"研究院本
第一本	—	—	—	一（13）金蝉子谪降尘世
	—	—	—	一（14）陈光蕊遇难舟中
	17 殷氏乘流浮木匣	—	15 殷氏乘流浮木匣	一（15）殷氏乘流浮木匣
	18 渔翁送子入金山	—	16 渔翁送子入金山	一（16）渔翁送子上金山
	—	—	17 袁守诚妙占神数	一（19）守诚妙算施神术
	—	—	18 泾河龙拙犯天条	一（20）老龙拙计犯天条
	—	—	19 出元神代天行罚	一（21）魏相神斩泾河龙
	19 苦参禅悟彻无生	—	21 苦参禅悟彻无生	一（17）苦参禅悟本来
	20 初行脚拜辞师座	—	23 初行脚择离师座	一（18）初行脚拜辞师座
	—	—	—	一（22）唐王梦会幽冥王
	—	—	—	一（23）劝修因明彰果报
	—	—	—	一（24）庆生还广种福田
	21 历间关路阻兵戈	—	—	—
	22 定方隅基开宇宙	—	—	—
	23 凌烟阁功臣图像	—	—	—
	24 盂兰会菩萨请行	—	20 盂兰会菩萨请行	—
	—	—	22 感幽魂□帝垂慈	—
第二本	1 释迦佛早识升平	—	—	—
	2 观世音降临尘界	—	24 观世音降临尘界	—
	3 登大宝黎民乐业	—	—	—
	4 启文运学士登瀛	—	—	—
	5 梦幽魂历求超度	—	—	—
	6 度沉沦辩正空门	—	—	—
	7 元奘秉诚建大道	—	25 元奘秉诚建大道	—
	8 观音显相化金蝉	—	26 观音显相化金蝉	—
	9 奉特旨西域求经	—	27 奉特旨西域求经	—
	10 集巨卿灞桥饯别	—	28 集巨卿灞桥饯别	—
	11 过番界老回指路	—	29 过番界老回指路	—
	12 逢岔岭伯钦留僧	—	30 逢岔岭伯钦留名	—
	13 历苦楚心猿归正	—	31 历苦楚心猿归正	—

续表

	岳小琴本	康熙本	古吴莲勺庐抄存本	"中央"研究院本
第二本	14 奋坚刚六贼潜踪	—	32 奋坚刚六贼潜踪	—
	15 蛇盘山诸神暗佑	—	33 蛇盘山诸神暗佑	—
	16 莺愁涧意马收缰	—	34 鹰涧愁意马收缰	—
	17 观音院僧谋宝贝	—	35 观音院僧谋宝贝	—
	18 黑风山怪窃袈裟	—	36 黑风山怪窃袈裟	—
	19 孙行者大闹黑风山	—	37 观音收伏熊黑怪	—
	20 野狼精败遁黄沙塞	—	—	—
	21 八戒游春窥美色	—	38 八戒游春窥美色	—
	22 悟能行聘赘高门	—	39 悟能行聘赘高门	—
	23 云栈洞收降八戒	—	40 云栈洞收伏八戒	—
	24 浮屠山妙解五蕴	—	—	—
第三本	1 伽蓝神圣施护卫	—	—	—
	2 须弥菩提定风魔	—	—	—
	3 流沙河法收悟净	—	—	三(1) 流沙河边收悟净
	4 空山院圣试禅心	—	—	三(2) 空山院里试禅心
	5 万寿山大仙留故友	—	—	三(3) 万寿山款留故友
	6 五庄观行者窃人参	—	—	三(4) 五庄观私窃人参
	7 镇元仙赶捉取经僧	—	—	三(5) 镇元赶捉取经僧
	8 孙行者大闹五庄观	—	—	三(6) 行者大闹五庄观
	—	—	—	三(7) 受辛勤蓬岛求方
	—	—	—	三(8) 仗慈悲甘泉活树
	—	—	—	三(9) 黄袍郎兴风摄女
	9 普陀岩活树洒甘泉	—	—	—
	10 宝象国赏灯迷爱女	—	—	—
	11 白骨妖说女成婚	—	—	三(10) 白骨妖巧说成婚
	—	—	—	三(11) 圣僧恨逐美猴王
	—	—	—	三(12) 老魔怒捉唐三藏
	12 三尸魔戏僧作幻	—	—	—
	13 释真僧柏氏寄书	—	—	三(13) 释高僧公主寄书
	14 认假婿元奘变虎	—	—	三(14) 认妖婿元奘变虎

续表

	岳小琴本	康熙本	古吴莲勺庐抄存本	"中央"研究院本
第三本	—	—	—	三（15）小白龙教师入府
	15 龙马教师遭败	—	—	—
	16 猴王重义下山	—	—	三（16）美猴王重义下山
	17 妖洞中匿真幻假	—	—	三（17）妖洞中匿实幻假
	18 法场上反伪为真	—	—	三（18）法场上反伪为实
	19 奎木狼仍归原宿	—	—	三（19）奎木狼仍归原宿
	20 宝象国恭送西行	—	—	三（20）宝象国恭送西行
	21 平顶山悟能探路	四（2）平顶山悟能探路	—	三（21）平顶山悟能探路
	22 莲花洞木母逢妖	四（3）莲花洞木母逢妖	—	三（22）莲花洞木母逢妖
	23 心猿护宝伏邪魔	四（4）心猿获宝伏邪魔	—	三（23）心猿护宝伏邪魔
	24 太上收妖归正道	四（5）太上收妖归正道	—	三（24）太上收邪归正道
第四本	1 盼灵山十宰行香	四（1）盼灵山十宰行香	48 盼灵山十宰行香	—
	2 开洛河万商毕集	—	—	—
	3 风紧荒山悲异路	—	—	—
	—	—	—	四（1）宝林寺夜诉沉冤
	—	—	—	四（2）乌鸡国备陈始末
	—	—	—	四（3）一粒金丹还阳世
	—	—	—	四（4）三年故王复邦畿
	4 月明古寺话禅心	四（11）月明古寺话禅心	53 月明古寺话禅心	—
	5 鉴清词敕神卫道	—	—	—
	6 夸玉面巧说怀春	四（6）夸玉面巧说怀春	—	—
	7 圣婴劝母息雷霆	—	—	四（5）圣婴劝母息雷霆
	8 牛魔慕色贪风月	四（7）牛王慕色贪风月	49 牛王慕色贪风月	四（6）牛魔慕色贪风月
	9 阻禅机妖儿纵火	四（8）阻禅机妖儿纵火	50 阻禅机妖儿纵火	四（7）阻禅机婴儿纵火
	10 装假父行者称雄	四（9）装假父行者称雄	51 装假父行者称雄	四（8）妆假父行者逞雄
	11 红孩儿坐莲被擒	四（10）红孩儿坐莲被擒	52 红孩儿坐莲被擒	四（9）红孩儿坐莲被擒
	12 罗刹女劫钵遭败	—	—	四（10）罗刹女劫钵遭败
	13 广皇恩远迩俱蒙泽	—	—	—
	14 被霖雨神棍想行奸	—	—	—
	15 乌鸡镇妖道谋主	四（12）乌鸡镇妖道谋主	54 乌鸡镇妖道谋主	—

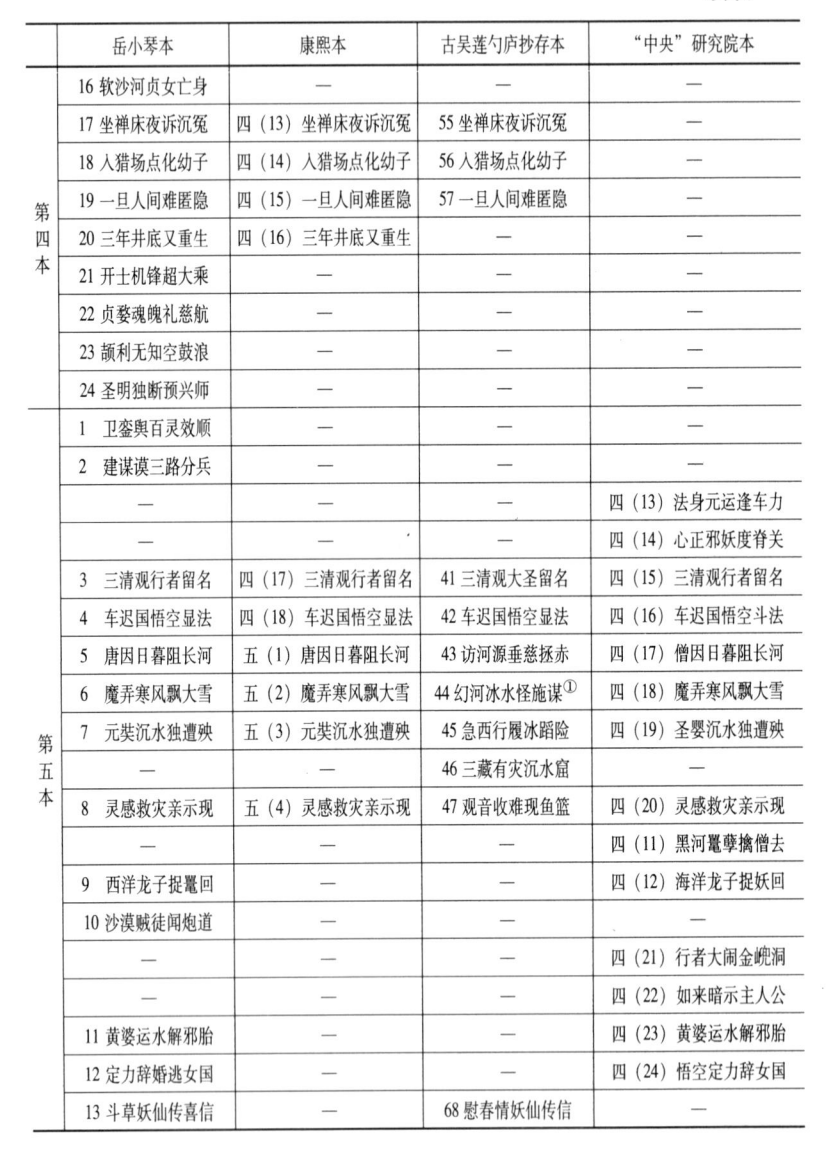

续表

	岳小琴本	康熙本	古吴莲勺庐抄存本	"中央"研究院本
第四本	16 软沙河贞女亡身	—	—	—
	17 坐禅床夜诉沉冤	四（13）坐禅床夜诉沉冤	55 坐禅床夜诉沉冤	—
	18 入猎场点化幼子	四（14）入猎场点化幼子	56 入猎场点化幼子	—
	19 一旦人间难匿隐	四（15）一旦人间难匿隐	57 一旦人间难匿隐	—
	20 三年井底又重生	四（16）三年井底又重生	—	—
	21 开士机锋超大乘	—	—	—
	22 贞婺魂魄礼慈航	—	—	—
	23 颉利无知空鼓浪	—	—	—
	24 圣明独断预兴师	—	—	—
第五本	1 卫銮舆百灵效顺	—	—	—
	2 建谋漠三路分兵	—	—	—
	—	—	—	四（13）法身元运逢车力
	—	—	—	四（14）心正邪妖度脊关
	3 三清观行者留名	四（17）三清观行者留名	41 三清观大圣留名	四（15）三清观行者留名
	4 车迟国悟空显法	四（18）车迟国悟空显法	42 车迟国悟空显法	四（16）车迟国悟空斗法
	5 唐因日暮阻长河	五（1）唐因日暮阻长河	43 访河源垂慈拯赤	四（17）僧因日暮阻长河
	6 魔弄寒飘大雪	五（2）魔弄寒飘大雪	44 幻河冰水怪施谋①	四（18）魔弄寒风飘大雪
	7 元奘沉水独遭殃	五（3）元奘沉水独遭殃	45 急西行履冰蹈险	四（19）圣婴沉水独遭殃
	—	—	46 三藏有灾沉水窟	—
	8 灵感救灾亲示现	五（4）灵感救灾亲示现	47 观音收难现鱼篮	四（20）灵感救灾亲示现
	—	—	—	四（11）黑河鼍孽擒僧去
	9 西洋龙子捉鼋回	—	—	四（12）海洋龙子捉妖回
	10 沙漠贼徒闻炮逋	—	—	—
	—	—	—	四（21）行者大闹金岘洞
	—	—	—	四（22）如来暗示主人公
	11 黄婆运水解邪胎	—	—	四（23）黄婆运水解邪胎
	12 定力辞婚逃女国	—	—	四（24）悟空定力辞女国
	13 斗草妖仙传喜信	—	68 慰春情妖仙传信	—

续表

	岳小琴本	康熙本	古吴莲勺庐抄存本	"中央"研究院本
第五本	14 化斋老衲落迷津	—	69 堕妖计衲子迷津	—
	15 盘丝洞七情惑本	—	—	—
	16 黄花观百眼用毒	—	71 黄花观三僧中毒	—
	—	—	72 指迷津金针破欲	—
	17 脱灾幸遇黎山母	—	—	—
	18 破欲全凭菩萨计	—	—	—
	19 李卫公下马战鹇鹑	—	—	—
	20 尉迟恭藤牌破枭獍	—	—	—
	21 谕部落城筑受降	—	—	—
	22 歼渠魁首传西部	—	—	—
	23 佛现金书启鸿运	—	—	—
	24 凯归玉殿赐华筵	—	—	—
第六本	1 东皇君泽布阳和	—	—	—
	2 齐锡纯存心秉正	—	—	—
	3 卓如玉为亲献寿	—	—	—
	4 罗刹女忆子兴悲	—	—	—
	5 牛魔王庇妾求狮吼	—	—	—
	6 九头妖行凶偷舍利	五(5)九头妖行凶偷舍利	58 九头妖行凶偷舍利	—
	7 通圣女私窃九灵芝	—	—	—
	8 徐锡纯联吟逢塔会	—	—	—
	9 赖太傅溺爱倾良善	—	—	—
	10 卓左相发怒诘因由	—	—	—
	11 兰香婢代赴廷尉狱	—	—	—
	12 唐三藏路阻火焰山	五(6)三藏路阻火焰山	59 三藏路阻火焰山	—
	13 孙行者一调芭蕉扇	五(7)孙行者一调芭蕉扇	60 行者一调芭蕉扇	—
	14 孙行者二调芭蕉扇	五(8)孙行者二调芭蕉扇	61 孙行者二调芭蕉扇	—
	15 牛魔王罢战赴华筵	五(9)牛魔王罢战赴华筵	62 牛魔王罢战赴华筵	—
	16 孙行者三调芭蕉扇	五(10)孙行者三调芭蕉扇	63 孙行者三调芭蕉扇	—
	17 牛魔王变法斗行者	五(11)牛王变法斗行者	64 牛王变法斗行者	—
	18 齐公子刺配游魂岭	—	—	—

续表

	岳小琴本	康熙本	古吴莲勺庐抄存本	"中央"研究院本
第六本	19 悟空救善落魄林	—	—	—
	20 三藏暗宿金光寺	五（12）三藏借宿金光寺	65 三藏借宿金光寺	—
	21 孙行者扫缚塔尖妖	五（13）孙行者扫塔缚尖妖	66 行者扫塔得尖妖	—
	22 唐三藏面陈齐福柱	—	—	—
	23 荡龙宫佛宝重还	—	—	—
	24 送圣僧良缘新缔	—	—	—
第七本	1 庆慈寿祥光示现	—	—	—
	2 沛深仁法外施恩	—	—	—
	3 木仙庵三藏谈诗	—	—	—
	4 假雷音四众遭厄	六（3）假雷音四众遭厄	67 假雷音四众遭厄	—
	—	—	70 浴垢泉行者惩妖	—
	5 两路诸神遭毒手	—	—	—
	6 一尊弥勒缚妖魔	六（4）一尊弥勒缚妖魔	—	—
	7 行者救灾禅性猛	六（5）行者救灾禅性猛	—	—
	8 悟能离秽道心清	六（6）悟能离秽道心清	—	—
	9 修药物异域行医	—	—	—
	10 掷金杯筵前息火	—	—	—
	11 思夫主喜得家音	—	—	—
	12 狎双环醉遗重宝	—	—	—
	13 麒麟山妖魔被擒	—	—	—
	14 朱紫郡夫妇重合	—	—	—
	15 灭法国伽蓝指迷	—	—	六（19）灭法国伽蓝指迷
	16 招商店师徒被盗	—	—	六（20）招商店师徒被盗
	17 国君感梦反钦僧	—	—	六（21）国君感梦反钦僧
	18 樵子孝亲兼得度	—	—	六（22）樵子孝亲兼得度
	19 凤仙郡冒天止雨	—	—	六（23）凤仙郡昌天致旱
	20 孙悟空劝善施霖	—	—	六（24）孙悟空劝善施霖
	21 兰亭重建集游人	—	—	—
	22 伊阙春游廛现踪	—	—	—
	23 南极星官能寿世	—	—	—
	24 西京士庶庆丰年	—	—	—

续表

		岳小琴本	康熙本	古吴莲勺庐抄存本	"中央"研究院本
	1	航海梯山修职贡	—	—	—
	2	耕田凿井乐雍熙	—	—	—
	3	柳氏母子客他乡	—	—	—
	4	和家兄妹辩分产	—	—	—
	5	庆长生灰婆巧说	五 (14) 庆长生灰婆巧说	73 无底洞群妖上寿	—
		—	—	74 炫风情鼓动春心	—
	6	谒三魔豹鼠同途	—	—	—
	7	狮驼岭三妖防范	—	—	六 (1) 狮驼岭三妖防范
	8	隐雾山柳生射狼	—	75 鼠精觅偶遇艾文	六 (2) 隐雾山柳生射狼
	9	愤怒报仇兴豹怪	—	—	六 (3) 愤怒报仇兴豹怪
	10	慈悲救苦伏鹦歌	—	—	六 (4) 慈悲救苦仗鹦鹉
	11	柳生脱难投亲	—	—	—
	12	和舅薄情拒婿	—	—	—
	13	柳逢春献谋受职	—	—	六 (5) 柳逢春献谋受职
第八本	14	孙悟空救难除妖空	—	—	六 (6) 孙悟空救难除妖
	15	心猿钻透阴阳窍	—	—	六 (7) 心猿钻透阴阳窍
	16	木母同降怪体真	—	—	六 (8) 木母同降精怪身
	17	释迦佛力伏三怪	—	—	六 (9) 仗佛力收伏三怪
	18	比丘国真传四僧	—	—	六 (10) 感深恩传写四僧
		—	—	—	六 (11) 比丘怜子遭阴神
		—	—	—	六 (12) 金殿辨魔谈道德
	19	柳逢春衣锦完花烛	—	—	—
	20	老鼠精诡计玷清修	五 (15) 鼠精诡计玷清修	—	—
	21	镇海寺心猿识怪	五 (16) 镇海寺心猿识怪	77 镇海寺心猿识怪	六 (15) 镇海寺心猿识怪
	22	黑松林徒弟寻师	五 (17) 黑松林土地寻师	76 黑松林妖玷清修	六 (16) 黑松林徒弟寻师
		—	—	78 寻师远涉陷空山	—
	23	姹女育阳求配偶	五 (18) 姹女阳求配偶	79 姹女求阳图配合	六 (13) 姹女育阳求配偶
		—	—	—	六 (14) 心猿护主识妖邪
	24	元神悟道识丹头	五 (19) 元神悟道识丹头	80 天王获怪葆元神	六 (17) 元神悟道识丹头
		—	—	—	六 (18) 姹女还元归本性

续表

		岳小琴本	康熙本	古吴莲勺庐抄存本	"中央"研究院本
第九本	1 灵山凝盼取经僧	六（1）灵山凝盼取经帽	81 灵山凝盼取经僧	—
	2 三藏坐禅观世界	—	—	—
	3 玉华府萩授门人	—	—	—
	4 黄狮精会设钉钯	—	—	—
	5 金木土计闹豹头山	—	—	—
	6 黄白猱报仇天竺国	—	—	—
	7 盗道缠禅静九灵	—	—	—
	8 师狮授受同归一	—	—	—
	9 金平府元夜观灯	—	—	—
	10 元英洞唐僧供状	—	—	—
	11 三僧大闹青龙山	—	—	—
	12 四星挟捉犀牛精	—	—	—
	13 给孤园问古谈因	六（2）给孤园问古谈因	82 给孤园问古谈因	—
	14 结彩楼经过遭偶	—	83 结彩楼经过遇偶	—
	15 四僧宴乐御花园	—	84 四僧宴乐御花园	—
	16 一怪空怀情欲喜	—	85 一怪空怀情欲喜	—
		—	86 布金寺会如团圆	—
	17 假合真形擒玉兔	—	—	—
	18 真阴归正会灵元	—	—	—
	19 寇员外善待高僧	—	87 寇员外善待高僧	—
	20 唐长老外遭魔蛰	—	—	—
	21 宝幢光王垂接引	六（7）宝幢光王垂接引	88 宝幢光王垂接引	—
	22 雷音里见如来	六（8）雷音寺见如来	89 雷音寺见真佛	—
	23 三三行满经初得	—	—	—
	24 九九归真道行全	—	—	—
第十本	1 天边贝叶自西来	—	90 天边贝叶自西来	—
	2 庭外柏树咸东指	—	—	—
	3 恭迎大藏福臣民	六（11）恭迎大藏福臣民	91 恭迎大藏福臣民	—
	4 奏对山川邀帝祐	六（12）奏对山川邀帝祐	92 奏对山川邀帝祐	—
	5 魏征拟撰醴泉铭			

续表

	岳小琴本	康熙本	古吴莲勺庐抄存本	"中央"研究院本
第十本	6 萧翼计赚兰亭字	—	—	—
	7 乡愚争赴华严会	—	—	—
	8 庠序闲谈心性宗	—	—	—
	9 洪福寺文臣检藏	六(13)洪福寺文沉检藏	93 洪福寺文臣检藏	—
	10 莲花座瑜伽给孤	六(14)莲花座瑜伽给孤	94 莲花座瑜伽给孤	—
	—	—	95 赐天乘□臣送别	—
	11 四孤魂梦里谢天恩	—	—	—
	12 十冥府顷时空地域	—	—	—
	13 开觉路海波不扬	—	—	—
	14 飞法雨天花昼下	—	—	—
	15 序圣教千古宣扬	—	—	—
	16 赋骊歌举朝送别	—	—	—
	17 藏经阁妖魔归化	—	96 藏经阁妖魔归化	—
	18 金山寺师弟重逢	—	97 金山寺师弟重逢	—
	19 世遇雍熙赐大酺	—	—	—
	20 运际明良颁内宴	—	—	—
	21 释怨尤复还故职	六(15)释怨尤还故职	98 释怨尤复还故职	—
	22 崇道行济拔先灵	—	99 崇道行拔济先灵	—
	23 去来今佛轮永焕	六(16)去来今佛轮永焕	100 古来今佛轮永焕	—
	24 千万亿帝道遐昌	—	—	—

注：①正文为"幻寒冰水怪施谋"。

附录四 珊瑚阁本、曙雯楼本、岳小琴藏本《昇平宝筏》情节出目对比

附表2 《昇平宝筏》情节出目对比

	珊瑚阁本		曙雯楼本	岳小琴本
	出目	情节		
第一本	—	—	—(1) 长生大帝弘圣教	
	1	石猴出世	—(1)	—(3)
	2	演说此剧主旨	—(2)	—
	3	菩萨传佛旨,命金蝉子托生	—(3)	—(2)
	4~5	悟空学艺	—(4~5)	—(4~5)
	6~7	悟空打败混世魔王	—(6)	—(6)
	8	悟空得金箍棒	—(7)	—(7)
	—	—	—(8) 训练强兵献赭袍	—
	9	孙悟空与牛魔王等七王结拜	—(9)	—
	10~11	悟空大闹阎罗殿	—(10~11)	—(8)
	12~13	初受招安,封弼马温	—(12, 14)	—
	—	—	—(13) 祝美猴出班接诏	—(9)
	14	二受招安,偷蟠桃、盗金丹	—(15~16)	—(10)
	15	—	—	—(13)
	—	—	—	—(11) 宴瑶宫天帝怜才
	—	—	—	—(12) 集蓬莱群仙赴会
	16~19	天兵捉拿悟空,佛祖压于五行山下	—(17~19)	—(14~16)
	—	—	—	—(17) 殷氏乘流浮木匣
	—	—	—	—(18) 渔翁送子入金山
	20	天宫庆祝	—(20)	—
	21~23	江流和尚出身故事	—(21~23)	—
	24	如来开锡福大会	—(24)	—

444

续表

	出目	珊瑚阁本 情节	曙雯楼本	岳小琴本
	1	观音寻取经人Ⅰ	二(1)	二(1)
	—	—	二(2)民乐昌期享太和	—
	2	功臣画像凌烟阁Ⅰ	—	一(22)
	3	观音寻取经人Ⅱ	二(3)	—
	4~5	唐僧出门访道	二(4~5)	一(19~20)
	—	—	—	一(21)历间关路阻兵戈
	6	功臣画像凌烟阁Ⅱ	—	一(23)
	—	—	—	一(24)孟兰会菩萨请行
	7	观音寻取经人Ⅲ	二(6)	二(2)
	—	—	二(7)祈雨万民环谒庙	—
	—	—	—	二(3)登大宝黎民乐业
	—	—	—	二(4)启文运学士登瀛
第二本	—	—	—	二(5)梦幽魂历求超度
	—	—	—	二(6)度沉沦辨正空门
	8~12	魏征斩泾河龙	二(8~10、12~13)	—
	—	—	二(11)沾濡惠泽时中庆	—
	13~15	观音赠宝,唐僧奉旨西行取经	二(14~16)	二(7~9)
	—	—	—	二(10)集巨卿灞桥钱别
	16	众官送行	二(17)	—
	17	胖姑演说	二(18)	—
	18	狮蛮国回回指路	二(19)	二(11)
	19	刘伯钦杀熊款师	二(20)	二(12)
	20	收悟空为徒	二(21)	二(13)
	21	悟空被骗戴金箍	二(22)	二(14)
	22~23	收白龙马,土地送鞍辔	二(23)	二(15~16)
	24	庆观音寿辰	二(24)	—
第三本	1	观音大寿,普贤前来庆贺	—	—
	2	观音禅院	三(1~4)	—
	3~6	—	—	二(17~20)

续表

	出目	珊瑚阁本 情节	曙雯楼本	岳小琴本
第三本	7~8, 10	高老庄	三 (5~8)	二 (21~23)
	9	—	—	—
	11	乌巢禅师授心经	三 (9)	二 (24)
	12	黄风洞	三 (10)	三 (2)
	13	流沙河	三 (11)	三 (3)
	14	黎山老母试禅心	三 (12)	三 (4)
	15~17	乌鸡国	三 (16~20)	四 (15, 17~18)
	—	—	—	四 (19) 一旦人间难匿隐
	18	—	—	四 (20)
	19	—	—	—
	—	—	—	四 (21) 开士机锋超大乘
	—	—	—	四 (16) 软沙河贞女亡身
	—	—	—	四 (22) 贞婺魂魄礼慈航
	20~24	人参果	三 (13~15)	三 (5~9)
	—	—	三 (21) 桃林放后留余孽	—
	—	—	三 (22) 函谷乘来伏老君	—
	—	—	三 (23) 洞府群仙遥渡海	—
	—	—	三 (24) 天宫太乙届添寿	—
第四本	—	—	四 (1) 分遣众神遥护法	—
	—	—	四 (2) 暂依古寺静谈心	—
	—	—	四 (3) 安乐镇募缘惑众	—
	1	二祖师保佑取经人	—	—
	2	宝象国 I [白骨精、黄袍郎、闻仁]	四 (4)	—
	3	牛魔王人赘玉面狐	五 (2~4)	四 (6)
	4	—	—	四 (8)
	—	—	—	四 (7) 圣婴劝母息雷霆
	5~6	宝象国 II [白骨精、黄袍郎、闻仁]	四 (5~19)	三 (10~11)
	7~9	—	—	—

续表

	出目	珊瑚阁本 情节	曙雯楼本	岳小琴本
第四本	10~14	—	—	三（12~16）
	15~16	—	—	—
	—	—	—	三（17）妖洞中匿真幻假
	17~19	—	—	三（18~20）
	20~24	莲花洞	四（20~24）	三（21~24）
第五本	1~5	圣婴三昧真火	五（5~8）	四（9~11）
	6~7	黑水河小鼍	五（9~10）	五（9）
	8~9	车迟国斗法	五（11~14）	—
	10~11	—	—	五（3~4）
	12~16	鱼精祭赛	五（15~19）	五（5~8）
	17	女儿国	五（20~23）	—
	18~20	—	—	五（11~12）
	21	猪八戒梦娶亲	九（16）	—
	22~23	琵琶洞蝎子精	六（2~3）	—
	24	铁扇公主揭钵	五（24）	四（12）
	—	—	—	四（13）广皇恩远迩俱蒙泽
	—	—	—	四（14）被霖雨神棍想行奸
	—	—	—	六（1）东皇君泽布阳和
	—	—	六（1）贺青阳尧天舜日	—
	—	—	六（4）散仙变相指鹏程	—
第六本	1	众功臣洪福寺祈祷圣僧	五（1）十朝宰行香望信	四（1）盼灵山十宰行香
	2~3	铁扇仙大闹摩云洞，牛魔王寻宝Ⅰ	六（7~8）	六（4~5）
	4	祭赛国福获难，九头鸟盗舍利Ⅰ	六（5~6）	六（3）
	5	—	—	六（2）
	6	铁扇仙大闹摩云洞，牛魔王寻宝Ⅱ	六（9）	六（6）
	7~11	祭赛国福获难，九头鸟盗舍利Ⅱ	六（10~22）	六（7~11）
	12~18	—	—	六（18~24）
	19~22	唐僧文蔚山遇南山大王	七（1~5）	—
	—	—	—	七（18）樵子孝亲兼得度
	23~24	遇咒大王，老君收复	—	—

续表

	出目	珊瑚阁本 情节	曙雯楼本	岳小琴本
	1	四海龙王巡海情	八（1）	—
	2~4	悟空被逐	七（6~9）	—
	5	真假美猴王	七（10）	—
	6	—	六（24）	—
	7~11	—	七（11~16）	—
	12~13	朱紫国擒犰怪	九（1~7）	—
	14~18	—	—	七（9~13）
	—	—	—	七（14）朱紫郡夫妇重合
	—	—	—	七（15）灭法国伽蓝指迷
第七本	—	—	—	七（16）招商店师徒被盗
	—	—	—	七（17）国君感梦反钦僧
	—	—	—	七（19）凤仙郡冒天止雨
	—	—	—	七（20）孙悟空劝善施霖
	—	—	—	七（21）兰亭重建集游人
	—	—	—	七（22）伊阙春游崖现眹
	—	—	—	七（23）南极星官能寿世
	—	—	—	七（24）西京士庶庆丰年
	19	陷空山无底洞（地湧夫人）Ⅰ	八（8~9）	八（5）
	20~24	火焰山	七（19~24）	六（12~17）
	1	九头狮精（玉华国）Ⅰ	八（24）	—
	2~3	盘丝洞	八（2~7）	五（13~14）
	4	—	—	—
	5~6	—	—	五（16~18）
第八本	7	金顶大仙探消息，欲接引唐三藏	六（23）	—
	8	陷空山无底洞（地湧夫人）Ⅱ	八（10）	八（6）
	9	柳逢春、豹艾文、狮驼岭	八（11~23）	八（3）
	10	—	—	八（7）
	11	—	—	八（8、10）
	12	—	—	八（12~13）

续表

	珊瑚阁本		曙雯楼本	岳小琴本
	出目	情节		
第八本	14~19	—	—	八 (14~19)
	13	—	—	—
	—	—	—	八 (4) 和家兄妹辩分产
	—	—	—	八 (9) 愤怒报仇兴豹怪
	—	—	—	八 (11) 柳生脱难投亲
	—	—	九 (8) 鹿精炮制进仙方	—
	—	—	九 (9) 召摄鹅笼缘保赤	—
	—	—	九 (10) 试征药引许开心	—
	20~24	陷空山无底洞（地涌夫人）Ⅲ	九 (11~15)	八 (20~24)
第九本	1	天竺公主Ⅰ	十 (6)	—
	2~3	颉利可汗Ⅰ	—	四 (23~24)
	4~6	小雷音寺	十 (1~3)	七 (4~6)
	7~13	天竺公主Ⅱ	十 (7~15)	九 (13~17)
	14	—	—	—
	—	—	—	九 (18) 真阴归正会灵元
	—	—	—	九 (19) 寇员外善待高僧
	—	—	—	九 (20) 唐长老外遭魔蛰
	15	悟空捕蛇精	十 (4)	七 (7)
	16	释屎衚衕	十 (5)	七 (8)
	—	—	—	九 (2) 三藏坐禅观世界
	17~18	九头狮精（玉华国）Ⅱ	九 (17~22)	九 (3~5)
	20~21	—	—	—
	22	—	—	九 (9)
	19	—	—	—
	—	—	—	九 (6) 黄白猱报仇天竺国
	—	—	—	九 (7) 盗道缠禅静九灵
	—	—	—	九 (8) 师狮授受同归一
	23	犀牛精	九 (23~24)	九 (10)
	24	—	—	—
	—	—	—	九 (11) 三僧大闹青龙山
	—	—	—	九 (12) 四星挟捉犀牛精

续表

	珊瑚阁本		曙雯楼本	岳小琴本
	出目	情节		
第十本	1	颉利可汗Ⅱ	—	五 (1)
	2	悟能除草	七 (17)	—
	3	除树妖	七 (18)	七 (3)
	4	颉利可汗Ⅲ	—	五 (2)
	5~6	—	—	五 (10)
	7~11	—	—	五 (19~22)
	—	—	—	五 (23) 佛现金书启鸿运
	16	—	—	五 (24)
	12~15	入西天受经	十 (16~18)	九 (21~23)
	17	通天河	—	九 (24)
	—	—	—	十 (1) 天边贝叶自西来
	18~19	归洪福寺	十 (19~20)	十 (2~3)
	20	唐僧设坛祭祀亡灵,后急西归	十 (21)	—
	21	因唐僧讲经,冥府转轮王释放鬼魂	—	—
	22~23	天宫览胜	十 (22~23)	—
	24	师徒受封	—	—
	—	—	十 (24) 庆昇平宝筏同等	—
	—	—	—	十 (4) 奏对山川邀帝祐
	—	—	—	十 (5) 魏征拟撰醴泉铭
	—	—	—	十 (6) 萧翼计赚兰亭字
	—	—	—	十 (7) 乡愚争赴华严会
	—	—	—	十 (8) 库序闲谈心性宗
	—	—	—	十 (9) 洪福寺文臣检藏
	—	—	—	十 (10) 莲花座瑜伽给孤
	—	—	—	十 (11) 四孤魂梦里谢天恩
	—	—	—	十 (12) 十冥府顷时空地域
	—	—	—	十 (13) 开觉路海波不扬
	—	—	—	十 (14) 飞法雨天花昼下
	—	—	—	十 (15) 序圣教千古宣扬

续表

出目	珊瑚阁本 情节	曙雯楼本	岳小琴本
第十本	—	—	—	十（16）赋骊歌举朝送别
	—	—	十（17）藏经阁妖魔归化
	—	—	十（18）金山寺师弟重逢
	—	—	十（19）世遇雍熙赐大酺
	—	—	十（20）运际明良颁内宴
	—	—	十（21）释愆尤复还故职
	—	—	十（22）崇道行济拔先灵
	—	—	十（23）去来今佛轮永焕
	—	—	十（24）千万亿帝道遐昌

451

附录五 "提纲本"、珊瑚阁本、"国图10975 Ⅱ 本"、曙雯楼本《昇平宝筏》出目对比

附表3 另四本《昇平宝筏》出目对比

	提纲本		珊瑚阁本	国图10975 Ⅱ 本	曙雯楼本
	出目	内容概括			
头本	第一出　玉皇陛殿	悟空出世	一（1）转法轮提纲挈领	—	一（1）转法轮提纲挈领
	第二出　开宗大义	—	一（2）凿灵府见性明心	—	一（2）凿灵府见性明心
	第三出　金蝉接旨		一（3）金蝉子化行震旦	—	一（3）金蝉子化行震旦
	第四出　花果山洞		一（4）石猴儿强占水帘	—	一（4）石猴儿强占水帘
	第五出　石猴访道	猴王拜师	一（5）灵台心照三更静	—	一（5）灵台心照三更静
	第六出　混世魔王		一（6）混世魔消万劫空	—	一（6）混世魔消万劫空
	第七出　剿除妖障		一（7）扫荡妖氛展豹韬	—	
	第八出　龙宫借宝	闹龙宫闯地府	一（8）诛求武备翻龙窟	—	一（7）借资武备翻龙窟
	—		—	—	一（8）训练强兵献赭袍
	第九出　妖王结拜		一（9）大力王邀盟结拜	—	一（9）大力王邀盟结拜
	第十出　铁板桥边		一（10）铁板桥醉卧拘拿	—	一（10）铁板桥醉卧拘拏
	第十一出		一（11）闹森罗勾除判牒	—	一（11）闹森罗勾除判牒
	第十二出　二圣奏事	弼马温	一（12）诣绛阙交进弹章	—	一（12）诣绛阙交进弹章
	—		—	—	一（13）祝美猴出班接诏
	第十三出　封弼马温		一（13）官封弼马沐猴冠	—	一（14）封弼马出任开筵
	第十四出　小战石猴	—	一（14）兵统貔貅披雁甲	—	一（15）托塔领兵重领旨
	第十五出　偷盗桃园	大闹天宫	一（15）园熟蟠桃恣窃偷	—	一（16）蟠桃偷宴复偷丹
	第十六出　大战石猴		一（16）营开细柳专征讨	—	一（17）集天神二郎有勇

续表

提纲本出目	内容概括	珊瑚阁本	国图10975Ⅱ本	曙雯楼本
第十七出　老君炼猴	江流故事	一(17) 烧仙鼎八卦无灵	—	一(18) 烧仙鼎八卦无灵
第十八出　大闹天宫		一(18) 闹天阐九霄有事	—	一(19) 降伏野猿虎奉佛
第十九出　如来收猴		一(19) 降伏野猿虎奉佛	—	
第二十出　安天大会		一(20) 廓清馋虎庆安天	—	一(20) 廓清馋虎庆安天
第廿一出　强盗逼殷		一(21) 掠人色胆包天下	二(2) 陈萼被盗	一(21) 掠人色胆包天大
第廿二出　江流撇子		一(22) 撇子贞名似水清	二(3) 撇子遇救	一(22) 撇子贞名似水清
第廿三出　金山捞救		一(23) 金山捞救血书儿		一(23) 长老金山捞木匣
第廿四出　锡福大会		一(24) 宝地宏开锡福会	—	一(24) 空王宝地会孟兰
第一出　佛遣大士		二(1) 传经藏教演中华	二(1) 佛教传经	二(1) 佛传经教敷中土
—		—	—	二(2) 民乐昌期享太和
第二出　定安方隅		二(2) 定方隅基开宇宙	—	—
第三出　观音临凡		二(3) 大士临凡寻凤慧	二(4) 大士临凡	二(3) 大士临凡寻凤慧
—		二(4) 元奘入定悟前因	二(5) 元奘入定	二(4) 元奘入定悟前因
第四出　打宴别师		二(5) 金山寺弟子别师	—	二(5) 水风地火参四大
第五出　画凌烟阁		二(6) 凌烟阁功臣图像	—	—
第六出　大士降魔		二(7) 入世四魔归正道	二(6) 摄服群魔	二(6) 酒色财气摄群魔
—		—	—	二(7) 祈雨万民环谒庙
第七出　龙王占卦	梦斩龙王	二(8) 占天三易忌垂帘	二(7) 龙王问卜	二(8) 占天三易忌垂帘
第八出　逆旨行雨		二(9) 湹玉章军师设计	二(8) 逆天行雨	二(9) 湹玉音军师设计
第九出　老龙求救		二(10) 判金口术士指迷	二(9) 术士指迷	二(10) 判金口术士指迷
—		—	—	二(11) 沾濡惠泽时中庆
第十出　梦迓天曹		—	—	—
第十一出　君臣奕棋	梦斩龙王	二(11) 魏征对奕梦屠龙	二(10) 君臣对奕	二(12) 超度人王觉后疑
第十二出　梦警萧瑀		二(12) 萧瑀上章求建醮		二(13) 小轮回龙魂托梦
第十三出　建醮修斋		二(13) 建道场大闹水陆	二(11) 修斋现像	二(14) 大启建鹿苑修斋
第十四出　慈赠袈裟		二(14) 重法器明赠袈裟		二(15) 逗露机锋传法宝
第十五出　敕遣唐僧		二(15) 拜求梵呗荷皇恩	二(12) 天竺求经	二(16) 拜求梵贝荷皇恩
第十六出　十宰饯别		二(16) 饯送郊关开觉路	二(13) 十宰饯别	二(17) 奉敕送行群宰辅

续表

	提纲本出目	内容概括	珊瑚阁本	国图10975 II本	曙雯楼本
二本	第十七出 胖姑说演	—	二(17) 胖姑儿昌言胜概	二(14) 胖姑演说	二(18) 备言胜饯胖姑儿
	第十八出 回回指路	—	二(18) 狮蛮国直指前程	二(15) 回回指路	二(19) 遘狮蛮雷音得路
	第十九出 伯钦打熊	—	二(19) 刘太保两界延宾	二(16) 伯钦留僧	二(20) 逢猎户熊口余生
	第二十出 揭符收徒	行者为徒	二(20) 孙大圣五行脱难	二(17) 五行收徒	二(21) 路过五行开石镇
	第廿一出 剪灭六贼	—	二(21) 除六贼诳受金箍	二(18) 道除六贼	二(22) 道除六贼授金箍
	第廿二出 收白龙马	—	二(22) 敕小龙幻成白马	二(19) 收马赠鞍	二(23) 化成神马羁坚辔
	第廿三出 土地赠鞍	—	二(23) 化成里社遗金勒		
	第廿四出 贺莲走怪	—	二(24) 现出心魔照慧灯	二(20) 观音庆寿	二(24) 现出心魔照慧灯
三本	第一出 黑熊炼汞	观音禅院盗取袈裟	三(2) 铅汞走丹空鼎烧	三(1) 丹炉走汞	三(1) 炼丹炉陡惊走汞
	第二出 火焚院		三(3) 成瓦砾焚烧绀宇	三(2) 谋宝逼火	三(2) 谋法宝取焚身
	第三出 盗取袈裟		三(4) 护珍宝盗窃锦襕	三(3) 怪窃袈裟	三(3) 黑风洞锦襕窃去
	第四出 白蛇祝寿		三(5) 黑风洞同心谈道	三(4) 观音收妖	三(4) 紫竹林熊怪降来
	第五出 大士收熊		三(6) 紫竹林变相收妖		
	第六出 游春起衅	收猪八戒	三(7) 花底游春偏遇蝶	三(5) 八戒游春	三(5) 纵女游春愁撞祟
	第七出 行聘强亲		三(8) 庄前纳聘强委禽	三(6) 刚鬣行聘	三(6) 辞婚入夜喜留僧
	第八出 高门招婿		三(9) 假信人打井赘婿	三(7) 八戒成亲	三(7) 假新人打开招赘
	第九出 八戒成亲		三(10) 狠行者牵合从师	三(8) 皈依从师	三(8) 狠行者牵合从师
	第十出 乌巢禅师	—	三(11) 浮屠选佛心经授	三(9) 乌巢受经	三(9) 浮屠选佛心经授
	第十一出 遭黄风洞	灵吉收鼠	三(12) 灵吉降魔禅杖飞	三(10) 灵吉定风	三(10) 灵吉降魔禅杖飞
	第十二出 收取沙僧	收沙僧	三(13) 爱河悟净撑慈棹	三(11) 悟静归正	三(11) 爱河悟净撑慈棹
	第十三出 乌鸡国王	乌鸡国	三(15) 幻假容乌鸡失国	三(16) 乌鸡失国	三(16) 乌鸡失国被妖侵
	第十四出 被屈托梦		三(16) 沉冤魄作证留主	三(17) 诉冤留主	三(17) 夜诉冤留主作证
	第十五出 公子打围		三(17) 白兔引唐僧还佩	三(18) 化兔引踪	三(18) 朝猎化兔引踪
	第十六出 井底重生		三(18) 悟能负国主重圆	三(19) 邦君复位	三(19) 出重泉邦君复位
	第十七出 狮精被擒		三(19) 显明慧镜伏狮怪	三(20) 罗汉庆寿	三(20) 照明镜罗汉收妖

续表

提纲本		内容概括	珊瑚阁本	国图10975Ⅱ本	曙雯楼本
	出目				
三本	第十八出 闹五庄观	偷人参果	三（20）仙款金蝉献草还	三（13）窃参被捉三	（13）人参款客因滋累
	第十九出 镇元擒僧		三（21）镇元仙法袖拘僧		
	第二十出 悟空破灶		三（22）孙行者幻身破灶	三（14）悟空显法	三（14）道观加刑远觅方
	第廿一出 悟空访救		三（23）求方空遇东华老		
	第廿二出 大慈活树		三（24）活树欣逢南海尊	三（15）甘泉活树	三（15）宝树噓枯由佛力
	第廿三出 圣试道心	—	三（14）色界黎山试华囊	三（12）四圣试禅	三（12）色界黎山试革囊
	—	—	—	—	三（23）洞府群仙遥渡海
	—	—	—	—	三（24）天宫太乙届添寿
	第廿四出 敕遣伽蓝	—	四（1）两祖师遣神护法	三（1）众神护法	四（1）分遣众神遥护法
	—	—	—	—	四（2）暂依古寺静谈心
	—	—	—	—	四（3）安乐镇募缘惑众
四本	第一出 山中夸武	牛魔王入赘	—	五（1）牛魔痴诉	—
	第二出 玉面怀春		四（3）玉面姑思谐凤侣	五（2）狐狸思春	五（2）一野狐卧病怀香
	第三出 招亲牛魔		四（4）獾婆见巧作蜂媒	五（3）獾婆说亲	五（3）獾阿婆巧媒撮合
	—		—	五（4）圣婴劝母	—
	—		—	五（5）牛魔成亲	五（4）牛新郎蠡货招亲
	第四出 闻仁驱邪	黄袍郎白骨精	四（2）闻道泉秉正驱邪	五（4）闻仁驱邪	四（4）闻道泉秉正驱邪
	第五出 花灯失女		四（5）爱女遭魔惊失夜	五（5）元宵失女	四（5）爱女遭魔惊失夜
	第六出 白骨说婚		四（6）媒人约法守三章	五（6）黄袍成亲	四（6）媒人约法守三章
	第七出 寒儒被捉		四（7）上长安夜被捉	—	四（7）上长安单夜被捉
	第八出 花会妖洞		四（8）会妖洞双艳寻盟	—	四（8）会妖洞双艳寻盟
	第九出 审问闻仁		四（9）审乌台书生开罪	—	四（9）审乌台书生开罪
	第十出 贬猴遇魔		四（10）歼白骨徒弟来驱	四（7）尸魔三戏	四（10）歼白骨徒弟来驱
	第十一出 妖擒唐僧		四（11）释高僧双鱼嘱寄	四（8）妖洞奇书	四（11）释高僧双鱼嘱寄
	第十二出 唐僧变虎		四（12）□赝婿一虎成成	四（9）叱僧成虎	四（12）昵赝婿一虎叱成
	第十三出 赐筵宴婿		四（13）白龙马雪仇落阱	四（10）白龙遭败	四（13）白龙马雪仇落阱
	第十四出 请美猴王		四（14）美猴王激怒下山	四（11）重义下山	四（14）美猴王激怒下山
	第十五出 遇仁答救		四（15）萍水寄书欣巧合	—	四（15）萍水寄书欣巧合

续表

提纲本		内容概括	珊瑚阁本	国图10975Ⅱ本	曙雯楼本
	出目				
四本	第十六出 逃洞救女	黄袍郎白骨精	四(16)兰闺分镜喜重圆	—	四(16)兰闺分镜喜重圆
	第十七出 法场明冤		四(17)撤下虎伥明宝象	四(12)圣僧复相	四(17)撤下虎伥明宝象
	第十八出 黄袍归正		四(18)颁来凤诏自瑶池	四(13)黄袍归位	四(18)颁来凤诏自瑶池
	第十九出 帅府宴僧		四(19)大元帅国门祖道	四(14)宝象钱行	四(19)大元帅国门祖道
	第二十出 过平顶山	平顶山	四(20)小妖儿岩穴消差	四(15)二妖问报	四(20)小妖儿岩穴消差
	第廿一出 悟能编谎		四(21)编谎辞巡山吓退	四(16)唐僧被擒	四(21)编谎辞巡山吓退
	第廿二出 悟空斗法		四(22)夺请启截路颠翻	四(17)大圣诳妖	四(22)夺请启截路颠翻
	第廿三出 请母食僧		四(23)狙公狸母分身现	四(18)假装狸母	四(23)狙公狸母分身现
	—			四(19)悟空换瓶	
	第廿四出 老君收童		四(24)银气金光立地销	四(20)太上童儿	四(24)银气金光立地销
五本	第一出 火云洞妖	收红孩儿	五(1)火云洞婴王命将	五(6)婴王命将	五(5)火云洞婴王命将
	第二出 枯松洞口		五(2)枯松洞圣僧被围	五(7)圣婴纵火	五(6)枯松洞圣僧被围
	第三出 牛魔赴席		五(3)假牛王乔赴宴席	五(8)化身赴宴	五(7)牛魔王化身赴宴
	第四出 借取罡刀		五(4)真菩萨敕取罡刀	五(9)红孩归山	五(8)红孩儿合掌归山
	第五出 收圣婴儿		五(5)红孩儿合掌归山		
	第六出 黑水小鼍	车迟国斗法	五(6)黑水河翻身人水	五(10)黑水遭擒	五(9)鼍怪计擒遭覆溺
	第七出 收伏鼍怪		五(7)擒鼍怪四众渡河	五(11)龙子捉鼍	五(10)龙宫法遣护平安
	第八出 凤仙至早		—	—	—
	第九出 大圣施霖		—	—	—
	第十出 投车迟国		五(8)说国王三妖演法	五(12)三妖幻相	五(11)三妖幻相投金阙
	第十一出 三妖演醮	—	五(9)车迟国大建醮坛	五(13)道观建醮	五(12)一醮酬恩建宝坛
	第十二出 闹三清观		五(10)三清戏留圣水	五(14)大闹三清	五(13)道观卷盘施圣水
	第十三出 斗法灭妖	—	五(11)除怪物车迟斗法	五(15)车迟斗法	五(14)车迟法战斗邪妖
	第十四出 陈家庄主		五(12)变婴儿元会传名	六(21)阻路救难	五(15)人毳代充陈暮夜
	第十五出 鼋婆献计		五(13)婴鱼献计冻长河	六(22)献策冻河	五(16)婴鱼献计冻长河
	第十六出 结冰认妹	—	五(14)法侣遭魔堕深堑	六(23)通天落水	五(17)别师徒惨罹水厄
	—		五(15)夸张狐媚莺花寨	六(24)鼋婆定计	五(18)认兄妹丑说风情
	第十七出 收伏鱼精		五(16)收伏鱼精凤竹篮	六(25)鱼蓝收妖	五(19)狂鳞海上编篮取

续表

	提纲本		珊瑚阁本	国图10975 II本	曙雯楼本
	出目	内容概括			
五本	—	—	五（17）女儿浦聚饮为欢	—	五（20）渔妇河边饮酒欢
五本	第十八出 子母河边	女儿国	五（18）子母河误吞得胎	六（2）怀胎盗水	五（21）子母河误吞得孕
五本	第十九出 女儿国王	女儿国	五（19）风月窨逼缔姻亲	六（3）女主招亲	五（22）烟花阵坚逼成亲
五本	第二十出 招赘送僧	女儿国	五（20）清净身不沾污秽	六（4）脱离女国	五（23）大唐僧攀辕秽土
五本	第廿一出 悟能做梦	—	五（21）猪八戒谐花烛	九（9）八戒痴梦	九（16）成蝶梦八戒圆亲
五本	第廿二出 蝎精擒僧	—	五（22）蝎精灵逼缔丝萝	六（5）悟空中毒	六（2）诱黑业楚áng巫云
五本	第廿三出 日宫收蝎	—	五（23）昂日星君收蝎毒	六（6）卯宿收蝎	六（3）昂宿元神收蝎毒
五本	第廿四出 罗刹揭钵	—	五（24）铁扇公主放魔兵	—	五（24）罗刹女揭钵灵山
六本	—	—	—	六（1）东皇称庆	—
六本	第一出 太乙上寿	—	—	—	六（1）贺青阳尧天舜日
六本	—	—	—	—	六（4）散仙变相指鹏程
六本	第二出 罗刹忆子	—	六（2）芭蕉洞妒姜兴师	七（2）罗刹忆子	六（7）女中罗刹还思子
六本	第三出 牛魔惧妻	—	六（3）牛魔王善调琴瑟	七（3）牛王俱妻	六（8）魔星牛王却惧妻
六本	第四出 卓ро上寿	—	六（4）卓如玉朗祝椿棺	五（16）婉容上寿	六（5）祝椿萱婉容上寿
六本	第五出 阴隔绝交	—	六（5）齐锡纯正色绝交	五（17）散仙指引	六（6）盟金石正色绝交
六本	第六出 牛魔借宝	—	六（6）九驸马诡谋攫宝	五（18）借宝快婿	六（9）借宝碧波鹰快婿
六本	第七出 盗取灵芝	—	六（7）窃灵芝翠水往还	五（19）窃芝认偷	六（10）窃芝水认偷儿
六本	第八出 过会盗宝	—	六（8）迎神会红楼蓦见	五（20）红楼唱和	六（11）看大会红楼唱和
六本	第九出 贪荣参立	—	六（9）权相挟嫌污玉质	五（21）白简纠参	六（12）挟私嫌白简纠参
六本	第十出 侍儿代审	—	六（10）侍儿辩屈表水操	五（22）侍儿冰洁	六（13）侍儿代审冰同洁
六本	第十一出 审问齐福	—	六（11）廷尉司宋老得情	五（23）尉超冤明	六（14）廷尉超冤镜并明
六本	第十二出 师徒遇福	—	六（12）落魄林齐生出难	五（24）泼钱买路	六（15）赖斯汶泼钱买路
六本				五（25）遇难呈福	六（16）齐锡纯遇难呈祥
六本	第十三出 持走得信	—	六（13）投精舍众僧诉苦	五（26）投单动念	六（17）投单动念僧拘系
六本	第十四出 扫塔擒怪	—	六（14）扫塔屠二怪被擒	五（27）扫塔知贼	六（18）扫塔邀知贼指音
六本	第十五出 代僧伸冤	—	六（15）祭赛国两案齐翻	五（28）二案覆盆	六（19）二案覆盆伸一旦
六本	第十六出 擒鸟辖宝	—	六（16）碧波潭九头露相	五（29）九头噬犬	六（20）九头噬犬靖空潭

续表

提纲本		内容概括	珊瑚阁本	国图10975Ⅱ本	曙雯楼本
六本	第十七出 复现金光	—	六(17) 还舍利复现金光	五(30) 金光复现	六(21) 舍利还金光复现
	第十八出 敕赐圆亲	—	六(18) 开坯筵重谐凤卜	五(31) 花星照壁	六(22) 花星照壁合联吟
	第十九出 南山大王		六(19) 南山妖设梅花计	六(7) 梅花巧计	七(1) 南山妖设梅花计
	第二十出 擒取唐僧		六(20) 东土僧遭艾叶擒	六(8) 圣僧被擒	七(2) 东土僧遭艾叶擒
	第廿一出 分身法相		六(21) 洞口掷头惊弟子	六(9) 假头诳众	七(3) 假人头封成马鬣
				六(10) 分身灭狼	七(4) 分法相扑灭狼精
	第廿二出 搭救会樵	—	六(22) 柳林释缚毙妖王	六(11) 樵苏兼渡	七(5) 域外山樵苏兼度
	第廿三出 兕大王妖	—	六(23) 桃林放后留余孽	四(2) 金岘遇妖	三(21) 桃林放后留余孽
	第廿四出 老君收牛	—	六(24) 函谷乘来伏老君	四(3) 老君收咒	三(22) 函谷乘来伏老君
七本	—		七(1) 四海安澜微圣治	七(1) 四海呈祥	八(1) 四海安澜微圣治
	第一出 普贤上寿		三(1) 香花供法高幢建	—	—
	第二出 师徒遇贼		七(2) 二强肆横丧残生	六(12) 师徒遇盗	七(6) 人中兽虎豹探囊
	第三出 绿林逐徒		七(3) 绿林强灭心猿走	六(13) 闻风释放	七(7) 撞绿林知风脱险
					七(8) 扰白У遭摈分离
	第四出 莲台诉冤		七(4) 紫竹慈容大士留	六(14) 遭贬诉苦	七(9) 真悟空海山诉佛
	第五出 猕猴劫衣		七(5) 二心惹怪裙缩衣	六(15) 妖猴劫宝	七(10) 伪行者野地欧师
	第六出 六耳猕猴		七(6) 六耳摹形构幻相	—	六(24) 求经逗六耳机关
	第七出 真行幻相	真假猴王	七(7) 真形幻相总分明	六(16) 水帘滕文	七(11) 捣鬼装人惊悟静
	第八出 认假难辨		七(8) 宝地师前难识别	六(17) 二心搅乱	七(12) 认真作妄证潮音
					七(13) 金箍咒一般疼痛
	第九出 魔照妖镜		七(9) 照妖镜两影模糊	六(18) 宝镜隐性	七(14) 照妖镜两不模糊
	第十出 地藏难辨		七(10) 森罗殿二心混乱	六(19) 谛听示机	七(15) 地藏王根寻合相
	第十一出 佛收弥猴		七(11) 如来佛咒钵辨形	六(20) 钵收六耳	七(16) 牟尼佛立辨幻心
	第十二出 上寿巧说	—	七(19) 陷空山夫人上寿	七(18) 群鼠庆寿	八(8) 开寿域地涌称觞
		—		七(19) 灰婆说情	八(9) 煽风情灰婆绐合
	第十三出 紫阳下凡	朱紫国	七(12) 紫阳仙授衣保节	八(14) 紫阳赠衣	九(1) 张紫阳下凡保节
	第十四出 压境贪花		七(13) 赛太岁压境贪花	八(15) 端阳遇祟	九(2) 赛太岁厌境贪花
	第十五出 巧行医脉		七(14) 孙行者牵丝胗脉	八(16) 悬丝诊脉	九(3) 巧行医脉悬彩线

续表

	提纲本		珊瑚阁本	国图10975Ⅱ本	曙雯楼本
	出目	内容概括			
七本	第十六出 酒息火焰	火焰山	七（15）息妖火飞掷金杯	八（17）金杯息火	九（4）潜放火焰息金杯
	第十七出 私遣二女		七（16）达佳音私遗宝串	八（18）金圣泄机	九（5）欲达佳音遣二女
	第十八出 巧换三铃		七（17）换金铃赚人香闺	八（19）醉换三铃	九（6）为乘沉醉换三铃
	第十九出 收犼归座		七（18）收犼怪仍归法座	八（20）犼归佛座	九（7）吼怪羁縻归佛坐
	第二十出 借扇翻冤		七（20）翠云洞公主报仇	七（6）路阻火焰	七（19）火焰山召神问诀
				七（7）一调芭蕉	七（20）翠云洞借扇翻冤
	第廿一出 赚取芭蕉		七（21）赚取芭蕉终捕影	八（8）二调芭蕉	七（21）赚取芭蕉终捕影
	第廿二出 戏调琴瑟		七（22）戏调琴瑟又生波	八（9）罢战赴席	七（22）调戏琴瑟又生波
	第廿三出 三调芭蕉		七（23）诓友赠传妙蕴	八（10）三调芭蕉	七（23）诓友赠言传妙蕴
	第廿四出 收牛魔王		七（24）缚魔归正许修持	八（11）牛魔规正	七（24）缚魔归正许修持
八本	第一出 十宰行香	—	六（1）洪福寺行香望信	七（20）十行行香	五（1）十朝宰行望信
	第二出 除银额怪	—			
	第三出 七妹斗草	蜘蛛精蜈蚣精	八（2）七姊妹寻芳斗草	七（12）七妖斗草	八（2）七姨斗草报天缘
	第四出 托钵浴泉		八（3）托钵蓦逢娇娘子	七（13）盘丝迷僧	八（3）托钵蓦逢乔妮子
	—		八（4）浴泉猝遇猛鹰儿	七（14）八戒忘形	八（4）浴泉猝遇猛鹰儿
	第五出 误遭五毒		八（5）蛛网牵缠遭五毒	七（15）黄花用毒	八（5）蛛网牵缠遭五毒
	第六出 收蜘蛛精	—	八（6）黎山指点访千花	七（16）黎山指引	八（6）黎山指点访千花
				七（17）毗卢解厄	八（7）破情丝毗蓝解厄
	第七出 诚殷爱日	狮驼岭	八（9）叹飘零诚殷爱日	八（2）柳生自叹	八（11）叹飘零诚殷爱日
	第八出 豹头结伴		八（8）艾身结伴访狮驼	八（1）豹鼠同途	八（10）猜哑谜艾叶投机
	第九出 三妖演法		八（10）探消息令集钻风	八（3）狮驼防范	八（12）探消息令集钻风
	第十出 得剑遣鹦		八（11）收宝剑狼怪复仇	八（4）逢春射狼	八（13）狼双除收宝剑
				八（5）鹦哥护持	八（14）鹦哥特拨护祥门
	第十一出 赴京揭榜		八（12）赠黄金柳生献策	八（6）鸾娘赠金	八（15）和鸾娘赠金赴阙
				八（7）受职演阵	八（16）柳逢春献策封侯
	第十二出 逢春开操		八（13）五花营长蛇熟演		八（17）五花营长蛇熟演
	第十三出 擒豹艾文		八（14）一字阵文豹先擒	八（8）悟空解围	八（18）一字阵文豹先擒

续表

提纲本		内容概括	珊瑚阁本	国图10975Ⅱ本	曙雯楼本
出目					
八本	第十四出 猿摄宝瓶	无底洞	八（15）猿摄宝瓶奘便破	八（9）钻瓶用术	八（19）猿摄宝瓶装便破
	第十五出 象供藤轿		八（16）象供藤轿送成虚	八（10）象精被擒	八（20）象供藤轿送成虚
	第十六出 狮驼饭正		八（17）收伏狮驼正法	八（11）佛收三怪	八（21）收伏狮驼正法
	第十七出 恭送西行		八（18）阐扬象教仰高僧	八（12）图荣答谢	八（22）图容香火答高僧
	第十八出 荣归和鸣		八（19）荷恩纶荣归花烛	八（13）恩荣合卺	八（23）荷恩纶荣归花烛
	第十九出 途中误教		八（20）装难女途中误教	九（4）假装难女	九（11）装难女途中误教
	第二十出 三僧被唉		八（21）镇海寺三僧被唉	九（5）心猿识怪	九（12）病维摩寺内遭擒
	第廿一出 二女漏风		八（22）陷空山二女漏风	九（6）井边得信	九（13）泄佳期巧逢汲水
	第廿二出 闹破鸾交		八（23）孙行者闹破鸾交	九（7）打散花烛	九（14）惊好合起散张筵
	第廿三出 扫平鼠孽		八（24）李天王扫清鼠孽	九（8）天王擒鼠	九（15）闹鼠狱长庚解结
	第廿四出 狮鹿脱逃		八（1）九头狮离座贪凡	八（22）神京献瑞	八（24）献嘉瑞逃匿鹿狮
九本	第一出 玉兔潜逃	小雷音寺	九（1）暗怀嗔广寒兔脱	—	十（6）广寒宫玉兔潜逃
	第二出 比邱惑众		—	—	—
	第三出 进娇着迷		—	—	—
	第四出 鹿精进方		—	九（1）鹿精进方	九（8）鹿精炮制进仙方
	第五出 悟空救子		—	九（2）名摄鹅笼	九（9）召摄鹅笼缘保赤
	第六出 征药开心		—	九（3）剖心追魔	九（10）试征药引许开心
	第七出 柿山除蟒		九（15）硕蟒蛇行者除妖	—	十（4）独蟒俄除过路僧
	第八出 悟能开路		九（16）清秽污悟能开道	—	十（5）柿子山悟能开路
	第九出 元奘藏身		—	—	—
	第十出 店中施法		—	—	—
	第十一出 伽蓝显圣		—	—	—
	第十二出 小雷音		九（4）小雷音狂施法宝	九（18）寺僧被陷	十（1）小雷音设深陷穽
	第十三出 黄眉展法		九（5）黄眉祖神通大展	九（19）诸神装袋	十（2）黄眉佛展大神通
	第十四出 弥勒收妖		九（6）弥勒佛结庐收妖	九（20）弥勒缚妖	十（3）一瓜能缚瞒天怪
	第十五出 寇氏斋僧		—	—	—
	第十六出 神靴警案		—	—	—
	第十七出 公子投师		九（17）暴沙亭公子投师	九（10）艺授门人	九（17）公子虚怀借兵器

续表

	提纲本		珊瑚阁本	国图10975Ⅱ本	曙雯楼本
	出目	内容概括			
九本	第十八出 设钉钯会		九(18) 虎口洞悟空夺宝	九(11) 钉钯大会 九(12) 驱除群妖	九(18) 钉钯大会漏风声 九(19) 白泽驱除虎口洞
	第十九出 白泽横行	—	九(19) 白泽横行玉华国	—	—
	第二十出 苍旻求救		九(20) 苍旻求救妙岩宫	九(13) 妙岩求救	九(20) 苍旻求救妙严宫
	第廿一出 太乙收狮		九(21) 九节山魔收太乙	九(14) 魔收太乙	九(21) 九节山魔收太乙
	第廿二出 金平花灯		九(22) 金平府夜赏花灯	九(15) 元夜观灯	九(22) 金平府夜赏花灯
	第廿三出 假充三佛	—	九(23) 元夕游街充假佛	九(16) 偷油摄僧	九(23) 元夕游街冲假佛
	第廿四出 捉犀牛精		九(24) 四星鏖战捉群犀	九(17) 木星捉犀	九(24) 四星鏖战捉群犀
十本	第一出 金顶盼僧		八(7) 金顶乘云迎佛子	八(21) 飞锡盼僧	六(23) 飞锡盼四僧消耗
	第二出 公主被摄		九(7) 天竺国公主被擒	—	十(7) 天竺国公主被摄
	第三出 投布金寺		九(8) 布金寺衲子谈音	—	十(8) 布金寺衲子谈因
	第四出 抛彩招婿	天竺公主	九(9) 抛彩球情关释子	—	十(9) 抛彩球良缘凑巧 十(10) 招驸马吉礼安排
	第五出 款僧赴宴		九(10) 流春亭醉闹僧徒	—	十(11) 御园留众徒设宴
	第六出 假妖言情		九(11) 倚香阁狡兔言情	—	十(12) 月妖代三藏摹情
	第七出 月妖洞房		九(12) 流苏帐蜜蜂折侣	—	十(13) 变蜂拆开驾偶
	第八出 收兔归正		九(13) 兔窟荡平返月殿	—	十(14) 寻兔窟惊动蟾宫
	第九出 公主还朝		九(14) 花宫宁迓复金闱	—	十(15) 玉叶荣敷依内苑
	第十出 过荆棘岭	—	十(2) 唐僧遣弟子披荆	七(4) 荆棘逢妖	七(17) 荆棘能芟净域
	第十一出 杏仙牵情	—	十(3) 联诗社红杏牵情	七(5) 木仙谈诗	七(18) 松筠思结喜欢缘
	第十二出 化脱凡胎	—	十(12) 东土僧化脱凡胎	—	十(16) 宝幢接引脱凡胎
	第十三出 皈依印度	—	十(13) 印度皈依瞻圣境	—	十(17) 五印度檀林见佛
	第十四出 雷音见佛	—	十(14) 檀林见佛悟禅心	—	—
	第十五出 唐僧授经	—	十(15) 经取珍楼开宝笈	—	十(18) 千花藏珍阁受经
	第十六出 老鼋陷经	—	十(17) 老鼋怒失西来信	—	—
	第十七出 柏树东指	—	十(18) 古柏欣怀东向枝	—	十(19) 归信验柏枝东指
	第十八出 迓迎金经	—	十(19) 迓金经仪仗全排	—	十(20) 设仪迎梵卷西来
	第十九出 师徒面圣	—	—	—	—

续表

提纲本		内容概括	珊瑚阁本	国图10975 Ⅱ本	曙雯楼本
十本	第二十出　开演法会	—	十（20）开法会瑜伽广演	—	十（21）开法会瑜伽广演
	第廿一出　冥府降祥	—	十（21）冥府降祥空地狱	—	—
	第廿二出　奉敕灵霄	—	十（22）灵霄奉敕步天宫	—	十（22）谒灵霄帝敕巡游
	第廿三出　恭祝吉祥	—	十（23）满誓愿宝筏同登	—	十（23）满誓愿慈航共济
	第廿四出　天花集福	—	十（24）庆升平天花集福	—	—
	—	—	—	—	十（24）庆昇平宝筏同等

附录六 清宫三层戏楼结构新探

代表着中国古代戏台建筑最高水平的清代宫廷三层戏楼，长期以来受到戏曲研究学者的关注。早在 20 世纪 30 年代，傅惜华先生就在《国剧画报》发表了《宁寿宫畅音阁小记》一文，而周贻白先生则在《中国剧场史》中提及三层戏楼的结构及其演出状况。其后的 70 多年间，王遐举、朱家溍、周华斌、廖奔、李畅等学者纷纷撰文，各类戏曲史中也都列专章详加考察，诸多成果使得三层戏楼的研究逐步深入。但是对于戏楼中很多与演出相关的细节构造，到目前为止，学界仍然存在认识上的空白。近日，笔者实地考察了故宫博物院三层戏楼畅音阁，对上述问题详加辨析，在参考清代样式雷存留图谱和前辈学者研究成果的基础上，撰成此文❶，今示于诸君，就正于方家。

一、清代三层戏台的整体结构

清代，皇家宫廷、行宫及园林中，曾存在过的三层戏台共有五座。❷ 由于战争、重建和火灾等原因，目前仅存两座，参看附表4。

---

❶ 笔者于 2008 年 9 月 22 日实地考察故宫博物院畅音阁大戏楼，本文对三层戏楼内部结构的阐述多以畅音阁为依据。文中论述，为笔者援引故宫博物院宫廷部赵杨先生之观点者，将一律注明。

❷ 廖奔《中国古代剧场史》中记载，圆明园曾有"寿康宫"戏台，且为三层大戏台（第140页）。但无确切资料显示圆明园中有寿康宫一址，更无此戏楼之记录。而寿康宫一名倒见于紫禁城，其址位于内廷外西路，慈宁宫西侧。清雍正十三年（1735）始建，至乾隆元年（1736）建成，嘉庆二十五年（1820）、光绪十六年（1890）重修。参看网址：http://www.dpm.org.cn/China/phoweb/BuildingPage/6/B2611.htm.

附表4 清代三层戏楼一览

序号	名称	地点	修建时间①	现存状况
1	畅音阁	故宫宁寿宫阅是楼院内	乾隆四十一年(1776)	存
2	德和园大戏台	颐和园德和园	光绪十七年(1894)	存
3	寿安宫大戏台	故宫寿安宫院内	乾隆二十五年(1760)	不存,嘉庆四年拆除
4	清音阁	圆明园同乐园	乾隆二年(1737)前	不存,咸丰十年(1860)英法联军焚毁
5	清音阁	承德避暑山庄福寿园	乾隆二十一年(1756)前	不存,1945年毁于火灾

注：①郭黛姮:《乾隆御品圆明园》，浙江古籍出版社2007年版，第180页。关于圆明园同乐园清音阁修建时间，方裕谨辑《圆明园各殿座匾名表》(中国圆明园学会主编:《圆明园》4,中国建筑工业出版社1986年版) 有：清内务府造办处活计档乾隆二年十月初二日载，为同乐园戏台作"景物常新"匾，同年十二月二十五日悬挂。另，中国第一历史档案馆所编《圆明园》一书，雍正四年八月初五日活计档载："圆明园来帖，内称……同乐园净房内炉上，着配做红铜丝炉罩。"参《圆明园》，上海古籍出版社1991年版，第1178页。由此，则仅可判定同乐园当时已有园居活动，但不能证明当时清音阁已建成。因此确定其修建时间为乾隆二年前。

三层戏楼整体建筑可分为三个部分：戏台、扮戏楼和观戏殿。戏台，是演员的表演区；扮戏楼，是后台、化妆间及仓库；观戏殿，是观众落座的地方。其中戏台结构最为复杂，与舞台演出关系最为密切。扮戏楼在戏台之后，二者相连，实为一体。观戏楼则与戏台相对，其间有院庭相隔。

戏台外观共为三层，由上到下分别称为福台、禄台和寿台，其规模参看表附5。在寿台后部与禄台之间，还建有一仙楼，因此，实际可以看到的演员表演区域共有四层。这是地面部分。戏台地面以下还存一地下室，其面积与寿台相差无几，所以从整体上看，所谓"三层戏楼"应该是一个五层结构的建筑。

附表5　三层戏楼舞台尺寸　　　　　　（单位：米）

		开　间	进　深	檐柱高	台明高	总高
畅音阁	福台	—	—	2.76	1.20	20.03
	禄台	—	—	3.74		
	寿台	4.47/5.50/4.47	4.66/5.50/4.46	4.55		
德和园大戏台	福台	—	—	—	1.26	19.90
	禄台	—	—	3.58		
	寿台	4.50/5.50/4.50	4.60/5.50/4.60	4.27		
同乐园清音阁	福台 擎檐	3.75/5.47/3.75	3.75/5.47/3.75	2.70	0.95	20.59
	福台 檐内	2.34/5.47/2.34	2.34/5.47/2.34			
	禄台 檐内	4.48/5.47/4.48	4.48/5.47/4.48	3.69		
	禄台 金内	2.34/5.47/2.34	2.34/5.47/2.34			
	寿台	4.48/5.47/4.48	4.48/5.47/4.48	4.39		

注：此表引自罗德胤著：《中国古戏台建筑研究》，清华大学2003年博士学位论文。

二、三层戏台的具体结构和使用

寿台在各层中面积最大，是主要表演区。据文献记载，寿台场门较多，除常例的上下场门外还有中门和旁门。中门位于上下场门中间，其使用频率极低，或非所有三层戏楼均备❶，因而很少被人提及。在《昇平宝筏》第九本第三出"大唐国亲整王师"中，曾使用过中门。原文如下：

---

❶ 清代戏台开三门，并非三层戏楼特有，南府戏台、南海纯一斋戏台均存三门。中间一门或被称为"佛门"，供神佛出入使用。可参廖奔著：《中国古代剧场史》，第142页。但廖奔先生指出："在三层大戏台上，由于天宫可以用上层和中层台来表示，戏台正中的门失去了作用，佛门就取消了。"此论断恐不确。如清内廷抄本《昇平宝筏提纲》头本第十九出有："佛上仙楼，天井下大云板，佛上，至禄台，出佛门。"可见三层戏楼仍有佛门存在。《古本戏曲丛刊》编辑委员会编：《古本戏曲丛刊》（九集），中华书局1964年版，第12页b。

（内奏乐。旦扮宫女，杂扮太监，从寿台中门上。唱）
……

（太监传旨介，白）朕御极以来，四海廓清，万方效顺，边围永固，无不来宾。迩者颉利，在边欺凌部落，前行晓谕，约束不遵，若不剿灭，后必猖狂。尔等文武大臣，各出所见，会议奏来。……❶

（宫女、太监仝从寿台中门下）❷

此段故事起于颉利可汗侵扰唐朝边围，唐太宗闻知召集百官商议对策，引文即为商议之初的情形。此出结尾，唐太宗决定御驾亲征，剿灭颉利。按照表演一般原则，唐太宗这一角色应当出场，然而清代官律对戏曲演出有严格的规定，特殊人物角色限制登台，《大清律例·刑律·杂犯》即载：

凡乐人搬做杂剧戏文，不许妆扮历代帝王后妃忠臣烈士、先圣先贤神像，违者杖一百，官民之家，容令妆扮者与同罪。其神仙道扮及义夫节妇、孝子顺孙、劝人为善者，不在禁限。❸

所以唐太宗不能出现。但故事的演进又不可缺少这一环节，于是演出时便以皇帝随从代替皇帝出场，其行止同从皇帝时礼，皇帝谕旨通过太监之口转述，故太监出言称"朕"，好似皇帝本人在场，而其出入之门则非中门莫属。

---

❶ （清）张照：《昇平宝筏》（第15册），见《古本戏曲丛刊》编辑委员会编：《古本戏曲丛刊》（九集），中华书局1964年版，第9页。另，由于珊瑚阁本为现存诸本《昇平宝筏》中舞台提示最为详尽者，因此本文对三层戏楼的分析多采此本之记载。

❷ （清）张照：《昇平宝筏》（第15册），第9页a。

❸ 王利器：《元明清三代禁毁小说戏曲史料》，上海古籍出版社1981年版，第18页。

寿台旁门的使用，《昇平宝筏》中第三本第十六出有载：

（……末扮乌鸡国王鬼魂，戴金貂，穿蟒，束带，搭魂帽，从右旁门上。唱）……
……（鬼魂作拜谢科，唱）……（仍从右旁门下。）……❶

此出述唐僧夜寐于禅房，乌鸡国国王鬼魂前来托梦，其上下场出入于旁门。又如第一本第十出：

（杂扮无常鬼，戴高纸帽，穿道袍，系麻绳，持勾魂牌，引杂扮二差鬼，各戴鬼发，穿箭袖卒褂，持锁，仝从右旁门上。）……（作绕场科，悟空白）何人来戏弄孙爷爷？（二差鬼白）这是阴府了，你还强到那里去？（悟空作看科白）怎么是阴司了？你这狗头看孙爷爷的棒。（作取棒赶打科，仝从左旁门下）……❷

此段述悟空为阴司差鬼勾魂，误入冥府。其中众鬼出入之门即左右旁门，悟空亦由旁门进入阴司。查同属神怪题材之《劝善金科》，其卷首《凡例》对旁门之使用多有论述。

……若夫上帝神祇、释迦仙子，不便与尘凡同门出入。且有天堂必有地狱，有正路必有旁门，人鬼之辨亦应分晰，并注明每出中。❸

《劝善金科》《昇平宝筏》均由乾隆时张照改编，鉴于二剧产生时代、

---

❶ （清）张照：《昇平宝筏》（第4册），第19页，第22页b。
❷ （清）张照：《昇平宝筏》（第1册），第40页b，第41页a。
❸ （清）张照：《劝善金科》（第1册卷首凡例），见《古本戏曲丛刊》编辑委员会编：《古本戏曲丛刊》（九集），中华书局1964年版，第2页b。

题材类型、作者及演出场所均相同，可判定其舞台体制也应当大体一致。❶故可知旁门乃鬼魂出入之门。另，《劝善金科》第七本第二、三出亦有鬼魂由旁门出入之实例为证。但似乎也存例外，《昇平宝筏》第七本第二十二出有：

> （悟空作怒科白）你这泼贱，将家赀买住老牛，果然是个赔钱嫁汉。你到不识羞，却敢骂谁？（作持棒打科。玉面姑姑白）这等放泼。（仝众丫鬟从寿台下场门下。悟空追下）……（玉面姑姑、众丫鬟仝从寿台旁门上，作进洞门绕场。玉面姑姑坐科白）丫头，快些关门。❷

从内容看，玉面姑姑是为了逃脱悟空追打，慌忙间从旁门溜进洞内的，旁门似乎为逃逸口。玉面姑姑、众丫鬟非鬼魂，可见旁门并非仅允许鬼神出入。又，《劝善金科》中第七本第三出，也有金童、玉女从旁门上场的说明。旁门左右各一，其具体位置廖奔先生言"就是在平常的上下场门边上再开两个门"。❸

据实地考察❹，寿台后部的设计实际十分巧妙，场门的安置也极其灵活。寿台后部整体为一隔扇，其上为仙楼前沿和扶栏。仙楼后部又设置一隔扇，上至寿台天棚，下达寿台地面。其露于仙楼之上部分雕有镂空花纹，其下部分则与前一隔扇组成一个夹层，夹层之上为仙楼地面。夹层两边隔扇分别由若干双扇门组成，关闭时可以起分割前后台的作用，需要开启时就成为

---

❶ 《古本戏曲丛刊》九集所影印《劝善金科》为"绥中吴氏及上海图书馆藏清乾隆内府刊五色套印本"二种之合印。凡例中有五色套印具体情况之说明，可见凡例当为乾隆本之原有，则旁门使用之说明，乾隆时已采用。

❷ （清）张照：《昇平宝筏》（第12册），第62页。

❸ 廖奔：《中国古代剧场史》，中州古籍出版社1997年版，第142页。

❹ 故宫博物院畅音阁最近一次整修在20世纪80年代，之前之后也曾进行过维护。因此，目前其内部结构、设备位置存在变动的可能。笔者将所见之状况与样式雷图谱相对照，认为二者结构基本一致，变动的误差可以忽略。

场门。因为门的数量较多，位置又布满整个寿台后部，所以其场门位置就可根据剧情需要、舞台布置灵活安排。

寿台与仙楼的贯通依靠四个木制楼梯，它们被称为"碴跺"。碴跺可以自由移动，其位置的设定与舞台的布置、场门的安排有关。仙楼地面分左、中、右三部分，左、右部分又各分成两组，中间分为三组。每组都安放可以拆除的若干木板，其两侧有提拉环，因此木板被称为"提环板"。通过提环板的拆装，可以完成仙楼与前面所提隔扇组成的夹层的贯通与分割。仙楼两端又各有一碴跺，它通往禄台的室内。

寿台后部与扮戏楼的一层相连，以隔扇分割。在扮戏楼一侧的隔扇，仙楼相对位置居中处建有一平台，平台只一侧安放楼梯可上下。平台下地面有提环板，其下为连通地下一层的楼梯。除此以外，扮戏楼一层两侧还有通往扮戏楼二层的楼梯。

位于二层的禄台，其北面及相邻东西面的一部分由隔扇分割为室内和室外，南面及相邻东西面另一部分直接与扮戏楼二层对接。❶ 禄台向北的隔扇，中间部分向室内方向凹陷，这是为了充分扩大室外的活动区域。两侧部分分别是两扇门，即禄台上下场门。禄台室内与扮戏楼的二层直接相通，中间无隔断。室内两侧还有楼梯，直接通往福台。

福台四面均安置了隔扇，将福台分成室内和室外两部分，其北面隔扇中部亦向室内凹陷。隔扇全部由双扇门组成，可以全部打开。福台室外北侧地面嵌有提环板，下有夹层，其他地面皆无。

福台和禄台中最为重要的装置就是天井，其结构复杂，颇费设计者之苦心。禄台天井有七个，一大六小，二外五内。福台仅有一个，与禄台大者位置垂直对应，也在室内。以下简单描述诸台天井之结构。

在寿台天棚与禄台地面之间存有一夹层空间，夹层四周封闭，禄台天

---

❶ 本文叙述戏台结构时，多以畅音阁实物为标准。为了表述上的方便，多用东南西北等方位词，所指当为畅音阁之位置和方向。畅音阁戏楼坐南朝北，这与圆明园同乐园清音阁方位完全一致。

井即纵向穿过此夹层。在寿台天棚、禄台地板中央各有一正方形大开口，东西二侧中部各有一长方开口，四角又各有一小开口，且位置对应。七个开口就是天井的位置，天井布局左右对称，中间、两侧与偏南二天井在禄台室内，偏北天井则在室外。禄台地板各开口四边为天井上沿，寿台天棚各开口四边为天井下沿。室内天井对应各上下沿分别用木板连接，其上绘有彩色祥云纹样。但中部大天井位于南面一侧的木板，其上部居中部分被切割出一方形小板，似可自由安放、抽离。室外天井未见其详细结构，似无连接上下沿之木板，仅以提环板嵌入覆盖。另外，偏南二天井向下对应的应是仙楼。

禄台地面设置了多组提环板，分别位于天井、仙楼磴踩入口处等位置。天井、磴踩之上嵌有提环板，与装置使用有关，而地面其他地方的提环板其下均为夹层空间，此提环板之作用不得而知，或与演出有关，或与戏楼本身建造有关。需要注意的是，在禄台地面大天井开口南侧中部有一组提环板，打开，其下有短梯，内壁两侧绘有与天井同样之祥云花纹，下梯向前即见前所言"被切割出的一方形小板"，上有木栓可拆卸。这一机关，大概与天井垂物、吊人有关。

禄台地面大天井，沿开口上沿竖有四方围栏，围栏可自由拆除，以利于提环板的拆除。六小天井上各有一锥形螺杆带动齿轮的传动装置，齿轮一端连接线轴，可升降绳线提拉物品。❶

福台天井较禄台结构简单，其仅以地面、垂直对应禄台天井处开一正方大口。开口上方竖有四方支架，其上又搭横梁，为安装滑轮之用。天井开口南北两面亦吊有滑轮，支架南北亦加护栏。在支架北西东三面分别装有3台辘护，样式雷图中称为"礶架"，礶架与滑轮共同组合，可以提拉重物，完成升降任务。

以上为戏楼地上之结构，其地下结构也很复杂。地下室高度大概在2米

---

❶ 六小井上之装置笔者曾见，但皆一并搁置于禄台一角，具体使用时之放置方法，存疑待考。

以上❶，其东西二墙各有 3 个通风口，通往戏台台座东西两侧。地下室南侧墙中部有楼梯，向上通往扮戏楼一层。地下室主要装置是地井，共有 6 个。中间一个大的，北边两个小的，南面三个小的。笔者所见地井中现在仍有积水。在中央地井之上安装有支架，支架中间垂直方向固定一木制方柱，中间镂空，此为导向槽。导向槽中间插有一根长方体铁叉，其长度约有 10 米以上，下部直插地井内。据观察，铁叉下部似乎亦有四方支架固定，并于四角拴系绳索。❷ 铁叉横断面为正方形，其向上一端铸成凹槽，凹槽交叉方向钻有孔道，似乎可以穿插钢管或木管，并留有螺栓固定钻孔。这种结构可能是为安装平板，放置物品所用。在支架东西两侧，立有辘轳，它与支架上活动滑轮组合，可以收紧、释放铁叉下端之绳索，从而完成铁叉的托举和归位。

小井之上亦安装有设备，其原理与大井支架同，但结构有差异。它亦有导向槽❸，但动力装置不是辘轳，而是与安放于小型天井之上的连动器械相同的装置。❹

关于地井用途的解释，学界的观点主要集中于对声音效果的作用上。朱家溍先生在《清代内廷演戏情况杂谈》❺，周华斌先生在《京都古戏楼》❻，

---

❶ 故宫博物院畅音阁地下室空间高度据赵杨先生测算大概在 2.1 ~ 2.2 米之间。另，地下室不仅三层戏台拥有，二层戏台也有此结构。近年挖掘圆明园含经堂遗址，其淳化轩戏台下就发现一地井，结构与三层戏台完全一致，只是规模较小，且无地井，其地下室空间之高度 2.47 米。这是目前可以直观观看的唯一一座清代皇家戏台地下室遗迹，具有极高的学术价值。

❷ 此处关于中央地井的结构，参考了故宫博物院宫廷部赵杨先生的观点。

❸ 小井导向槽中间所竖立之柱状物，笔者未见，地下室内空地亦未放置，或留在井内，亦不可知，存疑待考。

❹ 笔者所见现场，小井之上并无装置，这些设备全部堆放于地下室一角，因此对装置具体安装放置的情况，暂阙不论。

❺ 朱家溍：《故宫退食录》，北京出版社 1999 年版，第 548 ~ 552 页。

❻ 周华斌：《京都古戏楼》，海洋出版社 1993 年版，第 89 页。

丁汝芹先生在《清代内廷演戏史话》❶，廖奔先生在《清宫剧场考》❷ 中都认为，地井可以扩大演出音响的共鸣。而王季卿先生在《中国传统戏场建筑考略之二——戏场特点》❸ 一文中对此提出疑问，罗德胤先生经过精密的仪器测量，也认为地井与声效关系不大❹，但二人对地井之作用均未给出更合理的解释。据现场观测，地井内通常需安置一铁叉，其长度达10米以上，地井之建造与此关系重大。10米多长的铁叉在不使用的情况下，要垂直放置于固定地点，地井最初极有可能是为此目的建造。地下挖掘10米以下，达地下水层，于是安置铁叉地点最终出现了存水的地井❺。

地井在不使用的情况下，一般均盖有盖板。地下室内还放置若干木梯，其高度略低于地下室空间，可以自由搬动，便于出入使用。地下室天棚，实际就是寿台地面，从寿台看，从西向东分为左中右三部分，左右部分又分为四组，中间为三组，每组之上嵌有提环板。提环板或与六地井相对应，供使用时拆装，或直接与地下室空间对应，可能与戏台建造等其他事务有关。

三、三层戏台的特点

通过以上描述不难看出，三层大戏楼是复杂而又精巧的，其结构归纳起

---

❶ 丁汝芹：《清代内廷演戏史话》，紫禁城出版社1999年版，第67~68页。
❷ 廖奔撰："清宫剧场考"，载《故宫博物院院刊》1996年第4期。
❸ 王季卿撰："中国传统戏场建筑考略之二——戏场特点"，载《同济大学学报》2002年第30卷第2期，第180页。特别值得注意的是，文中有这样一句话："作者于2000年10月19日访问故宫博物院研究员朱家溍（《中国大百科全书·戏曲、曲艺卷》'畅音阁'词条撰稿人），谈及他所写大戏楼台下的五口大井，乃起收藏升降演员和砌末（道具）绞盘之用时，老先生颇有信心地说，所谓井口共鸣助声之说乃误传。"此与前所引朱家溍先生《清代内廷演戏情况杂谈》一文所论观点相悖，不知何故，存疑待考。
❹ 笔者于2008年3月14日与清华大学建筑学院罗德胤博士交流，此处所引材料为当时罗先生提供。另可参罗德胤、秦佑国撰："两个戏台德混响特征及分析"，载《华中建筑》2001年第2期，第62~63页。
❺ 关于地井产生原因及作用的相关论述多参考故宫博物院赵杨先生的观点。

来主要有以下几方面特点:

(1) 场内设施设置灵活。三层戏楼中相当一部分设施都是可移动的,如寿台、仙楼、禄台、福台的地面,寿台、仙楼的天棚,碴跺,天井升降装置等。自由拆装、移动设施的出现为舞台布置的多层次性、使用的多样化提供了极大的便利和可能。

(2) 各层舞台连贯畅通。三层戏楼的地上地下,前台后台,各个表演区都直接或者间接相通,身处戏楼任何一个角落都可以到达戏楼其他任何地点,具体情况参看附图1。对于一个如此庞大且机关复杂的舞台来说,这是一个相当伟大的建筑设计。畅通的舞台通道不仅给演员顺利表演提供了保障,而且给表演实践拓宽了道路。编剧可以更有余地地发挥自身的想象力,利用便利的舞台充分表现戏剧内容。

(3) 机关装置立体交错。天井与地井在中国古代多层戏楼上时有出现,但无论从规模、数量还是使用效果上看,三层戏楼的天井、地井都是最为突出的。它与建筑本身的立体结构组合在一起,进一步扩展了戏曲表演的空间层次并将其细化。同时,天井、地井的使用带动了空间的动态变化,弥补了戏台静态结构的不足,为戏剧表演从平面向立体的跨越迈出了尝试性的一步。

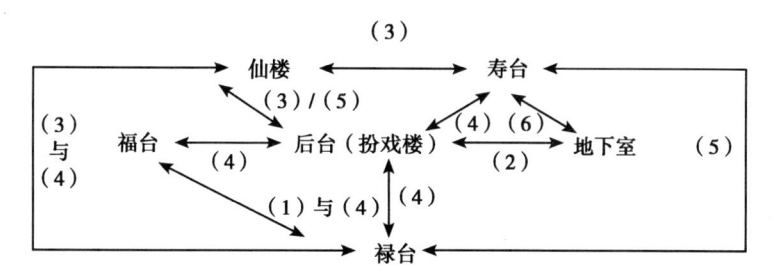

附图1 三层戏楼各台流通路线

注:(1) 楼梯 (2) 地下楼梯 (3) 碴跺 (4) 杨门 (5) 天井 (6) 地井 "/" 表示或者

附录七 《昇平宝筏》前西游题材作品情节发展流变

附表 6 《昇平宝筏》前西游相关作品情节流变*

序号	(唐,宋)《大唐三藏取经诗话》及其他	(元)《西游记》平本①	(元,明)《齐天大圣》《真空宝卷》	(明)《西游记》杂剧	(明)《礼节传簿》	(明)《西游记》小说
1	—	—	—	—	—	(1) 悟空出世
2	—	—	—	—	—	(2) 拜师学艺
3	—	—	—	—	—	(2) 败混世魔
4	—	—	—	—	—	(3) 龙宫要宝
5	—	—	—	—	—	(3) 大闹冥府
6	—	—	—	—	—	(4) 七王结拜
7	—	—	—	—	—	(4) 做弼马温
8	—	—	—	—	—	(4) 齐天大圣
9	—	—	—	—	—	(4) 管蟠桃园

* 此表参考矶部彰:《〈西遊記〉形成史の研究》(第五章 "'元本西遊記'の形態について" 中表A),创文社1993年版,第149～152页。

续表

序号	(唐、宋)《大唐三藏取经诗话》及其他	(元)《西游记》平本	(元、明)《齐天大圣》《真空宝卷》	(明)《西游记》杂剧	(明)《礼节传簿》	(明)《西游记》小说
10	(11) 行者偷桃被打	①齐天大圣偷蟠桃、盗灵丹,偷仙衣。	(1) 齐天大圣取金丹,偷仙桃,窃仙衣,御酒②	(9) 孙行者盗仙丹,喝御酒,偷仙桃,那吒领天将擒拿	—	(5~7) 大闹天宫
11	—	②大圣大败李天王	(1) 上帝请二郎真君擒拿大圣	(9) 李天王、那吒大战孙行者	—	—
12	—	③木吒,大力神请二郎神	(2) 二郎神、梅山七圣同擒大圣	(9) 那吒、眉山七圣捜山擒住行者	—	—
13	—	④二郎神擒获大圣	(3) 大圣兄弟共敌天兵,大圣被擒	—	—	—
14	—	—	(4) 押解大圣上天,大圣过饶,驱邪院主令大圣改恶向善	—	—	—
15	—	⑤大圣敌压花果山	—	(9) 观音压行者花果山下	—	(7) 五行山下
16	—	—	—	—	—	(8) 锡福大会
17	—	—	—	—	—	(8) 寻找四徒
18	—	—	—	(1) 佛着陈光蕊之子西天取经	—	—
19	—	—	—	(1) 陈光蕊中举,携妻赴任	—	—
20	—	—	—	(1) 刘洪杀光蕊,霸占殷氏	—	—
21	—	—	—	(2) 龙王救光蕊	—	—
22	—	—	—	(2) 殷氏弃儿	—	—

续表

序号	(唐、宋)《大唐三藏取经诗话》及其他	(元)《西游记》平本	(元、明)《齐天大圣》《真空宝卷》	(明)《西游记》杂剧	(明)《礼节传簿》	(明)《西游记》小说
23	—	—	—	(3) 丹霞禅师救江流儿	—	—
24	—	—	—	(3) 玄奘知身世	—	—
25	—	—	—	(3) 玄奘母子相认	—	—
26	—	—	—	(4) 玄奘告发，虞世南擒贼	—	—
27	—	—	—	(4) 陈光蕊、殷氏夫妻相聚	—	—
28	—	(永) 梦斩泾河龙	—	—	泾河龙王难神神课先生	(9) 梦斩泾河龙
29	(敦) 唐太宗入冥记	—	—	—	—	(10) 唐王入冥
30	—	—	—	—	—	(11) 刘全进瓜
31	—	—	(1) 唐圣主焚香	—	—	(12) 水陆大会
32	—	(1) 观音现身，令玄奘取经	—	(4) 观音现身，令玄奘取经	—	(12) 观音赠宝
33	(2)(8) 三藏生前两度取经	—	—	(11) 沙和尚九度吃掉取经僧	—	—
34	(1)(原缺) 奉敕西行取经③	(2)/⑥ 玄奘奉敕西天取经	—	(5) 玄奘奉敕西天取经	—	(12) 受旨取经
35	—	—	(2) 銮驾送离金门	(5) 众官饯行	(1) 唐十宰相	(12) 众官饯行

续表

序号	(唐、宋)《大唐三藏取经诗话》及其他	(元)《西游记》平本	(元、明)《齐天大圣》《真空宝卷》	(明)《西游记》杂剧	(明)《礼节传簿》	(明)《西游记》小说
36	—	—	—	(6) 胎始演说	—	—
37	—	(3) 师陀国	—	—	(6) 师陀国	—
38	—	—	—	—	—	(13) 虎穴解厄
39	—	—	—	—	—	(13) 伯钦款僧
40	(2) 猴行者助西行	⑦唐僧收悟空为徒	(3) 将领定孙悟空	(10) 唐僧收悟空为徒	(2) 孙悟空	(14) 悟空为徒
41	—	—	—	(10) 观音授铁戒箍	—	(14) 戴紧箍咒
42	—	—	(17) 火龙驹, 白马驮经	(7) 观音救火龙, 化白马助唐僧	(5) 白马	(15) 收小白龙
43	—	—	—	(8) 华陀应诏保唐僧	—	—
44	(3) 大梵天王相助	—	—	—	—	—
45	(4) 入香山寺、菩萨之所	(4) 黑熊精	—	—	(7) 黑熊精	(16~17) 观音禅院
46	—	—	—	(13) 猪八戒扮朱郎, 骗得裴海棠	(3) 朱悟能	(18~19) 收猪八戒
47	—	—	—	(14) 悟空为裴海棠传信	—	
48	—	—	—	(15) 悟空教海棠斗八戒, 摄取唐僧	—	
49	—	⑨猪八戒随往取经	(4) 猪八戒	(16) 八戒为二郎神所擒, 皈依西行	—	

续表

序号	(唐、宋)《大唐三藏取经诗话》及其他	(元)《西游记》平本	(元、明)《齐天大圣》《真空宝卷》	(明)《西游记》杂剧	(明)《礼节传簿》	(明)《西游记》小说
50	(16) 受多心经	—	—	—	—	(19) 受多心经
51	—	(5) 黄风径	—	—	(8) 黄风大王	(20~21) 过黄风洞
52	(8) 遇深沙神	⑧沙和尚随住取经	(5) 沙和尚 (10) 流沙河	(11) 沙和尚被行者劝, 为徒西行	(4) 沙悟净	(22) 收沙和尚
53	—	—	—	—	—	(23) 圣试禅心
54	(11) 吃人参果	—	—	—	(10) 人参果	(24~26) 人参果
55	(6) 过火类坳	—	—	—	—	(27) 白骨精
56	—	—	—	—	(9) 宝象国	(28~31) 宝象国
57	—	—	—	—	—	(32~35) 平顶山
58	—	(8) 狮子径	—	—	(16) 乌鸡国	(36~39) 乌鸡国
59	—	(10) 红孩儿径	(11) 红孩儿	(12) 红孩儿 (爱奴儿) 抓唐僧	(14) 红孩儿	(40~42) 红孩儿
60	(9) 入鬼子母国	—	—	(12) 佛收爱奴儿于钵中, 鬼子母揭钵	鬼子母揭钵, 鬼子女捧钵	—
61	—	—	—	—	—	(43) 黑水小鼋
62	—	⑩车果斗法	—	—	(15) 车迟国	(44~46) 车迟国
63	—	—	(8) 罗刹女	—	—	(47~49) 通天河
64	(4) 遇狮子林	—	—	—	—	(50~52) 金蚖洞
65	(5) 过狮子林	—	—	—	—	—
66	(6) 斗败白虎精	—	—	—	—	—
67	—	—	—	(11) 灭银额将军, 救刘太公女	—	—

续表

序号	(唐、宋)《大唐三藏取经诗话》及其他	(元)《西游记》平本	(元)《齐天大圣》《真空宝卷》	(明)《西游记》杂剧	(明)《礼节传簿》	(明)《西游记》小说
68	(10)人女人国	(14)女人国	(19)女儿国	(17)过女儿国	(21)女儿国	(53~54)女儿国
69	—	—	—	—	(22)蝎子精	(55)琵琶洞
70	—	—	—	—	—	(56~58)真假猴王
71	—	(12)火焰山	(6)火焰山 (9)铁扇女 (13)牛魔王	(18~20)火焰山	(17)铁扇公主、牛魔王	(59~61)火焰山
72	(7)败九条槛头鼍龙	—	—	—	(18)祭赛国 (20)九头驸马	(62~63)祭赛国
73	—	(11)蔡钩洞	—	—	—	(64)荆棘岭
74	(5)与树人国人斗法	—	—	—	—	(64)木仙庵
75	—	—	—	—	—	(65~66)小雷音寺
76	—	(13)薄屎洞	(18)戏世洞	—	—	(67)释尿衡
77	—	—	—	—	—	(68~71)朱紫国
78	—	(7)蜘蛛精 (9)多目径	(14)蜘蛛精	—	(11)蜘蛛精 (13)多目妖径	(72~73)盘丝洞
79	—	—	—	—	—	(74~77)狮驼岭
80	—	—	—	—	—	(78~79)比丘国
81	—	(6)地涌夫人	(12)地涌夫人 (7)黑松林	—	(12)地勇夫人 (23)颁波国	(80~83)无底洞
82	—	—	(15)灭法国	(21)遇筑婆	—	(84)灭法国

续表

序号	(唐,宋)《大唐三藏取经诗话》及其他	(元)《西游记》平本	(元,明)《齐天大圣》《真空宝卷》	(明)《西游记》杂剧	(明)《礼节传簿》	(明)《西游记》小说
83	—	—	—	—	—	(85~86) 南山大王
84	—	—	—	—	—	(87) 凤仙郡
85	—	—	—	—	—	(88~90) 玉华国
86	—	—	—	—	—	(91~92) 青龙山
87	—	—	—	—	—	(93~95) 天竺国
88	—	—	—	—	—	(96~97) 寇员外
89	—	—	(16) 极乐国	—	(19) 胡王公主	—
90	—	—	—	—	—	—
91	(12) 入沉香国	—	—	—	—	—
92	(13) 入波罗国	—	—	—	—	—
93	(14) 观优钵罗国景	—	—	—	—	—
94	(15) 求经经卷	①到西天,受经三藏	(20) 到西天,取真经	(22) 求得佛经,师徒分别	(24) 到西天雷音寺	(98) 如来经经
95	—	—	—	—	—	—
96	(17) 河中府救人子	②东还	(21) 回东土	(23) 唐僧归唐	—	(99) 老鼋翻江
97	(17) ④回唐	—	(22) 金神会,开宝藏	—	—	(100) 返唐成佛
98	观优钵罗国景	—	—	—	—	—
99	(17) 师徒升天成正果	③师徒得证果	—	(24) 唐僧西去成正果	—	—

续表

序号	(唐、宋)《大唐三藏取经诗话》及其他	(元)《西游记》平本	(元、明)《齐天大圣》《宝卷》	(明)《西游记》杂剧	(明)《礼节传簿》	(明)《西游记》小说
附注	(1) "( )"内数字为作品之章节； (2) "(唐)"指作品年代； (3) "(敦)"指敦煌文献； (4) 敦煌壁画内容不确考，无法列入，于此提及	(1) "(永)"指《永乐大典》； (2) 其他 "( )"内数字表示《朴通事谚解》原文叙述情节顺序，因叙述文献分两段，故而以 "〇"相区分	(1) "( )"内数字为戏曲出目或作品情节叙述顺序； (2) 加粗字体为《齐天大圣》情节，余为《销释真空卷》	(1) "( )"内数字为作品之出目	(1) "( )"内数字为《唐僧西天取经》情节叙述顺序	(1) "( )"内数字为小说回目

①关于《西游记话本》，存在两种来源。其一为《永乐大典》卷一三一三九 "送" 字韵 "梦" 《梦斩泾河龙》，其二为《朴通事谚解》中内容。对二者之关系，学界意见不一，对此本文存疑待考。

②原文开篇言 "元始天尊" 炼九转金丹，后文言 "太上老君" 炼丹，自相矛盾，存疑待考。

③现存《大唐三藏取经诗话》及《新雕大唐三藏法师取经记》皆缺第一节（此称 "节" 乃延续王国维、李时人等前辈之惯称，非原文所有）。从现存文本内容如第二节 "僧行六人，当日起行" 可能与奉敕取经，送行西去内容，亦可参见李时人、蔡镜浩校注：《大唐三藏取经诗话校注》，中华书局1997年版，第2页。

④《大唐三藏取经诗话》第十七节，内容包含不相类两故事，张锦池先生认为：从 "法师七人，离大演之中，旬日到京" 起，当是第十八节。此可备一说。参见《西游记考论》，第24~25页。此表沿袭原文分节序列。

481

附录八 珊瑚阁本《昇平宝筏》与世德堂本《西游记》内容对照表

附表7 两本内容对照

珊瑚阁本《昇平宝筏》		《西游记》
出目	内容	回目
甲第一出	石猴出世，惊动玉帝	第一回 灵根育孕源流出 心性修持大道生
甲第二出	演说此剧主旨及内容梗概	—
甲第三出	菩萨传如来佛旨，命金蝉子托生取经	—
甲第四出	占得水帘洞，拜为大王，出海寻道	第一回
甲第五出	与菩提祖师相见，获孙悟空之名	第一回
	悟空学艺，离师，回花果山	第二回 悟彻菩提真妙理 断魔归本合元神
甲第六出	混世魔王侵扰水帘洞	第二回
甲第七出	悟空打败混世魔王	第三回 第四回 四海千山皆拱伏 九幽十类尽除名
	通臂猿提出向东海寻兵器	
甲第八出	悟空东海寻得如意金箍棒	
甲第九出	牛魔王设宴与孙悟空等七王结拜	
甲第十出	二差鬼锁悟空，悟空追打至阴司	
甲第十一出	悟空大闹阎罗殿	
甲第十二出	龙王、阎君告发悟空，金星招安	第四回 官封弼马心何足 名注齐天意未宁
	授悟空弼马温一职	
甲第十三出	悟空就职，嫌官小反天庭	
甲第十四出	擒悟空未果，授大圣名号，管蟠桃园	
甲第十五出	建齐天大圣府，设二司	第五回 乱蟠桃大圣偷丹 反天宫诸神捉怪
	大闹蟠桃会，偷取老君丹，返下界	
甲第十六出	天将下凡捉拿孙悟空	第六回 观音赴会问原因 小圣施威降大圣
	天将拿住孙悟空	

续表

珊瑚阁本《昇平宝筏》		《西游记》
出目	内容	回目
甲第十七出	八卦炉炼悟空	第七回 八卦炉中逃大圣 五行山下定心猿
甲第十八出	悟空闯灵霄殿,玉帝求救于佛祖	
甲第十九出	如来佛制服孙悟空	
甲第二十出	诸仙共宴谢如来	
甲第二十一出	刘洪害死陈光蕊,殷氏产下江流儿	—
甲第二十二出	殷氏撇子	—
甲第二十三出	金山寺法明救下江流儿	—
甲第二十四出	如来上元佳节开锡福大会	第八回 我佛造经传极乐 观音奉旨上长安
乙第一出	着观音菩萨寻取经人,使经传东土	
乙第二出	贞观时,唐太宗封赏功臣写照凌烟阁	—
乙第三出	观音启程寻取经人	—
乙第四出	唐僧参究师傅言语	—
乙第五出	唐僧听从师傅安排出门访道	—
乙第六出	众功臣上凌烟阁画像,述功绩	—
乙第七出	观音来东土,一寻四徒	第八回
乙第八出	泾河龙王到长安,与袁守诚打赌	第九回 袁守诚妙算无私曲 老龙王拙计犯天条
乙第九出	泾河龙王违旨降雨	
乙第十出	泾河龙本欲问罪反却求救于袁守诚	
乙第十一出	泾龙托梦求唐王,魏征梦斩泾河龙	第十回 二将军宫门镇鬼 唐太宗地府还魂(部分)
—	—	第十一回 还受生唐王遵善果 度孤魂萧瑀正空门
乙第十二出	泾河龙求萧瑀报唐王超度亡灵,准奏	
乙第十三出	唐僧作水陆大会	第十二回 玄奘秉诚建大会 观音显像化金蝉
乙第十四出	观音赠宝,唐僧誓往西天求经	
乙第十五出	唐僧受旨西天取经	
乙第十六出	众官为唐僧送行	此内容《西游记》书写极略
乙第十七出	胖姑归来讲送行场面	—
乙第十八出	狮蛮国老回回指路	—

483

续表

珊瑚阁本《昇平宝筏》		《西游记》
出目	内容	回目
乙第十九出	唐僧路遇野熊，刘伯钦打杀熊教师	第十三回　陷虎穴金星解厄　双叉岭伯钦留僧
乙第二十出	刘伯钦远送，唐僧收悟空为徒	第十四回　心猿归正　六贼无踪
乙第二十一出	悟空杀六贼，被骗戴金箍	
乙第二十二出	到鹰愁涧，白龙化马	第十五回　蛇盘山诸神暗佑　鹰愁涧意马收缰
乙第二十三出	落伽山土地送鞍辔	
乙第二十四出	众庆观音寿辰，言说取经因缘	—
丙第一出	观音大寿，普贤菩萨前来庆贺	—
丙第二出	熊精炼丹失败	—
丙第三出	至观音禅院，了然夺宝，悟空助燃	第十六回　观音院僧谋宝贝　黑风山怪窃袈裟
丙第四出	黑熊盗袈裟，晨起众人寻找	第十七回　孙行者大闹黑风山　观世音收伏熊黑怪
丙第五出	黑熊精与二友谈佛法会，悟空打杀	
丙第六出	请观音收伏黑熊怪	
丙第七出	猪八戒见高玉兰，欲明日行聘	—
丙第八出	猪八戒强聘，悟空前来借宿搭救	第十八回　观音院唐僧脱难　高老庄大圣除魔
丙第九出	猪八戒前来成亲，悟空乔装相见	
丙第十出	猪八戒知悟空助取经人，遂亦皈依	第十九回　云栈洞悟空收八戒　浮屠山玄奘受心经
丙第十一出	乌巢禅师赠心经，山神、土地送唐僧	
—	—	第二十回　黄风岭唐僧有难　半山中八戒争先
丙第十二出	过黄风洞，灵吉菩萨助擒黄风大王	第二十一回　护法设庄留大圣　须弥灵吉定风魔
丙第十三出	悟净皈依	第二十二回　八戒大战流沙河　木叉奉法收悟净
丙第十四出	黎山老母试禅心	第二十三回　三藏不忘本　四圣试禅心
—	—	第三十六回　心猿正处诸缘伏　劈破旁门见月明
丙第十五出	狮子精化身乌鸡国王骗过众人	—

484

续表

珊瑚阁本《昇平宝筏》		《西游记》
出目	内容	回目
丙第十六出	乌鸡国王梦托唐僧寻救	第三十七回 鬼王夜谒唐三藏 悟空神化引婴儿
丙第十七出	乌鸡太子狩猎知冤情	
丙第十八出	乌鸡国王还阳回宫，狮精逃跑	第三十八回 婴儿问母知邪正 金木参元见假真
丙第十九出	悟空斗狮精，诺矩罗尊者收服狮精	第三十九回 一粒丹砂天上得 三年故主世间生
丙第二十出	至五庄观，偷食人参果，推倒果树	第二十四回 万寿山大仙留故友 五庄观行者窃人参
丙第二十一出	镇元大仙回五庄观，捉拿唐僧师徒	第二十五回 镇元仙赶捉取经僧 孙行者大闹五庄观
丙第二十二出	镇元大仙惩唐僧师徒，悟空寻医方	
丙第二十三出	悟空四处寻觅活树灵方	第二十六回 孙悟空三岛求方 观世音甘泉活树
丙第二十四出	观音菩萨救活人参果树	
丁第一出	二祖师嘱咐众护法神保护唐僧取经	—
丁第二出	闻仁揭穿爱爱道人与黄袍郎	—
丁第三出	獾婆为玉面姑姑解愁，欲嫁牛魔王	—
丁第四出	獾婆做媒，牛魔王入赘摩云洞	—
丁第五出	元宵节，宝象国观灯，百花秀被摄	—
丁第六出	白骨夫人说合，百花秀黄袍郎成亲	—
丁第七出	捕役寻百花秀，闻仁携妻赶考，路为黄袍郎所摄	—
丁第八出	百花秀、花香洁结为姐妹，白骨夫人欲得唐僧肉	—
丁第九出	闻仁受审，李德清让其寻百花秀	—
丁第十出	悟空二打白骨精	第二十七回 尸魔三戏唐三藏 圣僧恨逐美猴王
丁第十一出	唐僧被黄袍郎抓，百花秀放僧	第二十八回 花果山群妖聚义 黑松林三藏逢魔
丁第十二出	黄袍郎往宝象国认亲，变唐僧为虎	第二十九回 脱难江流来国土 承恩八戒转山林
丁第十三出	小白龙斗黄袍郎	第三十回 邪魔侵正法 意马忆心猿

续表

珊瑚阁本《昇平宝筏》		《西游记》
出目	内容	回目
丁第十四出	猪八戒激悟空下山救师	第三十一回　猪八戒义激猴王　孙行者智降妖怪
丁第十五出	悟空遇闻仁，闻仁得救知音信	—
丁第十六出	悟空入妖洞，闻仁夫妻相见	—
丁第十七出	悟空刑场救唐僧，百花羞父女相见	第三十一回
丁第十八出	悟空大败黄袍郎	—
丁第十九出	宝象国国君封赏，唐僧师徒上路	—
丁第二十出	伶俐虫报告唐僧师徒动向	—
丁第二十一出	悟能两次巡山，莲花洞二妖擒唐僧	第三十二回　平顶山功曹传信　莲花洞木母逢灾
丁第二十二出	悟空救师，未果	第三十三回　外道迷真性　元神助本心
丁第二十三出	悟空扮狐狸精、窃阴阳净瓶	第三十四回　魔王巧算困心猿　大圣腾那骗宝贝
丁第二十四出	老君收金角、银角二大王，救唐僧	第三十五回　外道施威欺正性　心猿获宝伏邪魔
戊第一出	圣婴欲擒唐僧，化身吊树上	第四十回　婴儿戏化禅心乱　猿马刀归木母空
戊第二出	悟空、圣婴大战，悟空受灾殃	第四十一回　心猿遭火败　木母被魔擒
戊第三出	悟空变为牛魔王，骗圣婴	第四十二回　大圣殷勤拜南海　观音慈善缚红孩
戊第四出	悟空请观音菩萨帮助降妖	
戊第五出	观音菩萨收降圣婴	
戊第六出	唐僧为黑水河小鼍所擒	第四十三回　黑河妖孽擒僧去　西洋龙子捉鼍回
戊第七出	西海龙王派摩昂擒拿小鼍	
戊第八出	虎力、鹿力、羊力三大仙位临车迟国	—
戊第九出	三仙醮坛做法	—
戊第十出	悟空、悟能、悟净大闹三清观	第四十四回　法身元运逢车力　心正降邪度脊关

续表

珊瑚阁本《昇平宝筏》		《西游记》	
出目	内容	回目	
戊第十一出	悟空斗法败三仙	第四十五回 猴王显法	三清观大圣留名 车迟国
		第四十六回 圣灭诸邪	外道弄强欺正法 心猿显
戊第十二出	悟空、八戒代为祭赛	第四十七回 慈救小童	圣僧夜阻通天水 金木垂
戊第十三出	鱼精被袭,鳜婆出计擒唐僧	第四十八回 佛履层冰	魔弄寒风飘大雪 僧思拜
戊第十四出	鱼精结冰擒唐僧		
戊第十五出	鱼精得胜与鳜婆结拜,悟空三人救师未果	第四十九回 难现鱼篮	三藏有灾沉水宅 观音救
戊第十六出	观音菩萨编鱼篮擒鱼精救唐僧		
戊第十七出	西梁女国众女渔婆喝酒嬉闹	—	
戊第十八出	唐僧、悟能勿喝西梁女国河水	第五十三回 禅主吞餐怀鬼孕 黄婆运水解邪胎	
戊第十九出	西梁女国太师前来说亲	第五十四回 法性西来逢女国 心猿定计脱烟花	
戊第二十出	悟空用计骗婚出女儿国		
戊第二十一出	悟能梦中回高老庄成亲		
戊第二十二出	遇蝎子精悟空被蜇,观音指引破敌法	五十五回 色邪淫戏唐三藏 性正修持不坏身	
戊第二十三出	昴日星君擒蝎子精		
戊第二十四出	铁扇公主揭钵救儿,败亡	—	
己第一出	众功臣洪福寺进香接旨祈祷圣僧	—	
己第二出	铁扇公主细思忖,欲往摩云洞擒妖	—	
己第三出	罗刹女打入摩云洞,龙宫设宴请魔王	—	
己第四出	卓立生日祝寿,欲为女觅婿	—	
己第五出	齐福与阴鸷因投靠赖太傅生分歧	—	
己第六出	牛魔王赴通胜龙王会,借龙宫之宝	—	
己第七出	通圣女瑶池盗灵芝救夫	—	
己第八出	赖斯文褒观卓如玉,九头鸟偷盗舍利	—	
己第九出	因求婚不得,赖贪荣诬告如玉、齐福、淡然	—	

续表

珊瑚阁本《昇平宝筏》		《西游记》
出目	内容	回目
己第十出	卓立归家，兰香尽述风波，明日朝见	—
己第十一出	宋廉明审案，知底细	—
己第十二出	赖斯文欲害齐福，悟空救下	—
己第十三出	金光寺众僧等候唐僧，尽述冤情	第六十二回　涤垢洗心惟扫塔　缚魔归主得修身
己第十四出	唐僧扫塔擒二怪，知偷宝真相	
己第十五出	齐福、金光寺众僧鸣冤昭雪	第六十二回
己第十六出	悟空、悟能剿灭碧波潭	第六十三回　二僧荡怪闹龙宫　群圣除邪获宝贝
己第十七出	国君为媒齐福入赘，舍利重放光辉	
己第十八出	齐福、如玉成婚	—
己第十九出	南山大王设计擒唐僧	第八十五回　心猿妒木母　魔主计吞禅
己第二十出	南山大王擒唐僧	
己第二十一出	悟空、悟能、悟净与南山大王鏖战	第八十六回　木母助威征怪物　金公施法灭妖邪
己第二十二出	悟空救师，擒杀文蔚山南山大王	
—	—	第八十七回　凤仙郡冒天止雨　孙大圣劝善施霖
己第二十三出	兕大王抓唐僧，力败悟空众神将	第五十回　情乱性从因爱欲　神昏心动遇魔头　第五十一回　心猿空用千般计　水火无功难炼魔
己第二十四出	悟空问如来，请老君，得降兕大王	第五十二回　悟空大闹金兜洞　如来暗示主人公
庚第一出	四海龙王巡视海情	—
庚第二出	师徒路遇强盗，悟空打杀二人	第五十六回　神狂诛草寇　道迷放心猿
庚第三出	悟空打死杨勇众强盗，唐僧赶悟空	
庚第四出	悟空求观音去除金箍	第五十七回　真行者落伽山诉苦　假猴王水帘洞誊文
庚第五出	猕猴假扮悟空劫取袈裟	
庚第六出	猕猴假扮悟空要闹花果山	
庚第七出	沙僧花果山见猕猴	
庚第八出	沙僧见观音，与悟空齐见弥猴，悟空、猕猴大战，观音、唐僧不辨	
庚第九出	悟空猕猴天宫难分辨	第五十八回　二心搅乱大乾坤　一体难修真寂灭
庚第十出	悟空猕猴阴司难分辨	
庚第十一出	如来分辨悟空猕猴	

续表

珊瑚阁本《昇平宝筏》		《西游记》
出目	内容	回目
庚第十二出	张紫阳造五彩衣欲给金圣夫人	—
庚第十三出	赛太岁逼出金圣娘娘，张紫阳授衣	—
庚第十四出	悟空为朱紫国王诊病	第六十八回　朱紫国唐僧论前世　孙行者施为三折肱
庚第十五出	朱紫设宴款待圣僧，想妙计胜太岁	第六十九回　心主夜间修药物　君王筵上论妖邪
庚第十六出	悟空入洞见金圣，得知偷铃巧招术	第七十回　妖魔宝放烟沙火　悟空计盗紫金铃
庚第十七出	悟空偷金铃	第七十一回　行者假名降怪犼　观音现像伏妖王
庚第十八出	悟空胜犼怪，善才收犼怪，国王金圣破镜重圆	
庚第十九出	地涌夫人拜义父，灰婆吹动芳心	—
庚第二十出	过火焰山，悟空一借芭蕉扇	第五十九回　唐三藏路阻火焰山　孙行者一调芭蕉扇
庚第二十一出	悟空二借芭蕉扇	
庚第二十二出	悟空摩云洞见牛魔王	第六十回　牛魔王罢战赴华筵　孙行者二调芭蕉扇
庚第二十三出	悟空乔装牛魔王三借芭蕉扇	
庚第二十四出	擒牛魔王，过火焰山	第六十一回　猪八戒助力败魔王　孙行者三调芭蕉扇
辛第一出	南极寿星为太乙天尊拜寿，二人坐骑白鹿、九头狮逃跑	—
辛第二出	月霞思春，蜈蚣精愿为其牵线唐僧	—
辛第三出	唐僧化斋，为月霞仙子所擒	第七十二回　盘丝洞七情迷本　濯垢泉八戒忘形
辛第四出	悟空偷衣烧网杀蜘蛛精，救出唐僧	第七十三回　情因旧恨生灾毒　心主遭魔幸破光
辛第五出	蜈蚣精擒得唐僧、悟能、悟净	
辛第六出	黎山老母指引，毗蓝婆擒拿蜘蛛蜈蚣	
辛第七出	金顶大仙探消息，欲接引唐三藏	—
辛第八出	豹艾文约地涌夫人往狮驼岭	—
辛第九出	柳逢春与母谈及婚事	—

489

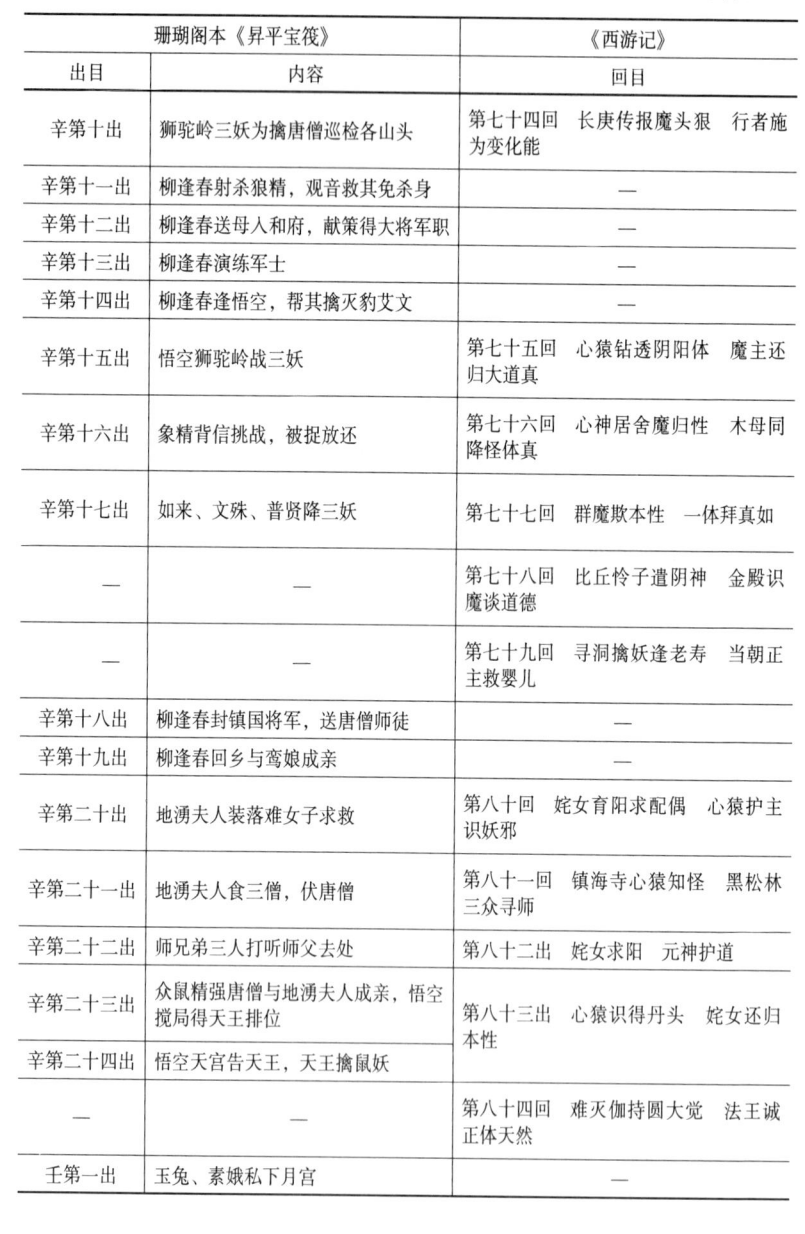

续表

珊瑚阁本《昇平宝筏》		《西游记》
出目	内容	回目
辛第十出	狮驼岭三妖为擒唐僧巡检各山头	第七十四回 长庚传报魔头狠 行者施为变化能
辛第十一出	柳逢春射杀狼精,观音救其免杀身	—
辛第十二出	柳逢春送母入和府,献策得大将军职	—
辛第十三出	柳逢春演练军士	—
辛第十四出	柳逢春逢悟空,帮其擒灭豹艾文	—
辛第十五出	悟空狮驼岭战三妖	第七十五回 心猿钻透阴阳体 魔主还归大道真
辛第十六出	象精背信挑战,被捉放还	第七十六回 心神居舍魔归性 木母同降怪体真
辛第十七出	如来、文殊、普贤降三妖	第七十七回 群魔欺本性 一体拜真如
—	—	第七十八回 比丘怜子遣阴神 金殿识魔谈道德
—	—	第七十九回 寻洞擒妖逢老寿 当朝正主救婴儿
辛第十八出	柳逢春封镇国将军,送唐僧师徒	—
辛第十九出	柳逢春回乡与鸾娘成亲	—
辛第二十出	地涌夫人装落难女子求救	第八十回 姹女育阳求配偶 心猿护主识妖邪
辛第二十一出	地涌夫人食三僧,伏唐僧	第八十一回 镇海寺心猿知怪 黑松林三众寻师
辛第二十二出	师兄弟三人打听师父去处	第八十二出 姹女求阳 元神护道
辛第二十三出	众鼠精强唐僧与地涌夫人成亲,悟空搅局得天王排位	第八十三出 心猿识得丹头 姹女还归本性
辛第二十四出	悟空天宫告天王,天王擒鼠妖	
—	—	第八十四回 难灭伽持圆大觉 法王诚正体天然
壬第一出	玉兔、素娥私下月宫	—

续表

珊瑚阁本《昇平宝筏》		《西游记》	
出目	内容	回目	
壬第二出	全真道人、东西混投奔颉利	—	
壬第三出	文武官商议,唐王亲征颉利	—	
壬第四出	小雷音寺,唐僧被擒	第六十五回 遭大厄难	妖邪假设小雷音 四众皆
壬第五出	悟空请各路神仙皆为黄眉童所败		
壬第六出	弥勒佛擒拿黄眉童	第六十六回	诸神遭毒手 弥勒缚妖魔
壬第七出	天竺公主月夜看花,玉兔弄法假扮	—	
壬第八出	布金寺,唐僧投宿,知公主遭遇	第九十三回 朝王遇偶	给孤园问古谈因 天竺国
壬第九出	月妖抛绣球,招唐僧为婿		
壬第十出	师徒定计,悟能喝酒逞狂言	第九十四回 怀情欲喜	四僧宴乐御花园 一怪空
壬第十一出	月妖自言相思苦	—	
壬第十二出	月妖洞房成亲,悟空变蜜蜂揭穿真相	第九十五回 正会灵元	假合真形擒玉兔 真阴归
壬第十三出	太阴星君下凡,收伏月妖		
壬第十四出	迎天竺公主回宫		
—	—	第九十六回 不贪富贵	寇员外喜待高僧 唐长老
—	—	第九十七回 魂救本原	金酬护外透魔蛰 圣显幽
壬第十五出	道士灭蛇不成,悟空打死蛇精	第六十七回 污道心清	拯救驼罗禅性稳 脱离秽
壬第十六出	释屎衢衢悟能开山		
壬第十七出	玉华国,兵器丢失	第八十八回 土授门人	禅到玉华施法会 心猿木
壬第十八出	悟空、悟能、悟净夺回兵器	第八十九回 闹豹头山	黄狮精设钉钯宴 金木土
壬第十九出	九头狮精带儿孙往玉华国挟持众人		
壬第二十出	悟空请太乙天尊下界捉狮精	第九十回 静九灵	师狮授受同归一 盗道缠禅
壬第二十一出	太乙天尊追捕九头狮怪		
壬第二十二出	玉华国王送别,慈云寺闹花灯	—	
壬第二十三出	金平府观灯,犀牛精装佛摄唐僧	第九十一回 唐僧供状	金平府元夜观灯 华英洞

续表

珊瑚阁本《昇平宝筏》		《西游记》
出目	内容	回目
壬第二十四出	悟空请天将共擒犀牛精	第九十二回　三僧大战青龙山　四星挟捉犀牛怪
癸第一出	大唐皇帝战颉利，众天神齐护驾	—
癸第二出	遇荆棘，悟空、悟能锄草	第六十四回　荆棘岭悟能努力　木仙庵三藏谈诗
癸第三出	唐僧梦破树妖迷	
癸第四出	唐太宗摆兵布阵	—
癸第五出	唐朝军到来，颉利得知	—
癸第六出	唐兵压境，颉利胆颤苦支撑	—
癸第七出	颉利遇李靖，败绩	—
癸第八出	颉利遇尉迟恭，败绩	—
癸第九出	尉迟恭引藤牌军大败颉利	—
癸第十出	秦琼受命建受降城，奉旨受降	—
癸第十一出	颉利众叛亲离，自刎离世	—
癸第十二出	唐僧见金顶大师，过河，脱凡胎成佛	
癸第十三出	众仙出场迎唐僧	第九十八回　猿熟马驯方脱壳　功成行满见真如
癸第十四出	如来接见唐三藏	
癸第十五出	阿难、迦叶授经于唐僧	
癸第十六出	朝廷宴赏众国公，庆克颉利	—
癸第十七出	通天河，老鼋翻江	第九十九回　九九数完魔灭尽　三三行满道归根
癸第十八出	洪福寺柏树东指	第一百回　径回东土　五圣成真
癸第十九出	唐僧入洪福寺	—
癸第二十出	唐僧设坛祭祀亡灵，后急西归	—
癸第二十一出	因唐僧讲经，冥府转轮王释放鬼魂	—
癸第二十二出	师徒四人封神不就，天宫览胜	—
癸第二十三出	师徒四人天宫遨游遇故人	—
癸第二十四出	唐僧师徒受封	第一百回

附录九　后西游戏俗曲杂戏剧本小结

附表8　后西游戏俗曲杂戏剧本一览　　（单位：本）

序号	剧目	昆腔				弋腔（高腔）			京剧（乱弹）	不确定文本	合计
		剧本	题纲	单头本	曲谱	剧本	曲谱	题纲			
1	偷桃	3	—	—	—	高2	—	—	—	—	5
2	闹天宫	2	—	—	—	高2	—	—	—	2	6
3	安天会	—	—	—	—	—	—	—	—	题纲1 剧本3	4
4	闹天宫总讲	1	—	—	—	—	—	—	—	—	1
5	殷氏祭江	1	—	—	—	—	—	—	—	昆弋题纲1	2
6	十宰	—	1	—	1	高1	—	—	—	昆弋题纲1 穿戴题纲1	5
7	黑风山	1	—	—	—	高1 弋1	—	—	—	剧本1	4
8	流沙河	—	—	—	—	—	—	—	京1 乱1	题纲1	3
9	五庄观	1	—	1	—	—	—	—	—	—	2
10	黄袍怪	1	—	—	—	—	—	—	—	—	1
11	花魔寨	—	—	—	—	高2	—	—	—	昆弋题纲2 穿戴题纲1 剧本1	6
12	过平顶山	2	1	—	3	—	—	—	—	昆弋题纲1	6①
13	莲花洞	3	—	—	—	—	—	—	—	昆弋单角本22 题纲1 剧本1 曲谱2	29
14	乍冰	—	—	—	—	弋1 高3	弋2	—	—	—	6
15	女儿国	—	—	—	—	—	—	—	京单头1	剧本2	3
16	西游火云洞妖	—	—	—	2	—	—	—	—	昆弋曲谱1 题纲串头1	4

续表

序号	剧目	昆腔				弋腔（高腔）			京剧（乱弹）	不确定文本	合计
		剧本	题纲	单头本	曲谱	剧本	曲谱	题纲			
17	无底洞	—	—	—	—	—	—	—	京1 乱2	题纲1 剧本3	7
18	水帘洞	3	—	1	—	—	—	—	京1	—	5
19	九节山	1	—	—	—	—	—	—	—	—	1
20	狮驼岭	—	—	—	—	—	—	—	乱1	剧本2 题纲2 曲谱1 单头1	7
21	魏征斩龙	—	—	—	—	—	—	—	京单头1	—	1
22	饯沙桥	—	—	—	—	—	—	—	乱1	—	1
23	八戒成亲	—	—	—	—	弋1 高3	—	1	—	昆弋题纲2	7
24	定风岭	—	—	—	—	—	—	—	乱1	题纲1	2
25	探路	—	—	—	—	高2	—	—	—	—	2
26	火云洞	2	1	2	2	—	—	—	—	题纲1 曲谱3 单头2 串本1	13②
27	琵琶洞	3	—	—	—	—	—	—	乱1	题纲1 单头1	6
28	盗魂铃	—	—	—	—	—	—	—	乱4	—	4
29	陷空山	1	—	12	—	—	—	—	—	—	13
30	收八怪	1	—	—	—	—	—	—	—	—	1
31	红梅山	4	—	—	1	—	—	—	3	题纲2	10
32	盘丝洞	4	—	1	—	—	—	—	3	单头2 曲谱2 剧本2	13③
33	火焰山	1	—	1	2	—	—	—	—	剧本4 曲谱1 题纲2	11④
34	大战石猴	—	—	—	—	—	—	—	—	穿戴题纲1 剧本1	2
35	沙桥	—	—	—	—	—	—	—	乱题纲2	—	2
36	斩小白龙	—	1	—	—	—	—	—	—	—	1

续表

序号	剧目	昆腔				弋腔（高腔）			京剧（乱弹）	不确定文本	合计
		剧本	题纲	单头本	曲谱	剧本	曲谱	题纲			
37	福荣山	—	—	—	—	—	—	—	—	题纲1	1
38	金兜山	—	—	—	—	—	—	—	—	剧本3 曲谱1	4
39	西游记芭蕉洞	—	—	—	—	—	—	—	—	曲谱1	1
40	西游记摩云洞	—	—	—	—	—	—	—	—	曲谱1	1
41	双心斗总讲	—	—	—	—	—	—	—	乱1	—	1
42	车迟国（二出）	—	—	—	—	—	—	—	—	剧本1	1
43	通天河（五出）	—	—	—	—	—	—	—	—	剧本1	1
44	西天竺（七出）	—	—	—	—	—	—	—	—	剧本1	1
45	偷盗桃园	—	—	—	—	—	—	—	—	剧本1	1
46	老君炼猴	—	—	—	—	—	—	—	—	剧本1	1
47	大闹天宫	—	—	—	—	—	—	—	—	剧本1	1
48	如来收猴	—	—	—	—	—	—	—	—	剧本1	1
49	慈悲愿（西游记）	—	—	—	—	—	—	—	—	曲谱1	1
合计		35	4	17	12	19	2	1	25	100	212
		68				22					

①含一昆腔单出戏总本与曲谱合写本。

②含一单头本与曲谱合写本。

③含一单头本与曲谱合写本。

④含《铁扇公主》剧本一种。

附录十 现存《昇平宝筏》后西游戏俗曲杂戏剧目

附表 9 后西游戏俗曲杂戏剧目情况

序号	剧目	剧本类别	查找来源
1	偷桃一	高腔抄本	《俗文学丛刊》第 43 册 pp. 1~27
	偷桃二	高腔抄本	《俗文学丛刊》第 43 册 pp. 29~53
	偷桃	清道光十九年昆曲抄本	《俗文学丛刊》第 66 册 pp. 449~462
	偷桃①	清光绪十九年昆曲总本抄本	《俗文学丛刊》第 66 册 pp. 463~484
	偷桃大战全串贯	昆曲抄本	《清车王府藏本》第 13 册 pp. 101~104
2	天宫大战一	高腔抄本	《俗文学丛刊》第 43 册 pp. 55~69
	天宫大战二	高腔抄本	《俗文学丛刊》第 43 册 pp. 71~83
	闹天宫②	昆曲清光绪十九年抄本	《俗文学丛刊》第 66 册 pp. 485~508
	闹天宫全串贯	昆曲③	《清车王府藏曲本》第 13 册 p. 110
	天宫大战	*清抄本	北京国家图书馆
		*清末至民国初抄本	北京国家图书馆
3	安天会	题纲	《故宫珍本丛刊》第 694 册 pp. 106~107
	安天会全串贯	*百本张抄本	北京国家图书馆
	安天大会	*朱墨双色抄本	北京国家图书馆
	安天会	*清抄本《乐府新声》	北京国家图书馆
4	闹天宫总讲（残，存5~7本）	昆曲	《清车王府藏曲本》第 13 册 pp. 111~123
5	殷氏祭江	昆腔单出戏	《故宫珍本丛刊》第 665 册 pp. 231~234
		外学昆弋题纲	《故宫珍本丛刊》第 690 册 p. 105
6	十宰	昆腔单出总本曲谱	《故宫珍本丛刊》第 663 册 pp. 3~9
		昆腔杂戏题纲	《故宫珍本丛刊》第 690 册 p. 19
		昆腔弋腔杂戏题纲	《故宫珍本丛刊》第 690 册 p. 72
		穿戴题纲	《故宫珍本丛刊》第 690 册 p. 257
	十宰全串贯	高腔	《清车王府藏本》第 14 册 pp. 215~218

续表

序号	剧目	剧本类别	查找来源
7	黑风山（四出）	高腔抄本	《俗文学丛刊》第43册 pp. 155~207
	盗袈裟全串贯（四出）	昆曲抄本	《清车王府藏曲本》第13册 pp. 94~101
	盗袈裟（四出）	*咸丰十一年七月二十九日弋腔抄本	首都图书馆
	盗袈裟	*百本张抄本	北京国家图书馆
8	流沙河	乱弹单出戏总本	《故宫珍本丛刊》第679册 pp. 135~141
		题纲	《故宫珍本丛刊》第694册 pp. 202~203
		京剧抄本	《俗文学丛刊》第304册 pp. 37~53
9	万寿山	昆曲猪八戒单词抄本	《俗文学丛刊》第67册 pp. 1~6
	五庄观（二出）	昆曲抄本	《俗文学丛刊》第67册 pp. 7~30
10	黄袍怪	昆曲抄本	《俗文学丛刊》第67册 pp. 31~71
11	花魔寨全串贯（上下）	高腔百本张抄本	《俗文学丛刊》第43册 pp. 209~264
	请猴全串贯	高腔	《清车王府藏曲本》第14册 pp. 309~312
	请猴	*咸丰八年抄本	首都图书馆藏
	请美猴王	昆弋腔开团场杂戏题纲	《故宫珍本丛刊》第690册 p. 33
		昆腔弋腔杂戏题纲	《故宫珍本丛刊》第690册 pp. 61~62
		穿戴题纲	《故宫珍本丛刊》第690册 p. 248
12	过平顶山	昆腔单出戏	《故宫珍本丛刊》第665册 pp. 241~243
		昆腔单出戏总本曲谱	《故宫珍本丛刊》第665册 pp. 243~246
		昆腔弋腔杂戏题纲	《故宫珍本丛刊》第690册 p. 60
		昆腔杂戏题纲	《故宫珍本丛刊》第690册 p. 11
		昆腔单出戏曲谱	《故宫珍本丛刊》第686册 pp. 350~352
	平顶山	昆腔单出戏曲谱	《故宫珍本丛刊》第686册 pp. 353~354

续表

序号	剧目	剧本类别	查找来源
13	莲花洞	题纲	《故宫珍本丛刊》第 694 册 pp. 248 ~ 249
	平顶山全串贯（六本）	昆弋戏单角本	《故宫珍本丛刊》第 685 册 pp. 183 ~ 202
	莲花洞（六本）	昆曲	《清车王府藏曲本》第 13 册 pp. 48 ~ 59
	莲花洞	昆曲抄本	《俗文学丛刊》第 67 册 pp. 73 ~ 179
		昆曲总本四知堂杨记抄本	《俗文学丛刊》第 67 册 p. 181
		清抄本	中国艺术研究院戏曲研究所
		*曲谱清昇平署抄本	中国艺术研究院戏曲研究所
		*曲谱清昇平署抄本	中国艺术研究院戏曲研究所
14	乍冰	昆腔单出戏④	《故宫珍本丛刊》第 663 册 pp. 18 ~ 22
		新派弋腔杂戏题纲	《故宫珍本丛刊》第 690 册 p. 108
		外派弋腔题纲	《故宫珍本丛刊》第 690 册 p. 94
	乍冰全串贯	高腔	《清车王府藏曲本》第 14 册 pp. 230 ~ 232
	渡冰一⑤	高腔抄本	《俗文学丛刊》第 43 册 pp. 107 ~ 123
	渡冰二	高腔抄本	《俗文学丛刊》第 43 册 pp. 125 ~ 139
15	女儿国	玉蓉单头本京剧抄本	《俗文学丛刊》第 304 册 pp. 55 ~ 62
	女儿国（六出）	*缀玉轩藏抄本	北京梅兰芳纪念馆
	西梁国⑥	*清昇平署抄本	中国艺术研究院戏曲研究所
16	西游火云洞妖	昆腔单出戏曲谱	《故宫珍本丛刊》第 686 册 pp. 278 ~ 279
		昆腔单出戏曲谱	《故宫珍本丛刊》第 686 册 pp. 279 ~ 280
17	无底洞	乱弹单出戏总本	《故宫珍本丛刊》第 678 册 pp. 414 ~ 421
		题纲	《故宫珍本丛刊》第 694 册 pp. 250 ~ 251
	无底洞（二本）	京剧抄本	《俗文学丛刊》第 304 册 pp. 219 ~ 246
	无底洞全串贯（二本）	乱弹	《清车王府藏曲本》第 5 册 pp. 4 ~ 7
	无底洞	清抄本（戏曲二十一种）	北京国家图书馆古籍馆 A03525
	无底洞（六出）	清抄本	北京国家图书馆古籍馆 09721
	无底洞（八出）	*古吴莲勺庐钞存本	北京国家图书馆古籍馆

续表

序号	剧目	剧本类别	查找来源
18	水帘洞一	昆武全本抄本	《俗文学丛刊》第66册 pp. 333~394
	水帘洞二	昆曲总书抄本	《俗文学丛刊》第66册 pp. 395~427
	水帘洞三	昆曲曲谱抄本	《俗文学丛刊》第66册 pp. 429~447
	水帘洞总讲全串贯	京剧抄本	《俗文学丛刊》第304册 pp. 15~35
	水帘洞总讲（四出）	昆曲	《清车王府藏曲本》第13册 pp. 31~47
19	九节山总书	昆曲抄本	《俗文学丛刊》第69册 pp. 69~122
20	狮驼岭	乱弹单出戏总本	《故宫珍本丛刊》第678册 pp. 283~290
		题纲	《故宫珍本丛刊》第694册 pp. 196~197
		清沈景丞抄本	中国艺术研究院戏曲研究所
		清昇平署抄本	中国艺术研究院戏曲研究所
		清昇平署曲谱钞本	中国艺术研究院戏曲研究所
		灵牙单头本清昇平署钞本	中国艺术研究院戏曲研究所
		提纲清钞本	中国艺术研究院戏曲研究所
21	魏征斩龙	唐太宗单头本京剧抄本	《俗文学丛刊》第304册 pp. 1~14
22	钱沙桥全串贯	乱弹	《清车王府藏曲本》第4册 pp. 435~438
23	八戒成亲	昆腔单出戏总本⑦	《故宫珍本丛刊》第665册 pp. 250~251
		昆腔弋腔杂戏题纲	《故宫珍本丛刊》第690册 p. 61
		外派弋腔题纲	《故宫珍本丛刊》第690册 p. 92
		外学昆弋题纲	《故宫珍本丛刊》第690册 p. 101
	成亲一	高腔抄本	《俗文学丛刊》第43册 pp. 85~94
	成亲二	高腔抄本	《俗文学丛刊》第43册 pp. 95~103
	成亲全串贯	高腔	《清车王府藏曲本》第14册 p. 233
24	定风岭	乱弹单出戏总本	《故宫珍本丛刊》第678册 pp. 240~252
		题纲	《故宫珍本丛刊》第694册 pp. 252~253
25	探路一	高腔百本张抄本	《俗文学丛刊》第43册 pp. 141~147
	探路二	高腔百本张抄本	《俗文学丛刊》第43册 pp. 149~153
26	火云洞（二本）	昆腔单出戏总书	《故宫珍本丛刊》第666册 pp. 207~221
	火云洞	昆腔单出戏曲谱	《故宫珍本丛刊》第686册 pp. 272~277
		昆腔杂戏题纲	《故宫珍本丛刊》第690册 p. 11
		题纲	《故宫珍本丛刊》第694册 pp. 266~267
		陀土地单头本昆曲抄本	《俗文学丛刊》第67册 p. 209
		假牛魔王单头本昆曲抄本	《俗文学丛刊》第67册 p. 215

续表

序号	剧目	剧本类别	查找来源
26	火云洞一（二本）	昆曲抄本	《俗文学丛刊》第 67 册 pp. 221~268
	火云洞二（二本）	昆曲抄本	《俗文学丛刊》第 67 册 pp. 269~345
	火云洞	火旗单词曲谱清昇平署抄本	中国艺术研究院戏曲研究所
		曲谱清昇平署抄本	中国艺术研究院戏曲研究所
		＊曲谱清乾隆抄本	中国艺术研究院戏曲研究所
		＊悟空单词本清抄本	中国艺术研究院戏曲研究所
		＊串头清昇平署抄本	中国艺术研究院戏曲研究所
	火云洞妖	＊昆弋曲谱清昇平署抄本	中国艺术研究院戏曲研究所
		＊提纲串头清同治八年昇平署抄本	中国艺术研究院戏曲研究所
27	琵琶洞	题纲	《故宫珍本丛刊》第 694 册 pp. 258~259
		昆腔单出戏总书	《故宫珍本丛刊》第 666 册 pp. 226~234
		乱弹单出戏	《故宫珍本丛刊》第 678 册 pp. 422~426
	琵琶洞一	昆曲抄本	《俗文学丛刊》第 67 册 pp. 347~370
	琵琶洞二	昆曲抄本	《俗文学丛刊》第 67 册 pp. 371~408
	西游记 琵琶洞	太师单词 清昇平署抄本	中国艺术研究院戏曲研究所
28	盗魂铃	乱弹单出戏总本	《故宫珍本丛刊》第 673 册 pp. 65~71
		乱弹单出戏总本	《故宫珍本丛刊》第 673 册 pp. 72~78
		乱弹单出戏	《故宫珍本丛刊》第 679 册 pp. 165~171
	盗魂铃总讲	乱弹	《清车王府藏曲本》第 4 册 pp. 480~485
29	陷空山	如来佛单头本昆曲抄本	《俗文学丛刊》第 69 册 pp. 1~6
		文殊单头本昆曲抄本	《俗文学丛刊》第 69 册 pp. 7~10
		普现（贤）单头本昆曲抄本	《俗文学丛刊》第 69 册 pp. 11~14
		观音菩萨单头本昆曲抄本	《俗文学丛刊》第 69 册 pp. 15~18
		地藏菩萨单头本昆曲抄本	《俗文学丛刊》第 69 册 pp. 19~22
		魔勒神单头本昆曲抄本	《俗文学丛刊》第 69 册 pp. 23~25
		李天王单头本（一）昆曲抄本	《俗文学丛刊》第 69 册 pp. 27~31

续表

序号	剧目	剧本类别	查找来源
29	陷空山	李天王单头本（二）昆曲抄本	《俗文学丛刊》第69册 pp. 33~36
		哪吒单头本昆曲抄本	《俗文学丛刊》第69册 pp. 37~40
		诸众神公曲单头本昆曲抄本	《俗文学丛刊》第69册 pp. 41~44
		云侍公曲单头本昆曲抄本	《俗文学丛刊》第69册 pp. 45~47
		公曲单头本昆曲抄本	《俗文学丛刊》第69册 pp. 49~52
		昆曲抄本	《俗文学丛刊》第69册 pp. 53~68
30	收八怪	昆曲抄本	《俗文学丛刊》第69册 pp. 123~188
31	红梅山	昆腔单出戏	《故宫珍本丛刊》第664册 pp. 206~215
		昆腔单出戏曲谱	《故宫珍本丛刊》第686册 pp. 96~97
		题纲	《故宫珍本丛刊》第694册 pp. 324~325
31	金钱豹	题纲	《故宫珍本丛刊》第694册 p. 170
	红梅山总讲	京剧抄本	《俗文学丛刊》第304册 pp. 133~174
		京剧史语所抄藏车王府曲本	《俗文学丛刊》第304册 pp. 175~218
		乱弹	《清车王府藏曲本》第4册 pp. 351~357
	红梅山	清昇平署抄本	中国艺术研究院戏曲研究所
	金钱豹	清嘉庆二十年（1815）曹广庆钞本	中国艺术研究院戏曲研究所
		—	中国社会科学院文学研究所
32	盘丝洞	昆腔单出戏总本	《故宫珍本丛刊》第666册 pp. 324~335
	盘丝洞一	昆曲抄本	《俗文学丛刊》第67册 pp. 471~522
	盘丝洞二	昆曲抄本	《俗文学丛刊》第67册 pp. 523~544
	盘丝洞	小蜘蛛玉香单头本昆曲抄本	《俗文学丛刊》第67册 p. 463
		京剧别埜堂抄本	《俗文学丛刊》第304册 pp. 67~96
	盘丝洞总讲	京剧史语所抄藏车王府曲本	《俗文学丛刊》第304册 pp. 97~132
	盘丝洞总讲	乱弹	《清车王府藏曲本》第5册 pp. 127~132
	盘丝洞（六出）	古吴莲勺庐朱丝栏抄本	北京国家图书馆古籍馆
	盘丝洞	清抄本	北京国家图书馆古籍馆
	盘丝洞	悟空单头本清昇平署钞本	中国艺术研究院戏曲研究所
		猪八戒单头本、曲谱清昇平署钞本	中国艺术研究院戏曲研究所
		清昇平署抄本	中国艺术研究院戏曲研究所
		清昇平署曲谱钞本	中国艺术研究院戏曲研究所

续表

序号	剧目	剧本类别	查找来源
33	火焰山	昆曲抄本	《俗文学丛刊》第 67 册 pp. 431~461
	窃扇	孙悟空单头本昆曲抄本	《俗文学丛刊》第 67 册 pp. 423~430
	借扇	昆曲曲谱抄本	《俗文学丛刊》第 67 册 pp. 409~422
	芭蕉扇	题纲	《故宫珍本丛刊》第 694 册 pp. 340~341
		题纲	《故宫珍本丛刊》第 694 册 pp. 342~343
	火焰山总讲	*清乾隆春台班钞本	中国艺术研究院戏曲研究所
	铁扇公主	*清钱兰香钞本	中国艺术研究院戏曲研究所
	借扇	曲谱清抄本	中国艺术研究院戏曲研究所
		*民国 24 年抄本昆曲词谱	浙江图书馆
	借扇曲谱	*清同治十三年敬庵氏手抄《既和且平》	北京国家图书馆
	火焰山	抄本	首都图书馆
34	大战石猴	穿戴题纲	《故宫珍本丛刊》第 690 册 p. 253
		朱墨双色抄本	北京国家图书馆
35	沙桥	乱弹题纲	《故宫珍本丛刊》第 690 册 p. 124
		乱弹题纲	《故宫珍本丛刊》第 690 册 p. 162
36	斩小白龙⑧	昆腔杂戏题纲	《故宫珍本丛刊》第 690 册 p. 12
37	福荣山	题纲	《故宫珍本丛刊》第 694 册 pp. 260~261
38⑨	金兜山	*清唐记抄本	中国艺术研究院戏曲研究所
		*清昇平署抄本	中国艺术研究院戏曲研究所
		*清昇平署曲谱钞本	中国艺术研究院戏曲研究所
		*清抄本	中国艺术研究院戏曲研究所
39	西游记芭蕉洞	*清昇平署曲谱钞本	中国艺术研究院戏曲研究所
40	西游记摩云洞	*清昇平署曲谱钞本	中国艺术研究院戏曲研究所
41	双心斗总讲	乱弹抄本	《清车王府藏曲本》第 5 册 pp. 186~196
42	车迟国（二出）	*古吴莲勺庐钞存本	北京国家图书馆古籍馆
43	通天河（五出）	*古吴莲勺庐钞存本	北京国家图书馆古籍馆

续表

序号	剧目	剧本类别	查找来源
44	西天竺（七出）	＊古吴莲勺庐钞存本	北京国家图书馆古籍馆
45	偷盗桃园	＊朱墨双色抄本	北京国家图书馆
46	老君炼猴	＊朱墨双色抄本	北京国家图书馆
47	大闹天宫	＊朱墨双色抄本	北京国家图书馆
48	如来收猴	＊朱墨双色抄本	北京国家图书馆
49	慈悲愿（西游记）	＊清绿丝栏抄本《缀玉轩曲谱》卷八	北京国家图书馆

①此剧原本题"安天会昆戏总本"，实乃《偷桃》一剧。表中标注时，有所改动。
②此剧原题"水帘洞总讲卷七"，误，实为《闹天宫》。表中标注时，有所改动。
③台北"中央"研究院历史语言研究所傅斯年图书馆藏二本为高腔，此本与之全同，且《昇平宝筏》原本为弋腔，笔者怀疑此本亦为弋腔本，存疑待考。
④《故宫珍本丛刊》将此剧列入"昆曲单出戏"中，误，当为弋腔。此类问题表中标注仍依原书，下同。
⑤此剧名《俗文学丛刊》标为"渡水"，误。原本"冰"字写为"氷"，此乃"冰"之俗字。表中标注依正确名称改动。下《渡冰二》情况同。
⑥《西梁国》一剧笔者未见，不知与《女儿国》之关系，暂并于此目中，待后详考。后有此现象，皆同。
⑦《故宫珍本丛刊》将此剧列入"昆曲单出戏"中，误，当为弋腔。
⑧此本乃二十一段本《昇平宝筏》第三段第八出"君臣弈棋"之题纲，非《斩小白龙》题纲，误。
⑨以下各剧存目待考。

附录十一 论文涉及的清内廷西游戏表演演员名录

附表 10　可详查之内学演员一览

序号	姓名	入昇平署时间	病卒及其他
1	李进禄	见《嘉庆 11 年恩赏档》，乾隆三十五年生，厢六丑	—
2	班进朝	见《嘉庆 11 年恩赏档》，乾隆四十四年生，白五习外	—
3	靳保	见《嘉庆 11 年恩赏档》，乾隆四十五年生，厢九老旦	—
4	尚得（德）	见《嘉庆 11 年恩赏档》，乾隆四十六年生，正四习正旦	道光 13 年 7 月 8 日，53 岁卒
5	雨儿	乾隆四十七年生	道光 29 年 7 月 12 日，68 岁卒
6	魏得禄	见《嘉庆 11 年恩赏档》，乾隆四十七年生，白四小生	道光 4 年 6 月 16 日
7	杨淳	见《嘉庆 11 年恩赏档》，乾隆四十八年生，厢八生	道光 16 年
8	杨清玉	见《嘉庆 11 年恩赏档》，乾隆四十九年生，厢八老旦	—
9	刘得（小）	见《嘉庆 11 年恩赏档》，乾隆四十九年生，正四净	—
10	柴进忠	见《嘉庆 11 年恩赏档》，乾隆四十九年生，厢九丑	—
11	安福	见《嘉庆 11 年恩赏档》，乾隆五十八年生，姓李，白六小生	—
12	姚喜	见《嘉庆 11 年恩赏档》，乾隆五十八年生，正一习副	道光 16 年
13	吉祥	见《嘉庆 24 年恩赏档》，乾隆六十年生，姓康，正七小旦	—

续表

序号	姓名	入昇平署时间	病卒及其他
14	张春和	道光 11 年 8 月 18 日,由惇亲王交进正黄五甲习旦,12 岁,献县人	光绪 17 年,72 岁卒
15	张得安	道光 12 年 9 月 24 日,正白九甲副,11 岁,大兴人	—
16	何庆喜	道光 13 年 3 月 13 日,由固山贝子交进正黄十甲丑,12 岁,枣强人	—
17	齐双喜	道光 13 年 3 月 13 日,由庄亲王交进正黄二甲副,10 岁,东安人	—
18	张长庆	道光 13 年 11 月 14 日,由辅国公溥恒交进厢黄四甲净,15 岁,青县人	—
19	吴进忠	道光 15 年 12 月 20 日,由礼亲王交进正二习净,12 岁,河间人	同治 12 年,50 岁卒
20	李平安	道光 15 年 12 月 24 日,由惠郡王交进正八习净,13 岁,乐亭人	同治 11 年,50 岁卒
21	陈进喜	道光 30 年 3 月 19 日,由郑亲王进正白十甲外,12 岁,宛平人	光绪 16 年,34 岁卒
22	欧来喜	咸丰元年 2 月 20 日,会计司进,白八老旦,10 岁,蓟州人	—
23	郭福喜	咸丰 7 年,正白十甲净,12 岁,大兴人	—
24	丁进寿	同治 6 年 4 月 21 日,厢黄一甲丑,13 岁,宛平人	—
25	李德安	同治 6 年 5 月 8 日,由多罗孚郡王进厢四副,14 岁,大兴人	—
26	安进禄	同治 6 年 6 月 29 日,正白一甲生,13 岁,宛平人	—
27	马得安	同治 6 年 9 月 3 日,正黄四甲小生,14 岁,宛平人	—
28	张进寿	同治 7 年 4 月 4 日,正白七甲生,16 岁,宛平人	—
29	侯玉禄	同治 7 年 4 月 4 日,正白七甲生,16 岁,宛平人	—
30	梁进禄	同治 8 年,荣贝子进正二净,14 岁,宛平人	光绪 7 年 2 月 25 日,26 岁

续表

序号	姓名	入昇平署时间	病卒及其他
31	常得禄	同治8年,纲贝勒进厢黄六甲老旦,13岁,宛平人	—
32	白进贵	同治8年,由九爷府进厢六小旦,12岁,大兴人	—
33	魏成禄	同治8年10月16日,正黄一甲小旦,14岁,宛平人	—
34	王 安	同治8年10月18日,由定亲王进厢黄十甲末,12岁,宛平人	—
35	李来海	同治10年,厢十习末,16岁	—
36	李金福	同治10年2月,正四净,13岁,宛平人	—
37	王金和	同治10年2月,11岁,昌平人	—
38	高如桂	同治10年4月18日,惇王进正三外,13岁,大兴人	—
39	刘振喜	同治12年12月5日,习净,13岁,宛平人	—
40	屠来顺	同治13年3月30日,会计司进正白五甲老旦,11岁,宛平人	—
41	边瑞保	光绪4年,厢黄三甲小旦,17岁	—
42	王景荣	光绪5年4月3日,会计司进习生,15岁,南皮人	—
43	武长寿	光绪5年正月21日,习副,12岁,青县人	—
44	刘进胜	光绪5年正月21日,丑,15岁	—
45	张禄安	光绪5年正月21日,小生,17岁	—
46	唐进喜	光绪7年,要进宫内	光绪34年12月25日,45岁卒
47	刘进喜	光绪8年9月初十日,多罗定郡王溥煦进习生,19岁,河间人	—
48	李存仁	光绪8年10月23日,会计司进正九甲生,14岁,大城人	—

续表

序号	姓名	入昇平署时间	病卒及其他
49	李惠山	光绪9年11月10日,会计司进正黄九甲小丑,15岁,青县人	—
50	田 喜	光绪19年12月28日,豫亲王进,17岁,献县人	—
51	马昌禄	光绪25年12月13日,丑,24岁	—
52	吴永香	—	光绪22年8月11日,31岁卒
53	刘荣福	—	光绪26年,31岁卒
54	张盛立	—	光绪28年12月得赏四两钱粮
55	赵永清	道光9年生。(中和乐)咸丰10年,往热河。(内学)同治4年,由钱粮处回。同治10年,复回。(钱粮处)光绪2年2月12日,拨来。光绪3年,掌钥匙,年49	

附表11　可详查之外学演员一览

序号	姓名	入昇平署时间	病卒及其他
1	纪长寿	光绪9年,正旦,弋腔,46岁	—
2	刘长喜	光绪9年,正生,弋腔,38岁	光绪15年,53岁卒
3	文 义	同治4年9月29日,同时以恒来明贵备挑,18岁,筋斗	—
4	松 林	同治4年9月29日,同时以恒来明贵备挑,17岁,筋斗	光绪9年5月24日,35岁卒

附录十二 传统西游戏在各种地方戏曲文献中的著录

附表 12 《中国戏曲志》中收西游戏目录

序号	剧目	别名	剧种	有此剧目的剧种	表演	版本	所在卷	页
1	西游记	—	原为高、昆间唱的连台大本戏，已逐渐失传	—	湘剧、祁剧队仅存的《北饯》《五行山》《回回指路》《高家庄》等少数高腔单折外，近五十年大部改唱弹腔	各剧种现存抄本多少不一。衡阳湘剧附有《安天会》《三王会》《小西天》三种昆腔本，辰河戏有《江流记》《慈悲愿》两种高腔残本	湖南卷	p.139
2	猴变	《八戒闹庄》	湘剧高腔剧目	—	此剧为花旦唱做并重戏，表演中须略现猴性；猪八戒由二净应工	—		p.177
3	三盗芭蕉扇	《火焰山》	柳子戏传统剧目	—	—	抄录本已编入《山东地方戏传统剧目汇编》柳子戏第六集	山东卷	p.141
4	无底洞	《陷空山》、《白鼠洞》	枣梆传统剧目	莱芜梆子、山东梆子	—	山东省戏曲研究室藏抄本		p.145

续表

序号	剧目	别名	剧种	有此剧目的剧种	表演	版本	所在卷	页
5	刘全进瓜	—	大词戏传统剧目	—	连台大戏《目连救母》中的一本	维西县文化局有梁成江口述、秦耕记录的藏本	云南卷	p. 118
6	孙猴盗扇	—	曲子戏传统剧目	—	此剧为《三盗芭蕉扇》的第一折，全剧已佚。属曲子戏中的武戏目。称"武打"亦不过是略有些武打动作，主要仍然是唱	平凉地区剧目工作室有藏本	甘肃卷	p. 152
7	三打白骨精	—	绍剧传统剧目	—	—	—	浙江卷	p. 140
8	大破平顶山	—	绍剧传统剧目	—	—	—		
9	水帘洞	《花果山》《美猴王》《闹天宫》	京剧传统剧目	—	此剧为武应工的单一类别——猴戏。剧中孙大圣由武生扮演，为俞振庭、杨小楼代表作。俞菊笙、杨月春、尚盛麟玉、周瑞安、李万春、李少春把《闹地府》连演、武均增此剧。李少春的夫本《西游记》洞》与盛章的夫本《西游记》也含此者	剧本载于《京剧丛刊》合订本	北京卷	p. 191

续表

序号	剧目	别名	剧种	有此剧目的剧种	表演	版本	所在卷	页
10	金钱豹	《红梅山》	京剧传统剧目	—	此剧是以武生为主的武生应工戏，武打程武特殊，有特技表演。系俞菊笙创演的武生勾脸戏，为其子俞振庭代表作。杨小楼、尚和玉、周瑞安、骆连翔均擅演。谭鑫培、迟越亭曾演剧中孙悟空	剧本载入《京剧汇编》及《戏考》第十三	北京卷	p. 263
11	盗魂铃	《二本金钱豹》《八戒降妖》	京剧传统剧目	—	此剧是以唱工为主的玩笑闹剧，是老生和旦脚应工戏。剧中猪八戒由老生扮演，京剧演员谭鑫培、李宗义均擅演，女妖由旦脚扮演，童芷苓、李慧芳擅演。该剧无固定唱词，仿照《戏迷传》反串，选择演员本身所长灵活安排	剧本载于《戏曲大全十二卷》卷六京剧，《戏考》第十五，《京戏考》第七		p. 314
12	火焰山	《芭蕉扇》《白云洞》	京剧传统剧目	北昆有《借扇》，丝弦传统戏有《火焰山》	—	—	河北卷	

续表

序号	剧目	别名	剧种	有此剧目的剧种	表演	版本	所在卷页	
							卷	页
13	李翠莲传	《十万金》《大上吊》《刘全进瓜》	晋北道情传统剧目	蒲州梆子、中路梆子、北路梆子、上党梆子均有此剧目，但内容多寡各不相同	此剧由《翠莲开斋》《化金钗》《打佛堂》《大上吊》《刘全进瓜》《借尸还魂》等七折戏组成，均可单独演出。剧中运用道情传统曲牌甚多，且以联曲的手法和移宫犯调的功能，使鳖板大套之演唱催人泪下。此剧因阴森恐怖，封建迷信色彩极浓，建国后已不演	山西省文化局戏剧工作研究室藏《化金钗》《刘全进瓜》《刘全讨瓜》抄录本	山西卷	p.183
14	狮子洞	—	耍孩儿传统剧目	—	此剧为花旦、丑行单独演出。为《嗣坟》一折有剧目。辛致板要孩儿（艺名飞罗面）饰演之小娘子，赵真饰演之八戒，均名扬晋北	改本已收入山西人民出版社1981年刊行的《山西地方戏曲选》。另有山西人民出版社1962年刊行刘鉴三《嗣坟》整理本		p.193

续表

序号	剧目	别名	剧种	有此剧目的剧种	表演	版本	所在卷页 卷	所在卷页 页
15	目连传《西游记》	—	—	—	较之小说《西游记》内容更为质朴简约，其中《作筏》一出，与元杂剧《唐三藏西天取经》同一故事，唱[小梁州]、[古梁州]等北曲声腔，似有渊源关系	《目连传》弋阳腔诸腔传统剧目。江西现有民间抄本五种，即弋阳腔饶阳本、青阳腔郡邑本、东河和景德镇潘溪南戏残本、吉水黄桥道士本和景德镇潘溪演目连救母故事。其内容演目连救母故事，但各自的戏路、情节、关目排场互不相同。景德镇潘溪南戏残本，为民国七年(1918)所抄，今存四本，目连两本和西游一本	江西卷	p.203

附表13 《中国戏曲志·甘肃卷》载《甘肃省文化艺术研究所藏清代戏曲手抄本》收西游戏目录

序号	剧目	时间	抄录者	收藏者	序号	剧目	时间	抄录者	收藏者
1	黑风洞	光绪三年(1877)	—	田养公	3	火焰山	光绪十二年(1886) 五月	如惠	王建庭
2	芭蕉扇	光绪七年(1881) 六月一日	吴兴泰	高生怀	4	游地狱	光绪三十四年(1908) 四月四日	—	潘福堂

附表 14 《江苏卷》载《昆曲剧目一览表》中西游戏目录

序号	剧名	年代	作者	原出(折)数	近代常演折目	版本	备注
1	唐三藏	元	吴昌龄	六本共二十四折	—	属杂剧《西天取经》，中国未见传本，唯日本有影印本：合本：《集成》《昆曲集存》	乾隆时演出《回回》一折，《缀白裘》误收入《慈悲愿》中
2	西游记（昆班又称慈悲愿）	元	杨讷	六本共二十四折	撇子认子 胖姑 借扇 思春（即孤思）	元刊本，《元曲选外编》；合本：《集成》《六也》《遏云》《与众》	昆班演出，通常将元吴昌龄《莲花宝筏·北饯》列入《胖姑》前演出，《思春》杨本无此折，《娃娑》度曲）题作《俗西游》《复道人》
3	火云洞	清	无名氏	—	兴妖 演阵 上路 诱僧 戏雨 请魔 退龙 遣魔战 斗法 醵酿 成机 赚婴 求救 收婴 皈依	清昇平署抄本，现藏故宫博物院图书馆	该戏属灯彩戏，演出不多
4	安天会	清	张照	六出	偷桃 盗丹 问嗣 布阵 摘猴 练丹	该戏出自清廷大戏《昇平宝筏》头本第十五至二十出，有昇平署抄本；部分合本有抄本流传	属昆腔武戏。清光绪十五年七月初一在上海天仙茶园演出的"全昆"戏目中有此六折。"传"字辈由林树森、演出，"偷桃"、"盗丹"、"摘猴"三折《全本安天会》，由沈传锟饰孙悟空，后又易名为《孙悟空大闹天宫》，极受观众欢迎

附表 15 《豫剧传统剧目汇释》中收西游戏目录

序号	剧目	别名	有此剧目剧种	版本	所在页	备注
1	花果山	—	京剧、徽剧、秦腔	河南省戏剧研究所所有抄本	p.214	—
2	闹龙宫	《水帘洞》	京剧、徽剧、秦腔、同州梆子	—	—	—
3	闹天宫	川剧有《五行柱》	京剧、徽剧、秦腔	—	—	—
4	闹地府	—	京剧、秦腔	—	—	—
5	斩泾河小龙	宛梆、越调均有《唐王游地狱》，京剧、汉剧均有《唐王游地府》	怀调	河南省戏剧研究所有朱恒心口述本（前段）	p.215	此本常与《李翠莲游地狱》风搅雪演出，剧中有灯火、鞭炮、火彩等特技。据老艺人谈，东路演出时有龙王霸占民女等情节，但已多年不见上演。舞台形象有恐怖成分
6	哭倒厅	京剧、河北梆子、落子均有《倒厅门》，川剧均有《洪江渡》	秦腔、上党梆子	—	p.216	—
7	水红州	《陈光蕊上任》	—	—	p.217	据老艺人苗喜臣讲述整理，豫东演此本，其他剧种少见
8	饯僧	《唐僧出世》。川剧、汉剧均有《沙桥别》，京剧有《沙桥饯别》，秦腔有《江流认母》	越调	据老艺人朱恒心讲述整理	—	—

续表

序号	剧目	别名	有此剧目剧种	版本	所在页	备注
9	打经堂	《大上吊》《李翠莲上吊》。京剧有《李翠莲》，秦腔、河北梆子有《十万金》，五调腔、河南道情有《李翠莲上吊》，山西道情有《翠莲传》	罗戏、越调、河南曲剧、宛梆	—	p.218	
10	李翠莲游地府	秦腔	—	河南省戏剧研究所所存有朱恒心抄录本	p.219	《斩泾河小龙》中有此内容
11	刘全进瓜	京剧、越调、河南曲剧、秦腔、汉剧	—	—	—	—
12	高老庄	《猪八戒招亲》	京剧、秦腔、清平戏、越调、柳子戏、同州梆子、山东梆子、河北梆子	河南省戏剧研究所所存有抄本	p.220	—

515

附表16 《秦腔剧目初考》明清剧目中收西游戏目录

序号	剧目	别名	本别	特色	流行地区	存佚	所在页	备注
1	闹龙宫小戏	—	陕西中路秦腔本。甘肃靖远清嘉庆古今钟有此剧目	武生做打应工戏	陕、甘、青、藏	陕西省艺术研究所藏陕西省戏曲研究院保存本	p.210	—
2	闹地府小戏	—	此剧为陕西中路秦腔本。河北梆子亦有此剧目	—	陕、青	剧本佚。陕西省艺术研究所有存目	p.210	—
3	洪江记本戏	《哭洞厅》《洪江渡》《江流认母》《水港洪州》	此剧为陕西西路秦腔。陕西东路、中路秦腔有同目。《燕兰小谱》载清乾隆北京演出之秦腔此剧目，题名《倒厅》	正生、正旦唱做工并重戏，陕西兴业儿、出山红、三斗金、丘丘娃、云娥脚演出代表作	陕、京	—	p.211	其中有名折戏《哭洞厅》《鞋》单独演出
4	大闹天宫本戏	《安天会》《反天宫》《佛爷收猴》	此剧为陕西南路秦腔本。东路、西路、中路秦腔有同目。河北梆子、河南梆子亦有此剧目	武生做派武打应工戏。陕西电毛子演出代表作	—	今存版本：1长安书店刊行隆庆改编本2《陕西传统剧目汇编·汉调桄桄》第七集书录程海清口述本	p.211	其中有同名折戏《安天会》单独演出
5	十万金本戏	《大上吊》《李翠莲游地狱》《李翠莲上吊》	此剧为陕西中路秦腔本。陕西东路及甘肃秦腔有同目。河南梆子、山西晋中梆子亦有此剧目	—	陕、甘、藏、青	今存版本：1陕西省艺术研究所藏民国抄录本2青海省喧中县土门公社青海大队秦剧团藏清代抄录本	p.212	其中有同名折戏《刘全进瓜》单独演出

续表

序号	剧目	别名	本别	特色	流行地区	存佚	所在页	备注
6	沙桥饯行小戏	《唐僧取经》	陕西南路秦腔本	生角做工戏	陕西	陕西省艺术研究所藏杨春生口述抄录本	—	—
7	五行山本戏	《唐僧取经》	此剧为陕西中路秦腔本。陕西西路及甘肃秦腔有同目	—	陕、甘	陕西省艺术研究所藏强堆口述抄录本	p. 213	—
8	收悟能本戏	《高老庄》	陕西中路秦腔本	—	陕西	剧本佚，陕西省艺术研究所有存目	—	—
9	竹子国本戏	—	陕西路秦腔本	—	陕西	陕西省艺术研究所藏强堆口述抄录本	—	—
10	五庄观本戏	《万寿山》	此剧为陕西中路秦腔本	—	陕西	秦腔本佚	p. 214	—
11	孙猴盗扇本戏	《火焰山》	此剧为陕西中路秦腔本。甘肃秦腔有同目	武猴孙悟空武打戏。陕西耍家红、皂皂子演出代表作	陕、甘	长安书店刊行袁允中改编本	—	—
12	苑子山本戏	《碗子山》《拨子洞》《捉黄袍》《黄袍怪》《猪八戒智激美猴王》《万紫山》	此剧为陕西西路秦腔本。陕西中路秦腔有同目	—	陕西	《陕西传统剧目汇编·西府秦腔》第二集书录王茂才口述本	p. 215	—
13	火云洞本戏	《收红孩》《红孩儿》	此剧为陕西中路、甘肃秦腔有同目	—	陕、甘	陕西省艺术研究所藏强堆口述抄录本	—	其中同名折戏《收红孩》单独演出

续表

序号	剧目	别名	本别	特色	流行地区	存佚	所在页	备注
14	盘丝洞本戏	—	此剧为陕西中路秦腔本	—	陕西	秦腔本佚	p.216	其中有折戏《收蜘蛛精》曾流行
15	白鼠洞本戏	《无底洞》《收玉鼠》《陷空山》	此剧为陕西南路秦腔本。陕西中路、西路、东路秦腔有同目。山东莱芜梆子、山西蒲州、上党梆子亦有此剧目	武生、小旦武工戏。陕西新梆子、启运儿演出代表作	—	陕西省艺术研究所藏徐德喜、李善德口述抄录本	p.217	其中有折戏《收鼠精》尚流行
16	天竺国本戏	《降玉兔》《火化狼牙寺》	陕西西路秦腔本	—	陕西	陕西省艺术研究所藏本天良口述抄录本		—
17	万寿衣本戏	《收玉兔》	陕西西路秦腔本	—	陕西	陕西省艺术研究所藏魏青山口述抄录本		—
18	紫金山本戏	《白云洞》	陕西南路秦腔本	—	陕西	陕西省艺术研究所藏叶长盈口述抄录本	p.218	—
19	红梅山本戏	《金钱豹》	此剧为陕西中路秦腔有同本。东路秦腔有同目	—	陕西	秦腔本失传		其中有同名折戏《金钱豹》单独演出

附表 17 《中国评剧剧目集成》《锡剧传统剧目考略》中收西游戏目录

序号	剧目	又名	出处	备注
1	刘全进瓜	《大拾万金》	《中国评剧剧目集成》p.46	—
2	盘丝洞	—	《中国评剧剧目集成》p.114	—
3	西游记	—	《锡剧传统剧目考略》连台本戏 p.214	以上剧目因受京剧连台本戏影响,演出侧重点已转移到机关布景及灯彩上,故通常又称"彩头戏"。这些剧目其内容以神经迷信的荒诞故事居多

附表 18 《京剧剧目初探》收西游戏目录

序号	剧目	别名	出处	由此剧目剧种	演出
1	拜昆仑	—	中国京剧院 1956 年艺人捐献或提出的剧本目录	—	—
2	水帘洞	—	—	徽剧、秦腔有《花果山》	俞振庭、杨小楼代表作
3	闹天宫	原名《安天会》	—	—	杨小楼代表作
4	闹地府	—	《上海市剧目》	川剧有《五行柱》。徽剧,秦腔,同州梆子都有此剧目	京剧有与《水帘洞》连演者
5	十八罗汉斗悟空	—	—	秦腔有此剧目	李少春编演
6	倒厅门	另有《宦海风波》一种本	《五十年来北平戏剧史材》	河北梆子、武安落子均有此剧目。川剧有《洪江渡》,豫剧有《水洪江》,秦腔有《哭倒厅》	—
7	唐王游地府	—	1951《新戏剧》	汉剧亦有此剧目	舞台形象有恐怖成分

519

续表

序号	剧目	别名	出处	由此剧目剧种	演出
8	李翠莲	一名《十万金》	《五十年来北平戏剧史材》	秦腔、河北梆子有《十万金》，豫剧有《大经堂》	《上吊》一场形象恐怖
9	刘全进瓜	—	1951《新戏剧》	—	奎德社编演
10	沙桥饯别	一名《唐僧取经》	《五十年来北平戏剧史材》	昆腔有《北饯》，川剧汉剧有《沙桥》，汉剧、秦腔有《沙桥别》	—
11	五行山	—	《上海市剧目》	桂剧、同州梆子、秦腔也有此剧目	—
12	鹰愁洞	—	《上海市剧目》	—	—
13	高老庄	一名《收悟能》	《上海市剧目》	清平剧、秦腔、同州梆子、河北梆子有此剧	—
14	黄风岭	一名《定风岭》	《故宫藏昇平署剧目》	—	—
15	流沙河	一名《收悟净》	《故宫藏昇平署剧目》	—	—
16	猪八戒撞天婚	—	—	—	王又宸曾演出
17	五庄观	一名《万寿山》	1951《新戏剧》	汉剧、秦腔都有此剧	—
18	黄袍怪	一名《宝象》，又名《请美猴王》	1951《新戏剧》	秦腔有《台皖岭》，纽剧有《三打白骨精》、同州梆子有《白骨山》	李少春改编为《智激猴王》，一名《骷髅山猴王击尸魔》

续表

序号	剧目	别名	出处	由此剧目剧种	演出
19	平顶山	一名《莲花洞》	《故宫藏昇平署剧目》	—	—
20	火云洞	一名《红孩儿》	《道咸以来梨园系年小录》	秦腔有《收红孩》	小荣椿班演出。另有《孙悟空与红孩儿》，内容不尽同
21	车迟国	—	1951《新戏剧》	—	—
22	通天河	—	1951《新戏剧》	秦腔、河北梆子都有此剧目	李少春又改编为《孙悟空擒魔荡寇》（后半叙猕猴台府唐僧救驾免罪）
23	金𥗴洞	—	中国京剧院1956年艺人捐献或提出的剧本目录	—	—
24	女儿国	一名《女黄国》	《前北平国剧学会书目》	—	—
25	琵琶洞	—	1951《新戏剧》	—	—
26	双心斗	一名《真假美猴王》	1951《新戏剧》	徽剧有《双猩斗》，秦腔同名	老四喜班演出，结尾不同
27	芭蕉扇	一名《火焰山》，又名《白云洞》	《五十年来北平戏剧史材》	同州梆子有《火焰山》	荣春社连同《碧波潭》《战九头鸟》演出，易名《西游记》
28	盘丝洞	—	《道咸以来梨园系年小录》	秦腔有此剧目	旧中吹腔为主，梅巧玲曾演出，荀慧生改为皮黄的演出偏重色情
29	狮驼岭	一名《狮驼国》	《故宫藏昇平署剧目》	—	解放前李万春又据以改编，武打、容偏重彩头，名《十八罗汉收大鹏》，内汉十大鹏等情节，与原本有出入

续表

序号	剧目	别名	出处	由此剧目剧种	演出
30	无底洞	一名《陷空山》	中国京剧院1956年艺人捐献或提出的剧本目录	秦腔、同州梆子、河北梆子都有此剧目	1957年中国京剧院景孤血改编演出,情节较完整
31	九狮洞	一名《竹节山》	—	—	—
32	金钱豹	一名《红梅山》	—	秦腔、同州梆子有此剧目	俞振庭代表作
33	盗魂铃	一名《二本金钱豹》又名《八戒降妖》	《富连成戏目单》	秦腔有此剧目	谭鑫培曾演出,仿照《戏迷传》,专为反串,卖弄噱头,无故事情节。据老艺人谈,另有老本情节不同,疑系本原书盗紫金铃、狮驼岭

附表19 《中国剧目词典》中所收西游戏演出剧目

序号	剧目	京剧	昆曲	北方剧种	南方剧种
1	《金沙洞》	—	—	—	—
2	《无底洞》	(1)又名《陷空山》。 (2)有《京剧汇编》52集所收本,另有中国京剧院所藏1957年景孤血改编演出本。 (3)向月卿、张正芳等均工此戏。 (4)秦腔、河北梆子、同州梆子有类此剧目	—	—	—
中国戏曲剧种初探所收皮黄剧目	—				

续表

序号		剧目	京剧	昆曲	北方剧种	南方剧种
3	中国戏曲剧目初探所收黄皮剧目	《盘丝洞》	(1) 有毕谷云藏本。 (2) 道光四年《庆升平班戏目》已列有此剧。 (3) 秦腔有类此剧目	—	—	—
4		《连花宝筏》	—	—	—	—
5		《偷桃大成》	—	—	—	—
6		《炼丹踢炉》	—	—	—	—
7		《水帘洞》	(1) 又名《花果山》《美猴王》《闹龙宫》。 (2) 有北京市戏曲研究所藏本，另有《京剧丛刊》本。 (3) 杨小楼、李少春等均工此戏。 (4) 徽剧、秦腔均有类此剧目。豫剧名《花果山》	—	—	—
8		《双心斗》	(1) 又名《收悟能》。	—	—	—
9		《高老庄》	(1) 又名《收悟能》。 (2) 有上海市《传统剧目汇编》京剧第25集所收本。 (3) 秦腔、同州梆子、河北梆子均有类此剧目。湘剧名《高家庄》	—	—	—
10		《游地府》	—	—	—	—

续表

序号		剧目	京剧	昆曲	北方剧种	南方剧种
11	中国戏曲剧目初探所收皮黄剧目	《火云洞》	(1) 又名《红孩儿》。 (2) 有《京剧汇编》第 99 集所收本。 (3) 小荣椿社曾演此戏。 (4) 秦腔有类似剧目	—	—	—
12		《芭蕉扇》	见《火焰山》	—	—	—
13		《火焰山》	(1) 又名《芭蕉扇》《三盗芭蕉扇》《铁扇公主》《白云洞》。 (2) 有藏焚沁藏本,另有《戏考》刊本。 (3) 杨月楼、牛富贵等工此戏。 (4) 秦腔、陕北道情均有此剧目	—	—	—
14		《石驼岭》	(1) 又名《狮驼国》。 (2) 有异平署抄本	—	—	—
15		《流沙河》	(1) 又名《收悟净》。 (2) 有《京剧汇编》第 99 集所收本	—	—	—
16		《女儿国》	(1) 又名《女贞国》。 (2) 有中国艺术研究院藏本	—	—	—
17		《盗魂铃》	(1) 又名《二本金钱豹》《八戒峰状》。 (2) 有《京剧汇编》第 99 集所收本,另有《平顶山》刊本,故宫藏本另有《戏考》刊本,情节与此相同。 (3) 谭鑫培、张琪林曾演此戏。 (4) 秦腔有类似剧目	—	—	—

续表

序号		剧目	京剧	昆曲	北方剧种	南方剧种
	一 中国戏曲剧目初探所收披黄剧目					
18		《金钱豹》	(1) 又名《红梅山》。 (2) 载《戏考》第13册。另有《京剧汇考》《京调戏剧大观》《戏考大全》等刊本。 (3) 道光四年《庆升平班戏目》已有此剧。 (4) 此剧原名《红梅山》，为孙悟空戏。后由俞菊笙重排，将金钱豹武功加重，遂成金钱豹之戏。俞菊笙、杨小楼、杨盛春、尚和玉、迟月亭、盖叫天、杨小楼、梁慧超等均工此戏。 (5) 秦腔有类似此剧目。	—	—	—
19		《沙桥饯别》	—	—	—	—
20		《刘全进瓜》	(1) 奎德社编剧，有原中国艺术研究院藏本。 (2) 湘剧有类此剧目	—	—	—

续表

序号	剧目	京剧	昆曲	北方剧种	南方剧种
21	《安天会》	(1) 连台本戏目。(2) 共两本。第一本有北京市戏曲研究所藏本及《戏学汇刊》刊本。第二本有刘砚芳藏本。另有刘砚芳基本《新编续安天会》四本，情节与此基本相同，情词，说白曾作删削。(3) 张洪林、李万春、叶盛章均有此戏。(4) 衡阳湘剧有此剧目	—	(1) 秦腔剧目。(2) 又名《无底洞》《收玉鼠》《陷空山》。(3) 有陕西省艺术研究所所藏徐慕云、李得远口述抄录本。(4) 该剧为武生、小旦武工戏，新附子启运儿曾演出。(5) 山东莱芜梆子，山西蒲州、上党梆子均有此目。	—
22	《白鼠洞》	—	—	—	—
23	《黄袍怪》	(1) 又名《骷髅山》《骷髅山猴王击尸魔》《宝象国》《请美猴王》。(2) 有李万春藏本。(3) 秦腔、绍剧、同州梆子均有此类剧目	—	—	—

526

续表

序号	剧目	京剧	昆曲	北方剧种	南方剧种
24	《北饯》	—	(1) 为清初张照《昇平宝筏》（一名《莲花会》）传奇之一出。 (2) 载《缀白裘》八集卷三，题《安天会》	—	—
25	《车迟国》	(1) 剧名见景孤血《京剧故事来源的初步统计》。 (2) 1930年12月28日上海共舞台演出连台本戏《西游记》第六、七本，即有此戏	—	—	—
26	《大闹天宫》	—	—	(1) 秦腔剧目。 (2) 又名《安天会》《反天宫》《佛名抱桩》《佛名枕桩》。 (3) 有长安书店刊行赠德隆改编本。有《陕西传统剧目汇编·汉调桄桄》第七集所收樊醉清口述本。 (4) 该剧为武夫生作派武打应工戏，皂皂子曾演出。 (5) 京剧有《闹天宫》，豫剧、河北梆子亦有此剧目	—

续表

序号	剧目	京剧	昆曲	北方剧种	南方剧种
27	《大闹陷空山 无底洞》	(1) 有上海市《传统剧目汇编》京剧集刊本。 (2) 秦腔、河北梆子均有类此目录。另有京剧目《无底洞》	—	—	—
28	《大闹蛇盘山 鹰愁涧》	(1) 又名《收小白龙》。 (2) 有上海市《传统剧目汇编》京剧第25集所收本	—	—	—
29	《黄风岭》	(1) 又名《定风岭》。 (2) 有《京剧汇编》第99集所收本	—	—	—
30	《紫霞》	—	—	—	(1) 湘剧剧目。 (2) 又名《八戒闹庄》。 (3) 祁剧、辰河戏、衡阳湘剧均有此剧目。京剧《八戒出世》《高老庄》与此相类似
31	《猪八戒招亲》	(1) 见《京剧剧目辞典》	—	(1) 秦腔剧目。 (2) 陕西省艺术研究所有存目。 (3) 此剧是闹剧	—
32	《猪八戒背媳妇》	—	—	—	—

续表

序号	剧目	京剧	昆曲	北方剧种	南方剧种
33	《猪八戒撞天婚》	(1) 又名《遇痴镜》。 (2) 有王又宸演出本,有原中国艺术研究院藏本	—	—	—
34	《猴王闹如来》	(1) 剧名见《立言画刊》第九期 (2) 该剧包括《安天会》《闹天宫》《八卦炉》《兜率院》《极乐界》《五行山》《弥勒院》《鹰愁涧》《紫竹林》等剧。 (3) 由李万春演出	—	—	—
35	《回回》	—	(1) 为《慈悲愿》传奇之一出。 (2) 载《缀白裘》九集卷一	—	—
36	《回回指路》	—	—	—	(1) 衡阳湘剧目。 (2) 又名《陌牙指路》。 (3) 唱词中有不少经见语,多系梵音译音。 (4) 川剧、祁剧有此剧目
37	《假西天》	—	—	—	(1) 川剧剧目。 (2) 又名《小西天》,见《川剧词典》
38	《江流记》	—	—	—	(1) 湘南辰河戏目

续表

序号	剧目	京剧	昆曲	北方剧种	南方剧种
39	《借茶》	—	(1) 京剧名《火焰山》	—	—
40	《九狮洞》	(1) 又名《竹节山》。 (2) 戏名见《新戏曲》载景孤血《京剧故事来源的初步统计》	—	—	—
41	《李翠莲》	(1) 有原中国艺术研究院藏本。 (2) 辰河戏有《李氏上吊》	—	—	—
42	《连花洞》	(1) 又名《平顶山》。 (2) 有《京剧汇编》第99集所收本	—	—	—
43	《梦斩老龙》	—	—	—	(1) 祁剧名《围棋折龙》，为《三王会》之一折。 (2) 又名《围棋折龙》。 (3) 衡阳湘剧有此剧目
44	《闹天宫》	(1) 有《京剧丛刊》所收李少春整理本，另有《戏考》《梨园集成》等刊本。 (2) 1955年，李少春、翁偶虹（执笔）等集体改编此剧，又名《大闹天宫》	—	—	—
45	《闹地府》	(1) 载《上海市剧目》。 (2) 秦腔有类此剧目	—	—	—

续表

序号	剧目	京剧	昆曲	北方剧种	南方剧种
46	《胖姑》	—	(1) 又名《胖姑学舌》。 (2) 为元杨讷《西游记》杂剧之一出。见《中国戏曲曲艺辞典》。 (3) 胖姑系明末元戏曲中对农村青年妇女之俗称。该剧以歌舞身段表演为主	—	—
47	《琵琶闹》	有《京剧汇编》第99集所收本	—	—	—
48	《齐天大圣》	(1) 京剧连台本戏目。 (2) 共二本。有李万春藏本。 (3) 李万春、陈富瑞曾演此戏	—	—	—
49	《认子》	—	(1) 为《慈愿》传奇之一出。 (2) 载《缀白裘》六集卷一	—	—
50	《孙悟空大破平顶山》	—	—	—	(1) 绍剧目。 (2) 有王子隆整理本。 (3) 该剧为六龄童宗义代表作,七龄童信宗信绪八成空(饰孙悟）

续表

序号	剧目	京剧	昆曲	北方剧种	南方剧种
51	《孙悟空大闹荆棘岭》	(1) 1956年天津扶荔新京剧团曾在北京演出。 (2) 见《京剧剧目辞典》	—	—	—
52	《沙桥饯别》	(1) 又名《唐僧取经》。 (2) 载《戏考》第32册。 (3) 川剧、汉剧、秦腔、湘剧、祁剧、辰河戏均有此类剧目	—	—	—
53	《收红孩》	—	—	(1) 秦腔剧目。 (2) 京剧剧目《火云洞》	—
54	《双心斗》	(1) 又名《真假美猴王》。 (2) 杨隆寿编剧。有北京图书馆藏本。 (3) 徽剧、秦腔具有此剧目。徽剧有《双程斗》，秦腔有《真假美猴王》	—	—	—
55	《小洪州》	—	—	(1) 豫剧剧目。 (2) 又名《陈光蕊上任》。 (3) 据老艺人苗喜臣口讲述整理。见《豫剧传统剧目汇释》	—

续表

序号	剧目	京剧	昆曲	北方剧种	南方剧种
56	《孙猴盗扇》	—	—	(1) 秦腔剧目。 (2) 又名《火焰山》。 (3) 有长安书店刊行表允中改编本。 (4) 该剧为武打戏，拜家红、皂宅子曾演出	—
57	《通天河》	(1) 又名《孙悟空擒汤寇》。 (2) 见《新戏曲》载景孤血《京剧故事来源的初步统计》。 (3) 秦腔河北梆子均有类此剧目	—	—	—
58	《唐王游地府》	(1) 戴菊亭编剧。 (2) 见《新戏曲》载景孤血《京剧故事来源的初步统计》。	—	—	—
59	《天竺国》	—	—	(1) 秦腔剧目。 (2) 又名《降玉兔》《火化琅玡寺》。 (3) 有陕西省艺术研究所所藏李天良口述抄录本	—

533

续表

序号	剧目	京剧	昆曲	北方剧种	南方剧种
60	《魏征斩龙》	—	—	—	(1) 扬剧目。 (2) 见《中国戏曲曲艺词典》
61	《五行山》	(1) 剧名见《上海市剧目》。 (2) 桂戏、同州梆子、秦腔均有类此剧目	—	—	—
62	《西游记》	(1) 连台本戏目。 (2) 共分二本。见《京剧剧目辞典》	—	—	—
63	《西游记》	(1) 连台本戏目。 (2) 共八本。有李万春藏本。另有京剧连台本戏《西游记》(两种刊本)残本，剧情载1929年和1936年上海《新闻报》	—	—	—
64	《蜘蛛洞》	—	—	—	(1) 桂剧目。 (2) 有《广西传统剧目汇编》第60集所收本。 (3) 京剧有《盘丝洞》，秦腔亦有此剧目
65	《智赚美猴王》	(1) 李少春据《黄袍径》整理改编。 (2) 有《宝文堂刊本》	—	—	—

注：地方戏产生年代很难确定，上列西游戏存在产生于民国后的可能，具体情况待考。

主要参考文献

（一）古籍文献

[1] 大唐三藏取经诗话［M］//古本小说集成. 上海：上海古籍出版社出版, 1994.

[2] 清实录［M］. 北京：中华书局, 1985.

[3]（唐）不空, 译. 毗沙门仪轨［M］//大正新修大藏经. 卷二一. 台北：台北佛陀教育基金会, 1990.

[4]（清）曹寅. 楝亭书目［M］//林夕, 主编, 煮雨山房, 辑. 中国著名藏书家书目汇刊. 明清卷15. 北京：商务出版社, 2005.

[5]（清）董康. 曲海总目提要［M］. 北京：人民文学出版社, 1959.

[6]（宋）董迪. 广川画跋［M］//黄肇沂, 辑. 芋园丛书. 民国二十五年（1936）.

[7] ［清］高士奇. 金鳌退食笔记［M］. 北京：北京古籍出版社, 1980.

[8] 古本戏曲丛刊编委会. 古本戏曲丛刊［M］. 初集. 上海：商务印书馆, 1954.

[9] 古本戏曲丛刊编委会. 古本戏曲丛刊［M］. 第三集. 上海：商务印书馆, 1957.

[10] 古本戏曲丛刊编委会. 古本戏曲丛刊［M］. 第四集. 上海：商务印书馆, 1958.

[11] 古本戏曲丛刊编委会. 古本戏曲丛刊［M］. 第九集. 北京：中华书局, 1964.

[12] 故宫博物院, 编. 清代南府与昇平署剧本与档案 [M] //故宫珍本丛刊. 海口: 海南出版社 2001.

[13] (明) 郭勋, 辑. 雍熙乐府 [M] //四部丛刊续编. 第78册~第81册. 上海: 上海书店, 1985.

[14] (清) 胡德琳, 修. 历城县志 [M]. 乾隆三十八年刻本.

[15] (明) 胡应麟. 少室山房笔丛 [M]. 北京: 中华书局, 1958.

[16] (清) 黄丕烈. 也是园藏书古今杂剧目录 [M] //中国古典戏曲论著集成. 第7册. 北京: 中国戏剧出版社, 1959.

[17] (清) 黄文旸. 重订曲海总目 [M] //中国古典戏曲论著集成. 第7册. 北京: 中国戏剧出版社, 1959.

[18] (唐) 慧立, 彦悰, 著. 孙毓棠, 谢方, 点校. 大慈恩寺三藏法师传 [M]. 北京: 中华书局, 2000.

[19] (明) 蒋孝. 旧编南九宫谱 [M] //王秋桂. 善本戏曲丛刊. 第三辑. 台北: 台湾学生书局, 1984.

[20] (清) 焦循. 剧说 [M] //中国古典戏曲论著集成. 第8册. 中国戏剧出版社, 1959.

[21] (明) 李开先. 词谑 [M] //中国古典戏曲论著集成. 第3册. 北京: 中国戏剧出版社, 1959.

[22] 李时人, 蔡镜浩, 校注. 大唐三藏取经诗话校注 [M]. 北京: 中华书局, 1997.

[23] 李孝悌, 主编. 俗文学丛刊 [M]. 台北: "中央"研究院历史语言研究所、新文丰出版股份有限公司, 2001.

[24] (明) 李玉. 北词广正谱 [M] //王秋桂, 主编. 善本戏曲丛刊. 第六辑. 台北: 台湾学生书局, 1987.

[25] (明) 刘若愚. 酌中集 [M]. 北京: 北京古籍出版社, 1994.

[26] [朝鲜] 柳得恭. 滦阳录 [M] //金毓黼. 辽海丛书. 第1册. 沈阳: 辽沈书社, 1985.

[27] (清) 吕士雄, 等, 辑. 新编南词定律 [M] //《续修四库全书》

编纂委员会．续修四库全书．第 1751 ~ 1753 册．上海：上海古籍出版社，2002.

［28］（明）祁彪佳．远山堂剧品［M］//中国古典戏曲论著集成．第 6 册．北京：中国戏剧出版社，1959.

［29］（明）祁彪佳．远山堂曲品［M］//中国古典戏曲论著集成．第 6 册．北京：中国戏剧出版社，1959.

［30］（清）钱德苍，编撰．汪协如，点校．缀白裘［M］．北京：中华书局，2005.

［31］（清）钱曾．钱遵王述古堂藏书目录［M］//林夕，主编，煮雨山房，辑．中国著名藏书家书目汇刊．明清卷 16．北京：商务出版社，2005.

［32］（清）钱曾．也是园藏书目［M］//林夕，主编．煮雨山房，辑．中国著名藏书家书目汇刊．明清卷 16．北京：商务出版社，2005.

［33］（明）沈德符．顾曲杂言［M］//中国古典戏曲论著集成．第 4 册．北京：中国戏剧出版社，1959.

［34］（明）沈璟．南九宫十三调曲谱［M］//王秋桂．善本戏曲丛刊．第三辑．台北：台湾学生书局，1984.

［35］（明）沈自晋．广辑词隐先生增定南九宫词谱［M］//王秋桂．善本戏曲丛刊．第三辑．台北：台湾学生书局，1984.

［36］（唐）释道宣．续高僧传［M］//大正新修大藏经．卷五〇．台北：佛陀教育基金会出版部，1990.

［37］（梁）释慧皎，撰．汤用彤，校注．汤一玄，整理．高僧传［M］．北京：中华书局，1992.

［38］（梁）释僧佑，撰．苏晋仁，萧鍊子，点校．出三藏记集［M］．北京：中华书局，1995.

［39］（唐）释智升．开元释教录［M］//影印文渊阁四库全书．第 1051 册．台北：商务印书馆，1986.

［40］首都图书馆，编辑．明清抄本孤本戏曲丛刊［M］．北京：线装

书局, 1996.

[41] 首都图书馆, 编辑. 清车王府藏曲本 [M]. 北京: 学苑出版社, 2001.

[42] 隋树森, 辑. 元曲选外编 [M]. 北京: 中华书局, 1959.

[43] 台北"国立"故宫博物院图书文献处文献股, 编. 宫中档乾隆朝奏折 [M]. 台北: "国立"故宫博物院, 1985.

[44] （明）陶宗仪. 南村辍耕录 [M]. 北京: 中华书局, 1959.

[45] （清）玩花主人, 编选. （清）钱德苍, 续选. 缀白裘 [M] // 王秋桂, 主编. 善本戏曲丛刊. 第五辑. 台北: 台湾学生书局, 1987.

[46] 汪维辉, 编. 朝鲜时代汉语教科书丛刊 [M]. 北京: 中华书局, 2005.

[47] （元）吴昌龄, 刘唐卿, 于伯渊, 著. 张继红, 校注. 吴昌龄、刘唐卿、于伯渊集 [M]. 太原: 陕西人民出版社, 1993.

[48] （明）徐渭. 南词叙录 [M] // 中国古典戏曲论著集成. 第3册. 北京: 中国戏剧出版社, 1959.

[49] （明）徐于室, 初辑. （清）钮少雅, 完稿. 汇纂元谱南曲九宫正始 [M] // 善本戏曲丛刊. 第三辑. 台北: 学生书局, 1984.

[50] ［唐］玄奘, 辩机著. 季羡林, 等, 校注. 大唐西域记校注 [M]. 北京: 中华书局, 2000.

[51] （清）姚燮. 今乐考证 [M] // 中国古典戏曲论著集成. 第10册. 北京: 中国戏剧出版社, 1959.

[52] （清）叶堂. 纳书楹曲谱 [M] // 王秋桂, 主编. 善本戏曲丛刊. 第六辑. 台北: 台湾学生书局, 1987.

[53] （唐）义净, 著. 王邦维, 校注. 大唐西域求法高僧传校注 [M]. 北京: 中华书局, 1988.

[54] 佚名. 传奇汇考 [M]. 抄本. 日本京都帝国大学藏.

[55] （清）佚名. 传奇汇考标目 [M] // 中国古典戏曲论著集成. 第7册. 北京: 中国戏剧出版社, 1959.

[56]（明）佚名. 录鬼簿续编［M］//中国古典戏曲论著集成. 第2册. 北京：中国戏剧出版社，1959.

[57] 佚名. 三教源流搜神大全［M］. 清宣统元年叶氏朗园刻本.

[58]（明）佚名. 盛世新声［M］. 北京：文学古籍刊行社，1955.

[59]（明）臧晋叔. 元曲选［M］. 北京：中华书局，1958.

[60]（清）张大复. 寒山堂新定九宫十三摄南曲谱［M］//北京大学藏抄本，续修四库全书. 第1750册. 上海：上海古籍出版社，2002.

[61]（清）张大复. 寒山堂新定九宫十三摄南曲谱［M］//中国艺术研究院音乐研究所藏钞本. 续修四库全书. 第1750册. 上海：上海古籍出版社，2002.

[62]（明）张禄，辑. 词林摘艳［M］. 北京：文学古籍刊行社，1955.

[63] 张其浚，修. 江克让、汪文鼎，纂. 全椒县志［M］. 民国九年刊本.

[64]（清）昭梿. 啸亭杂录［M］. 北京：中华书局，1980.

[65] 赵尔巽，等，撰. 清史稿［M］. 北京：中华书局，1977.

[66]（清）震钧. 天咫偶闻［M］. 北京：北京古籍出版社，1982.

[67]（明）止云居士. 万壑清音［M］//王秋桂，主编. 善本戏曲丛刊. 第四辑. 台北：台湾学生书局，1987.

[68] 中国第一历史档案馆，整理. 康熙起居注［M］. 北京：中华书局，1984.

[69] 中华大藏经编辑局，编. 中华大藏经（汉文部分）［M］. 北京：中华书局，1996.

[70]（元）钟嗣成. 录鬼簿［M］//中国古典戏曲论著集成. 第2册. 北京：中国戏剧出版社，1959.

[71]（元）钟嗣成，等. 录鬼簿（外四种）［M］. 上海：上海古籍出版社，1978.

[72]（元）周德清. 中原音韵［M］//中国古典戏曲论著集成. 第1

册．北京：中国戏剧出版社，1959．

［73］（宋）周密．武林旧事．东京梦华录（外四种）［M］．上海：上海古典文学出版社，1956．

［74］（清）周祥钰，邹金生，编辑．（清）徐兴华，王文禄，分纂．新定九宫大成南北词宫谱［M］//王秋桂．善本戏曲丛刊．第六辑．台北：台湾学生书局，1987．

［75］（明）朱权．太和正音谱［M］//中国古典戏曲论著集成．第3册．北京：中国戏剧出版社，1959．

（二）研究专著

［1］北京市戏曲编导委员会，编辑．京剧汇编［M］．第五十二集．北京：北京出版社，1959．

［2］北京市戏曲编导委员会，编辑．京剧汇编［M］．第九十九集．北京：北京出版社，1962．

［3］蔡铁鹰．《西游记》成书研究［M］．北京：中国文联出版社，2001．

［4］陈芳．乾隆时期北京剧坛研究［M］．北京：文化艺术出版社，2001．

［5］陈开勇．宋元俗文学叙事与佛教［M］．上海，上海古籍出版社，2008．

［6］陈垣．中国佛教史籍概论［M］．上海：上海书店出版社，2005．

［7］戴云．《劝善金科》研究［M］．北京：北京师范大学出版社，2006．

［8］丁汝芹．清代内廷演戏史话［M］．北京：紫禁城出版社，1999．

［9］敦煌研究院．敦煌石窟内容总录［M］．北京：文物出版社，1996．

［10］范丽敏．清代北京戏曲演出研究［M］．北京：人民文学出版社，2007．

［11］傅惜华．元代杂剧全目［M］．北京：作家出版社，1957．

[12] 傅惜华. 明代杂剧全目［M］. 北京：作家出版社，1958.

[13] 傅惜华. 明代传奇全目［M］. 北京：人民文学出版社，1959.

[14] 傅惜华. 清代杂剧全目［M］. 北京：人民文学出版社，1981.

[15] 傅惜华. 傅惜华戏曲论丛［C］. 北京：文化艺术出版社，2007.

[16] 故宫博物院掌故部，编. 掌故丛编［M］. 北京，中华书局，1990.

[17] 郭黛姮. 乾隆御品圆明园［M］. 杭州：浙江古籍出版社，2007.

[18] 郭沫若. 甲骨文字研究［M］//郭沫若全集·考古编. 第1册. 北京：科学出版社，1982.

[19] 郭英德. 明清传奇综录［M］. 石家庄：河北教育出版社，1997.

[20] 郭英德. 明清传奇史. 南京：江苏古籍出版社，1999.

[21] 河北省戏曲研究室，编. 河北戏曲传统剧本汇编（第二集）［M］. 天津：百花文艺出版社，1960.

[22] 胡光舟. 吴承恩和西游记［M］. 上海：上海古籍出版社，1980.

[23] 胡忌. 宋金杂剧考［M］. 上海：古典文学出版社，1957.

[24] 胡士莹. 话本小说概论［M］. 北京：中华书局，1980.

[25] 胡适，著. 姜义华，主编. 胡适学术文集·中国文学史［M］// 北京：中华书局，1998.

[26] ［日］矶部彰. 《西遊記》形成史の研究［M］. 东京：创文社，1993.

[27] ［日］矶部彰. 《西遊記》受容史の研究［M］. 东京：多贺出版株式会社，1995.

[28] 季羡林. 中印文化交流史［M］. 北京：中国社会科学出版社，2008.

[29] 江苏省文化厅剧目工作室，编. 锡剧传统剧目考略［M］. 上海：上海文艺出版社，1989.

[30] 蒋瑞藻，编. 江竹虚，标校. 小说考证［M］. 上海：上海古籍出版社，1984.

[31] 金登才. 清代花部戏研究 [M]. 北京：中国戏剧出版社，2006.

[32] 李畅. 清代以来的北京剧场 [M]. 北京：北京燕山出版社，1998.

[33] [俄] 李福清. 古典小说与传说 [M]. 北京：中华书局，2003.

[34] 李剑国. 唐五代志怪传奇叙录 [M]. 天津：南开大学出版社，1993.

[35] 李时人. 西游记考论 [M]. 杭州：浙江古籍出版社，1991.

[36] 李修生，主编. 古本戏曲剧目提要 [M]. 北京：文化艺术出版社，1997.

[37] 李修生. 元杂剧史 [M]. 南京：江苏古籍出版社，2002.

[38] 李映辉. 唐代佛教地理研究 [M]. 长沙，湖南大学出版社，2004.

[39] 廖奔. 中国古代剧场史 [M]. 郑州：中州古籍出版社，1997.

[40] 廖奔，刘彦君. 中国戏曲发展史 [M]. 太原：山西教育出版社，2003.

[41] 刘烈茂，郭精锐，等. 车王府曲本研究 [M]. 广州：广东人民出版社，2000.

[42] 刘念兹. 南戏新证 [M]. 北京：中华书局，1986.

[43] 刘阳. 昔日的夏宫圆明园 [M]. 北京：学苑出版社，2005.

[44] 刘荫柏. 西游记研究资料 [M]. 上海：上海古籍出版社，1990.

[45] 刘荫柏. 刘荫柏说西游 [M]. 北京：中华书局，2005.

[46] 刘勇强. 幻想的魅力 [M]. 上海：上海文艺出版社，1992.

[47] 卢前. 卢前曲学四种 [M]. 北京：中华书局，2006.

[48] 鲁迅. 小说旧闻钞 [M] // 鲁迅辑录古籍丛编. 第二卷. 北京：人民文学出版社，1999.

[49] 鲁迅. 中国小说史略 [M] // 鲁迅全集. 第九卷. 北京：人民文学出版社，2005.

[50] 陆侃如，冯沅君. 南戏拾遗 [M]. 北平：哈佛燕京学社，民国

二十五年（1936）．

［51］陆钦选编．名家解读《西游记》．济南：山东人民出版社，1998．

［52］马德．敦煌石窟营造史导论［M］．台北：新文丰出版股份有限公司，2003．

［53］苗怀明．二十世纪戏曲文献学述略［M］．北京：中华书局，2005．

［54］宁宗一，陆林，田桂民．元杂剧研究概述［M］．天津：天津教育出版社，1987．

［55］［美］浦安迪（Andrew H. Plaks），著．明代小说四大奇书［M］．沈亨寿，译．北京：生活·读书·新知三联书店，2006．

［56］齐如山．北平国剧学会陈列馆目录二卷［M］．北平：北平国剧学会，民国二十四年（1935）．

［57］齐如山．国剧艺术汇考［M］．沈阳：辽宁教育出版社，1998年．

［58］齐裕焜．明代小说史［M］．杭州：浙江古籍出版社，1997．

［59］钱南扬．宋元戏文百一录［M］．北平：哈佛燕京学社，民国二十三年（1934）．

［60］钱南扬．宋元戏文辑佚［M］．上海：上海古典文学出版社，1956．

［61］钱南扬．戏文概论［M］．上海：上海古籍出版社，1981．

［62］商务印书馆，编．敦煌遗书总目索引［M］．北京：中华书局，1983．

［63］邵曾祺．元明北杂剧总目考略［M］．中州古籍出版社，1985．

［64］石昌渝．中国小说源流论［M］．北京：生活·读书·新知三联书店，1994．

［65］史金波，白滨，吴峰云．西夏文物［M］．北京：文物出版社，1988．

［66］苏国荣．戏曲美学［M］．北京：文化艺术出版社，1999．

［67］孙崇涛．风月锦囊考释［M］．北京：中华书局，2000．

［68］孙楷第．元曲家考略［M］．上海：上海古籍出版社，1981．

［69］谭正璧，著．谭寻，补正．话本与古剧［M］．上海：上海古籍出版社，1985．

［70］陶君起．京剧剧目初探［M］．北京：中国戏剧出版社，1963．

［71］涂秀虹．元明小说戏曲关系研究［M］．上海：上海三联出版社，2004．

［72］王国维．宋元戏曲史［M］．长沙：岳麓书社，1998．

［73］王国维．曲录［M］//王国维遗书．上海：上海古籍书店，1983．

［74］王国维，撰．马美信，疏证．宋元戏曲史疏证［M］．上海：复旦大学出版社，2004．

［75］王季思，主编．全元戏曲［M］．北京：人民文学出版社，1999．

［76］王利器．元明清三代禁毁小说戏曲史料［M］．上海：上海古籍出版社，1981．

［77］王士笑，印淑英．中国评剧剧目集成［M］．沈阳：沈阳出版社，1993．

［78］王政尧．清代戏曲文化史论［M］．北京：北京大学出版社，2005．

［79］王芷章．北平图书馆藏昇平署曲本目录［M］．北平：国立北平图书馆，民国二十五年（1936）．

［80］王芷章．清昇平署志略［M］．上海：上海书店，1991．

［81］吴晓铃．吴晓铃集［M］．石家庄：河北教育出版社，2006．

［82］徐朔方．小说考信编［M］．上海：上海古籍出版社，1997．

［83］徐子方．明杂剧史［M］．北京：中华书局，2003．

［84］杨志烈，杨忠，高非，仲居善．秦腔剧目初考［M］．西安：陕西人民出版社，1984．

［85］幺书仪．晚清戏曲的变革［M］．北京：人民文学出版社，2006．

［86］叶德均．戏曲小说丛考［M］．北京：中华书局，1979．

［87］王艺生，执笔．文灿，李斌．豫剧传统剧目汇释［M］．郑州：黄

河文艺出版社，1986.

[88] 游彪. 宋代寺院经济史稿［M］. 保定：河北大学出版社，2003.

[89] 余国藩（Anthony C. Yu），著.《红楼梦》、《西游记》与其他：余国藩论学文选［C］. 李奭学，编译. 北京：生活·读书·新知三联书店，2006.

[90] 于曼玲. 中国古典戏剧小说研究索引［M］. 广州：广东高等教育出版社，1992.

[91] 曾永义. 明杂剧概论［M］. 台北：学海出版社，1979.

[92] 曾永义. 中国古典戏剧的认识与欣赏［M］. 台北：正中书局股份有限公司，1991.

[93] 张宝玺. 甘肃石窟艺术壁画编［M］. 兰州：甘肃人民美术出版社，1997.

[94] 张棣华. 善本剧曲经眼录［M］. 台北：文史哲出版社，1976.

[95] 张恩荫. 圆明园变迁史探微［M］. 北京：北京体育学院出版社，1993.

[96] 张锦池. 西游记考论［M］. 哈尔滨：黑龙江教育出版社，2003.

[97] 张敬. 明清传奇导论［M］. 台北：华正书局有限公司，1986.

[98] 张政烺. 张政烺文史论集［C］. 北京：中华书局，2004.

[99] 章巽，芮传明.《大唐西域记》导读［M］. 成都：巴蜀书社，1990.

[100] 赵景深. 元人杂剧钩沈［M］. 上海：上海古典文学出版社，1956.

[101] 赵杨. 清代宫廷演戏［M］. 北京：紫禁城出版社，2001.

[102] 郑振铎. 西谛书话［M］. 北京：生活·读书·新知三联书店，1998.

[103] 郑振铎. 西谛所藏善本戏曲书目［M］//林夕，主编. 煮雨山房，辑. 中国著名藏书家书目汇刊. 近代卷，第三十九册. 北京：商务出版社，2005.

[104] 中国第一历史档案馆，编．圆明园［M］．上海：上海古籍出版社，1991．

[105] 中国戏剧家协会，编．中国地方戏曲集成·北京市卷［M］．北京：中国戏剧出版社，1959．

[106] 中国戏剧家协会，编．中国地方戏曲集成·山西省卷［M］．北京：中国戏剧出版社，1959．

[107] 中国戏曲研究院，编辑．京剧丛刊［M］．第八集．上海：新文艺出版社，1953．

[108] 中国戏曲研究院，编辑．京剧丛刊［M］．第十五集．上海：新文艺出版社，1953．

[109] 中国戏曲研究院，编辑．京剧丛刊［M］．第三十三集．北京：中国戏剧出版社，1958．

[110] 中国戏曲研究院，编辑．京剧丛刊［M］．第四十九集．北京：中国戏剧出版社，1959．

[111] 中国戏曲志编辑委员会，文化部，国家民族事务委员会，中国戏剧家协会．中国戏曲志［M］．北京：文化艺术出版社，1990．

[112] 中国艺术研究院戏曲研究所，编．舞台艺术文集［C］．北京：中国戏剧出版社，1992．

[113] 中国圆明园学会，主编．圆明园［C］（4）．北京：中国建筑工业出版社，1986．

[114] ［日］中野美代子，著．西游记的秘密（外二种）［M］．王锐，王秀文，译．北京：中华书局，2002．

[115] 周华斌．京都古戏楼［M］．北京：海洋出版社，1993．

[116] 周妙中．清代戏曲史［M］．郑州：中州古籍出版社，1987．

[117] 周明泰．清昇平署存档事例漫抄［M］．台北：文海出版社，1971．

[118] 周维培．曲谱研究［M］．南京：江苏古籍出版社，1999．

[119] 周贻白．中国剧场史［M］．上海：商务印书馆发行，民国二十

五年（1936）．

［120］周贻白．中国戏曲发展史纲要［M］．上海：上海古籍出版社，1979．

［121］周贻白，著．沈燮元，编．周贻白小说戏曲论集［C］．济南：齐鲁书社，1986．

［122］周贻白．中国戏曲史长编［M］．上海：上海世纪出版集团，2007．

［123］朱家溍，丁汝芹．清代内廷演剧始末考［M］．北京：中国书店，2007．

［124］朱家溍．故宫退食录［M］．北京：北京出版社，1999．

［125］朱一玄，刘毓忱．西游记资料汇编［M］．天津：南开大学出版社，2002．

［126］竺洪波．四百年《西游记》学术史［M］．上海：复旦大学出版社，2006．

［127］庄一拂．古典戏曲存目汇考［M］．上海：上海古籍出版社，1982．

［128］作家出版社编辑部．西游记研究论文集［C］．北京：作家出版社1957．

（三）期刊论文

［1］故宫所藏昇平署剧本目录［J］．故宫周刊，1933（276）～1934（315）．

［2］伯英校，编．曲海总目提要拾遗［J］．剧学月刊，1936，5（3～4）．

［3］曹占鳌，曹占标，珍藏．迎神赛社礼节传簿四十曲宫调（影印）．［J］．中华戏曲1987，3．

［4］陈芳．乾隆时期清宫之剧团组织与剧场活动［J］．台湾戏专学刊，2000（2）．

［5］仇江．车王府曲本总目［J］．中山大学学报（社会科学版），2000（4）．

［6］樊锦诗．玄奘译经和敦煌壁画［J］．敦煌研究，2004（2）．

［7］方南生．《酉阳杂俎》版本流传的探讨［J］．福建师范大学学报．哲学社会科学版，1979（3）．

［8］傅惜华．日本现存中国善本之戏曲（上）［J］．中国文艺，1939，1（4）．

［9］郭英德．稀见明代戏曲选本三种叙录［J］．清华大学学报（哲学社会科学版），2007（3）．

［10］寒声，栗守田，原双喜，常之坦．《迎神赛社礼节传簿四十曲宫调》注释［C］//．山西师范大学戏曲文物研究所，编．中华戏曲．第三辑．太原：山西人民出版社，1987．

［11］胡淳艳．清宫"西游戏"的改编与演出——以《昇平宝筏》为核心［J］．戏曲艺术，2006，27（4）．

［12］胡素馨（Sarah E. Fraser）．敦煌的粉本和壁画之间的关系［C］//唐研究，1997（3）．

［13］胡同庆，宋琪．安西东千佛洞研究编年述评［J］．敦煌研究，2006（5）．

［14］黄竹三．我国戏曲史料的重大发现——山西潞城明代《礼节传簿》考述［C］// 山西师范大学戏曲文物研究所，编．中华戏曲．第三辑．太原：山西人民出版社，1987．

［15］解玉峰．"过锦"纵横［J］．戏史辨，2001（2）．

［16］［法］乐愕玛（E mmanuelle Lesbre）．《揭钵图》卷研究略述［J］．美术研究，1996（4）．

［17］［法］乐愕玛（E mmanuelle Lesbre）．《揭钵图》卷研究略述（下）［J］．美术研究，1997（1）．

［18］李连生．《西游记》、鬼子母与九子母［J］．中国典籍与文化，2002（4）．

［19］廖奔．清宫剧场考［J］．故宫博物院院刊，1996（4）．

［20］李小荣．沙僧形象溯源［J］．盐城师范学院学报（人文社会科学版），2002，22（3）．

［21］刘畅．清代宫廷和苑囿中的室内戏台述略［J］．故宫博物院院刊，2003（2）．

［22］刘效民．记傅惜华《清代杂剧全目》手稿残页［J］．文献，2002（1）．

［23］罗德胤，秦佑国．两个戏台德混响特征及分析［J］．华中建筑，2001（2）．

［24］马冀．杂剧《西游记》的作者、著录及流传［J］．韶关学院学报．社会科学版，2002，23（2）．

［25］齐如山．齐氏百舍斋戏曲存书目［J］．图书季刊，1948，新9（1～2）．

［26］史岩．杭州南山区雕刻史迹初步调查［J］．文物，1956（1）．

［27］苏兴，苏铁戈．《昇平宝筏》与《西游记》散论［J］．洛阳师专学报，1999，18（3）．

［28］孙楷第．吴昌龄与杂剧"西游记"（附表）［J］．图书季刊，1939，新1（2）．

［29］谭帆．"俗文学"辨［J］．文学评论，2007（1）．

［30］王惠民．安西东千佛洞内容总录［J］．敦煌研究，1994（1）．

［31］王季卿．中国传统戏场建筑考略之二——戏场特点［J］．同济大学学报，2002，30（2）．

［32］王静如．敦煌莫高窟和安西榆林窟所见的西夏历史和文化［J］．文物，1974（5）．

［33］吴晓铃．国立"中央"研究院历史语言研究所善本剧曲目录［J］．图书季刊，1940，新1（3）．

［34］吴晓铃．鄞马氏不登大雅文库剧曲目录［J］．图书月刊，1943，2（6）．

［35］项裕荣．九子母·鬼子母·送子观音——从"三言二拍"看中国民间宗教信仰的佛道混合［J］．明清小说研究，2005（2）．

［36］熊发恕．《西游记杂剧》作者及时代考辨［J］．四川师范大学学报，（社会科学版），1990（2）．

［37］徐恒彬、宋良璧、苏庚春、区旻．瓷枕与《西游记》［N］．光明日报，1973-10-08．

［38］杨国学．河西走廊三处取经图画与《西游记》故事演变的关系［J］．西北师大学报．社会科学版，2000（4）．

［39］苑洪琪．乾隆时期的宫廷节庆活动［J］．故宫博物院院刊，1991（3）．

［40］张宝玺．东千佛洞西夏石窟艺术［J］．文物，1992（2）．

［41］张伯元．东千佛洞调查简记［J］．敦煌研究，1984（1）．

［42］张永安．敦煌毗沙门天王图像及其信仰概述［J］．兰州大学学报．社会科学版，2007，35（6）．

［43］张之中．队戏、院本与杂剧的兴起［C］//山西师范大学戏曲文物研究所编．中华戏曲，第三辑．太原：山西人民出版社，1987．

［44］赵邦彦．九子母考［J］．国立中央研究院历史语言研究所集刊，第二本第三分，1931．

［45］赵景深．元代南戏剧目和佚曲的新发现——介绍张大复的《寒山堂曲谱》［J］．复旦大学学报（社会科学版），1959（6）．

［46］郑尚宪．宋元南戏的珍贵遗存——莆仙戏《王魁》、《刘锡》、《陈光蕊》考述［J］．厦门大学学报．哲学社会科学版，2006（3）．

［47］周妙中．姚燮生平考略［J］．艺术百家，1997（1）．

［48］朱恒夫．队戏考论［J］．艺术百家，2007（3）．

［49］朱恒夫．三种宋元戏文本事考［J］．艺术百家，1992（1）．

［50］竺洪波．《西游记杂剧》对《西游记》小说影响的再认识［J］．南京师范大学文学院学报，2005（1）．

（四）学位论文

[1] 胡淳艳.《西游记》传播研究［D］.北京师范大学文学院，2005.

[2] 李小红.《鼎峙春秋》研究［D］.北京师范大学文学院，2008.

[3] 罗德胤.中国古戏台建筑研究［D］.清华大学，2003.

[4] 肖岸芬.清代宫廷戏剧研究综述［D］.广州大学，2007.

（五）研究成果报告

[1] 陈芳.清代宫廷戏曲演艺史［R］.行政院国家科学委员会专题研究计划成果报告，2005.

[2]［日］冈崎由美."近代中国都市芸能研究に関する基礎的研究"成果報告論文集［C］，平成十三年（2001）.

索　引

安天会 10，28，83，84，85，86，87，316，317，318，362，363，364，493，496，503，508，513，516，519，526，527，529
八戒成亲 185，190，194，380，381，454，499
八仙戏 5
巴比伦 57
芭蕉洞 152，159，164，173，181，457，495，502
芭蕉井 28，88，91，432
百舍斋 6，142，143，148，195，196，238
宝积经 41，42，43
宝卷 303，306，310，313，474，475
宝文堂书目 32
北词广正谱 34
碧霞元君 266，273
变文 315
不登大雅文库 6，89，183，237

长安客话 265
常晓和尚请来目录 288，289
畅音阁 278，463，464，465，468，469，470，472
朝野佥载 401，402
车迟国 100，118，129，136，138，141，152，158，164，173，180，186，206，211，217，225，303，323，325，330，341，344，438，447，456，478，486，487，495，502，521，527
陈光蕊江流和尚 5，9，13，28，29，36，37，43，44，77，316，317，318，421
陈龙光 28，32，33，35，77，78，79
陈垣 48，49
出三藏记集 47
楚辞 57
楚汉春秋 248，249
传奇汇考 33，34，81，88

传奇汇考标目 32，36，43，52，53，68，69，77，80，88，105

莼乡赘笔 259

词林摘艳 36，46，423，424，430，431

词谑 15，32，69

慈悲愿 10，28，77，80，84，85，85，86，87，316，317，318，495，503，508，513，529，531

大慈恩寺三藏法师传 287，288，293，307，308

大闹天宫 12，184，196，204，209，318，329，347，354，365，382，453，475，495，503，513，516，527，530

大圣收魔 28，29，65，66，67

大宋僧史略 62

大唐三藏取经诗话 289，293，297，299，304，315，481

大唐西域记 60，287，288，293，301，308

大唐西域求法高僧传 286

大战石猴 112，184，196，200，204，209，391，452，494，502

盗魂铃 373，386，494，500，510，522，524

德和园 278，464，465

钓鱼船 8，11，28，87，88，89，90，91，380，401，404，405，406，407，408，409，410，411，413，414

鼎峙春秋 247，249，250，251，252，253，277

定风岭 381，382，394，499，520，528

东华录 260

东京梦华录 41

东坡先生艾子杂说 50

东千佛洞 290，291，292，293

董康 78，80，87

独异志 303，304

队戏 246，324，326

二郎神锁齐天大圣 8，13，28，29，60，63，64，65，316，317

法宫雅奏 92，103，247，270，272，275，277

粉本 294

风月锦囊 252

封神天榜 248，249

冯时可 41，42

冯沅君 9，38

佛莲记 28，80

佛学大辞典 39，40，47，48，67

福荣山 393，394，495，502

傅惜华 6，7，20，52，59，71，74，77，78，79，88，89，105，111，

553

113，135，137，142，148，149，
155，161，167，169，174，183，
184，189，194，195，196，199，
214，217，219，220，274，410，
417，463

高僧传 47，48，286

孤本元明杂剧 64

古吴莲勺庐 89，98，137，236，237，
434，435，436，437，438，439，
440，441，442，443，498，501，
502，503

故宫退食录 20，94，194，214，274

故宫珍本丛刊 8，42，81，82，84，
86，87，213，214，217，218，
219，372，373，383，393，394，
401，496，497，498，499，500，
501，502，503

故宫周刊 6

顾曲杂言 65

广川画跋 288

广辑词隐先生增定南九宫词谱 36，46

鬼子揭钵 28，29，38，55，56，57，
316，318，40，431

鬼子母 29，39，40，41，43，57，
58，305，319，321，325，478

鬼子母揭钵 478

鬼子母揭钵记 9，28，29，38，52，
54，55

郭沫若 57

国剧学会 6，521

国剧艺术汇考 336

过锦 242，243，244，245，246

过平顶山 186，201，205，210，215，
216，218，372，373，396，456，
493，497

哈奴曼 18

哈奴曼 307

寒山堂曲谱 88

汉书 57

黑风山 116，127，138，151，157，
163，172，367，436，454，484，
493，497

弘晓 175

红梅山 388，389，398，494，501，
518，522，525

胡适 11，12，19，34，305，345

花部 3，7，21

花朝节 265，274

花魔寨 370，371，398，399，493，497

黄袍郎 29，104，141，325，370，
436，446，485，486

黄文旸 80，83

汇纂元谱南曲九宫正始 36，38，46

混元盒 248，273

火焰山 119,131,136,139,146,202,225,252,296,317,321,323,325,330,341,343,344,391,439,448,459,479,489,494,502,508,510,512,517,521,524,530,533

火云洞 145,152,158,164,173,180,186,205,211,216,230,375,376,382,383,384,385,399,456,494,499,500,513,517,521,524,532

矶部彰 167,294,301,307,311,474

饯沙桥 380,494,499

江流记 28,29,30,36,37,77,101,102,422,423,424,425,426,427,429,430,431,508,529

蒋良骐 260

蒋孝 46,55

焦循 70,80

揭钵图 39,41,42,43

节山 92,103,247,270,272,276,277

今乐考证 33,36,43,53,54,56,59,60,69,71,77,80,83,84,88,91,105

金鳌退食笔记 245,246

金兜山 495,502

金钱豹 29,104,388,389,501,510,518,522,524,525

金兆燕 28,95,96,97

进瓜记 28,29,30,78,102,403

京剧剧目初探 519

九节山 147,154,160,166,181,378,461,494,499

九子母 57,58

旧编南九宫谱 36,55

旧唐书 68,285,286,287,308,308,402

剧说 70

觉禅钞 289,295,296

开元释教录 48,49

开元寺 291,296,297,298

康熙起居注 263

礼节传簿 17,18,306,324,325,326,419

李禄喜 249

历城县志 106

连台本戏 3,30,111,220,242,247,248,250,251,252,253,254,257,270,277,282,329,339,361,519,526,527,531,534,534

莲花洞 117,128,136,141,225,330,372,373,374,396,398,

437，447，486，493，498，
521，530
莲花会 9，29，30，98，99，319，
527
楝亭书目 32，73
临川县志 106
刘全进瓜 28，29，58，59，78，88，
380，401，403，404，476，509，
511，515，516，519，520，525
刘若愚 242，243，245
流沙河 116，127，140，225，323，
343，344，368，396，399，436，
446，478，484，493，497，
520，524
柳得恭 92，283，284
龙城录 62，63
卢前 54，75，376
鲁迅 12，19，34，49，309，345
陆侃如 9，38
录鬼簿 14，15，33，51，52，54，
58，59，66，73
录鬼簿续编 32，66，69，70
吕士雄 81
滦阳录 283
马戛尔尼 284
孟元老 41
梦斩泾河龙 68，303，340，380，
401，403，404，413，476，

481，483
秘殿珠林 41，42，92
秘殿珠林续编 42
明代传奇全目 5，77，78，79
明代杂剧全目 5，74
明清抄本孤本戏曲丛刊 11，90，
408，410
明清戏曲家考略 95
摩云洞 226，341，447，485，487，
489，495，502
纳书楹曲谱 12，34，81，82
南词叙录 32，36，43，65，77
南村辍耕录 33，47，66
南府 8，112，167，213，249，265，
278，285，327，465
南九宫十三调曲谱 36，46
南戏拾遗 9，38
闹天宫 66，162，363，364，365，
395，493，496，503，509，514，
519，527，529，530
钮少雅 38，87，88
女儿国 105，186，201，206，211，
213，225，226，252，305，308，
317，324，325，330，344，375，
447，457，479，487，493，498，
503，521，524
欧阳修 289，289
盘丝洞 29，105，118，130，225，

226，323，325，330，344，390，
391，398，399，439，448，479，
489，494，501，518，519，521，
523，534
毗沙门天王 60，61，289，296，308
毗沙门仪轨 61
琵琶洞 224，225，330，342，344，
384，385，386，387，447，479，
494，500，521，531
平顶山 28，83，117，128，136，
141，323，330，343，344，372，
373，386，437，478，486，497，
498，521，524，530，531
评剧 519
莆仙戏 43，46
朴通事谚解 17，66，418，481
溥侗 194
齐东野语 43，44
齐如山 20，148，196，274，
336，525
祁彪佳 53，79，252
钱南扬 9，31，38，43，65
钱曾 35
钱遵王述古堂书目 33
乾隆英使觐见记 284
秦腔 514，515，516，517，518，
519，520，521，522，523，524，
525，526，527，528，530，532，

533，534
清车王府藏曲本 9，82，87，362，
363，364，365，366，370，373，
374，376，377，380，386，388，
398，401，496，497，498，499，
500，501，502
清代燕都梨园史料 20
清代杂剧全目 5，105，111
清昇平署存档事例漫抄 19，248，
265，270，274
清昇平署志略 19，82，83，248，
249，266，267，270，274，276，
277，365，366，371，372，373，
375，381，384，393
清实录 261，262
清史稿 91，92，175，249
清音阁 278，279，280，282，283，
464，465，469
曲海总目提要 5，33，36，77，78，
79，80，81，87，88
曲海总目提要拾遗 33，34
曲录 5，36，47，52，54，59，60，
73，74，77，81，83，84，88，
91，111，422
全椒县志 96
全元散曲 52，70
劝善金科 92，103，125，196，247，
248，250，251，252，253，277，

467，468
如意宝册 248，249
三教源流搜神大全 63
沙桥 514，517，520，525，532
善本戏曲丛刊 10，38，46，55，81，84
少室山房笔丛 33，35，50，51，53
沈德符 65，243，244
沈季彪 28，80
沈璟 55
沈自晋 55
昇平署 6，7，8，19，86，112，113，148，203，208，209，213，217，219，249，265，285，366，381，384，390，393，498，499，500，501，502，504，505，506，507，513，520，521，524
昇平署演戏场所考 280
盛世新声 46，36，423，424，430，431
狮驼岭 121，132，142，225，226，227，323，330，343，344，378，379，441，448，479，489，490，494，499，521
十宰 9，117，128，136，138，185，187，190，200，204，210，215，218，324，366，367，396，399，437，453，459，476，493，496

收八怪 388，494，501
述异记 308
双心斗 495，502，521，523，532
水帘洞 233，363，364，377，378，395，482，488，494，499，503，509，514，519，519，523
宋高僧传 50
宋会要 62
宋史 267，291
宋元戏曲史 243，27，31，52
宋元戏文百一录 9，46
宋元戏文本事 9，43，46
宋元戏文辑佚 9，38，43，46，55，56，65
俗文学 9，27，263，310，311，313，314
俗文学丛刊 8，81，84，86，87，139，140，142，363，367，369，370，397，401，496，497，498，499，500，501，502，503
绥中吴氏藏抄本稿本戏曲丛刊 9，199
孙楷第 14，15，16，33，34，35，51，53，54，69，71，79，417
太和正音谱 32，54，59，70
太平广记 43，304
探路 117，128，136，141，205，210，215，216，330，331，382，

390，391，437，494，499

汤用彤 47，48，286

唐三藏西天取经 5，9，10，12，13，14，19，28，29，32，33，34，35，37，51，52，53，54，66，71，73，75，79，316，317，318，512

唐三藏西游记 66，303

唐三藏西游释厄传 303

唐僧西游记 28，30，32，77

唐太宗入冥记 303，402，476

陶宗仪 47，66

天咫偶闻 246

铁旗阵 248，249，250

通天河 224，225，226，324，330，339，340，344，375，450，478，492，495，502，521，533

统坤国 29，104，105

偷盗桃园 184，196，200，204，209，218，452，495，503

偷桃 305，362，363，364，365，398，475，493，496，503，513，523

偷桃大战 362，496

图画见闻志 61

万壑清音 10，34，35，54，76，79

万历野获编 243，244

王古鲁 5，6，52，27，243，299，481

王季烈 64

王芷章 19，82，83，248，249，266，267，267，270，274，275，276，277，365，366，371，372，373，375，381，384，393

魏征斩龙王 28，29，68，224，403

闻一多 57

无底洞 28，94，95，139，225，225，323，325，330，344，376，377，395，396，398，441，448，449，479，494，498，508，518，522，526，528

无支祁 18，307

吴昌龄 8，10，12，13，14，17，28，32，33，34，35，51，53，54，69，70，71，73，79，316，417，513

吴晓铃 155，169，189，196，197，199，203，238，239，248，249，250，251

五庄观 116，128，140，185，194，195，200，205，210，308，322，325，341，368，369，370，436，455，485，493，497，517，520

西谛书话 6，12

西谛所藏善本戏曲书目 6

西夏 290，291，292，293，300

西游火云洞妖 375，376，396，493，
　498
西游记传 303，417
析津志 265
锡剧 519
戏文概论 31，38
夏均正 28，34，35，78，79，316，
　317
陷空山 139，153，154，159，160，
　165，166，174，181，387，441，
　448，449，458，460，494，500，
　501，508，518，522，526，528
销释真空宝卷 481
小说旧闻钞 309
啸亭续录 124，247，282
啸亭杂录 103，111，124，125，
　247，282
新编南词定律 36，46，81，91
新定九宫大成南北词宫谱 36，46，
　81，91
新唐书 68
徐于室 38
续高僧传 287
玄奘 32，48，49，50，51，60，69，
　77，80，81，82，83，85，86，
　87，124，247，285，286，287，
　288，289，290，291，292，293，
　294，295，296，297，298，301，

303，304，306，309，315，366，
　403，476，483，484
雅部 3
燕京杂记 267
燕九节 265
杨景贤 8，11，12，13，14，15，16，
　17，28，32，33，34，35，36，
　53，54，66，69，70，71，73，
　76，81，252，306，316，317，
　318，418，419
杨显之 28，58，58，59，403
姚燮 53，54，56，71，80，105，
　113，176，219，513
也是园藏书古今杂剧目录 60
也是园藏书目 33
叶承宗 29，106
殷氏祭江 365，366，396，493，496
婴儿幻 28，95，96，97
雍熙乐府 36，46，421，422，423，
　424，430，430，431
永瑢 249
酉阳杂俎 49，303
榆林窟 290，291，292
浴佛节 265
豫剧 514，519，520，523，527，532
元代杂剧全目 5，52，59
元明北杂剧总目考略 52
元曲家考略 51

元曲选 34，53，69，70
元曲选外编 74，75，513
元人杂剧钩沈 9
元人杂剧全集 54，75
圆明园 94，266，267，279，280，282，283，463，464，469，470
远山堂剧品 32，53
远山堂曲品 32，78，79，252
月令承应 92，103，247，270，271，272，276
允禄 249
允祥 175，400
臧晋叔 53，70
乍冰 374，374，375，398，399，493，498
斩小白龙 393，494，502，503
张次溪 280
张彝宣 8，28，87，91
张照 8，9，28，42，91，92，111，236，247，248，249，250，251，330，396，466，467，468，513，527
昭代箫韶 248，249，250
昭梿 124，247，282
赵景深 9，10，17，53，70，88，417
震钧 246

郑振铎 12，94，98，137，310，417
郑之珍 252，253
中国佛教史籍概论 48，49
中国剧场史 20，463
中国戏曲史长编 20
中国小说史略 12，49，345
中华大藏经 39，40，287
忠义璇图 247，249，250
钟敬文 310
钟嗣成 51，52，58，59，73
重订曲海总目 36，77，80，83
周妙中 170，219，237，243
周明泰 19，248，265，270，274
周贻白 20，38，64，77，463
朱家溍 20，94，194，214，270，274，275，281，327，463，471，472
朱权 52，59，70
猪八戒幻结天仙偶 29，106，107
庄一拂 38，51，77，251
缀白裘 10，81，82，84，85，86，513，527，529，531
缀玉轩 87，90，95，99，498，503
酌中集 242
宗喀巴 266，274

561

后　　记

　　拿起笔来，写这篇后记，不知怎么，突然间心中缺少了书写正文时拥有的那股勇气和信心，取而代之的是种种思绪的流转和一连串内心的感慨。很多往昔旧影不时在脑海中跃动、闪现，让我始终无法平复。可能因为这是自己的第一本学术著作，作为标志，它总会勾起我对十余年求学之路的回溯，想来这也是很自然的事。

　　学习文学，以学术研究作为自己的事业，这是我在高中时就有的梦想。然而真正开始学术之路却是大学毕业三年后的事情。2003年，我离开中学语文教师的岗位，重新走入课堂，开始了攻读硕士学位的生活。我要感谢张锦池和关四平两位先生，是他们手把手将我带入学术的殿堂。记得一年级时，年近七旬的张老师为我们开设《〈儒林外史〉研究》这门课程，课前他总是指定回目和我们一起阅读，上课时又逐个人物、逐个情节仔细分析讲解。张老师经常会问一些看似简单、实际极有深度的问题，当然对于我来说当时是意识不到的。最初回答这些问题，我经常闹笑话，张老师就告诫我："净秋，你思想很活跃，但不够深入。"在导师的不断启发和引导下，我逐渐领悟到学术思维应开启的角度和运用的方法，脑袋慢慢开窍了。之后又经过《〈红楼梦〉研究》《中国古代小说人物研究》等课程的学习训练，初步了解了学术研究的门径。与此同时，关四平老师又在学术训练方面对我进行指导。印象特别深的就是课程论文的撰写，我经常会返工，最多的一次竟重写了五遍。在两位老师的悉心教导下，2006年我以《〈阅微草堂笔记〉中的狐形象研究》一文完成论文答辩，获得硕士学位，同时也考取了北京师范大学中国古典文献学专业的博士研究生。

早在硕士二年级的时候，来校讲座的刘跃进先生就曾向我们提到文献对于学术研究的意义和价值。张锦池先生也多次说，要想在学术研究上真正做到登堂入室，非苦习文献之学不可。抱着一股对学术的热情，我决心报考古典文献学专业的博士。感谢郭英德老师不弃，将我招至门下。能拜郭先生为师，继续自己的学术之路，对我来说是十分幸运的，且其意义又十分重大。恩师英德先生在文学、文献研究上的指引与点拨，将使我受益终身。

进入北师大，我将自己的研究方向作了适当的转向，由小说变为戏曲，同时结合前期积累，准备选择神魔题材的作品进行研究。在郭老师的指导下，经过一段时间的思考，我最终确定清代西游戏为学位论文的研究课题。

论文的撰写对我来说是一个巨大的挑战。戏曲，之前我没有太多的涉猎，基本不了解，而相关的文学文献，硕士时接触得也很少。面对一穷二白的状况，恶补是当务之急。于是，我拿着郭老师开的阅读书目开始一本一本地攻克，并且着手搜集相关资料，阅读戏曲文本。在整个一年半的准备时间里，郭老师给了我极大的帮助。每一个阶段的进展情况，针对每一个具体问题采取的研究步骤、文献研究的角度和结论的有效性，所有这些郭老师都亲自过问，并在每次见面会上给出意见和建议。不仅如此，郭老师还经常提供文献资料的搜寻线索，有时甚至亲自动手查找。

像《昇平宝筏》剧本就是郭老师帮忙从图书馆借出的，矶部彰《〈西游记〉受容史の研究》最初也是郭老师提供的文本照片，而台湾陈万鼐主编的《全明杂剧》则是郭老师在外出差时帮忙查看的。进入论文写作阶段，我常常遇到问题，且十分棘手，每到这时我都会不自觉地拨通导师的电话。面对突如其来的电话提问，郭老师每次都耐心答疑，而问题也都能迎刃而解。

在论文撰写过程中，我也曾向一些师长、前辈请教，因为有了他们的教诲和帮助，论文得以顺利完成。记得课题构思之初，拜访幺书仪先生，万圣书园茶室内的交谈使我对清代内廷演剧有了更为深入的了解。当得知我是初习戏曲，先生更给予了极大的鼓励，无形中为我增添了信心。中国传媒大学周华斌教授是古代戏楼研究的专家，几次开会间隙的请教，使我对三层戏楼的研究视角有了新的开拓。清华大学建筑学院的郭黛姮教授、罗德胤副教授也曾多次提供帮助，不厌其烦地解答我的问题。特别是罗德胤学长，初次见面就将其博士论文作为资料惠赠与我，令我十分感动。北京圆明园管理处的刘阳先生曾多次向我介绍清代皇家园林中的戏台和演剧情况，并慷慨应允给予我研究上的一切帮助，让我备感温暖。

我要感谢故宫博物院副院长陈丽华女士，正是由于她对年轻学子的支持，我才有机会实地考察故宫畅音阁戏楼的内部结构，感受皇家戏曲演出场所的恢宏与雄伟。同时还要感谢故宫博物院宫廷部主任赵杨先生，感谢他在参观过程中由始至终的陪同、导引和详尽的讲解。客观地说，本书中的一些内容与结论是受赵杨先生的启发而得。

我还要感谢中央美术学院的罗世平教授和他的学生赵伟、陈岩，谢谢他们在佛教艺术与西游题材研究方面所提供的信息。特别是罗教授，极其认真地打来电话回复我提出的问题，让我这个素昧平生的普通学生受宠若惊。

另外还要向苏州昆曲博物馆的王蕴主任表示感谢，谢谢她帮助联络桑毓喜先生。当然更要对桑老表示由衷的谢意，在耳力不济的情况下，他仍然给我提供了文献资料线索，使我省却了搜检的繁复，节约了时间。

中国艺术研究院戴云研究员、北方工业大学胡淳艳副教授和同门谢拥军师姐均在论文撰写期间提供了十分宝贵的文献资料。正是由于她们的无私给予，书稿在版本考证上拥有充分的理据。再次向她们表示诚挚的谢意和由衷的感激。

这篇论文的内容涉及数量众多的作品文本，因此在撰写过程中，需要频繁来往于京中各大图书馆。感谢中国国家图书馆古籍馆善本阅览室的赵前研究员及各位老师，感谢北京语言大学文学院曲利丽博士及首都图书馆历史文献中心的各位馆员，感谢中国艺术研究院戏曲研究所的詹怡萍研究员、图书馆吴秀慧老师。还要感谢北京大学图书馆、母校北京师范大学图书馆的诸位老师。正是你们的热情帮助和细致解答，使我顺利完成了诸多古籍版本的阅读和对勘。

除此之外，还要感谢台湾师范大学文学院国文学系博士班黄韵如同学、日本友人山形遥先生，他们的帮助使我解除了研究中的诸多困扰。感谢中山大学文学院吴吉煌博士，他利用假期帮助我拍摄了杭州飞来峰"玄奘取经"浮雕像，后又陪同我参观广东博物馆，拍摄了元代磁州窑西游记题材磁枕照片。

论文开题时，曾得到北京师范大学文学院李真瑜教授、陈惠琴副教授、莎日娜副教授的指导。论文完成后，先后呈送给首都师范大学文学院段启明教授、北京大学中文系刘勇强教授、中国艺术研究院戏曲研究所刘祯研究员、北京师范大学文学院李真瑜教授和李山教授。五位老师组成的答辩委员会对我的论文给予了肯定，同时也提出了很多中肯的意见，在此对各位老师表示衷心的感谢。

论文虽然已经完成，但并不完满，其中留有诸多遗憾。由于个人学识、论文撰写时间、文献资料公开程度等诸多限制，目前大家看到的只是原计划撰写内容的1/3，关于清代西游戏的思想内涵、舞台演出的相关研究都未展开。毕业已将近两年，这段时间同门师兄弟经常询问我论文后续的进展情况，郭老师也将看到的相关研究资料发送给我，大家的鼓励与鞭策之情让我感觉自己好像并未离开校园。希望我能早日完成余下的研究内容，希望几年后我能拿出一本新的专著，将其作为礼物报答大家的关心与支持。

时光匆匆而去，转眼自己已过而立之年。回想十几年前所怀人生之追求，不觉感慨年少的虚度。每每至此，总仿佛有师长教导之箴言传入我耳畔、希冀之眼光投射于我身。不自觉又想起离开哈尔滨时锦池先生对我所说之言语，想起英德先生教导我时眼中殷切之期望，而这又成为我人生不懈追求与奋斗之动力。

有时我在想，学术之路不也是一条取经之路吗？所谓猴王七十二变就是研究的方法与思考的门径，而所遇困难与阻力则是取经路上众多的妖魔与鬼怪。虽然此去注定会是孤寂与艰险，但因我们都怀揣着对真理的向往与追求，所以才会义无反顾地去寻找我们心中的那本无字真经。

论文即将出版，拉拉杂杂写下了上面这些文字，姑且作为几年学习生活的留念吧。感谢北京市优秀博士生指导教师人文社科资助项目"明清戏剧史专题研究"对本书的资助，感谢知识产权出版社编辑罗慧博士为本书出版所付出的辛勤劳作，感谢首都医科大学财务长吴兵研究员对本书文稿的抢救，感谢我的父母多年来对我学业的支持。由于本人水平所限，书中一定还存在很多问题和不当之处，还请专家、学者不吝赐教。

张净秋
2011 年 6 月 16 日夜